Knaur

Von Christian Jacq sind außerdem erschienen:

Das Testament der Götter
Der Gefangene der Wüste
Im Bann des Pharao
Das Gesetz der Götter
Das verborgene Wissen der Magier

Über den Autor:

Christian Jacq ist Schriftsteller und Ägyptologe und hat in Frankreich für seine historischen Romane zahlreiche Auszeichnungen erhalten. Seine »Ramses«-Romane eroberten innerhalb kürzester Zeit die internationalen Bestsellerlisten.

Christian Jacq

Nofretete's Tochter

Roman

Aus dem Französischen von
Angelika Weidmann

Knaur

Die französische Originalausgabe erschien 1988
unter dem Titel »La Reine Soleil« bei Julliard, Paris

Besuchen Sie uns im Internet:
www.droemer-knaur.de

Vollständige Taschenbuchausgabe November 1999
Droemersche Verlagsanstalt Th. Knaur Nachf., München

Umschlaggestaltung: Agentur Zero, München
Umschlagabbildung: AKG, Berlin
Satz: Ventura Publisher im Verlag
Druck und Bindung: Elsnerdruck, Berlin
Printed in Germany
ISBN 3-426-61456-1

2 4 5 3 1

Der Mensch ist Lehm und Stroh.
Gott ist sein Schöpfer.
Der Mensch kennt Gottes Pläne nicht.
Er gebe sich in seine Hände.

Ägyptische Weisheit

1

Als Anchesa die Augen aufschlug, schimmerte rötlich die Morgendämmerung. Das Blut der ersten Sonne überflutete den Nil. Die Stadt des Lichts*, Hauptstadt des Pharaos Echnaton und seiner Gattin Nofretete, würde bald erwachen. Schon durchquerte die erste Rotte von Polizisten die von weißen Häusern gesäumten Straßen, um die Wachen abzulösen, die die Grenzen des Landes von Aton, der göttlichen Sonne, bewachten.

Man sah in der Sonnenstadt immer mehr Polizei und Militär, seit die beunruhigenden Gerüchte über Pharaos Gesundheit umgingen. Böse Zungen wagten gar zu behaupten, daß sich Echnaton, Opfer von Anfällen mystischen Wahns, mit der schönen Nofretete überworfen habe, deren wiederholte Abwesenheit bei offiziellen Zeremonien den Höflingen Stoff für ihr Geschwätz lieferte.

Mit ihren zartgrünen Augen betrachtete Anchesa an diesem

* Der ägyptische Name der von Echnaton, »der für Aton strahlt«, gegründeten Hauptstadt lautete Achetaton, wörtlich »Land des Lichts des Gottes Aton«. Sie wird häufig mit ihrem arabischen Namen, Amarna, El-Amarna oder Tell-el-Amarna, bezeichnet und lag in Mittelägypten. Die alte, dem Gott Amun geweihte Hauptstadt Theben lag ungefähr 600 km weiter südlich. Wir befinden uns im XIV. Jahrhundert v. Chr., in der Periode, die man gemeinhin das »Neue Reich« nennt. Der Herrscher über Ägypten ist Pharao Echnaton, der um 1364 den Thron bestiegen hat.

Spätwintermorgen für eine geraume Weile die Sonne, den Feuerball, der allen Wesen, die von seinen Strahlen berührt werden, das Leben gibt. Sie konnte sich an diesem großartigen Schauspiel, das ihre Ängste linderte, nicht satt sehen. In diesem Augenblick wußte sie es noch um so mehr zu schätzen. Ihre jungen Brüste reckten sich in berechtigtem Stolz. Mit ihren vierzehn Jahren war Anchesa eine wunderschöne, dunkelhaarige Frau, schlank und groß. Sie fühlte sich erwachsen, erlöst von den Besorgnissen der Kindheit. Die Spiele der Heranwachsenden interessierten sie nicht mehr. In ihrem Kopf und in ihrem Herzen hatte sich eine seltsame Verwandlung vollzogen. Und die war auch die Ursache dafür, daß Anchesa fortgelaufen war und sich seit einem Tag und einer Nacht versteckte. Sie wollte sich selber entdecken, wollte die Gesetze ihrer eigenen Bestimmung begreifen.
In ein kurzes weißes Leinenhemd gekleidet, barfuß und ohne Schmuck, war es Anchesa gelungen, von Gasse zu Gasse, von Garten zu Garten, von Dach zu Dach voranzukommen. Keiner der Männer, die ausgeschickt worden waren, um sie zu suchen, hatte sie eingeholt.
Sie kannte jeden Winkel und war, ohne zu zögern, in das Gewirr der Villen im Viertel der Adligen im Süden der Stadt geschlüpft, war hinter den Palästen des Hohenpriesters und der Minister entlanggeschlichen und hatte sich in einem Gebüsch versteckt, sobald sie eine Uniform sah. Sie war um den Sommerpalast des Pharaos und den Teich herumgelaufen, auf dem die königliche Familie in leichten Booten zu fahren liebte, und war ins Zentrum der Hauptstadt gelangt, wo sie besser in der Menschenmenge untertauchen konnte, die die mehr als achthundert Meter lange, an Echnatons riesigem Palast entlangführende Königsstraße bevölkerte. Eine Brücke über diese große Verkehrsader erlaubte den Adligen, sich mühelos zu bewegen und

sich von ihren Büros direkt in den Audienzsaal des Pharaos zu begeben.

Als Anchesa am Außenministerium entlangging, wurde sie entdeckt. Der Blick eines Kommandanten des Fuhrparks kreuzte den ihren. In der Zeit, die er brauchte, um seine Männer zu alarmieren, war die Flüchtende verschwunden. Sie hatte sich unter eine Gruppe von Schreibern gemischt, die sich gemessenen Schritts zum Haus des Lebens begaben. Dann schlüpfte sie durch eine Schlange von Musikerinnen, die aus dem Tempel kamen, und verließ die Königsstraße, um im Händlerviertel im Norden der Stadt unterzutauchen. In diesem belebten, farbenfrohen Vorort, wo sich ständig neu Hinzugezogene niederließen, gelang es der jungen Frau, ein paar Datteln von der Auslage eines Krämers zu stibitzen. Dann versteckte sie sich in einer noch verwaisten Schreinerwerkstatt und atmete tief durch.

Ihre Verfolger waren nicht naiv. Unter der Führung von mehreren Schreibern der Armee und des Polizeikommandeurs hatten sie die Stadt geduldig und methodisch durchsucht. Kein Haus wurde ausgelassen. Bei Einbruch der Nacht war Anchesa gezwungen gewesen, sich ins Unbekannte zu wagen. Sie war in eine große Baustelle eingedrungen, wo ein neues, für die Arbeiter der Nekropole bestimmtes Viertel entstand.

Die Angst hatte ihr das Herz zugeschnürt. Schauder hatten sie geschüttelt. Dies war nicht mehr die wundervolle, sonnendurchflutete Stadt mit den blühenden Gärten, sondern ein beängstigendes, von verstreuten Felsblöcken, Ziegelhaufen und Gerüsten übersätes Gelände. Schatten schlichen umher, Hyänen aus der Wüste, auf der Suche nach Aas, oder verwilderte Hunde auf Jagd. Die Nacht war kalt zu dieser Jahreszeit. Kein Gedanke daran, ein Feuer zu machen, es hätte nur die Patrouillen aufmerksam gemacht. Zum Glück war Anchesa von Aton mit einer außergewöhnlichen Kraft ausgestattet worden, die ihr eine strahlende Gesundheit verlieh. Nachdem sie ihre Ängste überwunden hatte, hatte sie sich zusammengerollt und den Schlaf eines Kindes geschlafen, getröstet von der Gewißheit, daß niemand sie an einem solchen Ort suchen würde.

Und die Freiheit schmeckte so süß! Besser als der Honig, berauschender als das Festtagsbier. Anchesa bereute ihre Verrücktheit nicht. Sie genoß sie in vollen Zügen, gratulierte sich in jedem Augenblick, den eisernen Ring der Sitten gebrochen zu haben, den man ihr auferlegte, und bewiesen zu haben, daß sie fähig war, Hunderten von Männern zu trotzen. Dabei war ihre Großtat noch nicht einmal vollendet! Sie würde etwas zu essen und anzuziehen finden und noch lange jene an der Nase herumführen, die geglaubt hatten, ihrer mühelos habhaft zu werden.

Einen einzigen Gegenstand vermißte sie, ihren Spiegel. »Um so besser«, sagte sie sich. »Ich muß gräßlich aussehen, das Gesicht voller Staub und die Haare zerzaust.« Sie mußte die harten Bedingungen akzeptieren, die ihr den Sieg sicherten.

Frau ... Ja, sie war zur Frau geworden. Das Blut, das aus ihrem Bauch geflossen war, erhob sie zu der Würde eines unabhängigen, verantwortlichen Wesens. Morgen konnte sie dem Mann ihrer Wahl, mit dem sie das Leben teilen würde, Kinder schenken. Dieses Geheimnis hatte sie niemandem anvertrauen wollen, niemandem außer der Sonne, der Wüste, der Nacht. Sie hatte so auf diesen Moment gewartet, den manche ihrer Spielgefährtinnen vor ihr gekannt und ihr ihre Spötteleien nicht erspart hatten. Dieser Kummer war nun vergessen. Anchesa hatte die verlorene Zeit eingeholt. Es war nicht nur ihr Körper, der sich verändert hatte, sondern auch ihr Herz. Ganz tief in ihrem Inneren spürte sie die Sonnenkraft des Gottes Aton, auch wenn das ein Sakrileg war. Denn allein Echnaton, der einzige

Priester des einzigen Gottes, hatte das Recht, dieses Gefühl zu erleben.
Gebell zerriß die Stille. Hinter einem Ziegelhaufen tauchten zwei große Windhunde auf, gefolgt von einer Rotte von Polizisten. Anchesa richtete sich auf und stieß einen Schrei aus. Die Hunde hatten ihre Witterung aufgenommen und stürmten zu ihrem Versteck. Von klein auf darauf dressiert, konnten die Hunde gefährliche Mörder sein.
So hatte sich die junge Frau das Ende ihrer Eskapade nicht vorgestellt. Sie hätte nie geglaubt, daß Prinzessin Anchesa*, die dritte Tochter von Echnaton und Nofretete, mit von Windhunden, der Polizei ihres Vaters, zerfetzter Kehle enden würde.

»Haltet sie auf!« brüllte Mahu, der Oberbefehlshaber der Polizei.
Der Befehl kam zu spät. Hilflos mußte Mahu den Angriff der Windhunde mit ansehen.
Er verdeckte sein Gesicht.
Niemals würde ihm Echnaton, sein Gebieter, einen solchen Irrtum verzeihen. Pharao und seine Gattin zeigten eine unermeßliche Liebe für ihre sechs Töchter. Mahu hätte die Hunde nicht loslassen dürfen. Aber er hatte nicht erwartet, die geflüchtete Prinzessin an diesem verlassenen Ort aufzuspüren, den er aus Zufall durchsuchte. Die Polizisten hatten entsetzt ihre Knüppel sinken lassen. Wie ihr Chef würden sie zu einer schweren

* Um das Lesen zu erleichtern, haben wir den Namen Anchesa für die Heldin dieses Romans gewählt. Ihr ägyptischer Name lautete Anches-en-pa-Aton, »sie lebt für Aton«. Das genaue Alter der Hauptfiguren läßt sich anhand der historischen Quellen nicht mit Sicherheit bestimmen. Man nimmt an, daß Anchesa zwischen zwölf und fünfzehn war und Tutanchamun zwischen zehn und dreizehn, als diese Geschichte beginnt.

Strafe verurteilt werden, weil es ihnen nicht gelungen war, das Drama zu verhindern.
Anchesa starrte dem ersten Hund, der auf sie lossprang, fest in die Augen. Eine wilde Hoffnung hatte Besitz von ihr ergriffen.
»Widder!« rief sie aus. »Widder, du bist es ...«
Der Hund blieb auf der Stelle stehen. Sein Gefährte überholte ihn mit angriffsbereit gespannten Muskeln.
»Stier! Platz!« rief Anchesa und brach damit den Schwung ihres Angreifers.
Die beiden Windhunde begannen schwanzwedelnd die Füße der Prinzessin zu lecken. Anchesa kraulte ihre Köpfe, wie sie es hundertmal getan hatte, als sie sie als Kind im königlichen Zwinger fütterte. Widder und Stier waren wegen ihrer großen Geschwindigkeit mit Überwachungsaufgaben betraut worden. Anchesa hatte nicht geahnt, daß ihr die Liebe, die sie ihnen entgegengebracht hatte, eines Tages das Leben retten würde.
Mahu näherte sich mit schweren Schritten der jungen Frau.
»Ihr müßt mir folgen, Prinzessin, und in den Palast zurückkehren. Euer Vater ist wütend.«

2

Echnatons Hauptpalast war auf einer Erhebung im Herzen der Sonnenstadt errichtet worden. Um zu den Privatgemächern des Herrschers zu gelangen, mußte man die Gärten durchqueren, die auf drei zum Licht hin ansteigenden Terrassen angelegt waren. Das riesige Ziegelsteingebäude machte einen luftigen, beinahe unwirklichen Eindruck. Zahlreiche Säle waren mit Wandmalereien geschmückt: Wildgänse, die sich auf einem See niederließen, ein herumspringendes junges Kalb, Fische, die zwischen Lotosblüten entlangglitten, flatternde Schmetterlinge. Um die Säulen wanden sich Kletterpflanzen und Weinranken. Auf Decke, Wänden und Boden entfalteten sich die Wunder der Natur, die jeden Morgen vom göttlichen Aton wiederbelebt wurde.

Von der obersten Terrasse des Palastes entdeckte man einen großen Garten, der sich zum Nil hin erstreckte, bis hin zu dem privaten Anlegesteg der Königsfamilie. An den Ufern pflegten die Gärtner blühende Anlagen.

Mahu hatte Prinzessin Anchesa den Händen eines Haushofmeisters übergeben, der sie, nachdem er sich vor ihr verneigt hatte, in die Wintergemächer geführt hatte, die mit einer runden, in den Boden eingelassenen Feuerstelle ausgestattet waren. Die dort brennenden Feuer wärmten die Räumlichkeiten, der Rauch zog durch kleine Fenster in der Saaldecke ab.

Anchesa wurde in ein Badezimmer geführt, wo sie von zwei

nackten jungen Dienerinnen erwartet wurde. Sie zogen der Prinzessin das verschmutzte Hemd aus und halfen ihr, sich auf einer langen Bank aus heißen Steinen auszustrecken. In die Steine waren Rinnen gehöhlt worden, durch die das Wasser abfließen konnte, das die Prinzessin genüßlich über ihren Körper strömen spürte. Die Dienerinnen wuschen sie mit Sorgfalt und löschten die Kränkungen, die Sand und Staub ihrer goldenen Haut zugefügt hatten. Anchesa kostete die unendliche Wonne, sauber und schön zu sein. Sie bebte vor Wohlbehagen unter dem Sprühregen duftender Essenzen.

Sanft aufgerichtet, betrachtete sich die Prinzessin in dem Spiegel, den die eine der Dienerinnen ihr hinhielt, während ihre Gefährtin Anchesa frisierte, indem sie die braunen Haarsträhnen aufdrehte, ehe sie sie mit einer Perücke aus langen Zöpfen verdeckte. Die Tochter des Königs wurde in ein durchscheinendes Leinengewand gekleidet, das die rosigen Spitzen ihrer Brüste und den schwarzen Schatten ihrer Scham ahnen ließ. Ein grüner Lidpuder wurde aufgetragen, der die perfekte Linie ihrer Brauen betonte.

Die Tür öffnete sich für den Haushofmeister des Palastes.

»Seine Majestät erwartet Euch, Prinzessin.«

Anchesa folgte dem Bediensteten über einen langen, durch zahllose Öffnungen in Licht gebadeten Korridor. Im königlichen Palast wie überall in der Hauptstadt mußte den Strahlen der göttlichen Sonne freier Zugang gewährt werden. Der Haushofmeister blieb vor Echnatons Privatgemach stehen, in das mit Ausnahme der königlichen Familie niemand eindringen durfte. Anchesa versuchte ihre Unruhe zurückzudrängen. Seit über zwei Monaten sah sie ihren Vater nur allzu selten. Was war aus jenen Momenten des Glücks geworden, als die Prinzessin und ihre Schwestern üppige Mahlzeiten zu sich nahmen, die die Eltern entgegen jeglicher Etikette persönlich servierten? Sie kam und ging frei im Palast umher, füllte ihn mit fröhlichem Geschrei, erfand tausend Spiele. Echnaton und Nofretete nahmen sie nackt auf die Knie und erzählten ihr lustige Geschichten. Ihre Eltern hatten in Gesellschaft ihrer Töchter das Protokoll abgeschafft, um ein einfaches, friedliches Familienleben zu führen.

Und dann hatte sich alles verändert, ohne daß man ihr auch nur die geringste Erklärung dafür gegeben hätte. Pharao war distanziert geworden, unerreichbar, sogar für seine Nächsten. Nofretete hatte sich in ihrem eigenen Palast fern von ihrem Gatten in Schweigen eingemauert. Das süße, ruhige Glück war gewaltsam zerbrochen. Jeder lebte nun isoliert. Reichtum und Wohlbefinden hatten ihren fruchtigen Geschmack verloren.

Der Haushofmeister stieß die Tür aus Libanonzeder auf. Anchesa betrat Pharaos Privatgemach, einen fast leeren Raum. Keinerlei Schmuck an den Wänden. Ein Schreibtisch und ein Stuhl aus Ebenholz, die Echnaton vor ein großes Fenster gestellt hatte, durch das er die sonnenüberfluteten Gärten betrachtete. Der allmächtige Herrscher der Beiden Länder war ein großer, sehr magerer Mann mit langem Schädel und hagerem Gesicht. Seine vorstehenden Backenknochen und die tief in ihren Höhlen liegenden Augen unterstrichen das kränkliche Aussehen eines Mannes, dessen Stolz noch ein Jahr zuvor aller Welt Respekt eingeflößt hatte.

Anchesa schloß leise die Tür hinter sich. Ihr Vater schien ihre Anwesenheit überhaupt nicht bemerkt zu haben. Auf dem Schreibtisch lag eine Papyrusrolle, auf die der König mit seiner feinen Handschrift mehrere Spalten von Hieroglyphen gezeichnet hatte. Der Anfang einer Hymne an den Sonnengott, das göttliche Wesen, das all sein Denken bestimmte.

Die Prinzessin tat ein paar Schritte, hin- und hergerissen zwischen der Furcht, die Meditation des Vaters zu unterbrechen,

und dem Wunsch, wieder sein liebevolles Interesse zu erregen. Sie blieb still stehen. Er drehte den Kopf, und jetzt nahm er sie endlich wahr. Anchesa kniete sich nieder und schien den Boden einzuatmen vor Pharao, ihrem Herrn, wie jeder treue Untertan Seiner Majestät zu tun verpflichtet war.
Echnaton hob seine Tochter auf.
»Nein, nicht du. Du bist Fleisch von meinem Fleisch. Mein Blut fließt durch deine Adern.«
»Ich zolle den Respekt, der einem Gott gebührt, mein Vater«, widersprach Anchesa mit zärtlicher Stimme und hielt noch immer den Kopf gesenkt.
Echnaton lächelte.
»Für ein kleines Mädchen kennst du die Theologie recht gut.«
»Ich bin kein kleines Mädchen mehr«, protestierte sie. »Seit zwei Tagen bin ich Frau.«
»Und deswegen bist du weggelaufen und hast mich in fürchterliche Angst gestürzt! Du wolltest beweisen, daß du auf niemanden mehr angewiesen bist ... Komm her.«
Echnaton setzte sich wieder. Er wirkte erschöpft. Anchesa kauerte sich vor seine Füße. Er faszinierte sie. Es war die Flamme, die in seinen Augen loderte, die ihm erlaubt hatte, dem Land eine neue Religion und eine neue Hauptstadt aufzuzwingen, die materialistischen Bestrebungen der thebanischen Priester zu zügeln, eine andere Zivilisation zu schaffen. So müde seine fleischliche Hülle auch sein mochte, sie diente noch immer als Träger einer ungeheuren Schöpferkraft, wie Anchesa sie bei keinem anderen Menschen je kennengelernt hatte. Und da war auch Pharaos Stimme, ihre süße, beinahe singende Tiefe, die wie ein Sprechgesang tönte und die Seele ergriff und verzauberte. Niemand konnte Echnatons Faszination lange widerstehen.
Und dabei war er weder schön, noch war er ein gewandter

Redner; es geschah oft, daß er nach Worten suchte, daß er beinahe linkisch wirkte, daß er zögerte. Es fehlte ihm an Ausstrahlungskraft, er wirkte im Vergleich zu den meisten seiner Getreuen eher farblos. Doch es gingen von seiner Person ein so magisches Fluidum und eine solche Überzeugungskraft aus, daß er auch die Widerstrebendsten zu der Sonnenreligion bekehrte, nach der er mit ansteckender Intensität lebte.
Echnaton war Staatsoberhaupt. Er regierte mit den ihm eigenen Waffen, denen des Geistes, doch er regierte wirksam und mit fester Hand und erstaunte damit so manchen unter seinen Höflingen. Anchesa war stolz, seine Tochter zu sein. Sie dankte Aton, ihr diesen außergewöhnlichen Vater gegeben zu haben, den großartigsten Mann, den das Land Ägypten je hervorgebracht hatte.
»Ich bin nicht wirklich davongelaufen, Vater. Ich mußte einfach nur die Gemächer der Königskinder verlassen.«
»Weil du zur Frau geworden bist ...«
Er erriet, was in ihr vorging. Er verstand sie ohne viele Worte. Er las in ihrer Seele.
»Mir haben sich die Augen geöffnet. Ich bin nur die dritte von deinen Töchtern, aber ich werde dein Werk fortsetzen, auf meine Weise. Meine älteren Schwestern haben, dessen bin ich gewiß, deine Botschaft nicht erfaßt. Sie wissen nicht, daß wir uns auf der Schwelle zu einer neuen Welt befinden. Einer Welt, die wir aufbauen müssen, ohne die Vergangenheit zu betrachten.«
Pharao verhehlte nicht sein Erstaunen.
»Das sind aber ernste Worte aus dem Munde einer jungen Frau von vierzehn Jahren.«
»Ist das etwa nicht das Alter, in dem du angefangen hast, deine Umgebung zu bedrängen und deinen Willen durchsetzen zu wollen?«
»Solltest du gar frech geworden sein?«

Ein Lächeln Anchesas, die mit falscher Furcht die Augen zu ihrem Vater hob, vertrieb den aufkommenden Tadel.
»Warum bist du so ungesellig, Vater? Ich brauche deine Nähe so sehr!«
»Meine Aufgabe ist erdrückend, Anchesa. Seit über zwölf Jahren des Regierens habe ich für das Glück meines Volkes gewirkt. Heute erleuchtet Aton Ägypten. Überall verbreitet er sein Licht. Doch die Kräfte der Finsternis sind nicht besiegt. In Theben verschwört man sich gegen mich. Amuns Priester geben sich nicht geschlagen. Sie träumen von ihrer vergangenen Herrlichkeit.«
»Theben ... Du hast mich niemals dorthin gebracht. Manche sagen, es sei die schönste Stadt der Welt.«
»Theben ist dem Handel verschrieben, dem Reichtum, dem Materiellen. Das Licht des Geistes ist hier in unserer Stadt der Sonne. Von ihr hängt die Existenz eines jeden Bewohners dieses Landes ab, sei er Stein, Blume oder Mensch. Theben lebt im Luxus und im Überfluß. Es ist Ägyptens Bauch. Hier pulsiert sein Gewissen. Wir werden niemals nach Theben zurückkehren.«
»Mein Vater, ich möchte dich gerne um einen Gefallen bitten.«
Echnaton runzelte die Stirn.
»Eine beunruhigende Bitte, meine Tochter. Werde ich denn in der Lage sein, sie zu erfüllen?«
»Jedes von Pharao ausgesprochene Wort wird Wirklichkeit, denn das Wort ist in seinem Munde.«
Pharao schaute sie bewundernd an.
»Du hast eindeutig sehr viel gelernt, kleine Prinzessin.«
»Ich habe vor allem gelernt, nicht wie ein Schmetterling von Blume zu Blume zu flattern. Es ist die schlimmste Weise, seine Gedanken zu verlieren und tausend Wege einzuschlagen, ohne einem einzigen zu folgen. Ich würde so gerne mein Ersuchen aussprechen ...«

Anchesa war die eigensinnigste von Echnatons Töchtern. Keineswegs kapriziös, denn sie wußte auf unsinnige Pläne zu verzichten, doch mit einem unbeugsamen Willen ausgestattet, um die Ziele, die sie sich gesetzt hatte, zu erreichen, von denen nichts und niemand sie abbringen konnte. Echnaton hatte die Wörter und Bilder im Kopf, die er auf seinem Papyrus festhalten wollte, um Atons Ruhm zu besingen. Diese vordringliche Arbeit würde ihn mehrere Tage kosten. Aber Anchesa würde ihn nicht in Frieden lassen, bevor er sie nicht angehört hatte. Er fragte sich sogar, ob der wahre Grund für ihr Fortlaufen nicht darin gelegen hatte, diese Unterredung zu erzwingen.
Anchesa schaute flehend zu ihrem Vater auf.
»Früher«, sagte sie, »liebtest du es, auf deinem großen goldenen Wagen durch die Straßen unserer Stadt spazierenzufahren. Die Leute sahen dich vorbeikommen. Du küßtest Mama am hellen Mittag, als Aton euch mit seinem Licht umfing.«
Gerührt, an diese Szene erinnert zu werden, die in ihm so lebendig war, schaute Echnaton zu seinem Gott Aton auf. Die Strahlen verbrannten ihm nicht die Augen. Sie regenerierten ihn, gaben ihm die Kraft, weiter zu leben und weiter zu regieren. Nofretete ... Er liebte sie wie am ersten Tag, selbst wenn der Druck seiner Aufgabe ihn gegenwärtig zwang, in der Einsamkeit zu arbeiten. Wie sehr er diese Spazierfahrten geschätzt hatte, wie stolz er gewesen war, seinem begeisterten Volk seine junge Königin zu zeigen, hellhäutig und so schön, daß sie Aton selbst hätte eifersüchtig machen können.
»Da ich jetzt Frau bin«, fuhr Anchesa fort, »wünsche ich mir, daß du mich in deinem Wagen mitnimmst und wir zusammen die Königsstraße entlangfahren.«
Echnaton war sprachlos. Anchesa bemerkte seine Verwirrung sofort. Sie erhob sich, entfernte sich von ihrem Vater und deutete eine Tanzfigur an, die ihre Mutter sie gelehrt hatte.

»Bin ich nicht schön genug, mein Vater? Wäre ich an deiner Seite eine Schande für dich? Würde es Aton einem König übelnehmen, daß er seine Tochter liebt?«
»Nein, aber es ist unmöglich ...«

Blitzschnell verbreitete sich die Neuigkeit von den Villen der Adligen bis in die Arbeiterquartiere. Schreinerlehrlinge entdeckten als erstes die auf ihren erhöhten Ausguckplätzen entlang der Königsstraße installierten Polizisten, die die Bewegungen der Menge überwachten. Es war das Zeichen, daß ein außergewöhnliches Ereignis bevorstand, zweifellos eine hohe Persönlichkeit, die sich zum Palast oder zum Tempel begab, vielleicht die Königinmutter, die aus Theben kam, oder ein fremdländischer Prinz, der Pharao seinen Tribut brachte. Doch in diesem Fall hätten die Schiffer und die Männer an den Kais, die mit dem Entladen der Waren beauftragt waren, die Wasserträger und die fliegenden Händler benachrichtigt.
Als Aton den höchsten Punkt des Himmels erreicht hatte, hatte sich die gesamte Bevölkerung der Sonnenstadt zu beiden Seiten der Königsstraße versammelt. Adlige, Würdenträger und hohe Beamte hatten ihre Villen und Büros verlassen und hielten sich in den hängenden Gärten im Schatten von Bäumen oder Pavillons auf. Die Arbeit auf den Baustellen war unterbrochen worden. Die Verkaufsbuden standen leer.
Als Nachtmin, der Kommandant des Fuhrparks, die mit Elektrum – einer Gold-und-Silber-Legierung – plattierte Staatskarosse vor den Eingang des großen Palastes brachte, erhob sich ein erstauntes Gemurmel aus der Menge. Hieß das, daß Echnaton endlich aus seiner Isolierung und seinem Schweigen auftauchen und wiedererscheinen würde? Ein jeder schwieg in Erwartung eines Wunders. Keine einzige der wichtigen Persönlichkeiten fehlte.

Haremhab, der mächtige General, dessen Intelligenz nur von seiner Raffinesse übertroffen wurde, befand sich mit seiner Gattin, der vornehmen Dame Mut, inmitten einer Gruppe von Offizieren; der »göttliche Vater« Eje, der als alter Weiser angesehen wurde, beobachtete die Szene von einem steinernen Balkon aus, an der Seite seiner Gattin, der Amme Tiji.
Als Anchesa auf den obersten Stufen der Palasttreppe erschien, füllte sich ihr Herz mit Stolz. Die ganze Stadt war zu ihren Füßen. Sie verließ die Finsternis, um in Atons Glanz wiedergeboren zu werden. Von nun an wußte jedermann, daß Anchesa Pharaos Gunst besaß.
Die Freude der jungen Frau war von kurzer Dauer. Kaum war Echnaton erschienen, wandten sich alle Blicke ihm zu.
Pharao trug die blaue Krone, die fast die Form seines Schädels hatte, und war in ein Leinengewand und weiße Sandalen gekleidet. Er nahm seine Tochter bei der Hand, ging schnell die Stufen hinunter und bestieg mit Anchesa die Karosse.
»Er ist aschfahl«, sagte die Dame Mut zu ihrem Gemahl, dem General Haremhab. »Meiner Ansicht nach muß er schwer krank sein.«
Haremhab antwortete nicht. Er beschränkte sich darauf, Echnaton sehr aufmerksam zu beobachten. Haremhab, ausgebildet in der strengen Schule der Schreiber und dann an die Spitze der Armee berufen, deren Oberkommando nie von einem Militär wahrgenommen wurde, war in den Augen vieler die einflußreichste Persönlichkeit des Königreiches. Sagte man nicht auch, er sei imstande, jederzeit die Macht zu übernehmen?
»Der König ist albern, sich so mit diesem Kind zur Schau zu stellen«, räsonierte Mut.
»So spricht man nicht von dem Herrn der Beiden Länder«, wies Haremhab sie streng zurecht.
Mut errötete betreten.

Geschrei wurde laut. Ungefähr zwanzig Soldaten bahnten der Karosse im Laufschritt den Weg. Sie sangen, und ihre kurzen Lendenschurze schwangen ihnen gegen die Schenkel. Freudengeschrei schlug ihnen entgegen, das sich noch verstärkte, als sich die beiden prachtvoll aufgezäumten Pferde mit vielfarbigen Federdiademen auf den Köpfen zu einem leichten Trab in Gang setzten. Freude war in die Sonnenstadt zurückgekehrt. Pharao war wieder erschienen.

Echnaton hielt die Zügel mit ruhiger Hand. Die beiden Pferde, Morgenschönheit und Abendschönheit, hatten ihren Herrn wiedererkannt. Anchesa lächelte ihrem Vater zu. An diesem wunderbaren Mittag war sie die meistbeneidete Frau.

Pharao hatte die Richtung nach Norden eingeschlagen, Traurigkeit verschleierte seinen Blick. Im Süden befanden sich der Wohnsitz und der Tempel, wo Nofretete waltete. Anchesa verstand, daß er ihr dieses Schauspiel nicht antun wollte. Sie wollte einen Weg finden, ihre Mutter zurückzuerobern. Jetzt, wo sie den Ring des Schweigens um ihren Vater gebrochen hatte, fühlte sie sich fähig, die schwierigsten Schlachten zu gewinnen.

Die Arbeiter und Handwerker brachten ihre Freude wunderbar kraftvoll zum Ausdruck. »Aton ist unser Gott«, riefen sie. »Er schenkt das Leben.« Sie wußten, daß dieser königliche Ausflug mit einem Ruhetag verbunden sein würde, zusätzlich zu den Festzeiten, die gut drei Monate des Jahres ausfüllten.

Anchesa sah ihren Vater wieder aufleben. Farbe war in sein erschlafftes, fast blutleeres Gesicht zurückgekehrt. Der belebende Wind dieses Wintermittags ließ in ihm unerwartete Kräfte wiedererwachen.

»Auf diesem selben Wagen habe ich die Gründung meiner Stadt zelebriert«, vertraute er seiner Tochter an. »Die Sonne strahlte am höchsten Punkt des Himmels. Ich habe die Grenzen von Atons Horizont markiert. Gott selber hat mir den Standort für seine Stadt angegeben. Ich habe die Hand gegen die Sonne erhoben, habe einen großen Altar errichten lassen, auf dem ihr zu Ehren ein Opfer zelebriert wurde. Von diesem Augenblick an hat sich das Antlitz der Menschheit verwandelt. Das gleiche Licht wird für alle Länder strahlen. Seine Quelle ist hier, an dieser für immer heiligen Stätte. Dann habe ich die Tempel genannt, auf daß das Wort die Hand der Konstrukteure führe. Heliopolis, die erste heilige Stadt, die zu Beginn aller Zeiten aus den Wassern erstanden ist und die ich so wieder auferweckt habe. Verstehst du es, Prinzessin? Und heute bist du hier, du, meine Tochter Anchesa, an meiner Seite wie eine Königin ...«

Pharaos Worte ließen das Blut in Anchesas Adern erstarren. Sie, eine Königin? Warum sprach er so? Die Große Königliche Gemahlin war Nofretete. Die Nebenfrau, eine Syrerin, die aus diplomatischen Gründen mit dem König verheiratet worden war, um einen Friedensvertrag zu besiegeln, lebte in einer Wohnung, die sie kaum verließ, im Palast. Anchesa war um so verwirrter, als sie den bevorzugten Titel ihres Vaters kannte: »Der größte aller Seher«. Echnaton erkannte die Wege des Unsichtbaren. Vergangenheit, Gegenwart und Zukunft waren in seinem Denken wie ein einziger Augenblick. Er schuf die Wirklichkeit. Als er so sprach, enthüllte er ihr da nicht ihre Bestimmung?

Die Karosse fuhr an dem großen Tempel entlang. Die Begeisterung des Volkes wuchs unaufhörlich. Die Vorhut hatte gewisse Mühe, die Neugierigen zurückzudrängen, um Pharao und seiner Tochter den Weg zu bahnen.

»Du hast gut daran getan, mir diese Bitte zu unterbreiten, Anchesa. Diese Fahrt ist der wichtigste Regierungsakt, den ich seit mehreren Monaten geleistet habe. Sie hat genügt, die Herzen weit zu öffnen und Aton erneut zuzuwenden.«

Anchesa hatte nicht im geringsten daran gedacht, irgendeine

Strategie auszuhecken. Aber sie hatte soeben ihre erste Lektion als Erwachsene erhalten und stellte – nicht ohne große Genugtuung – fest, daß ihre Eingebung Pharaos Sache begünstigt hatte. War dies nicht ein Zeichen dafür, daß ihre Natur der ihres Vaters ähnlich war, daß der Dienst für die Beiden Länder bald ihr einziges Ideal sein würde? Obgleich das unmöglich war, konnte sie nicht umhin, diese Vision tief in ihrem Inneren zu bewahren. »Königin!« Ihr Vater selbst hatte diesen erschreckenden, erhebenden Titel ausgesprochen.

Der Wagen erreichte das Ende des Nordviertels. Dahinter lag die Baustelle, wo Anchesa von den Polizisten aufgefunden worden war. Die Spazierfahrt näherte sich ihrem Ende. Es hieß wenden und zum Palast zurückkehren.

Anchesa sträubte sich, dem Protokoll zu gehorchen. Hatte sie nicht das Recht erlangt, ihr eigenes Schicksal zu gestalten? Mit einer ungestümen Geste nahm sie die Zügel an sich, ließ die Pferde sich aufbäumen und feuerte sie mit der Stimme zum Galopp auf, wie sie es so oft bei den Offizieren des Fuhrparks beobachtet hatte. Pharao blieb absolut ruhig. Der Wagen überholte die Soldaten der Vorhut, die zur Seite wichen, um nicht überfahren zu werden.

»Die Pferde sind durchgegangen!« brüllte einer von ihnen. »Man muß sie aufhalten!«

Obwohl das nicht stimmte, sprangen Haremhabs Reiter auf ihre Pferde, und die Bogenschützen bestiegen die Streitwagen und nahmen die Verfolgung von Pharao und seiner Tochter auf. Die Fröhlichkeit wich großer Beunruhigung.

»Warum tust du das?« fragte Echnaton und betrachtete die in blaues Licht getauchte Gebirgskette.

»Um noch weiter zu fahren, Vater! Die ganze Welt gehört dir.«

»Die Steine der Wüste sind gefährlich für die Wagenräder, besonders bei dieser Geschwindigkeit.«

Obgleich ihr Vater die Stimme nicht erhoben hatte, wurde Anchesa ihre Unvorsichtigkeit bewußt. Sie versuchte, die Pferde zu verlangsamen, doch sie stellte sich so ungeschickt dabei an, daß sie sie damit noch mehr antrieb. Der Wagen verließ die von Arbeitern angelegte Fahrspur und raste in die Wüste.

In dem Augenblick, als der König die Zügel wieder in die Hand nahm, stieß das linke Wagenrad gegen einen Kalksteinbrocken. Aus dem Gleichgewicht geraten, rollte der Wagen ein paar Sekunden seitwärts geneigt weiter und kippte dann in den Sand und das Geröll, während die beiden Pferde befreit in Richtung des Gebirges galoppierten.

Mahu, der Oberbefehlshaber der Polizei, und Nachtmin erreichten als erste die Unfallstelle. Reiter verfolgten Morgenschönheit und Abendschönheit, um sie in die königlichen Ställe zurückzubringen.

Die Staatskarosse lag auf der Seite. Echnaton stand aufrecht, heil und unversehrt. Anchesa lag ein Stückchen weiter auf dem Boden. Mahu verneigte sich respektvoll vor Pharao.

»Aton hat Euch beschützt, Majestät!«

»Warum verwundert dich das, Mahu? Man möge sich um meine Tochter kümmern.«

»Nichts Schlimmes«, verkündete Nachtmin erfreut. Er trug die Prinzessin auf den Armen. Sie kam wieder zu sich. Nur eine kleine Schramme an der Stirn.

Obgleich sich ihr Kopf drehte, gelang es Anchesa, sich aufzurichten. Sie trat vor ihren Vater und kniete sich in den feinen Wüstensand.

»Verzeiht mir, Vater. Ich habe unbesonnen gehandelt.«

»Du bist von Aton geleitet worden«, erklärte der König für die Ohren der Soldaten und Polizisten, die um sie herumstanden. »Du hast bewiesen, daß Pharao, sein Diener und sein Prophet, vor allen Gefahren beschützt wird.«

3

Eine Woche nach den Ereignissen, die die Rückkehr Echnatons vor sein Volk gekennzeichnet und ihm neues Ansehen beschert hatten, wurde Anchesa auf Befehl ihres Vaters in das Südviertel der Sonnenstadt gebracht.

Nach dem Gespräch, von dem jedes Wort in Anchesas Erinnerung graviert blieb, zweifelte sie kein bißchen daran, daß Pharao beschlossen hatte, ihr einen der Frauenpaläste zuzuteilen, die man »Fächer des Lichts« nannte. Diese seltsame Bezeichnung erinnerte an die symbolische Bedeutung der Fächer aus Straußenfedern, die zur Aufgabe hatten, die Helligkeit der Sonne zu filtern und den Lebensatem zu spenden. Drei »Fächer« waren gebaut worden: der erste für die Königinmutter Teje, der zweite für die Königin Nofretete, der dritte für ihre älteste Tochter Meritaton, die Thronfolgerin. Sie waren an einer Nord-Süd-Achse ausgerichtet, um den sanften Nordwind besser aufzufangen, der den Menschen nach einem heißen Tag Kühlung brachte. Zu den Privatgemächern gehörte ein kleiner Tempel, in dem jede der drei großen Damen einen Kult zu Ehren des Abendsonnenlichts zelebrierte. Die Königinmutter, die häufiger in Theben residierte, war abwesend. Nofretete lebte seit einigen Monaten zurückgezogen in einem anderen Palast. Meritaton, die älteste Tochter, hatte sich mit Prunk in ihrem Besitz installiert und bereitete sich großtuerisch auf ihren zukünftigen Beruf als Königin vor.

Wie würde sie wohl reagieren, wenn sie sah, daß ihre Schwester Anchesa ihrerseits einen »Fächer« bewohnte? Letztere empfand keinerlei Haß gegenüber Meritaton, doch sie warf ihr ihre Arroganz und ihre Verachtung der kleinen Leute vor. Die älteste der Königstöchter war so von ihrer Überlegenheit überzeugt und hatte ein solches Vertrauen in ihre Vorrechte, daß sie der Existenz ihrer jüngeren Schwestern nicht das geringste Interesse zollte. Als Bewahrerin des königlichen Blutes hatte sie mit den anderen Menschen nichts mehr gemein.
Die von Mahu, dem Oberbefehlshaber der Polizei, angeführte Eskorte passierte die drei »Fächer«, ohne anzuhalten. Anchesa erwartete, ein neues Gebäude zu entdecken, jenes, das ihr von nun an vorbehalten wäre. Waren nicht Pharaos Arbeiter fähig, es in weniger als einem Monat zu errichten? Auf der Schwelle würden Diener und Dienerinnen sie erwarten. Wie würde sie den Kult zelebrieren? Sie hatte keinerlei Unterweisung erhalten! Ihr Vater würde zweifellos bei dem ersten Ritual anwesend sein, das sie zu leiten hätte. Danach müßte sie alleine handeln.
Die Eskorte zog weiter durch eine Anchesa vertraute Landschaft, die Umgebung des Kinderpalastes, in dem sie und ihre Schwestern aufgewachsen waren. Das Gebäude befand sich im Herzen eines von hohen Mauern umgebenen Gartens mit Sykomoren und Akazien. Mehrere Teiche, an deren Ufern hölzerne Pavillons standen, brachten sanfte Kühlung an heißen Tagen. Hunderte von Vögeln spielten in den Hecken und den Blumenrabatten. Von Kletterpflanzen überwucherte Bogenbrücken verbanden die Ufer dieses Labyrinths aus Wasser und Vegetation. Es war der Ort, von dem Anchesa geflohen war. Sie mochte dieses Paradies nicht mehr, wo sie zu einem Glück gezwungen war, das sie nicht gewählt hatte. Als das Bronzeportal vor ihr aufging, wurde ihr ganzer Körper starr.
»Ich will nicht dort hinein.«

»Pharao hat es angeordnet«, erwiderte Mahu irritiert.
»Ausgeschlossen.«
»Es ist aber so, Prinzessin.«
»Schwört es in Atons Namen.«
Ein Eid verpfändete das Leben dessen, der ihn aussprach. Niemand schwor also leichthin etwas.
»Ich schwöre es, Prinzessin. Mein Auftrag besteht darin, Pharaos Anordnungen auszuführen.«
Niedergeschmettert willigte Anchesa ein, die Schwelle des Kinderpalastes zu überschreiten. Ihr Vater hatte sich also über sie lustig gemacht. Er hatte sie mit seinen Hoffnung weckenden Worten getäuscht. Er hatte sie als ein aufsässiges Kind betrachtet, dem er die schlimmste aller Strafen auferlegte: sie in das goldene Gefängnis zurückzuschicken, aus dem sie ausgebrochen war.
Jeder Schritt fiel ihr noch schwerer als der vorherige. Nur unter allergrößter Anstrengung vermochte sie Mahu zu folgen. Gleich würde sie die Beherrschung verlieren. Sie würde davonrennen, so schnell sie ihre Beine trugen, um nicht zu ihren kleinen Schwestern, ihrer Gouvernante, den endlosen Spielen, den allzu streng geregelten Tagen zurückkehren zu müssen.
Mahu ging an dem Hauptgebäude vorbei, in dem die kleinen Prinzessinnen lebten. Anchesas Herz schlug schneller. Welche unerfreuliche Überraschung hielt man noch für sie bereit?
Die Eskorte steuerte auf einen kürzlich fertiggestellten Flügel zu, den die junge Frau noch nie betreten hatte. Die Blumenbeete waren eben erst bepflanzt worden. Die Ziegelsteine waren noch nicht verputzt. Die Terrassen waren kaum vollendet worden.
»Bitte tretet ein, Prinzessin«, bat der Oberbefehlshaber der Polizei.
»Aus welchem Grund? Wer wohnt hier?«

»Ich weiß es nicht, Prinzessin. Meine Wachen stehen um dieses Gebäude herum auf Posten. Ein Entkommen ist unmöglich. Tretet ein.«

Mahu hatte recht. Jeglicher Fluchtversuch schien von vornherein zum Scheitern verurteilt. Doch die Neugier gewann die Oberhand über ihre Befürchtungen. Anchesa durchquerte ein Säulenvestibül, in dem Maler eifrig bei der Arbeit waren. Eine Dienerin geleitete sie in einen großen Raum und schloß die Tür. Die junge Frau entdeckte prunkvolles Mobiliar: einen Ebenholzsessel, dessen Flächen mit Blattgold überzogen waren, einen Stuhl aus massivem Holz, den Geier mit ausgebreiteten Flügeln schmückten, einen dreibeinigen Hocker mit Elfenbeineinlagen, Kissen aus geflochtenen Binsen, mit Leinen gefüttert. Die Gegenstände waren perfekt, von geschickten Schreinern geschaffen, doch ihre Größe bewies, daß sie ... einem Kind gehörten!

Anchesa ließ sich auf dem Sessel nieder und fragte sich, um wen es sich handeln mochte. Es mußte jemand sein, der einflußreich genug war, daß er bei Pharaos Töchtern empfangen wurde und eine luxuriöse Ausstattung verdiente. Doch warum war Anchesa an diesen Ort gebracht worden, und warum hatte ihr Vater ihr nichts von dieser merkwürdigen Entscheidung gesagt? Sie bekam wieder Angst. Hatte man gar diese Gemächer in aller Eile für sie erbaut? Ja, das war die Erklärung. Pharao, der ihren rebellischen Charakter und ihr Unabhängigkeitsstreben kannte, verbannte Anchesa in diesen isolierten Flügel des Kinderpalastes. Dort würde man sie vergessen. Ihr Benehmen würde niemanden mehr stören.

Der jungen Frau stiegen Tränen in die Augen. Doch diese Schwäche nahm sie sich sofort übel. Wenn sie sich so verhielt, würde sie nicht aus der Falle entkommen, in die man sie zu sperren suchte. Und während sie begann, einen Fluchtplan auszuhecken, öffnete sich eine versteckte Tür, und ein Junge trat ein. Er war jung und zierlich und bewegte sich übertrieben steif in einer schweren, vergoldeten Robe, die ihn beim Gehen hinderte. Ohrringe aus massivem Gold, Reifen aus Elfenbein um die Fesseln und Armreifen schmückten den jungen Prinzen. Diese Schmuckstücke waren mit Gazellen, Hasen und Straußen verziert, was ihren Besitzer als einen großen Jäger auszeichnete. Zur großen Entrüstung des Jungen brach Anchesa in Gelächter aus. Er wurde zornig.

»Mit welchem Recht macht Ihr Euch derart über mich lustig?«

»Ihr ... Ihr seid lächerlich.«

Anchesa trat auf ihn zu und löste behende einen der Ohrringe. Er bestand aus zwei goldenen Röhrchen, die sich ineinanderfügten, und an den Enden jeweils einem Goldscheibchen mit Einlagen aus Karneol und Glasfluß.

»Euer Schmuck ist prachtvoll«, lobte die junge Frau. »Doch warum seid Ihr so schwer aufgetakelt? Seid Ihr auf dem Weg zu einer großen Zeremonie?«

»Eure Frechheit ist inakzeptabel. Wißt Ihr wenigstens, mit wem Ihr sprecht?«

Der Jugendliche richtete sich mit aller Würde auf, zu der er fähig war. Anchesa mußte zugeben, daß es ihm nicht an Stattlichkeit mangelte. Die höfische Erziehung hatte aus ihm einen Prinzen mit perfekten Manieren gemacht, geprägt von kompromißloser Befolgung der Etikette.

»Ich habe nicht die Ehre, Euch zu kennen«, gab Anchesa zu.

Der zu schnell der Kindheit entglittene Junge gab sich überlegen.

»Ich bin Prinz Tutanchaton, Sohn von Amenophis dem Dritten.«

4

Anchesa hatte den Namen Tutanchaton ein- oder zweimal gehört. Er lebte in Theben bei der Königinmutter.

»Seid Ihr zu Besuch hier?«

»Ich lasse mich für mehrere Monate in der Sonnenstadt nieder«, antwortete der Junge, dessen Stimme, die selbstsicher klingen sollte, in krassem Kontrast zu seiner mangelnden Körperkraft stand.

Tutanchaton spielte mit seinen zwölf Jahren den erfahrenen, selbstbewußten Prinzen. Er war von Weisen unterrichtet worden, die ihm empfohlen hatten, sich vor fremden Frauen in acht zu nehmen. Diese hier war besonders hübsch, gewiß, sogar die schönste, die er je gesehen hatte, aber sie war nach wie vor eine Fremde für ihn.

»Und Ihr … Wer seid Ihr denn nun?«

»Anchesa, Pharaos dritte Tochter.«

Sie hatte fügsam den Kopf nach vorn geneigt, wie eine Dienerin vor ihrem Herrn.

»Eine Tochter des Pharaos!« rief der Jugendliche aus. »Ich … ich bin ganz ergriffen …«

Tutanchaton hatte in völliger Verwirrung alle Selbstsicherheit verloren. Seine wiedergefundene Einfachheit berührte die junge Frau.

»Wißt Ihr vielleicht, Prinz, warum ich hergebracht worden bin?«

»Um Euch hier in Gesellschaft von Tutanchaton einer Prüfung zu unterziehen«, antwortete die klangvolle Stimme eines Mannes, der geräuschlos eingetreten war und sich hinter eine Säule gestellt hatte.
Anchesa wirbelte herum. Sie erkannte ihn sofort.
»Hanis! Was tut Ihr denn hier?«
»Prinzessin, ich bin vom König beauftragt, den Vorsitz des Tribunals Eurer Prüfer zu führen.«
Anchesas Lächeln erstarrte. Hanis war ein vornehmer, eleganter, distinguierter Mann, der sich mit Vorliebe in phönizische Stoffe kleidete. Er erfüllte ein hohes Amt bei Hofe als Pharaos Botschafter bei fremdländischen Herrschern. Als hochgebildeter Mann sprach Hanis mehrere Sprachen. Es war nämlich einem Ägypter verboten, die heilige, von den Göttern in Form von Hieroglyphen geoffenbarte Sprache außerhalb seines Heimatlandes zu sprechen. Somit mußten die Reisenden und die Diplomaten vielsprachig sein und sich an die Sitten und Bräuche der Länder anpassen, die sie bereisten.
Hanis schüchterte Anchesa ein. Seine umfassende Bildung machte ihn zu einer mysteriösen, faszinierenden Persönlichkeit. Er hatte die Werke der Moralisten und der Poeten gelesen, konnte malen und zeichnen und kannte die Geheimnisse der Arzneien und Drogen. Ein dünner schwarzer Schnurrbart zierte seine Oberlippe. Am linken Handgelenk trug er einen Silberreif, der mit einem Fuchs geschmückt war.
»Von was für einem Tribunal sprecht Ihr?« fragte die junge Frau beunruhigt.
»Dem der Schreiber«, gab Hanis listig zur Antwort. »Es erwartet Euch alle beide.«
»Ich bin bereit«, verkündete Tutanchaton stolz. »Es ist richtig, daß Personen unseres Ranges mit Strenge geprüft werden.«
Der Halbwüchsige gab sich erwartungsvoll. Er war ganz und gar

sicher, mehr zu wissen als Anchesa. Indessen mußte letztere als außergewöhnlich eingeschätzt werden, wenn sie dem Unterricht der Schreiber gefolgt war! Doch welches Mädchen würde in diesem Bereich schon mit einem Jungen konkurrieren können? Fleißig die Schule der Gelehrten zu besuchen hieß, dem besten Weg in die Ewigkeit zu folgen. Die Arbeiten, die man dort ausführte, glichen Bergen, die von der Zeit kaum abgenutzt wurden. Als Tutanchaton von einem alten Weisen seine erste Palette und sein erstes Schreibrohr empfangen hatte, hatte dieser ihm nahegelegt, sie wie Vater und Mutter zu ehren. Diese Gegenstände wären immer an seiner Seite, in Freude und Leid, im Leben wie im Tode.
Hanis führte Anchesa und Tutanchaton in einen bescheidenen Raum, wo sie von drei hockenden Schreibern mit kahlrasierten Köpfen erwartet wurden. Alte Männer mit strengen Gesichtern. Die beiden jungen Leute setzten sich vor ihre Prüfer und kreuzten die Beine, die als Unterlage für die Paletten dienten, die Hanis ihnen reichte: kleine rechteckige Elfenbeinbretter, mit Pharaos Namen versehen. Am oberen Ende waren Vertiefungen eingebracht, um zwei Farbriegel aus roten und schwarzen Pflanzenpigmenten aufzunehmen. Der Botschafter entnahm einem mit Leinen ausgekleideten Papyruskorb mehrere feine, zugeschnittene Rohrfedern, ein für Korrekturen auf dem Papyrus nützliches Glättgerät, einen Schaber aus Ton, einen Wasserbecher zum Befeuchten der Rohrfedern, ein paar Kalksteinscherben, auf die die Schüler ihre unvollendeten Versuche schreiben konnten, ehe sie den endgültigen Text ausführten, und schließlich eine kostbare Papyrusrolle.
Anchesas Kehle war wie zugeschnürt. Es war das erste Mal, daß sie eine so strenge Prüfung zu machen hatte, und dazu auch noch unvorbereitet. Innerlich machte sie ihrem Vater Vorwürfe, sie nicht vorgewarnt zu haben. Tutanchaton schien

weniger beunruhigt. Zweifellos hatte er Zeit gehabt, sich vorzubereiten.
»Laßt uns die Erinnerung an unseren Ahnen Imhotep ehren«, betete Hanis. »Ihn, den Beschützer der Schreiber und den Weisen unter den Weisen, ihn, der die Mutter der Pyramiden in Sakkara erbaute und für Pharao eine Leiter zum Himmel erschuf, ihn bitten wir, daß er unsere Gedanken inspiriere und sie auf den schmalen Weg der Wahrheit führe.«
Mit respektvoller Langsamkeit gossen Hanis und die drei Prüfer ein paar Tropfen Wasser auf ihre Rohrfedern in Erinnerung an den großen Imhotep.
Der mürrischste der Schreiber diktierte einen Abschnitt aus einem seit mehreren Jahrhunderten berühmten literarischen Werk, der »Geschichte des Sinuhe«, und spickte den Text mit schweren Fehlern, die die beiden jungen Leute mit roter Tinte unterstreichen mußten. Anchesa erfüllte die Aufgabe mit Leichtigkeit, denn sie hatte diese berühmte Geschichte so oft gehört und gelesen, die von den Taten eines Beamten berichtet, der gegen seinen Willen im Ausland in gefährliche Situationen gerät, für Pharao spioniert und mit Ehren überhäuft zum Sterben nach Ägypten zurückkehrt. Die Sprache war schön, aber kompliziert. Darauf folgten Aufgaben in Grammatik und Philologie, von denen der jungen Frau einige unlösbar erschienen, und sie setzte ihren ganzen Verstand ein, um sie zu lösen. Schließlich wurden den Kandidaten Aufgaben der Mathematik und der Geometrie gestellt, bei denen sie das Gewicht eines Obelisken und den Winkel einer Pyramide zu berechnen hatten. Anchesas wacher Verstand hatte Spaß daran, die richtige Lösung zu suchen, doch die ihr zugestandene Zeit erschien ihr recht kurz, zumal außerdem verlangt wurde, eine Aufstellung in hieratischer Schrift, einer Art Kurzform der Hieroglyphen, die ein schnelles Schreiben ermöglichte, zu verfassen.

Tutanchaton stand wütend auf.
»Das hat mich niemand gelehrt. Diese Fragen sind ungerecht. Ich habe genug davon.«
Zur großen Entrüstung der Schreiber schleuderte der Prinz Palette, Rohrfedern und Wasserbecher quer durch den Raum. Er rannte aus dem Prüfungszimmer zu einem Pavillon, wo er sich fern von seinen Henkern zu verstecken gedachte. Auf der Schwelle blieb er mit vor Überraschung weit aufgerissenen Augen wie angewurzelt stehen. Ein Mann erwartete ihn.
»Huja«, rief er aus. »Huja! Du bist hier, welche Freude!«
»Ich werde immer in deiner Nähe sein, um dich zu beschützen«, versicherte der hohe Beamte, der die Titel des königlichen Fächerträgers, des Verwalters des Goldenen Landes, Verwalter des Viehs in Nubien und des durch Tapferkeit ausgezeichneten Reiters trug. Derb, bärbeißig, an militärische Disziplin und an Expeditionen in den großen Süden gewöhnt, verbrachte Huja die meiste Zeit unter den Negern in den fernen nubischen Provinzen. Er wußte diese Menschen zu nehmen, sprach ihren Dialekt und kannte ihre Bräuche und Gewohnheiten. Sie respektierten ihn für seinen angeborenen Gerechtigkeitssinn und seine Rechtschaffenheit. Gewiß, Huja war unerbittlich, wenn es darum ging, einen Befehl des Pharaos auszuführen, doch er achtete darauf, die Betroffenen zu beraten und ihnen die Wohlbegründetheit darzulegen.
»Wirst du länger hierbleiben?«
»Ich weiß es nicht«, antwortete Huja, »Pharao hat mich gerufen, um mich um die Erziehung nubischer Prinzen zu kümmern, die an seinen Hof gebracht worden sind und dann in ihre Provinzen zurückgeschickt werden sollen, um dort unsere Zivilisation erstrahlen zu lassen.«
»Wirst du wenigstens ein paar Monate bleiben?«
»Sicherlich, und vielleicht sogar noch länger.«

Tutanchaton vergaß die mit seiner Person verbundene Würde und umarmte noch einmal den Mann, den er als seinen Mentor betrachtete oder gar als einen Vater, der ihm die Zuneigung entgegenbrachte, die Amenophis III., zurückgekehrt in das göttliche Licht, aus dem er hervorgegangen war, nicht hatte geben können.

»Vermißt du Nubien nicht zu sehr?«

»Ein bißchen schon, das gebe ich zu. Aber die Erziehung der jungen Nubier gehört zu meinen Aufgaben. Es sind nette Jungen. Man muß sie mit fester Hand führen, aber sie sind es wert. Sie werden zu ausgezeichneten Kriegern und rechtschaffenen Verwaltern. Auch aus dir, Prinz Tutanchaton, werde ich einen Mann machen.«

Der Junge zog einen Flunsch.

»Mir gefällt es hier nicht. Theben ist mir lieber.«

»Suche das Glück dort, wo Pharao, unser Herr, dich hingebracht hat. Das ist Weisheit. Wieso ist dein Gewand in Unordnung? Warum sind deine Hände mit roter Tinte verschmiert?«

Tutanchaton senkte den Kopf.

»Eine Prüfung, die die Schreiber verlangt haben. Eine überflüssige und ungerechte Prüfung.«

»Keine Prüfung ist überflüssig«, ermahnte ihn Huja. »Du bist ein Prinz des Königshofs. Du mußt dich deiner Stellung würdig erweisen, ob dir das gefällt oder nicht. Du bist nicht frei in deiner Bestimmung. Sie liegt in Gottes Hand. Deine Erziehung muß vollendet werden. Du wirst voller Eifer mitmachen. Das mußt du mir schwören, wenn du mich weiterhin zum Freund haben willst.«

Huja las echte Verzweiflung in den Augen des jungen Prinzen. Doch er konnte von den Prinzipien, die er soeben genannt hatte, in keinem Punkt abweichen. Ägyptens Größe verlangte diesen Preis. Das Wohlergehen der Beiden Länder ruhte auf den Schultern einiger weniger außergewöhnlicher Menschen, und er rechnete fest damit, daß Tutanchaton zu diesen gehören würde.

»Warum bin ich als Prinz geboren, Huja? Es gibt Zeiten, da wäre ich lieber ein Bauer, würde mit meinen Kameraden in den Feldern spielen und mich nicht um das Protokoll kümmern.«

»Unnütze Worte und sinnloses Sehnen. Auch ich lehne mich manchmal gegen mein Schicksal auf. Ich liebe nichts so sehr, wie die sonnenverbrannten Wege Nubiens zu bereisen, im Nil zu baden, auf den Märkten zu diskutieren, wo man Elfenbein, Leopardenfelle und Gewürze verkauft. Dies sind Augenblicke vollständigen Glücks, die man als solche genießen muß. Und darüber hinaus müssen wir unsere Pflicht erfüllen, und wir werden die Freude erleben, Pharaos Herz erfreut zu haben.«

Hanis trat vom Fenster des Büros der Schreiber zurück, von dem aus er die Unterhaltung zwischen Tutanchaton und Huja angehört hatte. Der Botschafter hatte die drei Schreiber entlassen und Anchesa noch zu bleiben gebeten. Er nahm den Papyrus, auf dem die Prinzessin die Fragen der Prüfer beantwortet hatte, und begann, ihn aufmerksam zu lesen.

»Das ist gar nicht schlecht«, sagte er schließlich. »Da sind nur wenige Fehler. Noch ein wenig Fleiß, und Ihr seid der Palette der Schreiber würdig.«

»Die Prüfung war schwierig. Warum mußte ich sie machen?«

»Weil Pharao es verlangt hat, Prinzessin.«

»Ich dachte, diese Prüfungen würden nur einem zukünftigen König oder einer zukünftigen Königin auferlegt.«

»Was denkt Ihr Euch da aus! Alle Kinder Seiner Majestät erhalten eine strenge Erziehung, ob sie nun zum Regieren bestimmt sind oder nicht. Ägyptens Zukunft hängt davon ab. Eine Rasse ohne Kultur ist zu Chaos und Krieg verdammt.«

»Was ist Eure Rolle genau, Hanis? Habt Ihr zur Aufgabe, mich die fremden Sprachen zu lehren?«
Der Botschafter wich ein paar Schritte zurück, um Anchesas Blick zu entgehen. Er begriff endlich, was ihn verwirrte. Die Prinzessin war kein kleines Mädchen mehr. Die Jugendliche war zu einer Frau von außergewöhnlicher Schönheit geworden, eine Magierin, die, wie die Göttin Hathor, das Lied der Herzen auffing und sie mit ihrem Lächeln verzauberte. Eine Frau, deren ergebener Diener er wurde und mit der man schon morgen würde rechnen müssen.
Hanis war geübt im Beurteilen von Menschen. Er hatte ihrer viele kennengelernt und wußte ihre Fallen zu umgehen, ihre Listen zu entwirren und ihre wahre Natur hinter der äußeren Erscheinung zu erkennen. Er irrte sich nur selten. Anchesa besaß die Anlagen einer Königin, zu der sie wegen der Vorrechte ihrer beiden älteren Schwestern nie werden würde. Wie mochte es ihrem Vater wohl gelingen, ihre Forderungen zu erfüllen?
»Das ist tatsächlich meine Aufgabe. Ich soll Euch Hethitisch, Syrisch und Phönizisch lehren. Ihr werdet damit beginnen, die wichtigsten Ausdrücke zu transkribieren, die von den Asiaten verwendet werden. Dann werde ich Euch genauc Angaben über die Geographie und die Wirtschaft unserer Protektorate im Norden machen.«
»Wie sonderbar. Ist meine Schwester vielleicht diesen Pflichten entkommen?«
»Ich weiß es nicht«, gab der Botschafter zurück.
»Und wie ist es mit Nubisch? Diesen Dialekt habt Ihr nicht aufgezählt.«
»Ich kümmere mich nicht um die südlichen Provinzen, Prinzessin. Nubien ist befriedet. Es ist Pharaos Autorität vollständig unterworfen.«

»Und das ist demnach nicht der Fall mit den Protektoraten im Norden?«

Der Botschafter war wütend über sich selber. Er hatte sich auf die allerdümmste Weise verraten. Diese Frau war so listenreich und hinterhältig wie Thot.* Es war ihr gelungen, ihm eine vertrauliche Mitteilung zu entlocken, ihm, dem Botschafter, der die schwierigsten Verhandlungen zu führen gewöhnt war. Das war wirklich Zauberei.

»Selbstverständlich doch«, erklärte er mit einem Ton, der überzeugend klingen sollte. »Ihr wißt zweifellos, daß nur einer der fremdländischen Herrscher über eine Armee verfügt, die diese Bezeichnung verdient, nämlich der König von Hatti. Ich besuche seinen Hof regelmäßig. Unsere Beziehungen sind ausgezeichnet. Er ist ein höflicher, liebenswürdiger Mann, der große Angst vor Pharao hat und sich als treuer Vasall benimmt. Ägypten ist das mächtigste Land des Universums. Es badet in Atons heilbringenden Strahlen.«

Anchesa beobachtete den Botschafter sehr genau, was ihm Unbehagen verursachte.

»Eure Unterweisung wird mir äußerst nützlich sein«, bestätigte sie. »Doch Ihr sagt mir nicht die ganze Wahrheit.«

»Prinzessin! Wie könnt Ihr mein Wort anzweifeln?«

»Ich werde Euch zwingen, mir die Wirklichkeit ganz genau darzulegen.«

Hanis änderte seine Strategie, weil er eine Kraftprobe vermeiden wollte, aus der er nicht mit Gewißheit als Sieger hervorgehen würde.

»Die diplomatischen Fragen sind ungeheuer komplex, Prinzessin, und ich ...«

* Ibisköpfiger Gott, Patron der Schreiber und Bewahrer der Wissenschaften.

»Und Ihr möchtet mich überreden, mich nicht allzusehr dafür zu interessieren, nicht wahr? Das stünde in Widerspruch zu Eurer Aufgabe.«
Der Botschafter hatte das Gefühl, auf Treibsand geraten zu sein. Jedes seiner Argumente schien sich gegen ihn zu wenden.
»Wann fangen wir mit der Arbeit an?« fragte Anchesa. »Ich kann es kaum abwarten, zu lernen.«
»Morgen früh. Es werden so viele Stunden folgen, wie nötig sind.«
»Ich bin hingerissen. Ich verspreche Euch, die allerfleißigste Schülerin zu sein.«
Anchesas Charme entwaffnete Hanis, dessen Erfahrung aus Jahren heikler Dialoge mit sowohl mächtigen als auch gefährlichen Persönlichkeiten ihm hier überhaupt nichts nützte. Er hatte wirklich eine Königin vor sich. Ohne es zu wissen, verfügte sie über diese natürliche Autorität, die bewirkte, daß sich vor ihr die Köpfe neigen würden. Aber er hatte nicht das Recht, sie auf diesem Wege zu bestärken. Anchesa würde nur eine umhegte Prinzessin sein, die in Gesellschaft ihrer Schwestern und Höflinge wie Tutanchaton glückliche Tage im Palast erleben würde. Ein Rätsel blieb allerdings bestehen: Warum hatte Echnaton seinen Botschafter aufgefordert, Anchesa Fremdsprachen zu lehren?

Der Lederball, den Tutanchaton seinem Freund Huja zugeworfen hatte, traf Anchesa an der Schulter. Der Junge entschuldigte sich beschämt.
»Ihr spielt noch immer solche Ballspiele?« wunderte sie sich ein wenig verächtlich. »Seid Ihr sicher, daß das Eurem Rang entspricht?«
Der Junge errötete. Er hatte sein Prunkgewand und seinen Schmuck gegen einen einfachen Lendenschurz eingetauscht.

Seines Zierats entledigt, war er nur noch ein zwölfjähriger Junge, der die Vorschriften des Protokolls vergaß.
»Prinzessin Anchesa«, stammelte er hilfesuchend, »ich stelle Euch meinen Freund Huja vor. Er ist Fächerträger zur Rechten des Königs, Verwalter ...«
»Ich kenne seine Titel. Huja ist seit langer Zeit am Hof ein berühmter Mann. Mein Vater hat von ihm mit großer Zufriedenheit gesprochen. Möge er lange in der Sonnenstadt verweilen.«
»Aton beschütze Euch«, sagte Huja und verneigte sich.
»Vielleicht sehen wir uns wieder«, sagte Anchesa, wieder zu Tutanchaton gewandt. »Viel Spaß.«
Der Jugendliche war wie versteinert. Trotz ihrer Jugend besaß die Prinzessin eine unglaubliche Selbstsicherheit. Woher hatte sie sie? Verfügte sie über göttliche Eigenschaften? Über eine jedenfalls ganz sicher: die Schönheit! Tutanchaton war von ihrem bewundernswerten Gesicht, ihrem perfekten Körper, ihrer himmlischen Grazie wie geblendet. Noch nie hatte er eine junge Frau in dieser Weise betrachtet. Ihr Bild blieb in ihm lebendig, selbst als sie schon fortgegangen war. Er wunderte sich über das sonderbare Gefühl, das in ihm keimte, als Huja näher trat und mit leiser Stimme zu ihm sprach.
»Ich mag diese Frau nicht, Prinz. Sie ist gefährlich. Bleib ihr fern. Hör nicht auf ihre Worte.«
»Warum so ein strenges Urteil?« entrüstete sich Tutanchaton. »Hast du ihre Schönheit nicht gesehen? Sie kann nur das Werk Gottes sein!«
»Ohne Zweifel. Doch verlaß dich auf meinen Instinkt.«
»Ich will Anchesa wiedersehen«, entschied Tutanchaton störrisch. »Ich mag sie. Und ich bin sicher, sie mag mich auch.«
Der junge Prinz entriß seinem Freund Huja den Ball und schleuderte ihn weit fort.

Anchesa hatte die Eskorte fortgeschickt und nur eine nubische Dienerin behalten, um in den großen Palast zurückzukehren, wo sie residieren würde. Ihre Enttäuschung war groß, daß man ihr keinen »Fächer« zugeteilt hatte, wie ihrer älteren Schwester. Wenigstens hatte sie die Freude, in der Nähe ihres Vaters zu wohnen, mit dem sie sich erneut zu unterhalten hoffte.

Die Prinzessin beschleunigte ihre Schritte, denn sie hatte es eilig, den Kinderpalast zu verlassen, der für sie ein Greuel geworden war. Doch kaum hatte sie die Schwelle überschritten, wurde sie von einer Stimme angerufen, die sie nur zu gut kannte.

»Anchesa! Willst du etwa schon wieder weglaufen?«

Aus der Höhe ihrer achtzehn Jahre und von einer Sänfte aus provozierte Meritaton, die älteste Tochter des Königspaares, ihre jüngere Schwester. Anchesa schwor sich, ruhig zu bleiben, und schwieg.

»Wie ich gehört habe«, fuhr Meritaton fort, »hat die Polizei dich dreckig und zitternd auf der Baustelle der Totengräber wiedergefunden. Was für eine Schande für unsere Familie ... und welche Enttäuschung für Pharao! Zum Glück bist du nur ein kleines Mädchen, und jedermann kennt deine unglaublichen Launen. Du wirst nie so etwas wie Verantwortungsbewußtsein bekommen, meine Liebe. Du bist also in den Kinderpalast zurückgekehrt?«

Meritaton war eine hübsche Frau, übermäßig geschminkt und von etwas übertriebener Eleganz. Sie kleidete sich in kostbare Gewänder, die in den Werkstätten von Sais im Delta hergestellt wurden, wo die besten Weber des Reiches arbeiteten. Sie trug ein Diadem aus massivem Gold und cine Perlenkette, die ihren Rang als Erbin der pharaonischen Legitimität kennzeichneten. Ihr etwas zu langer Schädel und ihre etwas zu mageren Gliedmaßen ließen ihr Gehabe kränklich erscheinen, beinahe

beunruhigend. Dieser negative Eindruck wurde durch ihre schrille, unangenehme Stimme noch verstärkt.
»Nein. Ich wohne im großen Palast.«
»Was hast du hier gemacht?« wollte Meritaton, ein wenig beunruhigt, wissen.
»Das geht dich nichts an.«
»Alles geht mich etwas an, kleine Schwester! Solltest du vergessen haben, wer ich bin? Ich jedenfalls weiß sehr wohl, wer du bist. Eine ehrgeizige Intrigantin. Du glaubst vielleicht, deine Schönheit würde ausreichen, um ...«
Meritaton unterbrach sich, weil Anchesa zufrieden lächelte. Die Ältere hatte ihr gerade ein Kompliment gemacht. Welch süße Befriedigung! Sich von Meritaton als gefährliche Gegnerin anerkannt zu wissen gab Anchesa noch zusätzliche Kraft.
»Beantworte meine Frage, Anchesa. Das ist ein Befehl. Wenn du dich weigerst, werde ich es unserem Vater berichten.«
»Eine ausgezeichnete Idee. Er wird dir seine Absichten mitteilen. Es sei denn, er weigere sich, dir eine Audienz zu gewähren?«
Anchesa drehte ihrer Schwester den Rücken zu. Sie hatte nicht die geringste Lust, diese Unterhaltung fortzusetzen. Zur großen Verblüffung der Diener sprang Meritaton ohne ihre Hilfe wütend von der Sänfte und stürzte hinter Anchesa her, um ihr den Weg zu versperren.
»Ich weiß nicht, was du wieder ausheckst, kleine Schwester«, erklärte sie bissig. »Aber ich werde es herausfinden. Wenn du versuchen solltest, gegen mich zu handeln, auf welche Weise auch immer, werde ich unerbittlich sein. Vergiß nicht, daß du nur Pharaos dritte Tochter bist. Für ein Geschöpf von deiner Sorte, was für eine große Gunst! Gib dich mit diesem Privileg zufrieden. Kein anderes wird dir zugestanden werden. Dafür werde ich sorgen.«

Ohne sich zu rühren, beobachtete Anchesa, wie Meritaton ihre Sänfte wieder bestieg und sich entfernte. Die Ältere ließ ihren Zorn an den Dienern aus, die gezwungen waren, ihre Schritte zu beschleunigen. Anchesa fühlte sich durch die Drohungen ihrer Schwester keineswegs betroffen. Letztere hatte einen hoffnungslosen Makel: Sie besaß nicht den angeborenen Adel, der für die zukünftige Königin, die zu werden sie hoffte, unerläßlich war.

5

In der Sonnenstadt herrschte Festtagsstimmung. Pharao hatte angeordnet, eine offizielle Zeremonie vor dem großen Tor des Atontempels zu organisieren. Die Strahlen des Gottes trafen auf die Kuppe der hohen Pylone und ließen das große bronzene Doppeltor glitzern. Dutzende von Fächern waren aufgestellt worden, um die Teilnehmer an den Festlichkeiten vor der Glut der Mittagssonne zu schützen. Schreiber trafen Anstalten, die Ereignisse im Detail zu verzeichnen.

Pharao persönlich leitete die Festlichkeiten. Er saß auf einem Thron vor dem Eingang des Heiligtums, umgeben von zahlreichen Höflingen und hohen Würdenträgern des Königreiches, unter denen sich in der ersten Reihe der General Haremhab mit seiner Gattin, die älteste Tochter Meritaton, der Botschafter Hanis und Prinzessin Anchesa befanden. Maketaton, die zweite Tochter des Königspaares, mußte mit hohem Fieber das Bett hüten.

Als der Kommandant der Pferde Seiner Majestät und persönlicher Schreiber des Königs, der das Gewicht seiner fünfundsechzig Jahre in Schönheit trug – der »göttliche Vater« Eje –, vortrat, geriet die Menge in einen wahrhaften Rausch. Seine Gattin, die Amme Tiji, eine adlige Dame mit weißem Haar, das zu zeigen sie sich nicht scheute, trug ihrerseits zu Ejes Popularität bei, sowohl bei den vornehmen als auch bei den einfachen Leuten. Eje und Tiji waren ein Paar von unvergleichlicher Großzügig-

keit gegenüber ihren Nächsten und ihren Schützlingen. Viele baten sie um Rat. Staatsangelegenheiten oder private Dramen, Eje und seine Frau geizten nicht mit ungezählten guten Ratschlägen, die man gut tat, zu befolgen.
Die zu der Zeremonie eingeladene Dienerschaft hob die Arme zum Zeichen der Freude und vollzog so die Geste des *ka,* Symbol der göttlichen Kraft. Sie stimmten einen Gesang zum Ruhme Atons und des Pharaos an.
Echnaton hob die Hand.
Drei Priester mit kahlgeschorenen Köpfen brachten mit Goldketten beladene Platten herbei. Der große Haushofmeister des Palastes folgte ihnen und gab den Rhythmus der Schritte an, indem er mit der goldenen Spitze seines langen Stabes auf den Boden stieß.
Das Herz der Dame Tiji, die sich hinter Pharaos Thron befand, bebte vor Glück. Ihren Gatten so geehrt zu sehen war die köstlichste aller Freuden. Eje lebte nur für das Wohlergehen und die Größe Ägyptens. Für ihn zählte nichts als das Prestige der Beiden Länder. Sie und er hatten lange in Theben gewohnt, ehe sie dem allmächtigen Herrscher des Reiches in die neue Hauptstadt folgten. Sie hatten die Annehmlichkeiten des Friedens, den Luxus der Empfänge, den Glanz der schönsten Stadt der Welt, in der sich die Rassen vermischten, in vollen Zügen genossen. Die Dame Tiji hatte ein wenig Mühe, sich an die so eigene Atmosphäre der Sonnenstadt zu gewöhnen. Echnatons Persönlichkeit flößte ihr zuweilen echte Furcht ein. Er war brillant, intelligent, fähig, mit eiserner Hand zu regieren, doch er machte beunruhigende Phasen der Apathie durch, wo sein natürlicher Mystizismus ihm den Sinn für die grundlegendsten Realitäten nahm. Die Dame Tiji hatte während Echnatons zwölfjähriger Regierungszeit nur protokollarisch festgelegte Unterhaltungen mit ihm gepflegt, unfähig, ein Klima von

Intimität zu schaffen, was ihr sonst so gut gelang. Aber sollte man an einem so schönen Tag diese Sorgen nicht lieber vergessen?

Während Eje auf den großen Haushofmeister zuging, der stehengeblieben war, konnte er die düsteren Gedanken nicht verscheuchen, die ihn beschäftigten. Obwohl er Echnatons persönlicher Schreiber war, sah er ihn nur für wenige Minuten am Tag. Unmöglich, ihm die dringendsten Akten vorzulegen, die die Verwaltung der Hauptstadt, die immer angespannteren Beziehungen zu der thebanischen Priesterschaft oder die wachsenden Schwierigkeiten der Wirtschaft betrafen. Echnaton interessierte sich nur für das Werk, das er als vorrangig betrachtete, die große Hymne an den Gott Aton, deren Verse er selber komponierte. Eje war der einzige, der wußte, daß die Beiden Länder nicht mehr in kohärenter Weise regiert wurden. Pharaos Ansehen würde noch eine Weile genügen, Ägyptens Einheit zu erhalten, doch was würde danach geschehen? Gewiß, es hatte diese glückliche Initiative gegeben, die Ausfahrt mit Anchesa, der dritten Tochter des Königspaares. Zusammen mit dem Unfall, aus dem Echnaton und die Prinzessin wie durch ein Wunder unversehrt hervorgegangen waren, hatte sie das Ansehen des Königs wieder zum Glänzen gebracht.

Eje trug eine schwere schwarze Perücke und ein weißes Gewand mit vielen Falten. Weite Ärmel reichten ihm bis an den Ellenbogen. Von einem dicken Knoten in Höhe des Bauchnabels hing ein Schurz. Des Königs persönlicher Schreiber schritt mit majestätischer Steifheit, wie es sich für eine solche Gelegenheit gehörte. Dennoch sah er aus den Augenwinkeln das perfekte, sehr aufmerksame Gesicht der Prinzessin Anchesa. Als Folge des Gesprächs, das sie ihrem Vater aufgezwungen hatte, hatte Eje eine relative Besserung von Pharaos Stimmung festgestellt. Sosehr ihn seine älteste Tochter deprimierte, sosehr gab ihm

Anchesa eine gewisse Kraft. Er hatte sie sogar für das Fortschreiten der Arbeiten auf den Baustellen im Nordviertel interessiert. Anchesa würde niemals die geringste Rolle im Staatsgeschehen spielen, doch sie würde sich auf die eine oder andere Weise durchzusetzen versuchen. Sehr bald würde man ihre Bestrebungen kanalisieren müssen.

Ejes Diener verbeugten sich vor den Priestern, die das mit goldenen Ketten beladene Tablett trugen. Auf eine weitere Geste Pharaos hin umkreisten letztere den »göttlichen Vater«, der, den Blick fest auf den König gerichtet, stehen blieb. Der große Haushofmeister stieß mit seinem Stab auf den Boden. Ein Priester legte einen ersten Goldkragen um Ejes Hals. Es herrschte absolute Stille. Dann war ein zweiter an der Reihe, ein dritter ... bis zu dem sechsten! Die Belohnung war unvergleichlich. Spontaner Jubel drang aus den Kehlen der Zuschauer. Ein Diener kauerte sich vor Eje nieder und küßte ihm die Füße. Die anderen streckten ihre Hände auf Gesichtshöhe zum Zeichen von Respekt und Verehrung. Ihr Meister war in diesem Moment als die bedeutendste Persönlichkeit des Königreiches hinter Pharao ausgezeichnet worden. Er überholte den General Haremhab, der sich, nachdem er den König protokollgemäß gegrüßt hatte, in Begleitung seiner Gattin aus den Reihen der Höflinge zurückzog. Er gab eine dringende Inspektion seiner Truppen als Vorwand an. Echnaton blieb undurchdringlich. Ohne an irgendwen das Wort gerichtet zu haben, bestieg er wieder seine Karosse und fuhr, von einer Eskorte begleitet, in den Palast zurück.

Die Diener des »göttlichen Vaters« trugen in überschwenglicher Begeisterung ihren Gebieter im Triumphzug bis zu seinem großangelegten Wohnsitz. Die jubelnde Menge folgte ihnen. Kinder schrien. Die Straßen der Sonnenstadt füllten sich mit erregten, lauten Umzügen. Eje, der ein strahlendes Lächeln zur

Schau trug, gelang es nicht, diesen Moment so zu genießen, wie er es gern getan hätte. Das Benehmen von General Haremhab beunruhigte ihn. Gewiß, der »göttliche Vater« hatte zahlreiche treue Anhänger unter den Offizieren des Fuhrparks. Doch der wahre Herr der Armee, der, der das volle Vertrauen der Anführer besaß, war Haremhab. Er fand Echnatons Außenpolitik beklagenswert, auch wenn er sich bislang loyal gezeigt hatte. Eje glaubte, daß Haremhab nicht zum Aton-Glauben übergetreten war und nach wie vor an die alten Götter, insbesondere Amun, den Patron von Theben, glaubte, dessen Namen auszusprechen in der Sonnenstadt verboten war. Früher oder später würde Haremhabs Groll aktive Formen annehmen. Und das drohte die Fundamente des Reiches zu erschüttern. Seine, des altgedienten Höflings, Aufgabe wäre es, eine schreckliche Katastrophe zu verhindern, eine blutige Auseinandersetzung zwischen Echnatons und Haremhabs Anhängern. In den königlichen Annalen war die Erinnerung an einen sehr weit zurückliegenden Bürgerkrieg verzeichnet, der das Land für lange Jahre ruiniert hatte. Die Dienerinnen hatten die Stelle ihrer Gebieterinnen eingenommen, deren Gewänder und Juwelen im Dreck landeten, und die Bewässerungskanäle waren aus Mangel an Pflege verschlammt, die Königsgräber waren ausgeraubt worden, und wilde Tiere waren in den Tempel eingedrungen. Der Alptraum drohte erneut Wirklichkeit zu werden.

Mut, Haremhabs Frau, war noch immer wütend. Sie lief in dem Säulensaal ihres prächtigen Wohnsitzes im Südviertel auf und ab. Sie hatte alle Dienstboten fortgeschickt und sogar das süße Getränk abgelehnt, das die Syrer in Mode gebracht hatten. Sie hatte selber ihre Perücke abgelegt und vergessen, sich umzuziehen. Noch nie war sie so erschüttert gewesen.
Endlich kam Haremhab von der Truppeninspektion zurück, die

durchzuführen er gezwungen gewesen war. Statt einer großen Dame fand er eine wahre Furie vor.

»Das kann man nicht dulden!« beschwerte sie sich. »Der König macht sich über uns lustig. Er hat dich öffentlich herausgefordert. Wie wirst du auf diese Kränkung reagieren?«

»Man bringe mir etwas zu trinken«, forderte der General. »Und lasse den Masseur holen. Ich bin müde.«

Mut pflanzte sich vor ihren Mann.

»Was soll das heißen? Du willst dich nicht wehren?«

Er schob sie sanft fort.

»Ich respektiere Ordnung und Gesetz. Echnaton ist Pharao. Er gibt die Direktiven, denen wir gehorchen müssen. Die Feinde, gegen die ich mich schlagen werde, sind die Feinde Ägyptens. Und was die Strategie angeht, die nötig ist, um den mir zustehenden Platz zurückzubekommen, die werde ich keiner Frau preisgeben.«

Tief gekränkt zog Mut sich in ihre Privatgemächer zurück. Glücklich, mit sich allein zu sein, vertiefte sich Haremhab für lange Minuten in seine Gedanken. Wie hätte er seiner Frau erzählen können, was ihn bei dieser langweiligen Zeremonie als einziges berührt hatte, nämlich der verwirrende Blick der Prinzessin Anchesa?

Während die Menge sich zerstreute, hatte Anchesa sich hinter einem Tamariskenstamm verborgen und dabei den Botschafter Hanis nicht aus den Augen gelassen. Dieser stahl sich diskret davon. Statt in sein Büro zurückzukehren oder in seine Villa im Südviertel zum Essen zu gehen, ging er in die Richtung des Nordviertels. Die Prinzessin jubelte. Sie hatte beschlossen, Hanis wie ein Schatten zu folgen, bis er einen Fehler beginge, den sie dann zu ihren Gunsten nutzen würde. Ein so gerissener Mann hatte zwangsläufig viel zu verbergen. Da seine Fähigkeiten unentbehrlich waren, da er der einzige war, der ihr die Wahrheit über die tatsächliche Lage Ägyptens enthüllen konnte, mußte sie einen wirksamen Einfluß auf ihn ausüben können. Indem sie ihm Tag und Nacht folgte, würde ihr das gelingen.

Hanis wurde von keinem Wächter begleitet. Er folgte den dunkelsten, unbelebtesten Gassen und ging schnellen Schrittes dicht an den Mauern entlang. Dieses überraschende Verhalten beunruhigte Anchesa, um so mehr, als sich der Botschafter in einen Arbeitervorort begab. Zweifellos ein Kontakt, den er geheimzuhalten wünschte. Eine Diskretion, die Pharao mit Sicherheit nicht schätzen würde ... Anchesa sah Hanis ein kleines weißes, einstöckiges Haus betreten.

Eine Hand legte sich rauh auf ihre Schulter.

»Verzeiht mir, Prinzessin«, entschuldigte sich Mahu, der Oberbefehlshaber der Polizei. »Ihr habt Euch gewiß verirrt. Ich muß Euch in den Palast zurückbringen.«

»Nehmt sofort die Hand von meiner Schulter«, befahl sie trocken. »Es ist Euch untersagt, eine Prinzessin königlichen Geblüts zu berühren.«

Mahu wich entsetzt zurück. Er hatte eine Unvorsichtigkeit begangen, die ihn teuer zu stehen kommen konnte. Die Polizisten, die ihn begleiteten, tauschten gemurmelte Vorwürfe aus. Welcher absurde Instinkt hatte seine Geste geleitet?

»Seid Ihr mir gefolgt?« erkundigte sich Anchesa.

»Ja«, gab Mahu zu. »So lautet der Befehl Eures Vaters. Ich habe die Pflicht, Euch zu beschützen.«

»Hattet Ihr. Ich bin bereit, Euren Fehler zu vergessen Allerdings unter der Bedingung, daß Ihr aufhört, mir nachzuspionieren. In der Sonnenstadt laufe ich keinerlei Gefahr. Und ich habe nicht die geringste Absicht, sie zu verlassen.«

Mahu war besiegt. Anchesa hatte genug Einfluß und Autorität, um ihn degradieren zu lassen. Es würde ihm leichtfallen, Echnaton davon zu überzeugen, daß er seinen Auftrag nach wie vor mit Eifer erfüllte. Das wäre natürlich gelogen, aber was für Unheil könnte die junge Prinzessin schon anrichten? War diese Überwachung nicht überflüssig? Es gab wichtigere Aufgaben.

»Es soll geschehen, wie Ihr wünscht, Prinzessin.«

Sobald die Polizisten verschwunden waren, näherte Anchesa sich dem Haus, in dem sich der Botschafter versteckte. Sie wartete, bis die Umgebung völlig still geworden war. Dann sprang sie über ein Mäuerchen und kletterte auf das Dach eines kleinen Getreidespeichers, von dem aus sie sehen konnte, was im Inneren des Hauses vorging.

Der Botschafter Hanis hielt eine sehr schöne Frau in den Armen, die Anchesa kannte: die begabteste der Tempelmusikerinnen. Da sie nicht verheiratet war, machte sie sich nicht eines unverzeihlichen Ehebruchs schuldig. Aber sie verletzte das Gesetz: Während der Zeit ihres Tempeldienstes mußte sie keusch bleiben und an nichts anderes als das Zelebrieren des Kultes denken. Dies war Material für einen Skandal, von dem Hanis sich niemals wieder erholen würde.

Jetzt besaß Anchesa eine entscheidende Waffe gegen ihn.

Es wurde Abend in der Sonnenstadt. Die Berggipfel wurden fahl. Der Nil schimmerte golden, silbrig und purpurn. Auf den Feldern sangen die Vögel ihr letztes Lied. Bauern und Bäuerinnen trieben ihre Rinder vor sich her und suchten ihre Hütten auf. Normalerweise ließ Anchesa sich von der Abendstille durchdringen und genoß sie voller Wonne, ausgestreckt auf einer Terrasse. Es gab keinen süßeren, keinen heitereren Augenblick. Der Körper überließ sich den letzten Zärtlichkeiten des göttlichen Gestirns, und die Seele flog gen Westen, wo sie von der lächelnden Göttin Hathor erwartet wurde, um auf ihren zukünftigen Tod vorbereitet zu werden.

Doch an diesem Abend hatte die Prinzessin beschlossen, sich in ihrem Schminksalon einzusperren. Sie würde mindestens zwei Stunden damit verbringen, sich für das Bankett zu rüsten, zu dem General Haremhab die hochgestellten Persönlichkeiten der Sonnenstadt geladen hatte. Es war das erste Mal, daß Anchesa zusammen mit ihren älteren Schwestern zu einem Empfang von solcher Bedeutung eingeladen war. Sie glaubte noch nicht so recht an ihr Glück und konnte einfach nicht stillhalten. Ihre nubische Dienerin hatte große Mühe, sie zu frisieren.
»Wenn meine Prinzessin sich endlich hinsetzen wollte«, protestierte die Nubierin, »dann könnte ich vielleicht den ersten Zopf zu Ende flechten!«
»Na gut«, willigte Anchesa nervös ein.
»Prinzessin, Ihr werdet die Hübscheste sein ...«
»Nur wenn wir keine Sekunde mehr verlieren! Denn sonst werde ich als letzte ankommen und mich völlig lächerlich machen. Beeil dich doch!«
Die Dienerin flocht das schwarze Haar ihrer Gebieterin zu Zöpfen und parfümierte es mit Myrrhe. Dann drehte sie den mit Scharnieren versehenen Deckel einer rechteckigen Dose aus Alabaster und blauer Fayence. Im Inneren befand sich ein Gestell für eine kleine, runde, mit Goldperlen verzierte Haube, die sie sorgfältig auf Anchesas Haupt befestigte. Diese leichte Perücke nubischen Ursprungs galt als der letzte Schrei der Mode. Anchesa würde sie hinreißend zu Gesichte stehen, und sie würde damit den Neid der adligen Damen erregen. In ihrem Alter konnte die Prinzessin sich die exotischsten Kühnheiten erlauben.
Sie betrachtete sich lange Zeit prüfend in einem Spiegel in Form des Lebensschlüssels.
»Perfekt«, urteilte sie. »Jetzt kleide mich schnell an! Die Sonne ist schon hinter den westlichen Bergen untergegangen!«

»Erst muß ich Euch parfümieren!« widersprach die Nubierin. »Laßt mich machen, denn sonst kommt Ihr tatsächlich noch zu spät!«
Anchesa fügte sich. Die Dienerin rieb den nackten Körper ihrer Herrin mit einer Jasminsalbe ein. Sie ließ kein Fleckchen der Haut aus und massierte und entspannte sie gleichzeitig. Anchesa wurde wieder lockerer unter den geschickten Fingern der Nubierin. Letztere beugte sich, als sie fertig war, über eine vierfüßige Truhe aus dunkelrotem Zedernholz; sie war mit einem Fries magischer Zeichen geschmückt, die ihrem Besitzer Glück garantierten. Die Dienerin entnahm ein weites Gewand aus plissiertem Leinen, das sie geschickt unter Anchesas Brüsten verknotete. Aus einer mit Türkisplättchen geschmückten Schatulle holte sie einen Kragen aus Porzellanperlen, den sie der Prinzessin um den Hals legte. Dann streifte sie ihr Silberreifen um die Fesseln und die Handgelenke. Schließlich hob sie Anchesas schmale Füße, um ihr mit Goldperlen bestickte Ledersandalen anzuziehen.
»Nun seid Ihr soweit, Prinzessin«, meinte die Nubierin.

Elegante Damen und Herren drängten sich in den Gärten von General Haremhab. Der weitläufige Wohnsitz, in aller Eile aus sonnengetrockneten Ziegeln errichtet und mit Gips verputzt, umfaßte mehr als zwanzig, auf zwei Etagen verteilte Räume, ohne die Dienstbotenzimmer, die Küchen, die Remisen, den Stall und den Hundezwinger mitzuzählen. Alle waren neidisch auf das Bad, dessen Einrichtung die Hausherrin persönlich überwacht hatte.
Die Gäste unterhielten sich inmitten von Palmen, Akazien, Riesenkornblumen, Mandragor und Papyrusgruppen. Sie bewunderten im Vorbeigehen ein Becken, auf dem blaue Seerosen schwammen. Die Männer trugen voller Stolz Perücken mit

kunstvollen Locken und kleidsame Leinengewänder mit weiten Ärmeln. Die Frauen mit noch komplizierteren Kopfbedeckungen rivalisierten im Erfindungsreichtum in bezug auf lange Haarsträhnen, die ihnen manchmal bis über die Schultern reichten.

Die Dame Mut, die Gastgeberin, empfing ihre Gäste auf der Schwelle, einem großen, polierten Kalkstein, der im Schein der Fackeln weiß strahlte. Sie verbeugte sich vor der ältesten Tochter des Königspaares und ihrer Schwester, die trotz ihrer schlechten Gesundheit um keinen Preis das Bankett hatte verpassen wollen. Mut war besonders herzlich zu dem »göttlichen Vater« Eje und seiner Frau Tiji, deren Anwesenheit allein diesem Empfang, von dem man bei Hofe noch lange sprechen würde, den größten Glanz verlieh. Einen Augenblick hatte sie eine Absage von ihnen gefürchtet. Doch wie hätten sie eine solche Einladung ablehnen können, ohne den General schwer zu beleidigen?

Mut erblaßte unter ihrer Schminke, als sie Anchesa sah.

Nubischer Kopfschmuck, junge, arrogante Brüste, Gehabe einer erobernden Frau, die von sich selber und von ihrer Schönheit überzeugt ist ... Anchesa war die lebendige Herausforderung aller Konventionen. Bei ihrem ersten Erscheinen in der gehobenen Gesellschaft der neuen Hauptstadt benahm sie sich wie eines jener fremdländischen Mädchen, die, in die niedrigen Viertel verbannt, die guten Sitten verletzten. Wenn Pharao erführe, was aus seiner Tochter geworden war, würde er sie für immer im Palast einsperren, so daß sie das Auge anständiger Leute nicht mehr beleidigen konnte.

Anchesa, in Begleitung ihrer Dienerin, begrüßte die Dame Mut voller Respekt und schenkte ihr ihr bezauberndstes Lächeln. Dic Gemahlin von Oberbefehlshaber Haremhab wandte sich ab. Widerwillig ließ sie Echnatons Tochter in ihren Palast eindringen.

Anchesa ging an der Wohnung des Wächters vorbei, der oben von der hohen Mauer, die den Besitz umgab, den Eingang bewachte. Sie folgte einem mit Pflanzenmotiven ausgemalten Gang und gelangte in eine Freiluftkapelle mit einem Altar, über dem Aton, der Sonnengott, dargestellt war, wie er seine lebenspendenden Lichtstrahlen, die in Händen endeten, zur Erde sandte. Alle Gäste verharrten einen Moment andächtig vor dem Monument. Ein Haus zu betreten entsprach einem sakralen Akt. Man mußte den Göttlichen ehren, der an einem Ort zugegen war, wo ihm von den Hausherren, dargestellt zu beiden Seiten der Sonnenscheibe, Nahrung dargeboten wurde.

Anchesa überquerte einen von einem Pförtner bewachten Hof, dann eine Halle, die den Zugang zu einem großen, von einer Loggia überragten Vestibül bildete. Hier versammelten sich die Privilegierten, die General Haremhab zu Tische geladen hatte. Als Anchesa erschien, verstummten die Gespräche. Ungeniert ließ sich die Prinzessin bewundern.

Der Botschafter Hanis trat auf sie zu.

»Welche Freude, Euch unter uns zu finden, Prinzessin! Erlaubt mir, Euch dem Herrn des Hauses vorzustellen.«

Hanis geleitete Anchesa zu Haremhab, der auf einem niedrigen Ebenholzsitz saß.

Als die junge Frau eine Neigung des Brustkorbs andeutete, nahm der General sie sanft beim Handgelenk und zwang sie, aufrecht zu bleiben.

»Ich bin der Diener meines Königs und seiner Familie«, erklärte er mit lauter Stimme. »Eure Gegenwart ehrt mich. Es ist an mir, Euch zu grüßen.«

Der General hob die Hände, die Handflächen zu Anchesas Gesicht gerichtet, als würde er ihr ein wohltätiges Fluidum übermitteln. Die Szene versetzte die Festgäste in verblüfftes Staunen. Haremhabs Gattin, die mit ihrem letzten Gast, dem

Prinzen Tutanchaton, soeben das Vestibül betrat, war wie vom Donner gerührt.
Anchesa und Haremhab musterten sich geraume Zeit. Ein jeder hielt dem Blick des anderen stand.
Der General, der die Dreißig überschritten hatte, war von seltener Vornehmheit. Seine Ausbildung zum königlichen Schreiber hatte aus ihm einen feinsinnigen, kultivierten Mann gemacht. Er hatte sich fähig gezeigt, Pharaos Streitkräfte intelligent und streng zu organisieren. General zu sein bedeutete nicht, durch die Wüsten zu laufen und sich bei Gefechten im Einzelkampf zu messen. Haremhab befürwortete eine strategische Perspektive, die imstande war, Ägypten den Rang der größten Macht zu erhalten. Mit hoher Stirn, schmaler Nase und sinnlichen Lippen, genoß er eine natürliche Autorität. Die Tapferen wie die Gebildeten gehorchten ihm mit dem gleichen Eifer. Und jeder murmelte, der General Haremhab habe das Zeug für einen Pharao.
Anchesa war Haremhab so nah, daß sie auf seiner linken Wange eine Narbe erkennen konnte, die bis ans Auge reichte. Die Folge eines ungeschickten Peitschenhiebs eines Kutschers.
Sie war fasziniert. Er lächelte.
Sie strich sich eine Haarsträhne aus der Stirn.
Haremhab bemerkte, daß die Prinzessin sich vollständig unter Kontrolle hatte – überraschend für eine so junge Frau. Woher schöpfte sie diese Fähigkeiten? Welche Kraft belebte ihre Seele, wenn nicht die Macht Atons, die sie von ihrem Vater geerbt hatte?
Die älteste Tochter des Königspaares, Meritaton, unterbrach abrupt die Komplizenschaft, die zwischen Anchesa und Haremhab entstanden war. Sie schob ihre Schwester beiseite. Anchesa zog sich zurück. Haremhab huldigte der rechtmäßigen Erbin, deren häßliches Profil ihm mißfiel.

Getuschelte Meinungen wurden ausgetauscht, man verglich Pharaos häßliche älteste Tochter mit Anchesas strahlender Schönheit.
Anchesa wurde den staunenden Augen des Hofes geboten.
Haremhab erhob sich, als der »göttliche Vater« Eje sich ihm näherte. Die beiden Männer maßen sich mit Blicken. Haremhab mit dem Stolz eines Würdenträgers, der seinem Ehrgeiz gewachsen ist, Eje mit der Ruhe eines Greises, der über unersetzliche Erfahrung verfügt.
»Ich würde gerne unter vier Augen mit Euch sprechen, General.«
»Wir werden nicht viel Zeit haben. Ich muß mich um meine Gäste kümmern.«
»Es wird nicht lange dauern.«
»Also gut. Folgt mir.«
Haremhab fühlte sich durch diese Bitte geschmeichelt. Echnaton hatte seinen Rat schon seit mehreren Wochen nicht mehr zusammengerufen und gab seine Befehle direkt an die hohen Beamten. Zudem trafen sich der »göttliche Vater« und der General auch sonst nicht mehr. Jeder handelte im Rahmen seines eigenen Kreises und spionierte die Initiativen des anderen aus.
Haremhab führte seinen Gast in das Salbungszimmer zwischen dem Bad und dem Schlafgemach. Der Raum war von süßen Düften geschwängert. Eje setzte sich auf einen Sessel. Haremhab blieb mit verschränkten Armen stehen.
»Ihr seid vom König auf gänzlich ungewöhnliche Weise geehrt worden, ›göttlicher Vater‹. Ich habe noch nie gesehen, daß so viele goldene Kragen auf einmal an einen einzigen Mann verliehen wurden.«
»Es handelt sich hierbei nur um Ehrentitel, General. Wir sollten ihnen keine allzu große Bedeutung beimessen.«

»Sie machen Euch aber zu der zweitwichtigsten Persönlichkeit des Staates nach Pharao. Worüber wünschtet Ihr mit mir zu sprechen?«
Eje dachte mehrere Sekunden lang nach, ehe er zu sprechen begann. Haremhab war ein beachtlicher Gegner, den man nicht unterschätzen durfte. Er hoffte, seinen Sinn für Ehre und seine angeborenen Fähigkeiten als Staatsmann zu wecken.
»Die Lage ist möglicherweise ernster, als es den Anschein hat, General. Weder Ihr noch ich sind im Augenblick richtig über das Wesentliche informiert. Pharao allein verfügt über die Gesamtheit der Akten, die Entscheidungen zu treffen erlauben, sowohl in der Außen- als auch in der Innenpolitik. Ist er jedoch noch dazu imstande? Ich hoffe es, aber ich fürchte, es ist nicht der Fall. Ich möchte Euch dementsprechend bitten, in diskreter Weise die Armee in Kampfbereitschaft zu versetzen ... natürlich ohne daß dies einen offiziellen Anstrich bekommt.«
Haremhab wurde ernst.
»Was ist der genaue Grund?«
»Nichts als eine Vorsichtsmaßnahme.«
»Im Dienste welcher Sache?«
Der Ausdruck höchster Verwunderung legte sich über Ejes Gesicht.
»Die Sache von Pharao Echnaton natürlich. Ihr und ich sind seine treuen Diener. Wir müssen bereit sein, ihn zu verteidigen. Hättet Ihr auch nur einen Moment daran gezweifelt?«
»Wollt Ihr etwa andeuten, daß ich Ziele verfolge, die dem Interesse meines Königs zuwiderlaufen?«
Eje machte eine beschwichtigende Geste.
»Auf gar keinen Fall, General. Ich kenne Euren Staatssinn zu gut, um derartig Häßliches zu vermuten. Sollten wir nicht zu Euren Gästen zurückkehren? Es wäre ungehörig, sie warten zu lassen.«

Haremhab war unentschlossen. Was verbarg sich hinter den Vertraulichkeiten des »göttlichen Vaters«? Hoffte er, die Mehrheit der Armee für seine Sache zu gewinnen, indem er die Dienste seines Sohnes, des Kommandanten Nachtmin, in Anspruch nahm? Reine Utopie. Warum diese Aufforderung zu einer latenten Mobilmachung? Eje hatte Sinn für komplizierte Strategien. Niemals gönnte er sich den Luxus irgendwelcher Improvisationen. Kein einziges Wort war zufällig geäußert worden. Dieser Vorstoß hatte zumindest zur Folge, Haremhab vor seine Verantwortung zu stellen, ihn in subtiler, doch bestimmter Weise daran zu erinnern, daß seine Truppen in Echnatons Dienst standen. Das bedeutete, daß die Mehrzahl des Adels Eje unterstützte. Der General mußte dies in Betracht ziehen. Welche Kritik er auch immer an Echnaton haben mochte, zur Stunde bestand die einzige Lösung darin, Schweigen zu bewahren. Eine Rückzugshaltung, die ihm gar nicht gefiel. An diesem festlichen Abend war es besser, seinen Geist angenehmeren Bildern zuzuwenden. Zum Beispiel dem bezaubernden Gesicht der Prinzessin Anchesa.

Die Hausherrin lud die Gäste ein, den großen Festsaal zu betreten, einen weitläufigen Raum, der von acht imposanten Säulen auf mit Blumen- und Vogelmotiven bemalten Kalksteinsockeln getragen wurde. Weinranken schmückten die Decke. Die Gäste nahmen auf Sesseln, Stühlen oder Kissen Platz. Zwei Diener mit schweren kupfernen Wasserschüsseln wuschen ihnen Hände und Füße. Zwei andere setzten ihnen kleine Kegel aus Blütenessenzen auf den Kopf, die im Laufe des Abends schmelzen und ihre Perücken parfümieren würden. Durch die vergitterten Fenster drang die frische Nachtluft.

Mundschenke brachten die besten Weine aus dem Delta, die sie vorsichtig in die von den Gästen ebenfalls geschätzten Schalen gossen. Ein Orchester, bestehend aus einer Flötistin, einer Harfenspielerin und einer Klapperspielerin, stimmte eine bekannte Weise an, fröhlich und rhythmisch. Bald gesellte sich eine Sängerin zu ihnen, deren frische Stimme ihre Herzen erfreute. Dann erschienen drei Tänzerinnen, gekleidet nur mit Gürteln aus Karneolperlen. Sie vollführten ein sehr lebhaftes, akrobatisches Ballett, bevor sie sich sinnlicheren Figuren hingaben, während die Gäste einen Rinderbraten verzehrten, der zusammen mit Feigenmus serviert wurde.

Anchesa hatte keinen Hunger. Ein wenig beschwipst von dem Weißwein aus den Oasen beobachtete sie, was um sie herum geschah. Sie war umgeben von dem Botschafter Hanis, der sehr nüchtern war, wenn auch ein großer Fleischliebhaber, und dem Verwalter Huja, einem starken Trinker und begeisterten Erzähler von zuweilen gewagten Witzen. Der eine wie der andere hielten sich in respektvoller Distanz zu der jungen Prinzessin. Die Moralisten, deren Werke mit Eifer gelesen wurden, nahmen es mit dem Benehmen während eines Banketts sehr ernst. Weder Vertraulichkeiten noch ungehöriges Benehmen waren gestattet. Verkündete das Fest hienieden nicht jenes in der anderen Welt, das in Gegenwart der Gottheiten zelebriert würde?

Obgleich sämtliche für das Gelingen des Abends unerläßlichen Faktoren gegeben waren und sich Fröhlichkeit auf den Gesichtern der großen, adligen Damen abzeichnete, obgleich die Unterhaltung angeregt war und keine Geschmacksverirrung begangen wurde, spürte Anchesa ein Unbehagen, das über der eleganten Versammlung jener schwebte, von denen das Schicksal des Reiches abhing. In der von manchen zur Schau getragenen lauten Fröhlichkeit lag etwas Künstliches und in der entspannten Attitüde von General Haremhab und des »göttlichen Vaters« Eje etwas Affektiertes.

Plötzliche Stille entstand, als die zweitälteste Königstochter sich

erbrechen mußte. Eine Dienerin brachte sie sofort hinaus. Mut, die Hausherrin, ließ eine Sänfte kommen, die die junge Frau in den Königspalast zurückbrachte.
Der Zwischenfall dämpfte die gute Laune, die während des Banketts geherrscht hatte. Als der »göttliche Vater« und seine Gemahlin Müdigkeit vorschützten, um zu gehen, folgten ihnen zahlreiche Höflingspaare. Anchesa war enttäuscht. Sie hatte gehofft, eine Menge Vertraulichkeiten zu erfahren. Sie hatte jedoch nur Banalitäten und situationsgebundene Kommentare geerntet. Verlorene Zeit ... Das war die traurige Bilanz dieses überflüssigen Abends.
Der Wein und das gute Essen hatten die Geister eingeschläfert. Die Augenlider wurden schwer. Anchesa nutzte die Gelegenheit, um den großen Saal zu verlassen und sich in den Garten zu begeben. Obgleich sie in der Kühle zitterte, erschien ihr diese Winternacht außergewöhnlich mild. Sie flüchtete sich in einen Pavillon, dessen Dach mit Blumengirlanden gedeckt war. Anchesa mußte nachdenken. Seit ihrer Unterredung mit Echnaton überstürzten sich die Ereignisse. Hatte nicht die Prinzessin in diesem Ägypten, das im Rhythmus der Ewigkeit lebte, einen Wirbel ausgelöst, dessen erstes Opfer sie selbst zu werden drohte? Doch welche andere Lösung gab es für sie, herauszufinden, was ihre Bestimmung war?
Ein Zweig knackte. Jemand näherte sich. Anchesa zupfte ihr Leinengewand zurecht. Aus dem Schatten tauchte Prinz Tutanchaton mit einem Stab.
»Seid Ihr hier, Anchesa?«
Sie antwortete nicht. Dieser junge Wichtigtuer störte sie.
»So antwortet doch, Anchesa ... Ich möchte mit Euch sprechen.«
»Ich bin im Pavillon«, gab die Prinzessin widerstrebend zu.
»Ich habe ein Geschenk für Euch.«

Er reichte ihr zwei Sträuße von Lotosblüten und Papyrus, die er selber gepflückt hatte. Dieses bescheidene Geschenk rührte das Herz der Prinzessin. Der junge Mann war so tolpatschig, so ungeschickt ... Sie wagte es nicht, ihn vor den Kopf zu stoßen.

»Ich danke Euch, Prinz. Das ist wirklich ein schönes Geschenk.«

»Macht Euch nicht über mich lustig. Es ist eine armselige Idee, das gebe ich zu, aber mir ist nichts Besseres eingefallen. Ich sehnte mich so sehr danach, Euch wiederzusehen! Ihr seid so schön ...«

Anchesa war empfänglich für das Kompliment.

»Darf ich Euch zu einem Spaziergang durch den Garten einladen? Es ist schon spät, ich weiß, aber die Luft wird uns guttun nach diesem allzu üppigen Mahl.«

Er versuchte, wie ein Mann zu sprechen. Seine Bemühungen, älter zu wirken, als er wirklich war, wurden beinahe von Erfolg gekrönt. Er bestand aus einer seltsamen Mischung von Naivität und Reife.

Sie gingen eine stille, von Akazien und Hibiskus gesäumte Allee entlang.

»Hat Euch der Abend gefallen, Prinzessin?«

»Ich fand ihn öde.«

»Ich auch.«

»Seid Ihr so an Bankette gewöhnt?«

»Ich bin gezwungen, daran teilzunehmen, seit ich neun Jahre alt bin. Zweifellos werden dabei bedeutsame Gespräche geführt, aber ihr Sinn entgeht mir. Und ansonsten sind es immer die gleichen Tänze und die gleiche Musik. Ich hatte gehofft, daß mein Bruder Semenchkare ein bißchen Leben hineinbringen würde.«

»Euer Bruder war anwesend?«

»Ja, Prinzessin. Habt Ihr nicht einen sehr großen Mann mit schwarzen Augen bemerkt, der an seinem linken Ringfinger einen Ring mit einem Skarabäus trug? Der König hat ihn aus Theben kommen lassen, um seine älteste Tochter Meritaton mit ihm zu verheiraten.«

Anchesas Tonfall wurde aggressiv.

»Meine Schwester verheiraten? Woher stammt denn dieser Tratsch?«

»Es wird sich bald um eine Tatsache handeln. Pharao wünscht es.«

»Wie kommt ein Kind wie Ihr an so bedeutsame Informationen?«

Tutanchaton erstarrte. Anchesa fühlte, daß sie ihn in grausamer Weise gekränkt hatte.

»Ihr schätzt meinen Rang falsch ein, Prinzessin.«

Sie war sich ihres Irrtums bewußt und nahm seine Hände. Der Fehler war um so unverzeihlicher, als Tutanchaton ihr soeben die einzige wertvolle Information dieses ganzen langen Abends geliefert hatte. Es war klüger, ihn sich zum Verbündeten zu machen.

»Entschuldigt meine Unverschämtheit«, bat sie schmeichelnd. »Ich bin oft zu vorschnell mit meinen Worten.«

Tutanchaton drückte die Hände der Prinzessin ganz fest.

»Wie könnte ich Euch die geringste Schwäche übelnehmen? Ich glaube ... Ich bin sicher ... daß ich Euch liebe, Anchesa.«

6

Bei Tagesanbruch war es diesig. Dies würde einer der seltenen Morgen des Jahres sein, an dem die Sonnenscheibe eine Weile brauchte, um sich in ihrem ganzen Glanz zu zeigen. Ein schlechtes Omen, dachte Mahu, der Oberbefehlshaber der Polizei, der die Nacht in dem am nördlichsten gelegenen Außenposten verbracht hatte. Dort hatte er Elitemänner stationiert, um eventuelle Bewegungen der Beduinen zu verhindern, die jederzeit zu Überfällen bereit waren. Mahu fror und litt an den Nieren. Er setzte sich nahe an ein Feuer und trank mit Honig gesüßten Palmensaft.

Der Chef des Postens hatte seine erste Patrouille in Richtung einer Hügelkette geführt. Eine Routinesache. Mahu hatte es eilig, so schnell wie möglich in die Hauptstadt zurückzukehren und eine wohlverdiente Ruhepause zu genießen. Die unerquicklichen Existenzbedingungen der Truppe hielt er nicht mehr aus.

»Chef ... Da ist etwas Ungewöhnliches«, informierte ihn ein Soldat.

Über einer Erhebung stieg eine Rauchwolke auf. Genau an der Stelle, wo sich die Patrouille befinden sollte.

»Macht meinen Wagen bereit«, befahl Mahu. »Zwei Männer kommen mit.«

Mahu war im Laufe der Jahre verweichlicht, doch er konnte noch immer die Gefahr wittern und schnelle Entscheidungen

treffen. Er trieb seine Pferde zu schnellem Galopp und erreichte den angegebenen Ort.
Der Chef des Postens war am Bein verletzt worden und wurde von einem Bogenschützen versorgt. Die Männer der Patrouille hielten einen Ägypter und einen Beduinen in Schach, die voller Blut und Sand waren. Die Auseinandersetzung war rauh gewesen.
»Sie haben zu flüchten versucht«, erläuterte der Chef des Postens. »Sie haben sich geweigert, auf unsere Aufforderungen zu reagieren.«
»Ich werde sie selber verhören«, bestimmte Mahu.
Der Beduine war ihm unbekannt. Den Ägypter mit seinem mageren Oberkörper und der gebrochenen Nase dagegen hatte er schon einmal gesehen.
»Bist du nicht ein Töpfer aus dem Nordviertel? Ich bin Mahu, der Oberbefehlshaber der Polizei. Ich verlange die Wahrheit.«
Der verängstigte Handwerker versuchte zu fliehen, doch er war an Händen und Füßen gefesselt, stürzte zu Boden und verletzte sich an einem scharfen Stein die Stirn. Der Beduine zitterte. Mahu brauchte nichts mehr für seinen Ruf zu tun; jeder kannte ihn.
»Wir sind arme Leute, Herr ... Wir wollten uns etwas zu essen stehlen.«
Der Oberbefehlshaber der Polizei musterte den Gefangenen voller Mißtrauen. Normalerweise machten sich die Plünderer vor der Patrouille aus dem Staube. Warum hatten sich diese beiden hier gewehrt, wenn sie nicht etwas Bedeutsames zu verbergen hatten?
»Man lasse sie sich bäuchlings auf die Erde legen und bringe mir meinen Stock«, befahl Mahu.
Die erste Bastonade ließ die Plünderer vor Schmerzen schreien,

doch sie hielten stand. Bei der zweiten flehte der Ägypter um Gnade. Der Hartholzknüppel in Sichelform war eine furchtbare Waffe, die ins Fleisch schnitt und Knochen ausrenkte.
»Ich werde reden«, brachte der Gefangene mühsam hervor.
»Entfernt den Beduinen von hier«, forderte der Oberbefehlshaber der Polizei.
Mahu hatte Routine im Verhören. Ein Verdächtiger mußte unter vier Augen reden, fern von seinen Komplizen, um nichts von der Wahrheit zurückzuhalten.
»Ich sollte Kontakt mit Töpfern und Händlern aufnehmen«, gestand der Ägypter mit schmerzendem Rücken.
Mahu setzte sich nahe neben den Festgenommenen, um seine schwache Stimme hören zu können.
»Zu welchem Zweck?«
»Wir sind mit den Löhnen unzufrieden ... Die Ware kommt nicht mehr ... Wir wollen einen Streik organisieren.«
Der Gefangene hatte Mühe, Luft zu holen. Mahu ließ ihn zu Atem kommen und überdachte die Aussage. Die kleinen Leute in der Sonnenstadt beklagten sich häufig. Die Hauptstadt war in dieser bis dahin öden, menschenleeren Wüste in aller Eile erbaut und eingerichtet worden. Zahlreiche Beamte waren zu Profitjägern geworden. Haarsträubende Ungerechtigkeiten blieben ungestraft. Kurze Streiks hatten das Leben der Hauptstadt schon gestört.
»Du lügst«, schloß Mahu. »Warum hättest du einen Beduinen hinzugezogen, um einen Streik zu organisieren? Die Leute seiner Rasse denken an nichts anderes als an Plündern und daran, meine Leute zu töten, indem sie ihnen Pfeile in den Rücken schießen. Ich glaube, die Bastonade hat noch nicht ausgereicht.«
Der Gefangene krümmte sich, versuchte sich zu bewegen und erlegte sich neue Qualen auf, indem er die Fesseln tief in sein

Fleisch schneiden ließ. Sein Kopf sackte zu Boden. Er bekam Sand in den Mund, verschluckte sich. Der Polizeichef zog ihn an den Haaren, ließ ihn wieder Luft holen und säuberte ihn. »Sprich schnell, mein Junge«, riet er ihm beinahe väterlich. »Sonst zwingst du mich, grausam zu werden. Mir bleibt nichts anderes übrig.«

Mit den ersten Hieben der neuen Bastonade wurden die Schmerzen unerträglich.

Der Mann begann zu reden.

Was Mahu zu hören bekam, ließ ihm das Blut in den Adern erstarren. Er war froh, der einzige zu sein, der die fürchterliche Wahrheit kannte. Er würde Pharao einen mündlichen Rapport erstatten, ohne durch das Aufzeichnungsbüro der Schreiber zu gehen.

Der Polizeichef haßte es zu töten. Sein Beruf bestand darin, für Ordnung zu sorgen, nicht, das Leben zu zerstören. Die normalen Diebe wurden verhaftet, gerichtet und zu Strafarbeit verurteilt. Diese beiden hier trugen zu ihrem Unglück zu schwerwiegende Geheimnisse. Mahu betete zu Osiris, er möge der Seele des Ägypters vergeben, dann hob er seinen Knüppel zu einer letzten Bastonade. Mit dem dritten Hieb brach er ihm den Hals. Das Verhör des Beduinen endete in gleicher Weise. Mahu ordnete an, die Leiche des Ägypters in die Stadt zu bringen und die Leiche des Beduinen den Hyänen zum Fraße vorzuwerfen. Dann stieg er in seinen Wagen und fuhr mit höchster Geschwindigkeit in die Sonnenstadt.

»Bist du endlich fertig?« drängte Anchesa ihre nubische Dienerin. »Ich muß sofort zum großen Tempel aufbrechen. Ich werde dort zur großen Morgenzeremonie erwartet. Es ist das erste Mal, daß ich teilnehme, wenn mein Vater den Kult zelebriert! Ist dir das klar?«

»Mir ist vor allem klar, daß Ihr viel zu aufgeregt seid. So verehrt man die Götter nicht.«
Anchesa war zutiefst erstaunt.
»Die Götter? So darfst du nicht reden! Unser einziger Gott ist Aton, das göttliche Licht!«
»Das sind große und schöne Gedanken, Prinzessin«, widersprach die Nubierin. »Aber wir Leute meines Schlages, wir glauben an unsere Götter. Wir brauchen sie. Aton schenkt das Leben, er ist hoch oben im Himmel, zu hoch, um sich um unsere alltäglichen Pflichten zu kümmern. Wer würde über die Wöchnerinnen wachen, wenn nicht der Gott Bes? Wer würde uns fruchtbar machen, wenn nicht Hathor? Wer würde die Felder ertragreich machen, wenn nicht die Schlangengöttin?«
Anchesa war betrübt. Die neue Religion hatte also die Seelen der Bewohner der Sonnenstadt nur gestreift. Eine ungeheure Arbeit mußte noch geleistet werden, um die Herzen für das Licht von Echnatons Gott zu öffnen.
Die Nubierin warf sich ihrer Herrin zu Füßen.
»Verzeiht mir, Prinzessin. Vergeßt meine Worte!«
»Verschwinde. Ich mache mich allein fertig.«
Zitternd zog sich die Nubierin zurück. Anchesa brauchte nur noch das schlichte weiße Leinenkleid überzustreifen, das seit ältester Zeit von den vornehmen Damen getragen wurde. Als sie den Leinenstoff auf ihrer gesalbten Haut spürte, hatte sie die bittere Einsicht, sich einer Situation allein gegenüberzusehen, der sie nicht gewachsen war.
Seit drei Tagen ließ sie Tutanchaton mit irgendwelchen erfundenen Vorwänden abweisen. Die lächerliche Liebeserklärung des Jugendlichen hatte sie wütend gemacht. Liebe ... Wie konnte man daran überhaupt nur denken, während das von ihrem Vater errichtete Gebäude Risse zu bekommen schien. Und dennoch war ihr der junge Prinz nicht ganz und gar gleichgül-

tig. Wenn seine Stellung bei Hofe sich festigte, wäre sie wohl doch gezwungen, ihn wiederzusehen. Er schien nicht dumm zu sein. Aber Anchesa fühlte sich wesentlich stärker zu der mächtigen Persönlichkeit von General Haremhab hingezogen. Warum hatte der bloß eine so konventionelle Gattin gewählt?
Ein bisher unbekanntes Gefühl, das die Weisen verurteilten, erfüllte das Herz der Prinzessin: die Eifersucht.

Im Herzen der Sonnenstadt empfing der große Atontempel in seinen offenen Höfen die wohltuenden Strahlen des Morgenlichts. Wie jeden Tag begab sich Pharao in das Heiligtum, dessen Bau er persönlich geleitet hatte. Und an jedem Tag genoß er den außergewöhnlichen Augenblick, wo die Hymnen, die Gebete und die Opfer aufs neue die Sonne aufgehen ließen, von der sämtliche Lebensformen abhingen, im Himmel wie auf der Erde.
Echnaton hatte verlangt, daß Atons Tempel einzigartig wäre. Es gab nicht wie in den anderen Heiligtümern Ägyptens einen Übergang von der draußen herrschenden Helligkeit bis hin zu den Mysterien des Heiligsten der Heiligen, wo die Gottheit im Herzen der Finsternis verborgen ist, sondern eine einfache Abfolge von Höfen und Sälen, die der Ausbreitung von Atons lebenspendenden Strahlen keinerlei Hindernis boten.
Zu Beginn der Zeremonie betrat der König allein den großen, durch eine doppelte Mauer von den übrigen Gebäuden des Stadtkerns getrennten Tempel. Pharao ging an den Wohnungen der diensttuenden Priester vorbei, die an der zweiten Umfassungsmauer lagen. Dann überquerte er einen offenen Platz und blieb vor dem großen Eingang stehen, der von zwei hohen Pylonen gebildet wurde, zwischen denen eine schmale Tür eingelassen war. Vor den Fassaden einer jeden Pylone waren fünf Masten aufgerichtet worden, an denen Fahnen flatterten,

als Zeichen des göttlichen Atems. Durch die doppelte Darstellung der Zahl Fünf erinnerte Pharao an die Lehre der Stadt Hermopolis, gegenüber der Sonnenstadt am anderen Nilufer gelegen, wo Thot herrschte, der Patron der Schreiber, Schöpfer der heiligen Sprache und Meister der Fünf, des Symbols des Wissens.

Aufrecht vor der schmalen Tür, die Augen auf den Osten des Tempels gerichtet, wo bald die ersten Feuer der neuen Sonne aufleuchten würden, unterdrückte Pharao einen tiefen Seufzer. An diesem Morgen fiel es ihm ungeheuer schwer, sich auf die rituelle Praktik zu konzentrieren, auf diese für das Glück seines Volkes lebenswichtige Aufgabe. Der mündliche Bericht von Mahu, dem Oberbefehlshaber der Polizei, verfolgte ihn.

Von Theben aus bereitete man also ein Komplott gegen ihn vor. Die Priester des Gottes Amun, deren übermäßige Macht er abgeschafft hatte, konnten seine Autorität nicht ertragen. Diese ruchlosen, verachtenswerten Männer stellten Atons Offenbarung in Zweifel. Sie versuchten gar, in der Sonnenstadt selbst eine Oppositionspartei zu bilden. Sie hatten beschlossen, hier Unruhe zu stiften. Schlimmer noch, der Ägypter, den Mahu verhört hatte, hatte den Auftrag gehabt, eine Extremistengruppe zu formen, die entschlossen wäre, Echnaton zu ermorden.

Trauer zerriß dem König die Seele. Warum löste er Haß aus, wo doch seine Religion die Liebe lehrte? Warum setzte er so viele Leidenschaften in Gang, wo er doch der Menschheit die Wohltaten des Lichts schenken wollte? Die Bürde, die er sich aufgeladen hatte, begann zu schwer auf seinen Schultern zu lasten. Er hatte plötzlich Lust, seine doppelte Krone auf den Boden zu stellen und seine erdrückenden Pflichten zu vergessen. Vielleicht befand er sich seit dem Beginn seines Abenteuers im Irrtum. Vielleicht war er zu dem Amt des Königs nicht geeignet.

Er hätte so gerne mit der Frau darüber gesprochen, die ihm am Herzen lag, Nofretete. Doch sie weigerte sich halsstarrig, ihn zu empfangen, ohne ihm die geringste Erklärung dafür zu geben. Und niemals hätte er sich erlaubt, die Entscheidungen der Großen Königlichen Gemahlin zu mißachten, denn ohne deren Mitwirken hätte die neue Hauptstadt Ägyptens niemals das Licht der Welt erblickt. Solange der König und die Königin in ihrem Tun vereint gewesen waren, waren alle ihre Unternehmungen von Erfolg gekrönt gewesen. Seit er der Prüfung der Einsamkeit ausgesetzt war, erlitt Echnaton Niederlagen. Das Einssein mit Aton ließ ihn noch immer durchhalten, doch er wurde schwächer.

Die unerträglichste Information, die er von dem Oberbefehlshaber der Polizei erhalten hatte, betraf Nofretete selbst. Abgesandten der thebanischen Priester wäre es gelungen, sie aufzusuchen und sie zu überreden, gegen ihren Gatten zu handeln. Mit der Unterstützung der Großen Königlichen Gemahlin, die schon einen neuen Pharao ausgewählt habe, konnte ein Komplott zu einem Sturz des regierenden Königs gelingen und damit seinem großartigen Ideal ein Ende setzen. Dieser neue Herrscher sei niemand anderer als der junge Tutanchaton, ein Kind, das auf Anordnung von Nofretete in die Sonnenstadt gekommen war.

Echnaton konnte seine Meditationen nicht länger fortsetzen, ohne den Ritus zu beeinträchtigen. Er betrat eine Säulenhalle, in der nur die Seitenschiffe mit einem Dach abgedeckt waren. Dort sammelte er sich einige Augenblicke und nahm dann ein Zepter von einem Altar, das ihm zum Segnen der Opfergaben diente. Dann ging er durch einen riesigen, nicht überdachten Hof mit dreihundertfünfundsechzig Opfersteinen aus Ziegeln, für jeden Tag des Jahres einen, auf denen die Nahrung dargeboten wurde.

Wem konnte Echnaton vertrauen? General Haremhab konnte ihn nicht leiden, der »göttliche Vater« Eje war ein opportunistischer Höfling, Hanis ein durchtriebener Botschafter, Mahu ein ehrlicher, aber bornierter Oberbefehlshaber der Polizei ...
Ohne Nofretete ging es mit Echnaton bergab. Er hatte keinen Sohn an seiner Seite, der ihm beistehen würde, und er hielt nicht viel von den staatsmännischen Fähigkeiten seiner ältesten Tochter, die jedoch die legitime Thronfolgerin war.
Anchesa ... Ja, er vertraute Anchesa, diesem wilden, unabhängigen Kind, die gerade zur Frau geworden war. Ohne daß sie es wußte, stellte er ihr die nötigen Mittel zur Verfügung, eine hochgeborene Prinzessin zu werden, die in der Lage war, ihr eigenes Schicksal zu bestimmen. Sie würde Aton treu bleiben, dessen war er sicher. Aber sie war nur seine drittälteste Tochter. Welche andere Hilfe könnte sie ihm bringen als zärtlichste Zuneigung?
Echnaton durchschritt fünf Höfe. Als er in den sechsten gelangte, dessen Zentrum von einem großen Altar beherrscht wurde, sammelte er sich erneut. Nun wurden die Würdenträger zugelassen, die die Erlaubnis hatten, der Zeremonie beizuwohnen. Aus ihren Reihen trat die älteste Tochter Meritaton hervor, gekleidet in ein weites Faltengewand und gekrönt mit der roten Mitra, die sonst von der Königlichen Gemahlin Nofretete getragen wurde. Sie stellte sich hinter Pharao.
Die zweite Tochter des Königs hütete das Zimmer wegen eines neuen Fieberanfalls. Anchesa hatte ihren Platz bei dem Altar eingenommen. Unter den Tempelsängerinnen, die die Hymne *Erwache in Frieden* anstimmten, erkannte Anchesa die Geliebte von Botschafter Hanis.
Anchesa konnte Wut und Enttäuschung kaum unterdrücken. Meritaton wurde, indem sie Nofretetes Platz eingenommen hatte, als Königin anerkannt. Vielleicht würde Echnaton sie

rituell heiraten, denn nach Atons Lehre konnte nur ein Paar über die Sonnenstadt herrschen. Somit wäre der Aufstieg der ältesten Tochter an die Spitze der Hierarchie vollzogen. Heute hatte sie nur eine rituelle Funktion. Morgen würde sie wirkliche Macht besitzen. Doch war nicht laut der Vertraulichkeiten von Prinz Tutanchaton eine andere Heirat für sie vorgesehen?

Nach den Qualen der Eifersucht war Anchesa jetzt Beute der Qualen des Ehrgeizes. Warum folterten diese Dämonen sie derartig? Warum gab sie sich nicht damit zufrieden, eine Prinzessin zu sein und ein luxuriöses Leben am prächtigsten Hofe des Landes zu führen?

Die Sonne ging auf und beleuchtete den großen Altar.

Anchesa schwor ihrem Gott, bis an die Grenzen ihrer selbst zu gehen.

Die Gesänge verstummten. Echnaton, gefolgt von seiner ältesten Tochter, stieg die Stufen zum Mittelpunkt der Sonnenstadt empor, zu jenem Opferstein, der ihr Herz bildete. Pharao präsentierte der Sonne ein goldenes Tablett mit Schmuck, in den die Namen von Echnaton und Nofretete graviert waren. Als unsterblicher Teil des Menschen würde somit der Name der Herrscher von Gott erleuchtet.

Echnaton hob dann die Keule und schickte sich an, den Altar zu segnen, bevor die Opfergaben gebracht würden.

Anchesa war von der stattlichen Erscheinung ihres Vaters beeindruckt. Er verlieh dieser einfachen Zeremonie eine unvergleichliche Kraft. Doch die Prinzessin konnte den Blick nicht von ihrer älteren Schwester wenden. So durchdrungen von natürlicher Feierlichkeit die Gesten Echnatons waren, so deutlich zeigte Meritatons allzu stolze Attitüde ihren Mangel an Glauben.

Ein Sonnenstrahl blendete Anchesa.

Um ihm auszuweichen, hob sie den Blick zu der Umfassungsmauer.

Oben lag ein Mann flach auf dem Bauch und hantierte mit einer Schleuder. Der Leinenstrang der Waffe war gespannt.
Er zielte auf Pharao.
Er hielt eine der beiden völlig glatten Saiten zwischen Daumen und Zeigefinger. Genau in dem Moment, als Echnaton sein Gebet an die aufgehende Sonne beendete, ließ der Verbrecher das Projektil losschnellen.
Anchesa schrie aus vollem Halse.

7

Das kleine Mädchen ließ seine Puppe fallen und flüchtete sich zu seiner Mutter, die auf der Schwelle ihres Hauses kauerte und einen irdenen Teller säuberte.

»Mama! Mama! Die Soldaten!«

Die Mutter blieb reglos, wußte nicht, wie sie reagieren sollte. Sie drückte das verängstigte Kind ganz fest an ihr Herz. Eine Schwadron von Bogenschützen und Infanteristen drang in die Gasse. Es war das erste Mal, daß sich ein solcher Zwischenfall in der Sonnenstadt ereignete. Der Anführer des Trupps, Nachtmin, Sohn des »göttlichen Vaters« Eje, schnauzte die verängstigte Frau an.

»Laß uns durch. Inspektion sämtlicher Häuser. Befehl des Pharaos.«

Die Mutter wich zur Seite. Das kleine Mädchen weinte. Das war es also ... Die von Echnaton eingeleiteten Vergeltungsmaßnahmen nach dem mißglückten Attentat auf ihn. Mehrere Sängerinnen hatten die Neuigkeit in der Stadt verbreitet: Ein Beduine, dem zweifellos durch Hilfe von Komplizen die Flucht geglückt war, hatte versucht, mit einer Schleuder Pharao zu töten. Und während das Geschoß direkt auf die Schläfe des Königs zusteuerte, hatte jemand geschrien.

Seine Tochter Anchesa, behauptete das Gerücht.

Echnaton hatte sich in die Richtung gedreht, aus der der Schrei kam. Diese Bewegung hatte ihm das Leben gerettet. Die Kugel

aus hartem Leder war wenige Zentimeter an seinem Kopf vorbeigeflogen.
Die Zeremonie der Anbetung der aufgehenden Sonne wurde abrupt abgebrochen. Die Teilnehmer hatten sich panikartig zerstreut. Nur Anchesa hatte einen kühlen Kopf behalten und ihren unter Schock stehenden Vater in den Tempel gebracht.
Zwei Tage lang hatte die Sonnenstadt in angstvoller Erwartung gelebt. Was würde der König nach einem solchen Drama beschließen? Echnaton hatte immer seine Abneigung gegen Gewalt kundgetan. Er wünschte, Atons Liebe möge die Seelen beleben und ein brüderliches Band zwischen den Lebewesen schaffen.
Und nun schickte er bewaffnete Männer, die die Intimität der Privathäuser verletzten! Die Schluchzer der Mutter mischten sich mit denen ihres Kindes.
Die Durchsuchung ging schnell und war brutal. Die Soldaten wußten, wonach sie suchten. Einer von ihnen warf eine Figurine des bärtigen, lachenden Gottes Bes, des Beschützers der Lebensfreude, auf die Straße. Wütend zerstampfte Nachtmin die Figur in tausend Stücke.
»Wage nur ja nicht, wieder falsche Gottheiten in dein Haus zu bringen«, warnte er. »Sonst bist du es, die bestraft werden wird.«

Stelen, Statuetten, Amulette, Terrakotta, Geschirr und Vasen, die mit Gottheiten verziert waren, wurden im Zentrum der Stadt vor der äußeren Umfassungsmauer des großen Atontempels zusammengetragen. Nachtmin stieg, umgeben von Soldaten, auf eine Bühne. Er entrollte einen Papyrus, den ihm Mahu, der Oberbefehlshaber der Polizei, aus dem Königspalast kommend, überreicht hatte.
Nachtmin begann vorzulesen. Die Menge verstummte.
»Im Namen Atons und seines treuen Dieners, des Herrschers

der Beiden Länder, Pharao Echnaton, wurde entschieden, der Darstellung von Gottheiten ein Ende zu bereiten, deren Gegenwart die Ausbreitung des göttlichen Lichtes verhindert. Es ist befohlen, ihre Darstellungen im ganzen Lande zu zerstören und auf allen Monumenten ihre Namen abzuschlagen und zu vernichten. Auf diese Weise wird klar zu erkennen gegeben, daß allein Aton existiert und daß er allein das Leben einhaucht.«

Man sah Trupps von Arbeitern durch die Straßen ziehen und auf Boote steigen, um sich in die Städte des Südens, des Deltas und Nubiens zu begeben und dort die Namen von Amun und anderen Göttern und Göttinnen auszulöschen, wo immer sie sie fanden. Die Eifrigsten unter ihnen tilgten sogar das Wort »Götter« aus. In den Provinzhauptstädten wurden Gräber geöffnet und untersucht, um die alten Gottheiten daraus zu vertreiben. Die Wüstenpolizei zerschlug die von Steinbrucharbeitern in die Felsen geritzten Graffiti.

Drei Tage lang wußte niemand, wo Pharao sich befand. Keine Mahlzeit wurde ihm im Palast serviert. Mahu, der Oberbefehlshaber der Polizei, hätte ihm dabei gerne zahlreiche, beunruhigende Berichte mitgeteilt. In den Provinzen wuchs der Zorn. Das Volk vertrug es nicht, seine jahrhundertealten Glaubensüberzeugungen mit Füßen getreten zu sehen. Die örtlichen Priesterschaften waren wütend, wie Feinde behandelt zu werden. Die meisten Einwohner der Sonnenstadt waren entrüstet. Bis dahin war Aton der oberste Gott gewesen, wie in früheren Epochen Amun oder Re. Warum wurde er eine so ausschließliche und intolerante Kraft?

Echnachton meditierte in dem Heiligtum mit dem Namen »Aton wurde wiedergefunden«. Um dorthin zu gelangen, war er durch eine Säulentür gegangen und den Mäandern eines

Labyrinths gefolgt, das zu einem Portikus führte, wo Statuen von Pharao und Nofretete aufgerichtet waren. Am äußersten Ende befand sich ein kleiner Hof, in dessen Mitte ein Altar stand.
Der König hatte, in der Position des Schreibers mit vor sich gekreuzten Beinen, nicht aufgehört, in die Sonne zu starren und ihrer himmlischen Laufbahn zu folgen. Als die Nacht hereingebrochen war, lauschte er, wie sie in seinem Herzen pochte.
Echnaton hatte die glücklichen Momente seiner Herrschaft noch einmal nachgelebt, die Stunden mit den Weisen, um die Lehren des Tempels zu empfangen, die Begegnung mit Nofretete, in die er sich hoffnungslos verliebte, ihre Krönung in Theben, seine wirkliche Machtergreifung, als er mit Amuns Erstem Propheten brach, die Gründung einer neuen Hauptstadt, die Geburten seiner Töchter, die Spazierfahrten durch die Straßen, wo sich eine glückliche Menge drängte … Verschwunden waren diese strahlenden Bilder, für immer im Reich der Schatten begraben.
Man hatte versucht, ihn zu töten.
Man hatte versucht, ihn umzubringen, ihn, Atons einzigen Interpreten.
Er kannte die Anstifter des Komplotts: die Priester aus Theben. Sie waren die Instrumente einer zerstörerischen Magie, die das Land in ein Netz böser Kräfte sperrte. Das war der Grund für den naheliegenden Entschluß, die Namen der falschen Gottheiten und damit ihr Sein zu vernichten. Wenn Atons Licht keinen Hindernissen mehr begegnete, würde es endlich die Seelen erleuchten und den Haß in Liebe wandeln.
Es war dies das einzige Mittel, das Werk zu vollenden, das ihm aufgetragen war.
Doch wer würde seine Nachfolge antreten? Wie schwach die

Fundamente des Gebäudes noch immer waren! Wenn absolute Einsamkeit untrennbarer Teil der Macht war, mußte er dann nicht an den zukünftigen Pharao denken?
Anchesa ... Das Gesicht seiner Tochter, die aufschrie, um ihn zu retten, ging ihm nicht mehr aus dem Sinn. Wenn Aton sie als Älteste und damit legitime Thronerbin gewollt hätte, würde Pharao jetzt nicht von diesen Ängsten heimgesucht. Doch Gott hatte anders entschieden.

»Sprich weiter«, befahl Anchesa ihrer nubischen Dienerin.
»Viele Leute haben Statuetten im Keller versteckt oder vergraben. Jene, die Stelen besaßen oder deren Vorfahren zusammen mit Osiris dargestellt waren, haben Löcher in ihre Gärten gegraben.«
Die Prinzessin war entsetzt. Warum gehorchte das Volk dem Pharao nicht? Warum blieb es so verstockt bei seinem Irrtum?
Anchesa war durch ihre Isolierung seit dem Drama, das ihren Vater beinahe das Leben gekostet hätte, um so gereizter. In ihre Gemächer im Palast verwiesen, hatte sie keinen Kontakt mit irgendeinem Würdenträger gehabt. Sie hatte Neuigkeiten aus der Außenwelt nur durch ihre Dienerin erfahren.
»Bereitet sich eine Revolte vor?«
»Ich glaube nicht«, antwortete die Nubiern. »Die Gemüter sind erhitzt, doch bisher ist nichts Unwiderrufliches geschehen. Die Soldaten haben niemanden festgenommen oder bastoniert. Der Zorn Eures Vaters richtet sich bisher nur gegen die falschen Götter.«
»Ich muß hier raus. Ich will ihn sehen.«
»Unmöglich, Prinzessin. Die beiden Wächter, die auf Euch aufpassen, haben den Auftrag, Euch gegen Euren Willen zu beschützen. Sie werden Euch nicht hinauslassen.«

Anchesa nahm eine dünne Kalksteinscherbe, auf die sie mit schwarzer Tinte ein paar Wörter schrieb.
»Überbring diese Nachricht«, befahl sie ihrer Dienerin. »Beeil dich.«

Voll jugendlicher Begeisterung erschien der junge Prinz Tutanchaton, der vor seinem Gefolge von Dienern und Bogenschützen herlief, am Eingang zu den Privatgemächern der Prinzessin Anchesa.
Zwei Wächter stellten sich ihm in den Weg und lösten damit den Zorn des Jugendlichen aus.
»Was soll denn das heißen? Die Prinzessin ist doch keine Gefangene, soviel ich weiß! Ich habe eine schriftliche Botschaft von ihrer Hand erhalten. Sie bittet mich, sofort zu ihr zu kommen. Versucht ja nicht, mich daran zu hindern.«
Die Wachen gaben nach. Sich einem Mitglied der Königsfamilie zu widersetzen überstieg ihre Amtsbefugnisse. Zur Regierungszeit von Amenophis III. hätten sie die erhaltenen Befehle wortwörtlich befolgt. Doch heute, wo Pharao möglicherweise seine Hauptstadt verlassen hatte, wußte man nicht, ob der Wind nicht ganz plötzlich aus einer anderen Richtung wehen würde. Ein Risiko einzugehen war nicht ihre Sache.
Anchesa las in einem Papyrus, auf dem die Gedanken eines Weisen aus dem alten Ägypten aufgezeichnet waren, der mit hundertundzehn Jahren beschlossen hatte, seine Erfahrung an die Nachwelt zu überliefern.
»Prinz!« staunte sie. »Wie überaus schnell Ihr gekommen seid …«
Der Jugendliche verbeugte sich vor Pharaos Tochter, die er noch schöner fand als bei dem Bankett, bei dem er ihr seine Liebe gestanden hatte, ein so tiefes Gefühl, daß es nur hatte stärker werden können. Er wollte diese wundervolle junge Frau

heiraten. Die Glut, die ihn beseelte, würde sämtliche Hindernisse aus dem Weg räumen.
Des Prinzen Kleidung überraschte Anchesa. Er hatte Ohrgehänge, Schmuck und kunstvolle Armreifen gegen einen auf Leinen aufgezogenen Lederharnisch ohne Ärmel getauscht.
»Ich habe eine Überraschung für Euch, Prinzessin. Ich bitte Euch, kommt mit.«
»Aber … ich muß mich doch erst ankleiden!«
»Nicht nötig … Wir gehen in die Wüste. Eure kurze Tunika genügt völlig.«

Der Wagen rollte mit großem Tempo auf eine Antilopenherde zu. Tutanchaton hatte die Zügel fest in der Hand. Anchesa war durch einen Riemen, den er ihr um die Taille gelegt hatte, an ihn gegürtet. Mit kriegerischer Miene und stolz erhobenem Haupt bewies der Prinz der Prinzessin, daß er ein ebenso ausgezeichneter Jäger war wie irgendeiner der Tapferen aus der Armee.
»Dort hinten!«
Tutanchaton hatte eine Antilope entdeckt, die sich, alt oder krank, aus einer springenden Herde loslöste. Der Prinz schob seine Hand in einen Köcher, ein längliches Dreieck aus leichtem, mit getriebenem Goldblech überzogenem Holz. Er entnahm ihm einen der drei Bögen und einen Pfeil.
»Übernehmt die Zügel, Anchesa! Ich werde diese Antilope erlegen.«
Die junge Frau wagte es nicht, ihrem Jagdgefährten zu gestehen, daß sie in der Kunst, die er sie auszuüben bat, keine Größe war. Aber sie würde sich vor ihm keine Blöße geben. Sie bemühte sich, das Gefährt in der Spur zu halten.
Tutanchaton spannte seinen Bogen und schoß den ersten Pfeil ab, der weit neben dem Tier vorbeiflog, da es seine Richtung

änderte und von links nach rechts sprang. Die Wagenräder knirschten unheilvoll unter der großen Belastung.
»Wir müssen anhalten, Prinz! Laßt das Tier leben!«
»Es ist für uns, Prinzessin!« rief Tutanchaton in dem scharfen Fahrtwind, der die Gesichter der beiden jungen Leute peitschte.
Der Schütze schoß seinen zweiten Pfeil, der sein Ziel erreichte. Die Antilope, an der Flanke getroffen, fiel auf die Knie. Tutanchaton nahm der Prinzessin die Zügel wieder ab. Er bremste die Pferde zu abrupt, so daß sie sich aufbäumten. Der junge Prinz verlor das Gleichgewicht und wurde von Anchesa auf der Plattform des Wagens gehalten, indem sie ihn gegen die Seite drückte. Sie wußten nicht mehr, wer das Manöver dirigierte, und es gelang ihnen gemeinsam, den Wagen wenige Meter vor dem verletzten Tier zum Halten zu bringen.
Die Antilope drehte ihre staunenden Augen zu den beiden jungen Leuten. Sie verstand nicht, warum sie so litt, warum der Tod von ihren Lenden aufstieg. Ihre Zunge hing ihr aus dem schaumbedeckten Maul.
Endlich gab sie das Leben auf.
Sie legte sich zur Seite. Ihr Kopf fiel schwer in den Sand.
Anchesa blieb vor der toten Antilope stehen und richtete ein stilles Gebet für sie an Aton. Sie bat das Tier um Verzeihung.
»Sie ist für Euch«, wiederholte Tutanchaton mit dem Stolz des erfolgreichen Jägers.
Anchesa lächelte ihn an. Er war lächerlich und rührend. Hinter dem Jugendlichen sah sie das Gesicht von General Haremhab. Wie viele Antilopen hatte er getötet, bei wie vielen Jagden hatte er sich ausgezeichnet?
»Ihr seid ein bemerkenswerter Schütze, Prinz.«
Tutanchaton errötete leicht bei dem Kompliment und trat auf die Prinzessin zu, um sie in die Arme zu nehmen.

Ein unerträglicher Schmerz in der Brust ließ ihn erstarren. Ein nicht zu unterdrückender Husten zerriß ihn. Sein Harnisch wurde mit Blut befleckt, das er erbrach.

»Der syrische Arzt ist eingetroffen«, meldete die nubische Dienerin.
»Er möge eintreten.«
Anchesa hatte den kranken Prinzen in die Sonnenstadt zurückgebracht und die tote Antilope den Hyänen und Schakalen überlassen. Dann hatte sie ihre Dienerin nach einem berühmten ausländischen Therapeuten geschickt, von dem es hieß, er sei fähig, auch die schlimmsten Krankheiten zu heilen.
Der Syrer, gekleidet in ein langes buntgestreiftes Gewand, hatte ein schmales Gesicht, eine spitze Nase und ein fliehendes Kinn mit einem sorgfältig gestutzten Bart.
»Kommt schnell«, bat ihn Anchesa.
»Unmöglich, Prinzessin. Ich bin Eurer Aufforderung aus Höflichkeit gefolgt, doch ich kann nicht die geringste Diagnose stellen.«
Anchesas Gesicht wurde hart.
»Ihr, ein Arzt, weigert Euch, einen Kranken zu behandeln? Habt Ihr Euren Eid vergessen?«
»Ich bin kein Ägypter, Eure Majestät, und ich habe keinen Eid geleistet. Ich beziehe mein Können von der Göttin Ishtar. Euer Vater hat die Statue zerstören lassen, die sich in der Kapelle meiner Praxis befand. Ohne die Hilfe der Göttin ist mein Wissen wirkungslos. Außerdem habe ich beschlossen, diese ungastliche Stadt sofort zu verlassen und in mein Land zurückzukehren.«
Anchesa preßte enttäuscht die Lippen zusammen.
»Ihr seid also gegen Aton.«
»Interpretiert meine Worte nicht, Prinzessin. Ich kümmere mich nur um meine Kunst. Hier kann ich sie nicht ausüben.«

Anchesa musterte den syrischen Arzt voller Verachtung.
»Wäre ich Königin, so hätte ich kein Erbarmen mit Feiglingen von Eurem Schlage. Verschwindet.«
»Genau das ist meine Absicht, Prinzessin. Möge Ishtar Euch behüten.«

Als Anchesa wieder allein war, geriet sie für einen Moment in Panik. Ausgeschlossen, die Dienste des offiziellen Arztes des Palastes in Anspruch zu nehmen. Er war ein inkompetenter Intrigant, der an nichts anderes dachte, als ein Vermögen und Landbesitz anzuhäufen. Die besten Ärzte waren in Theben geblieben.
Der Prinz Tutanchaton lag auf dem Bett und stöhnte leise. Sein Atem ging rauh. Er wurde von heftigen Hustenanfällen geschüttelt.
Anchesa faßte sich wieder. Wie jede zukünftige Hausfrau besaß sie ausreichende medizinische Kenntnisse für einen Notfall. Sie verfügte in ihrer Bibliothek über eine Sammlung von Rezepten. Sie konsultierte sie auch gleich, und nach einer halben Stunde sorgenvollen Suchens eilte sie in den Garten, wo sie Heilpflanzen kultivierte, die im Quadrat um ein Frischwasserbecken angepflanzt waren. Sie pflückte dort Lilie, Lorbeer, Weißdorn und Zimt, die sie mit einem Stößel zerkleinerte. Dann goß sie die Mischung in einen Behälter zusammen mit Honig und Palmöl und fügte noch ein paar Tropfen Goldelixier hinzu, das ihre Mutter ihr für schlimme Erkrankungen anvertraut hatte.
Anchesa hob vorsichtig Tutanchatons Kopf ein wenig an und flößte ihm das Gebräu ein. Er drückte zärtlich ihre Hand. Vor Rührung wagte sie nicht, sie zurückzuziehen. Auch wenn er angeekelte Grimassen schnitt, trank der Prinz die Mixtur. Es dauerte nicht lange, und er schlief ein.
»Prinzessin, Prinzessin!« jammerte die nubische Dienerin, die

zu ihrer Herrin gerannt kam. »Ein wütender Mann! Er ist gewaltsam eingedrungen!«
Anchesa befreite sich aus dem Griff des Kranken, um dem wutschnaubenden Ankömmling entgegenzutreten. Huja, der grobe Verwalter und königliche Fächerträger, schnauzte die Prinzessin mit unglaublicher Unhöflichkeit an.
»Was ist passiert? Warum haltet Ihr den Prinzen Tutanchaton hier fest? Ich werde nicht zulassen, daß ihm ein Leid zugefügt wird!«
Die junge Frau wirkte sehr zierlich neben dem korpulenten Würdenträger, der sie mit seiner ganzen Leibesfülle überragte.
»Der Prinz ist krank. Ich habe ihm ein Mittel eingeflößt. Wenn es nicht wirkt, findet selber eines. Ich überlasse Euch Euren Schützling. Mein Haus ist das Eure.«
Die Prinzessin ließ den tapferen, völlig verdutzten Huja einfach stehen und verließ den Palast, ohne die Gegenwart der beiden Wächter, die ihre Sicherheit garantieren sollten, eines Blickes zu würdigen.

Obwohl sich die Sonne schon dem Horizont zuneigte, hatte Anchesa sich in den Sumpf gewagt, der sich südlich der Hauptkais der Sonnenstadt ausdehnte, einem Gebiet, das von Pharaos Erdarbeiten noch nicht gerodet worden war. Die Vornehmen liebten es, hier mit dem Wurfholz Enten und Wildgänse zu jagen. Sie fuhren auf leichten Booten durch das mehrere Meter hohe Schilf, auf dessen Halmen kleine Raubtiere auf Beutesuche herumkletterten.
Die nubische Dienerin saß am hinteren Ende des Nachens und ruderte mit rhythmischen Schlägen. Anchesa stand aufrecht und entdeckte zum ersten Mal diese Wasserwelt mit den beunruhigenden Geräuschen. Die Strahlen der untergehenden

Sonne drangen kaum herein. Diese abgeschlossene Welt hatte ihre eigenen Gesetze, deren grundlegendstes hieß, zu überleben, egal mit welchen Mitteln.
Eine Manguste sprang mit einem erstaunlichen Satz von einer Papyrusdolde bis zum Fuß eines Rohrstengels, wo ein Schlangenkopf aus dem Wasser ragte, den sie knirschend zerbiß. Ein silbriger Kiebitz tauchte in einen Mückenschwarm, den er genüßlich verschlang. Ein riesiger Fisch sprang aus dem Wasser, als der Nachen vorbeikam, und ließ einen Wasserschwall aufspritzen, der die nackten Füße der Prinzessin näßte.
Auf den Rat ihrer Dienerin hatte Anchesa sich mit einem einfachen Bäuerinnenschurz bekleidet. Dort, wo sie hinwollte, wären die Luxusgewänder unpassend gewesen. Anchesa hatte Angst. Sie war nicht vorbereitet, sich dieser obskuren, stinkenden Welt zu stellen, in der es vor unsichtbaren Tieren wimmelte.
»Ist es noch weit?« fragte sie ihre Dienerin und versuchte, ihrer Stimme einen selbstsicheren Klang zu geben.
»Wir müssen noch dem Ufer folgen, dann biegen wir nach links und steuern auf eine Insel zu.«
Das Wasser wurde immer grüner und fauliger. Anchesa zwang sich, geradeaus zu schauen, und machte sich innerlich Mut, dieses schreckliche Unternehmen bis zum Ende durchzustehen. Mit einem Fliegenwedel verscheuchte sie die Insekten, von denen sie umschwirrt wurde.
Die Sonne war hinter dem westlichen Gebirge untergegangen. Der Sumpf glitzerte im Dämmerlicht. Der Nachen kam nur mühsam vorwärts. Die Ruder verhakten sich in verfaulender Vegetation.
»Da ist die Insel!« verkündete die nubische Dienerin.
Anchesa hatte nichts gesehen. Das Gewirr aus Schilf und Papyrus war so dicht, daß sie sich ducken mußte, um durch einen engen Tunnel zu kriechen, der auf einer schlammigen Land-

zunge endete. Dort stand eine armselige Hütte, aus der übelriechender Rauch quoll.
»Ich bleibe draußen«, erklärte die Nubierin. »Geht allein hinein, Prinzessin.«
»Und ... und wenn du mir als Dolmetscher dienen mußt?«
»Die Hexe spricht alle Sprachen. Geht allein hinein.«
Anchesa wäre am liebsten geflüchtet, wäre gern in das undurchdringliche Papyrusdickicht gedrungen, in die freie Luft gerannt. Doch ihre Wißbegierde war stärker.
Zögernd setzte sie einen Fuß auf die Insel der Hexe. Mit fünf Schritten hatte sie den Eingang der elenden Behausung erreicht und trat ein.
Zunächst sah sie nur eine winzige Herdstelle, in der widerliche Abfälle glimmten. Sie lieferten das einzige Licht in dem gewölbten Raum, in dem Leichen von Ratten, Schlangen und Schleichkatzen sowie Dutzende von Töpfen mit vielfarbigen Substanzen herumstanden.
An einer Wand lehnte eine kauernde Gestalt.
»Seid ... seid Ihr die Hexe?«
Mit unglaublicher Behendigkeit schlüpfte die Kreatur vor die Herdstelle, um sich den Rücken zu wärmen. Anchesa stieß einen Schrei des Entsetzens aus. Die Hexe war eine Zwergin mit schwarzer, erschlaffter Haut. Ihre vorstehenden Backenknochen nahmen fast das ganze Gesicht ein. Sie hatte keinen einzigen Zahn mehr.
»Ich gefalle dir nicht, Kleine? Du weißt meine Schönheit nicht zu schätzen?«
Vor Entsetzen wie gelähmt, wagte Anchesa kaum zu atmen.
»Wer bist du?« wollte die Hexe wissen.
»Ein Mädchen aus der Stadt. Mein Vater ist Tischler.«
»Du lügst, und du lügst schlecht, Kleine. Eine Tochter Pharaos müßte sich geschickter zeigen.«

Anchesa wich zurück. Eine Eidechse huschte über ihren linken Fuß. Sie unterdrückte einen Schrei.
»Woher wißt Ihr …?«
»Worte des Windes, mein Kind. Sie wehen von einem Ende des Universums zum anderen. Wenn sie hier vorbeikommen, berichten sie mir, was außerhalb meines Paradieses existiert. Der Wind trägt das Leben und den Tod. Die Generationen gehen unter. Er dagegen kreist weiterhin im Himmel. Er ist mein Vertrauter, und er betrügt mich niemals, Anchesa, dritte Tochter des königlichen Paares.«
Anchesa zuckte zusammen. Die Hexe wußte ihren Namen. Die nubische Dienerin mußte einen Weg gefunden haben, sie von ihrem Kommen zu unterrichten. Das war absolut keine Zauberei.
»Da du weißt, wer ich bin, Alte, beantworte meine Fragen. Ich werde mich großzügig erweisen.«
»Das genügt nicht, Prinzessin.«
»Was verlangst du?«
»Mische dein Blut mit dem meinen. Gib mir deinen linken Arm.«
Anchesa zögerte. Der Gedanke an einen Hautkontakt mit dieser abstoßenden Kreatur ließ sie schaudern. Doch war sie nicht die berühmteste der Hexen?
Die Prinzessin streckte den linken Arm aus.
Mit einer schmutzigen Klinge ritzte die Hexe die Haut und ließ einen Blutstropfen hervorquellen, den sie genüßlich ableckte.
»Unvergleichlicher Nektar, Prinzessin. Jetzt kannst du mich ausfragen.«
Die Hexe steckte die rechte Hand in die Herdstelle und spielte mit der Glut.
»Was wird aus mir werden, Hexe? Welches wird mein Schicksal sein?«

Die Hexe öffnete ihre rechte Hand und untersuchte die blutrote Glut auf ihrer Handfläche.
»Du wirst Königin sein, Anchesa ... Doch eine Königin, wie es noch keine auf dieser Erde gegeben hat, und ...«
Die Alte verstummte, entsetzt über das, was sie sah.
»Sprich weiter, Hexe!« forderte die Prinzessin.
»Nein ... Ich sehe nichts mehr ...«
»Jetzt bist du es, die lügt! Wann werde ich Königin sein?«
Die Alte seufzte. Wenn die junge Frau sich nur für dieses Detail interessierte ...
»Bald, Prinzessin, bald. Du gestaltest dein eigenes Schicksal.«
Anchesa hatte keine Angst mehr. Sie amüsierte sich. Die Zwergin sagte ihr, was sie gerne hören wollte. Sie glich diesen falschen Seherinnen, die von der Leichtgläubigkeit der Naiven lebten. Die Prinzessin ließ sich nicht täuschen. Sie wußte, daß die Zukunft in den Händen ihres Gottes lag. Nicht um sie zu erfahren, hatte sie den Sumpf durchquert, sondern aus einem anderen Grund.
»Vergessen wir die Bestimmung«, sagte Anchesa, »und beschäftigen wir uns mit der Gegenwart. Ich brauche deine Fähigkeiten. Ich liebe einen verheirateten Mann. Ich möchte, daß du seine Frau sterben läßt.«
»Der Name?«
Anchesa schreckte zusammen.
»Der muß geheim bleiben.«
»Dann kann ich nicht handeln. Meine Magie wirkt auf die Namen der Leute. Vertraue mir, Prinzessin. Ich werde dich nicht verraten.«
Anchesa betrachtete die elende Hütte, die dreckige Ausstattung, die armselige Kreatur ... Das hier war unter ihrer Würde. Sie hatte den falschen Weg gewählt.
»Ich brauche dich nicht mehr, Hexe«, erklärte sie stolz.

Die Sonnenstadt war eingeschlummert. Stille herrschte im Königspalast, in den Pharao bei Einbruch der Nacht zurückgekehrt war. Er hatte sich sofort in seine Privatgemächer zurückgezogen. Bei Tagesanbruch würde sich die Nachricht von seiner Rückkehr in der Stadt verbreiten und so manche Beunruhigung aus der Welt schaffen.
Erschöpft von dem Ausflug in den Sumpf, war Anchesas Dienerin tief eingeschlafen, nachdem ihre Herrin als erste eingeschlummert war. Sie ahnte nicht, daß Anchesa nur abgewartet hatte, bis die Nubierin schlief, um aufzustehen, einen Wollmantel überzuziehen und den Palast über die Terrassen zu verlassen.
Anchesa ging in dieser Vollmondnacht in Richtung des Nilufers. Sie verließ die Vorortviertel und gelangte in den weiten Wüstenstreifen, der die letzten Häuser vom Fluß trennte. Sie warf einen Blick nach Osten, wo Echnaton entgegen der in anderen Städten üblichen Tradition die Nekropole der Sonnenstadt hatte anlegen lassen. Mit leichten Schritten und außerhalb der von der Wüstenpolizei angelegten Wege erreichte Anchesa einen Hügel, der hoch genug war, um von seiner Kuppe die ganze Hauptstadt zu überblicken, die sich über zehn Kilometer erstreckte.
Nach ihrem enttäuschenden Besuch bei der Hexe mußte Anchesa die Nachtluft einatmen und über sich den unendlichen Himmel spüren. Sie wollte sich das von ihrem Vater vollendete Werk bewußtmachen, diese aus dem Herzen eines Pharao entsprungene Hauptstadt, die Wirklichkeit geworden war. Die Sonnenstadt, gegenüber der Stadt der Weisen, Hermopolis, und auf halbem Wege zwischen Memphis, der großen Siedlung im Norden, und Theben im Süden gelegen, nahm einen Teil der großen, von einer Bergkette begrenzten Ebene in Mittelägypten ein. Bald würde sie als Metropole des Gleichgewichts, einer

neuen »Waage der Beiden Länder« die entscheidende Rolle spielen.
Anchesa würde Haremhabs Gattin nicht mit Hilfe Schwarzer Magie aus dem Weg räumen. Sie würde sie besiegen, ohne dämonische Kräfte anzurufen. Sie würde dem General beweisen, daß er sie lieben mußte, sie würde die Macht ihrer eigenen Magie entfalten, um ihn zu erobern.
Aber hatte sie überhaupt das Recht, so zu handeln? Und wohin würde sie dieser schmale Pfad führen?
Nachdem ihr Entschluß feststand, verließ Anchesa die Anhöhe und schlug den Weg in Richtung der Klippen ein, wo die Stelen errichtet worden waren, die die Grenzen der Sonnenstadt markierten. Nicht weit entfernt stieß eine Hyäne ihr unheimliches Lachen aus, auf das bald das Heulen der Schakale folgte, die die ganze Nacht unterwegs waren und die Wüste von Kadavern reinigten. Anchesa mußte die Linie der kleinen Forts überqueren, in denen die Soldaten Wache hielten.
Sie machte einen Bogen um das eine, wo die Wächter mit lauten Stimmen über Echnatons Angriff gegen die Hausgötter diskutierten. Wenn die Mehrzahl der Soldaten meines Vaters die gleiche Kritik ausspricht, dachte die Prinzessin bekümmert, wird ihm die Armee nicht mehr lange dienen.
Anchesas rechter Fuß brachte einen Stein ins Rollen. In der Stille der Wüste erschien ihr das Geräusch ungeheuer laut. Sie legte sich der Länge nach auf den Boden.
Einer der Wächter richtete sich auf und beugte sich über die Brüstung.
»Ich habe irgendwas gehört«, sagte er zu seinem Kameraden.
»Eine Hyäne. Keine Sorge. Komm, trink noch etwas Bier und iß ein paar Bohnen.«
»Mir kommt das seltsam vor. Ich würde gern mal nachschauen gehen.«

»Reine Zeitverschwendung.«
Ungefähr zwanzig Meter von Anchesa entfernt war ein Schakal stehengeblieben. Seine lange, spitze Schnauze mit der dicken schwarzen Nase bewegte sich unaufhörlich. Er hatte etwas Ungewöhnliches gewittert und begann, drohend zu knurren. Der Wächter nahm einen Stein und warf ihn in seine Richtung. Erschreckt jaulte der Schakal auf und rannte davon.
»Wieder einer von diesen Aasfressern«, stellte der Soldat fest.
»Hab ich dir doch gesagt«, spottete sein Kollege. »Leg dich schlafen. Ich übernehme die Wache. Eine Nacht wie jede andere ...«
Bäuchlings kroch Anchesa unter dem Tauwerk hindurch, das die Forts miteinander verband. Jenseits davon gab es keine Wachen mehr. Sobald die Prinzessin sicher war, daß sie nicht mehr gesehen werden konnte, richtete sie sich auf. Wie sehr sie diese Einsamkeit liebte, diese Freiheit, wenn sie sich dem Wind auslieferte, der die Erinnerungen und Hoffnungen in die himmlischen Paradiese mit sich nahm. Alles könnte so einfach sein, so rein, wenn die Menschen doch nur bereit wären, die Stimme der Wüste zu hören, sich selbst zu vergessen und das in ihren Herzen enthaltene Licht wachsen zu lassen. Doch ernste Gefahren bedrohten die Stadt der Sonne, dessen war sie sicher. Man verheimlichte ihr die Wahrheit. Sie mußte herausfinden, was sich da zusammenbraute, mußte die Geheimnisse von Botschafter Hanis aufdecken.
Endlich gelangte sie zu einer der Grenzstelen, die ihr Vater anläßlich der rituellen Gründung der Hauptstadt aufgestellt hatte. Im Mondlicht konnte Anchesa ohne Schwierigkeiten die Hieroglyphen lesen, die unter einer Szene eingraviert waren, auf der Nofretete und Echnaton zu sehen waren, wie sie Aton anbeteten. Der Text erläuterte, daß der Pharao seine Hauptstadt gegründet habe, die niemals über die von ihm festgelegten

Grenzen hinausreichen würde. Der von der Sonnenstadt eingenommene Platz war vollkommen, ein von Anfang an in seiner Gesamtheit geplantes Werk. Dann priesen die Hieroglyphen die Schönheit von Königin Nofretete, ihren hellen Teint, wie keine andere Frau ihn besaß, und das Glück, das sie um sich herum verbreitete.

Nofretete ... Nofretete, die schwieg, die sich in unbegreifliches Schweigen hüllte. Hatte sie ihrem Glauben an Aton abgeschworen, sie, die sie die Quelle der neuen Religion gewesen war, sie, deren Stimme die ersten Lobgesänge zu Ehren der göttlichen Sonne angestimmt hatte? Nofretete, diese zärtliche Mutter, deren Abwesenheit unerträglich wurde.

Die Prinzessin setzte sich an den Fuß der Grenzstele, die Augen nach Osten gerichtet, wo in wenigen Stunden eine neue Sonne erstehen würde.

8

Soldaten in farbenprächtigen Uniformen hatten am Südeingang der Stadt ein Ehrenspalier gebildet. Sie hatten größte Mühe, die jubelnde Menge zurückzuhalten, die die Hände ausstreckte, um die Teilnehmer des endlosen Zuges zu berühren, der, begleitet von den Klängen von Flöten und tragbaren Harfen, in Echnatons Hauptstadt eindrang.

Es war das größte Fest, das je in der neuen Hauptstadt veranstaltet worden war. Drei Ruhetage waren den Arbeitern und Beamten gewährt worden, damit sie keinen Augenblick der Vergnügungen verpaßten. In Straßen und Gassen waren leicht gebaute Hütten errichtet worden. Dort wurde in reichlichem Maße süßes Bier ausgeschenkt. Überall tanzten und sangen Männer und Frauen. Atons Name wurde mit Inbrunst gefeiert.

Alles drängte herbei, als in der Mitte des offiziellen Zuges die Heldin des Festes erschien: die Königinmutter Teje, die aus Theben angereist war, um ihren Sohn Echnaton zu besuchen. Die Witwe des großen Königs Amenophis III. empfand besondere Zärtlichkeit zu demjenigen ihrer Kinder, der Pharao geworden war. Es lag nun schon mehrere Monate zurück, seit sie ihren Palast von Malkatta nicht mehr verlassen hatte. Jeder glaubte, schwerwiegende Gründe seien der Anlaß für diese unerwartete Reise. Die Ausmaße der Festlichkeiten genügten, um ihre Wichtigkeit zu beweisen.

Die Königinmutter wurde mit ihren fünfundfünfzig Jahren

nach einem ausgefüllten Leben von allen respektiert und bewundert, sowohl in Ägypten als auch in den Nachbarländern, deren Herrscher ihr regelmäßig schrieben und sie um Rat fragten. Teje hatte an der Seite ihres Gatten erfolgreich an der Führung der Staatsgeschäfte teilgenommen. Sie hatte eine Friedenspolitik befürwortet, in der Ägypten die Schlüsselfunktion zukam. Sie war es, die in Theben den Kult des Sonnengottes Aton eingeführt und den Einfluß der Amunpriester, die sie von der Macht fernhielt, geschwächt hatte. Sie hatte sich der Gründung der neuen Hauptstadt, der Namensänderung des Pharao und dem Umzug des Hofes nicht widersetzt. Ihre Autorität war so groß, daß allein ihre Anwesenheit in Theben den Bürgerfrieden garantierte.
Solange sie ihre Stimme nicht gegen das von Echnaton versuchte Experiment erhob, würde die thebanische Oppositionspartei es nicht wagen, sich offen zu manifestieren.
Die Königinmutter trug eine Krone, die aus einer goldenen Mitra bestand, auf der zwei hohe Federn eine Sonnenscheibe zwischen zwei Hörnern einrahmten. Auf ihrer Stirn zwei goldene Kobras. Teje war die lebende Inkarnation der Himmelsgöttin, die zur Erde gekommen war, um Liebe und Harmonie zu verbreiten. Obgleich Teje eine zierliche Frau war, verfügte sie über unbeugsame Energie, die in ihrem sonnengebräunten Gesicht, das an ihre ferne nubische Herkunft erinnerte, zum Ausdruck kam. Mit einer kleinen, spitzen Nase, schmalen Lippen und hervortretenden Backenknochen zeigte die Königinmutter in allen Lagen eine bemerkenswerte Beherrschtheit.
Teje war an diesem Festtag in die Sonnenstadt gekommen, um eine unmögliche Mission zu erfüllen: der Politik ihres Sohnes, die das Land ins Unglück zu führen drohte, eine Wende zu geben oder sie wenigstens zu mildern. Atons Alleinanspruch

würde gefährliche Auflehnung provozieren, die auch die Königinmutter selber bald nicht mehr würde kontrollieren können. Doch Echnaton hatte einen entschiedenen Charakter, der in keiner Weise zur Verhandlung neigte. Nach dem Mordanschlag gegen ihn müßte jedoch eine Bresche in der Mauer zu finden sein, müßte es möglich sein, die Abwehr dieser unnachgiebigen Seele zu durchbrechen.

Die Welle von Fanatismus gegen die vom Volke geliebten Gottheiten hatte die Pläne der Königinmutter durcheinandergeworfen. Noch ehe sie aufgebrochen war, hatte Teje die Prinzen Semenchkare und Tutanchaton in die Sonnenstadt geschickt, damit sie sich an die Atmosphäre bei Hofe und an die Ausübung einer Macht gewöhnten, die sie möglicherweise eines Tages innehaben würden.

Echnaton erwartete seine Mutter vor dem großen Atontempel. Er saß auf einem Thron und trug die Doppelkrone, die seine Macht über Ober- und Unterägypten symbolisierte. Er hielt das Herrschaftszepter vor seiner Brust, das seine Aufgabe als Hirte und Hüter seines Volkes darstellte, welches zu Atons Wahrheit zu führen er zur Aufgabe hatte. Um ihn war der gesamte Hof versammelt, einschließlich des Prinzen Tutanchaton, den die kräftige Arznei, die ihm von Anchesa verabreicht worden war, wieder auf die Beine gestellt hatte. Er war blaß und hustete noch, doch er hielt die Stellung neben seinem Bruder Semenchkare, General Haremhab und dem »göttlichen Vater« Eje. Es fehlte keine der hochgestellten Persönlichkeiten. Anchesa verfolgte begeistert das Zeremoniell. Links vom Thron hatte Meritaton, die älteste Tochter, den Platz der Großen Königlichen Gemahlin eingenommen.

Als die Königinmutter aus der Sänfte aus vergoldetem Holz stieg, erhob sich Echnaton von seinem Thron. Unter den bewundernden Blicken der Zuschauer schritten sie einander ent-

gegen. Die Sonne spiegelte sich in ihren Kronen und bildete Lichtkegel, die ihre Gesichter überstrahlten.
Pharao und seine Mutter blieben stehen. Weniger als ein Meter trennte sie. Ein feines Lächeln hellte das eingefallene Gesicht des Königs auf.
»Ich bin glücklich, Euch wiederzusehen, Mutter.«
»Ich auch, Majestät.«
»Verzeiht die Direktheit meiner Frage: Welches ist der Grund für Euren Besuch?«
»Ihr selber, mein Sohn.«
In den schwarzen Augen der Königinmutter leuchtete eine intensive Flamme. Seit Echnaton über Ägypten regierte, hatte er Tejes Ratschläge immer berücksichtigt. Sie gehörte zu diesem Geschlecht außergewöhnlicher Königinnen, die dem Land zu seiner Größe verholfen hatten.
»Ich bitte Euch, Eure Sorgen für die Dauer einer Zeremonie zu vergessen, Mutter. Laßt uns nur daran denken, Aton zu preisen.«
»So soll es geschehen.«
Angeführt vom »göttlichen Vater« Eje schritten Pharao und die Königinmutter Seite an Seite einer riesigen Prozession voran, die sich nach Süden bewegte, wo Tejes Privattempel errichtet worden war. Er ähnelte einem Pavillon mit leichten Säulen und schlanken Mauern mit Unterbrechungen, so daß ständig Luft zirkulieren konnte. Angenehme Frische herrschte im Inneren.
»Ihr habt den Tempel verschönern lassen«, freute sich Teje.
»Meine besten Bildhauer haben daran gearbeitet. Bei jedem Eurer Besuche werdet Ihr ihn noch prächtiger vorfinden.«
Pharao und Königinmutter blieben vor dem großen Doppeltor stehen. Echnaton legte den Kopf in den Nacken und hielt die Augen auf den göttlichen Aton gerichtet. Sämtliche Mitglieder des Zuges verbeugten sich.

Echnaton nahm zärtlich die Hand seiner Mutter.
»Öffnet das Tor«, befahl er. »Man lasse uns allein.«
Das Tor schloß sich hinter Echnaton und Teje. Der Tempel war in diffuses Licht getaucht. Als aufmerksame Zeugen wachten die Statuen von Pharaos Vater und Mutter in der Stille. Die Königin und ihr Sohn gingen unter einem Säulenportikus hindurch und gelangten in einen Hof unter freiem Himmel. In der Mitte erhob sich ein Altar, zu dem mehrere Stufen führten. Er war beladen mit Weinkrügen, Früchten, Gemüsen und Blumen.
»Ich liebe diesen Ort mehr als irgendeinen anderen«, sagte Teje leise. »Am liebsten würde ich hier bleiben bis zu meinem letzten Atemzug.«
»Nichts steht Euch im Wege, Mutter.«
»Doch, mein Sohn.«
»Laßt uns auf dieser Treppe Platz nehmen«, schlug der König vor. »Atons Strahlen werden uns erleuchten.«
Echnaton half seiner Mutter, sich hinzusetzen, ohne ihr Gewand zu zerknittern. Er ließ sich eine Stufe tiefer nieder, ohne ihre Hand loszulassen.
»Erinnerst du dich, Mutter? Als ich noch ein Kind war, haben wir uns oft auf den Stufen des Palastes in Malkatta unterhalten. Du lehrtest mich die Natur, du lehrtest mich die Menschen. Ich stellte dir tausend Fragen, ich stahl dir deine Zeit. Du warst immer bereit, mir zu antworten.«
»Du bist noch immer mein Sohn. Aber du hast mir keine tausend Fragen mehr zu stellen. Heute bist du es, der die Antworten kennt. Du bist der einzige Prophet des Gottes Aton, und du zeigst der Welt sein Licht. Welche edlere Aufgabe könnte ein König sich stellen? Doch die Einsamkeit ist ein schweres Los. Sie macht denjenigen, der darunter leidet, am Ende blind.«
»Es gibt indessen für Pharao kein anderes Los.«

»Das ist wahr, mein Sohn. Und deshalb mußt du dir eine Vielzahl von Augen und Ohren aneignen, die dir berichten, was tatsächlich in deinem Lande geschieht, nicht, was du dir vorstellst. Das Denken des Königs nährt sich aus der Wirklichkeit, nicht aus den Träumen.«

Echnaton schloß die Augen.

»So sprecht, Mutter.«

»Es gärt im Volke, mein Sohn. Furcht hat die Seelen ergriffen. Sie verstehen nicht mehr, was Aton wünscht. In Theben haben sich die Priester deinen Befehlen gebeugt. Sie haben die Tempel geöffnet und haben die Bildhauer den Namen Amuns zerstören lassen ... Doch viele Nachlässigkeiten sind begangen worden. Auf diese Weise löscht man nicht tausendjährige Glaubensüberzeugungen.«

»Es wird mir gelingen, Mutter.«

»Ein Mensch war es, nicht ein Gott, der versucht hat, dir ein Ende zu setzen.«

»Er war nichts als ein Instrument. Es ist Atons Wille, das einzige Licht zu sein, und ich bin sein Prophet. Es wird nach meinem Willen geschehen.«

Die Königinmutter bat ihren Sohn, ihr die schwere Krone mit der doppelten Feder abzunehmen, die er sorgfältig auf den Altarstufen abstellte. Die im Tempel herrschende Milde begünstigte die Vertraulichkeit. Im Tonfall der Gesprächspartner lagen weder Leidenschaft noch Aggressivität. Doch Teje nahm die ungeheure Intensität des inneren Feuers wahr, das Pharao beseelte.

»Auf wen kannst du bauen, mein Sohn?«

»Auf niemanden. Die mir Nahestehenden denken nur daran, mich zu hintergehen oder die Macht auszunutzen, die ich ihnen verliehen habe. Sie glauben, ich sei blind und sähe ihre Intrigen nicht. Doch Aton erleuchtet mich. Und ich werde Gerechtig-

keit walten lassen. Nur meine Tochter Anchesa lebt wirklich für Aton. Sie ist es, die mich gerettet hat.«
»Anchesa? Sie ist doch noch ein Kind!«
»Nein, Mutter. Sie ist zur Frau geworden. Sie ist schön wie ein Sonnenstrahl.«
»Muß ich dich daran erinnern, daß Meritaton deine älteste Tochter ist, die die Rolle der Großen Königlichen Gemahlin in Nofretetes Abwesenheit erfüllt? Vergiß Anchesa, mein Sohn. Möge sie dein geliebtes Kind bleiben, aber mach ihr keine Illusionen über ihre Zukunft. Sie wird mit ihren jungen Schwestern im Luxus des Palastes leben. Ich habe die Prinzen Semenchkare und Tutanchaton aus Theben herkommen lassen. Sie werden hier als meine Kinder betrachtet werden. Es wäre gut, wenn Semenchkare deine älteste Tochter heiratete und Tutanchaton deine zweite Tochter.«
»Wozu diese Vereinigungen«, empörte sich der König, »wenn nicht, um den Priestern von Theben zu gefallen?«
»Es gibt tatsächlich keinen anderen Grund. Die Thebaner wollen deine Häresie ignorieren. Sie denken nur an den Pharao, der dein Nachfolger sein und die Würde der alten Gottheiten wiederherstellen wird. Dank dieser Heiraten werden wir den Frieden aufrechterhalten.«
Echnaton nahm jetzt auch seine Krone ab, die langsam schwer zu werden begann. Müdigkeit prägte sein Gesicht.
»Ich bin der Konzessionen müde, Mutter. Ich ertrage diese subtilen Strategien nicht mehr. Gott will ich mich widmen. Er verliert sich nicht in diesen Mäandern, die nichts anderem dienen als der Eitelkeit und der Habgier der Menschen.«
»Gott wird auf dieser Erde nicht ohne die Mitwirkung dieser Menschen strahlen, die du verachtest, mein Sohn. Ihre Natur wirst du nicht verändern. Aber du kannst ihnen einen Weg zeigen. Unter der Bedingung, daß Ägypten reich und glücklich

ist. Die Menschen zu regieren ist deine vorrangige Aufgabe, die zu vernachlässigen du nicht das Recht hast.«
»Aton strahlt jeden Morgen im Himmel, Mutter. Er schenkt Leben, ohne zu rechnen. Er allein und niemand anderes wird mir mein Verhalten diktieren.«
Es gelang Teje nicht, ihren Sohn zu beeinflussen. Echnaton lebte inzwischen in einer Welt, die nur ihm allein gehörte. Das mächtige Ägypten, das das großartige Theben gegründet hatte, befand sich in großer Gefahr. Wie lange würde es der Königinmutter gelingen, die Katastrophe aufzuhalten?
»Wirst du bereit sein, diese Heiraten zu zelebrieren?« fragte sie mit einer Stimme, die zum allerersten Mal in ihrem Leben ein wenig zögernd klang.
»Wenn Nofretetes Abwesenheit andauert, werde ich symbolisch meine älteste Tochter heiraten. Aton fordert, daß ein Paar die Sonnenstadt regiere. Alles andere ist unwichtig. Kommt, Mutter. Mein Volk erwartet uns. Euer Kommen bereitet ihm solche Freude, daß es grausam wäre, es noch länger warten zu lassen.«
Echnaton setzte Teje die hohe Krone wieder auf und setzte sich dann seine eigene auf den Kopf. Hand in Hand verließen Mutter und Sohn langsam und würdevoll das Heiligtum.
Es gab nichts mehr zu sagen.

Die Köche des Königs hatten mehrere Tage pausenlos gearbeitet, um das prunkvollste Bankett vorzubereiten, das in dem großen, mit schillernden Malereien von Vögeln, Vierbeinern und Fischen dekorierten Saal des Königspalastes serviert wurde. Auf den Tischen waren zwischen Lotosblütengirlanden Platten mit Fleisch und Gemüsen, Früchten, verschiedenen Sorten Kuchen und Brot und Krüge mit weißem und rotem Wein aus dem Delta verteilt. Die Gäste aßen gebratene Enten mit den Fingern. Ein weibliches Orchester, bestehend aus Harfenistinnen, Lauten- und Leierspielerinnen, lieferte den Ohrenschmaus. Die beste Instrumentalistin der Beiden Länder entlockte ihrer großen, zweisaitigen Lyra sanfte Harmonien. Manche Gäste schlummerten ein, als der Abend spät wurde. Die Diener zündeten Öllampen an. Im Halbdunkel kamen diskrete Gespräche in Gang, als Pharao den Bankettsaal verließ. Sein Aufbruch markierte das Ende der Festlichkeiten zu Ehren der Königinmutter.

Teje fühlte keinerlei körperliche Müdigkeit. Doch ihr Herz war schwer. Sie hatte versagt. Pharao war gegenwärtig der einzige Meister im Spiel. Ein Pharao, der sich in einen immer wirklichkeitsfremderen Mystizismus versenkte und die Erfordernisse des Alltags vergaß.

Teje hängte sich einen Leinenmantel über die Schultern und machte einen kleinen Spaziergang durch die terrassierten Gärten, glücklich, endlich allein zu sein. Dieser Empfang war ihr im Vergleich zu den thebanischen Festen ziemlich fade erschienen. Aus einem Tamariskengebüsch sprang eine flinke Gestalt und versperrte der Königinmutter den Weg. Teje dachte an ein Attentat und fragte sich mit ruhiger Klarheit, wer dahinterstecken mochte.

»Keine Angst, Majestät, ich tue Euch nichts ... Ich bin Anchesa.«

Die junge Frau hatte voller Bewunderung Tejes Beherrschung bemerkt. Die Königinmutter hatte weder aufgeschrien, noch war sie zurückgewichen.

Teje musterte Anchesa.

»Dein Vater hatte recht. Du bist kein Kind mehr.«

Der Mond tauchte die Gestalt der Prinzessin in bläuliches Licht.

»Aber ... du hast ja dein Kleid zerrissen!«

»Ich bin sehr schnell gerannt, um Euch einzuholen. Ich wollte Euch sprechen, unter vier Augen.«

»Mich sprechen? Ist es denn so wichtig?«

»Ich flehe Euch an, hört mir zu.«
Anchesas ausdrucksvoller Blick war überzeugend. Das Feuer, das sie beseelte, ähnelte in seltsamer Weise dem ihres Vaters.
»Ich fürchte, ich kann dir nicht entkommen, Anchesa. Ich bin bereit, dich anzuhören. Möchtest du hier bleiben oder lieber in meine Gemächer gehen?«
»Ich weiß einen Ort, wo uns kein indiskretes Ohr hören kann.«
»Wie geheimnisvoll. Hast du etwa Angst, man könnte dir nachspionieren?«
»Ich bin lieber vorsichtig.«
»Ungestüm, aber nicht dumm«, urteilte Teje. »Zwei schwer miteinander vereinbare Eigenschaften. Ich folge dir.«
Anchesa führte die Königinmutter zu einem auf der oberen Terrasse in üppiger Vegetation versteckten Pavillon. Um dorthin zu gelangen, bog sie Palmzweige auseinander. Der Ort war vor Wind geschützt.
»Ein wunderbarer Schlupfwinkel, wirklich«, bemerkte Teje und setzte sich auf eine Steinbank. »Erlaube einer alten Dame, sich erst ein wenig zu entspannen. Du hast mich ein Paradies entdecken lassen.«
Eine Stunde lang schüttete Anchesa ihr Herz aus. Sie hatte vom ersten Augenblick an Vertrauen zu der Königinmutter gefaßt. Sie erzählte ihr von ihrem Gespräch mit Echnaton, von ihrer Lektüre der Grenzstelen, von ihrem Verdacht gegen den Botschafter Hanis, von den Nachforschungen, die sie machte, um die Wahrheit über die Lage Ägyptens herauszufinden. Sie vermied es, ihre Gefühle für General Haremhab zu erwähnen.
Teje hörte mit halbgeschlossenen Augen aufmerksam zu. Nach und nach machte sich die Königinmutter ein Bild von der jungen Frau, die sie sich weder so scharfsinnig noch so mit den Staatsangelegenheiten beschäftigt vorgestellt hatte. Sie hatte noch immer ein paar kindliche Züge, doch sie war in bemer-

kenswerter Weise früh gereift. Ihre Reden waren nicht von oberflächlicher Neugier diktiert. Sie zeugten von einer echten Liebe zu Ägypten.

»Meine älteren Schwestern sind dumme, unfähige Gänse«, erklärte Anchesa. »Nur ich kann meinem Vater helfen, die Macht zu bewahren und Atons Licht strahlen zu lassen. Helft mir, Majestät, helft mir, ihm besser beistehen zu können.«

Der Tonfall der Königinmutter änderte sich. Er wurde trocken und scharf.

»Sie sind deine älteren Schwestern, Anchesa. So ist es nun einmal, und du wirst daran nichts ändern. Pharaos älteste Tochter ist die Trägerin des königlichen Blutes. Nicht du.«

Zorn funkelte in Anchesas Augen. Es war ein Fehler gewesen, sich Teje anzuvertrauen.

»Warum enttäuscht sein, Anchesa? Ich vertreibe die Lügen aus deinen Vorstellungen. Ich lehre dich die Wahrheit, die zu sehen du dich weigerst. Werde nicht zur Sklavin deiner Träume. Wenn du deinem Land und deinem Volk wirklich dienen willst, dann lerne zunächst, nicht so zu reagieren wie ein widerspenstiges Pferd vor einem Hindernis. Wer andere regieren will, beginne damit, sich selbst zu beherrschen. Flehe nicht und bettle nicht. Sei weder schwach noch unterwürfig. Lerne das Gesetz, das das Universum regiert, und handle danach, ohne jemals an dein persönliches Interesse zu denken. Ich werde dir nicht helfen, wie man einem Schwächeren zur Hand geht, Anchesa, doch ich betraue dich mit einer Mission: Begib dich zu Nofretete und finde die Gründe für ihr Schweigen heraus.«

Die junge Frau ballte die Fäuste. Die Aufgabe, die ihr die Königinmutter stellte, war fast unlösbar. Fast …

»Zeige dich auf der Höhe deines Ehrgeizes, Anchesa.«

9

Erstaunt erfuhr Anchesa von der überstürzten Abreise der Königinmutter nach Theben. Die nubische Dienerin berichtete ihrer Herrin, Teje habe sich am frühen Morgen auf Befehl Pharaos auf den Rückweg begeben. Noch nie zuvor hatte letzterer seine Mutter auf diese Weise aus der neuen Hauptstadt gewiesen, betonte das Gerücht. Das Ereignis löste mißbilligendes Murren aus. Normalerweise verweilte die Königinmutter für mehrere Wochen in der Sonnenstadt. Hatte Echnaton beschlossen, um sich herum Leere zu schaffen und sich jeden Tag noch tiefer in die Einsamkeit einer absoluten Macht zu sperren?
Anchesa würde die Mission, die die Königinmutter ihr aufgetragen hatte, nicht aufgeben. Sie hatte mehrere Stunden damit verbracht, einen Weg zu suchen, um sie erfolgreich durchzuführen.
Sie glaubte, ihn gefunden zu haben.

Maja, der Bildhauer, saß auf einem Dreifuß und erteilte seinen beiden Assistenten, die in seiner Werkstatt arbeiteten, strenge Anweisungen. Der jüngere, der schon geschickt im Umgang mit dem kupfernen Meißel war, arbeitete an einem Bettfuß in Form einer Löwenpranke. Der andere, schon fortgeschrittenere, war dabei, die Nase eines Gipskopfes zu modellieren. Bald würde er direkt den Kalkstein bearbeiten. Wenn er weiterhin Fortschritte machte, würde er in ein paar Monaten seine erste Statue her-

stellen und die rituellen Worte sprechen: »Sie möge leben!« »Der, der Leben gibt« war der Titel eines jeden Bildhauers, der als Meister seines Handwerks anerkannt war.
Maja war mit seinen vierzig Jahren stolz darauf, zu dieser illustren Körperschaft zu gehören, aus der so viele Baumeister, hohe Würdenträger und sogar Minister hervorgegangen waren. Ehe man sich anmaßen konnte, die Menschen zu führen, mußte man zunächst die Materie zähmen, sie zu lieben verstehen und ihre verborgenen Schönheiten hervorholen können.
Maja mit seinem zerfurchten Gesicht war streng und bedachtsam; sein einziges Ideal war die Perfektion seines Handwerks. Er betrat den geheimen Teil seiner Werkstatt, der den Lehrlingen verboten war. Dort im Halbdunkel schimmerte der polierte Kalkstein des Werkes, das er vollendete. Die Statue der ältesten Tochter des Königspaares. Er war froh, damit fertig zu sein. Die Modellsitzungen waren unerträglich gewesen. Überzeugt von ihrer Wichtigkeit, hatte diese Meritaton ohne Unterlaß ihre Ungeduld gezeigt. Sie forderte von dem Bildhauer, dieses oder jenes Detail zu berichtigen. Maja mußte sich an die neue Ästhetik anpassen, die durch einen langgestreckten Schädel, überdehnte Gliedmaßen und einen vorstehenden Bauch charakterisiert wurde. Der menschliche Kopf, sagte Echnaton, fängt die Lichtenergie auf. Der Gottesgetreue muß wie Mann und Frau erscheinen, umfangen von einer neuen Sonne. Für Maja, der bei den besten Handwerkern von Theben gelernt hatte, war dieses Aufgeben der klassischen, strengen, seit Jahrhunderten überlieferten Formen nichts als eine Verrücktheit. Wenn Echnatons Herrschaft vorüber wäre, würde er zu den Regeln der alten Meister aus der Zeit der Pyramiden zurückkehren.
Maja betrachtete die Statue mit kritischem Blick. Der Gesichtsausdruck, die Formgebung, die Haltung, die Geste der Hand, die ein Opfergefäß hielt, der Faltenwurf des Gewandes, die

Perücke ... Das Ganze entsprach dem, was man von ihm gefordert hatte. Er mußte diese Skulptur, die er lustlos ausgeführt hatte, nur noch ausschmücken. Er nahm seine Farbpalette und einen Pinsel und schickte sich an, rote Farbe auf die Lippen aufzutragen.
Beim Zurücktreten wurde er der Anwesenheit einer jungen, dunkelhaarigen Frau gewahr, die in einer Ecke des Raumes hinter einem Holzklotz verborgen war. Maja nahm einen Meißel in die Faust und herrschte sie erzürnt an.
»Wer seid Ihr? Was tut Ihr hier?«
Anchesa lächelte.
»Ihr seid sehr bedrohlich, Meister Maja. Sollte ich Euch gar Angst einflößen?«
»Hinaus. Niemand hat das Recht, diesen Teil der Werkstatt zu betreten.«
»Fürchtet Ihr, ich könnte Euch Eure Geheimnisse stehlen?«
Die junge Frau trat näher und bewunderte die Statue.
»Das ist meine älteste Schwester, die Ihr hier lebendig gemacht habt. Sie ist viel schöner als in Wirklichkeit. Ihr seid ein großer Bildhauer, Meister Maja.«
»Seid Ihr etwa ...«
»Pharaos dritte Tochter.«
Maja hob die Hände zu einer Geste des Respekts.
»Eure Anwesenheit ehrt meine Werkstatt, Prinzessin. Doch der Zugang ist und bleibt Euch untersagt.«
»Verstrickt Euch nicht in Höflichkeiten«, empfahl Anchesa. »Das ist nicht die Kunst, in der Ihr Euch hervortut.«
Ohne Frage, der Handwerker zog den Umgang mit Holz und Stein dem mit den Menschen vor. Die Materie log nicht, verheimlichte nichts. Sie widersetzte sich dem Werkzeug des schlechten Arbeiters, doch sie zeigte sich demjenigen gegenüber sanft, der zu ihr zu sprechen verstand. Maja legte sein

Werkzeug nieder. Gegen die Tochter des Königs brauchte er diese Waffe nicht. Er spürte in ihr einen beachtlichen Gegner, in ganz anderer Weise als ein Granitblock oder ein Zedernholzklotz. Und er fürchtete, den tiefen Grund dieses unerwarteten Besuchs zu kennen.

»Habt Ihr mir gar etwas vorzuwerfen, Prinzessin?«

»Meine Dienerin hat Klatsch über Euch gehört. Man sagt, Eure Kritik an Pharaos Politik sei an die Ohren gewisser Würdenträger des Palastes gedrungen. Wenn sie an die meines Vaters dringen sollte ...«

Der Bildhauer zuckte mit den Schultern.

»Ich kümmere mich nicht um Politik, und ich setze keine Gerüchte in Umlauf. Was ich denke, das sage ich laut. Die Sonnenstadt ist eine schlecht gebaute Stadt. Die Materialien sind von mittelmäßiger Qualität. Sie sind in aller Hast von unfähigen Handwerkern zusammengeschustert worden. Selbst der königliche Palast ist ohne großes Können erbaut worden. Bald wird er Risse bekommen. Der Hauptstadt mangelt es an Werkmeistern und erstklassigen Arbeitern.«

»Das sind schwerwiegende Vorwürfe.«

»Feststellungen, Prinzessin. Wißt Ihr, daß der größte Teil der Gräber der Nekropole nur halbwegs gegraben worden sind, daß ihre Dekoration kaum mehr als skizziert ist, daß gewisse Maler zu unwissend sind, um ihre Farben herzustellen? Es ist eine Beleidigung der Götter!«

Zorn flammte in Anchesas Augen auf.

»Es gibt keine Götter, Meister Maja! Aton allein regiert!«

Der Bildhauer senkte den Kopf nicht. Das kleine Volk löste sich von seinem König, dessen Fanatismus ihm Angst einflößte. Seine dritte Tochter schien ihm in diesem Punkt in nichts nachzustehen. Maja war von der mitreißenden Energie der jungen Frau beeindruckt. Leichtfertig und töricht wäre es, sie

zu unterschätzen. Zweifellos war es ein Fehler von ihm gewesen, sich so offen zu äußern. Doch er hatte weder Sinn für Nuancen noch für Diplomatie.
»Aton wird seine Stadt vor dem Unglück retten«, erklärte sie voller Überzeugung. »Unter der Bedingung, daß alle Untertanen Pharaos ihrem Meister treu sind.«
Die Drohung war deutlich. Wenn diese junge Frau morgen irgendwelche Macht bekam, dachte der Bildhauer, würde sie ein gefährlicher Tyrann werden.
»Meister Maja, ich bin hergekommen, um ein ganz bestimmtes Thema mit Euch zu besprechen.«
Der Handwerker erstarrte. Anchesa war sicherlich informiert worden. Ein Lehrling mußte zu geschwätzig gewesen sein. Oder ein Höfling hatte ihm nachspioniert.
»Man hat mir gesagt«, fuhr Anchesa fort, »Ihr ginget seit einigen Wochen häufig in den Palast von Königin Nofretete. Ihr seid einer der wenigen, wenn nicht der einzige, der die Absperrung der Soldaten durchquert, die die Einsamkeit meiner Mutter bewachen. Ich muß Euch um einen Gefallen bitten.«
»Welchen, Prinzessin?«
»Findet einen Weg, daß ich zu ihr gelangen kann.«
Bekümmert schüttelte der Bildhauer den Kopf.
»Ich hätte Euch gern geholfen, doch seit gestern ist mir Nofretetes Palast endgültig verschlossen. Es ist mir nicht gelungen, das Porträt zu schaffen, das sie gefordert hat. Sie wird einen anderen Handwerker holen lassen.«
Wütend kniff Anchesa die Lippen zusammen. Ohne ein Wort des Abschieds verließ sie die Werkstatt.

Anchesa war nach einer endlosen Nacht im Morgengrauen aufgestanden. Ihre Niederlage ärgerte sie. Sie hatte gedacht, ihr Unternehmen würde sehr schnell von Erfolg gekrönt wer-

den, so daß sie die Königinmutter beeindrucken konnte. Doch das Schicksal schien gegen sie zu sein. Die Prinzessin nahm ein Amulett zwischen Daumen und Zeigefinger, den Skarabäus der Metamorphosen. Sie legte ihn auf ihr Herz und flehte die Sonne an, ihr eine Lösung zu bringen. Diese Magie mißfiel Aton, doch hatte sie sich nicht schon millionenfach als wirksam erwiesen?
»Prinzessin«, kündigte die nubische Dienerin an, »ein Bote für Euch.«
»Um diese Tageszeit? Wer hat ihn geschickt?«
»Den Namen will er nur Euch persönlich verraten.«
Die junge Frau lächelte. Der Skarabäus erhörte sie. Sie glaubte, den Namen der hohen Persönlichkeit zu kennen, die im Schatten zu bleiben wünschte.
Der Bote erwartete die Prinzessin im Vestibül. Er war ein Mann im reifen Alter, barfuß, mit rasiertem Schädel und in einen kurzen Lendenschurz gekleidet. Er flößte Vertrauen ein.
»Mein Herr, der Botschafter Hanis, lädt Eure Majestät zu einem Mahl in seine Villa ein.«
Anchesa triumphierte. Sie hatte geschickt manövriert.
»Er hat gebeten, Ihr möget allein kommen und ... und ...«
»Unkenntlich?«
Der Mann verneigte sich.
»Ich werde Euch zu ihm führen.«
In wenigen Minuten war die Prinzessin bereit. Eine grobe Perücke und dick aufgetragene braune Schminke im Gesicht bildeten eine ausgezeichnete Verkleidung. Sie hatte ein Gewand minderer Qualität angelegt, das unter der Brust geknotet wurde. Dann nahm sie einen Korb, den sie am Henkel über dem linken Arm trug. So sah sie aus wie eine der unzähligen Dienerinnen, die im Viertel der Vornehmen herumliefen.
»Falls jemand mich zu sehen wünscht«, instruierte Anchesa die

Nubierin, »sag ihm, daß ich unpäßlich bin und meine Gemächer nicht vor morgen verlassen werde.«
Die Prinzessin folgte dem Boten, der das belebte, geräuschvolle Zentrum der Hauptstadt mied und durch die Gassen schlüpfte, die hinter den offiziellen Gebäuden entlangführten. Die Hitze der Morgensonne kündete das Winterende an. Nackte Kinder spielten mit Stoffpuppen. Ausländische Händler steckten die Köpfe zusammen, um die Preise der Lebensmittel abzusprechen, die sie auf dem Markt anbieten würden.
Sie durchquerten Gärten, in denen man den Ziehbrunnen betätigte, der von Echnatons Ingenieuren entwickelt worden war. Auf einem festen Pfosten hatte der Bauer eine Stange in der richtigen Länge angebracht, an deren einem Ende ein Eimer, am anderen ein Gegengewicht befestigt war. In regelmäßigem Takt senkte der Bauer die Stange, bis der Eimer in ein Bewässerungsbecken tauchte. Dann ließ er vorsichtig das Gegengewicht seine Arbeit tun. Auf diese Weise wurden mit geringer Anstrengung im Laufe der Stunden große Mengen Wasser transportiert. Da die Sonnenstadt auf einem Plateau errichtet worden war, das von den Fruchtbarkeit bringenden Fluten der Überschwemmungen nicht erreicht wurde, waren zahlreiche Ziehbrunnen bergaufwärts errichtet worden, um die Bewässerung der Kulturen zu gewährleisten.
Hingerissen entdeckte die Prinzessin die Welt der Bauern bei der Arbeit, die tausendjährige Gesten wiederholten und sich auch die Zeit nahmen, unter einem Baum zu schlummern oder sich beim Klang einer Flöte zu erholen. In einem kleinen Palmenhain hatten die Landarbeiter ihre Arbeit unterbrochen, um sich von einem umherziehenden Barbier rasieren zu lassen, auf den eine Reihe von Kunden geduldig wartete.
Der Bote führte Anchesa einen schmalen Trampelpfad entlang bis zum Flußufer zu einer Stelle, wo das Schilf gemäht worden

war. Männer, Frauen und Kinder saßen auf der Erde und überwachten Esel und Ziegen.
»Wo gehen wir hin?« fragte Anchesa beunruhigt.
»Ans andere Ufer«, antwortete der Bote. »Wir nehmen die Fähre.«
»Liegt die Villa des Botschafters nicht in der Nähe der Sonnenstadt?«
»Gewiß, Prinzessin … Doch dort werden zu viele Höflinge empfangen. Mein Gebieter möchte Euch auf einem anderen seiner Besitztümer sehen, fern von indiskreten Blicken.«
Anchesa war müde von dem langen Weg. Ihr taten die Füße weh. Sie hatte keine Lust mehr, noch weiterzugehen, doch sie konnte nicht umkehren, ohne das Gesicht zu verlieren. Also setzte sie sich neben eine alte Frau mit schweren Brüsten, die eine fette Ente mit festem Griff am Hals hielt. Kleine Mädchen spielten mit einem Ball. Ein paar Jungen sangen.
Die Fähre legte an. Es war ein sehr breites Boot mit einem Segel, das der Fährmann mit großer Geschicklichkeit handhabte. Kaum hatte er angelegt, drängten die Passagiere an Bord. In wenigen Minuten war die Fähre so beladen, daß es unmöglich schien, sie zu manövrieren, beinahe, als würde sie gleich sinken. Doch der Fährmann hatte keine Mühe, sie vom Ufer ablegen zu lassen und in eine Brise zu steuern, die sie sehr schnell in die Mitte des Nils brachte. Anchesa wurde geschubst und gestoßen, und sie hatte Mühe, das Gleichgewicht zu bewahren. Ihr Führer kümmerte sich nicht um sie. Die Prinzessin hatte zum ersten Mal mit Leuten aus dem Volk zu tun, die sie nicht erkannten und keinerlei Rücksicht auf sie nahmen. Sie lauschte auf ihre Gespräche. Sie redeten von der Ernte, der Erziehung der Kinder, bevorstehenden Heiraten, der Gesundheit ihrer Verwandten, von Schutzgöttern und von bösen Geistern, die ihnen Krankheiten und Unglück schickten. Sie erwähnten ihren Glauben an

ein Leben jenseits des Grabes, an dessen Schwelle sie das von Osiris präsidierte Gericht erwartete. Ein zahnloser Greis sprach Echnatons Namen aus. Er nannte ihn einen Schurken und einen Fanatiker. Niemand widersprach ihm. Im Gegenteil, weitere Kritik fügte sich zu zahlreichen Klagen über die schlechten Lebensbedingungen in der Sonnenstadt, die nicht, wie Theben, bebaute Felder und Weiden vor ihren Toren hatte. Die Lebensmittel kamen mit Verspätung an. Sie waren immer häufiger angefault oder von schlechter Qualität. Und warum erschien Pharao immer seltener in der Öffentlichkeit? War er nicht schwer krank? Nofretete mußte tot sein. Seit langer Zeit hatte niemand sie mehr gesehen! Und die Armee? Würde sie sich nicht auf die Seite von General Haremhab schlagen, falls dieser versuchen würde, den Thron an sich zu reißen? Reisende, die kürzlich aus den asiatischen Provinzen heimgekehrt waren, redeten von Aufruhr und Revolten. Und wenn Ägypten überfallen würde? Das wäre entsetzlich, das Ende von Wohlstand und Frieden, die Theben so gut bewahrt hatte.

Anchesa kochte vor Zorn. Zu hören, wie man ihren Vater beleidigte und verleumdete, verursachte ihr größten Schmerz. Sie hätte gerne protestiert, erklärt, überzeugt ... Doch sie schwieg. Was hätte sie auf der Fähre anderes ausgelöst als Tumult? Ihre Mission hatte den Vorrang vor ihren Gefühlsreaktionen. Sie ertrug die Belastungsprobe bis zum Ende und sah mit großer Erleichterung das andere Ufer näher rücken.

Als sie an Land kam, beendete der Bote gerade eine lebhafte Diskussion mit einem Bauern, von dem er einen Esel mietete.

»Auch wenn es nicht üblich ist«, sagte er zu der Prinzessin, »wird dieses Tier Euch bis zum Haus meines Herrn tragen.«

»Nehmt den Esel für Euch«, gab Anchesa tadelnd zurück, »ich kann meine Beine noch gebrauchen.«

Nur kleine Kinder ritten auf einem Esel. Der Bote insistierte nicht. Er schlug die südliche Richtung ein und führte sie durch einen Palmenhain am Ufer eines Bewässerungskanals, an dem schwere schwarze Rinder auf den Vorderbeinen kniend tranken.

Anchesas Beine begannen zu schmerzen, doch sie beklagte sich nicht. Der Bote beschleunigte die Schritte. Schweiß perlte von der Stirn der Prinzessin. Ihr Herz pochte heftig. Ihr Atem ging in kurzen Stößen. Feuer brannte in ihrer Brust. Es würde nicht mehr lange dauern, und sie würde anhalten, um Hilfe bitten und wie ein Kind auf den Esel steigen müssen ...

Der Bote stieß einen Schrei aus und blieb stehen. Verärgert untersuchte er seinen linken Fuß. Außer Atem, doch ohne Hast holte Anchesa ihn ein.

»Ein Akaziendorn in der Ferse«, erläuterte er, »ich muß ihn herausziehen.«

Aus Ungeschicklichkeit brach er den Dorn ab, und der größte Teil blieb im Fuß stecken.

»Laßt mich das machen«, schaltete Anchesa sich ein.

Mit ihren geschickten Fingern gelang es der Prinzessin, den Fremdkörper zu entfernen. Der Bote war gezwungen, weniger schnell zu gehen.

»So steigt doch auf den Esel«, spottete sie.

Was sie in seinen Augen las, erinnerte an Haß.

Hinkend führte er sie zu einem kleinen, isolierten Haus, verborgen in Pflanzendickicht, das schon seit langem keine Gärtnerhand mehr gekannt hatte.

Wenn es nun eine Falle war? Wenn der Bote gar nicht von Botschafter Hanis geschickt worden war?

»Wo ist dein Herr?« fragte sie und gab sich Mühe, unerschütterlich dreinzuschauen.

»Er erwartet Euch im Inneren seines Hauses«, antwortete er. »Ich bleibe hier und überwache die Umgebung. Falls jemand sich nähert, warne ich, indem ich den Schrei der Eule nachahme.«

Die Erwähnung des Vogels, der als Hieroglyphe die Meditation, die Sammlung, das innere Leben symbolisierte, beruhigte Anchesa ein wenig. Die ägyptische Eule war ein prachtvolles Tier mit großer Flügelspannweite. Die junge Frau hatte oft Freude daran gehabt, sie im Abendsonnenlicht fliegen zu sehen.

Ob der Mann ihr wohl genug Zeit zur Flucht lassen würde? Das Gefängnis war hermetischer, als es auf den ersten Blick den Anschein gehabt hatte. Die niedrigen Äste der Sykomoren bildeten einen undurchdringlichen Zaun. Und der einzige Ausgang aus diesem Labyrinth wurde von dem Boten bewacht.

Es blieb ihr keine andere Wahl mehr. Und außerdem siegte ihre Neugier.

Anchesa betrat das Flachdachhaus durch eine verwinkelte Tür und gelangte in eine kleine, völlig unmöblierte Empfangsdiele. Kein Geräusch deutete auf die eventuelle Anwesenheit eines Menschen hin. Zögernd stieg sie ein paar Stufen zu einem erhöht gelegenen Raum hinauf, der in Halbdunkel getaucht war. Dort stand ein gedeckter Tisch mit Schalen voller getrockneter Feigen und kandierter Datteln.

»Diese Früchte sind ausgezeichnet«, sagte die melodiöse Stimme von Botschafter Hanis. »Greift doch zu, Prinzessin.«

Anchesa wandte sich nach links und entdeckte Hanis, der im Schreibersitz auf einer Matte saß.

»Es gibt auch Johannisbrotsaft, um Euch nach dieser langen Wanderung zu erfrischen. Bedient Euch bitte.«

Anchesa war hungrig und durstig. Mit der Würde einer Person ihres Ranges nahm sie nur winzige Mengen zu sich. Der Imbiß mundete ihr nach der Anstrengung, die sie hinter sich hatte. Er erlaubte es ihr zudem, ihre Gedanken zu sammeln und sich auf den Kampf vorzubereiten.

»Das Haus ist ausgenommen bescheiden, Prinzessin. Ich hoffe, daß es Euch nicht allzu sehr mißfällt und Ihr mit den Diensten meines Boten zufrieden seid. Er ist ein treuer, diskreter Mann.«
»Warum diese ganze Geheimnistuerei?«
Hanis erhob sich und brachte eine flache Schale mit frischem, parfümiertem Wasser.
»Gestattet mir, Euch die Füße zu waschen.«
Die Sitte verlangte, daß die Eigentümer eines Hauses, sei es eine Hütte oder ein Palast, die Füße der Gäste reinigten, die die Straße genommen hatten, um ihnen einen Besuch abzustatten. Mit gerührter Zärtlichkeit nahm der Botschafter die Füße der Prinzessin in die Hände. Er fand sie fein und hinreißend. Ihre Wölbung war exquisit. Anchesa fühlte, daß er sich ein wenig zu lange bei der rituellen Handlung aufhielt. Doch sie akzeptierte die süßen Gefühle, die die Massage auslöste.
»Das reicht«, unterbrach sie ihn, als ihr sonderbare Schauder, die sie noch nie empfunden hatte, über den Rücken liefen. »Warum habt Ihr mich eingeladen?«
Hanis setzte sich wieder hin.
»Das wißt Ihr ebensogut wie ich, Prinzessin«, erklärte er in weniger liebenswürdigem Tonfall. »Seid Ihr nicht die junge Person, die mir nachspionierte, als ich meiner Geliebten, der Tempelsängerin, einen Besuch abstattete?«
Anchesa aß eine Dattel, ohne den Botschafter aus den Augen zu lassen.
»Ich habe einen Fehler begangen«, gab er zu. »Diese Sängerin hatte nicht das Recht, die Liebe auszuüben, da sie im Dienste des Tempels stand. Ihr könntet einen Skandal auslösen, der meiner Karriere sehr schaden und meinen Ruf bei Hofe ruinieren würde.«
Die Stimme des Botschafters war schneidend geworden. Anchesa hielt sich nahe bei der Tür und fürchtete, seinen Helfers-

helfer auftauchen zu sehen. Hatte Hanis den abscheulichen Plan, sie zu entführen, oder gar Schlimmeres?
Anchesa würde sich wehren.
»Ihr geltet als Meister des Verhandelns. Ich schlage Euch ein Abkommen vor.«
Die Kühnheit dieser Tochter des Königs verblüffte Hanis.
»Ihr bietet mir selbstverständlich Euer Schweigen an ... Was muß ich im Tausch dafür geben?«
»Die Wahrheit.«
Betroffen runzelte der Botschafter die Stirn.
»Welche Wahrheit?«
»Ich möchte die wirkliche Situation Ägyptens in bezug auf die ausländischen Mächte erfahren.«
»Ein sonderbares Ersuchen, Prinzessin. Ihr berührt hier Staatsgeheimnisse, die eine junge Frau nichts angehen, die zu einem angenehmen Leben im Luxus des Palastes bestimmt ist. Es geht um komplizierte und subtile Angelegenheiten.«
Anchesa ereiferte sich.
»Ihr behandelt mich wie ein dummes kleines Mädchen! Habt Ihr die Ausbildung vergessen, die Ihr mir selber angeboten habt? Habt Ihr die Lehren meiner Eltern vergessen, als sie Atons Ägypten ins Herz eines großen Reiches stellen wollten, dessen Vasallen die asiatischen Staaten wären? Das Volk murrt ... Es redet von Revolte, von Invasion.«
»Leeres Geschwätz, Prinzessin! Hört nicht auf derartiges Gerede. Es sind nichts als Verleumdungen, um den Ruhm Eures Vaters zu schwächen. Unsere fernen Provinzen sind ruhig. Meine Ratgeber sind ganz sicher. Der beste von ihnen, Tetu, äußert keinerlei Zweifel über die Treue unserer Verbündeten. Genügen diese Informationen, um Euch zu beruhigen?«
Anchesa setzte sich ebenfalls im Schreibersitz dem Botschafter gegenüber.

»Nein.«
Hanis zuckte zusammen. Er war an schwierige Verhandlungen gewöhnt, aber diese hier verlief in ungewohnter Weise und mit einer Kühnheit, die ihn aus der Fassung brachte.
»Ich glaube Euch nicht«, versicherte Anchesa. »In dem Gerede des Volkes steckt zwangsläufig ein Körnchen Wahrheit. Meine Mutter hat oft von Briefen gesprochen, die die fremden Staatsoberhäupter schrieben, namentlich der König von Hatti. Sie verstand Hethitisch. Ihr habt es mich gelehrt. Falls unsere Verbündeten sich zu beschweren hätten, würden sie es dann nicht zunächst schriftlich tun?«
»Allerdings«, gab Hanis zu.
»Sind beunruhigende Briefe in Eure Hände gelangt?«
»Bisher nicht. Doch ich bin nicht der Empfänger der wichtigsten Dokumente. Die meisten von ihnen sind an Pharao persönlich gerichtet.«
»Wo werden sie aufbewahrt?«
»In den Büros der Archive im Außenministerium, wo sie ins Ägyptische übersetzt und geordnet werden.«
»Unzugänglich?«
»Ich fürchte ja. Es sei denn ...«
Anchesas Augen leuchteten vor Eifer.
»Sprecht, Hanis! Ich will diese Briefe sehen!«
Der Botschafter dachte gründlich nach. Mit dem Zeigefinger strich er sich seinen dünnen Schnurrbart glatt.
»Der Chef der Nachtwächter mit Namen Pached. Vielleicht wäre er, wenn Ihr ihm Gold anbietet, bereit, Euch in die Büros zu schmuggeln.«
»Wo wohnt er?«
»In einer Dienstwohnung hinter dem Ministerium. Er geht gerne in die Taverne ›Zum Ibis‹.«
Anchesa lächelte triumphierend.

»Unser Pakt ist besiegelt, Hanis. Wir sind quitt. Aber ich brauche Euch noch.«
Der Botschafter drehte an dem silbernen Armreif, den er an seinem linken Handgelenk trug. Seine Vertrauten wußten, daß diese Geste ein Zeichen höchster Verärgerung war.
»Das Schweigen meiner Mutter beunruhigt mich. Ich möchte sie wiedersehen. Ich suche nach einem Weg, in ihre Domäne zu gelangen. Ich hatte gehofft, die Dienste des Bildhauers Maja in Anspruch nehmen zu können, doch er hat keinen Zugang mehr zu Nofretetes Palast.«
»Was sagt Ihr da?« wunderte sich Hanis. »Maja arbeitet täglich an der Büste der Königin. Sie empfängt niemanden außer ihn.«
Anchesa unterdrückte einen Wutausbruch.
»Dann hat er mich also angelogen.«
»Dieser Maja ist ein seltsamer Mensch. Man munkelt, er sei bereit, die Führung eines Arbeiteraufstandes zu übernehmen.«
»Wessen Interessen vertritt er?«
»Desjenigen, den er als den legitimen, von Theben gewollten Herrscher betrachtet, desjenigen, den Eure Mutter mit der Unterstützung der Königinmutter in die Sonnenstadt hat kommen lassen: Prinz Tutanchaton.«
Die Prinzessin war völlig verblüfft über diese Enthüllung.
»Dieses Kind? Wie kann er sich anmaßen …«
»Er selber maßt sich gar nichts an. Er ist nichts als ein von der Königinmutter, Nofretete und der thebanischen Partei manipuliertes Spielzeug. Maja ist sein sicherster und einflußreichster Freund.«
»Euer Bote soll mich sofort ans andere Ufer bringen.«
»Unter seinem Schutz lauft Ihr keinerlei Gefahr. Danach müßt Ihr vorsichtig sein, Prinzessin.«

Hanis blieb bis zum Abend in seinem Landhaus. Er lauschte den Gesängen der Bauern in der Ferne, die ihre Herden vor sich hertrieben und nach Hause zurückkehrten. Er rezitierte für sich selbst ein paar alte Dichter, die die Weisheit der Gebildeten und die Unsterblichkeit ihrer Schriften priesen. Er sah zu, wie die Nacht den Raum in Besitz nahm, und meditierte, befriedigt über die List, die er wieder einmal glücklich eingesetzt hatte.

Die ungestüme Prinzessin Anchesa hatte geglaubt, ein Spiel zu steuern, dessen Regeln, die der Botschafter selber festgelegt hatte, sie nicht kannte. Die Inszenierung mit Hilfe der Sängerin hatte gewirkt. Die Prinzessin hatte geglaubt, den Botschafter in ihrer Macht zu haben.

Hanis schickte Anchesa ins Abenteuer. Er ließ sie Risiken auf sich nehmen, die er selber nicht wagen konnte. Es war nötig, daß Anchesa die Wahrheit mit ihren eigenen Augen sah. Würde sie stark und klarsichtig genug sein?

Der Botschafter ging bis an die Schwelle seiner Villa. Die letzten Strahlen der untergehenden Sonne verschwanden hinter den westlichen Bergen. Das Knarren der Ziehbrunnen klang noch immer aus den Gärten herüber. Die Welt schien friedlich.

Bewies er nicht unmenschliche Grausamkeit, indem er sich auf diese Weise einer Heranwachsenden bediente? Nein, sie war es mit ihrem Ehrgeiz, die diese Strategie herausgefordert hatte. Der Botschafter hatte nur ihren tiefsten Wünschen nachgegeben. Anchesas Schicksal lag in den Händen der Götter. Wenn sie des Schicksals, das sie erhoffte, unwürdig war, würde sie sterben.

10

Die Dienerin der Prinzessin Anchesa war völlig verängstigt. Sie wagte kein einziges Wort zu sagen. Der Zorn ihrer Herrin hatte erschreckende Ausmaße angenommen. Sie hatte schon mehrere Gefäße zerschmettert und hörte nicht auf, das ganze Universum für ihr Unglück anzuklagen. Die Nubierin hatte sich hinter einer großen Ebenholztruhe verkrochen, in der die sorgfältig gefalteten Prunkgewänder der Prinzessin aufbewahrt wurden. Letztere lief ohne Unterlaß in ihren Gemächern hin und her wie ein wildes Tier im Käfig.

Alles, was sie unternommen hatte, war in jämmerlicher Weise gescheitert. Bei einer weiteren Unterredung mit dem Bildhauer Maja hatte sie ihn als Lügner bezeichnet und mit Repressalien bedroht, wenn er sie nicht in den Palast ihrer Mutter brächte. Maja war nicht im geringsten beeindruckt gewesen und hatte glattweg abgelehnt. Wenn er auch eine Büste von Nofretete anfertige, auf Anordnung der Großen Königlichen Gemahlin hin, so handele es sich um ein Werkstattgeheimnis und um sonst nichts. Was aber Anchesas Forderung betraf, ihr als Mittelsmann zu dienen und damit das Vertrauen der Königin zu mißbrauchen, die niemanden empfangen wollte, weder ihren Gemahl noch ihre Töchter, das wäre eine Niederträchtigkeit, deren er sich nicht schuldig machen würde. Maja gab zu, ein Freund des jungen Prinzen Tutanchaton zu sein, doch er geriet seinerseits in Zorn, als Anchesa ihn beschuldigte, eine Verschwörung gegen Pharao Echnaton zu schmieden. Der rauhe Handwerker hatte sie aus seiner Werkstatt geworfen, hatte dabei die Regeln des Protokolls vergessen und die möglichen Folgen seines Tuns außer acht gelassen.

Und zu allem Überfluß gab es auch noch eine Enttäuschung. Die Nubierin hatte sich zweimal in die Taverne »Zum Ibis« begeben, um mit Pached Kontakt aufzunehmen. Man hatte ihr gesagt, der Beamte sei mit Arbeit überlastet und nehme seine Mahlzeiten in seinem Büro ein. Die unmittelbar bevorstehende Auskunft des Diplomaten Tetu, der mit wichtigen Neuigkeiten aus Asien komme, verursache im Außenministerium intensivste Aktivität.

Die Atmosphäre in der Sonnenstadt wurde drückend. Der König und die Königin zeigten sich ihrem Volk nicht mehr. Die Polizei ging noch immer gegen die Gottheiten vor und zerstörte die Familienschreine, in denen sie dargestellt waren, und fügte damit der Empfindsamkeit der einfachsten Leute tiefe Wunden zu. Gerüchte über einen bevorstehenden Krieg kursierten weiterhin in den Arbeitervierteln.

»Prinzessin ...«, wagte die Nubierin zu sagen.

»Sei still. Ich muß nachdenken.«

»Prinzessin«, beharrte die Dienerin, »der Diplomat Tetu ist mit seinem Gefolge im Palast eingetroffen.«

»Warum hast du mir das nicht früher gesagt? Ich laufe sofort hin.«

»Prinzessin ...«

»Was denn jetzt noch?«

»Ihr solltet Euch ein wenig ankleiden ...«

Pharao empfing den Diplomaten Tetu und die von ihm geführte Delegation im Thronsaal. Der König, der die blaue Krone trug und das magische Zepter in der Hand hielt, war besorgniserregend bleich. Er bewahrte seine hieratische Haltung während der Audienz, die er dem Würdenträger gewährte. General Haremhab, der »göttliche Vater« Eje, Botschafter Hanis und ungefähr fünfzig hochgestellte Persönlichkeiten des Hofes, unter ihnen Tutanchaton, waren anwesend. Anchesa hatte dank der Vermittlung des Botschafters ohne Mühe Zutritt zu dem Saal erhalten. Sie hielt sich im Hintergrund im Schutz einer Säule und lauschte mit leidenschaftlichem Interesse den Ausführungen des mit der Mission Betrauten.

»Eure Majestät beherrscht das ganze Universum«, erklärte Tetu, dessen kriecherischer Tonfall Anchesa mißfiel. »Unseren Verbündeten geht es gut, ihre Soldaten erfreuen sich bester Gesundheit, und ihre Streitwagen sind gut gepflegt. Überall herrscht Frieden. Ich bringe an Pharao, meinen Gebieter, gerichtete Briefe, die ihm Glück und ein langes Leben wünschen. Der große König von Hatti versichert Ägypten seine unwandelbare Freundschaft, gleichermaßen die Prinzen von Palästina und der König von Byblos. Dem schwächsten Untertanen Eurer Majestät, Aziru, dem König von Syrien, ist sehr daran gelegen, sich vor Euch zu verneigen und sich von den Vorwürfen des Verrats reinzuwaschen, die ihm unterstellt worden sind.«

General Haremhab warf Pharao einen fragenden Blick zu. Er erhielt die Erlaubnis von seinem Gebieter, das Wort zu ergreifen.

»Bezeichnest du mich etwa als Lügner, Tetu?« fragte er verärgert. Haremhabs Auftreten und Autorität zogen die Blicke aller auf sich. Tutanchaton, den diese politischen Auseinandersetzungen langweilten, hatte dagegen nur Augen für die Prinzessin.

»Das ist ganz und gar nicht meine Absicht!« protestierte Tetu. »Ihr seid vermutlich falsch informiert worden.«

Die Weichlichkeit des Diplomaten, die sowohl seine Haltung als auch seine Redeweise durchtränkte, ekelte Anchesa an. Tetu

war ein Mann mit einem runden Bauch und aufgedunsenem Gesicht, das durch eine besonders dicke Unterlippe noch häßlicher wurde. Er klimperte ständig mit den Augenlidern und hörte nicht auf, sich die Hände zu reiben.
»Und Euer Freund Aziru«, fuhr Haremhab fort, »ist der nicht eher ein Freund der Hethiter als ein Freund Ägyptens? Versucht er nicht, sich mit der Unterstützung der Hethiter das Territorium von Byblos anzueignen, dessen König Rib-Addi unserem Pharao seit so vielen Jahren treu ergeben ist? Es sind nun schon zwei Monate, seit Rib-Addi dem König nicht mehr geschrieben hat. Was bedeutet dieses Schweigen?«
»Handelt es sich um Hypothesen oder konkrete Tatsachen?« wollte Echnaton von Haremhab wissen.
»Um Hypothesen, Eure Majestät« gab der General zu. »Doch ich bin entschlossen, an Ort und Stelle nachzuforschen.«
»Ihr bleibt hier«, befahl der Pharao. »Eure Truppen dürfen die Sonnenstadt nicht verlassen.«
Haremhab versteckte sein Mißfallen und verneigte sich.
»Ich dagegen, Eure Majestät«, hub der Diplomat wieder an, »habe Beweise für die Treue des Königs von Syrien. Gewährt Ihr ihm die Gnade, Pharao Ehre zu erweisen?«
»Möge ihm der Zutritt zu diesem Saal gestattet werden.«
Auf ein Zeichen des Königs wurden die Türen weit geöffnet. Ein Gefolge von Syrern kam herein. Sie brachten einen goldenen Sphinx, in Einzelteile zerlegte Kutschen, Bögen, Lanzen, Schilde. Anchesa hatte einen Kloß im Hals, als sie sich an den großartigen Empfang der von allen Fremdländern angebotenen Tribute im vergangenen Jahr erinnerte. Nofretete und Echnaton hatten Seite an Seite auf einem Doppelthron Platz genommen. Die Königin hatte Pharao zärtlich mit dem Arm um die Taille gefaßt und ihren Kopf an seine Schulter gelegt.
Kreter, Libyer, Neger, Syrer hatten ihnen unzählige Geschenke

zu Füßen gelegt, während eine Truppe von Akrobaten, Kastagnettenspielern und Ringern ein umwerfendes Schauspiel geliefert hatten. Anchesa hatte die Schönheit des Panthers bewundert, der von Negern an der Leine geführt wurde, die Straußeneier und -federn, die die Libyer gebracht hatten, die steinernen und metallenen Gefäße der Kreter, die zahme Gazelle, die in den Reihen der aufgescheuchten vornehmen Damen herumspaziert war.

Aziru, König von Syrien, machte seine Ehrerbietung vor Pharao, sobald die Gesamtheit der mageren Geschenke vor den Augen des Hofes ausgebreitet war. Er kniete sich vor den Thron.

»Möge Eure Majestät die Zusicherung meines Gehorsams entgegennehmen, für die diese bescheidenen Geschenke bürgen sollen.«

Aziru, dessen spitzes Kinn mit einem schwarzen Ziegenbärtchen geschmückt war und auf dessen hoher Stirn eine Narbe prangte, trug ein langes, buntes Gewand. General Haremhab musterte ihn verärgert.

»Man wirft dir vor, den Hethitern zu helfen, sich ägyptische Territorien anzueignen«, sagte Echnaton.

»Das ist eine böse Verleumdung, Eure Majestät«, erwiderte Aziru mit Bestimmtheit. »Im Gegenteil, ich verteidige Ägyptens Interessen an den Grenzen des Reiches mit vollem Einsatz. Keiner Eurer Verbündeten ist loyaler als ich. Jedenfalls nicht der König von Byblos, Rib-Addi, dessen Heuchelei mich empört. Es liegt bei Eurer Majestät, dies zu beurteilen.«

»Muß meine Armee sich bereithalten?«

»Das wird nicht nötig sein, Eure Majestät, wenn Ihr mir gestattet, in Eurem Namen zu handeln. Ich werde diesen unwürdigen Diener zurechtweisen, wie es sich gehört. Eine strenge Warnung wird genügen, seinem Herzen den rechten Weg zu weisen.«

General Haremhab versuchte erneut, sich einzuschalten, doch diesmal erteilte Echnaton ihm nicht das Wort.
»Diese fernen Streitigkeiten sind von minderer Bedeutung und müssen aufhören«, erklärte Pharao. »Mögen die Menschen lernen, unter Atons Sonne in Frieden zu leben.«
Ägyptens König zog sich zurück und ließ den ratlosen Hof allein. Haremhab verließ wütend die Versammlung, ohne den Diplomaten und seinen Schützling zu grüßen.
»Diese Situation ist grotesk«, urteilte eine tiefe Stimme hinter Anchesa und Tutanchaton. »Früher zollten alle Völker Pharao ihren Tribut. Heute sind es nur noch die Syrer. Und dazu müßte man wissen, wem sie die Sachen gestohlen haben.«
Anchesa drehte sich um. Hinter ihr stand der Verwalter Huja mit einem Straußenfederfächer.
»Die Geschenke sind armselig«, fuhr Huja fort. »Bald werden sich nicht einmal mehr die Syrer die Mühe machen, irgendein lächerliches Geschenk anzubringen.«
»Wollt Ihr damit etwa andeuten, mein Vater sei ein unfähiger König?« attackierte ihn Anchesa.
»Prinzessin«, mischte Tutanchaton sich ein, »provoziert keinen Streit. Huja ist ein zuverlässiger Freund und ergebener Diener der Krone.«
»Ihr solltet Euch Eure Freunde vielleicht mit etwas mehr Vorsicht auswählen«, warf Anchesa ihm sarkastisch ins Gesicht.
Huja wurde blaß.
»Ich verehre meinen König«, bestätigte er erregt. »Aber ich habe nicht das Recht, die Augen zuzumachen.«
»Wo sind die Nubier?« bemerkte Anchesa. »Wo sind ihre Tribute? Ihr, die Ihr den Süden gut kennt, wieso residiert Ihr im Palast, statt über das Wohlergehen unserer Negerprovinzen zu wachen?«
»Weil ich den Befehlen des Königs gehorche, Prinzessin. Ha-

remhab ist der Chef der Armee. Es ist an ihm zu intervenieren, wenn Pharao dies wünscht. Ich bin nichts als ein Mann des Friedens und der Verwaltung. Mein Herr hält mich am Hofe zurück. Ich beuge mich seinem Willen.«

»Ihr solltet besser Eure Kompetenz beweisen«, empfahl die junge Frau plötzlich sanfter. »Vergeßt nicht, daß Theben nicht mehr die Hauptstadt ist und daß wir Amun nicht mehr anbeten. Vertut Euch nicht in der Epoche, Huja. Die Welt verändert sich unter Atons Strahlen.«

Tutanchaton war von der Entschiedenheit der Rede der Prinzessin beinahe verängstigt. Aber er liebte sie dafür um so mehr. Sie würde sein werden, das schwor er sich. Die Leidenschaft, die ihn gepackt hatte, zerriß in ihm die letzten Reste der Kindheit. Anchesas Sorgen, der Staat, die Politik ... All das erschien ihm fern, unwirklich. Doch da war ihre strahlende, erblühende Schönheit, ihre jugendliche Kühnheit, das Feuer, das in ihrem Blick loderte. Anchesa war intelligenter als er, das stellte er jede Sekunde erneut fest. Niemals wäre er ihr gewachsen, um mit ihr zu rivalisieren. Doch er besaß eine andere Stärke, nicht minder kraftvoll: die Tiefe seiner Liebe. Die würde ihm helfen, sie zu überzeugen, nicht Worte.

»Und Ihr, Prinz Tutanchaton«, sagte sie, wieder bissig, »habt Ihr einmal über die Gründe für Eure Anwesenheit hier nachgedacht? Wißt Ihr wenigstens, in welchem Spiel Ihr der Einsatz seid?«

»Das ist mir völlig egal«, antwortete er ungestüm. »Was ich will, ist, in Eurer Nähe sein.«

Der bärbeißige Huja hatte sich abgewandt.

»Es sind keine Zeiten für die Liebe«, murmelte sie.

»Die Zeiten sind immer für die Liebe, Prinzessin. Aton ist Liebe. Er ist das Leben. Er wird dem unseren einen Sinn geben.«

Die Dienerin hatte Anchesa zurechtgemacht. Geschminkt, mit einer dicken Perücke, einem altmodischen Gewand, einer schweren Karneolkette um den Hals, war sie um zehn Jahre älter geworden. Niemand würde in dieser einfachen Frau mit dem steifen Gehabe Pharaos junge, hübsche Tochter erkennen.
»Geht nicht in die Taverne ›Zum Ibis‹«, flehte die Nubierin ein letztes Mal. »Es ist ein verrufener Ort. Ein Mädchen wie ich riskiert nur, betätschelt zu werden, aber Ihr ... Dort sind Grobiane, Säufer, Männer, die laut reden ... Und wenn sie Euch angreifen ...«
»Keine Angst. Ich bin nicht allein.«
»Wer begleitet Euch denn?«
»Wachsame Freunde.«
Fröhliches Gebell klang aus dem Vestibül und bewies Anchesa, daß der Oberbefehlshaber der Polizei ihrer Bitte entsprochen hatte. Kaum wurden sie ihrer ansichtig, legten sich Widder und Stier, die beiden kräftigen Windhunde, vor ihr auf den Boden und schlugen mit den Schwänzen.

Die Ibis-Taverne lag in einem Geviert baufälliger Häuser, von denen einige als Lagerschuppen dienten. Um hineinzugelangen, mußte man eine Treppe grob gehauener Stufen hinuntersteigen. Das Lokal lag im Keller und war mit dicken Matten ausgelegt, auf denen die Kunden kauerten und Bohnengerichte aßen und starkes Bier tranken. Atons Licht drang nur durch eine kleine Luke in diese stinkigen Räume.
Die Erscheinung einer so auffallenden Frau, deren Kleidung einen gewissen Reichtum verriet, verursachte gewaltigen Aufruhr. Ein Einäugiger sprang mit einem Satz auf.
»Was sucht Ihr, edle Frau? Bier oder einen Mann?«
Grölendes Lachen begleitete die Frage.

»Einen Mann. Hier ist die Belohnung für denjenigen, der mir sagt, wo ich ihn finden kann.«
Anchesa öffnete die linke Faust und zeigte einen Fußreif aus massivem Gold. Der Einäugige ließ sein Auge rollen.
»Ein kleines Vermögen«, urteilte er. »Wie heißt der glückliche Kerl, nach dem Ihr sucht?«
»Pached«, murmelte sie. »Er kommt oft hierher.«
»Das stimmt, edle Dame. Wegen einer Syrerin, die er seiner Gemahlin vorzieht. Und ich bin … der Vater dieses Mädchens. Nicht alles ist Licht in dieser Stadt, edle Dame. Ihr dürft mich nicht verachten, weil ich arm bin. Ich komme aus dem Libanon. Ich habe die Taverne aufgemacht, um den Unglücklichen ein bißchen Vergnügen zu geben. Möge Aton mich mit seinen Strahlen belohnen.«
Sein eines Auge fixierte Anchesa mit krankhafter Begierde.
»Wann wird Pached wieder kommen?«
»Selbst wenn ich das wüßte, wäre es ohne Bedeutung. Pached verdient eine Schönheit wie Euch nicht. Ihr werdet mir den Reif geben und mit mir trinken.«
Der Wirt wurde bedrohlich.
»Sprecht«, befahl Anchesa. »Sonst …«
»Sonst was?« grölte lachend der Einäugige und streckte seine dicken, schmutzigen Hände aus, um nach der jungen Frau zu greifen.
»Widder! Stier!« befahl sie. »Faßt!«
Die beiden Windhunde stürmten in die Taverne. Widder sprang dem Wirt an die Kehle, warf ihn um und rammte seine Zähne in seinen Hals. Blut perlte. Stier stellte sich knurrend und mit offenem Maul vor die Kunden, die sich zusammendrängten und es vorzogen, sich in ihren Rausch zu flüchten.
»Genug, Widder!« forderte die Prinzessin und beugte sich über den Einäugigen, der sich nicht zu rühren wagte.

Der Windhund ließ ihn los, so daß der Wirt sich rühren und der Prinzessin eine kostbare Information ins Ohr flüstern konnte.

Die Nacht war schon seit über einer Stunde hereingebrochen, als Pached sein Büro im Ministerium verließ und sich, ohne gesehen zu werden, in die Ibis-Taverne begab. Er beging einen schweren Fehler und war sich dessen bewußt. Seine Frau war argwöhnisch und hielt ihn den ganzen Tag zu Hause. Nachts hatte er Dienst. Doch wie sollte er auf die Zärtlichkeiten der Syrerin verzichten, die ihn verhext hatte? Der Ehebruch konnte zum Verlust seiner Habe führen, aber es war ihm egal. Er brauchte seine Geliebte zu sehr. Pached hatte einen seiner Mitarbeiter bestochen, daß er für zwei Stunden niemanden in das Büro einließ, und würde diese Freiheit nutzen, um die Syrerin aufzusuchen, die ihm der Einäugige wie verabredet reserviert hatte. Beflügelt von dem Gedanken, sich bald an dem hinreißenden Körper erfreuen zu können, beschleunigte er seine Schritte.

Es war eine böse Überraschung, als er gewaltsam von hinten angesprungen und zu Boden geworfen wurde. An dem Knurren erkannte er, daß es ein Hund war, gegen den er sich vergeblich zu wehren versuchte. Das Tier hatte ihn im Nacken gepackt und hielt ihn fest, ohne zuzubeißen. Ein zweiter Windhund stand drohend vor ihm. Pached glaubte, seine letzte Stunde sei gekommen. Er richtete ein kurzes Gebet an Osiris, damit er ihn in seinem ewigen Königreich aufnehme.

Das Gesicht in den Staub der Gasse gedrückt, erkannte er aus den Augenwinkeln die nackten, außergewöhnlich zierlichen Füße einer Frau. Einen Moment lang vermutete er, seine Gattin benutze die Dienste von zwei Kampfhunden, um ihn zu ermorden. Doch deren Füße besaßen nicht diese Schönheit … Die

Frau gehörte zur gehobenen Gesellschaft, vielleicht sogar zum Königshof. Nichts war hübscher als diese langen Zehen mit den gepflegten Nägeln. Er prägte sich ihren Anblick ein. Vielleicht würde es ihm eines Tages nützen, wenn er dieses Mißgeschick überlebte.

»Wer ... wer seid Ihr?« fragte er flehend.

»Stellt keinerlei Fragen, Pached. Ihr seid ein untreuer Ehemann, ein Beamter, der Pharaos Vertrauen nicht würdig ist. Ihr verdient zehn Bastonaden. Mein Schweigen ist Euch gewiß, wenn Ihr meine Anordnungen ganz genau befolgt.«

Es war die Stimme einer sehr jungen Frau. Doch sie verriet große Festigkeit. Pached hielt es für nutzlos, zu versuchen, ihr Mitleid zu erregen.

»Was muß ich tun?«

»Mich in das Archiv des Außenministeriums bringen. Ich will die diplomatische Korrespondenz der vergangenen zwei Monate konsultieren.«

Der Beamte zuckte zusammen.

»Das sind Staatsgeheimnisse ... Nur der König ...«

»Ihr gehorcht, oder ich befehle meinen Hunden, Euch das Genick zu brechen. Ich habe es sehr eilig, Pached.«

»Aber warum?«

»Wie entscheidet Ihr Euch?«

»Man muß vorsichtig sein. Die Wächter ...«

»Ihr seid ihr Chef. Sorgt dafür, daß ich nicht gestört werde. Ich werde Euch von meinen Hunden bewachen lassen. Bei dem geringsten Zeichen von Gefahr werden sie Euch töten.«

Daran hatte Pached keinen Zweifel. Und er hatte nicht die Absicht, sein Leben für die Archive zu riskieren. Es handelte sich wahrscheinlich um ein Komplott, das die Haremsdamen und die Militärs geschmiedet hatten, die Echnatons Herrschaft ein Ende setzen wollten. Es war am besten, sich den Forderungen dieser Frau zu beugen. Anschließend würde er sich Gedanken darüber machen, welche Haltung einzunehmen war.

»Die Originale, das ist ausgeschlossen. Aber der Saal der Kopien könnte zugänglich sein.«

»Also los, Pached.«

Die Archive waren neben dem Ministerium in einem eigenen Gebäude untergebracht. Beim Betreten des Gebäudes durch den Hintereingang dachte Pached kurz daran, die Wächter zu alarmieren, doch die Windhunde würden zu schnell sein ... Unter dem Vorwand, er würde eine überraschende Inspektion der verschiedenen Büros mit Schreibmaterial, Papyrusrollen und Dienstprotokollen vornehmen, hatte der Sicherheitschef den diensttuenden Beamten weggeschickt und machte der jungen Frau Zeichen, der Weg sei nun frei. Geräuschlos wie ein Raubtier war Widder dem Sicherheitsbeamten auf den Fersen, während Stier seine Herrin bewachte. Pached gratulierte sich zu seiner Vorsicht.

»Beeilt Euch«, riet er ihr.

»Bleibt hier vor dieser Tür stehen und rührt Euch nicht von der Stelle«, befahl Anchesa, deren Gesicht hinter einem weißen Schleier verborgen war.

»Und wenn jemand kommt ...«

»Seht zu, wie Ihr zurechtkommt.«

Anchesa verbrachte über eine Stunde in dem Saal, in dem die Kopien der diplomatischen Korrespondenz von ausländischen Regenten in Form von gebrannten Tontafeln inventarisiert waren. Jede trug ein Etikett mit dem Empfangsdatum und einer Ordnungsnummer.

Was Anchesa dort entdeckte, hätte auch das heiterste Gemüt erschüttert. Der König von Babylon hatte mehrere Protestschreiben geschickt, die alle ohne Antwort geblieben waren. Es ging um einen äußerst dramatischen Zwischenfall: Seine Boten waren auf einem Territorium, das Pharao gehörte, überfallen und ausgeraubt worden. Pharao hatte keinerlei Verfolgung der Räuber in Gang gesetzt! Mehrere Prinzen, die kleine Landstriche regierten, beklagten sich bitter, keinerlei Nachrichten vom ägyptischen Hofe zu erhalten, während hethitische Geheimboten ohne Unterlaß Bestechungsgelder zahlten und eine umfangreiche Revolte gegen den ägyptischen Unterdrücker vorbereiteten. Noch beunruhigender waren die Briefe von Rib-Addi, König von Byblos, der wahre Hilferufe schickte. Er beteuerte seine unwandelbare Treue und unterrichtete Echnaton über äußerst schwerwiegende Tatsachen. Mehrere Häfen an der phönizischen Küste, die bislang unter der Kontrolle der ägyptischen Verwaltung gestanden hatten, waren in die Hände der Hethiter gefallen. Zahlreiche Gebiete liefen Gefahr, sehr bald das gleiche Schicksal zu erleiden. Der Geheimagent des Hethiterkönigs, der ohne Unterlaß daran arbeitete, die Macht Ägyptens zu zerstören, konnte kein anderer sein als der syrische König Aziru. Wenn Pharao noch länger wartete, würde die Situation katastrophal werden. Gab es vielleicht im Palast jemanden, der Verrat beging, die Briefe fälschte oder vernichtete? Dies war der zehnte Brief, den Rib-Addi schrieb, ohne eine Antwort erhalten zu haben.

Anchesa war fassungslos, und ihr wurde schwindelig. Die Sonnenstadt wiegte sich in falscher Sicherheit. Das mächtige Königreich Ägypten ruhte auf zerbrechlichen Fundamenten. Man übte Verrat an Echnaton, ihrem Vater. Man arbeitete im verborgenen an der Zerstörung der Beiden Länder.

Sie war jetzt im Besitz eines Geheimnisses, das zu schwer für sie war.

Als sie den Archivsaal verließ, warf sie Pached den Goldreif, den der Einäugige nicht zu verdienen vermocht hatte, vor die Füße.

Der Beamte grinste voller Befriedigung. Die Frau beging einen schweren Fehler. Dieses Schmuckstück würde es ohne Zweifel möglich machen, sie zu identifizieren.

11

Anchesa betrat den Aton-Park, den heiligen Garten des Gottes. Dort hatte Pharao ein Paradies geschaffen, in dem alle Schönheiten der Natur versammelt waren. Im Inneren des Geländes, von einer von Kletterpflanzen überwachsenen Mauer geschützt, war neben einem künstlichen, von Bäumen umgebenen Teich eine Säulenhalle errichtet worden. Es hatte viel Arbeit gekostet, die Wüste zu besiegen, zu bewässern und zu bepflanzen. Dutzende von Gärtnern unterhielten den grünenden Zauber, der Atons Ruhm feierte. Auf der Wasseroberfläche des Teichs entfalteten sich Lotos und Seerosen. In einem zweiten, größeren, von einem Steg eingefaßten Teich wurden seltene Fische gezüchtet. Überall an Wegbiegungen waren Pavillons errichtet worden, mal aus Stein, mal aus Holz, in denen sich die Wanderer ausruhen konnten. Kleine Brücken verbanden die beiden Ufer des Teichs, auf dem Nachen schaukelten. Und eine kleine Insel in der Mitte trug einen Sommerpavillon, der dem König und der Königin vorbehalten war.

In dem Park gab es zudem Landwirtschaft auf mehreren Bauernhöfen. Geflügelhöfe und Ställe beherbergten Enten, Kühe und Schafe, die ein friedliches Leben führten. In den Kellern wurden Krüge mit Wein der edelsten Lagen gelagert, die anläßlich der Bankette bei Hofe serviert wurden.

Anchesa folgte einem Säulengang, der mit Wandmalereien von Weintrauben, Granatäpfeln und blauen Lotosblüten dekoriert

war. Am Ende stand ein besonders eleganter Pavillon, in dem sie zu dieser Stunde den »göttlichen Vater« Eje den Freuden der Mittagsruhe hingegeben wußte.
Schläfrig, die Hände über dem fülligen Bauch gefaltet, mit weißem, parfümiertem Haar, träumte Eje von der Vergangenheit. Sein Titel als General des Fuhrparks war nichts als eine ehrenvolle Erinnerung. Es war nun schon so lange her, seit er sich nicht mehr um Pferde kümmerte. Wie viele glückliche Stunden hatten sie ihm bei den langen Ritten durch die Wüste beschert! Eje hatte ein friedliebendes Temperament, neigte eher dazu, zu verhandeln und das Wort statt der Waffe zu benutzen, und mochte daher die Militärs nicht. Er mißtraute insbesondere Haremhab, einem Schreiber von Format und außergewöhnlicher Intelligenz, dem es im Laufe der Jahre gelungen war, das Vertrauen der unteren Dienstgrade zu gewinnen. Das war der Grund, warum Eje die Karriere seines Sohnes Nachtmin gefördert hatte, so daß er ein zuverlässiges Ohr im Führungsstab behielt.
Der »göttliche Vater«, den so mancher als fast schon senilen Greis betrachtete, der zu nichts anderem mehr taugte, als sich mit köstlichen Gerichten zu verwöhnen und die Freuden des Landlebens zu genießen, wirkte im verborgenen weiter. Die Wachsamkeit seiner Gegner, die die Rolle von Höflingen ohne Ehrgeiz und ohne Zukunft spielten, war mit der Zeit eingeschlafen. Niemand hegte ihm gegenüber mehr Mißtrauen. Außer natürlich Haremhab.
Eje dachte keineswegs an seinen eigenen Ruf. Er hatte sämtliche Ehrungen erlebt und alle Privilegien genossen. Ägypten war es, das ihm Sorgen machte. Ägypten, das von einem Mann, dem Pharao, verkörpert und regiert wurde. Ein Pharao, der sich Echnaton nannte und der keinem anderen glich. Ein Mensch, der sich selbst in eine Vision verschloß, die er bald nur noch mit

Gott teilen konnte. Echnaton war ein guter Regent gewesen. Er hatte recht daran getan, die thebanischen Priester zu zügeln, unter denen zu viele den geistigen Reichtum mit materiellem Besitz verwechselt hatten. Eine neue Hauptstadt zu bauen war zugegebenermaßen ein kühnes Unterfangen, doch andere Monarchen vor ihm hatten es versucht und waren erfolgreich gewesen. Aton eine Vorrangstellung einzuräumen bedeutete nicht unbedingt eine Revolution, die einen Sturm auslösen mußte. Jede Dynastie verherrlichte eine Gottheit, die sie in den Vordergrund rücken wollte.

Doch seit einiger Zeit hatte sich die Situation verändert. Echnaton erzwang einen intoleranten Glauben, verletzte die Gefühle, zerbrach die magische Einheit, die das Volk mit seinem König verband. Er vernichtete seine eigene Ausstrahlung, indem er sich von Nofretete trennte, der Frau, die sein Tun seit ihrer Heirat inspiriert und unterstützt hatte. Er war gezwungen, seiner dummen ältesten Tochter die Rolle der Großen Königlichen Gemahlin zu übertragen.

Seltsame Gerüchte über die dritte Tochter des Königspaares, Anchesa, waren dem »göttlichen Vater« zu Ohren gekommen. Sehr plötzlich der Kindheit entwachsen, hatte die junge Frau Aufsehen erregt, hatte bei ihrem Vater eine Spazierfahrt in der Karosse durchgesetzt, hatte sich mit der Königinmutter unterhalten und verließ gerne den Palast. Anchesa hatte schon immer einen ausgeprägten Charakter gezeigt. Sie ähnelte darin ihrem Vater, ungestüm, unzähmbar. Ihre Stellung in der Hierarchie hielt sie von der Macht fern, gewiß, doch sie konnte zur Seele eines Komplotts werden. Eje beobachtete die Gesamtheit der einflußreichen Mitglieder des Königshofes, aber er wußte nicht mehr, ob er seinen König beschützen oder einen Nachfolger für ihn suchen sollte. Ihm fehlten zudem Informationen über Anchesas tatsächliche Absichten.

Und Anchesa war nun auf dem Weg zu ihm, während er in seinem Lieblingspavillon im Aton-Park so tat, als ob er schliefe. Die junge Frau war hinter einer Säule stehengeblieben und beobachtete den »göttlichen Vater«. Sie hatte aufgrund seines Ansehens und seiner Erfahrung beschlossen, ihn um Rat zu fragen. Aber Eje wirkte schlaff und träge. Offensichtlich hatte er nicht mehr die geringste Lust, sich seiner Vergangenheit und seiner Bequemlichkeit zu entreißen.
Sie wollte gerade umkehren, als der »göttliche Vater« blinzelnd die Augen öffnete. Er hatte sie gesehen, dessen war sie sicher. Sie konnte nicht mehr zurück. Sie trat aus dem Säulenschatten und tat die wenigen Schritte, die sie noch von dem alten Mann trennten. Letzterer, der ein wenig kälteempfindlich geworden war, trug eine weite Tunika, die von zwei Schlaufen um seinen Nacken gehalten wurde. Er richtete sich auf.
»Prinzessin Anchesa ... Euer Besuch ehrt mich. Möchtet Ihr etwas trinken?«
»Nein, danke, göttlicher Vater. Ich möchte mit Euch sprechen.«
Eje reckte sich, stand auf und ging mit langsamen Schritten zu einem Sykomorenbaum. An einem niederen Ast hing ein Lederschlauch mit frischem Wasser. Eje trank ausgiebig davon.
»Einst«, erzählte er, »war dieser Baum der Göttin Nut geweiht. Sie empfing die Seelen der Toten und labte sie auf ihrem Weg in die andere Welt.«
»Es gibt keinen anderen Gott mehr neben Aton«, wies Anchesa ihn scharf zurecht.
Eje verschloß sorgfältig den Schlauch. Er hatte sich schon ein Bild von dieser blendend schönen jungen Frau gemacht: ebenso unnachgiebig wir ihr Vater, ein feuriges Temperament, ein unbeugsamer Wille, eine ungewöhnliche Intelligenz. Er durfte nicht den kleinsten Fehler begehen. Sie in wirksamer Weise zu manipulieren würde trotz ihrer Jugend nicht leicht werden.

Während seiner langen Laufbahn hatte Eje so manchen Ehrgeizigen, so manchen von Erfolg Begünstigten kennengelernt, deren öffentliches Leben gerade so lange gedauert hatte wie ein Sommergewitter. Viele Damen bei Hofe waren der Aufmerksamkeit würdig, insofern sie mit meisterhafter Kunst beim König oder seinen Ministern Entscheidungen zu inspirieren wußten. War nicht Teje, die Königinmutter, bis zur wirklichen Machtübernahme durch Echnaton das wahre Staatsoberhaupt gewesen? Hatte nicht Nofretete die Errichtung der Sonnenstadt bestimmt? Seit sie sich aus unbekannten Gründen in ihren Palast zurückgezogen hatte, verschlechterte sich die körperliche und geistige Gesundheit des Königs. Die Dienerschaft der Großen Königlichen Gemahlin war ihr so bedingungslos ergeben, daß nicht einmal er, der »göttliche Vater«, irgendeine seriöse Information über sie hatte erhalten können. Die einzige bekannte Tatsache war, daß sie mit dem Einverständnis der Königinmutter Teje die Unterbringung der beiden Prinzen Tutanchaton und Semenchkare in der Stadt der Sonne begünstigt hatte. Ersterer erzählte jedem, der es hören wollte, von seiner Liebe zu Anchesa, einer Leidenschaft, die aus einem braven Kind einen stürmischen jungen Mann gemacht hatte. Angesichts von Anchesas Metamorphose fragte sich Eje, ob der kleine Prinz aus Theben wohl imstande sein würde, die Ansprüche einer solchen Frau zu befriedigen.
»Aton leuchtet in den Herzen«, erklärte der »göttliche Vater« mit seiner sanften, tiefen Stimme. »Euer Vater komponiert eine wundervolle Hymne zu seinem Ruhme. Ich habe die Ehre, sein Vertrauter zu sein und den Text, den er schreibt, zu kopieren. Ihr selber habt Euch, wie mir Euer Lehrer, der Botschafter Hanis, anvertraut hat, schon die grundlegenden Aspekte der Kunst des Schreibens angeeignet, Prinzessin.«
»Das ist ohne Bedeutung. Seid Ihr bereit, mich anzuhören?«

»Wie könnte es anders sein?«
Ein Gärtner mit schweren Wasserbehältern begann, die Blumenbeete zu begießen.
»Laßt uns ein wenig gehen«, empfahl Eje. »Dieser Park ist ein Ort der Ruhe, doch unsere Gespräche sollen, nehme ich an, vertraulich bleiben.«
»Allerdings«, gab Anchesa zu. Sie begann, ihr Urteil über den hohen Würdenträger zu revidieren.
Während sie zur Frau geworden war, hatte sie gefühlt, wie sich in ihr ein außergewöhnlicher Instinkt entfaltete, vergleichbar mit dem eines Jägers, der die Gegenwart seiner Beute wittert. Sie nahm das Innerste der Menschen wahr, indem sie sie anschaute und ihrer Stimme lauschte. Sie sah hinter ihre körperliche Erscheinung und durchsuchte die Attitüden, die sie einnahmen, um ihre wahre Natur zu kaschieren.
Eje war nicht der harmlose Höfling, als der er sich gab. Gewiß, er besaß nicht die starke Persönlichkeit eines General Haremhab, doch er erinnerte an eine Spinne, die fähig ist, ein höchst komplexes Netz zu spinnen, in dem sich die Feinde verfingen, um darin einen langsamen, sicheren Tod zu finden.
»Was wißt Ihr über die Situation unserer Verbündeten?« fragte Anchesa.
»In Wahrheit sehr wenig«, gab Eje zurück. »Die Außenpolitik ist ausschließlich die Angelegenheit von Pharao und seinen Diplomaten.«
Sie überquerten eine Brücke mit besonders elegantem Bogenwerk über dem Teil des Teichs, wo die Gärtner ein prachtvolles Seerosenbeet angelegt hatten. Wiedehopfe und Kiebitze hüpften auf den hohen Ästen der Akazien umher.
»Was ich herausgefunden habe, ist sehr besorgniserregend«, gestand die Prinzessin.
Eje schwieg. Die junge Frau war kurz davor, ihr Geheim-

nis preiszugeben. Er durfte ihren Elan keinesfalls unterbrechen.

»Unsere fremdländischen Territorien sind in großer Gefahr«, verriet sie. »Ich hatte Zugang zu wichtigen und nicht anzweifelbaren Dokumenten.«

Der »göttliche Vater« unterdrückte eine Geste der Überraschung. Anchesa war schneller gewesen, als er gedacht hatte. Wenn sie die Wahrheit sagte, mußte sie sich ein regelrechtes Netz von Beziehungen geschaffen haben.

»Die Hethiter zerstören nach und nach unsere fernen Fürstentümer«, fuhr die Prinzessin fort. »Unsere Verbündeten rufen uns zu Hilfe, doch ihre Botschaften bleiben ohne Antwort. Warum? Weil jemand bei Hofe sie in den Verwaltungsbüros ablegt, ohne daß mein Vater davon unterrichtet worden ist! War dies nicht genau die Methode der Priester von Theben, um Pharaos Macht zu schwächen?«

Eje war über die Klarsicht der jungen Frau verblüfft. Gewiß, sie war durch eine gute Schule gegangen, dank ihrer Mutter Nofretete, die gerne ihre Töchter an der Ausübung der Macht Anteil nehmen ließ und ebensoviel über Ägypten, die Fremdländer und die Staatsaffären redete wie über Kinderspiele. In ihren Glanzzeiten bildete die Königsfamilie einen sehr eng verbundenen Clan. Anchesa hatte zugehört und alles in ihrem Gedächtnis gespeichert. Diese privilegierte Erziehung trug ihre Früchte, auch wenn die Prinzessin wegen ihrer Jugend noch zu ungeduldig und zu ungeschickt war. Eje war fest entschlossen, diese Schwächen, die die Zeit sehr schnell auslöschen würde, zu nutzen.

»Wo habt Ihr diese Dokumente eingesehen?« wollte er wissen.

»Das ist unwichtig. Es muß gehandelt werden. Der König muß informiert werden. Wenn Ihr Euch einsetzt, wird er Euch anhören.«

»Es tut mir leid, Euch zu enttäuschen, Prinzessin. Ich habe Eure Entdeckung nicht abgewartet, um Seine Majestät über die besorgniserregenden Gerüchte auf dem laufenden zu halten, die über unsere Protektorate im Umlauf sind. Pharao hat den Diplomaten Tetu und den Hauptverdächtigen, den syrischen König Aziru, vorgeladen. Ihre Erklärungen haben ihn vollständig beruhigt.«
Auf dem See schwamm eine Stockentenfamilie.
»Und wenn Aziru Verrat verübt? Wenn er lügt?«
»Er würde es nicht wagen, mit solcher Dreistigkeit derartiges vor Pharao zu tun. Es stimmt, daß das Hethiterreich ständig überwacht werden muß. Das tun wir. Daß Alarmrufe zu uns gedrungen sind, ist beunruhigend, doch diese Zwischenfälle gehören der Vergangenheit an. Die Diplomatie ist eine schwierige Kunst, Prinzessin. Man darf sich nicht beim ersten Sandsturm aufregen. Jeder unserer Verbündeten würde gerne ein privilegierter Gesprächspartner von Pharao werden und noch umfangreicher von seiner Unterstützung profitieren. Das ist der Grund, warum die kleinen Königreiche ihre Lage dramatisieren. Es ist Sache des Königs und seiner Ratgeber, die wirkliche Situation einzuschätzen.«
Der Aton-Park bot dem Spaziergänger ständig neue Zauber. Das Licht spielte mit den Grünflächen und dem Laub der Bäume, es tanzte auf Säulen, verlor sich im Schatten eines Pavillons und tauchte in einem von Efeu überwucherten Portikus wieder auf. Die Teiche und Becken mit kühlem Wasser trugen das ihre dazu bei, daß Frieden Körper und Seele durchdrang.
Anchesa war verunsichert. Die Argumentation des »göttlichen Vaters«, der an dem Abschließen so vieler Verträge mit ausländischen Herrschern teilgenommen hatte, war überzeugend. Hatte sie vielleicht zu voreilige Schlüsse aus den eingesehenen Dokumenten gezogen?

»Ihr habt recht, göttlicher Vater. Verzeiht meine Fehleinschätzung der Lage.«

»Eure Vorstellungskraft hat Euch auf den falschen Weg geführt, Prinzessin, sonst nichts. Wenn Euch mein Rat von Nutzen war, so bin ich darüber sehr glücklich.«

»Seid bedankt für Eure Weisheit.«

Anchesa grüßte Eje respektvoll, indem sie beide Hände in die Höhe seines Gesichts hielt. Der alte Würdenträger neigte leicht den Kopf. Als er in den gemütlichen Unterschlupf zurückkehrte, wo er seine Meditation fortzusetzen gedachte, erwartete ihn seine Gemahlin, die Nährmutter Tiji, mit silbernen Schalen kühlen Bieres.

»Warst du nicht soeben in Gesellschaft einer sehr schönen jungen Frau?« fragte sie mit gespielter Strenge.

»Prinzessin Anchesa ... Die schönste Frau bei Hofe, in der Tat.«

»Meine Schönheit ist schon seit langer Zeit verwelkt, geliebter Gatte. Muß ich das Auftauchen einer Rivalin fürchten?«

Sie lächelten einander amüsiert zu.

»Du bist ungerecht mit dir selber«, sagte der »göttliche Vater« und betrachtete seine Frau voller Zärtlichkeit.

Tiji, die den Ehrentitel »Nährmutter« behalten hatte, verbarg ihr weißes Haar unter einer leichten Perücke aus gelockten Zöpfen. Ihr Körper, mit dem Alter etwas fülliger geworden, bewahrte noch immer die Eleganz einer edlen Dame, die an den Prunk und an die Ansprüche des Lebens am Königshof gewöhnt war. Sie trug ein äußerst einfaches weißes Gewand und einen großen Kragen aus Lapislazuli.

»Du, die du das Glück hattest, die Königskinder großzuziehen und über ihre Kleinkinderzeit zu wachen, was hältst du von Anchesa?«

Die Angelegenheit mußte ernst sein, sagte sich die Dame Tiji.

Ihr Mann fragte sie nur um Rat, wenn er zögerte, sich sein eigenes Urteil zu bilden.
»Ich habe nie auch nur den geringsten Einfluß auf sie gehabt«, gab die Amme zu. »Von den Töchtern des Königspaares hat sie die stärkste Persönlichkeit. Und nun auch noch die Schönheit ... Die Schönheit ihrer Mutter, die Schönheit einer Königin.«
Die Dame Tiji fühlte, wie besorgt ihr Gatte war.
»Warum bereitet Anchesa dir solche Sorgen?«
»Weil sie die Welt verändern will«, gab er zurück. »Und weil sie, wenn die Götter ihr Unterstützung gewähren, die Kraft hat, erfolgreich zu sein.«

An diesem ersten heißen Tag im Frühjahr konnte auch Anchesa ihre Sorgen nicht abschütteln. Die beschwichtigenden Worte des »göttlichen Vaters« Eje hatten ihre Beunruhigungen nicht vollständig beseitigt. Ein dunkler Zweifel, der gegen die Argumente rebellierte, blieb tief in ihr lebendig. Zur Mittagsstunde, als Aton am höchsten Punkt im Himmel stand, ging sie aus ihren Gemächern in ihren Privatgarten hinunter und untersuchte den jungen Sykomorenbaum, den sie zehn Jahre zuvor mit Hilfe ihrer Mutter eigenhändig gepflanzt hatte. Das Rascheln der Blätter erinnerte an den Duft von Honig. Die feinen Zweige waren mit roten Früchten beladen. Normalerweise liebte sie es, mit dem Baum zu sprechen, ihm Kindererinnerungen zu erzählen und seiner Stimme zu lauschen, wenn der sanfte Abendwind unter seinem Schatten die Geräusche der Ferne verklingen ließ. Heute fühlte sie sich unnütz, nicht würdig, sich an dieses edle Wesen zu wenden, dessen Frieden zu stören sie nicht das Recht hatte. Anchesa hatte sich zu früh erwachsen geglaubt. Sie hatte sich leichtfertig in Staatsangelegenheiten gemischt, die ihr über den Kopf wuchsen. Sie hatte sich in den Augen des »göttlichen

Vaters« lächerlich gemacht. Es blieb ihr nichts anderes, als im Palast eingesperrt zu leben und auf die Heirat mit einem hohen Würdenträger zu warten.
Sie streichelte den Stamm eines Granatapfelbaumes bei einem Becken, an dessen Rand die Dienerin eine Schale mit Johannisbrotsaft abgestellt hatte. Vor Nervosität stieß die Prinzessin sie um und ins Wasser. Sie stieg über den Kalksteinrand und wurde bis zum Busen naß, als sie die Schale aus dem Becken fischte. Ihr Leinengewand klebte an der Haut, schmiegte sich an die Form ihrer Brüste, ihre schmalen Hüften, ihren flachen Bauch. Nackter als unbekleidet, legte Anchesa sich auf die Steinplatten in die Sonne und ließ sich vom Wind streicheln.
Der junge Prinz Tutanchaton, der sich, fasziniert von dem Anblick, seit ein paar Minuten hinter einem Tamariskengebüsch versteckt hielt, wollte nicht länger eine seiner nicht würdige Rolle spielen.
»Verzeiht meine Kühnheit, Prinzessin«, sagte er, während er sich ihr näherte.
Anchesa richtete sich lebhaft auf.
»Was tut Ihr hier? Wer hat Euch eingelassen?«
»Eure Dienerin. Doch bestraft sie nicht! Ich allein bin schuld, ich habe sie bedroht. Sie hatte keine andere Wahl. Ihr verbietet mir nun schon wieder seit nicht enden wollenden Tagen, Euch zu sehen! Ich liebe Euch, Anchesa, ich liebe Euch mehr als alles in der Welt!«
Wie im Fieber fiel Tutanchaton auf die Knie. Mit rührender Tolpatschigkeit reichte er der Prinzessin einen Strauß Lotosblüten, die fast welk waren, weil er sie so fest an die Brust gedrückt hatte.
»Möge Aton Euch Leben und Glück schenken«, erklärte er mit dem Ernst des in glühender Liebe entbrannten Verehrers. »Ihr seid der strahlende Stern des neuen Jahres. Eure Haut schim-

mert wie Gold, Eure Finger sind Blütenkelche. Ich lebe von Eurer Stimme. Jeder Eurer Blicke ist mehr wert als Essen und Trinken. Keine Frau kommt Euch gleich. Erlaubt mir, in Eurer Nähe zu weilen. Wenn nicht, so ist das mein Tod.«

Anchesa war tiefer gerührt, als sie sich anmerken ließ.

»Gießt mir Wasser über die Hände«, bat sie.

Tutanchaton tat einen Freudensprung, eilte zum Becken, ergriff die Schale und füllte sie. Die junge Frau hielt ihm die Handflächen entgegen und erwartete die Reinigung. Nach Vollzug des Rituals würde der Prinz ein bevorzugter Gast und Vertrauter sein. Sie gewährte ihm damit ein wundervolles Privileg.

Mit unendlicher Langsamkeit goß Tutanchaton den Inhalt der Schale auf Anchesas Hände, legte seine ganze Leidenschaft in jeden Wassertropfen, der über die Haut seiner Angebeteten rann. Die Sonnenstrahlen überfluteten den bezaubernden Körper der Prinzessin mit indiskretem Licht. Sie verharrte lange Zeit in der gleichen Haltung, den Blick in die Ferne gerichtet.

»Ihr seid das göttliche Leben auf Erden«, schwärmte der junge Mann, unglücklich, daß die Schale schon leer war, die er, der Sitte gehorchend, nicht zum zweiten Mal füllen durfte. »Ohne Euch wäre meine Existenz nichts als Finsternis.«

Er half ihr auf. Sie wehrte sich nicht, doch sie blieb distanziert.

»Da ich nun zu Eurem Vertrauten werde«, sagte Tutanchaton, »möchte ich Euch beweisen, daß ich nicht ein leichtfertiges Kind bin, das sich der Wirklichkeit bei Hofe nicht bewußt ist. Ich habe eine Neuigkeit für Euch.«

Anchesa wandte dem Jugendlichen ihr hinreißendes Gesicht mit dem goldenen Teint zu. Die angeborene Grazie der Frau, die er liebte, versetzte ihn in Ekstase. Je verliebter er war, desto mehr wollte er ihr seine Qualitäten beweisen. Der Anflug von Neugier, den er in Anchesas grünen Augen erweckt hatte, war ein erster Sieg.

»Mein Bruder Semenchkare ist von Pharao empfangen worden. Er hat ihm die Vermählung mit seiner ältesten Tochter Meritaton angekündigt. Er ist der zukünftige Herr der Beiden Länder, und seine Frau wird die Große Königliche Gemahlin, die Rolle, die sie schon jetzt symbolisch anstelle ihrer Mutter erfüllt.«

Anchesa fühlte ihr Blut eiskalt werden. Ihre schlimmsten Befürchtungen wurden also wahr. Ihre Schwester würde Königin. Semenchkare würde als Mitinhaber des Throns direkt von dem regierenden König die nötige Ausbildung erhalten, um seinerseits nach dem Tod seines Vorgängers die Macht zu übernehmen.

Echnaton hatte also seinen Nachfolger bestimmt.

»Euer Bruder muß verrückt sein vor Freude«, sagte die Prinzessin mit trauerumflortem Blick, als sie daran dachte, daß dieser Mann aus Theben kam.

Hieß das, daß ihr Vater abdanken und Aton abschwören würde?

»Ganz und gar nicht«, antwortete Tutanchaton. »Er ist beinahe verzweifelt. Semenchkare ist ein Mystiker. Er verehrt Aton. Er denkt nur an den Kult, an die Gebete, den Ritus. Man konnte ihm keine unerträglichere Aufgabe übertragen. Es interessiert ihn nicht, Ägypten zu regieren. Anchesa! Wo lauft Ihr hin? Anchesa!«

Die junge Frau rannte davon.

Anchesa fand keinen Schlaf mehr. Ihr Vater hatte die Unterredung abgelehnt, die sie inständig erbeten hatte. Der Haushofmeister hatte ihr auseinandergesetzt, daß ihr Vater sich den ganzen Tag in seinem Arbeitszimmer einschließe und ausschließlich damit beschäftigt sei, die große Hymne an Aton abzufassen, und daß dieser Gottesdienst ihm jede andere Tätigkeit verbiete.

Im Morgengrauen verließ die Prinzessin den Palast über die Terrassen und begab sich zu der Kaserne hinter dem Außenministerium. An der Ecke eines Gebäudes, das wegen einer eingestürzten Ziegelmauer nicht mehr benutzt wurde, sah sie einen jungen, martialisch wirkenden Mann mit einem Dolch im Gürtel auf sich zukommen.

»Parole?«

»Aton ist Gottes Licht.«

»Ihr seid Prinzessin Anchesa.«

»Und Ihr Kommandant Nachtmin.«

»Folgt mir, Prinzessin. Wir müssen uns beeilen.«

Tutanchaton war es, der diese Begegnung ermöglicht hatte. Der Kommandant Nachtmin, Sohn des »göttlichen Vaters« Eje, war in Theben der Lehrer des kleinen Prinzen gewesen, der bei ihm das Schießen mit dem Bogen, das Handhaben der Schleuder und das Wagenlenken gelernt hatte. Tutanchaton war kein ausgezeichneter Schüler gewesen, obwohl er sich eifrig bemüht hatte. Er war für die Ausbildung als Schreiber und die Anwendung des Protokolls begabter als für körperliche Aktivitäten. Dennoch hatte der Kommandant eine echte Zuneigung zu ihm bewahrt. Das Kind hatte sich als den moralischen Werten gegenüber, die er selber verehrte, respektvoll gezeigt. Trotz des Altersunterschieds waren sie Freunde geworden.

Als Tutanchaton, von Anchesa angeregt, den Kommandanten bat, ihm jedes in der Situation der Armee ungewöhnliche Geschehen mitzuteilen, hatte letzterer sich bereit erklärt. Er verübte keinen Verrat, ganz im Gegenteil. Der Prinz gehörte zu dem thebanischen Geschlecht, das wieder auf den Thron steigen würde und das er als legitim betrachtete. Zudem oblag es Nachtmin, seinen Vater Eje zu beschützen, der beschuldigt werden würde, Echnaton zu treu gedient zu haben.

Nachtmin brauchte nicht lange zu warten, um sein Versprechen einzulösen. Seit drei Tagen gab es im Hof der Kaserne ein großes Sammeln von Wagen und Pferden. Am Vorabend waren zwei Eliteeinheiten inspiziert worden. Angriffs- und Verteidigungswaffen waren gereinigt und geprüft worden, Bögen, Pfeile, Dolche, Schilde, Lanzen, Speere, Kurzschwerter, Wurfspeere.

Kommandant Nachtmin brachte Anchesa in einen leerstehenden Pferdestall.

»Versteckt Euch im Stroh, ich verberge mich hinter dem Türflügel. Von hier aus werden wir alles sehen können.«

»Was geht vor?«

»Man könnte schwören, es sei der Aufbruch zu einem Feldzug … Und zwar nicht von irgendwelchen Soldaten. Den besten. Eine Art Überraschungsangriff mit den Elitetruppen. Ich bin nicht informiert worden. Das ist nicht normal. Derjenige, der diese Expedition organisiert, will keine administrativen Spuren hinterlassen.«

Die Stallknechte brachten die für eine lange Reise ausgerüsteten Pferde. Die muskulösen Tiere waren nervös. Sie peitschten mit ihren kräftigen Schwänzen. Die Spezialisten der Wagen prüften ein letztes Mal die Räder mit den sechs Speichen und die Achsen aus Akazienholz. Die Offiziere verteilten Eisen- oder Bronzehelme und lederne, mit Bronzelamellen besetzte Panzerhemden. Die Soldaten bestiegen die Plattformen ihrer Wagen; jede Besatzung bestand aus zwei Männern. Zu Kommandant Nachtmins großem Erstaunen vollzogen sich diese Aktivitäten in absoluter und völlig ungewöhnlicher Stille. Normalerweise war der Aufbruch zu einem Feldzug Gelegenheit für ein wahres Fest mit Kampfliedern, Tänzen und freudigem Geschrei. Das zu wahrende Geheimnis mußte von schwerwiegender Bedeutung sein.

Schließlich erschien der Chef des Armeekorps.

General Haremhab.

Er nahm auf dem Wagen an der Spitze Platz und gab das Aufbruchssignal.

Kommandant Nachtmin hatte beschlossen, Prinzessin Anchesa bis zum Palast zu begleiten. Anschließend würde er zum »göttlichen Vater« eilen, um ihn zu informieren. Die ersten Sonnenstrahlen beleuchteten den großen Tempel, wo Pharao den Kult zu zelebrieren begann, als ungefähr zwanzig bewaffnete Männer drohend den Kommandanten Nachtmin und die Prinzessin Anchesa umringten. Es wäre sinnlos gewesen, sich zu wehren.

12

»Ich bin Kommandant Nachtmin. Was wollt Ihr von uns?«
»Folgt uns«, befahl der Anführer des Soldatenkommandos, ein untersetzter Mann mit niedriger Stirn.
»Ich bin in Begleitung von Prinzessin Anchesa, Pharaos Tochter. Laßt uns weitergehen.«
»Ich habe Anweisungen zu befolgen. Kommt also mit.«
Anchesa stellte sich vor Nachtmin.
»Ihr werdet die Folgen von meines Vaters Zorn zu tragen haben.«
»Wir haben Befehlen zu gehorchen, Majestät.«
Wer wagte es, Pharao in dieser Weise herauszufordern? Wer hielt sich für mächtig genug, Pharaos Tochter wie eine Verbrecherin zu behandeln? Anchesas Neugier war geweckt.
»Laßt uns einwilligen«, riet sie Nachtmin.
In schnellem, schweigendem Marsch durch die schlafenden Straßen gelangten sie in das vornehme Wohnviertel. Anchesa war darüber nicht erstaunt. Derjenige, dem diese Männer gehorchten, gehörte zwangsläufig zu der obersten Kaste. Sie kamen vor ein Zedernholztor, dem einzigen Zugang zu einem von einer Mauer umgebenen Obstgarten. Zwei bewaffnete Soldaten hielten davor Wache. Der Anführer des Kommandos gab die Losung. Das Tor öffnete sich. Im Inneren wachten mehr als zwanzig Bogenschützen über die Sicherheit des Hausherrn. Plante dieser gar eine bewaffnete Aktion gegen Pharao?

Anchesa und Nachtmin gingen, noch immer gut bewacht, unter Palmen, Sykomoren und Feigenbäumen entlang. Dann führte eine Allee aus feinem Sand sie bis zu einer Villa mit etwa dreißig Zimmern und großen Fenstern. Sie wurden in ein Vestibül gebracht, wo Sitze mit niedrigen Rückenlehnen und geschnitzten Beinen in Form von Stierfüßen standen. Es handelte sich um kostbare alte Möbel, die niemand mehr benutzte. In der Sonnenstadt zog man ihnen Stühle und Hocker vor, deren Beine mit horizontalen Stäben miteinander verbunden waren. Unter einem der Sitze kauerte ein kleiner Affe, verschreckt über die Ankunft der unerwarteten Besucher. Anchesa kniete sich hin und kraulte ihm das Kinn. Das Tier wollte erst fliehen, akzeptierte dann aber beruhigt das Zeichen von Wohlwollen. Schließlich suchte es Zuflucht in den Armen der Prinzessin.

»Ich freue mich, daß Sanfter Morgen, mein Lieblingsäffchen, Euch zugetan ist«, sagte die tiefe Stimme des alten Mannes, der eben das Vestibül betreten hatte.

»Ihr!« rief erstaunt die junge Frau aus, als sie den »göttlichen Vater« Eje erkannte.

»Mein Vater … Warum sind wir in dieser Weise festgenommen worden?« fragte Kommandant Nachtmin. »Wem gehört dieser Wohnsitz?«

»Dem Finanzminister«, antwortete Eje und klatschte in die Hände. »Ein ausgezeichneter Freund.«

Fast sofort erschienen mehrere Diener mit kleinen Tischchen, beladen mit heißen, länglichen Broten und Schalen mit frischer Milch.

»Ihr müßt hungrig sein«, vermutete der »göttliche Vater«. »Möge Aton Euch mit seinen Wohltaten nähren.«

Eine Schale mit Wasser wurde Nachtmin und der Prinzessin gereicht, damit sie sich die Hände wuschen. Ein Diener gab ihnen parfümierte Tücher, mit denen sie sich abtrockneten.

»Eine seltsame Situation«, antwortete der »göttliche Vater« auf die fragenden Blicke seiner Gäste. »Ich ließ die Umgebung der Hauptkaserne überwachen, um irgendwelche Spione aufzustöbern ... Und meine Bogenschützen bringen mir eine Königstochter und meinen eigenen Sohn! Wie ist das zu erklären?«
Nachtmin wollte das Wort ergreifen, doch Anchesa kam ihm zuvor.
»Ich bin allein verantwortlich. Kommandant Nachtmin hat mir nur einen Gefallen tun wollen. Ich wollte wissen, was in dieser Kaserne vor sich ging.«
Der »göttliche Vater« kostete ein mit Honig gefülltes Brot. Der Bäcker des Finanzministers war ein wahrer Künstler.
»Und was habt Ihr herausgefunden?« fragte er in strengem Ton, der seiner zur Schau getragenen Herzlichkeit widersprach.
Anchesa hatte weder gegessen noch getrunken. Nachtmin spürte, wie sich Feindseligkeit zwischen seinem Vater und der Prinzessin anbahnte. Er bereute das Abenteuer, in das er sich aus Freundschaft zu Tutanchaton gestürzt hatte. Er beschloß zu reden, als Anchesa, die erkannte, daß er den Prinzen verraten würde, beschloß, ihm zuvorzukommen.
»General Haremhab hat unter größter Geheimhaltung die Elitesoldaten gesammelt. Er ist zu einem Feldzug aufgebrochen.«
»Zu einer Inspektionsreise nach Syrien, Phönizien und Byblos«, stellte der »göttliche Vater« richtig. »Das ist das wahre Geheimnis, in das Ihr nun eingeweiht seid. Dieser Feldzug war nötig und dringend. General Haremhab hat es eingesehen.«
Anchesa hielt den Atem an. Der »göttliche Vater« war es also, der das alles organisiert hatte! Dieser Greis mit der friedliebenden Attitüde wirkte im verborgenen wie einer dieser furchterregenden, Messer tragenden Dämonen, die die Tore zur anderen Welt bewachten. Die junge Frau schwor sich, nie wieder naiv

zu sein. In wenigen Augenblicken erkannte sie die Macht der List. Ein weiteres Stück ihrer Jugend brach in sich zusammen.

»Weiß mein Vater dies?« fragte sie dringlich.

Eje betrachtete sie mit einem rätselhaften Lächeln.

»Wenn man Sinn für den Staat und Liebe zu Ägypten hat, gibt es Fragen, die man nicht stellt.«

Er nahm Nachtmin liebevoll beim Arm.

»Du hast Pharao einen treuen Dienst erwiesen, mein Sohn. Geh dich ausruhen. Harte Pflichten erwarten dich heute. Ein oder zwei Stunden Schlaf sind unbedingt nötig.«

Kommandant Nachtmin zog sich zurück, nachdem er die Prinzessin gegrüßt hatte, die mit dem »göttlichen Vater« allein blieb. Sie konnte der Verlockung des warmen Brotes und einer Schale sahniger Milch nicht mehr widerstehen. Ihre von der Morgenkälte bläulichen Lippen nahmen wieder ihre hellrote seidige Farbe an.

Eje schaute ihr beim Essen zu.

Von dem Kind von gestern, dem schelmischen kleinen Mädchen, war nichts mehr geblieben. Die Verwandlung beschleunigte sich Stunde um Stunde. Gedrängt von einem Schicksal, dessen Grenzen sie noch erweiterte, übersprang Anchesa die Etappen.

Man mußte sich den Tatsachen beugen. Die Große Königliche Gemahlin Nofretete reinkarnierte sich in ihr. Die Tochter fügte dem Charakter der Mutter noch mehr Ungestüm, Dreistigkeit und Unvorsichtigkeit hinzu – Laster oder Tugenden, je nachdem, wie sie eingesetzt wurden.

»Ich vermute«, erklärte sie, »daß weder der Diplomat Tetu noch der Botschafter Hanis von der Expedition unterrichtet worden sind.«

Der »göttliche Vater« zog einen Hocker heran und setzte sich gemächlich nieder.

»Ich möchte Euch eine Aufgabe übertragen, Prinzessin. Die Aufgabe, Euren Beruf zu lernen. Die Aufgabe, den Königshof, seine Bräuche und seine Forderungen zu erlernen.«
Während der alte Höfling Anchesa ihre zukünftigen Pflichten auseinandersetzte, füllte sich ihr Herz mit wachsender Freude.

Als Anchesa das Haus des Finanzministers verließ, wußte sie, daß der »göttliche Vater« sich ihrer bediente, um seine Ziele zu erreichen. Sich dessen bewußt zu sein gab ihr ein Gefühl von Überlegenheit und die Möglichkeit, die Situation zu ihren eigenen Gunsten umzukehren.
Als sie über die blühenden Terrassen in den Palast zurückkehrte, sah sie nicht den hinter einem Akazienbaum versteckten Beamten Pached. Der goldene Fußreif gehörte nach den ersten Ergebnissen seiner Nachforschungen wirklich einer hochgestellten Persönlichkeit des Hofes. Er verfügte über zwei weitere Indizien, um sie zu identifizieren: die beiden Windhunde und die unvergleichliche Feinheit ihrer Füße. Hartnäckig und geduldig rückte Pached Schritt um Schritt der Wahrheit näher.

In dem Lager, zwei Tagesreisen von Byblos, der Stadt des loyalen Rib-Addi, entfernt, gönnten sich General Haremhab und seine Elitetruppen endlich einen längeren Halt. Haremhab hatte seinen Männern und Pferden viel abverlangt. Nachdem sie Memphis erreicht hatten, waren sie nach Nordosten der Küste in Richtung der phönizischen Häfen gefolgt. Der General hatte sich mit Elitesoldaten umgeben, die an Gewaltmärsche und die Härte des Militärlebens gewöhnt waren, das er persönlich ganz und gar nicht schätzte. Diesmal war er jedoch gezwungen, selber das Gelände zu sondieren.
Haremhab inspizierte das improvisierte Lager. Er stellte fest, daß die großen Schilde aus Weidengeflecht sicher genug in die

Erde gepflanzt worden waren, um als Schutzwall zu dienen. Die mit Nahrungsmitteln beladenen Wagen waren mit Planen zugedeckt und wurden ganz besonders bewacht. Um eine Küche unter freiem Himmel herum tranken die Soldaten Wein und putzten ihre Speere und Dolche. Beruhigt kehrte der General zu seinem Zelt zurück, vor dem der hölzerne Gebetsplatz errichtet worden war, mit einer Stele, die die von Strahlen umgebene Sonnenscheibe darstellte. Dieser verfluchte Aton ... Dieser intolerante Gott, der die religiöse Vergangenheit Ägyptens zu zerstören suchte, trübte die Glaubensüberzeugungen des Volkes und säte Unsicherheit in den Seelen. Wie hatte ein Pharao so wahnsinnig sein können, eine religiöse Revolution zu erzwingen, die in Ruin und Verzweiflung enden würde? Aber er war der Pharao ... Und der Chef seiner Armee war ihm, auch wenn er zutiefst dagegen war, zu Gehorsam verpflichtet.

Haremhab wechselte einige Worte mit dem am weitesten vorgedrungenen Wachtposten, einem Veteran, der sämtliche Provinzen Asiens durchquert, auf den heißen, steinigen Wegen geschwitzt, in der Kälte der Gebirgsmärsche gezittert und mehr Zeit in der Fremde als in seinem kleinen Haus in Theben verbracht hatte.

»Wir verlieren unsere Zeit, General. Es ist völlig ruhig hier. Ich rieche den Geruch des Krieges nicht. Ich habe mich noch nie geirrt.«

»Du mußt recht haben. Wieder einmal.«

»Laßt uns heimkehren. Unser schlimmster Feind in diesem Feldzug ist die Langeweile. Byblos ist seit Jahren im Frieden. Eine ägyptische Armee hat hier nichts zu suchen, es sei denn, eine Parade abzuhalten.«

Haremhab stimmte zu. Er nahm sich übel, an den Worten des Diplomaten Tetu gezweifelt zu haben, und bereute diese grundlos ermüdenden Tage. Während er dem Tanz der Flammen in einer Feuerstelle zuschaute, kam ihm Anchesas Gesicht wieder in Erinnerung. Sie war so schön ... Jede ihrer kleinsten Bewegungen fesselte ihn. Und dazu diese grünen Augen, in denen intensives Leben schimmerte. Der General verscheuchte die Vision. Er war verheiratet und seiner Frau Treue schuldig. Gewiß erschien sie ihm manchmal unerträglich, doch sie erfüllte ihre Pflichten als Hausherrin mit Perfektion. Sie zu betrügen wäre niederträchtig.

Anchesas Antlitz begann wieder, im Herzen des Feuers zu tanzen.

Wütend darüber, sich als Gefangener eines Gespenstes zu fühlen und nach und nach zum Sklaven erniedrigt zu werden, entfernte sich Haremhab von dem Veteranen.

Ein erstickter Schrei ließ ihn zurückschauen.

Der Infanterist sackte mit einem Pfeil in der Brust langsam zu Boden.

»Zu den Waffen! Löscht die Feuer!« brüllte der General.

Nur Räuber, vermutlich Beduinen, waren feige genug, um in dieser Weise anzugreifen.

Die Soldaten des Expeditionskorps reagierten als gut ausgebildete Professionelle. In wenigen Sekunden gingen sie, ohne weitere Verluste zu erleiden, zum Gegenangriff über. Geschützt hinter hohen Schilden, wehrten sie einen ungeordneten Angriff ab und teilten sich in kleine, schnell intervenierende Gruppen und umzingelten ihre Gegner. Der Kampf war kurz und heftig. Die Ägypter, wütend, einen der Ihren verloren zu haben, verschonten keinen. Sie schnitten, wie es der Brauch war, den Toten die linken Hände ab, um sie zu zählen.

Beim Untersuchen der Leichen erlebte Haremhab die allerunangenehmste Überraschung. Einer ihrer Angreifer war kein Beduine, sondern ein Hethiter gewesen. Und, nach seinen Waffen und seiner Kleidung zu schließen, ein Offizier. Seine

Anwesenheit bedeutete, daß er eine Bande kommandierte, die ihre Missetaten ganz nahe bei Byblos ausübte. Zu nahe ...
»Sofortiger Aufbruch«, befahl Haremhab.

Der Gesandte von Rib-Addi, des Königs von Byblos und Pharaos privilegiertem Verbündeten, präsentierte sich im Morgengrauen am wichtigsten Grenzposten der Sonnenstadt. Er war erschöpft von der gefährlichen Reise, bei der er den Beduinen, den Räubern, den Banditen der großen Straßen, den hethitischen Spionen und den von dem syrischen Verräter Aziru gedungenen Mördern entgehen mußte. Die ihm von Rib-Addi aufgetragene Mission war eindeutig: Er sollte persönlich mit Pharao Echnaton sprechen und ihm berichten, was in Byblos und den umliegenden Landstrichen vorging. Rib-Addi war zwar alt und krank, doch er war Pharaos ergebenster Verbündeter. Er hatte ihm zahlreiche Briefe geschrieben, um ihn zu warnen, und hatte ihn angefleht, ihm Hilfe zu senden, doch er hatte nie eine Antwort erhalten. Die Lage wurde kritisch. Der Verräter Aziru behauptete, in Syrien Ägyptens Interessen zu schützen, obgleich er eine geheime Allianz mit den Hethitern eingegangen war und sich anschickte, den phönizischen Hafen Tunip zu belagern. Bald wäre auch Byblos an der Reihe. Rib-Addi war zwar bereit, bis zum Ende seiner Kräfte zu kämpfen, doch er würde nicht lange standhalten können. Und dabei würde die bloße Anwesenheit ägyptischer Truppen genügen, um die Ordnung wiederherzustellen. Diesmal hatte Rib-Addi seinen Brief einem Mann anvertraut, in den er absolutes Vertrauen setzte. Der König von Byblos war überzeugt, daß ägyptische Würdenträger Pharao schlecht berieten oder die Nachrichten unterschlugen. Ein sicherer Kontakt war unerläßlich geworden.
Der Gesandte des Königs von Byblos schätzte sich glücklich. Er hatte die Sonnenstadt erreicht. Jetzt mußte er nur noch um eine

Audienz bei Pharao ersuchen. Der Verantwortliche des Grenzpostens, verunsichert über die Tatsache, daß dieser Diplomat ganz allein und ohne Eskorte war, wollte den Oberbefehlshaber der Polizei benachrichtigen. Doch letzterer befand sich im Rahmen einer Inspektionsrunde am anderen Ende der Stadt. Da der Beamte den Gesandten aus Byblos nicht warten lassen konnte, ließ er ihn bis zum Büro des Außenministeriums geleiten. Der um diese frühe Morgenstunde diensthabende Schreiber war nicht kompetent, irgendwelche Entscheidungen zu treffen. Er ließ also der Vorschrift entsprechend seinen Vorgesetzten Tetu holen.

Sobald Tetu vorbeigekommen war, ließ er den Boten in einen Raum mit zwei Säulen treten.

»Seid willkommen in der Sonnenstadt«, sagte Tetu liebenswürdig.

»Jeder weiß, daß dort Frieden und Licht herrschen.«

»Was ist Euer Auftrag?«

»Im Namen meines Gebieters Rib-Addi, König von Byblos, wünsche ich mit Seiner Majestät Echnaton zu sprechen.«

Tetu gab sich ungeheuer überrascht.

»Ein erstaunlicher Wunsch in der Tat! Was für ein Ereignis rechtfertigt ihn?«

»Meine Lippen müssen verschlossen bleiben.«

Tetu nickte zögernd.

»Ich kann Euch meine absolute Diskretion zusichern. Ich bin es, dem Pharao die Briefe an seine fremdländischen Verbündeten diktiert.«

»Habt Ihr an meinen Herrn geschrieben?« fragte der Gesandte. »Habt Ihr ihm Anweisungen von Pharao zukommen lassen?«

Tetu runzelte die Stirn.

»Seit einigen Monaten nicht ... In Byblos scheint alles so ruhig zu sein. Wenn sich ein Zwischenfall ereignet hätte, hätten wir das erfahren.«

»Das genau ist es, was ich Pharao mitzuteilen hergekommen bin! Ein Zwischenfall? Es ist weit schlimmer! Byblos wird von den Syrern bedroht, die sich mit den Hethitern zusammengeschlossen haben! Die Stadt wird nicht lange standhalten.«

»Das ist ja schrecklich«, gab der Diplomat entsetzt zu. »Warum hat Rib-Addi uns nicht in Kenntnis gesetzt?«

»Aber das hat er ja, mehrfach sogar! Seine Briefe waren völlig eindeutig!«

»Sehr beunruhigend. Wie läßt sich unser Schweigen erklären?«

»Pharao hat sie nicht gelesen.«

Tetu näherte sich dem Gesandten des Königs von Byblos.

»Hat Rib-Addi den Verdacht, eine Persönlichkeit des königlichen Hofes habe seine Briefe unterschlagen?«

»Botschafter Hanis. Er hat eine zweifelhafte Rolle bei gewissen Verhandlungen mit den Syrern gespielt. Man sagt, er sei bestechlich.«

Tetu blieb in einiger Entfernung von seinem Gesprächspartner und rieb sich sorgenvoll das Kinn.

»Hanis ... Das ist äußerst schlimm. Hat er wohl allein gehandelt?«

»Wir glauben, daß er von dem Syrer Aziru, einem Lügner und Verräter, unterstützt worden ist.«

»Eine scharfsinnige Folgerung. Unglücklicherweise ...«

»Unglücklicherweise?«

»Unglücklicherweise für Euch, da es sich um ein Geheimnis handelt, das nicht aufgedeckt werden darf.«

Behende zog Tetu einen Dolch, sprang vor, umklammerte den Kopf des Gesandten mit dem linken Arm und schlitzte ihm die Kehle auf. Fassungslos griff der Unglückliche mit beiden Händen nach der Wunde, aus der das Blut sprudelte. Er gab nur ein

paar unzusammenhängende Laute von sich, bevor er zusammenbrach.
Tetu schnitt sich in den linken Arm und zerfetzte sein Gewand. Dann rief er um Hilfe. Er brauchte nur noch zu verbreiten, daß ein syrischer Spion versucht habe, ihn zu ermorden, und daß er sich nur auf diese Weise habe verteidigen können.

Eine blaßgoldene Sonne tauchte den Nil in sanftes Licht. Noch hatte die Hitze die beiden Ufer nicht überfallen. Die erste Fähre des Tages brachte Menschen und Tiere hinüber. Ein schwer mit Steinen beladener Kahn lag am Warenkai. In der Mitte des Flusses hatten Fischer ihre Boote mit blendend weißen Segeln zum Stillstand gebracht. Aufrecht am Bug ihres Nachens installierten sie ihre Reusen, in denen sie Welse und Katzenwelse zu fangen hofften. Sie sangen dazu einen den Nilgeistern zugedachten, monotonen Gesang, um sie wohlwollend zu stimmen.
Ein Lastkahn mit bunten Segeln kam von Norden. Er gehörte einem mykenischen Händler und transportierte verzierte, kostbare Töpferwaren, die zum Verkauf auf dem Markt der Sonnenstadt gedacht waren. An den Nilufern sah man noch Spuren von rotem Schlamm, den die Bauern zum Düngen der Felder benutzten. Die letzte Überschwemmung war üppig gewesen und hatte die Furcht vor einem »Jahr der Hyänen«, einem Hungerjahr, vertrieben.
Ein schlankes Boot mit einem magischen Auge an Bug und Heck fuhr entlang des Ostufers und hielt sich dabei so fern wie möglich von den anderen Schiffen. Ein Matrose mit eindrucksvoller Muskulatur hielt das Ruder. Zwei mit Schwertern bewaffnete Männer saßen vor einer Kabine aus Zedernholz, in die das Licht durch die beiden mit Gitterwerk versehenen Fenster drang. Als Dach diente eine rote Plane, die mit Pflöcken leicht angehoben wurde, um die Luft ventilieren zu lassen.

Prinzessin Anchesa hatte keinerlei Mühe gehabt, dem Boot, das sich äußerst langsam fortbewegte, im Kielwasser zu folgen. Sie schwamm schnell und rhythmisch, ihr nackter Körper glitt mit Leichtigkeit durch die Wellen. Wie die anderen Königskinder hatte sie von frühester Kindheit an schwimmen gelernt und es sich nicht nehmen lassen, regelmäßig sowohl im Fluß als auch in den Seen zu trainieren. Ins Wasser zu tauchen, sich darin in der ganzen Länge auszustrecken, es über die Haut gleiten zu fühlen, waren unaussprechliche Genüsse. Heute hatte Anchesa nichts anderes im Sinn, als dieses Boot einzuholen, dessen Rumpf sie schon berührte. Mit einem kräftigen Ruck schwang sie sich an Bord, zur großen Überraschung des Steuermanns, der fassungslos eine nackte junge Frau von außergewöhnlicher Schönheit auftauchen sah. Glitzernde Wassertropfen rannen ihr über den Busen und den flachen Bauch.

»Bringt mich zu meiner Mutter«, forderte sie.

Die bewaffneten Männer, vom Ruf des Steuermanns alarmiert, bedrohten die junge Frau mit ihren Schwertern.

»Werft sie ins Wasser«, befahl der Steuermann.

Einer der beiden Schergen versuchte, die Prinzessin zu packen, doch sie entwich ihm.

»Mutter«, rief Anchesa, »ich bin hier!«

Sie rannte über das Deck und entkam einem weiteren Zugriff.

Die Tür der Kabine öffnete sich. Eine Frau mit besorgniserregend bleichem Gesicht, gekrönt mit einer roten Mitra, erschien. Sie trug ein Faltengewand aus Leinen.

»Laßt sie«, forderte Nofretete mit jener melodiösen Stimme, von der Atons Anbeter so oft entzückt gewesen waren.

Die Wächter der Großen Königlichen Gemahlin gehorchten.

»Komm, Anchesa.«

Anchesa trat in die Kabine, und ihre Mutter schloß die Tür mit

unsicherer Hand. Wie müde, wie erschöpft sie wirkte! Ihr wundervoller Teint hatte sich verändert. Die ersten Spuren vorzeitigen Alterns hatten ihr Gesicht, dessen Feinheit den ganzen Hof geblendet hatte, mit Falten überzogen. Doch die hohe Stirn, die gerade Nase, die eleganten Lippen hatten ihre Schönheit bewahrt.
Anchesa konnte ihre spontane Begeisterung nicht beherrschen und warf sich in Nofretetes Arme.
»Mutter ... Endlich ... Aber warum? Warum nur?«
»Schweig, Anchesa«, forderte die Große Königliche Gemahlin; sie schien abwesend, beinahe unbeteiligt.
»Das ist unmöglich! Ich muß dir so viele Fragen stellen!«
Nofretete befreite sich aus der Umarmung ihrer Tochter und ließ sich auf einen Haufen von Kissen sinken, den Kopf halb liegend in den Nacken gelegt.
»Ich werde keine davon beantworten.«
Anchesa vermochte die große Königin mit dem strahlenden Lächeln und dem mitreißenden Charme, die einst Kritiker und Neider hatten verstummen lassen, kaum noch wiederzuerkennen. Nofretete, die die Gunst der Sonne auf das Königspaar gelenkt hatte, die den Priestern von Theben getrotzt und die den Bau der neuen Hauptstadt durchgesetzt hatte, war nur noch eine besiegte, von einer heimtückischen Krankheit befallene Frau.
»Bist du krank, Mutter? Brauchst du einen Arzt? Weißt du, daß Pharao ohne dich zugrunde geht? Weißt du, daß deine Stadt ohne dich zu sterben droht?«
Nofretete schwieg. Anchesa hatte gehofft, sie würde protestieren. Eine Träne rollte über die rechte Wange der Großen Königlichen Gemahlin.
»Wir alle brauchen dich«, flehte die Prinzessin. »Komm zurück, sonst wird Aton nicht mehr auf uns scheinen.«

»Unser Werk«, bestätigte Nofretete ergriffen, »wird dauern, bis der Schwan schwarz und der Rabe weiß geworden ist.«
Anchesa erkannte die Worte, die ihr Vater vor der Versammlung der Höflinge mit so großem Enthusiasmus ausgesprochen hatte. Glücklich hatte die Große Königliche Gemahlin ihren Mann umarmt und ihm den göttlichen Atem kommuniziert, dessen Garantin und Verwalterin sie war.
»Komm zurück, Mutter. Du wirst uns den Weg zum Licht weisen.«
»Unmöglich«, murmelte Nofretete.
»Warum denn nur?«
»Weil ich blind bin, Anchesa.«

13

Des Pharaos gellende Schreie füllten den Palast. Er rannte auf und ab, schlug sich mit der Faust gegen die Stirn, hob den Kopf zu einem unerschütterlichen Himmel und ließ dem Schmerz freien Lauf, der ihm das Herz zu brechen drohte.

Die Ärzte wagten kein Wort mehr zu sagen. Der König schien jede Selbstkontrolle verloren zu haben. Er stammelte unverständliche Sätze, in denen unaufhörlich der Name des Gottes Aton vorkam.

Das tägliche Ritual wurde umgestoßen. Pharao begab sich nicht in den großen Tempel, um die Geburt des Lichts zu zelebrieren. Haushofmeister, Kämmerer und Diener warteten auf Befehle, die nicht kamen. Beunruhigende Gerüchte zirkulierten in der Sonnenstadt. Man sagte, der König habe den Verstand verloren, er sei ermordet worden, im Palast habe eine Revolte stattgefunden … Die Ruhe stellte sich wieder ein, als völlig verdutzte Gaffer einen Wagen mit der Großen Königlichen Gemahlin Nofretete und ihrer Tochter Anchesa vorbeifahren sahen, dem voran mit Speeren bewaffnete Infanteristen im Laufschritt rannten. Es war eine so unerwartete Überraschung, daß die Menge nicht die Zeit hatte, sich zu sammeln und ihrer Freude Ausdruck zu geben, jene wiederzusehen, die ihren magischen Schutz über die Hauptstadt breitete. Auch die einfachsten Leute wußten, daß seit Nofretetes Verschwinden Dämonen in die Häuser gedrungen waren, um die Seelen zu verderben. Wenn Nofretete sang und Musik spielte, verblieben die finsteren, in der Nacht herumstreunenden Wesen in den Dunkelzonen und raubten den Neugeborenen nicht das Leben.

Das Unglück würde verschwinden … Nofretete, die Schöne mit dem göttlichen Teint, die Sanftmut der Liebe, die von Pharao Geliebte, war wiedergekommen!

Anchesa schob den Protokollchef beiseite und führte Nofretete in den Ratssaal, wo Echnaton auf dem Thron zusammengesunken schluchzte.

»Verschwindet«, befahl sie den Ärzten.

»Wir sind nicht verantwortlich«, ließ sich einer von ihnen vernehmen. »Es handelt sich um eine Krankheit, die unsere Wissenschaft nicht zu heilen weiß. Wir haben …«

»Verschwindet!«

Die Therapeuten zogen sich zurück. Nofretete blieb mit sehr aufrechtem Kopf, die Augen leicht zur Decke gewandt, reglos stehen. Die Große Königliche Gemahlin hatte nichts von ihrer natürlichen Würde eingebüßt, doch ihre legendäre Herzlichkeit war eisiger Kälte gewichen.

Anchesa ließ die Hand ihrer Mutter los und stürzte zu ihrem Vater. Vielleicht würde ihre Wärme ihm ein wenig Trost in der entsetzlichen Prüfung bringen, die ihm auferlegt war.

»Sie ist tot«, sagte er abgehackt. »Sie ist im Morgengrauen gestorben … mein Kind … meine kleine Tochter …«

Nofretete tat schweigend ein paar Schritte in Richtung ihres Gemahls, geleitet von seiner Stimme.

»Ich bin bei dir«, sagte sie.

Echnaton hob den Kopf. Endlich nahm er sie wahr.

»Du bist wiedergekommen, du, die ich mit meinem ganzen Herzen liebe. Aber warum …«

»Hilf mir, mich an deine Seite zu setzen. Und sprich nicht mehr.«

Anchesa zog sich zurück. Ihr erster Auftrag als Staatsfrau war erfüllt. Niemand durfte sie weinen sehen.

Drückende Stille herrschte in der Stadt der Sonne. Die Stadt war wie tot, unberührt vom beginnenden Frühling. An jenem Morgen verdeckte dichter Dunst den Nil. Ungewöhnliches Grau verdüsterte die Berggipfel. Kein einziger Wagen rollte durch die Straßen. Die Büros, die Geschäfte, die Werkstätten blieben geschlossen. Kein Kind durfte auf der Schwelle des Hauses spielen.

Der Leichenzug hatte den Palast verlassen und begab sich zu dem Grab, um die zweite Tochter des Königspaares zu bestatten. Die für die regierende Familie vorgesehene Grabstätte war in einem trockenen Tal im Herzen feindseliger Klippen etwa zehn Kilometer vom Palast entfernt ausgehoben worden.

Die Balsamierer hatten am Vorabend, nachdem ihre Arbeit vollendet war, die kleine Mumie dorthin gebracht. Der König und die Königin mußten jetzt nur noch die letzten Riten durchführen, um das Grab für die Ewigkeit zu verschließen.

An der Spitze des Zuges marschierten Kommandant Nachtmin und hohe Militärs.

Ihnen folgten der »göttliche Vater« Eje und seine Gemahlin, die Amme Tiji, die eine Puppe, das Symbol für die Wiedergeburt des Kindes in der anderen Welt, im Arm trug. Sie ging vor Echnaton und Nofretete her. Pharao führte seine Gemahlin liebevoll am Arm. Schließlich kamen die Prinzessinnen, erst Meritaton und dahinter Anchesa. Den Schluß bildeten Semenchkare, Meritatons offizieller Verlobter, und Tutanchaton sowie der Verwalter Huja und der Bildhauer Maja, der die Ausstattung der für die junge Tote vorgesehenen Grabkammer persönlich überwacht hatte.

Der Pfad zwischen scharfkantigen Findlingen wurde beschwerlich. Man mußte durch das Bett eines ausgetrockneten Wadi aufsteigen. Den langsamen Marsch begleiteten die Schreie von Raubvögeln, die im Himmel kreisten. Schakale beobachteten das Vorwärtskommen der Eindringlinge in dem verbotenen Gelände. Heftiger Wind kam auf und verursachte ein grausiges Heulen, das von Schlucht zu Schlucht hallte. Nicht eine einzige Blume verschönte diese der Einsamkeit der Steine überlassene Stätte.

Nofretete schien sich auf Echnaton zu stützen, doch in Wahrheit war sie es, die ihm half, seine Rolle als König und als Vater zu erfüllen. Auch wenn das Herz einer Mutter weinte, mußte dasjenige der Großen Königlichen Gemahlin stark bleiben, um Pharao zu helfen, die Kraft zu finden, die er bei seiner Rückkehr in den Palast dringend brauchen würde.

Es war der erste tragische Todesfall, der die Königsfamilie traf, seit sie sich in der neuen Hauptstadt niedergelassen hatte. Aton durfte nicht dafür verantwortlich gemacht werden, der Gott, der Leben und Licht war, der die Dunkelheit vertrieb, welche die Erde in ein Leichentuch hüllte.

Prinzessin Anchesa marschierte, ohne zu ermüden. Sie war nicht so sehr berührt vom Tod einer Schwester, die sie nicht gut gekannt hatte und der sie fern gewesen war, sondern viel stärker von der Versöhnung ihrer Eltern. Wenn Nofretete sich zurückgezogen hatte, dann war der Grund dafür ein Gebrechen, das die schönste Frau Ägyptens geheimhalten wollte. An die Seite des Königs zurückgekehrt, würde sie seine Verzweiflung zu lindern wissen. Wenn das Königspaar wieder vereint war, würde Aton Wunder tun. Er würde derjenigen das Augenlicht zurückgeben, deren Stimme, die bis in den Himmel tönte, ihn entzückte.

Anchesa hob die Augen zur Sonnenscheibe und hatte Mühe, eine dicke Wolke zu durchdringen. Sie glaubte, an ihrer Seele

Schaden zu nehmen, als sie im Himmel einen riesigen Vogel sah, der flügelschlagend das Licht verdunkelte.
Ein riesiger Rabe mit weißem Kopf, der sich in der Ferne verlor.

Vor dem Eingang zum Grab jammerten Klageweiber und reihten ohne Unterlaß die rituellen Verse aneinander, die sie auswendig kannten. Bei jeder Bestattung war ihre Gilde in dieser Weise beteiligt und vertrieb mit ihren Klagen die Dämonen, die die Wiederauferstehungskammer zu besudeln suchten.
Echnaton und Nofretete gelangten an den Eingang des Stollens, der ins Innere der Klippe führte. Die Königin drückte die Hand ihres Gemahls.
»Laß uns die Sonne anschauen«, drängte sie. »Es muß sein.«
Den Kopf zu Aton zu heben bedeutete für Pharao eine wahre Folter. Warum fügte ihm der Gott, den er so glühend verehrte, solchen Schmerz zu? Warum traf er ihn in seinen tiefsten Zuneigungen? Suchte er nicht, seinen Glauben auf die Probe zu stellen? Ja, die Wahrheit trat zutage … Aton forderte von Pharao, seinem Propheten, die Fähigkeit, ein widriges Schicksal mit der Würde eines von der göttlichen Sonne erleuchteten Weisen zu meistern.
Der König schaute fest zu Aton hinauf. Seine Augen wurden weder geblendet noch verbrannt.
»Strahlend erscheinst du am Himmelshorizont«, deklamierte er die ersten Verse seiner großen Hymne, »du, Aton, der du am Anfang allen Lebens bist.«
Nofretete hob die Hände zu dem leuchtenden Himmelskörper und machte so die Worte ihres Mannes wirksam.
Das Königspaar lud sich mit göttlicher Energie auf. Echnatons Gesicht veränderte sich. Ekstase löste den Schmerz ab. Nofretete fühlte, daß er von einem machtvollen Strom erfaßt wurde, der

ihn von der irdischen Realität löste. Widerwillig erinnerte sie ihn an die Pflichten des Augenblicks.
»Unsere Tochter erwartet uns«, murmelte sie mit gebrochener Stimme.
Sie nahm wieder seinen Arm.
Echnaton sträubte sich nicht. Das Paar mußte sich bücken, als es den Grabgang betrat. Schritt für Schritt stiegen sie hinunter. In der Mitte des in den Felsen gehauenen Saals stand ein Trog aus rosa Granit, in dem einst Echnatons Mumie ruhen würde. In Gips geformte Szenen, die noch in Arbeit waren, schmückten die Wände. Der König und die Königin betraten einen anderen Saal, der von nicht rauchenden Fackeln erhellt wurde.
Nofretete konnte ihre Tränen nicht länger zurückhalten. Auf einem Totenbett lag die sterbliche Hülle ihrer zweiten Tochter.
»Wir verbeugen uns vor dem Tod, der das Leben in sich birgt«, forderte Echnaton.
Nofretete bewies die gleiche Seelenstärke wie ihr Gatte. Gemeinsam grüßten sie die unsterbliche Seele ihres Kindes und riefen Atons Licht auf sie.
Als das Gebet beendet war, fiel die Große Königliche Gemahlin in Ohnmacht.
Die Trauer bei Hofe hatte die Folge von Festen und Banketts unterbrochen. Die Adligen verkrochen sich in ihre Villen und warteten ab, daß Pharao aus seinem Schweigen auftauchte. Am Ende der Beerdigungszeremonien war Nofretete, Opfer einer Unpäßlichkeit, in ihren Privatpalast gebracht worden. Seit mehreren Tagen lösten sich die Ärzte an ihrem Lager ab und weigerten sich, etwas zu äußern.
Echnaton hatte sich in seinem Arbeitszimmer eingeschlossen, wo er niedergeschlagen auf einem Hocker aus rotem Holz mit Ebenholz- und Elfenbeinintarsien saß. Der Sitz imitierte ein Leopardenfell, die Füße waren in Form von Löwenpranken

gestaltet. Der König aß nichts mehr und begnügte sich mit ein wenig Wasser. Vor seinen Füßen lag die Rolle, auf die er die Hieroglyphen seiner großen Hymne an Aton geschrieben hatte. Pharao riß sich aus seiner Lethargie und trat ans Fenster, von dem aus er die im Abendlicht glitzernden Wasser des Nils sehen konnte. Ruderboote waren unterwegs. Die letzte Fähre brachte die Bauern nach Hause, die am anderen Ufer gearbeitet hatten. Echnaton glaubte, das Opfer einer Halluzination zu sein.
Durch die blaue Dämmerung glitt ein gewaltiger Schwan mit schwarzem Kopf und fixierte ihn mit seinen riesigen Augen, bevor er in dem orangefarbenen Mantel verschwand, mit dem die untergehende Sonne die Berge bedeckte.
Das Unglück nahm Form an. Die Prophezeiung erfüllte sich.

»Der König wünscht Euch augenblicklich zu sehen.«
Anchesa hatte ihre Morgentoilette noch nicht beendet, doch sie folgte dem Haushofmeister. Sie stieß mit der nubischen Dienerin zusammen, die vor Schreck Kamm und Spiegel fallen ließ. Ungekämmt, barfuß und mit unordentlichem Gewand, sah die Prinzessin aus wie ein wildes Kind der Natur.
Voller Freude verbeugte sie sich vor ihrem Vater und küßte ihm die Knie.
Das Gesicht des Königs war von tiefen Falten gezeichnet.
»Wie geht es Mutter?« fragte sie.
»Sie ist noch nicht wieder zu Bewußtsein gekommen, Anchesa. Der Tod unserer Tochter ...«
»Du bist Pharao, mein Vater. Du hast nicht das Recht zu klagen. Von dir, ganz allein von dir, hängt das Glück deines Volkes ab. Wenn du nicht mehr die Freude inkarnierst, wird Ägypten vom Unglück getroffen werden.«
Mit nacktem Oberkörper trug Echnaton nur einen einfachen Schurz wie die Monarchen alter Zeiten. Wie die Trauersitten

verlangten, ließ er sich den Bart wachsen, der die Züge seines von Kummer zerfurchten Gesichts noch beunruhigender wirken ließ.
»Meine Tochter ist tot, meine Frau liegt im Sterben ... Aton setzt mich einer harten Prüfung aus, Anchesa.«
»Du bist fähig, sie zu tragen, Vater. Du hast ganz andere Hindernisse überwunden. Deine und Atons Herrschaft haben gerade erst begonnen.«
Echnaton sah eine leidenschaftliche junge Frau vor sich, erfüllt von einer Begeisterung, die ihn an seine eigene Jugend erinnerte. Sie verweigerte sich dem Bösen und dem Leiden. Sie kämpfte mit der verrückten Gewißheit, den Sieg davonzutragen, gegen das Schicksal. Und wenn sich Atons Wille in ihr inkarnierte? Pharao verwarf diesen absurden Gedanken. Anchesa war jetzt seine zweitälteste Tochter. Doch die Trägerin der Legitimität nach Nofretete war und blieb die älteste Tochter Meritaton.
»Du mußt hungrig sein, Vater. Ich habe auch noch nicht gefrühstückt. Ich rufe den Haushofmeister.«
Der König versuchte vergebens, sie zurückzuhalten, doch sie setzte ihre Entscheidung schnell wie der Blitz in die Tat um. Wer würde sie hindern zu handeln? Anchesa war aus der Kindheit herausgewachsen, aus dem bequemen, luxuriösen Palast, wo sie das Glück einer geeinten Familie und eine problemlose, anonyme Existenz genossen hatte. Sie hatte die für außergewöhnliche Persönlichkeiten charakteristische Fähigkeit, auch den dramatischsten Ereignissen gegenüber nicht passiv zu bleiben und sofort eine Zukunft zu gestalten.
Pharao war stolz auf seine Tochter. Er hätte ihr so gerne so viel Wissen übermittelt, wenn sie die Älteste gewesen und der Schwan nicht schwarz geworden wäre ...
Angeführt vom Haushofmeister, drang eine ganze Horde von Dienern in das private Arbeitszimmer des Königs. Die einen

brachten kleine Tische, auf denen die anderen Platten mit Nahrungsmitteln abstellten. Aus der königlichen Küche waren Wachteln gebracht worden, die mit Gurken und Lauch serviert wurden, eine gebratene Ente, zarter Nilbarsch, Feigen, frisches, noch warmes Brot und laues Bier.

Hungrig aß Anchesa in kleinen Happen. Echnaton gönnte den Köstlichkeiten keinen einzigen Blick.

»Ich habe dir eine andere Nahrung anzubieten, meine Tochter: die Wahrheit. Ägypten verarmt. Seit fast einem Jahr bekomme ich von der höchsten Verwaltung alarmierende Berichte. Unsere wichtigsten Verbündeten senden keine Tribute mehr. Atons Licht hat die Herzen weder in unserem Land noch in den Fremdländern erleuchtet. Sogar hier in der Sonnenstadt betet die Bevölkerung noch immer zu den alten Göttern. Man belügt und betrügt mich. Morgen wird mir die Macht entgleiten. Die Priester in Theben werden wieder triumphieren. Sie werden einen König auf den Thron setzen, der ihnen gehorcht.«

Anchesa hatte plötzlich keinen Appetit mehr.

»So wird die Zukunft nicht sein!«

»Manch einer hält mich für naiv, Anchesa, unfähig, das Alltägliche zu begreifen, in einen Traum verloren. Ich liebe die Gesellschaft Gottes. Meine erste Pflicht ist es, sein Prophet zu sein und sein Licht weiterzugeben. Aber ich habe meine anderen Pflichten nicht vernachlässigt. Ich habe diese Hauptstadt gegründet. Und diese Stadt wird mich bald verleugnen.«

Anchesa protestierte nicht mehr. Sie hatte den weißen Raben gesehen. Sie wußte, daß ein fürchterlicher Schatten auf die Stadt des Lichts zukam.

»Ich habe beschlossen, eine deiner jüngeren Schwestern mit dem König von Babylon zu verheiraten. Auf diese Weise werden wir einen neuen Friedensvertrag unterschreiben.«

»Das ist nicht genug.«

»Wieso das denn? Bist du gar zu einer Expertin in internationaler Politik geworden?«
»Nein, Vater. Aber ich habe besorgniserregende Archive konsultiert.«
Anchesa berichtete, wie sie in die Gebäude des Außenministeriums eingedrungen war und die verängstigten Botschaften der ägyptischen Verbündeten entziffert hatte. Den Namen des Beamten Pached gab sie nicht preis.
»Warum antwortest du ihnen nicht, Vater?«
Echnaton schien verstört.
»Weil ich von diesen Briefen nichts gewußt habe«, gab er zu.
»Wer hätte sie dir vorlegen müssen?«
»Der Diplomat Tetu. Er ist damit beauftragt, die aus dem Ausland kommende Korrespondenz zu verwalten. Ich werde auf der Stelle Haremhab kommen lassen.«
»Nein, Majestät.«
Anchesa war rot geworden. Sie hatte es gewagt, sich Pharaos Willen zu widersetzen, und war selber erschrocken über ihre Unbesonnenheit.
»Haremhab hat die Hauptstadt verlassen«, fügte sie hinzu.
»Wenn du schon so viele Informationen zu besitzen scheinst«, wunderte sich Pharao, »kennst du auch das Ziel seiner Unternehmung?«
»Der ›göttliche Vater‹ Eje hat den General ersucht, eine Inspektionsreise durch Asien zu machen. Er wollte sich vor allem der Loyalität des Königs von Byblos, Rib-Addi, vergewissern.«
Nervös erhob sich Echnaton.
»Wer regiert dieses Land?« fragte er verärgert. »Wer erteilt die Befehle? Höflinge, Militärs und meine eigenen Kinder! Das geht nun schon zu lange so. Kehre in deine Gemächer zurück, Anchesa, verlasse sie nicht mehr. Folgendes habe ich für dich entschieden: Du wirst eine meiner Nebenfrauen werden. Zu

einem späteren Zeitpunkt werde ich dem Hof unsere Heirat bekanntgeben. Eine der kleinen Töchter der Ammen wird dir als Kind zugeschrieben werden. Du wirst dich nicht um sie kümmern und sie nicht einmal kennenlernen.«
Pharao wandte sich ab.
Die Audienz war beendet.

Anchesa grämte sich während mehrerer Wochen. Nicht einmal ihre nubische Dienerin konnte irgendwelche vertraulichen Informationen bekommen. Echnaton zitierte die Würdenträger, die Minister und die hohen Beamten einen nach dem anderen zu sich und ließ sie unter der Androhung des Exils schwören, über diese Unterredungen absolutes Schweigen zu bewahren. Eine Zunge wurde schließlich irgendwann locker. Man erfuhr, daß der König seine Untergebenen über Fragen der Theologie ausfragte, ihren Glauben an Aton prüfte und ihnen Passagen aus seiner großen Hymne vorlas.
Anchesa weigerte sich, untätig zu sein. Sie konsultierte große Mengen von Papyrusrollen, studierte Literatur, Mathematik, Geographie, Medizin, Buchhaltung, Verwaltung ... Kein Thema schreckte sie ab. Sie hatte einen unstillbaren Wissensdurst. Sie hatte das Gefühl, sie dürfe diese Stunden nicht verlieren, sondern müsse sie nutzen, um zu reifen und sich die Kenntnisse anzueignen, die sie brauchen würde. Botschafter Hanis, der aus Mangel an präzisen Aufgaben unbeschäftigt war, brachte der Prinzessin Dokumente, die er im Haus des Lebens auslieh, und diente ihr als Privatlehrer. Diese intensive intellektuelle Tätigkeit hatte Anchesa gezwungen, mehrere Jagdeinladungen von Prinz Tutanchaton abzusagen. Sie nutzte den Vorwand, Pharao habe ihr in Zurückgezogenheit zu leben befohlen.
Nofretete war trotz der Medikamente, die ihr die Ärzte verabreichten, noch immer bewußtlos.

Keine Nachrichten von General Haremhabs Expedition. Unmöglich, das Datum seiner Rückkehr vorauszusagen.
Die Stadt der Sonne lebte in Erstarrung und in Angst. Die Nahrungsmittel gelangten mit immer größerer Verspätung auf die Märkte.
Anchesa war zwischen der Revolte gegen ihren Vater und dem Willen, seiner Sache zu dienen, hin- und hergerissen. Seine Frau zu werden und die offizielle Rolle als »Mutter« zu haben, selbst wenn es sich nur um Etikette und dynastische Konventionen handelte, verlieh ihr einen neuen Status. Leider würde sie mit ihrer älteren Schwester in der Einflußnahme nicht rivalisieren können und wäre in eine Rolle ohne wirkliche Bedeutung abgeschoben. Indem sie Pharao verärgert hatte, hatte sie sich zu einem langweiligen Glück ohne Format verbannt.
Aber wie sollte sie es ihrem Vater nicht übelnehmen, das Zusammenbrechen seines Lebenswerkes mit solcher Passivität zu akzeptieren? Indem er Anchesa aus dem Weg gezwungen hatte, glaubte er, sich von einer unnützen Last befreit zu haben. Und sie hatte gehofft, ihm wieder den Geschmack an der Macht nahebringen zu können. Er hatte es vorgezogen, sich in seinen Glauben zu flüchten.
Echnaton ging seiner Niederlage entgegen. Sie voller Resignation einfach geschehen zu lassen, das war schlimmer als ein Verbrechen. Anchesa war von seinem Blut, in ihr brannte das gleiche Feuer. Aber sie besaß keinerlei Mittel, diesen Verfall auch nur zu verzögern, unter dem ihr Herz und ihre Seele litten.
Der Mond leuchtete am Himmel. Er wurde von einem furchterregenden Gott, dem »großen Überquerer«, beseelt, der Köpfe abschlagen und göttliche Absichten in irdische Wirklichkeit verwandeln konnte. Der Himmelskörper der Nacht entschied über den Augenblick der Geburt, brachte die Früchte zur Reifung und schenkte den Armeeführern den Sieg, die fähig waren,

sein Wachsen und Schrumpfen zu deuten. Anchesa betrachtete den Mondgott und bat ihn, einen neuen Wind wehen zu lassen, der die fauligen Gerüche des Zerfalls des Reiches wegfegen würde.
Die Prinzessin hörte ein ungewöhnliches Geräusch, das von der Blumenterrasse direkt unter ihrem Fenster kam.
Jemand kletterte an der Mauer entlang.
Anchesa hatte keine Waffe. Sie dachte nicht an Flucht. Sie wollte das Gesicht desjenigen sehen, der wie ein Dieb zu ihr kam.
Der Mann stieg durchs Fenster.
Maja, der Bildhauer.
Er mochte die Prinzessin nicht und hatte kein Hehl daraus gemacht. Der grobe Handwerker musterte die junge Frau mit eisiger Kälte.
Sie wich keinen Schritt zurück. Wenn er hergekommen war, um sie zu töten, sollte er jedenfalls nicht die Genugtuung haben, Angst auf ihrem Gesicht zu lesen.
»Verzeiht dieses Eindringen, Majestät, aber ich durfte von niemandem gesehen werden.«
»Und warum?«
»Ich habe den Befehl der Königinmutter Teje, im geheimen zu handeln. Sie wünscht Euch zu sprechen.«
»Teje? Aber sie wohnt doch in Theben!«
»Genau. Wir brechen noch in dieser Nacht auf.«

Maja und die Prinzessin verließen die Stadt zu Pferde. Nachdem sie den südlichen Grenzposten hinter sich gelassen hatten, indem sie einen großen Bogen durch die Wüste machten, gingen sie an Bord eines Schiffes, das sie fern jeglicher Siedlung im Schilf versteckt erwartete. Eine nicht sehr bequeme Kabine war für Anchesa eingerichtet worden. Aber sie hatte keine Lust zum Schlafen. Sie war viel zu aufgeregt und blieb an Deck, wo sie ein

Gespräch mit Maja zu führen versuchte, der mürrisch blieb. Er gewährte ihr keinerlei Vertraulichkeit. Als Pharaos Tochter ihn beschuldigte, die Führung einer Bande von Verschwörern übernommen zu haben, stritt der Bildhauer nichts ab. Von Fragen bedrängt, gab er zu, die Verbindungen mit seinen thebanischen Kollegen, den Erbauern des Tals der Könige, nicht abgebrochen zu haben. Die Politik der Pharaonen war ihm unwichtig, solange sie die Zunft respektierten, der er angehörte. Er warf Echnaton vor, unfähige Arbeiter eingesetzt zu haben, schlecht ausgebildete Lehrlinge, die dem Handwerk schadeten. Das war in seinen Augen ein unentschuldbarer Fehler. Maja hatte akzeptiert, derjenigen als Verbindungsmann zu dienen, die ein wackeliges Gebäude zu erhalten suchte: Königinmutter Teje. Sie hatte den Bürgerkrieg zu verhindern versucht. Seit ihrem letzten Besuch beim König befürchtete sie das Schlimmste. Zusammen mit extremer Erschöpfung hatten diese Befürchtungen ihrem vom Alter geschwächten Körper sehr zugesetzt. Sie fühlte ihren nahen Tod und hatte Anchesas Anwesenheit gefordert und Maja aufgetragen, die Tochter des Pharaos zu ihr zu bringen.

Anchesa verlor den Kampf gegen den Schlaf. Als Maja sah, daß sie eingeschlafen war, trug er sie in die Kabine, legte sie auf die Kissen und deckte sie zu. Ehe er sie ruhen ließ, verharrte er einen Augenblick voller Bewunderung. In diesem erhaben schönen Leib steckte eine unzähmbare Seele. Welcher Mann wäre wohl fähig, sie zu bändigen?

Das Boot legte an einem menschenleeren Kai am Westufer gegenüber der Stadt Theben an. Keiner von denen, die von Bord gingen, trug irgendwelche erkennbaren Zeichen wie Schmuck, Anhänger oder Halsketten, die gezeigt hätten, daß sie zu Echnatons Hof gehörten. Alle sahen aus wie einfache Schiffer, die nichts als kurze, abgetragene Schurze anhatten. Anchesa war wie irgendeine Fischerstochter mit bloßer Brust und trug ihr Haar offen.

Sie war von ungeheurer Neugier gepackt. Theben erleben, die prachtvolle Stadt, deren Wunder im ganzen Universum gerühmt wurden, diese ungläubige Stadt, die ihr Vater verworfen hatte.

Anchesas Enttäuschung war groß, als sie erkannte, daß die riesige Hauptstadt des Gottes Amun ihre Pracht auf dem anderen Ufer entfaltete.

»Warum sind wir hier gelandet?« fragte sie Maja, der dabei war, einen Konvoi mit Eseltreibern zu organisieren. »Soll ich mich nicht zur Königinmutter begeben?«

»Sie hält sich in ihrem Westpalast auf«, informierte er sie, »nicht weit von Karnak auf dem Ufer gegenüber der Stadt.«

Der friedliche Zug, der sich im langsamen Rhythmus der Landarbeiter fortbewegte, ließ zu seiner Rechten den Grabtempel von Pharao Amenophis III. liegen, dessen Eingang von zwei sitzenden Kolossen markiert war.* Weiter südlich hatte er einen prunkvollen Palast** errichten und einen Teich anlegen lassen, auf dem er gerne mit seiner geliebten Gemahlin Teje Boot zu fahren pflegte. Nicht weit davon öffnete sich das beeindruckende Tal der Könige, dessen Eingang Tag und Nacht von bewaffneten Männern bewacht wurde, die die letzte Ruhestätte der Pharaonen beschützten. Die Prinzessin hätte sich gern zum Tempel der Pharao-Königin Hatschepsut*** begeben, dem der

* Die Kolosse von Memnon sind die einzigen Zeugen dieses Grabheiligtums.

** An dem Ort, der unter dem Namen Malkatta bekannt ist, »der Ort, wo Dinge gefunden wurden«. Nur spärliche Spuren sind davon erhalten geblieben.

*** Der Tempel Der-el-Bahri.

berühmteste Garten Ägyptens vorgelagert war, doch es war nicht der Augenblick für Vergnügungsausflüge. Die kleine Gruppe erreichte die gepflasterte Straße, die an der Residenz von Amenophis III. entlangführte. Majas Männer, die ihre Waffen in einem Heuballen auf dem Rücken eines Esels versteckt hatten, wären bei Gefahr sofort bereit, einzuschreiten.

Der Ort wirkte ausgesprochen still. Seit dem Tod von Amenophis III. hatten die Höflinge ihn verlassen. Der kleine Amuntempel wurde nur noch von ein paar Priestern unterhalten. Der Audienzsaal war geschlossen, da kein regierender Pharao zugegen war.

Maja präsentierte sich am Westtor, das ein wenig hinter mehreren, von hohen Mauern umgebenen Villen lag, die den Würdenträgern des Königshofs vorbehalten waren. Auch diese waren jetzt unbewohnt, da die Bewohner gezwungen gewesen waren, sich in der Sonnenstadt niederzulassen. Der Kommandant der Privatgarde der Königinmutter wurde benachrichtigt, daß eine Gruppe von Bauern in die Residenz zu gelangen wünschte, um Getreide zu liefern.

»Woher kommst du?« fragte er Maja.

»Aus der wahren Hauptstadt.«

»Wer ist dein Gott?«

»Jener, der verborgen ist*.«

»Wer ist dein Gebieter?«

»Ebendieser Gott, wenn er in Frieden ist**.«

* Übersetzung des Namens Amun.

** Anspielung auf den Namen Amun-Hotep, »Wer verborgen ist, ist in Frieden«, den Echnatons Vater Amenophis III. und Amenophis IV. selber trugen, ehe letzterer seinen Namen in Echnaton änderte, »wirksamer Geist des Gottes Aton«. Maja spielte also auf die Epoche vor der Aton-Revolution an.

Der Kommandant, zufrieden, die richtige Losung gehört zu haben, musterte den falschen Bauern.
»Du bist Maja, nicht wahr? Geht schnell hinein. Der Königinmutter geht es sehr schlecht.«
Maja, Anchesa und der Kommandant überquerten eiligen Schrittes den großen Hof, gingen vor dem in Schweigen versunkenen Königspalast vorbei und betraten den kleinen Palast im Süden, in dem sich Tejes Schlafgemach befand. Anchesa war hingerissen von der Perfektion der Friese mit Pflanzen und Tieren. Es stimmte, diese Künstler besaßen weit größeres Talent als die der Sonnenstadt.

Am Vortag war Teje gegen den Willen ihres Arztes aufgestanden und hatte sich in einer Sänfte bis zu dem Grab begeben, das für sie vorbereitet worden war. Truhen, Statuetten, Kanopen, Mobiliar ... Die Ritualobjekte waren schon aufgestellt. Teje hatte gewünscht, dargestellt zu werden, wie sie die wohltätigen Strahlen der göttlichen Sonne Aton empfängt, doch sie hatte auch verlangt, daß Amuns Name in den Inschriften erwähnt würde, die ihre Unsterblichkeit garantierten. Wie hätte sie sich letztendlich zwischen Amun und Aton, zwischen dem Gott ihres Gatten und dem Gott ihres Sohnes, entscheiden können?
Der Tod nahm sanft Besitz von ihr.
Als Anchesa vor ihr erschien, hatte sich Teje gekrönt auf dem vergoldeten hölzernen Thron niedergelassen, dessen Seitenflächen mit Hieroglyphen geschmückt waren, die das Leben und die Dauerhaftigkeit symbolisierten. Die Prinzessin war fasziniert von der majestätischen Ausstrahlung der Königinmutter.
»Ich wollte dich ein letztes Mal sehen, Anchesa.«
»Majestät ...«
»Jammere nicht. Meine Minuten sind gezählt. Du allein bist fähig, eine Katastrophe zu verhindern. Du hast den Auftrag, den

ich dir gegeben habe, schon erfüllt, indem du deine Mutter zu Pharao zurückgebracht hast ... Du mußt noch mehr tun.«
Besorgnis trübte die hellen Augen der Prinzessin.
»Zweifellos wirst du nicht Königin werden, Anchesa ... Doch laß nicht zu, daß dieses Land sich entzweit. Atons Sonne soll Licht verbreiten, nicht Blut.«
Tejes Worte wurden mühsam. Anchesa stürzte auf den Thron zu. Sie kniete nieder und küßte die Füße der Königinmutter.
»Wie soll ich handeln? Pharao hat mich abgeschoben, ich habe keinerlei Macht! Ich bin dazu verdammt, mich in der Stille eines Palastes zu vergraben.«
Leiden entstellte Tejes Züge.
»Deine Macht, Anchesa, das bist du selbst ... Such nicht die Wahrheit anderswo als in deinem Herzen ... Du gehörst dir nicht mehr, Tochter von Pharao, du bist nicht mehr frei ...«
Die Hände der Königinmutter hatten sich um die Armlehnen des Thrones verkrampft. Ein stechender Schmerz zerriß ihr die Brust.
»Auf wen kann ich zählen?« fragte Anchesa hilflos.
Teje versuchte zu antworten, doch die Worte wollten nicht über das Hindernis ihrer Lippen kommen. Sie sammelte ihre letzten Kräfte. Sie mußte einen Namen aussprechen. Sie fixierte Anchesa, flehte Amun und Aton um Hilfe an und entriß ihrem verbrauchten Leib die letzten Funken von Kraft.
»Auf ... Tutanchaton.«
Königinmutter Teje ließ ihren Kopf auf die linke Schulter sinken.
Sie war tot, doch ihre Augen blieben auf Anchesa gerichtet.

14

Die von General Haremhab geführte Elitetruppe erreichte den nördlichen Grenzposten der Sonnenstadt, als Aton auf dem höchsten Punkt seiner Himmelsbahn stand. Der Herr der ägyptischen Armee wurde von Mahu, dem Oberbefehlshaber der Polizei, empfangen. Letzterer hatte die Wachen verdoppelt und inspizierte unablässig die kleinen Forts, bei denen seine Männer Tag und Nacht Wache hielten.

Das Verschwinden des Generals hatte in der Hauptstadt größte Beunruhigung ausgelöst. Der »göttliche Vater« Eje hatte seine ganze Autorität einsetzen müssen, um die Sorgen der Höflinge zu besänftigen, die entschlossen gewesen waren, eine Sonderaudienz beim König zu erbitten. Eje hatte sie davon abhalten können, indem er ihnen versicherte, Haremhab sei in einer geheimen Mission nach Norden unterwegs.

Mahu unterrichtete Haremhab, daß eine Folge von Unglücksfällen das regierende Königshaus getroffen hatte: der Tod der zweiten Tochter, die schwere Krankheit der Großen Königlichen Gemahlin Nofretete, der Tod der Königinmutter Teje, der mystische Wahn, in den Echnaton jeden Tag tiefer versank. Haremhab hörte sich den Bericht des Oberbefehlshabers der Polizei wortlos an und befahl ihm die Sicherheitsvorkehrungen aufrechtzuerhalten. Von nun an dürfe kein Fremder in die Stadt der Sonne eindringen, deren Grenzen bis zu neuen Anordnungen verschlossen blieben.

Noch nie hatte Mahu Haremhab so beunruhigt gesehen. Er wagte nicht mehr, ihm irgendwelche Fragen zu stellen; er war sicher, daß der General ihm ohnehin nicht antworten würde. Letzterer hatte seinen Soldaten keine Ruhepause gegönnt, als wolle er die Spannung aufrechterhalten und sie nicht demobilisieren, als stünde in der Sonnenstadt selber ein Konflikt bevor. Es war das erste Mal, daß Haremhab eine Entscheidung durchsetzte, die ganz offensichtlich nicht von Pharao ausgegangen war. Wechselte die Macht das Lager? Wem hatte Mahu in Zukunft zu gehorchen? In dieser Ungewißheit traf er keine Wahl. Er würde die von Haremhab erteilten Befehle ausführen und persönlich den König davon unterrichten.

Die Stadt schlief, als Haremhab vor dem Königspalast von seinem Wagen stieg. Die Vornehmen machten Siesta in den blühenden Gärten ihrer prunkvollen Villen. Der General sprang vier Stufen auf einmal nehmend die Treppe zu der ersten Terrasse hinauf, wo die Wachen auseinanderwichen, um ihn durchzulassen. Obgleich er mit einer Stabsangelegenheit von außergewöhnlichem Ernst befaßt war, dachte Haremhab an Prinzessin Anchesa. Ihr Gesicht, dieser Körper einer Göttin und ihre stolze, siegessichere Persönlichkeit hatten ihn verzaubert. Zehnmal, nein, hundertmal hatte er versucht, sie sich aus dem Sinn zu schlagen, und sich geweigert, das Gefühl, das sein Herz in Besitz genommen hatte und ihn zwang, die schwerste all seiner Schlachten zu schlagen, beim Namen zu nennen.

Wie hatte Anchesa die dramatischen Ereignisse der letzten Wochen durchgestanden? Der Tod ihrer Schwester gab ihr einen neuen Rang bei Hofe. Hatte Pharao die wahre Natur seiner Tochter erkannt, waren ihm ihr Ehrgeiz und ihre außergewöhnlichen Fähigkeiten bewußt?

Haremhab wußte nicht, daß die junge Frau, die seine Gedanken

ausfüllte, ihn nicht aus den Augen gelassen hatte, seit sein Wagen die Königsstraße entlanggefahren war.
Von ihren Gemächern aus hatte Anchesa sorgenvoll der Rückkehr des Generals beigewohnt. Es hatte Momente gegeben, in denen sie gehofft hatte, er sei tot. Während einer langen Unterredung, die sie dem Prinzen Tutanchaton gewährt hatte, hatte ihr dieser, übersprudelnd vor Glück und Vertrauen zu der, die er liebte, in allen Einzelheiten die großen und kleinen Augenblicke berichtet, die seine Kindheit geprägt hatten. Mit entwaffnender Naivität und ohne jeden Hintergedanken hatte er von seinem Bruder Semenchkare gesprochen, mit dem er keinerlei Gemeinsamkeiten aufzuweisen glaubte, sowie von seinem Beschützer Huja, dessen Rechtschaffenheit er lobte, und von Kommandant Nachtmin, den er bewunderte.
Anchesa hatte ihm Tejes Tod kundgetan, den die thebanischen Autoritäten bislang erfolgreich geheimhielten. Anchesa hatte erwartet, daß der junge Prinz in Tränen ausbrechen würde. Statt dessen legte er erstaunliche Würde an den Tag, unterbrach sein Gerede und schloß die Augen, um seinen Kummer besser beherrschen zu können. Anschließend hatten Anchesa und er sich lange Zeit in dem sonnenüberfluteten Garten gesammelt.
Innerhalb weniger Stunden hatte Tutanchaton seine Kindheit verloren. Nun blieb ihm nur noch seine Rolle als Prinz. Und schon fragte er sich: Wie sah seine Zukunft aus, wie seine Rolle bei Hofe? Welche Aufgaben würde Echnaton ihm übertragen? Dieses Bewußtwerden, so schmerzvoll es für ihn auch sein mochte, erfüllte Pharaos Tochter mit inniger Freude. Bald würde sie mit Tutanchaton ihre Sorgen in bezug auf Ägypten teilen können.
Auch wenn sie den Prinzen von nun an mit anderen Augen sah, enthüllte sie ihm weder die letzten Worte, die Teje gesprochen, noch die Mission, die sie ihr aufgetragen hatte.

»Ich erbitte eine sofortige Audienz«, erklärte Haremhab Kommandant Nachtmin, der zum Chef der königlichen Garde aufgestiegen war. »Ich muß mit Seiner Majestät sprechen.«
»Das Motiv Eures Gesuchs?« fragte Nachtmin förmlich.
Haremhab war amüsiert über diese Haltung.
»Nehmt Euch nicht allzu ernst, Kommandant ... Meldet Seiner Majestät meine Anwesenheit. Den Grund dafür braucht Ihr nicht zu kennen.«
Nachtmins Züge wurden starr. Beinahe hätte er wütend reagiert, doch er erinnerte sich an die Zeiten, da er Haremhab als Vorgesetzten vor sich gehabt hatte. Er zog es vor zu verschwinden.
Kurz darauf kam er zurück, ein herausforderndes Lächeln auf den Lippen.
»Niemand darf den König stören. Er arbeitet an seiner großen Hymne.«
Haremhab war völlig verdutzt. Er glaubte, es sei ein dummer Scherz von Nachtmin.
»Bringt mich zu Seiner Majestät«, forderte er.
»Unmöglich, General. Und sollte Euch die bedauerliche Idee kommen, gewaltsam einzudringen, wäre ich gezwungen, Seine Majestät zu beschützen, wie sie gefordert hat.«
»Ich gratuliere Euch zu Eurem Pflichtbewußtsein, Kommandant. Ich werde mich daran erinnern.«
Während der General sich anschickte, den Königspalast zu verlassen, und sich fragte, wie er sich nun verhalten sollte, kam ihm der »göttliche Vater« Eje entgegen. Er nahm ihn am Arm und führte ihn in ein Laboratorium mit zahlreichen Salbentiegeln und großen Krügen mit Pflanzenabsud zu medizinischem Gebrauch.
»Hier können wir in Ruhe reden, General. Habt Ihr versucht, den König zu sehen?«

»Er hat mich abgewiesen.«
Eje verhehlte seine Enttäuschung nicht.
»Ich hatte gehofft, Eure Rückkehr würde ihn aus seinen Träumen reißen. Er weigert sich, Entscheidungen zu treffen. Nur noch seine Rolle als geistiger Führer interessiert ihn.«
»Wann hat er Euch zum letzten Mal konsultiert?«
»Vor drei Tagen«, antwortete der »göttliche Vater«. »Aber er fragt mich nicht mehr um Rat. Er hat mir eine Scheinhochzeit mit seiner Tochter Anchesa angekündigt.«
Haremhab brauste empört auf.
»Mit Anchesa? Was ist denn das für ein neuer Wahnsinn?«
Eje konstatierte mit einiger Überraschung die Heftigkeit der Reaktion des Generals.
»Nach dem Tod der zweiten Tochter nimmt Anchesa eine wichtigere Stellung ein. Sie erhält eine größere Dienerschaft und wird ein prunkvolleres Leben führen. Aber wir sollten ernste Probleme besprechen. Welche Ergebnisse hat Eure Mission erbracht?«
Die Züge des Generals verhärteten sich.
»Die Lage ist katastrophal. Sämtliche phönizischen Häfen sind in die Hände der Hethiter und ihrer syrischen Verbündeten gefallen.«
»Sagt mir nicht, daß Byblos ...«
»König Rib-Addi hat monatelang standgehalten. Er wurde bei der Belagerung seiner Stadt getötet.«
»Wenn die Syrer gegen uns handeln, dann heißt das ...«
»Daß Aziru ein Verräter ist und man ihn unverzüglich daran hindern muß, weiterhin Schaden anzurichten. Wir sind einem Hinterhalt von Beduinen entkommen, die von einem seiner Spione kommandiert wurden. Wir haben mehrere andere gefangengenommen, die von den Hethitern beauftragt waren, und haben sie zum Sprechen gebracht. Wenn unsere Armee

nicht in den kommenden Monaten einschreitet, werden unsere asiatischen Provinzen für immer verloren sein. Schlimmer noch, wenn das hethitische Königreich Ägypten als geschwächt genug einschätzt, wird es nicht zögern, anzugreifen.«

Eje war völlig niedergeschmettert. Eine solche Katastrophe hatte er nicht erwartet. Es war die pharaonische Zivilisation selber, die von den Hethitern zerschlagen zu werden drohte.

»Was Ihr erbittet, General, ist die Weisheit selber. Doch nur Pharao kann es Euch gewähren.«

Die beiden Männer befragten sich gegenseitig mit Blicken. Einer der beiden mußte eine Entscheidung treffen, um Ägypten zu retten.

»Nein«, erklärte Haremhab erregt. »Weder der eine noch der andere von uns hat das Recht, uns an des Königs Stelle zu setzen. Das wäre ein Verbrechen gegen Maat, das göttliche Gesetz. Wir sind Pharaos Diener. Gegen seinen Willen zu handeln würde uns zu Verrätern machen.«

Der »göttliche Vater« nahm einen Tiegel mit Zimtsalbe und strich sich ein wenig davon auf den Arm.

»Dies ist ein ausgezeichnetes Produkt. Wenn es in die Muskeln eindringt, entspannt es sie. Kombiniert mit einer guten Massage, macht es einen jünger. Dieser Ort ist wundervoll. Unsere Weisen haben hier zahlreiche Substanzen zusammengetragen, die gegen fast alle Krankheiten wirken ... Wir haben nicht das Recht, die Augen zu verschließen, General. Wenn wir untätig bleiben, machen wir gemeinsame Sache mit dem Feind. Es steht selbstverständlich außer Diskussion, anstelle des Königs Befehle zu erteilen. Ihm allein steht die Verantwortung zu, Truppen nach Asien zu schicken. Aber wir könnten ihm helfen ...«

»Auf welche Weise?«

»Indem wir auf einen Punkt beschränkt intervenieren und ihm

Aziru bringen. Mit den Beweisen, über die Ihr verfügt, ist Pharao gezwungen, ihn zu verurteilen.«

»Und eine syrische Revolte zu provozieren ...«

»Das glaube ich nicht, General. Wenn Ägypten seine Größe beweist, verhindern wir den Krieg. Wenn es sich weiterhin derartig schwach zeigt, wird es ebenso wie die Länder, die es beschützt, vom Unglück getroffen werden. Würdet Ihr wagen, das Gegenteil zu behaupten?«

Haremhab erkannte, daß er den »göttlichen Vater« falsch eingeschätzt hatte. Er war kein auffälliger Mann, und die jugendliche Kraft hatte ihn verlassen, doch hinter der Erscheinung eines alten, diskreten Höflings regierte Eje im geheimen. Übte er während seiner Unterredungen mit Echnaton nicht seinen Einfluß aus? Hatte er ihm nicht bis zu dem Tag, an dem der Monarch endgültig Atons Ansprüche den Bedürfnissen der Menschen vorgezogen hatte, ein behutsames Vorgehen diktiert?

Der »göttliche Vater« schien trotz seiner Gewandtheit alle Vorrechte verloren zu haben. Um sich seine Privilegien zu erhalten, war er gezwungen, eine Allianz mit Haremhab einzugehen, was auch immer seine Vorbehalte ihm gegenüber sein mochten.

»Damit wäre es also an mir, sämtliche Risiken auf mich zu nehmen«, wertete der General. »Wenn ich ohne Pharaos vorheriges Einverständnis einen ernsten diplomatischen Zwischenfall provoziere, könnte ich wegen Ungehorsams angeklagt werden.«

»Oder zu einem Helden werden, dessen Prestige immens ist. Es ist an Euch zu wählen, General.«

Pharaos älteste Tochter Meritaton fand seit ihrer letzten Auseinandersetzung mit Anchesa ihren Seelenfrieden nicht mehr. Der Tod ihrer Schwester erhob sie in einen höheren Rang in der

Hierarchie des Hofes. Aber sie würde nur lächerliche Würden bekommen. Seit Echnaton seiner ältesten Tochter mitgeteilt hatte, daß sie Semenchkare, den Prinzen, den er dem Thron angliedern und zu seinem Nachfolger machen wollte, heiraten würde, erfreute sich Meritaton der absoluten Gewißheit, daß sie Königin von Ägypten werden würde.
Und dennoch war Anchesas bloße Existenz nach wie vor eine Folter für sie, als könne die allzu lebhafte Schwester ihren Aufstieg zu diesem allerhöchsten Amt noch vereiteln. Sie mußte ein Mittel finden, Anchesa in Mißkredit zu bringen, ihre Unwürdigkeit vor aller Augen zu enthüllen. Wie viele schlaflose Nächte hatte sie erfolglos grübelnd verbracht?
»Prinz Semenchkare ist da«, meldete Meritatons Haushofmeister.
»Führt ihn in den Salbungssaal.«
Meritaton hatte diesen fensterlosen, geschlossenen Raum, einen der kleinsten in ihrem »Fächer«, nicht ohne Grund gewählt. Sie wollte diesen Mann, der sowohl Pharao als auch ihr Gemahl werden würde, verzaubern. Echnatons älteste Tochter hatte Lampenfieber vor dem Augenblick, wo sie in Semenchkares Armen wirklich zur Frau werden würde.
Der Saal der Salbungen war mit Fliesen ausgelegt. Dort legte man sich nackt hin, um massiert und mit duftenden Salben eingecremt zu werden. Es war noch nicht an der Zeit, ihrem Bräutigam solche Intimität zu gönnen. Aber indem sie ihn so empfing, bezeugte sie ihm ihr persönliches Einverständnis zusätzlich zu den Direktiven ihres Vaters. Meritaton hatte selber auf einem Tischchen zwei kelchförmige, mit Lotosblüten bemalte Fayenceschalen bereitgestellt. Daneben stand ein bauchiger Krug mit einer Tülle und zwei horizontalen Ansatzstücken, die ihm das Aussehen der Hieroglyphe für »Leben« gaben. Er enthielt einen vom besten Spezialisten der königlichen Küche

gebrauten Dattellikör, ein gleichzeitig starkes und liebliches Getränk, das leicht berauschend wirkte.
Meritaton widerstand nur mit Mühe der Versuchung, ein Glas dieses Likörs zu trinken, um sich Mut zu machen. Sie bereute plötzlich, daß sie Semenchkare nicht in den lichten Raum über dem Eingangsvestibül in Gegenwart mehrerer Diener empfangen hatte.
Als Semenchkare in den Salbungssaal geführt wurde, wurde es Meritaton ganz übel. Es war das erste Mal, daß sie ihn aus der Nähe sah. Sie hatte ihn sich nicht so häßlich vorgestellt, so mager, so abweisend. Seine Haut war fleckig, sein Gesicht schlecht rasiert, seine Haare schmutzig. Sein grauenerregendes Aussehen verschlug ihr die Sprache.
Semenchkare nahm den Krug und schüttete den Dattellikör aus.
»Ich hasse diesen Luxus, diesen Palast und diesen Empfang, der einer Kurtisane würdig ist«, erklärte er voller Verachtung. »Aton haßt dies ebenfalls. Aton und sein Prophet Echnaton sind meine einzigen Meister. Ich werde nie einen anderen haben und Ihr ebensowenig. Ich will nichts mit Euch zu tun haben. Ihr werdet bis zur Krönung hierbleiben.«
Mit dem Handrücken fegte Semenchkare die beiden Fayenceschalen vom Tisch, die auf den Fliesen zerbrachen. Er verließ den Salbungssaal, ohne sich umzuschauen.
Meritaton bebte vor Wut. Das also bedeutete es, Königin in der Sonnenstadt zu werden. Warum erniedrigte ihr Vater sie in dieser Weise? Warum zwang er sie, das Bett mit einem dermaßen entarteten Mann zu teilen? Keine Politik, nicht einmal eine Allianz mit Theben, um Pharaos Macht zu sichern, rechtfertigte es, in dieser Weise eine Frau zu opfern.
Während sie ihren Haß wachsen ließ, dämmerte ihr plötzlich eine unerwartete Möglichkeit, ihn zu befriedigen.

»Ihr müßt augenblicklich die Hauptstadt verlassen«, verkündete der Diplomat Tetu dem syrischen König Aziru, der die Köstlichkeiten des Lebens in der Stadt der Sonne genoß.
Der Syrer aß eine gebratene Gänsekeule und trank dazu einen weißen Deltawein von idealer Temperatur. Aziru war wie ein fremdländischer Herrscher geehrt worden, der Pharao die Treue geschworen hat. Ein Dutzend nubischer, phönizischer und syrischer Dienerinnen kümmerten sich um jedes seiner Bedürfnisse. Sein Tisch war ständig mit Kuchen, runden Broten, Rinderkoteletts und Weinkrügen gedeckt.
Der Syrer, parfümiert und mit Girlanden von Lotosblüten um den Hals, verließ die großartige Villa, die man ihm zur Verfügung gestellt hatte, nur, um auf einem der Teiche Boot zu fahren, den botanischen Garten zu besuchen oder Konzerten zu lauschen, die von den Musikantinnen des Hofes gegeben wurden.
Aziru, der die Wohlgenüsse Ägyptens in vollen Zügen auskostete, hatte vergessen, daß sie ihm nur aufgrund von Lüge und Verrat gewährt worden waren.
»Ich weigere mich zu gehen«, erklärte er Tetu. »Setzt Euch zu mir und teilt mein Mahl mit mir. Diese Stadt ist ein Paradies.«
»Nicht mehr für Euch, mein Freund. Haremhab ist soeben heil und gesund aus dem Ausland heimgekehrt.«
Fassungslos packte Aziru seinen Komplizen bei den Schultern.
»Hat der beschlossen, mich ...«
»Das weiß ich nicht. Man darf uns nicht zusammen sehen. Ich gehe in mein Büro im Ministerium zurück. Nehmt einen Wagen und flieht über die Nordgrenze.«
Tetu wußte, daß er den Syrer in den Tod schickte. Jene Straße war die am besten bewachte. Ein General vom Schlage eines Haremhab hatte zwangsläufig die Garnison des Grenzpostens verdoppelt.

Aziru, der nicht besonders mutig war, geriet in Panik. Von Angst getrieben, gelang es ihm dennoch, seinen Wagen bis an die erste Linie der ägyptischen Bogenschützen zu lenken.
Letztere wirkten keineswegs bedrohlich. Offensichtlich hegten sie keine feindseligen Gefühle gegen ihn. Aziru trieb sein Pferd im Galopp voran.
Die Soldaten wichen nachsichtig zur Seite.
Erleichtert glaubte der Flüchtende einen Augenblick lang, den Ägyptern entkommen zu sein und die Freiheit wiedererlangt zu haben. Dann entdeckte er voller Entsetzen eine zweite Linie von Bogenschützen. Diese spannten ihre Bögen.
»Ich bin der König von Syrien!« brüllte Aziru.
Er riß an den Zügeln und brachte seinen Wagen zum Stehen. Das Pferd wieherte. Um seine friedlichen Absichten zu beweisen, stieg Aziru vom Wagen und ging zu Fuß auf die Soldaten zu.
Der Anführer des Kommandos, der der Meinung war, seine Männer wurden vom Feind angegriffen, gab Befehl zum Schießen.
Mehrere Pfeile flogen gleichzeitig los. Sie bohrten sich in Hals und Brust des Syrers, der mit staunend aufgerissenen Augen zusammenbrach.

Mit einem Steinmetzhammer zerschlug der Diplomat Tetu die Tontäfelchen, in die die Botschaften der fremdländischen Herrscher geritzt worden waren, die er nicht an Pharao weitergeleitet hatte. Indem er dieses Archivmaterial zerstörte, vernichtete er die Spuren seines Verrats. Selbst wenn Haremhab ihn am Ende verdächtigen würde, was könnte er ihm vorwerfen?
Tetu seinerseits würde schwören, daß er selbst das Opfer von inkompetenten Untergebenen gewesen sei, oder besser von der Schurkerei des Botschafters Hanis, den er seit seiner

Ernennung nicht ausstehen konnte. Es blieben nur noch ein paar Dokumente zu fälschen, dann war sein Schwindel glaubwürdig.
Haremhab hätte niemals von seiner Expedition zurückkehren dürfen. Der von Aziru mit der Komplizenschaft eines Beduinenstammes organisierte Hinterhalt war perfekt erschienen. Der Gott Horus, der im Namen des Generals* enthalten war, hatte ihn wieder einmal beschützt.
Tetu arbeitete hastig. Er war schweißgebadet. Nachdem er den ersten Archivsaal von kompromittierenden Tontafeln gereinigt hatte, betrat er den zweiten. Hier waren die Hilferufe von Rib-Addi, König von Byblos, aufbewahrt. Wieder begann der Hammer zuzuschlagen.
Der Diplomat hielt plötzlich inne. Unbehagen bemächtigte sich seiner. Er spürte, daß jemand zugegen war. Es gab nur ein mögliches Versteck, eine Nische hinter einem Stapel jungfräulicher Tafeln. Er packte sein Werkzeug fester und ging in diese Richtung.
»Mach dich nicht noch eines weiteren Verbrechens schuldig«, sagte Botschafter Hanis, als er aus seinem Versteck trat. »Ich warte schon seit einigen Tagen hier auf dich ... aber du mußt ziemlich spät über Haremhabs Rückkehr informiert worden sein. Ich nehme an, der General hat den größten Teil deiner syrischen Komplizen festnehmen lassen, so daß dir die Informationen nicht mehr zugebracht werden.«
Tetu, dessen Herz viel zu schnell klopfte, versuchte, seine Ruhe wiederzugewinnen. Hanis' Folgerungen waren richtig. Die Spione, die im Dienst des Diplomaten standen, hatten beunruhigendes Schweigen gewahrt, dessen Ursache ihm jetzt klar wurde. Man würde sie zum Sprechen bringen. Sie würden nur den

* Har – em – hab: »Horus ist fröhlich«.

Namen ihres direkten Vorgesetzten Aziru nennen, den Pharaos Bogenschützen inzwischen getötet haben müßten.
»Wie ist dein Verdacht auf mich gefallen, Hanis?«
Der Botschafter fügte die Stücke einer Tontafel zusammen, die eine der zahlreichen Botschaften des unglücklichen, bis in den Tod treu gebliebenen Königs von Byblos trug.
»Ich habe diskrete Nachforschungen bei den Beamten angestellt, die mit dem Empfang und dem Sortieren der diplomatischen Korrespondenz beauftragt sind. Sie haben einen bemerkenswerten Sinn für Hierarchie, den du ihnen einzuflößen gewußt hast: Seit ungefähr einem Jahr ging alles durch deine Hände. Du hast beträchtliche Zusatzarbeit auf dich genommen. Ich habe angenommen, daß du geschickt genug wärest, die Tafeln, die Pharao nicht zu Gesicht bekommen durfte, hier und da in den anderen Archiven zu verstecken. Selber danach zu suchen hätte sehr viel Zeit gekostet und deine Aufmerksamkeit erregt. Ich habe es vorgezogen abzuwarten, bis du einen ersten Fehler begingst. Darüber hinaus habe ich die Aussage des Oberbefehlshabers der Polizei. Der Mann, den du erschlagen hast, war kein syrischer Spion. Warum wurdest du zum Verräter?«
Tetu konstruierte fieberhaft einen Plan. Hanis war ein sehr gebildeter Mann, der Gewalt haßte, und ein geschickter Unterhändler, der an Kompromisse gewöhnt war. Warum ihm nicht einen Handel vorschlagen?
»Für Gold, Hanis, für Gold! Die Hethiter sind großzügige Herren. Wegen dieses wahnsinnigen Echnaton ist Ägypten zum Sterben verurteilt. Morgen wird es der hethitische König sein, der über die Beiden Länder regiert. Er wird jenen zu danken wissen, die ihm geholfen haben, die Macht zu übernehmen.«
»Nur noch das Gold zählt also«, bemerkte Hanis. »Du liebst dein Land nicht mehr, du glaubst nicht mehr daran. Du konntest keinen schlimmeren Fehler begehen.«

»Sieh doch den Tatsachen ins Auge, Hanis. Dieser Hof ist voller Feiglinge und Lügner. Der König ist krank. Haremhab ein kleinmütiger Mensch, der Pharao verachtet, ihm aber weiterhin dient. Die ägyptische Armee wird einem hethitischen Angriff nicht standhalten. Man muß die Zukunft zu beurteilen wissen.«

Hanis drehte den silbernen Reif, den er am linken Handgelenk trug. Er hatte ihn von Echnaton zum Zeichen seines Vertrauens geschenkt bekommen. Das Schmuckstück hatte zwischen ihnen einen magischen Pakt besiegelt, den nicht einmal der Tod brechen würde.

»Wenn die Zivilisation der Pharaonen vernichtet wird«, sagte Hanis, »wird es auf dieser Erde nur noch Haß, Krieg und Neid geben. Die Menschen werden sich gegenseitig umbringen, um mehr zu besitzen. Sie werden das Heilige vergessen. An diesem Unglückswerk willst du mitwirken, indem du den Hethitern hilfst?«

Wenn Hanis seinen Vorschlag nicht annahm, würde Tetu gezwungen sein, ihn zu töten. Er packte den Hammerstiel fester. Diese Lösung war gar nicht so schlecht. Er hatte die Leiche des Gesandten vom König von Byblos verschwinden lassen, indem er sie den Krokodilen vorgeworfen hatte, und war sicher, daß er auf diese Weise jeglichen Nachforschungen entging. Hanis' Leiche würde hierbleiben, in einem der Archivsäle, umgeben von zersplitterten Tontafeln. Es wäre der Beweis für des Botschafters Verrat, den Tetu, der ihn bei der Zerstörung dieser Korrespondenz ertappt hatte, erschlagen mußte, um sein eigenes Leben zu retten.

Botschafter Hanis erkannte den Wandel in der Haltung des Verräters. Instinktiv wich er zurück. An die Wand gedrückt, blieb ihm keine Fluchtmöglichkeit.

Tetu kam drohend auf ihn zu. Hanis verstand es nicht, sich zu schlagen. Die Angst lähmte ihn. Befriedigtes Grinsen verzerrte

den schlaffen Mund des Verräters, als er den Hammer hob, um zuzuschlagen.
»Das reicht«, donnerte die tiefe Stimme von General Haremhab, der zusammen mit mehreren Soldaten in den Archivsaal drang. »Laß den Hammer fallen!«
Der Botschafter nutzte Tetus Verblüffung und versteckte sich vorsichtshalber hinter dem Stapel unbeschriebener Tontafeln. Der zur Statue erstarrte Verräter wurde von den Männern des Generals festgenommen. Hanis konnte zufrieden sein, die List ersonnen zu haben, um Tetu zu entlarven.
Die Gefahr, der er sich trotz Haremhabs Mißbilligung ausgesetzt hatte, bereute er nicht.

Der Prozeß des Diplomaten Tetu wurde, wie es üblich war, vom Wesir durchgeführt. General Haremhab, der ihn des Hochverrats anklagte, verlangte von Pharao die Einberufung eines Gerichtshofes, dem der König persönlich vorsitzen sollte.
Echnaton stimmte nicht zu und weigerte sich auch nicht. Als er von dem Unfalltod des syrischen Königs Aziru erfuhr, bedauerte er dies als ein tragisches Ereignis. Daß in der Sonnenstadt Blut vergossen worden war, verursachte ihm größten Kummer. Und was Tetus Fall betraf, wollte er an ein Mißverständnis glauben. Wie hätte ein hoher Beamter des Hofes einen so niederträchtigen Verrat verüben können?
Haremhab hatte sich während einer langen Unterredung mit Echnaton, der ersten seit über einem Jahr, nicht täuschen lassen. Der Pharao war nicht so naiv, wie er gerne erscheinen wollte. Er wußte, daß der einzig mögliche Ausgang eines solchen Prozesses ein Todesurteil war. Die Vollstreckung eines solchen Urteils in der Stadt der göttlichen Sonne war für ihn ein unerträglicher Gedanke.
Er zog es vor, keine radikale Entscheidung zu treffen, Zeit

verstreichen und den Verräter im Gefängnis dahinvegetieren zu lassen.
Das Schicksal entschied anders. Wenige Tage nach seiner Verhaftung wurde Tetu tot in seiner Zelle aufgefunden.

Als Haremhab versucht hatte, dem König klarzumachen, wie ernst die Lage in den asiatischen Provinzen war, hatte Echnaton sich geweigert, ihn anzuhören. Er hatte verlangt, diese Probleme so schnell wie möglich zu regeln und ohne Schwäche seine Aufgabe als Oberhaupt der ägyptischen Armee, das heißt die Verteidigung der Landesgrenzen, zu erfüllen.
Pharao hatte Haremhab ausdrücklich untersagt, eine Strafexpedition zu unternehmen und einen Kriegsakt gegen die Hethiter zu begehen. Aton wollte den Frieden.
Haremhab schwor ihm, als treuer Diener seines Königs, erneut seinen Gehorsam.

Da er häufig nach dem Mittagsmahl Lust hatte, ein wenig zu schlummern, opferte der »göttliche Vater« Eje nur noch selten seine Siesta administrativen Pflichten. Er liebte inzwischen die Stille und den Dattellikör. Er hätte sich gerne zurückgezogen und zusammen mit seiner Frau die Freuden des Alters genossen. Doch die Position des Königs wurde immer schwächer und drohte, den Niedergang der Beiden Länder nach sich zu ziehen.
Echnaton ... so stark in seinen religiösen Überzeugungen und so schwach als Herrscher. Nach Meinung der Palastärzte verschlechterte sich seine Gesundheit. Prinz Semenchkare als Mitregenten und Nachfolger gewählt zu haben war ein großer Fehler gewesen. Da die Mitregentschaft noch nicht durch die traditionellen Krönungsriten bestätigt worden war, war es noch möglich zu intervenieren und eine bessere Lösung für das Land

zu suchen. Doch Eje konnte nicht allein handeln. Aus diesem Grunde begab er sich nach Einbruch der Nacht an Nofretetes Lager.

Als die Ärzte den »göttlichen Vater« erkannten, gestatteten sie ihm, das Schlafgemach der Großen Königlichen Gemahlin zu betreten, die, seit sie bettlägerig war, kein einziges Wort gesprochen hatte und sich weigerte, ihren Mann oder ihre Kinder zu empfangen. Ihre legendäre Schönheit verfiel mit jedem Tag mehr.

Eje hoffte, daß Nofretete trotz des Krankheitsverlaufs bei klarem Bewußtsein sein würde. Er mußte von ihr eine wesentliche Auskunft erhalten.

Die Königin lag auf einem Bett aus vergoldetem Holz, die Arme neben dem Körper ausgestreckt, und ihr Kopf ruhte auf einem kleinen roten Kissen. Ihr Gesicht war von besorgniserregender Blässe und verriet unendliches Leiden.

Der »göttliche Vater« setzte sich auf einen Hocker ganz nah neben die Herrscherin. Er sprach mit ruhiger, beinahe andächtiger Stimme.

»Ägypten braucht Euch, Majestät. Ich muß Euch um Rat bitten. Hört Ihr mich, und seid Ihr bereit, mir zu antworten?«

Nofretete schlug die Augen auf. Dieses Aufflackern von Leben in einem schon von der Reglosigkeit des Todes erfaßten Körper ließ den »göttlichen Vater« erschaudern.

»Majestät, Pharao irrt sich. Das Regieren ist eine Last geworden, die zu schwer auf seinen Schultern wiegt. Der Mann, den er als Nachfolger erkoren hat, Prinz Semenchkare, ist ein aufrichtiger Mystiker … Doch ich bin überzeugt, daß er jeglicher Fähigkeit zum Regenten entbehrt.«

Die Große Königliche Gemahlin bewegte die Augenlider. Eje war erleichtert.

»Ich glaube, Majestät«, fuhr er fort, »Ihr habt mit einem Mit-

regenten Fühlung aufgenommen, den Ihr Pharao gerne vorgeschlagen hättet.«
Ein Name war es, den der alte Höfling zu erfahren gehofft hatte. Nofretete, die sich krank zurückgezogen und den Hof verlassen hatte, blieb dennoch eine Königin von überlegener Intelligenz. Sie hatte zwangsläufig die Entwicklung ihres Gatten, der sich immer mehr in seiner Meditation einschloß, zur Kenntnis genommen. Die Zukunft des Atonkultes hing vom zukünftigen Pharao ab.
Die Große Königliche Gemahlin konnte auf Mitstreiter zählen, die ihre Wahl unterstützen würden.
Ihre edlen Lippen öffneten sich ein wenig.
»Tutanchaton«, hauchte sie schwach.

Prinzessin Anchesa hatte den Eindruck, in einen Sturm geraten zu sein. Um sie herum hatte der Tod schon gewütet und lauerte noch immer beutehungrig in ihrer Umgebung. Und dabei erschien in der Sonnenstadt alles ruhig und hell. In den Gärten tanzten die Schwalben. Die Turteltauben sangen in den Papyrushainen. An den Nilufern spielten junge Leute mit dem Ball und hielten inne, um den freien Fall und das Tauchen des Eisvogels zu bewundern.
Echnaton regierte. Atons Licht erhellte die Welt. Der König verbrachte die meiste Zeit in Meditation. Er empfing seinen ernannten Nachfolger Prinz Semenchkare regelmäßig und las ihm aus seiner Hymne an das göttliche Licht vor. Semenchkare wohnte inzwischen in einem Flügel des Königspalastes in Gesellschaft der ältesten Königstochter Meritaton. Dieses einfache Zusammenwohnen besiegelte ihre Ehe. Meritaton erfüllte im Tempel die Pflichten von Nofretete, deren nahes Ende von den Ärzten angekündigt worden war. Die Kontinuität der Macht war gesichert, das ägyptische Volk lebte in Ruhe.

Anchesa, offiziell mit Pharao verheiratet und Mutter einer kleinen Tochter, die sie nicht in ihrem Leib getragen hatte und die sie niemals sehen würde, mußte sich mit einem täglichen Glück zufriedengeben, das ihr aufgrund ihrer Stellung unbegrenzt zustand. Doch sie verweigerte es mit all ihrer Kraft, weil sie das Gefühl hatte, die Lüge und die Künstlichkeit verschleierten die Helligkeit der Sonne. Die von ihrem Vater erarbeitete Konstruktion ruhte auf Sand. Sie würde dem Hauch der göttlichen Wahrheit, Maat, nicht standhalten. Echnaton hatte die Augen vor dem Haß, dem Krieg und dem Leiden verschlossen, weil er glaubte, sie zu ignorieren sei ausreichend, um sie zu verbannen. Im Grunde ihres Herzens war Anchesa überzeugt, daß Echnaton bei klarem Verstand war. Ihm war bewußt, daß Semenchkare nichts als ein Vertrauter war, unfähig zu regieren, und daß Meritaton eine anmaßende, eingebildete Person ohne Adel war. Aber die beiden verehrten ihn wenigstens, ohne unangenehme Fragen zu stellen. Sie waren es zufrieden, Aton in seiner Gesellschaft anzubeten und ihm zu seinem Dichtertalent zu gratulieren.

Anchesa war rasend vor Wut. Es war ihr Leben, das man unter Luxus und Ehren erstickte.

An diesem Morgen mit seiner milden Hitze war sie mit einem zwingenden Befehl ins Haus des Lebens bestellt worden. Die Papyrusrolle, die sie schon zum zehnten Mal las, war absolut unmißverständlich. Ein Jahr zuvor wäre sie vor Freude in die Luft gesprungen. Heute hatte sie den Eindruck, in ein Gefängnis von der Größe einer ganzen Stadt eingesperrt zu sein.

Der Zutritt zum Haus des Lebens, einem weitläufigen Gebäude innerhalb des großen Tempelbereichs, war nur wenigen Initiierten gestattet. Dort erhielten Pharao, seine Verwandten und einige Priester eine strenge Ausbildung. Dort lernten sie Lesen und Schreiben, studierten die Papyrusrollen, auf denen die

Rituale festgelegt waren, und lernten die heiligen Wissenschaften kennen. Dort wurden die religiösen und symbolischen Texte aufbewahrt, die für Ägyptens Überleben wesentlich waren. Architekten, Ärzte und Ingenieure arbeiteten dort während mehrerer Jahre und folgten dem Unterricht hochangesehener Meister.

Das Haus des Lebens umfaßte Meditationszellen, Hörsäle, Laboratorien und eine Bibliothek. In der Mitte befand sich ein kleiner, quadratischer Innenhof. Dort zelebrierten die Weisen das mysteriöseste aller Rituale, das darin bestand, das Leben in Gestalt einer Statuette von Osiris wiederzuerschaffen.

Den Eingang zum Haus des Lebens bewachte ein Wärter mit kahlgeschorenem Kopf. Seine einzige Waffe war ein strenger Blick, der den Unwissenden abschreckte, sich an ihn zu wenden.

Anchesa überwand die Furcht, die Besitz von ihr ergriffen hatte, und erinnerte sich der Worte, die ihr Vater sie gelehrt hatte.

»Ich erbitte den Zugang zum Haus des Lebens«, sagte sie.

»Kennst du den Namen der Pforte?« fragte der Torwächter.

»Hüterin der Wahrheit lautet der Name der Pforte«, antwortete Anchesa.

»Da du ihn kennst, tritt ein.«

Ein weiterer kahlgeschorener Priester empfing Anchesa in einem schwach erleuchteten Vestibül im Inneren des Gebäudes. Ohne das Wort an sie zu richten, ging er vor ihr her einen Gang entlang, der von papyrusförmigen Säulen gesäumt war, und führte sie in einen Saal mit Archiven und Schreibmaterial.

Der Boden war mit Matten ausgelegt, auf denen die Schreiber zu sitzen pflegten. Eine sonderbare Ruhe ging von diesem Orte aus, wo Stille als Regel galt. Der Priester ließ die Prinzessin dort zurück, ohne sie auch nur gegrüßt zu haben. Im Haus des Lebens herrschte als einzige Etikette der Respekt vor der Weisheit.

Die junge Frau wanderte eine Weile herum und betrachtete die versiegelten Papyrusrollen, die ordentlich in Regalen aufbewahrt wurden. Hier wurde das von Ägypten seit Jahrtausenden angesammelte Wissen aufbewahrt. Bei jedem großen Tempel gab es ein Haus des Lebens, das mit allen anderen in Verbindung stand. Der Student, der sein Fachwissen vertiefen wollte, ging von einem Haus des Lebens zum anderen quer durch das ganze Land, um die tausend Facetten unerschöpflichen Wissens zu entdecken.
Anchesa kam sich winzig vor angesichts dieser Unmenge von Kenntnissen, die zu meistern selbst mehrere Leben nicht ausreichen würden. Sie ließ sich in der Haltung der Schreiber nieder und genoß den Frieden dieses Saales, in dem ihr Vater von den Weisen initiiert worden war, bevor er das erste Aton-Ritual im großen Tempel der Sonnenstadt zelebrierte.
Der kahlgeschorene Priester führte einen alten, weißhaarigen Mann in einer langärmeligen Tunika herein.
»Ihr!« rief Anchesa überrascht aus. »Ihr wart es, der mich hierherzitiert hat?«
Der »göttliche Vater« Eje setzte sich der Prinzessin gegenüber und hatte Mühe, seine Beine abzubiegen.
»Viele von denen, die hier arbeiten, sind meine Freunde. Sie haben mir gestattet, unsere Begegnung an einem zum Nachdenken geeigneten Ort stattfinden zu lassen.«
Anchesa blieb zurückhaltend. Eje war eine beunruhigende, mit allen Wasser gewaschene, undurchschaubare Persönlichkeit. Ihr Instinkt riet ihr, vor ihm auf der Hut zu sein.
»Keine Angst«, empfahl er, als habe er ihre Gedanken gelesen. »Ich suche nicht, Euch zu schaden, sondern Euch zu helfen. Habt Vertrauen zu mir. In meinem Alter habe ich nicht den geringsten persönlichen Ehrgeiz mehr. Meine einzige Sorge ist Ägypten. Ich bin überzeugt, daß Euch das Schicksal Eures

Landes nicht gleichgültig ist. Daß die Lage sich in dieser Weise weiterhin verschlechtert, kann man unmöglich hinnehmen.«

»Und was schlagt Ihr vor?«

Eje lächelte.

»Ihr seid reichlich brutal, Prinzessin. Bei einer Verhandlung ist es nicht gut, allzu direkte Fragen zu stellen.«

»In diesem Falle hier doch. Habt Ihr die Absicht, Pharao zu kritisieren?«

Der »göttliche Vater« gab sich übertrieben gemessen.

»Nichts läge mir ferner. Ich bin sein Diener. Es ist meine Treue zu ihm, die mich ...«

»Spart Euch die Mühe«, unterbrach ihn Anchesa, »Eure Ziele unter einem Wortschwall zu verbergen. Was erwartet Ihr von mir?«

Eje war ein wenig hilflos. Die Prinzessin brachte seine Gewohnheiten durcheinander. Er hatte sich vorgestellt, er würde die Unterhaltung steuern, doch es war die junge Frau, die die Initiative ergriff.

»Ich werde zur Sache kommen«, sagte er mit großem Ernst. »Eure Mutter, die Große Königliche Gemahlin Nofretete, liegt im Sterben. Sie hat mir ihren letzten Wunsch kundgetan. Die Wahl von Semenchkare als zukünftigem Pharao erscheint ihr nicht klug.«

Anchesa erschauderte. Ihre Mutter gab ihr also recht! In dieser Hinsicht, und in dieser Hinsicht allein, wäre sie bereit, gegen ihren Vater zu handeln, da er nicht persönlich davon betroffen war.

»Nofretetes Ansicht«, fuhr der »göttliche Vater« fort, »ist entscheidend. Es reicht aus, sie durch mich bekanntzumachen, damit ihre Magie aktiv wird. Niemand, nicht einmal Pharao, kann sich darüber hinwegsetzen.«

Die Magie der Großen Königlichen Gemahlin. Seit urdenklichen Zeiten hatte jeder Ägypter die Kraft dieser Magie erlebt.
»Hat meine Mutter mitgeteilt, wen sie vorzieht?«
»Ja, Prinzessin. Sie ist der Meinung, der zukünftige Pharao müsse Tutanchaton sein.«
Der junge Thebaner ... Der junge Prinz, der wahnsinnig verliebt in sie war! Anchesa vergaß die Ruhe im Haus des Lebens, die Strenge der Wissenschaft und des Lernens. Der Schleier ihres Schicksals lüftete sich.

Der »göttliche Vater« Eje hatte einen diskreten Empfang organisiert. Keineswegs eines dieser Bankette, bei denen unzählige Speisen serviert wurden und Tänzerinnen die Gäste bezauberten, sondern ein Abendessen unter Freunden mit einfachen, schmackhaften Gerichten. Man hatte einen trockenen, fruchtigen Rotwein aus Faijum serviert, gebratene Rinderkoteletts, gekochtes Geflügel und ein Linsenpüree mit Gewürzen.
Als der Abend fortgeschritten war und die Frauen begannen, Vertraulichkeiten auszutauschen, lud der »göttliche Vater« General Haremhab, Botschafter Hanis, Kommandant Nachtmin und Verwalter Huja ein, einen Palmenlikör von außergewöhnlicher Qualität zu kosten. Die Gläser wurden in einer Gartenlaube serviert. Man mußte nur ein paar Schritte gehen.
Jeder hatte das Gefühl, daß dieses vertrauliche, abseits von den anderen geführte Gespräch von außerordentlicher Bedeutung war. Noch nie hatten sich diese Männer unter dem Hirtenstab des heimlichen Meisters Ägyptens so zusammengefunden. Der »göttliche Vater« verlor sich nicht in Abschweifungen. Er hatte den Charakter seiner Gäste seit langer Zeit studiert und kannte ihren Scharfsinn. Haremhabs Gesicht war verschlossen.
Hanis wirkte entspannt, Huja beunruhigt.
Kommandant Nachtmin war am sorgenvollsten. Er war von

General Haremhab beauftragt, das Außenministerium zu überwachen, um die eventuelle Anwesenheit von Spionen aufzudecken, und hatte die wiederholte Abwesenheit eines gewissen Pached festgestellt, der auf eigenen Wunsch vom Nachtdienst in den Tagdienst versetzt worden war. Nachtmin hatte sich vorgenommen, den General darüber zu unterrichten.

Eje berichtete von seinem Gespräch mit der Großen Königlichen Gemahlin Nofretete. Er betonte die Tatsache, daß die Thronbesteigung von Prinz Semenchkare ein Wahnsinn wäre. Ein solcher König wäre eine Gefahr für das Land.

Keiner der vier Gäste des »göttlichen Vaters« widersprach. Eje war zufrieden. Die Hälfte des Weges war damit schon zurückgelegt. Der Rest würde schwieriger werden.

»Wenn Prinz Semenchkare nicht Pharao wird«, fragte Hanis, »wer soll dann mitregieren?«

Der »göttliche Vater« antwortete nicht sofort, um die Aufmerksamkeit seiner Gesprächspartner zu verschärfen. Und letztere konnten ihre Ungeduld nur mühsam verhehlen.

»Trotz seines jungen Alters wäre Prinz Tutanchaton ein idealer König. Dieser junge Mann kennt die Gewohnheiten von Theben ebenso gut wie die der Sonnenstadt, er ist wach, hat einen aufrechten Willen und wird die Tradition respektieren. Seine Erziehung ist korrekt verlaufen. Wenn wir uns einigen können, können wir Echnaton überreden, ihm sein Vertrauen zu schenken. Das würde die Zukunft des Landes verändern.«

Hanis zeigte keinerlei Gefühle, doch ein kleines Lächeln spielte um seine Lippen. Nachtmin nickte zustimmend mit dem Kopf. Seinen Schüler und Freund zu königlichen Würden gehoben zu sehen würde ihm grenzenlose Freude bereiten.

Huja verhehlte seine Befriedigung nicht.

General Haremhab überlegte. Tutanchaton, fast noch ein Kind … Er wäre leicht zu beeinflussen.

»Euer Vorschlag verdient es, überdacht zu werden«, urteilte Hanis.
»Prinz Tutanchaton ist des Regierens würdig«, bestätigte Nachtmin.
»Er hat ein reines Herz, und ich werde ihm helfen«, erklärte Huja.
Eje war dem Ziel nahe. Ohne Revolution und ohne Gewalt bereitete er den Übergang von Echnatons Wahnsinnsexperiment zurück zum Ägypten der Traditionen vor. Dem Tode nahe, hatte Nofretete den Weg in eine lachende Zukunft geöffnet, indem sie Tutanchaton auserkor. Bis er das richtige Alter zum Regieren erreicht hätte, würde Ägypten von Eje und Haremhab regiert werden. Nofretete kannte die über ihren persönlichen Ehrgeiz hinausreichende Liebe dieser beiden Männer zu ihrem Land. Und sie wußte außerdem, daß der General niemals eine gesetzeswidrige Aktion gegen den regierenden König unternehmen würde. Sein Sinn für Ordnung und sein Respekt vor der Hierarchie ließen dies nicht zu.
Doch Haremhab hatte sein Einverständnis, von dem dasjenige der Armee abhing, noch nicht gegeben. Selbst wenn Nachtmin, der Sohn des »göttlichen Vaters« und auf der Seite von Tutanchaton, imstande wäre, ein paar höhere Offiziere für seine Sache zu gewinnen, war es doch der General, der die Streitkräfte kontrollierte, die die Sicherheit des Landes garantierten.
»Wenn wir wollen, daß der junge Prinz Tutanchaton Herrscher über die Beiden Länder werde«, sagte Haremhab, »muß er mit Meritaton, der ältesten Tochter des regierenden Herrschers, verheiratet werden. Sie wird ihm die Legitimität übertragen.«
Der »göttliche Vater« gratulierte dem General im stillen. Mit dem Scharfsinn eines großen Staatsmannes rückte er das größte Hindernis ins Licht, das Tutanchaton den Zugang zum Thron zu verschließen drohte.

»Das ist kaum vorstellbar«, gab Eje zu bedenken. »Meritaton ist mit Semenchkare verheiratet. Wir müssen eine andere Königin finden.«

»Und an wen denkt Ihr?«

»An die junge Frau, in die Tutanchaton hoffnungslos verliebt ist: Anchesa, die drittälteste Tochter des Königspaares.«

General Haremhabs Zorn brach mit unerwarteter Gewalt los. »Anchesa? Wieso Anchesa? Ist sie nicht symbolisch die Gattin ihres Vaters? Sie soll zurückgezogen in ihrem Palast leben! Sie darf niemanden heiraten! Wenn sie Königin würde, dann würde das die Ermordung von Meritaton und Semenchkare voraussetzen, nicht wahr? Ist das Euer aller Projekt? Erwartet nicht, es durchzuführen, denn in diesem Fall würde ich mich gegen Euch wenden!«

General Haremhab verließ die Laube. Noch nie hatte ihn der »göttliche Vater« derartig als Sklaven eines solchen Zornes gesehen. Diesmal war es nicht der Staatsmann, der gesprochen hatte, sondern ein leidenschaftlicher Mensch, der in überraschender Weise auf die bloße Erwähnung von Anchesas Namen reagiert hatte.

Eje war gescheitert, weil er nicht über die Gesamtheit der nötigen Waffen verfügte. Aber er hatte eine Schwachstelle im Panzerhemd des Generals gefunden. Diese Entdeckung war ebensoviel wert wie ein Sieg.

15

Pached hatte vor Angst gezittert, als die beiden Windhunde, die seine Anwesenheit gewittert hatten, an der Leine zerrten, um zu dem Mauerwinkel zu stürmen, wo er sich versteckt hatte. Glücklicherweise hatte die Prinzessin sie weitergezogen. Es wäre zu großes Pech gewesen, von diesen beiden Monstern umgebracht zu werden, wo er seinem Ziel schon so nah war! Viele Nachmittage lang, während deren er das Ministerium verlassen mußte, hatte er geforscht, ausgefragt, nachgespürt, und endlich war es ihm gelungen, die Frau zu identifizieren, die gewaltsam in den Archivsaal eingedrungen war: Prinzessin Anchesa, Pharaos Tochter! Die Indizien stimmten: die bewundernswerte Feinheit ihrer Füße, der Armreif und schließlich die beiden Windhunde.

Anchesa verstrickt in ein Komplott, das den Tod des Gesandten von Byblos und den des Diplomaten Tetu zur Folge hatte ... Diese Information konnte Pached eine beachtliche Beförderung einbringen, wenn er klug zu verhandeln verstand. Er brauchte nur noch denjenigen ausfindig zu machen, der Anchesa am meisten haßte.

Meritaton, Pharaos älteste Tochter, bat ihre Träger, den Schritt zu beschleunigen. Zusammengesunken auf dem Stuhl aus vergoldetem Holz, war sie aus dem Palast geflüchtet. Sie hatte sich schön gemacht, um endlich ihren Mann zu verführen, doch

Semenchkare hatte sie heftig und voller Verachtung abgewiesen und seinen Haß auf die Frauen zum Ausdruck gebracht.
Die Sänfte überquerte einen kleinen Platz, auf dem es von Schaulustigen wimmelte, die einkauften. Entlang der weißen Mauern der Häuser hatten Händler alle möglichen Körbe voll mit Broten, Kuchen, Gemüsen, frischem oder getrocknetem Fisch, Rind- und Hammelfleisch, Gewürzen, Stoffen unterschiedlicher Qualität und Parfüm aufgebaut.
Die Käufer diskutierten die Preise. Man sprach laut und heftig, die Diskussionen schienen sich zu verschärfen, doch am Ende einigte man sich gütlich. Ein Bauer, der außergewöhnlich große Zwiebeln anbot, hatte beachtlichen Erfolg. Zahlreich waren die Liebhaber, die wußten, daß dieses Gemüse die Dämonen der Nacht und die Infektionskrankheiten fernhielt.
In sich zusammengesunken und mit Tränen in den Augen, interessierte sich Meritaton nicht für das Geschehen auf dem Markt. Sie ließ die peinliche Szene immer wieder an sich vorüberziehen, die sie für immer von dem Mann, der ihr Gemahl sein sollte, losgelöst hatte. Wie könnte sie je die niederträchtigen Worte vergessen, die er ausgesprochen hatte? Wie könnte sie dulden, daß er sich dazu gratulierte, ganze Nächte in Gesellschaft des Königs zu verbringen und ihm die Gemahlin zu ersetzen, die fern von ihm im Sterben lag? Semenchkare war ein abscheulicher Mensch.
Als die Sänfte den Markt verließ, hatte Meritaton ein wenig Kraft und Klarheit zurückgewonnen. Haß allein gab ihrem Leben noch Sinn.

Ein sanfter Wind kühlte den Tempel »Fächer des Lichts«, wo Meritaton residierte. Sie befand sich allein in ihrem privaten Heiligtum. Sie hatte ihre Diener mit Ausnahme des Pförtners fortgeschickt. Die junge Frau hatte wieder Hoffnung, seit sie eine mit schwarzer Tinte auf einen Kalksteinscherben mit dem Zeichen des Außenministers geschriebene Botschaft erhalten hatte.

Der Absender, der anonym geblieben war, bat sie um eine dringende Unterredung, um ihr eine vertrauliche Mitteilung zu machen.

Meritaton träumte. Bot ihr vielleicht das Schicksal eine wirksame Waffe, um ihre Rachsucht zu befriedigen? Sie berechnete die Zeit mit ihrer Wasseruhr: mitten am Nachmittag. Draußen mußte es sehr heiß sein. Echnatons älteste Tochter zollte dem Architekten ihre Anerkennung, der die Mauern so weise angelegt hatte, daß sich die kleinste Brise in einen Luftstrom verwandelte, der durch das ganze in Nord-Süd-Achse angelegte Gebäude strich. Selbst im heißesten Sommer herrschte in diesem »Fächer« aus Stein, der nur das wohltätige Licht der Sonne und nicht ihre ausdörrende Glut einließ, eine angenehme Kühle.

Der Pförtner, der sich sofort wieder zurückzog, führte den Mann herein.

Pached schaute sich staunend um, hob den Blick zur Decke, bewunderte die Malereien, auf denen das Schlüpfen von Küken, der Flug der Wildenten, die farbenprächtige Liebe der Schmetterlinge dargestellt war. Die Vornehmheit dieses bezaubernden Ortes besänftigte seine Seele. Fast bereute er seinen Schritt und sein Streben, schaden zu wollen. Doch zum Umkehren war es zu spät.

Sehr steif, um achtunggebietend zu wirken, rief Meritaton ihren Besucher in die Wirklichkeit zurück.

»Wer seid Ihr, und was wollt Ihr?«

Pached fiel vor der jungen Frau auf die Knie und senkte den Blick auf den mit stilisierten Pflanzen verzierten Kachelboden.

»Ich bin nur ein bescheidener Beamter des Außenministeriums.

Aber ich möchte Euch helfen. Ich habe die Gewißheit, daß Eure Schwester Anchesa in ein schwerwiegendes Komplott verwickelt ist.«

»Steht auf und folgt mir.«

Sie führte ihn in einen kleinen Raum, in dessen Mitte ein Springbrunnen das Wasser in transparenten Bögen herunterrieseln ließ. Rundum standen steinerne Bänke, auf denen Meritaton und Pached, durch einen kristallinen Vorhang voneinander getrennt, Platz nahmen.

»Was habt Ihr mir zu berichten?« fragte sie ungeduldig.

»Prinzessin Anchesa hat mich mit ihren beiden Windhunden bedroht und gezwungen, ihr den Zugang zu den Kopie-Archiven zu ermöglichen, die sie konsultiert hat. Sie hatte ihr Gesicht verschleiert.«

An der sichtbaren Genugtuung in Meritatons Augen erkannte Pached, daß er richtig getippt hatte. Die Sänftenträger von Pharaos ältester Tochter hatten ihm mitgeteilt, welcher Haß sie auf ihre Schwester Anchesa beherrschte. Als Meritaton ihn fragte, auf welche Weise sie ihm danken könne, entspannte sich der Beamte. Er hatte soeben den einträglichsten Schritt seiner Karriere getan.

Die Oberbefehlshaber der Polizei, Mahu, gähnte wiederholte Male. Die Schale mit heißen Bohnen, die er eben zu sich genommen hatte, gab ihm wieder ein bißchen Kraft, doch das ständige Hin und Her zwischen der Hauptkaserne und den Grenzposten war äußerst anstrengend. Dennoch zwang er sich zu diesem harten Dienst, um seine Männer permanent in Alarmbereitschaft zu halten.

Mahu hatte die Gewißheit, daß die Hethiter Pharaos momentane Schwäche ausnutzen und versuchen würden, Ägypten zu überfallen. Sie würden ihre ruchlosen Verbündeten, diese liby-

schen Hunde und beduinischen Schakale, veranlassen, einen ersten Angriff zu unternehmen.
Es wäre besser gewesen, einen jener Präventivschläge zu führen, die der große Thutmosis III. so gut zu organisieren verstanden hatte. Aber Echnaton war dazu nicht fähig. Und Haremhab würde nicht ohne Befehl handeln. Zudem hatte Mahu das Gefühl, mit seinen Polizeieinheiten das erste Bollwerk gegen eine Invasion zu sein. Ein Bollwerk, das es hinnehmen mußte, geopfert zu werden.
Nach der Inspektion der Garnison des Nordpostens bestieg Mahu wieder seinen Wagen und machte sich in schnellem Tempo auf zu einem isolierten kleinen Fort kurz vor der nördlichsten Grenzstelle, die Echnaton errichtet hatte, um Atons Territorium abzustecken.
Auf der Piste hatte ein Wagen angehalten. Davor ein Bogenschütze und neben ihm eine Frau in einer langen weißen Tunika.
Eine seltsame Begegnung an einem normalerweise menschenleeren Ort. Mahu hielt seinen eigenen Wagen an und stieg ab. Er hatte Meritaton, die älteste Tochter des Königs, erkannt. In seinen Augen verhieß ihm diese Begegnung nichts Gutes.
»Ich brauche Euch«, erklärte Meritaton nervös.
»Ich stehe zu Diensten«, erwiderte der Oberbefehlshaber der Polizei vorsichtig.
»Findet Euch morgen abend am Eingang zu Prinz Semenchkares Privatgemächern ein. Schwerwiegende Ereignisse brauen sich zusammen. Eure Anwesenheit wird ein großes Unglück verhindern.«
Ohne seine Antwort abzuwarten, stieg die Prinzessin wieder auf den Wagen, den der Bogenschütze lenkte, und verschwand in einer Staubwolke. Mahu blieb eine geraume Weile unentschlossen dort stehen. Er war es nicht gewohnt, solche Befehle zu

erhalten. Versuchte man vielleicht, ihn in ein Komplott zu verwickeln? Für die Intrigen am Königshof war er nicht zuständig. Aber wenn er Meritaton verärgerte, indem er ihrem Befehl nicht gehorchte, riskierte er, seinen Posten zu verlieren.
Es war zweifellos am klügsten, diese Begegnung nicht allzu geheim zu halten. General Haremhab darüber zu unterrichten gewährte eine nicht unerhebliche Sicherheit.

Anchesa, erschöpft von der Wanderung in Gesellschaft von Stier und Widder, die sie persönlich in den Zwinger zurückgebracht hatte, war eingeschlafen, kaum hatte sie sich auf ihrem Bett ausgestreckt. Ihre Dienerin hatte ihr Füße und Beine massiert, ohne sie zu wecken, hatte Parfüm gegen die Insekten im Schlafzimmer versprüht und die Lampen ausgeblasen.
In jener Nacht war der Schlaf der Prinzessin so tief, daß es lauten Krach gebraucht hätte, um sie zu wecken. Die kleine zwölfjährige Dienerin, die durch ein Fenster hereingekommen war und barfuß über die Fliesen ging, stieß mit dem Ellenbogen gegen ein niedriges Möbelstück. Nachdem sie sich vergewissert hatte, daß der Atem der Schlafenden regelmäßig blieb, führte sie den Auftrag aus, den ihr ihre Herrin Meritaton gegeben hatte, nämlich einen Spiegel in Form des Schlüssels des Lebens und ein Faltengewand zu stehlen.

Anchesa fühlte sich wundervoll. Das Frühjahr war ihre Lieblingsjahreszeit. Sein Licht gab ihr neue Energie, einen gewaltigen Lebenshunger und den heftigen Wunsch, sie selber zu werden. In der leichten Luft lag ein unaussprechliches Sehnen, das die Dichter so gut zu singen verstanden, wenn sie die Vereinigung der beiden Ufer und die Hochzeit von Himmel und Erde priesen.
Und dennoch genoß sie nicht wie sonst den wundervollen Blick

von den hängenden Gärten des Palastes aus. Die merkwürdige Botschaft, die ihr die nubische Dienerin gebracht hatte, beschäftigte sie zu sehr, um sich an dem transparenten Grün der Felder, dem strahlenden Blau des Himmels, dem Glitzern des Nils zu erfreuen.

Ein mit Siegel versehener Papyrus enthielt ein paar hastig gekritzelte, kaum entzifferbare Worte, unterschrieben von Semenchkare, Meritatons Ehemann. Er bat sie, ihn am selben Abend bei Sonnenuntergang in dem Innenhof vor seinen Privatgemächern zu besuchen.

Anchesa, ohnehin schon gereizt über die Zerstreutheit der Nubierin, die ihren Spiegel und ein Faltengewand, das sie besonders liebte, verlegt hatte, empfand eine undeutliche Furcht.

Sollte sie zu Semenchkare gehen oder nicht? Was wäre denn das Risiko? Wenn dem Mann ihrer ältesten Schwester so viel daran gelegen war, sie zu sehen, dann zweifellos, um Vertraulichkeiten auszutauschen. Mußte sie ihn nicht anhören und vielleicht unerwartete Informationen bekommen? Und dann war da noch ... diese unersättliche Neugier, die ihr keinen Frieden lassen würde, bis sie gestillt wäre.

Anchesa durchquerte die Gärten und erklomm auch die steilsten Abhänge mit großer Behendigkeit. Sie vergewisserte sich, daß niemand sie gesehen hatte, ehe sie sich in den Innenhof wagte, wo Prinz Semenchkare wie jeden Abend um diese Zeit mit nach Westen gehobenen Händen ein Gebet an die untergehende Sonne richtete.

Semenchkares Wangen waren eingefallen, seine Augen fest auf einen Punkt in der Ferne gerichtet. Seine finstere Miene gab ihm das Aussehen eines Geisterwesens aus der anderen Welt, das die Reisenden auf der Stelle zu verschlingen bereit ist, wenn sie das Losungswort nicht kennen.

Anchesa dachte an ihre Schwester. Wie unglücklich sie mit diesem Mann sein mußte!
Sie bewegte sich im Halbschatten vorwärts. Semenchkare reagierte nicht. Sie trat näher. Er drehte langsam den Kopf in ihre Richtung.
»Wie könnt Ihr es wagen, mein Gebet zu stören?« entrüstete er sich.
»Auf Euren Wunsch hin«, antwortete Anchesa.
Semenchkare runzelte, stutzig geworden, die Stirn.
»Auf meinen Wunsch hin? Was ist denn das für ein Märchen? Ich kann Frauen nicht ausstehen. Sie sind oberflächlich, und sie lügen. Ich habe nicht die geringste Lust, Euch zu sehen, und noch weniger, mich mit Euch zu unterhalten!«
»Solltet Ihr diese von Eurer Hand unterzeichnete Botschaft vergessen haben?«
Semenchkare betrachtete den Papyrus, den Anchesa ihm gereicht hatte.
»Es ist eine Fälschung. Das ist nicht meine Handschrift.«
»Beweist es mir.«
»Ihr glaubt mir also nicht. Dann kommt mit.«
Anchesa betrat die Privatgemächer von Semenchkare und Meritaton.
»Meine Schwester ist nicht da?« wunderte sie sich.
»Wir leben nicht zusammen«, enthüllte ihr der Prinz höhnisch. »Ich sagte Euch doch, daß mir die Gesellschaft von Frauen zuwider ist.«
Gewaltige Unordnung herrschte in dem Säulensaal, in dem Semenchkare arbeitete. Papyrusrollen und Schreibtafeln bedeckten den Boden. Der Prinz nahm einen Kalksteinscherben und reichte ihn Pharaos Tochter.
»Das ist meine Schrift. Vergleicht sie mit der Botschaft, die Ihr erhalten habt.«

Anchesa war schnell überzeugt. Dann fiel ihr Blick auf einen Spiegel und ein Faltengewand, das am Fuß einer hölzernen Truhe am Boden lag. Sie zeigte darauf.

»Diese Dinge gehören mir«, erklärte sie verblüfft. »Wie seid Ihr an diese Sachen gekommen?«

Semenchkare kniete sich hin und nahm den Spiegel und das Gewand in die Hand.

»Ich … ich habe wirklich nicht die geringste Ahnung! Ich habe sie noch nie gesehen.«

Die Tür des Säulensaals flog auf, und Meritaton stand auf der Schwelle.

»So betrügst du mich also mit meiner eigenen Schwester in meinem eigenen Palast«, beschuldigte sie ihn wütend. »Das ist Ehebruch, ein Verbrechen, das die schwerste aller Strafen verdient!«

Semenchkare stand zitternd auf.

»Du irrst dich, Meritaton … Du irrst dich …«

»Ich bin von einem mysteriösen Briefschreiber herbestellt worden, der die Handschrift deines Gatten nachgemacht hat«, erklärte Anchesa.

»Und dieses Kleid, das er in der Hand hat, gehört das nicht dir? Und der Spiegel, ist das nicht deiner?«

»Man hat sie mir gestohlen und hierhergebracht, um mich besser beschuldigen zu können, meine liebe Schwester. Solche plumpen Machenschaften sehen dir wirklich ähnlich.«

»Du solltest dich nicht so ironisch geben, Anchesa. Dein Verhalten ist noch weit verwerflicher, als du denkst. Du schläfst nicht nur mit einem verheirateten Mann, du verrätst auch noch dein Land.«

Semenchkare musterte seine Frau voller Verwunderung.

»Du verlierst den Verstand, Meritaton.«

»Ich habe einen Zeugen mitgebracht, der für deine Verurteilung vor Gericht sorgen wird, Anchesa! Du und Semenchkare, ihr werdet ins Exil geschickt, gezwungen, die Stadt der Sonne zu verlassen, vielleicht ins Gefängnis gesperrt oder gar noch Schlimmeres.«

Meritatons böse Freude versetzte Anchesa einen Stich ins Herz. Sie hatte nicht geglaubt, daß Haß einen Menschen derartig erniedrigen könnte. Ihre Schwester spürte kein Fünkchen Zuneigung mehr zu ihr. Sie hatte beschlossen, einen gnadenlosen Kampf zu führen, um ihre Macht zu sichern.

Neben Meritaton tauchte ein Mann in der Türöffnung auf. Pached, der Beamte aus dem Außenministerium. Anchesa dachte, sie würde in Ohnmacht fallen. Von Meritaton manipuliert, konnte er ihr die übelsten Unannehmlichkeiten bescheren. Zusammen mit seiner Zeugenaussage bekämen die von ihrer ältesten Schwester vorgebrachten Anschuldigungen einiges Gewicht.

Prinz Semenchkare hatte seinen ganzen Hochmut verloren. Er zwirbelte und wrang Anchesas Faltengewand wie einen gewöhnlichen Lappen.

»Der Beamte Pached ist nicht allein gekommen«, verkündete Meritaton triumphierend. »Er wird von Mahu, dem Oberbefehlshaber der Polizei, und seinen Männern begleitet.«

»Ihr werdet mich doch nicht ... verhaften?« Semenchkare bekam es mit der Angst zu tun und schleuderte das zerknitterte Gewand von sich. »Nicht mich! Ich bin dein Gemahl und der Vertraute des Königs!«

»Du hast mich betrogen, Semenchkare! Du verdienst deine Strafe. Dein Schicksal geht mich nichts mehr an.«

Meritaton wich zur Seite, um den Oberbefehlshaber der Polizei durchzulassen.

Sie erlebte eine äußerst unangenehme Überraschung. Mahu war ein viel zu vorsichtiger Mann, um das Risiko auf sich zu

nehmen, die Mitglieder der Königsfamilie zu verhaften. Es handelte sich nicht um einen illegalen Akt, aber eine wesentlich solider fundierte Anschuldigung wäre dafür nötig als die, die Meritaton beigebracht hatte.
So war es nicht Mahu, der Oberbefehlshaber der Polizei, der den Säulensaal betrat, sondern General Haremhab.
Fassungslos stieß Meritaton einen Schreckensschrei aus. Sie wich zurück, bis sie mit dem Rücken an der Mauer lehnte. Haremhab musterte sie und gleichermaßen den verängstigten Pached voller Verachtung.

Pharao Echnaton gewährte seit mehreren Wochen überhaupt keine Audienzen mehr. Der Thronsaal blieb leer; nur das Gespenst eines großen Königs, der eine neue Hauptstadt zu gründen verstanden hatte, spukte darin herum.
General Haremhab hatte nach den gravierenden Ereignissen, die den Königshof aufgestört hatten, eine Unterredung mit Anchesa beschlossen. Er hatte sie gebeten, sich in einem der früher von den Schreibern bevölkerten Säulengänge mit ihm zu treffen.
Der Oberbefehlshaber der Polizei Mahu und Kommandant Nachtmin beglückwünschten sich, Haremhab alarmiert zu haben. Letzterer hatte die Angelegenheit selber in die Hand genommen. Er hatte Anchesa von den falschen Beschuldigungen reingewaschen, die ihre Schwester gegen sie erhoben hatte. Meritaton würde damit für immer diskreditiert bleiben. Ein vom General persönlich signierter Bericht über ihre Machenschaften war Echnaton vorgelegt worden. Der König hatte keinerlei Erklärung abgegeben, doch er hatte Prinz Semenchkare den Zugang zu seinem privaten Arbeitszimmer untersagt. Pached war zu Zwangsarbeit in den Oasen verurteilt worden.
Haremhab war nervös. Bis zu diesem Augenblick hatte er im

Respekt vor Maat gehandelt. Er hatte sich selber geschworen, niemals das Gesetz der Harmonie, das die Götter offenbart hatten, zu verletzen.
Heute brachte ihn die Liebe zu einer jungen Frau, der Tochter seines Königs, ins Schwanken. Er war sich selber zu seinem ärgsten Feind geworden, ein unerbittlicher Gegner, gegen den er mit der Ungeschicklichkeit eines Anfängers kämpfte.
Anchesas Ansehen in der Sonnenstadt war sehr plötzlich gestiegen. Ein Gerücht kursierte, sie sei General Haremhabs Schützling, und Verhandlungen mit den Priestern von Theben seien über sie begonnen worden.
Das Gerücht entsprach wieder einmal nicht der Wahrheit. Bei der einzigen Verhandlung, die Haremhab durchzuführen vorhatte, war Anchesa seine Gesprächspartnerin. Und diese Unterredung war nicht geheim. Die Prinzessin wurde von einer Eskorte von Dienern begleitet. Ihr Haar wurde von einem Perlendiadem zusammengehalten. Ihre Augen waren dunkelgrün geschminkt.
Der General schlug der Prinzessin vor, durch die große Säulenhalle zu spazieren. Sie gingen langsam nebeneinander um den Thronsaal mit der verschlossenen Tür herum, als würden sie von der Leere einer Macht angezogen, die Ägypten dem Untergang entgegenführte.
»Ich weiß, wie sehr ich Euch zu Dank verpflichtet bin, General. Ich werde es niemals vergessen.«
»Ich habe nur meine Pflicht getan, Hoheit. Der Wahrheit zu dienen ist es, was uns leben läßt.«
»Was wird aus Meritaton werden?«
»Darüber kann ich nicht entscheiden. Unser aller Schicksal liegt in Pharaos Hand. Gleichwohl ...«
»Gleichwohl?«
»Ägypten braucht eine große Königin.«

»Meritaton ist die älteste Tochter. Sie ist die legitime Thronfolgerin.«
Haremhab und Anchesa schwiegen lange. Diese Wirklichkeit war untilgbar.
»Ägypten braucht eine große Königin«, wiederholte Haremhab mit zusammengebissenen Zähnen. »Die Götter und ich selber werden dafür sorgen.«
Die junge Frau, fasziniert von der Entschlossenheit des Generals, erschauderte. »Die Götter« ... Er hatte es gewagt, »die Götter« zu sagen und somit Atons Allmacht zu leugnen.
»Ich möchte ein Geheimnis mit Euch teilen.«
Haremhab zuckte zusammen. Er wagte nicht, sich auszumalen, was sie sagen und was sein Leben tiefgreifend verändern würde.
»General, die Königinmutter Teje hat mir, bevor sie starb, den Namen des zukünftigen Pharaos genannt, den sie hoffte, auf den Thron steigen zu sehen: Tutanchaton. Ich habe ihr versprochen ...«
»Ihr hattet ihr nichts zu versprechen!« unterbrach Haremhab sie scharf. »Dieser thebanische Prinz ist noch ein Kind. Und so wird er auch behandelt werden.«
Haremhab gab nicht zu, daß ihn Anchesas Enthüllung verwirrte. Tutanchaton ... Tutanchaton, den auch Nofretete auserkoren hatte! Würde sich ein Kind zwischen ihn und Anchesa stellen? Er nahm sich diese unsinnige Reaktion auf der Stelle übel.
»Ihr irrt Euch in bezug auf Tutanchaton, General. Er entwickelt sich schnell. Das Leben bei Hofe läßt ihn reifen.«
»Man behauptet, er sei in Euch verliebt ... Das ist absurd!«
»Ich glaube nicht. Ein tiefes Gefühl beseelt ihn in der Tat.«
Sie lächelte angespannt. Das Lächeln war für Haremhab eine Folterqual.
»Und Ihr ...«

Es gelang ihm nicht, die Frage zu stellen, die ihm auf der Zunge brannte. Anchesa drängte ihn nicht dazu.
»Anchesa … Haltet Euch fern von Tutanchaton. Er wird im Mittelpunkt eines schweren Konflikts stehen.«
Die junge Frau trotzte dem General, indem sie seinem Blick nicht auswich.
»Tutanchaton ist ein zukünftiger Pharao, und ich habe versprochen, an seiner Seite zu stehen. Ich bin die einzige, die ihm helfen kann.«
Unendliche Enttäuschung breitete sich über das Gesicht des Generals.
»Mischt Euch nicht in den Kampf um die Macht, Prinzessin. Er wird grausam und erbarmungslos sein. Erlaubt mir, Euch zu beschützen. Wenn der Sturm losgebrochen ist, wird es zu spät sein.«
Anchesa blieb ruhig.
»Ich fürchte ihn nicht. Aber ich werde alles tun, um ihn zu verhindern. Der Landesfrieden wird vielleicht durch meine Heirat mit Prinz Tutanchaton gewährleistet.«
Haremhab erlebte am hellichten Tage einen Alptraum. Dennoch war das, was er in den Augen der Prinzessin las, keine Gleichgültigkeit. Die junge Frau liebte ihn, dessen war er sicher. Doch sie erklärte ihm mit unglaublicher Ruhe, daß sie sich einem anderen Mann schenken würde.
»Wenn Ihr Tutanchaton heiratet, Prinzessin, werden wir unerbittliche Feinde werden.«
»Es wird nach Atons Willen geschehen, General.«

16

Seit der offiziellen Unterbringung von Tutanchaton im Nordpalast der Sonnenstadt, wo zur Zeit Nofretete residierte, kannte jedermann die Wahl der Großen Königlichen Gemahlin in bezug auf die Zukunft des Königreiches. Sie wünschte als Nachfolger von Echnaton einen Prinzen, der seine Kindheit und Jugend zwischen der alten und der neuen Hauptstadt Ägyptens, zwischen Theben und der Stadt der Sonne, verlebt hatte.

Wegen seiner Jugend ungeeignet zum Regieren, wäre er dennoch das respektierte, unantastbare Symbol der Einheit der Beiden Länder, indem er sowohl die Verfechter Atons als auch die Vertreter der alten Religion befriedigte. Gewiß ein heikles Gleichgewicht, doch der »göttliche Vater« Eje und General Haremhab konnten es absichern.

Dies also war der Wunsch von Nofretete, über den Echnaton Tag und Nacht meditierte und darüber keinen Schlaf finden konnte. Er hatte nicht Tutanchaton dem Thron angegliedert, sondern Semenchkare, einen glühenden Verehrer von Aton, dem er sein volles Vertrauen schenkte.

Im Zuge der bedauerlichen Ereignisse, für die allein seine älteste Tochter Meritaton verantwortlich war, hatte diese ihre wahre Natur bewiesen: Sie war eine kurzsichtige Intrigantin.

Semenchkare war gezwungen, sie zu verstoßen. Anschließend würde Echnaton ihm Anchesa zur Großen Königlichen Gemahlin geben, die damit in den Rang der ältesten Tochter aufsteigen und die zukünftige Königin Ägyptens werden würde. Auf diese Weise würden sie ein Paar wie Nofretete und Echnaton bilden.

Pharao hatte immer wieder über diese Entscheidung nachgedacht. Er liebte Meritaton und hatte gehofft, sie würde Königin werden; er litt darunter, ihr eine so schwere Strafe auferlegen zu müssen.

Er war es sich schuldig, seiner ältesten Tochter eine letzte Chance zu geben. Aus diesem Grunde hatte er sie zusammen mit Semenchkare rufen lassen. Wenn sie sich auflehnte, wenn es ihr gelang, ihn zu überzeugen, daß er einen Fehler machte, würde er vielleicht bereit sein, es noch einmal zu überdenken.

In Atons Licht getaucht, überarbeitete Echnaton wieder und wieder jeden Vers der Hymne und hatte dabei jegliches Zeitgefühl verloren. Die täglichen Pflichten interessierten ihn nicht mehr. Er hatte keine Lust mehr, seinen Rat einzuberufen, seine Minister zu konsultieren, Direktiven für die Führung der Staatsangelegenheiten zu geben. Er ließ Eje und Haremhab handeln.

Eine quälende Gleichgültigkeit hatte ihn ergriffen. Sie nahm ihm den unbeugsamen Willen, der ihn beflügelt hatte, seit ihm als Kind seine religiöse Aufgabe bewußt geworden war. Er starb langsam, genau wie Nofretete. Sie verkroch sich in ihre Blindheit, doch sie fuhr fort, durch ihre Magie zu handeln. Diesmal waren sie sich zu ihrer beider Unglück nicht einig. Diese Uneinigkeit trug sehr zu seiner Schwäche bei. Außerdem mußte er endgültig seine Nachfolge regeln. Sobald er sie durch ein Dekret proklamiert hätte, würde er darum bitten, sich zu seiner Gemahlin begeben und seine letzten irdischen Augenblicke in ihrer Gesellschaft verbringen zu dürfen. Das wenigstens konnte sie ihm nicht versagen.

Semenchkare und Meritaton warfen sich nebeneinander vor Pharaos Füße.
Echnaton saß nackt im Schreibersitz und schrieb. Seine Hand zitterte. Die Hieroglyphen waren unschön gezeichnet. Mit beachtlicher Anstrengung hielt er weiterhin seine Rohrfeder und fuhr fort, die Worte des Lebens auf den Papyrus zu schreiben, die Atons Allmacht priesen.
»Dies ist eure letzte Unterredung«, erklärte er mit gebrochener Stimme. »Mir bleibt nicht mehr viel Zeit, und ich muß sie Aton widmen. Du, meine älteste Tochter, hast Zwietracht und Lüge in der Stadt der Sonne gesät. Du wirst eine Oberin der Tempelsängerinnen werden und in einem Haus innerhalb des Tempelbereichs wohnen. Von nun an wirst du dich Atons Lobpreisung widmen und an keiner offiziellen Zeremonie mehr teilnehmen. Dein Name wird aus den Annalen getilgt. Du wirst den Rest deines Lebens in Gebet und Andacht verbringen.«
Meritaton verharrte in ihrer demütigen Haltung, den Kopf auf die Brust gesenkt, die Hände gefaltet.
Echnaton wartete auf eine Reaktion. Sie kam nicht. Meritaton hatte ihr eigenes Schicksal besiegelt. Ohne es zu wagen, ihren Vater oder Semenchkare anzuschauen, verließ sie endgültig gebrochen Pharaos Privatgemach.
Der König nahm Semenchkare bei den Schultern und sah ihm entschlossen in die Augen.
»Du, mein Nachfolger ... wirst meine Tochter Anchesa heiraten und ...«
Semenchkare befreite sich grob.
»Nein, Majestät. Ich bin weder für die Ehe noch für die Königswürde bestimmt. Ich verzichte auf die Macht, die Ihr mir anbietet. Sie interessiert mich nicht. Ich möchte mein Dasein Aton weihen und im Tempel leben. Laßt mich Ordenspriester werden und nicht mehr in die Außenwelt zurückkommen. Ein

anderer möge die Staatsangelegenheiten in die Hand nehmen.«
Diese Worte bedeuteten einen solchen Schock, daß Echnaton schwindelig wurde. Die Wände des Raumes tanzten vor seinen Augen.
Semenchkare erkannte des Königs Unpäßlichkeit.
»Verzeiht mir, daß ich Euch solche Pein verursache, Majestät … Doch ich muß ehrlich zu mir selber sein. Ich bin nicht bereit, mich oder Euch zu belügen.«
Semenchkare kniete vor Echnaton.
»Ihr seid Atons einziger Prophet«, fuhr er fort, »und mein geistiger Lehrer. Ihr seid es, der mir den Weg zu Gott gewiesen hat. Erlaubt mir, daß ich mich ihm ganz und gar verschreibe.«
»So soll es geschehen, Semenchkare.«

Als Anchesa zum Nordpalast gelangte, wo Nofretete und Tutanchaton residierten, wurde sie von heftiger Angst gequält, weil sie fürchtete, mit einer schrecklichen Realität konfrontiert zu werden.
Der Haushofmeister, der gekommen war, um sie zu holen, hatte ihr keinerlei Erklärung gegeben. Und wenn ihre Mutter …
Als sie das Vestibül betrat, bestätigten sich ihre Befürchtungen. Fast überall waren die Fackeln gelöscht worden. In dem riesigen, stillen Gebäude herrschte nur schwaches Dämmerlicht. Anchesa warf dem Haushofmeister einen fragenden Blick zu, doch dieser schwieg und begnügte sich damit, sie durch ein Gewirr von Zimmern, Fluren und Höfen zu führen, wo Diener mit eingezogenen Köpfen kauerten.
Das Zeichen der Trauer.
Anchesa durfte nicht weinen. Sie mußte Selbstbeherrschung beweisen, mußte sich dem Tod ihrer Mutter mit der Würde stellen, die sie von ihr erlernt hatte.

Der Haushofmeister führte die Prinzessin in das Schlafgemach der Großen Königlichen Gemahlin, das an ein Badezimmer und einen Salbungsraum angrenzte. Er schloß hinter ihr die Zedernholztüren.

In dem Zimmer herrschte vollständige Dunkelheit. Anchesa rannen die Tränen über die Wangen, als plötzlich eine kaum hörbare Stimme einen zarten Sprechgesang anstimmte.

Nofretetes klare, absolut reine Stimme.

Anchesa stürzte zu dem Bett, wo ihre Mutter reglos und mit toten Augen ausgestreckt lag.

»Mutter, du lebst!«

Anchesa drückte voller Leidenschaft Nofretetes linke Hand, die seitlich vom Bett hing.

»Dies ist meine letzte Nacht auf dieser Erde, geliebte Tochter ... Ich bin glücklich, diese Welt zu verlassen und bald ein anderes Licht zu erleben. Aton hat mir die Gnade erwiesen, bis zu dieser Stunde zu atmen, um dir endlich dein Schicksal zu enthüllen.«

Die junge Frau nahm ein Lächeln in Nofretetes Worten wahr, eine Hoffnung, die den Tod besiegte.

»Dein Vater ist vor ein paar Stunden gekommen ... Ich wollte ein letztes Mal mit ihm sprechen. Was er mir gesagt hat, Anchesa, gab mir die Kraft, bis zu dieser Minute zu kämpfen.«

Die Stimme der Großen Königlichen Gemahlin wurde schwächer und war fast nicht mehr zu hören.

»Du bist jetzt die legitime Thronfolgerin, mein Kind, und die zukünftige Königin Ägyptens ... Du besitzt sämtliche Vorrechte der ältesten Tochter. Heirate Prinz Tutanchaton in diesem Palast noch heute nacht ... und wache über Ägyptens Wohlergehen.«

Während die Sternennacht ihren lapislazuliblauen Mantel über die Sonnenstadt breitete, wurde Prinzessin Anchesa von einer Dienerin in einem Bad parfümiert, dessen Steine lange aufgeheizt worden waren. Anchesa saß nackt auf einem Klapphocker und trank frischen Fruchtsaft, den sie in kleinen Schlückchen durch ein aus Syrien importiertes Trinkrohr saugte.

Die Prinzessin hatte sämtliche Gedanken aus ihrem Bewußtsein gebannt. Sie hatte sich mit Genuß reiben und salben lassen, nur an ihr Wohlsein und die Schauder gedacht, die ihr über den Rücken liefen.

Die ebenfalls nackte Dienerin war gerade zwanzig Jahre alt geworden. Seit ihrer Kindheit war sie Nofretetes Kammerzofe gewesen und hatte Theben gekannt, bevor sie mit ihrer Herrin in die neue Hauptstadt zog.

»Ihr seid wunderschön«, vertraute sie der Prinzessin an, »ebenso schön wie Eure Mutter. Meine eigene Mutter gehörte schon zur Dienerschaft, als Nofretete für ihre erste Liebesnacht mit Pharao zurechtgemacht wurde. Heute abend ist es meine Pflicht, die Schönheit Eures Leibes erstrahlen zu lassen und Euch noch anziehender zu machen als eine Göttin.«

Anchesa trank nicht weiter. Heute abend würde sie tatsächlich die Frau von Prinz Tutanchaton werden. Ihre Heirat würde durch die simple Tatsache vollzogen werden, daß sie unter demselben Dach wie der junge Mann wohnen und sich ihm hingeben würde. Weder ein juristischer Akt noch irgendeine religiöse oder weltliche Zeremonie waren nötig. Zwei Menschen wurden Mann und Frau, indem sie sich ihre Liebe erklärten, ein gemeinsames Leben begannen und Freud und Leid miteinander teilten.

»Hast du in Theben gewohnt?« fragte Anchesa.

»Ja, Prinzessin.«

»Ist es eine ebenso angenehme Stadt wie unsere Hauptstadt?«

Anchesa konnte nicht zugeben, daß sie am Westufer im Palast der Königinmutter gewesen war, und bedauerte, die blühende Stadt, die sich am anderen Ufer ausdehnte, nicht besuchen zu können.

Die Dienerin seufzte tief.

»Angenehm ... Das Wort ist viel zu schwach. Theben ist die reichste, die fröhlichste aller Städte! Jeden Abend gab es ein großes Bankett. Ich spielte dort die Lyra und sang. Hier ist das Leben grau und traurig. Es ist beinahe verboten, zu lachen und sich zu amüsieren. Der Tod geht um ... aber nicht in dieser Nacht! Die Liebe wird ihn verjagen, dessen bin ich sicher. Ihr werdet ihn vertreiben.«

Kein Fleckchen von Anchesas hinreißendem Körper blieb unparfümiert. Sie bewegte sich nicht, sie hatte noch nie ein solches Glück erlebt. Eine einfache, animalische Zufriedenheit, die sie ohne jegliche Hemmung genoß.

Die Dienerin massierte den Hals der zukünftigen Königin. Sie spürte noch eine leichte Verspannung.

»Habt keine Furcht, Prinzessin. Die Liebe ist ein Wort Gottes. Was Ihr in diesem Augenblick empfindet, ist gar nichts im Vergleich zu dem, was sie Euch schenken wird. Sie wird in Euch aufsteigen wie die Überschwemmung des Nils.«

Zum ersten Mal dachte Anchesa mit Begeisterung an Prinz Tutanchaton. Er wurde zum Hüter ihrer Glückseligkeit. Sie begann ihn zu lieben, keineswegs mit wilder Leidenschaft, sondern mit großer Zärtlichkeit, die sehr bald ihre Vereinigung von Körper und Seele nähren würde.

Die Dienerin öffnete eine goldene Parfümdose auf einem Silbersockel in Form von zwei miteinander verbundenen Kartuschen*, die von zwei die Strahlenscheibe umrahmenden Strau-

* Mehr oder weniger längliche Ovale, die Pharaos Namen enthielten.

ßenfedern überragt wurden. Die kostbare Substanz in den beiden als Behälter dienenden Kartuschen war im Tempel von Priesterärzten zubereitet worden, die die Geheimnisse von Sechmet kannten, der gefährlichen, aus den fernen Länden im Süden zurückgekehrten Löwin, Trägerin der allerseltensten aromatischen Substanzen.
Auf der Dose selbst war ein Kind-König mit einem seitlichen Zopf dargestellt, der seine Jugend bezeugte; die feine Arbeit in getriebenem Gold war mit farbigen Steinen besetzt. Mit dem Zeigefinger der rechten Hand nahm die Dienerin ein wenig von der duftenden Paste und rieb damit langsam und zart den Halsansatz der Prinzessin ein.
Ein unglaubliches Frischegefühl überkam Anchesa. Sie stieß einen kleinen Lustschrei aus. Es kam ihr vor, als würde auch die kleinste Parzelle ihres Seins sensibilisiert.
»Haltet still, Prinzessin, ihr seid bereit für die Liebe. Ihr werdet sie ganz tief in Eurem Innersten erleben. Doch jetzt werde ich Euch ankleiden.«

Anchesa, das Haar unter einem Diadem aus Gold und Silber gebändigt und mit einer Perlenkette um den Hals, trug eine kurze, transparente Tunika, die ihr bis auf die Schenkel reichte, und weiße Sandalen mit schmalen Riemen. Sie sah die Tür zu dem Gemach aufgehen, in dem Tutanchaton schlief.
Der Kämmerer setzte seinen Leuchter auf einem Tischchen ab und verließ den Raum. Durch ein Fenster zum Garten bewunderte Anchesa den Vollmond des zweiten Frühlingsmonats. Die Palastastrologen hatten ihn als besonders günstig angekündigt: Die göttlichen Einflüsse würden die Erde durchdringen, ohne daß irgendeine negative Kraft sich ihnen in den Weg stellte.
Das Bett aus massivem Ebenholz stand in der Mitte des Schlafzimmers. Es bestand aus einem Rahmen aus dem gleichen Holz,

in das ein Netz aus geflochtenen weißen Schnüren eingepaßt war, und die Füße waren mit Gold und Elfenbein geschmückt. Auf jedem der drei Paneele, die es unterteilten, zeichnete sich die fröhliche, Grimassen schneidende Gestalt des Gottes Bes ab, der die Aufgabe hatte, den Schlaf des Schläfers zu bewachen und Alpträume und die Dämonen der Finsternis fernzuhalten. Auf den Längsseiten des für zwei nicht besonders korpulente Personen ausreichenden Bettes verlief ein Fries mit Lotos und Papyrus zur Erinnerung an den Ursumpf, in dem sich das Leben organisiert hatte. Beim Einschlafen starb die Seele des vergangenen Tages und tauchte in die Urwasser, um sich dort zu regenerieren.

In dieser Nacht würde Anchesa nicht die Fackeln löschen, die in den vier Ecken des Schlafzimmers brannten. Jede von ihnen aus Bronze und Gold hatte die Form eines in einem hölzernen Sockel befestigten Henkelkreuzes. Die Kreuzarme trugen mit Öl gefüllte Schalen, in denen Dochte schwammen, die beim Brennen keinen Rauch verursachten. Das sanfte Licht, das von ihnen ausging, ließ Anchesa wie einen leichten, farbigen Schatten wirken.

Am Kopfende des Bettes stand ein halbkreisförmiger, von der knienden Gottheit Shu getragener Nachttisch. Eingerahmt von zwei Löwen, den Symbolen für Gestern und Morgen, brachte er das himmlische Licht, das die Träume des Schlafenden erhellen würde. Anchesa nahm den kostbaren Elfenbeingegenstand und stellte ihn auf den Boden. Auf diese Weise vertrieb sie Traum und Schlaf.

Als Tutanchaton, mit einem einfachen Schurz bekleidet, das Zimmer betrat, ging Anchesa ihm entgegen.

Ein Kind, er war noch ein Kind. Aber sein Blick war verrückt vor Liebe, und sein feingliedriger Leib zitterte vor Leidenschaft. Er betrachtete sie, als erkenne er das wahre Gesicht einer Göttin.

»Anchesa …«', stammelte er leise. »Anchesa … ich … ich möchte …«
»Komm her«, schlug sie ihm lächelnd vor.
»Ich möchte …«
»Sei still, junger Prinz, und komm zu mir.«
Zögernd und zitternd gehorchte er. Sein Gesicht berührte beinahe das ihre. Sie waren gleich groß. Ihre Lippen streiften einander.
»Anchesa, ich wage noch nicht zu glauben …«
»Vergiß die Worte«, bat sie ihn, »vergiß sie alle und entkleide mich.«
Die junge Frau hatte den Kopf in den Nacken geworfen. Ihr duftendes Haar fiel über die Schultern. Langsam hob Tutanchaton die Hand zu den Trägern, die Anchesas Tunika hielten. Das transparente Kleidungsstück glitt an ihrem Körper entlang zu Boden und entblößte ihre Brüste mit den aufgerichteten Spitzen, ihren flachen Bauch, ihr Geschlecht mit dem tiefschwarzen Kraushaar, ihre schlanken Beine.
Tutanchaton wußte vor Staunen nicht, was er tun sollte. Anchesa musterte ihn voller Zärtlichkeit, schob ihre Tunika beiseite und kniete nieder, um ihre Sandalen auszuziehen.
Der Prinz machte es ihr nach und bückte sich, um der jungen Frau die Füße zu küssen. Eine Welle der Lust ließ sie beben. Sie nahm Tutanchatons Hände und richtete ihn auf. Letzterer ließ sich von seinem Instinkt leiten, der ihm seine Gesten diktierte. Er drückte Anchesas nackten Leib an seine Brust und küßte sie heftig.
Anchesa löste Tutanchatons Schurz und zog ihn zum Bett, wo sie sich Arm in Arm niederlegten. Sie blieben ein Weilchen reglos liegen, um zu Atem zu kommen. Dann legte sich der junge Mann über sie mit all der wilden Leidenschaft seiner Jugend.

17

Pharao Echnaton saß auf seinem Thron und erlebte die Stille und die Einsamkeit. Er hatte die Ratssitzungen nie gemocht, und auch nicht zu viele Höflinge um sich herum, die ihm zu schmeicheln suchten und ihre Pflichten vergaßen: Ägypten, Atons Herrlichkeit, die Entstehung einer neuen Zivilisation … Hatte das alles noch Sinn an diesem Morgen, an dem er allein neben dem leeren Thron der Großen Königlichen Gemahlin saß, an diesem Morgen, an dem Nofretete gestorben, ins Licht des Ursprungs zurückgekehrt war?

Wem sich nun anvertrauen? Mit wem seine Sorgen und seine Hoffnungen teilen? Nofretete war ihm Gemahlin, Geliebte und Freundin gewesen. Sie hatte ihn in harten Prüfungen unterstützt, hatte den Weg erhellt, als ihn die Finsternis bedrohte, hatte das Unglück ferngehalten. Seit sie, weil sie blind geworden war, vor ihm geflohen war, hatte die Lage sich immer weiter verschlimmert. Die Macht zerrann ihm zwischen den Fingern wie Wasser. Semenchkare, den er sich als Nachfolger gewünscht hatte, hatte ein Leben in Abgeschiedenheit vorgezogen und bewiesen, daß es ihm an Scharfblick fehlte.

Erinnerungen, strahlend wie die Morgensonne, gingen ihm durch den Sinn. Er sah sich wieder zusammen mit Nofretete am großen Erscheinungsfenster des Palastes vor der jubelnden Menge, die sich versammelt hatte, um zu sehen, wie ein Würdenträger mit goldenen Kragen ausgezeichnet wurde. Er erinnerte sich an die Mahlzeiten, die sie in Gesellschaft ihrer Töchter auf den Terrassen im Sonnenschein eingenommen hatten.

Nur ein Paar konnte Ägypten regieren. Nur ein Paar konnte die wohltätigen Strahlen Atons auf sich ziehen. Getrennt von Nofretete siechte Echnaton dahin. Würde er, der der Prophet des Lichts sein sollte, den Mut finden, seine Aufgabe weiterhin zu erfüllen? War er noch fähig zu regieren? Nofretete war nicht mehr da, seine älteste Tochter diskreditiert, Haremhab verhielt sich feindselig.

Die Stunde des Abtretens war gekommen.

Doch ein Pharao konnte sein Amt nicht niederlegen. Der Tod war der einzige Ausweg. Der Tod, den Echnaton voller Erleichterung annehmen würde.

Eine Silhouette zeichnete sich im Eingang zum Thronsaal ab. Eine unbestimmte Furcht schnürte Echnaton die Kehle zu. Hatte Haremhab beschlossen, ihn ermorden zu lassen? Hatte er einen seiner Soldaten geschickt, seine Tage zu verkürzen? Er würde keinen Widerstand leisten. Es war zweifellos Aton, der diesen Weg gewählt hatte, ihn von seiner Bürde zu befreien.

Die Silhouette kam ans Licht: Anchesa, die zukünftige Königin Ägyptens.

Die junge Frau durchquerte den lichtdurchfluteten Saal und stieg die Stufen zum Thron hinauf. Die Augen ihres Vaters blieben fest auf sie gerichtet.

Auf der Empore angelangt, kniete sie sich nieder und verbeugte sich vor dem König.

»Du bist eine Frau«, erklärte er gerührt. »Du hast mich verlassen, Anchesa, du bist in das Haus deines Mannes gezogen.«

»Ja, ich bin eine Frau, doch ich bin dein Fleisch und Blut«, protestierte sie sanft.

»Steh auf, mein Kind, und komm in meine Nähe.«

Anchesa gehorchte, kauerte sich an das linke Bein ihres Vaters und legte ihren Kopf auf Pharaos Schoß.
»Bist du glücklich?«
»Ich glaube ja, Vater.«
»Warum zögerst du?«
»Die Liebe eines Mannes genügt mir nicht.«
»Du wünschst dir auch die Liebe Ägyptens, nicht wahr? Die hängt allein von Gott ab, Anchesa. Du mußt mich anhören. Ich habe keine Schüler mehr. Nimm eine Rohrfeder und einen Papyrus. Du bist es, die den Schluß der großen Hymne an Aton niederschreiben wird.«
Anchesa tat wie geheißen und schrieb die Worte, die ihr Vater diktierte.
»Du, Aton«, deklamierte er mit abgehackter Stimme, »der du die Millionen Formen aus dir heraus geschaffen hast, als du noch allein warst, die Städte, die Felder, die Flüsse, die Wege. Jedes Auge sieht dich, doch du wohnst in meinem Herzen. Dort gibt es keinen anderen als mich selbst, der dich kennt, ich, dem du deine Pläne und deine Kraft bewußtgemacht hast.«
Echnaton schwieg, von plötzlicher Ekstase gepackt. Er verdrehte die Augen, und seine Lippen öffneten sich. Entsetzt glaubte Anchesa, er sei tot. Sie berührte seine Hand. Er reagierte sofort.
»Keine Angst, Anchesa. Nicht Aton peinigt mich in dieser Weise, sondern ein Übel, das mich seit vielen Monaten heimsucht. Solange deine Mutter an meiner Seite war, gelang es mir, es zu beherrschen. Allein bin ich unterlegen ... Weißt du, daß nicht ich der erste war, der von Aton gesprochen hat?«
Überraschung breitete sich über das besorgte Gesicht der jungen Frau.
»Königin Hatschepsut war es, die diesen Gedanken auf die Mauern von Karnak graviert hat: ›Ich bin Aton, der alles Sein erschaffen hat, der der Erde Kraft gab, der ihre Schöpfung

vollendet hat.‹ Sie war meine Vorfahrin, und ich hoffe, ihrer würdig gewesen zu sein. Anchesa, vergiß niemals, daß die Priester die ruchlosesten Menschen sind. Sie werden dich verraten, wie sie mich verraten haben. Sie verfälschen das Göttliche, sie setzen es herab. Höre nicht auf ihren Rat, meide ihre Gesellschaft. Sei Königin, respektiere die Gesetze von Maat, die Gerechtigkeit und die Ordnung der Welt, die vor den Menschen dagewesen ist und sie überdauern wird. Sie ist es, die das Königtum beseelt, die den Lebenshauch jenseits der Zeit eingibt. Pharao ist ihr Sohn und Diener. Ich muß dich Maat lehren, Anchesa. Ich muß dich auf deinen Beruf als Königin vorbereiten.«

Echnaton sprach. Anchesa lauschte. Stunden verstrichen, während Pharao die spirituellen Prinzipien erläuterte, die sein Leben geleitet hatten. Er offenbarte seiner Tochter die Lehre Atons, vermittelte ihr das innere Licht, das ihn beseelte, und beraubte sich somit seiner letzten Kräfte, auf daß das Schicksal seiner geliebten Tochter sich erfülle.

General Haremhab bewunderte die Vögel in seinem Vogelhaus: Turteltauben, Ringeltauben, Wiedehopfe, Meisen ... Obgleich sie eingesperrt waren, vertrugen sie sich gut. Normalerweise liebte er es, ihre Spiele zu beobachten, wobei er sich einredete, daß sie die Sicherheit der Freiheit vorzögen. Hatten sie recht oder unrecht? Wie würde er, der mächtige Haremhab, sich verhalten, wenn er gezwungen wäre, in einem Käfig zu leben?

»Warum verkriechst du dich in deinem Haus«, beschimpfte ihn seine Frau, die Dame Mut. »Du verbringst die meiste Zeit damit, diese dummen Vögel anzuschauen, in den Gärten rumzulaufen und alte Texte zu lesen. Du verachtest dich selbst, mein teurer Gatte.«

Wenn die Dame Mut wütend war, konnte sie äußerst scharf sein.

Sie hatte nichts von ihrer hochnäsigen Attitüde einer adligen, reichen Thebanerin eingebüßt.
»Was willst du damit sagen?« fragte Haremhab, während er den Kopf einer Turteltaube streichelte, die ihn schnäbeln gekommen war.
»Das weißt du ganz genau. Du bist der einflußreichste Mann in diesem Land. Königinmutter Teje und die Große Königliche Gemahlin Nofretete sind tot. Echnaton ist nichts als ein in seine Einsamkeit verkrochener Kranker, unfähig zu regieren. Niemand steht jetzt mehr zwischen dir und der höchsten Macht!«
»Du vergißt das zukünftige Königspaar.«
»Anchesa und Tutanchaton? Mach dich nicht über mich lustig, Haremhab! Sie sind Kinder. Die Kunst des Regierens ist ihnen unbekannt. Sie werden dem Mann gehorchen, der das Schicksal dieses Landes in die Hand nimmt, ehe er selber Pharao wird.«
»Du vergißt ebenfalls den ›göttlichen Vater‹ Eje.«
Die Wut der Dame Mut steigerte sich.
»Wie soll dir dieser Greis im Wege stehen? Wenn du deine Autorität manifestierst, wird er den Buckel krumm machen. Eje ist ein Höfling, der die Gunst des Stärksten sucht.«
Haremhab mußte zugeben, daß die Analysen seiner Gattin richtig waren. Sie war ehrgeizig und starrsinnig, und es mangelte ihr nicht an Scharfblick. Sie hatte die Worte ausgesprochen, die er lieber nicht hören wollte.
»Du vergißt, meine teure Gattin, daß meine Plicht darin besteht, Pharao, meinem Gebieter, treu zu dienen. Ich habe nur ein Wort, und das habe ich ihm gegeben.«
Die Dame Mut näherte sich dem Käfig, in dem zwei Ringeltauben einen lautstarken Dialog begonnen hatten.
»Ich weiß deine Loyalität zu schätzen, lieber Gatte. Sie ist deine Stärke, und du darfst sie nicht aufgeben. Doch der Mann, dem du dein Wort gegeben hast, hat sich verändert, gewaltig verän-

dert! Er trägt noch immer die Königskrone, doch er benimmt sich nicht mehr wie ein Pharao. Wenn du nicht intervenierst, wird Ägypten zugrunde gehen. Tausende von Männern, Frauen und Kindern werden umkommen oder in die Sklaverei geschickt werden. Ganze Dörfer werden ausgelöscht werden. Theben selbst läuft Gefahr, zerstört zu werden.«

Haremhab schüttete Körner in die Futterbehälter.

»Was wünschst du also?«

»Rekrutiere eine zahlenstarke Truppe«, empfahl die edle Dame. »Zieh nach Norden, führe einen Feldzug in Asien durch und kehre siegreich zurück. Dein Renommee wird so groß sein, daß man in dir einen wahren Horussohn erkennt. Und anschließend ...«

»Anschließend?«

Mut antwortete nicht. Sie kehrte dem Käfig den Rücken. Die Vögel schubsten und drängelten sich um den Futternapf, um Körner zu picken.

»Ich hoffe, meine teure, respektable Gemahlin, daß du nicht einen einzigen Augenblick lang beabsichtigt hast, Pharaos Hinscheiden zu beschleunigen, und auch kein Komplott in dieser Richtung ermutigt hast. Und wenn doch, dann wirst du in mir den unerbittlichsten Richter finden.«

»Sei beruhigt«, sagte sie mit matter Stimme. »Ich respektiere Pharao ebenso wie du. Aber ich bin überzeugt, daß Echnaton ein schlechter König ist. Wenn du dich weigerst, dein Land und dein Volk zu verteidigen, bist du ebenso schuldig wie er.«

Die Dame Mut entfernte sich eiligen Schritts. Haremhab fuhr fort, seine Vögel zu füttern. Sein Handlungsspielraum war schmal, fast überhaupt nicht vorhanden. Dennoch beschloß er, einen Vorstoß zu wagen, dessen Gefährlichkeit er keineswegs unterschätzte. Einen Vorstoß, von dem er seiner Frau nichts sagen konnte.

Liebte sie Tutanchaton oder den König, der er werden würde? Anchesa wußte es nicht mit Klarheit zu entscheiden. Sie ließ sich von einem sinnlichen Strudel mitreißen, in dem ihr Leib unaufhörlich neue Lüste erlebte. Tutanchaton war unersättlich. Er hatte Hunger und Durst auf seine junge Frau, teilte jede Nacht ihr Lager mit immer gleicher Leidenschaft. Der Jugendliche erlebte einen Wachtraum und widmete sich ganz der Liebe, die er mit dem allerschönsten von Atons Geschöpfen teilte.
Die Frühlingssonne wurde immer heißer. Am Mittag überflutete grellweißes Licht Erde und Himmel. Die Tiere verkrochen sich unter dem Laub, die Bauern schliefen in Palmenhainen oder in Laubhütten am Feldrain.
Anchesa dagegen hatte den hellen Mittag für eine Bootsfahrt gewählt. Sie hatte keinen Sonnenbrand zu befürchten. Angetan mit einem einfachen Netzhemd, das sich an die Linien ihres Körpers schmiegte, ging sie bis zum Ufer des künstlichen Sees, wo ein leichtes Papyrusboot festgebunden war. Normalerweise handhabten zwei Dienerinnen die Ruder. Heute wollte sie lieber allein bleiben und sich zu der Laube auf der Insel in der Seemitte begeben, um dort zu meditieren und ein neues Gleichgewicht zu finden.
Die Prinzessin band das Boot los und sprang leichtfüßig hinein. Als sie eines der Ruder fassen wollte, legte sich eine kräftige Hand auf ihren Arm.
»Laßt mich das machen«, bat General Haremhab.
Anchesa bewahrte die Ruhe und ließ sich im Bug des Nachens nieder. Haremhab steuerte ihn gleichmäßig auf den See hinaus in Richtung der Insel.
»Ich mußte Euch sehen, Prinzessin. Eure Schönheit ist betörend.«
Anchesa tauchte ihre linke Hand ins Wasser und zeichnete im Vorangleiten des Nachens eine Furche hinein.

»Eure Heirat war ein schwerer Fehler«, erklärte Haremhab. »Tutanchaton wird noch lange nicht das regierungsfähige Alter erreichen. Er wird Euch nichts als grausame Enttäuschungen bereiten.«
Die junge Frau lächelte im Gedanken an ihre Liebesnächte.
»Der Prinz kommt aus Theben«, fuhr er fort, »und er wird in der neuen Hauptstadt nicht geschätzt. Außerdem ...«
»Außerdem?« fragte sie spöttisch.
Haremhab ließ das Ruder los. Der Nachen glitt langsam voran.
»Ihr und ich, Prinzessin, sollten unsere Existenz mit neuen Augen betrachten. Gott hat dem Menschen das Bewußtsein gegeben, damit er den Lauf seines Schicksals modifiziere.«
Noch nie hatte Haremhab sich so verführerisch gezeigt. Anchesa gefielen seine hohe Stirn, die Narbe, die seine linke Wange schmückte, und seine angeborene Eleganz.
»Ich bin der treueste unter Pharaos Dienern, aber ...«
»Aber mein Vater hat keinen Geschmack mehr am Leben. Morgen wird er diese Erde verlassen. Und da Semenchkare sich in den Tempel zurückgezogen hat, ist niemand mehr auf dem Thron.«
»Es ist grausam, den Tod eines Königs in Betracht zu ziehen.«
»Eines Königs, den Ihr nicht liebt, General.«
Haremhab wich nicht aus.
»Das stimmt, Prinzessin. Ich liebe ihn nicht. Ich bin zutiefst uneins mit seiner Weise zu regieren. Ich bin überzeugt, daß er Ägypten in den Ruin führt. Aber ich habe ihn nicht verraten, und ich werde ihn nicht verraten.«
Die Sonne bräunte Anchesas goldene Haut. Sie zweifelte nicht an Haremhabs Aufrichtigkeit.
Sie wußte so gut wie er, daß er die Fähigkeit zu regieren hatte, daß er die Kraft vergangener Pharaonen besaß. Genoß er nicht den besonderen magischen Schutz des Gottes Horus? Wenn der

himmlische Falke, dessen Augen Sonne und Mond waren, auffliegen würde, würde sich dann sein Sohn Haremhab nicht auf den ägyptischen Thron erheben, wie ein neues Licht?
»Ich bewundere Eure Loyalität, General. Ich bin bereit, Euch zu helfen.«
Der Nachen war auf halbem Wege zwischen dem Ufer und der Insel zum Stillstand gekommen. Ein Eisvogel fiel wie ein Stein vom Himmel ins Wasser und tauchte mit einem Fisch im Schnabel wieder auf. Enten schlummerten mit den Köpfen unter den Flügeln und ließen sich treiben.
»Die Schönheit dieses Ortes ist göttlich«, sagte Haremhab voller Bewunderung. »Wie die Eure, Prinzessin.«
Sie spürte seinen Blick auf ihrer Haut, ihren Lippen, ihren Brüsten. Sie wandte sich nicht ab. Sie hatte weder Lust zu fliehen noch sich zu verstecken.
»Mir helfen ... Das ist nicht genug, Prinzessin. Ihr habt die Gefahren, die unser Land bedrohen, erkannt. Ich weiß, daß Euch die Zuneigung zu Eurem Vater nicht blind macht. Ihr kennt die Schwere seiner Krankheit. Ihr habt an seinen nahen Tod gedacht. Morgen werdet Ihr Königin sein. Und Ihr werdet nicht mit frömmelnder Hingabe an Aton handeln.«
Anchesa empfand diese Worte möglicherweise als unerträgliche Beleidigung. Aber die junge Frau reagierte nicht mit Heftigkeit. Nachdenklich legte sie sich im Nachen zurück und streckte ihre langen, formvollendeten Beine aus.
»Ihr seid mit Prinz Tutanchaton verheiratet, ich habe die Dame Mut geehelicht. So haben es die Götter entschieden. Doch warum sollte unser Schicksal für immer besiegelt sein?«
»Würdet Ihr so weit gehen ... Eure Frau zu verstoßen?«
»Auf keinen Fall. Doch Ihr könntet Große Königliche Gemahlin werden.«
Haremhab hatte die Worte in einem Atemzug ausgesprochen.

Die Prinzessin richtete sich verblüfft auf. Jetzt durchschaute sie Haremhabs Plan: Echnatons Tod abwarten, die Kandidaten der Thronnachfolge ausschalten und sich von ihr, Anchesa, zum legitimen Pharao ernennen lassen und sie heiraten. Er, der neue König, und sie, die Große Königliche Gemahlin, würden über die Beiden Länder regieren. Die Dame Mut wurde zur Nebenfrau, der junge Prinz Tutanchaton würde ein friedliches Leben am Hofe führen.

Anchesa betrachtete Haremhab mit vor Erregung glänzenden Augen. Das Leben eines solchen Mannes zu teilen, an seiner Seite zu regieren, die Größe des Landes wiederherzustellen ... ja, das war ein herrlicher Traum. Ein Traum, den sie Wirklichkeit werden lassen konnte.

»Vergeßt Aton«, bat Haremhab, der spürte, daß Anchesa kurz davor war, ihm nachzugeben. »Vergeßt diese Hauptstadt, die Mißachtung unserer Traditionen und die mit dem Zelebrieren unnützer Kulte vergeudeten Jahre. Denkt an die Zukunft, unsere gemeinsame Zukunft.«

Der General streckte der jungen Frau die rechte Hand entgegen. Sie brauchte nur sein Angebot anzunehmen, sich in seinen Armen zu verlieren, um das vollkommene Glück zu erleben.

Anchesa erhob sich. Haremhab war voller Staunen. Mit jedem Tag wurde sie fraulicher, betörender. Sie würde die strahlendste Königin Ägyptens sein.

»Ich werde Aton nicht abschwören, General«, erklärte sie. »Er ist das kostbarste Erbe, das mein Vater mir vermacht hat. Er hat mich die Wahrheit des Lichts gelehrt, hat mich in die Mysterien eingeweiht. Ich werde Tutanchaton nicht allein lassen. Er hat mir seine Liebe und sein Vertrauen geschenkt. Seine Seele lebt in mir.«

Sie stellte sich auf den schmalen Rand des Papyrusboots und schwankte, von Sonnenlicht überflutet, einen kleinen Augen-

blick. Dann stieß sie sich ab, sprang ins Wasser und schwamm zur Insel.
Haremhab blieb lange Zeit reglos sitzen. Er liebte Anchesa leidenschaftlich, doch er wußte, daß sie seine gefährlichste Gegnerin auf seinem Wege zur Macht werden würde.
Prinzessin Anchesa blieb nicht zum Meditieren auf der Insel, wie sie ursprünglich vorgehabt hatte. Sie spürte das Gewicht der Ablehnung, die sie soeben dem einflußreichsten Mann des Königreichs erteilt hatte. Wenn sie erreichen wollte, daß Tutanchaton den Thron bestieg und daß Haremhab ihn als Pharao anerkannte, mußte sie den jungen Mann wirksam beschützen. Der General würde nicht untätig bleiben. Sie auch nicht. Sie war sogar gezwungen, schneller zu sein als er.

Die Gesamtheit der in der Sonnenstadt stationierten Truppen hatte seit mehreren Tagen intensive Übungen zu absolvieren. Die Anwärter wurden unermüdlich im Gebrauch der Waffen, der Bögen und der Schwerter unterrichtet. Die Wagen wurden von den Wartungsmaschinen sorgfältig überprüft. Man munkelte, Geheimboten von General Haremhab rekrutierten Freiwillige in den Provinzen, um die Korps der ständigen Armee zu verstärken. Die Stimmung der durch die abwartende Politik Echnatons zu Tatenlosigkeit und Ungewißheit verurteilten Soldaten besserte sich.
Haremhab verbrachte viele Stunden in Unterredungen mit den Befehlshabern der Divisionen und den Ausbildern. Er lauschte den Klagen der alten Soldaten, die von ihren Expeditionen nach Asien berichteten. Mit schmerzendem Rücken unter ihrer Ausrüstung waren sie gezwungen, altbackenes Brot zu essen, brackiges Wasser zu trinken und auf steinigem Boden zu schlafen. Erschöpft und mit schmerzenden Gliedern marschierten sie zum Ort des Kampfes, wo der Tod oder zumindest Verwundung

sie erwartete. Aber sie wären glücklich, wieder loszuziehen. Sie wüßten die Jungen zu begeistern, zum größten Ruhm Ägyptens. Haremhabs Beliebtheit wuchs ständig. Er ließ es sich nicht nehmen, mehrmals täglich mit seinem Wagen durch die wichtigsten Verkehrsadern der Sonnenstadt zu fahren und auf die Rufe der Menge mit freundschaftlicher Geste zu antworten. Er konsultierte die Minister, studierte ihre Berichte, merkte sich die Klagen der Schreiber und der hohen Beamten.

Nach und nach füllte Haremhab die Lücken, die durch Echnatons Abwesenheit entstanden waren, der seine Privatgemächer nicht mehr verließ und sich beständig weigerte, die Ärzte zu konsultieren.

Erschöpft betrat Haremhab das Gebäude der höheren Offiziere, wo sein Generalstab anhand der von Diplomaten und von Geographen der Armee erstellten Karten einen Schlachtplan erarbeitete. Bis auf die Wachen war das Gebäude verlassen. Die Strategen waren in ihre Privathäuser zurückgekehrt, um zu speisen und ein wenig zu ruhen. Haremhab begab sich zu seinem Büro, wo er die zusammenfassenden Notizen zu lesen gedachte.

Auf der Schwelle blieb er stehen.

Der »göttliche Vater« Eje, Botschafter Hanis und Verwalter Huja hatten in dem Raum Platz genommen. Ihre Gesichter waren verschlossen.

»Ich grüße euch«, sagte Haremhab herablassend. »Ich erinnere mich nicht, euch eine Audienz gewährt zu haben.«

»Verzeiht unser Eindringen«, entschuldigte sich Eje, »aber wir wollten Euch so schnell wie möglich sprechen und wußten, daß wir Euch hier finden würden.«

»Ist es so dringend?« wunderte sich der General.

»Wir glauben es«, meinte der »göttliche Vater« sehr düster. »Wir haben keinerlei Kontakt mehr zu Pharao.«

»Ich auch nicht.«
»Aber Ihr handelt, als hättet Ihr die Macht übernommen, und zwar, ohne uns zu konsultieren.«
Der Ton des alten Höflings war sehr streng.
»Ich erfülle ganz einfach meine Aufgabe«, erklärte Haremhab. »Niemand kann das Gegenteil behaupten.«
»Wir müssen eine Zwischenbilanz ziehen«, forderte Eje.
Der Botschafter und der Verwalter musterten Haremhab voller Vorwurf.
»Ihr wißt ebensoviel wie ich«, antwortete der General ruhig. »Echnaton regiert allein, ohne Mitregenten. Die Armee muß kampfbereit sein, falls die Hethiter versuchen, in Ägypten einzufallen.«
»Warum laßt Ihr die Heirat von Anchesa und Tutanchaton außer acht?« beunruhigte sich der »göttliche Vater«.
»Weil es sich um eine völlig unwichtige Episode handelt«, gab Haremhab zurück. »Dieses Kind wird niemals regieren.«
Der Verwalter Huja trat auf den General zu.
»Wenn Ihr Tutanchaton am Regieren hindert«, erklärte er schroff, »wird sich der Süden gegen Euch erheben. Die nubischen Truppen gehorchen ausschließlich meinen Befehlen. Vergeßt das nicht.«
Huja ging hinaus. Haremhab konnte seine Wut nicht lange zügeln.
»Was will dieser Bauer? Meint er, seine Neger würden ausreichen, um mir angst zu machen? Ich werde ihn zerbrechen.«
»Nehmt Euch in acht«, empfahl Botschafter Hanis, »Huja ist ein einfacher, direkter Mann. Er wird sich für Tutanchaton schlagen, wenn die Situation es verlangt.«
Hanis ging ebenfalls hinaus. Der »göttliche Vater« Eje wirkte beunruhigt. Haremhab verschränkte die Arme.
»Ihr seid es, der sie gegen mich aufhetzt, nicht wahr?«

Der alte Höfling nickte zögernd mit dem Kopf.
»Ich handle im Interesse Ägyptens. Helft mir, Anchesa und Tutanchaton fest auf dem Thron zu installieren. Sie sind Kinder. Wir werden ihnen den Weg zeigen, dem sie folgen sollen. Und arbeitet nicht so viel, General. Verbraucht Eure Kräfte nicht. Ägypten braucht Euch.«
Als Haremhab wieder allein war, gelang es ihm nicht, sich auf die von seinen Untergebenen verfaßten Texte zu konzentrieren. Er nahm die Warnungen, die er eben bekommen hatte, nicht auf die leichte Schulter. Aber er würde nicht nachgeben.

Anchesa und Tutanchaton lebten seit über zwei Monaten im Nordpalast. Sie genossen dort ein friedliches Glück, trotz der unaufhörlichen Aktivitäten der jungen Frau. Tutanchaton wollte das Vergnügen; für ihn diente alles als Quelle von Fröhlichkeit und als Zeitvertreib. Anchesa sprach zu ihm über den Staat, die Pflichten, die Außenpolitik. Er hörte, fasziniert von ihrer Schönheit, nur mit halbem Ohr zu.
Tutanchaton war heute wahnsinnig vor Sorge. Am Vortage hatte sich Anchesa zu Bett gelegt. Obwohl der Tag schon fortgeschritten war, war sie noch nicht erwacht. Der junge Mann wagte sich nicht in ihr Schlafgemach. Ihrer Gegenwart beraubt, ging er wie ein Löwe im Käfig rastlos auf und ab. Als er es nicht mehr aushielt, stieß er die mit Blattgold überzogene Zedernholztür auf. Ein seltsames Schauspiel bot sich ihm.
Anchesa hatte zahlreiche Gegenstände um sich herum versammelt, eine kleine, massive Holzschatulle mit übereinander angebrachten Schubladen, ein verkleinertes Schachspiel, eine Miniaturschleuder, Farbtiegel, eine bewegliche Ente …
»Das … das sind ja Spielsachen? Solltest du gar in die Kindheit zurückfallen, Liebste?«
Anchesa stand lächelnd auf. Aton hatte sie seit ihrer Heirat mit

Glück überschüttet. Tutanchaton war ein wundervoller Gefährte. Es war ihr gelungen, Botschafter Hanis zu überreden, sich bei den einflußreichsten Mitgliedern des Hofes für den jungen Mann einzusetzen. Der Diplomat, unterstützt von Verwalter Huja, dem »göttlichen Vater« Eje und dessen Sohn, Kommandant Nachtmin, hatte weitreichendes Gehör gefunden. Auch wenn Haremhab der allmächtige Meister der Armee blieb, würde er keine illegale Aktion wagen. Er würde sich mit Tutanchatons Gefolgsleuten arrangieren müssen. Je mehr Zeit verstrich, um so mehr stärkte sich dessen Position. Der letzten Tochter Pharaos blieb es überlassen, ihren Vater zu überreden, Tutanchaton als Mitregenten zu akzeptieren.

Der junge Mann nahm ein Feuerzeug in die Hand, das aus einem Stück Hartholz mit einem mit Harz ausgestrichenen Loch und einem Stöckchen bestand. Wenn man das Stöckchen sehr schnell drehte, verursachte man große Hitze und schließlich Feuer. Tutanchaton amüsierte sich damit, eine winzige Flamme zu erzeugen.

»Schau, Anchesa, schau her, ich hab's geschafft! Das Feuerzeug hier ist besser als das, was ich in Theben hatte!«

Er rührte sie. Zärtlichkeit erfüllte ihr Herz.

Tutanchaton ließ das Feuerzeug fallen. Anchesas Haltung, ferner, nachdenklicher als sonst, beunruhigte ihn.

»Du hast mir noch nicht geantwortet. Was bedeuten diese Spielsachen?«

»Sie werden bald gebraucht werden«, sagte sie bewegt. »Ich erwarte ein Kind.«

Es wehte ein starker Wüstenwind. Ungefähr zwanzig Kilometer südlich der Sonnenstadt war General Haremhabs Zelt an einem einsamen Platz am Fuß eines Hügels aufgeschlagen worden. Seine Soldaten überwachten ein weitreichendes Umfeld.

In dem Augenblick, als Haremhab anfing, ungeduldig zu werden, teilte man ihm mit, daß sein Besucher angekommen sei.
Ein Priester in weißem Gewand mit kahlrasiertem Kopf betrat das Zelt. Um den Hals trug er ein Amulett, das die Göttin Mut, die Gemahlin des Gottes Amun, des göttlichen Meisters von Theben, darstellte.
Der Priester verbeugte sich vor Haremhab. Die beiden Männer setzten sich auf geflochtene Matten. Draußen verdoppelte der Wind seine Stärke. Wellen aus Sand flogen auf, peitschten gegen die Felsen und verwischten die Fahrspuren der Straßen.
»Möge Amun uns schützen und unser Denken leiten«, sagte der Priester salbungsvoll.
»Wie heißt Ihr?« fragte Haremhab.
»Das ist unwichtig, General. Ich komme im Auftrag des Hohenpriesters von Amun in Karnak. Nur meine Mission zählt.«
»Und worin besteht diese Mission, die uns zwingt, uns wie zwei Verschwörer mitten in der Wüste zu treffen?«
»Wir verfolgen sehr aufmerksam die Ereignisse in der abscheulichen Sonnenstadt, dieser falschen Hauptstadt, die von den Göttern schon dem Untergang geweiht worden ist. Wir wissen, daß Nofretete gestorben ist und Echnaton im Sterben liegt. Semenchkare, der Nachfolger, den er auserkoren hat, hat das abgeschiedene Leben im Tempel gewählt. Die legitime Trägerin ist heute Anchesa, die dritte Tochter des Königspaares.«
»Wenn Ihr mich hierherbestellt habt, um mir zu sagen, was ich schon weiß«, unterbrach Haremhab verärgert, »dann werdet Ihr das bereuen.«
Der Priester aus Theben senkte servil den Kopf.
»Nichts liegt mir ferner, General. Das Ziel der Amun-Priesterschaft, ebenso wie das Eure, ist Ägyptens Größe. Gemeinsam müssen wir Echnatons Nachfolge vorbereiten.«

Genau das hatte Haremhab vermutet. Die traditionalistische Geistlichkeit hatte den zukünftigen Pharao gewählt.
»Wir brauchen einen Mann, der ein magisches Band zwischen Theben und der Sonnenstadt gewährleistet, einen Mann, der unseren Ratschlägen folgt und den Tempeln ihren verlorenen Wohlstand wiedergibt. Wir und Ihr gemeinsam werden ihm zum Erfolg verhelfen.«
»Schluß mit dem Gerede«, forderte der General. »Wen wünscht Ihr auf dem Thron zu sehen?«
»Ein leicht zu manipulierendes Kind: Tutanchaton.«

Eine Stunde vor Sonnenaufgang wurde Anchesa von ihrer Dienerin geweckt. Die Nubierin teilte ihr mit, daß Echnatons Haushofmeister sie bitte, sich so schnell wie möglich zu ihrem Vater zu begeben. Anchesa vergaß Schminke und Aufmachung, bedeckte ihre Schultern mit einem Mantel und machte sich eilig auf den Weg.
Chefarzt, Mundschenk, Kammerzofe und eine Menge von Dienern drängten sich beunruhigt murmelnd vor der Tür zu Pharaos Privatgemach. Sie wichen zur Seite, um die Prinzessin hineinzulassen.
Echnaton ruhte mit geschlossenen Augen auf einem schmalen Bett, die Arme neben dem Körper. Ein Leintuch deckte ihn bis zur Brust zu.
Anchesa kniete sich nieder und küßte des Königs rechte Hand. »Vater, mein Vater! Kämpfe noch, ich flehe dich an. Wir sind noch nicht in der Lage, ohne dich zu leben. Laß dein Land und dein Volk nicht im Stich, laß mich nicht im Stich …«
Ein leiser Schauder durchlief den abgezehrten Leib des Herrschers. Er schlug die Augen auf.
»Die Stunde ist gekommen, Anchesa … Aton ruft mich … Mein Geist ist schon in ihm, eingetaucht in sein Licht. Du hast die

Kraft, mein Werk fortzusetzen. Jede Nacht werde ich dir in Gestalt eines Sterns erscheinen und himmlische Energie schenken. Wir werden nie getrennt sein, Anchesa. Du, und nur du allein, wirst meine Bestattung organisieren. Ich möchte in Gesellschaft meiner Gattin Nofretete und meiner Kinder in dem Grab ruhen, das für mich in jenem abgelegenen Tal inmitten einsamer Felsbrocken und fern meiner Hauptstadt vorbereitet worden ist. Niemand wagt sich in diese Gegend, so feindselig und erschreckend ist sie. Die Flüsse sind fast immer ausgetrocknet. Nachts hört man Hyänen, Schakale und Käuze. Es gibt kein Grün, keine Blume, keinen Vogel ... der Tod wird dort still sein, Anchesa.«

Echnatons Stimme war so schwach, daß Anchesa sie nur mit Mühe hören konnte.

»Bald wird es Morgen sein. Bring mich auf die Terrasse, mein geliebtes Kind, damit ich die erste, die einzige Sonne betrachten kann.«

Mit Anchesas Hilfe gelang es Echnaton, unter Aufwendung seiner allerletzten Kraft auf die oberste Terrasse des Palastes zu steigen. Er setzte sich auf einen Sessel mit hoher Rückenlehne vor eine Pergola, an der eine Weinrebe rankte, die im Sommer schwere schwarze Trauben trug.

Er drückte die Hand seiner Tochter mit unglaublicher Kraft und starb in dem Augenblick, als die ersten Sonnenstrahlen hinter dem Ostgebirge hervorkamen und eine Lichtkrone bildeten.

18

Noch an Pharaos Todestag wurde Staatstrauer angeordnet. Schleier verdunkelten die Fenster des Palastes. Die Tempel wurden geschlossen, und man unterbrach das Zelebrieren der Kulte. Die hohen Würdenträger ließen sich die Bärte wachsen. In den Häusern der Armen wie der Reichen blieben Männer und Frauen niedergeschlagen mit den Köpfen auf den Knien hocken.

Mit dem Tod eines Königs begann eine erschreckende Periode, während deren die Kräfte des Bösen in Ägypten einfallen und das Land zerstören konnten. Solange nicht ein neuer Pharao gekrönt war, drohten dem Land schlimmste Gefahren. Die Hauptstadt war in verängstigte Stille versunken und wartete auf die Entscheidungen, die das Schicksal des Reiches bestimmen würden.

Echnatons Leichnam hatte nur eine flüchtige Mumifizierung erfahren. Allein die Erleuchtung seiner Seele durch die Strahlen Atons zählte, der ihn mit brüderlicher Hand ins Zentrum der Sonnenscheibe geführt hatte.

Als Trägerin der Legitimität anerkannt, saß Anchesa schon am Tag nach dem Hinscheiden einer Ratsversammlung vor, an der die hohen Würdenträger der Sonnenstadt zugegen waren. Man beschloß, Boten in alle regionalen Hauptstädte zu senden. Provinzoberhäupter, Verwalter, Schreiber und Priester waren gehalten, der Bevölkerung die Nachricht von Echnatons Tod zu überbringen. Die Prinzessin übernahm es, in allerkürzester Zeit die einflußreichen Persönlichkeiten zu konsultieren und so bald wie nur möglich den Namen des neuen Königs bekanntzugeben.

Erschöpft von stundenlangen Gesprächen mit sarkastischen Ministern, die auf Haremhabs Seite standen, ruhte sich Anchesa ein wenig auf der Terrasse aus, auf der sie ihren Vater hatte sterben sehen. Sie ließ sich, die Hände verkrampft auf ihrem Bauch, von der untergehenden Sonne streicheln. Zweifellos hätte sie vernünftiger sein müssen, hätte weniger Energie verschwenden und sich mehr um ihre Gesundheit als werdende Mutter kümmern müssen ... Aber die Ereignisse hatten anders entschieden. Ihr Traum, für Ägyptens Schicksal verantwortlich zu werden, wurde in brutaler Weise wahr und bedeutete nicht die Freude, die sie erhofft hatte. Die Bürde erwies sich als schwer. Mit Tutanchatons Unterstützung konnte sie nicht rechnen. Der junge Mann dachte an nichts als die Liebe. Die Stunden im Anchesas Armen und die bevorstehende Geburt ihres Kindes machten ihn vollkommen glücklich. Sie hatte versucht, mit ihm über Angelegenheiten des Reiches zu sprechen, aber er hatte sich störrisch geweigert und es vorgezogen, sie zu liebkosen oder sich mit den Spielsachen zu amüsieren, die er seinem Sohn schenken würde.

Anchesa mußte die Einsamkeit hinnehmen und vor Verbündeten wie Gegnern auf der Hut sein. Sie wurde jetzt von keinem Wall mehr geschützt. Ihr Vater und ihre Mutter waren tot, ihr Mann irrte noch auf den wundervollen Wegen der Kindheit, und sie hatte keine Vertrauten, die ihr mit Aufklärung oder Rat beistanden. Sie würde ausschließlich auf ihre Intuition bauen müssen, ohne auch nur den kleinsten Irrtum begehen zu dürfen. Ihr erster Fehler würde umgehend von den Schakalen ausgenutzt werden, die um den Thron herumlungerten.

Die nubische Dienerin kündigte ihr den Besuch des »göttlichen Vaters« Eje an. Sich dem Willen des gerissensten und einflußreichsten Höflings unter Umständen zu widersetzen flößte ihr keine Angst ein. Aber zunächst mußte sie genau wissen, was er eigentlich wollte und zu welchem Lager er gehörte.
Der »göttliche Vater« war nicht allein. Er wurde von seinem Sohn, dem Kommandanten Nachtmin, begleitet.
Anchesa bot ihnen frische Milch und Honigküchlein an. Nachtmin lehnte ab. Der »göttliche Vater«, ein Schlemmer, nahm gerne an. Während er aß, massierte ihm die nubische Dienerin die Füße und entlockte ihm ein paar genießerische Seufzer. Nachdem die Dienerin mehrere Lampen angezündet hatte, die ein sanftes Licht verbreiteten, verließ sie das Zimmer.
»Ihr habt zahlreiche Würdenträger angehört«, begann der »göttliche Vater«, »und Ihr habt Zeit gehabt, Euch eine Meinung zu bilden.«
Nachtmin, in seiner Aufmachung als Soldat, das Schwert an der Seite, ließ die Prinzessin Anchesa, die elegant an einer steinernen Fensterbrüstung lehnte, nicht aus den Augen. Ihr plissiertes, unter der Brut geknotetes Gewand betonte die bewundernswerten Linien ihres Körpers. Je mehr sie zur Frau heranreifte, desto ähnlicher wurde sie ihrer Mutter Nofretete.
»Sie sind allesamt Anhänger von General Haremhab«, sagte sie ohne Bitterkeit, »der Rest ist unwichtig.«
»Allesamt ... Ihr übertreibt, Majestät. Ich gehöre nicht dazu.«
»Ich auch nicht«, erklärte Nachtmin stolz. »Wie mein Vater unterstütze auch ich Tutanchaton. Er ist es, der regieren soll.«
Anchesa lächelte.
»Ich danke Euch für Eure Unterstützung. Auch ich werde nicht nachgeben. Doch wie soll Tutanchaton sich gegen Haremhab durchsetzen?«

»Indem er einen Bürgerkrieg verhindert«, meinte Eje. »Ihr trefft die Entscheidungen, und er tritt auf. Tutanchaton ist noch ein Kind, aber er ist der Kandidat der thebanischen Priester … und der Eure. Wenn Ihr ihn des Regierens würdig erachtet, wird er der rechtmäßige König sein. Mein Sohn wird Euch die Unterstützung eines Teils der Armee sichern. Haremhab wird keinen Kraftakt wagen. Das liegt nicht in seiner Natur. Er hat einen angeborenen Sinn für Gesetz und Ordnung. Macht Euch Eure Rolle voll und ganz bewußt, Majestät. Niemand kann ohne Euer Einverständnis zum Pharao gekrönt werden.«
Anchesa ließ sich nicht täuschen. Eje wollte weiterhin im verborgenen regieren, indem er ein unerfahrenes junges Paar manipulierte. Sein Sohn Nachtmin hoffte, an die Stelle von Haremhab an die Spitze der Armee zu rücken. Es spielte keine Rolle, ob die beiden ihr gegenüber ehrliche Gefühle hegten, ihre ehrgeizigen Ziele nützten ihr. Später würde sie sich zweifellos mit ihnen auseinandersetzen müssen. Es war an ihr, den Konflikt vorherzusehen, um siegreich daraus hervorzugehen.

Anchesa ging allein in dem Garten spazieren, in dem Echnaton Stunden mit Meditation verbracht, Nofretete im Arm gehalten, mit seinen Töchtern in den sorgfältig zwischen Blumenbeeten angelegten Wegen gespielt hatte. Ihr Leib schmerzte noch immer. Sie hatte keine Zeit gehabt, den Gynäkologen zu konsultieren. Ihr letzter Besucher war Botschafter Hanis gewesen. Er hatte sich in bezug auf das Schicksal von Prinz Tutanchaton weit weniger beruhigend geäußert als der »göttliche Vater« Eje. General Haremhabs Position erschien ihm stark genug, daß er keinerlei Kompromisse akzeptieren und die Prinzessin zwingen würde, sich seiner Sichtweise zu fügen.
Sie selber zögerte im Augenblick. Morgen würde sie vor dem großen Rat den Namen des zukünftigen Pharaos bekanntgeben

müssen. Haremhab zu wählen, das hieß, Ägypten seinen Glanz zurückzugeben, ein wahres Staatsoberhaupt auf den Thron zu setzen. Es hieß gleichzeitig, Tutanchaton zu Gefangenschaft, Exil oder gar Schlimmerem zu verdammen. Doch war es nicht das wichtigste, einen Konflikt zwischen Ägyptern zu verhindern?
Müde und mit pochenden Schläfen setzte sich Anchesa unter einen Akazienbaum, um die Frische seines Schattens zu genießen.
»Rührt Euch nicht und dreht Euch nicht um«, befahl eine tiefe Stimme hinter ihr. »Ich muß Euch sprechen.«
»Warum habt Ihr nicht um eine Audienz ersucht?« wunderte sich Anchesa.
»Weil Ihr mich nicht empfangen hättet.«
Diese Stimme ... Anchesa kannte sie. Nur ihre Erschöpfung hinderte sie daran, sich zu erinnern und sie zu erkennen.
»Ich komme im Namen der Arbeiter und Handwerker, im Namen der einfachen Leute, mit denen Ihr so wenig Umgang habt, die Ihr so wenig kennt.«
»Ich verbiete Euch ...«
»Unterbrecht mich nicht, Prinzessin. Ich habe es eilig. Ich habe die Wachsamkeit der Wachen abgelenkt, um in diesen Garten zu gelangen, und ich kann jeden Augenblick festgenommen werden.«
»Wenn ich es befehle.«
»Ich habe kein Vertrauen zu Euch. Ihr seid ehrgeizig und stolz. Aber das Schicksal unseres Landes liegt gegenwärtig in Euren Händen. Die kleinen Leute haben unter der Herrschaft Eures Vaters gelitten. Wählt Prinz Tutanchaton zum Pharao. Ihn wollen wir regieren sehen.«
Jetzt hatte sie ihn endlich erkannt ... Es war die Stimme des Bildhauers Maja, dieses rauhen Mannes von eindrucksvoller Kraft, der sie in seiner Werkstatt so unfreundlich empfangen

hatte und der sie noch immer nicht leiden konnte. Maja, der das Ohr des Volkes hatte.

»Warum unterstützt Ihr meinen Gatten?«

»Weil er mir zu essen gegeben hat, als ich hungrig war. Mein Meister hatte mich entlassen. Ich verstand mich nicht mit ihm. Meine Frau war krank. Ich mußte meine Kinder ernähren. Ich war gezwungen, die Hand auszustrecken und um Brot zu betteln. Der kleine Prinz Tutanchaton kam in einer Sänfte vorbei. Er sah mich, mich, einen Unglücklichen, am Straßenrand. Er hat angehalten. Er war erst fünf Jahre alt. Aber sein Blick war die Güte selbst. Er hat mich gefragt, ob ich einen Beruf hätte. Ich habe ihm die Wahrheit gesagt. Er hat einen seiner Diener gerufen, der mich in die Werkstätten des Palastes der Königinmutter führte. Dort habe ich die größten Bildhauer kennengelernt. Ich habe Tag und Nacht gearbeitet, um mein Handwerk zu lernen. Seither habe ich nie wieder Hunger gelitten. Ich habe eine Schuld bei Tutanchaton, und ich bin fest entschlossen, sie zu begleichen. Wer ihm Schaden zuzufügen versucht, dessen Wege werde ich zu kreuzen wissen.«

»Ich gebe keiner Drohung nach«, erklärte Anchesa, »aber ich danke Euch für Eure vertrauliche Mitteilung.«

»Ich gehe, Prinzessin. Tragt meinen Warnungen sorgfältig Rechnung.«

Der Mann erhob sich und verließ den Baumschatten. Anchesas Stimme hielt ihn auf.

»Ich werde nach meinem Herzen handeln«, sagte Anchesa, ohne sich umzudrehen. »So verlangen es die Weisen.«

Als sich der Bildhauer, ohne von den Wachen gesehen zu werden, aus dem umzäunten Garten stahl, war er, zwischen Bewunderung und Furcht hin- und hergerissen, in seiner Gewißheit bestätigt, Ägypten mußte bei dieser zu intelligenten Frau auf alles gefaßt sein.

Am Fuße des leeren Throns war ein Sitz mit hoher Rückenlehne aufgestellt worden, auf dem Prinzessin Anchesa in ihrer Funktion als älteste Tochter Pharaos und Hüterin der Legitimität Platz nahm.
Die Höflinge füllten den großen Saal, in dem Echnaton zu Lebzeiten seine Ratgeber versammelt und fremdländische Botschafter empfangen hatte. Die Gesichter waren ernst. Manche Würdenträger verhehlten nur schlecht ihre Feindseligkeit gegenüber dieser Jugendlichen mit dem Frauenkörper, deren Worte entscheidend sein würden.
Der »göttliche Vater« Eje und seine Gemahlin, verdeckt von einer Säule, waren fast unsichtbar. Haremhab befand sich in der ersten Reihe vor den Ministern. Seine Gattin Mut stand an der Spitze der in lange weiße Gewänder gehüllten Damen des Hofes mit schweren, geflochtenen Perücken. Beim Eingang hatten sich Kommandant Nachtmin und Verwalter Huja unter die höheren Offiziere gemischt. Botschafter Hanis hielt sich als provisorischer Leiter der ägyptischen Diplomatie in der Nähe des Throns auf. Prinz Tutanchaton befand sich an der Seite der obersten religiösen Würdenträger der Sonnenstadt. Weder Semenchkare noch seine ehemalige Frau Meritaton hatten die Erlaubnis bekommen, die Tempelanlagen zu verlassen, in denen sie in Abgeschiedenheit lebten.
Gemurmel lief durch die Versammlung. Man spekulierte über den Namen des zukünftigen Pharaos. Jeder versuchte, das rätselhafte Gesicht von General Haremhab, der beinahe gleichgültig wirkte, zu deuten.
Absolutes Schweigen herrschte, als Prinzessin Anchesa, angeführt von einem Zeremonienmeister, der mit seinem langen Stab den Takt auf den Kachelboden schlug, den Thronsaal betrat.
Ihre außergewöhnliche Schönheit rührte auch die verhärtetsten

Herzen. Delikat geschminkt mit grünen Lidschatten und leicht geröteten Wangen, bewegte sie sich gemessenen Schrittes und mit der angeborenen Haltung einer Königin. Während sie sich zu dem Sitz begab, der für sie vorgesehen war, wurden auch ihre verbissensten Gegner weich und erlagen dem Charme der jungen Frau, die ihre Jugend wie einen magischen Zauber einsetzte. Als sie sich mit höchster Eleganz niedersetzte, neigten die Höflinge die Köpfe.

Ein kahlköpfiger Zeremonienmeister trat vor und entrollte einen Papyrus. Der Mann war alt, doch seine mächtige Stimme füllte den Raum, der vom Architekten so gestaltet worden war, daß die Tonschwingungen verstärkt wurden.

»Im Namen des Gottes Aton und durch die Gnade des göttlichen Lichts, das die Wesen leben läßt, hat Prinzessin Anchesa, Hüterin des Throns, Pharaos Hof einberufen. Ein jeder sammle sich und verneige sich vor der Schöpferkraft.«

Anchesa hob die Hände über den Kopf und formte die Geste des *ka,* das die unerschöpfliche Himmelsenergie zur Erde lenkte. Plötzlich fühlte sie, wie sie von gewaltiger Kraft erfüllt wurde. Sie zog diesen Augenblick in die Länge, kostete einen neuen Rausch, eine Erregung, deren Intensität sie erstaunte. Schließlich ließ sie die Arme sinken. Der Zeremonienmeister setzte seine Lektüre fort.

»Möge Aton sich wohlwollend zeigen und das Denken der Prinzessin Anchesa inspirieren, möge ...«

Er hielt inne. Am Ende des Thronsaals bei der Eingangstür war ein beunruhigendes Stimmengewirr entstanden. Ein Bogenschütze aus Nachtmins persönlicher Garde löste sich aus der Menge der Höflinge und rannte auf Anchesa zu.

»Majestät«, berichtete er, »eine Delegation von Priestern aus Theben wünscht, von Euch empfangen zu werden und an der Versammlung teilzunehmen.«

Proteste wurden laut. Noch nie seit der Gründung der Sonnenstadt hatten sich die Anbeter des verhaßten Gottes Amun hierhergewagt. Echnaton ruhte noch kaum in seinem Sarg, da kamen sie schon, seine sterbliche Hülle zu beleidigen.
Aller Blicke richteten sich auf die junge Frau. Was würde sie entscheiden? Wie würde sie sich angesichts eines so schwerwiegenden und ebenso unerwarteten Ereignisses verhalten?
»Mögen sie hereinkommen«, sagte sie mit erstickter Stimme.
Die Türen wurden geöffnet.
Zehn Priester reiferen Alters marschierten herein und nahmen an der Seite ihrer dem Gott Aton dienenden Kollegen Platz. Keiner der großen Propheten von Karnak war unter ihnen. Die Geistlichkeit hatte nur eine Delegation von Subalternen ausgesandt.
»Sie hat ihren Vater verraten«, sagte ein Höfling.
»Ganz und gar nicht«, widersprach ein anderer. »Sie wird Theben und die Amunpriester in die Knie zwingen.«
Anchesa erhob sich.
Alle hielten den Atem an. Gleich würde sie den Namen des zukünftigen Herrschers bekanntgeben.
»Im Namen Atons«, verkündete sie, »anerkenne ich als legitimen Herrscher über die Beiden Länder und den Kreislauf des Universums, den die Sonne durchläuft, den Prinzen Tutanchaton.«

»Ihr solltet Euren weißen Bauern vorrücken«, riet Haremhab der Prinzessin Anchesa.
»Ich glaube nicht, General. Paßt auf Euren schwarzen Bauern auf. Er ist in Gefahr.«
Haremhab hatte gewisse Mühe, sich auf das *senet**-Spiel zu

* Vorläufer des Schachspiels.

konzentrieren, das er gegen Anchesa spielte. Und dabei rühmte er sich, ein erstklassiger Taktiker zu sein, doch die Prinzessin entpuppte sich als eine bemerkenswerte Spielerin, die den komplexesten Strategien gewachsen war.
Der Spieltisch aus Ebenholz und Elfenbein bestand aus einem zusammenklappbaren, in dreißig Felder aufgeteilten Schachbrett auf einem Ebenholzständer, dessen vier Füße den Pranken eines Löwen nachgebildet waren. Eine Schachtel mit Zubehör enthielt Spielsteine, Stäbchen und Knöchlein, die es erlaubten, unterschiedliche Spiele zu spielen.
»Eure Entscheidung ist ausgesprochen kühn«, erklärte Haremhab. »Tutanchaton ist nicht fähig zu regieren. Seine Zukunft liegt nicht in Euren Händen, sondern in den meinen. Ich kann ihn zerbrechen ... so wie dies hier!«
Der General nahm ein Stäbchen, zermalmte es in der Faust und warf die Reste auf den Boden. Anchesa rückte einen schwarzen Spielstein vor.
»Ihr habt die Partie verloren, General.«
Haremhab war gezwungen, seine Niederlage einzugestehen.
»Dies war nur ein Zeitvertreib, Prinzessin. Verwechselt ja nicht das Spiel mit der Wirklichkeit.«
»Davor hüte ich mich sehr wohl. Ihr beherrscht die Armee, das ist mir bewußt. Ihr könnt sie jederzeit einsetzen. Aber ...«
»Aber?«
»Ihr werdet es nicht tun.«
»Und warum nicht?«
»Weil Eure Strategie das verbietet.«
»Ihr seid Euch Eurer selbst sehr sicher. Worin soll sie bestehen?«
»Der göttliche Vater Eje hat mich gebeten, vor den Amunpriestern zu erscheinen, um die Wahl Tutanchatons zu bestätigen. Ich nehme an, daß ich diesmal nicht nur Subalterne treffen werde.«

Haremhabs Züge wurden hart.
»Ihr seid es, General, der diese Priester aus Theben hat kommen lassen. Ohne Eure Zustimmung hätten sie diese Stadt nie betreten können. Daher bin ich gewiß, daß Ihr der Wahl von Tutanchaton zum Pharao wohl oder übel zustimmt. Doch nicht ohne eine Gegenleistung natürlich.«
Haremhab schaute sie voller Bewunderung an.
»Eure Intelligenz ist außergewöhnlich, Majestät.«

Anchesa hatte den großen Hof des Haupttempels der Sonnenstadt gewählt, um den obersten Propheten Amuns zu empfangen, der seit einigen Tagen in der Villa von Haremhab wohnte. Der höchste Amunpriester aus Karnak war ein alter, doch noch immer rüstiger, großgewachsener Mann mit zerfurchtem, mißbilligend dreinschauendem Gesicht. Er hatte Echnaton vom Anfang seiner Herrschaft an bekämpft, war aber gezwungen gewesen, sich zu beugen. Heute würde er sich an diesem verhaßten Ort endlich rächen können.
Seit Echnatons Tod war niemand mehr die Stufen zum Hauptaltar hinaufgestiegen, um dort die Opfergaben niederzulegen und bei Sonnenaufgang das Opfer zu Atons Ehren zu zelebrieren. Anchesas Herz schnürte sich zusammen, wenn sie daran dachte, daß sich die Pforten dieses nach oben offenen Tempels sehr bald für immer hinter der Stille und der Kälte des Nichts schließen würden. Doch das war der Preis für die Rettung Ägyptens.
Der »göttliche Vater« Eje, der auf dem Sockel einer blumengeschmückten Säule saß, hatte sich vor der glühenden Sonne mit einem Tuch auf dem Kopf geschützt. Der oberste Amunpriester ging mit bloßem Kopf vor Anchesa, die auf einem Klappstuhl saß und rhythmisch einen Fächer bewegte, auf und ab.
»Der Erste Prophet ist über Eure so junge Weisheit erfreut,

Majestät«, sagte der »göttliche Vater«. »Die Wahl von Prinz Tutanchaton werde den Göttern gefallen.«
»Ihr habt Aton schon vergessen.«
»Das wird nötig sein«, bestätigte der Erste Prophet mit seiner tiefen Stimme, die Anchesa das Blut in den Adern erstarren ließ. »Echnaton war der einzige Prophet seines Gottes. Er hat keinen Schüler ausgebildet.«
»Das stimmt nicht«, widersprach die junge Frau, »er hat mir seine Lehre übermittelt.«
»Würdet Ihr Euch der gesamten Geistlichkeit Amuns entgegenstellen?« fragte der Erste Prophet herrisch.
Anchesa betrachtete die Sonne, den riesigen Hof, der ihr offenstand, die makellos weißen Fliesen. Sie hörte noch die Stimme ihrer Mutter Nofretete, die Atons Schönheit besang. Sie sah die Tempeltänzerinnen, die graziös zu der Musik von Flöten und Trommeln tanzten. Ihre in Helligkeit und Glück strahlende Jugend gehörte schon einer vergangenen Welt an.
»Nein, dazu fühle ich mich nicht imstande«, gab sie voller Bedauern zu.
»Das zeugt von äußerst klarem Verstand in einer jungen Seele«, lobte der Erste Prophet. »Eure Majestät hat sich vor der wahren Tradition zu beugen gewußt.«
Anchesa biß sich auf die Lippen, um sich daran zu hindern, laut und heftig zu protestieren. Sie hatte sich geschworen, diesem gefährlichen Greis allein durch Würde die Stirn zu bieten und ihm zu beweisen, daß auch seine wildesten Angriffe sie nicht aus dem Gleichgewicht bringen würden.
»Was erwartet Ihr von mir?« fragte sie angespannt.
Eje antwortete in einem Ton, der beruhigend klingen sollte.
»Solange Euer Vater Ägypten regierte, wurde er von allen als oberste Autorität anerkannt. Keine seiner Anweisungen wurde in Frage gestellt. Pharaos Wort war und blieb wie von Anbeginn

an allmächtig. Ägypten sind dank der Weisheit der Amunpriester und der Weitsicht ihres Hohenpriesters, des Ersten Propheten, schwere innere Unruhen erspart geblieben. Heute ist die Situation ganz und gar eine andere. Wenn auch die Ernennung Eures Gatten Tutanchaton ratsam erscheint, so wissen wir, daß er nicht imstande ist, zu regieren. Er ist noch ein Kind. Es wäre gefährlich und schädlich, das von Eurem Vater begonnene Experiment fortzusetzen.«

»Man muß nach Theben zurückkehren«, unterbrach der Erste Prophet barsch, ohne Anchesa anzuschauen. »Dort muß die Krönung des neuen Pharao stattfinden.«

»Was bedeutet …«

»… daß die Stadt der Sonne verlassen werden und daß Theben seinen Status der ägyptischen Hauptstadt wiedererlangen muß. Außerdem ist es nötig, Majestät, daß Euer Gemahl seinen Namen ändert. Tutanchaton, ›Lebendiges Symbol Atons‹, wird zu Tutanchamun, ›Lebendiges Symbol Amuns‹. Auf diese Weise wird durch die Magie der Worte die Aton-Ketzerei vergessen werden. Mit seinem neuen Namen, der in ganz Ägypten verkündet und auf Stelen in allen Tempeln des Landes graviert werden wird, wird Tutanchamun Thebens Triumph und die Rückkehr zur Wahrheit manifestieren.«

Anchesa weinte innerlich, doch trotz des gewaltigen Kummers, der sie zerriß, gelang es ihr, ein unbewegliches Gesicht zu wahren. Der Erste Prophet legte eine arrogante, grausame Freude an den Tag. Die Priester, hatte Echnaton gesagt, seien die ruchlosesten aller Menschen …

»Es ist selbstverständlich«, fügte der Erste Prophet hinzu, »daß über diese Bedingungen nicht verhandelt werden kann. Ich habe die Unterstützung von General Haremhab und der Armee.«

Anchesa warf einen fragenden Blick auf den »göttlichen Vater«.

Letzterer bestätigte mit einem Kopfnicken die Erklärungen des Ersten Propheten.
Ein stechender Schmerz fuhr Anchesa durch den Unterleib und zwang sie, sich nach vorne zu beugen, als müsse sie sich erbrechen. Der Erste Prophet trat einen Schritt auf sie zu.
»Was habt Ihr, Majestät?«
»Zurück!« schrie sie, vor Schmerzen wie gelähmt. »Kommt mir nicht zu nah!«
Der Greis, überrascht von der Leidenschaftlichkeit ihrer Reaktion, gehorchte.
»Es ist ein Fehler, mich als Feind zu betrachten, Majestät. Euer Vater war ein Häretiker und zweifellos geisteskrank. Er führte Ägypten in den Untergang. Amun ist es, der unser Land zum Licht der Welt gemacht hat. Er ist es, der das Glück wiederbringen wird, das durch Fanatismus und Intoleranz verlorenging.«
Anchesa litt zu sehr, um ihren Haß auf diesen Scheinheiligen herauszuschreien, um die Liebe zu ihrem Vater zu betonen, von der göttlichen Sonne zu fordern, sie möge sie mit ihrer Kraft nähren und ihr erlauben, diese Schurken, die Echnatons Gedächtnis besudelten, unter ihren Sandalen zu zermalmen, doch sie wußte, daß sie machtlos war. Eje, Haremhab und der Erste Prophet Amuns hatten einen Pakt geschlossen, der sie und ihren jungen Gemahl zu fügsamen Sklaven machte. Das glaubten sie ... doch die junge Frau hatte schon einen Gegenschlag im Sinn, den sie nicht einmal erahnen konnten. Im Augenblick mußte sie nur das Wesentliche retten.
»Ich bin nicht völlig ohne Kräfte«, sagte sie ruhig und forderte damit gleichzeitig den »göttlichen Vater« und den Ersten Propheten heraus, deren abgekartetes Spiel sie anwiderte. »Sie reichen nicht aus, um zu siegen, doch sie erlauben es mir, Euch zu bekämpfen.«
Eine Sorgenfalte furchte die Stirn des Ersten Propheten. Seine

brillante Karriere verdankte er einer wichtigen Eigenschaft: Er hatte seine Gegner niemals unterschätzt. Er hatte die junge Frau, die zukünftige Königin Ägyptens, beurteilt und nahm keines ihrer Worte auf die leichte Schulter. Die Prüfungen, die sie durchgemacht hatte, hatten sie in erstaunlicher Weise reifen lassen. Sie verband den Zauber der strahlenden Jugend mit der souveränen Schönheit einer Frau von unbeirrbarem Charakter. Wie würde sie sich entwickeln? Würde sie sich darauf versteifen, die Häresie zu verteidigen und die Erinnerung an eine absurde Herrschaft zu pflegen, oder würde sie sich der Sache der Thebaner anschließen? Würde sie ihren Gefühlen folgen oder der Staatsräson?

»Einen Bürgerkrieg auslösen, die Ägypter entzweien, sie dazu bringen, sich zu bekämpfen ... Sollten dies Eure Zukunftspläne sein, Majestät?«

Anchesa flehte Aton an, sie mit seiner Klarheit zu durchdringen. Doch sie erwartete kein Wunder. Sie wußte, daß sie nur auf ihre eigene Kraft, dem Unglück und ihren Gegnern standzuhalten, bauen konnte.

»Ich habe nicht die Absicht, die Ursache solchen Grauens zu sein ... doch ich stelle eine Forderung.«

Der Blick des Ersten Propheten wurde drohend.

»Erlaubt Euch Eure Situation, eine solche zu formulieren?«

Die junge Frau ignorierte die Warnung.

»Die Sonnenstadt darf nicht zerstört werden. Wenn ihre Bewohner sie verlassen haben, soll sie Wind und Sonne ausgeliefert bestehenbleiben.«

Der Erste Prophet dachte lange nach. Diese verfluchte Stadt abzureißen war ihm notwendig erschienen. Er hätte auf diese Weise ein Exempel statuiert, das in den Annalen nicht vergessen würde und jeden Herrscher davor zurückschrecken ließe, sich von Amun abzuwenden.

Aber er überdachte noch einmal die Situation. Wenn die neue Hauptstadt verlassen wäre, würde eine Sandschicht genügen, um sie für die Ewigkeit zuzudecken.
»Ich akzeptiere Eure Forderung, Majestät.«
»Ich habe noch eine«, sagte Anchesa erleichtert.
Eje nahm den Schleier ab, der ihn vor der Sonnenglut schützte.
»Wir könnten es dabei belassen.«
Anchesa setzte sich darüber hinweg.
»Der Tempel meines Vaters in Karnak darf ebenfalls nicht zerstört werden. Wenn ich in Theben lebe, wird er mein bevorzugter Aufenthaltsort sein, der Ort, an dem ich beten werde.«
Der Erste Prophet lächelte grausam.
»Keine Angst. Wir haben für die Erhaltung des kleinen Gebäudes gesorgt und haben es sogar restauriert. Ihr werdet glücklich sein in Theben, Majestät.«
Der Priester beendete sein quälendes Hin- und Herlaufen. Endlich konnte er diesen verfluchten Ort verlassen, an dem ketzerische Kulte zelebriert worden waren. Der Hof würde wieder nach Karnak zurückkehren, Amun würde wieder zum Gott des Imperiums. Sein Sieg war vollständig. Mit Ausnahme einer letzten Einzelheit. Er stellte sich neben die junge Frau, so daß er mit leiser Stimme zu ihr sprechen konnte.
»Ich werde Euch demnächst eine Liste hoher thebanischer Würdenträger übermitteln, die durch ein Dekret des neuen Königs ihre unter Echnatons Herrschaft verlorenen Privilegien zurückerhalten. Sie werden sich Euch dafür erkenntlich zeigen. Diese Angelegenheit ist absolut unerläßlich für die Stabilität des Throns.«

Tutanchaton war außer sich vor Freude über die Idee, wieder nach Theben zurückzukehren und mit Anchesa dort zu leben. Sie hatte über seine neue Aufgabe als Pharao gesprochen, er hatte von Liebe geredet, hatte sie in die Arme genommen, liebkost und voller Leidenschaft entkleidet. Anchesa hatte ihn nicht abgewiesen. Sie hatte das leichte Gewicht seines jungen Körpers akzeptiert und in den Spielen der Lust den schwarzen Schatten vergessen, der ihre Sonne verschleierte.

Dann kam der letzte Tag, der Tag der Abreise.

Sie weinte nicht, und sie dachte nicht an den unerträglichen Kummer, der ihr die Seele durchbohrte. Alle Sorgfalt bot sie ihrem jungen Gatten an, der in einem Saal des Palastes mit blumenverzierten Säulen auf einem Stuhl mit gebogener Rückenlehne saß. Er trug einen langen, plissierten Schurz, der von einem vielfarbigen Gürtel um die Taille gehalten wurde, hatte die Füße auf einen Hocker gestützt und ließ Anchesa nicht aus den Augen. Sie stand aufrecht vor ihm und tat die letzten Handgriffe an seiner Aufmachung. Die junge Frau war großartig in ihrem Leinengewand, ihrem Gliedergürtel, dem breiten Kragen und der Lockenperücke. Sie rückte Tutanchatons Brustschmuck und seine Armreifen zurecht und verteilte dann den Inhalt eines Parfümgefäßes auf dem Kopf ihres Ehemanns. Als sie fertig war, warf sie einen letzten Blick auf eine kleine Goldscheibe an der Wand. Von der göttlichen Scheibe gingen Strahlen aus, die in Händen endeten. Dieses Symbol hatte Echnatons Geist heimgesucht, und er hatte es auf die Stelen und die Mauern der Tempel der Sonnenstadt gravieren lassen. Sollte es der Vergessenheit überantwortet sein?

Das junge Paar verließ in Prunkgewändern den Palast und bestieg einen Wagen, der an der Spitze einer langen Wagenkolonne nach Süden, nach Theben, aufbrach. Die Adligen hatten für immer die Türen ihrer prächtigen Villen verschlossen, die Gärtner ein letztes Mal die Blumenbeete begossen. Die Schreiner hatten die hölzernen Säulen demontiert, die in den thebanischen Behausungen wiederverwendet werden würden, die

Beamten hatten die administrativen Papyrusrollen in Truhen auf Karren geladen, die von Ochsen gezogen wurden. Die als überholt erachteten Tafeln waren vergraben, die Mumien aus ihren Gräbern geholt worden, um auf dem Westufer die ewige Ruhe in einer neuen Grabstätte zu finden. Nur die königliche Familie würde an dem von Echnaton gewählten Wüstenort ruhen. Kein Priester würde die Erinnerung an den König zelebrieren.

Anchesa dachte an die plündernden Beduinenhorden, die sich in der von ihren Bewohnern verlassenen Stadt Atons niederlassen und sie besudeln würden. Keine Grenzwache, kein Polizist würde ihnen den Zugang zum Palast und zu den Villen untersagen. Sie würden sie aufbrechen und verwüsten und es dem Wind und dem Sand überlassen, die feinen Malereien zu zerstören.

Ein zartes Morgenrot färbte die Berge und vertrieb die Nebel, die noch die Felder verschleierten. Der Nordwind blähte die Segel der imposanten Flotte, die südwärts steuerte. Die Hafenarbeiter hatten sie mit großen Mengen von Möbeln beladen. Auf der königlichen Barke waren Truhen mit kostbaren Stoffen und Kleidungsstücken untergebracht worden.

In wenigen Tagen würde die von Echnaton gegründete Stadt des Lichts von ihren Bewohnern verlassen sein. Die Ärmsten würden auf vom Staat gecharterten Lastkähnen in die Dörfer zurückkehren, aus denen sie einst mit Freude im Herzen gekommen waren, um eine neue Hauptstadt zu gründen.

Tutanchaton und Anchesa hatten in einem Zelt auf der königlichen Barke Platz genommen. Dort waren sie während der Reise vor der Sonne geschützt, und dort würde man ihnen Früchte und erfrischende Getränke servieren.

Der junge Herrscher breitete ein Schachspiel aus, glücklich, mit derjenigen zu spielen, die er mit immer größerer Leidenschaft liebte. Die Zukunft erschien ihm als reine Freude. Die Götter überschütteten ihn mit allen Glückseligkeiten.

Anchesa ließ ihn warten. Sie stand an Deck und betrachtete die Sonnenstadt, die langsam verschwand, als das Schiff sich entfernte. Eine Biegung des Flusses ließ die Hauptstadt von Echnaton, dem Propheten des Lichts, für immer verschwinden.

Tränen rollten über die Wangen der Tochter des verfluchten Königs.

19

Nachdem das schwere Tor hinter ihnen geschlossen worden war, drangen Anchesa und Tutanchaton, geführt von einem Zeremonienmeister, in den gewaltigen Tempel vor.
Voller Bestürzung entdeckte Anchesa das Reich des Götterkönigs und Machtspenders Amun-Re. Sie hatte Hunderte Male von diesem heiligen, vor Jahrhunderten eingeweihten Bauwerk reden gehört, das zu verschönern jeder Pharao enorme Anstrengungen gemacht hatte: Thutmosis III., der Eroberer, Thutmosis IV., der Schützling des Sphinx, Amenophis III., der Große, hatten Kolonnaden und Pylonen gebaut, Innenhöfe gestaltet, Kolosse aufgerichtet und ohne Unterlaß das riesige Werk aus Stein weiterentwickelt, in dem täglich die Riten abgehalten wurden, die das Wohlergehen des Imperiums gewährleisteten. Karnak reichte gut und gerne bis in den Himmel, wie die Theologen behaupteten. Anchesa fühlte sich getragen, wie von der Erde erhoben. Die mit Gold überzogenen Tore blendeten sie. Der lebendige Blick der Statuen drang bis in ihre Seele. Überall Gold, Türkis, Lapislazuli, Edelsteine, die die Pracht der zahlreichen Bauwerke überhöhten, aus denen diese nach dem Bild des Universums gebaute heilige Stadt bestand.
Die jungen Leute hielten vor einer mit Gold beschlagenen Doppeltür. Die Schwelle bestand aus Silber. Mehrere Dutzend in zwei Reihen gruppierte Priester umgaben Tutanchaton und Anchesa, die über die Würde der Zeremonie beide gleicher-

maßen erregt, beinahe eingeschüchtert waren. Der junge König hatte plötzlich sein naives Glück vergessen und begann zu erkennen, daß seine zukünftige Aufgabe wesentlich schwerer zu werden drohte, als er sich vorgestellt hatte.

Der Erste Prophet erschien mit einem langen goldenen Stab in der rechten Hand; sein linkes Handgelenk war mit einem goldenen Armband geschmückt. Seine überdurchschnittliche Größe und seine natürliche Autorität forderten absolute Stille.

Ein Priester mit einem scharf geschliffenen Messer, dessen Klinge funkelte, präsentierte sich hinter Tutanchaton. Mit einer schnellen, präzisen Bewegung packte er die Haarlocke, die der Jugendliche auf der Seite trug, und schnitt sie ab. Damit befreite er ihn von der Kindheit. Die Locke wurde in eine Schatulle getan und würde unter den königlichen Schätzen sorgfältig aufbewahrt werden.

Tutanchaton überlief ein Schauder. Er hatte keinerlei Schmerz erfahren, doch eine schreckliche Qual hatte seinen Kopf eingeschnürt, die ihn beinahe das Bewußtsein hatte verlieren lassen. Eine Welt des Luxus, der Feste und Freuden brach zusammen und machte Platz für die Strenge des Tempels, die von ihm einen übermenschlichen Einsatz verlangen würde.

»Amun ist es, der das Königtum verleiht«, verkündete der Erste Prophet, »er ist es, der den Thron der Lebendigen bewahrt, auf dem Pharao Platz nimmt. Gott leitet das Denken seines Sohnes, um ihm den Sieg über seine sichtbaren und unsichtbaren Feinde zu schenken. Amun schafft Pharao als Hüter seines Volkes, als guten Hirten, dem keines seiner Schafe verlorengeht. Amun lehrt seinen Sohn den Weg von Maat, der Wahrheit, der die Menschen nicht ausweichen dürfen. Wer bist du, der du dich vor dem Tor des geschlossenen Tempels präsentierst?«

»Ich bin der Sohn des Herrn«, antwortete Tutanchaton, mit den

Worten, die man ihn am Vorabend gelehrt hatte. »Ich werde nach seinen Vorschriften handeln, und ich werde tun, was seinem Herzen angenehm ist. Mit seiner Kraft werde ich die Beiden Länder vereinen, durch seine Macht werde ich die Aufgabe erfüllen, mit der er mich betraut.«

»Als Amuns treuer Sohn sollst du heute deinen sichtbaren Namen erhalten«, proklamierte der Erste Prophet mit so tiefer, so ernster Stimme, daß alle Teilnehmer an dem Ritual den Atem anhielten.

Anchesa betete für ihren jungen Gatten, weil sie fühlte, daß er kurz davor war, in Ohnmacht zu fallen. Sie versuchte, ihm ihre eigene Energie zu übermitteln. Er mußte unbedingt die Prüfungen bestehen, die ihn von der Krönung zum Pharao trennten und die aus ihm einen Gottkönig machen würden.

Dem Ersten Propheten war der Schwächeanfall des Jugendlichen nicht entgangen. Er hätte seiner empfindlichen Existenz ein Ende bereiten können, indem er den Zorn der Götter gegen ihn ausgelöst hätte. Doch das Schicksal des Reiches hing von der Regierung dieses schwachen, so wenig auf die Ausübung der Macht vorbereiteten Geschöpfes ab.

Der Priester streckte die Arme vor sich aus, öffnete die Hände und magnetisierte den jungen Mann, bis er wieder in der Lage war, die Haltung zu bewahren.

»Von nun an wirst du den Namen Tutanchamun tragen«, verkündete der Erste Prophet. »Er ist es, der das Geheimnis deines Seins enthält, der in die Annalen eingehen und über den Tod hinaus leben wird.«

Jeder verstand, daß Ägypten eine Wende seiner Geschichte erlebte. Anchesa biß sich auf die Lippen, um nicht vor Wut zu schreien. Aber sie gab sich noch nicht geschlagen, selbst wenn der Kampf von vornherein verloren schien, selbst wenn sie von Karnaks Ewigkeit erdrückt zu werden schien.

Mit einem Kopfnicken befahl der Erste Prophet zwei Priestern, das große Doppeltor zum Tempel von Karnak zu öffnen.
Durch die Fenster aus steinernen Gittern drang nur noch diffuses Licht ins Innere. In einem Vorraum standen Statuen von Amenophis III., in der Mitte ein steinerner Tisch, auf dem Nahrungsmittel als Opfergaben ausgebreitet waren. Daneben warteten jeder auf einer Seite der General Haremhab und der »göttliche Vater« Eje, gekleidet in sternenbesetzte Leopardenfelle. Sie hatten zur Aufgabe, dem zukünftigen König endlose Jahre und unerschöpfliche himmlische Nahrung zu bringen.
Der Zeremonienmeister führte das junge Paar in den Vorraum. Der Zugang zu dem gedeckten Tempel wurde daraufhin wieder geschlossen. Als Anchesa sich an das Halbdunkel gewöhnt hatte, erkannte sie in einer Ecke des Raumes eine Stele, auf der man Tutanchamun den Stadtgott von Theben, Amun-Re, anbeten sah. Die Priester hatten keine Zeit verloren. Seit der Bekanntgabe des Todes von Echnaton arbeiteten die Bildhauer unermüdlich.
»Es ist Zeit, Euch zu reinigen«, erklärte der Erste Prophet.
Der »göttliche Vater« Eje geleitete Tutanchamun, Haremhab und Anchesa in ein winziges, fast vollständig finsteres Zimmer. Sie forderten sie auf, sich zu entkleiden, sich auf einen Granitblock zu setzen und zu warten, bis man sie nach einem stummen Fasten von einem Tag und einer Nacht holen käme.

Diese erzwungene Ruhe erlaubte dem zukünftigen jungen König, neuen Atem zu schöpfen, die unerbittliche Aufeinanderfolge der Ereignisse leichter zu akzeptieren, die sein Leben in eine Richtung lenkten, die er weder gewünscht noch gewählt hatte. War es nicht besser, sich hinzugeben, sich von der Strömung des Schicksals tragen zu lassen, so wie man im Nil schwamm? Erschöpft und ergeben schlief Tutanchamun ein.

Anchesa fand keinen Schlaf, so sehr hatten sie die wenigen Augenblicke in Gesellschaft von Haremhab verwirrt. An der Art, wie er ihre Hand gehalten hatte, und in seinen Augen, die eine stumme Sprache sprachen, hatte sie in ihrem eigenen Fleisch gespürt, daß dieser Mann sie begehrte, daß er die Hoffnung nie aufgeben würde, sie zu besitzen. Sie verübelte sich diese Anziehung ganz besonders jetzt, wo sie alle ihre Zuneigung einem schwachen Ehemann schuldig war, der sehr bald die Verantwortung für das größte Königreich der Welt tragen würde. Doch Anchesa weigerte sich, sich selber zu belügen. Sie empfand grenzenlose Zärtlichkeit für Tutanchamun. Und sie liebte Haremhab.

Eine andere Liebe, größer, stärker, erfüllte ihr Herz, die Liebe zu dem Ägypten, das ihr Vater gewollt hatte, einem Land des Lichts, wo Atons Strahlen auf keine Mauer gestoßen wären, wo die Bosheit der Priester endlich verschwunden wäre. Diese Liebe war es, der sie sich geschenkt hatte. Nichts würde sie ihre Entscheidung rückgängig machen lassen. Um dem treu zu bleiben und die Aufgabe, die Echnaton ihr anvertraut hatte, zu einem guten Ende zu bringen, hatte sie kein anderes Mittel, als Tutanchamun zu helfen, ein wahrer Pharao zu werden. Dann endlich wäre es ihr möglich, gegen den Ersten Propheten zu agieren und sich von der Bevormundung der Priester von Karnak zu befreien.

Während dieser Nacht der Meditation schmiedete sich Anchesa die Seele einer Königin. In Karnak eingesperrt, schöpfte sie die heilige Energie, die aus diesen Mauern strömte, in denen berühmte Frauen vor ihr die gleiche Prüfung durchgemacht hatten, ehe sie auf den Thron stiegen. Sie durchtränkte ihr Selbst mit jener ruhmreichen Vergangenheit, den unsichtbaren Spuren weiblicher Persönlichkeiten, die Thebens Ruhm geschaffen hatten. Anchesa fühlte eine neue Kraft in sich aufsteigen. Sie vereinte zwei scheinbar unvereinbare Naturen, die der Tochter Echnatons, der Erbin der Stadt des Lichts, und die einer thebanischen Königin, die eine Anhängerin Amuns geworden war. Sie mußte das Unmögliche leisten, mußte die Versöhnung dieser Gegensätze leben, damit ihr Land nichts von dem von Aton offenbarten Licht verlor und nicht in entsetzliche innere Konflikte geriet, deren erste Opfer die kleinen Leute wären. Sie hatte nicht mehr die geringste Lust, Königin zu werden und den Thron eines ehrgeizigen kleinen Mädchens, das sich dem Rest der Menschheit überlegen glaubte, zu verwirklichen. Haremhab, Eje, der Erste Prophet, Maja, Hanis, Huja, diese Männer waren ihr an Talent, Intelligenz oder Erfahrung überlegen. Sie mußte sie beobachten, sie verstehen und das Geheimnis ihres Einflusses lüften. Erst dann würde sie in der Lage sein, ihre königliche Aufgabe zu erfüllen.

Als ein Priester kam, um die junge Frau zu holen, hatte sie trotz des Mangels an Schlaf ein ausgeruhtes, heiteres Gesicht. Der Mann, ein kahlköpfiger, fast zahnloser Greis, reichte ihr einen weißen Faltenschurz, den sie sich um die Taille gürtete. Dies war das traditionelle Gewand der Herrscher seit dem Zeitalter der Pyramiden.

In dem geschlossenen Tempel existierte die Zeit nicht mehr. Es mochte früher Morgen sein, aber für Anchesa war es unwichtig. Sie folgte dem Priester durch einen engen, mit Fackeln beleuchteten Gang und gelangte in einen von heißen, feuchten Dämpfen angefüllten Raum, wo Tutanchamun, ebenfalls mit dem traditionellen Schurz bekleidet, sie erwartete. Der Greis ließ sie sich Schulter an Schulter hinsetzen und bat sie, Schweigen zu wahren und sich nicht zu bewegen.

Zwei Priester tauchten hinter dem Schleier aus Dampf hervor. Der eine trug die Maske des Falkengottes Horus, der andere die

des Schakalgottes Anubis. Der erste stellte sich neben Tutanchamun, der zweite neben Anchesa. Sie hoben silberne Kannen über ihre Köpfe, aus denen sich das von den Magierinnen des Hauses des Lebens bereitete Wasser der Regeneration ergoß. Es floß den jungen Leuten über den Hinterkopf, die Wangen, den Hals, die Brust und den Rücken. Sie wurden so von den Göttern gereinigt, von Horus, dem Beschützer des Königtums, und von Anubis, dem Hüter der Straßen im Jenseits.
Anchesa lächelte Tutanchamun zu, als sie seine Beunruhigung bemerkte. Die Augen des verliebten jungen Mannes lasen ein solches Vertrauen in denen seiner Frau, daß er wieder ruhig wurde. Da sie bei ihm sein würde, sah er sich imstande, den rituellen Weg, der ihm auferlegt wurde, bis zum Ende durchzustehen.
Zwei weitere Priester, diesmal mit der Ibismaske von Thot und der Hundemaske von Seth, mit kräftiger Schnauze und großen Ohren, stellten sich hinter beziehungsweise vor das königliche Paar. Sie gossen ihnen den Inhalt goldener Kannen über die Köpfe. Zusammen mit den beiden anderen Priestern symbolisierten sie die vier Himmelsrichtungen, die Eckpfeiler des Universums, über das Pharao und die Große Königliche Gemahlin regierten.
»Durch das Wasser des Lebens«, sagte der Greis mit fester Stimme, »ist die menschliche Natur in göttliche Natur gewandelt.«
Anchesa empfand ein sonderbares Gefühl in der tiefsten Tiefe ihres Leibes. Ein ganz sanftes Feuer erwachte in ihr, wie die Sonne am Ende eines Tages, die die Haut golden färbt, ohne zu brennen. Das parfümierte Wasser war über ihren ganzen Körper geflossen und bedeckte ihn mit einer immateriellen Helligkeit, einer Art flüssigen Goldes, das das Fleisch vergöttlichte. Auch der Blick Tutanchamuns hatte sich verwandelt. Die Eigenschaf-

ten des reinigenden magischen Wassers, das seit den Anfängen der ägyptischen Geschichte über alle Pharaonen geflossen war, vermittelten ihm eine Lebensform göttlichen Ursprungs.
Die Zelebranten mit den Göttermasken stellten die Kannen in die vier Ecken des Raumes. Horus und Seth nahmen Tutanchamun bei den Händen und führten ihn in einen Saal, dessen Zentrum durch kräftige, durch Öffnungen in der Decke einfallende Lichtstrahlen erhellt wurde. Anchesa wurde von Anubis und Thot zu ihm geleitet.
Als sich ihre Augen an die blendende, auf den Altar konzentrierte Helligkeit gewöhnt hatten, erkannten sie eine Barke, Amuns heilige Arche, an beiden Enden hochgebogen und mit dem Kopf eines Widders geschmückt. Die mit einem weißen Schleier verhüllte Kabine der Barke barg eine Statue des Gottes. Am Bug bediente eine Figurine, die Pharao darstellte, das Ruder.
Der Erste Prophet trat aus dem Halbdunkel.
»Amun ist für immer verborgen«, sagte er, »er ist der Vater und die Mutter aller Wesen. Möge er den Weg zum Wohnsitz des Königs öffnen.«
Der Erste Prophet übernahm die Spitze einer Prozession, die von den vier Göttern, dem Königspaar und zum Schluß dem greisen Priester gebildet wurde.
Sie durchquerten einen Hof, in dem zwei riesige Obelisken errichtet worden waren. Anchesa war geblendet von der unglaublichen Großartigkeit des Ortes, dem schönen weißen Sandstein, dem roten und schwarzen Granit, dem Boden aus Gold und Silber, den mit Feingold beschlagenen Türen der Kapellen, den Fensterläden aus Zedernholz und asiatischem Kupfer.
»Nun sind wir an den Ort des Lichts gelangt, wo Pharao gekrönt werden wird«, verkündete der Erste Prophet. »Dieser Tempel

entspricht dem Universum. Hier befindet sich der Ort der Glückseligkeit des Herrn der Götter.«
Damit begann eine mehrere Stunden währende Pilgerei. Gefolgt von Anchesa betrat Tutanchamun eine aneinandergereihte Folge von Nebenkapellen, in denen sich Priester und Priesterinnen mit Masken von Göttern und Göttinnen befanden. Jede der Schöpferkräfte überbrachte ihm ihre Botschaft und trug dazu bei, nach und nach Pharaos übernatürliches Sein zu gestalten.
Dank des reinigenden Wassers empfand Tutanchamun keine Müdigkeit. Als er den Wohnsitz der Flamme verließ, wo man ihm den Uratem des Königtums übermittelt hatte, fand er sich dem Ersten Propheten gegenüber.
»Amun schenkt dir das Leben, die Beständigkeit und die Kraft«, erklärte er und setzte ihm die Weiße und die Rote Krone auf, die Ober- und Unterägypten repräsentierten.
»Die zwei Mächte« bildeten eine lebendige Einheit, die den Pharao vor schädlichen Einflüssen schützen würden. Ihr Gewicht hätte dem Jugendlichen beinahe ein Stöhnen entlockt. Der Erste Prophet magnetisierte ihn daraufhin erneut und linderte damit augenblicklich den Schmerz in seinem Nacken. Dann legte er ihm ein Band um die Stirn und tat damit kund, daß von nun an sein Denken mit dem der Götter verschmolzen sei.
Der Erste Prophet kniete vor Pharao nieder und zog ihm weiße Sandalen an. Auf den Sohlen waren Bilder von gefesselten Feinden, für immer der Autorität des ägyptischen Königs unterworfen. Der Herr der Priester von Karnak erhob sich wieder und befestigte am Gürtel von Tutanchamuns Schurz einen Stierschwanz, der die unwandelbare Kraft von *ka* verkörperte, die die sterbliche Hülle überleben würde.
Nun war der neue König ausgestattet, um den Aufstieg zu einer

in Finsternis getauchten Kapelle zu vollenden. Der Erste Prophet betrat sie nicht. Anchesa blieb auf der Schwelle. Ein riesiger Naos aus rosa Granit füllte den Raum fast ganz aus. Ein mineralisches Licht schien von dem Monument auszugehen. Der Jugendliche trat ein und blieb vor einer Statue von dem mit der Zwei-Feder-Krone gekrönten Amun stehen. Mit dem Rücken zu dem Götterstandbild, kniete sich der neue König spontan nieder.

Plötzlich legte sich eine kalte Hand, eine steinerne Hand, auf seinen Nacken. Amuns Arm hatte sich bewegt, der Gott bestätigte persönlich die Krönung von Tutanchamun.

Letzterer glaubte, vor Ergriffenheit sterben zu müssen. Es kostete ihn übermenschliche Anstrengung, nicht aufzuspringen und davonzurennen. Aber er spürte Anchesas liebevollen Blick und überwand seine Angst. Nach und nach wurde die steinerne Hand sanfter. Die Kälte wich. Der Jugendliche empfand die gleiche wundervolle Hitze wie in den Momenten, als der Erste Prophet ihn magnetisierte.

Amuns Arm zog sich zurück, und die Statue kehrte wieder in ihren Zustand scheinbarer Reglosigkeit zurück. Tutanchamun erhob sich. Er war Gott-König geworden, das lebendige Abbild von Amun auf Erden, Meister der unaufhörlichen Wandlungen des Lebens. Als er die Kapelle verließ, überreichte ihm der Erste Prophet zwei Zepter, die er vor der Brust kreuzte, und führte ihn zum anderen Ende des Tempels. Dort, im Heiligtum des Ostens, sah der neue Pharao die Pforten des Himmels sich öffnen, und er betrachtete das Antlitz des Gottes. Er rezitierte die rituellen Formeln des Kultes zum ersten Mal, nachdem er die Rolle des göttlichen Buches empfangen hatte.

Dann kamen Anchesa und Tutanchamun entlang der Achse des großen Tempels wieder zurück. Hinter ihnen formierte sich der Hof der Gottheiten, dargestellt von maskentragenden Priestern.

Zu ihnen gesellten sich ihre Kollegen mit kahlrasierten Köpfen. Im Festsaal hatten sich die großen Würdenträger versammelt, die ungeduldig darauf warteten zu erfahren, ob der Jugendliche die Prüfungen bestanden hatte.
Als sie ihn sahen, schwankend zwar unter der schweren Doppelkrone, doch die Zepter fest in der Hand, jubelten sie ihm zu und skandierten seinen Namen. Somit war er endgültig als König anerkannt. Das Freudengeschrei, das man draußen vor dem Gebäude hören konnte, kündete die rituelle Geburt des Monarchen an. Die gute Nachricht verbreitete sich in Windeseile und lockte sehr bald eine riesige Menge auf den Vorplatz, womit das Signal für ein mehrere Tage währendes Volksfest gegeben war. Ägypten hatte einen König. Ägypten war gerettet.
Der Erste Prophet wandte sich zu Anchesa, die sich ein wenig hinter ihrem Gemahl hielt. Auf Befehl des Priesters trat sie einen Schritt vor, auf gleiche Höhe mit dem Pharao.
Der Meister von Karnak legte ihr einen aus mehreren Perlenreihen bestehenden Kragen an und setzte ihr das Uräus-Diadem auf, die weibliche Kobra, die den Kopf aufrichtet, um gegen Hindernisse und Feinde Feuer zu speien.
»Du bist die große Magierin«, verkündete der Erste Prophet, »die alle Gunst genießt und die Legitimität des Thrones gewährleistet, die bezauberndste aller Frauen, sanft in der Liebe, die Herrscherin über Ober- und Unterägypten, die Große Königliche Gemahlin.«
Er reichte ihr ein Gefäß in der Form eines Granatapfels, dessen Bauch mit unendlich fein ziselierten Kornblumen und Lilien geschmückt war.
»Nimm dieses heilige Gefäß, das das Wasser der Wiederauferstehung enthält. Du wirst es als dein allerkostbarstes Gut behüten. Dein Name wird lauten ›Jene, die durch Amun lebt‹, und du wirst dem Herrscher über die Beiden Länder dabei

helfen, sein Leben damit zu verbringen, Bilder der Götter zu schaffen.«

Erneuter Jubel begrüßte diese Erklärung. Tutanchamun und Anchesa nahmen sich ernst bei der Hand. Der junge Pharao war ganz benommen von all dem, was er gerade durchlebt hatte. Undeutlich spürte er, daß seine Kindheit tot war und daß man ihn zwingen würde, jegliche Freiheit aufzugeben.

Als das königliche Paar aufrecht auf seinem Wagen stehend durch das Zentrum von Theben fuhr und von Tausenden von begeisterten Stimmen begrüßt wurde, begann Tutanchamun zu lächeln. Die Verehrung, die man ihm entgegenbrachte, erfüllte ihn mit Freude. König von Ägypten ... Er war König von Ägypten, der mächtigste Mann der Erde! Er nahm die Ehrungen entgegen und zeigte seine Zufriedenheit. Die Große Königliche Gemahlin an seiner Seite blieb merkwürdig still.

20

In den Werkstätten von Karnak arbeiteten die besten Bildhauer des Reiches ohne Unterlaß. Der »göttliche Vater« Eje und General Haremhab hatten befohlen, Stelen anzufertigen, die Tutanchamuns Krönung bekanntgaben. Statuen des Gottes Amun, der den neuen König vor sich hielt, sollten in allen großen Heiligtümern Ägyptens aufgestellt werden und von der legitimen Macht des jungen Königs zeugen. Maja, der bei Priestern und Würdenträgern hohes Ansehen genoß, überwachte das Ganze.

Tutanchamun saß auf einem Zedernholzstuhl, dessen Rückenlehne der Geist der Ewigkeit schmückte. Darüber befand sich eine geflügelte Sonnenscheibe. Der König strich nervös mit dem Finger über einen der goldenen Nägel, die die Winkelstücke des Stuhls hielten. Wie jeden Morgen seit über zwei Monaten erwartete er den Besuch des »göttlichen Vaters« Eje, der ihn nach und nach in die Geheimnisse des thebanischen Hofes einweihte. Anchesa wohnte diesen Gesprächen schweigend bei. Es war nichts als Klatsch und Tratsch, kritische Beschreibungen dieses oder jenes Höflings, Vertraulichkeiten aus den Wandelgängen. Der Blick der Großen Königlichen Gemahlin ruhte manchmal auf den Seiten des Stuhls, auf denen die Vereinigung von Lotos und Papyrus dargestellt war, den Pflanzen, die Ober- und Unterägypten symbolisierten. Die Größe der Beiden Länder, ihr Glanz ... Das hatte sie sich als die vordringlichsten Aufgaben eines Pharao vorgestellt. Statt dessen war nur die Rede von Palastintrigen. Auch wenn sie über so viel Mittelmäßigkeit empört war, behielt sie die Äußerungen des »göttlichen Vaters« im Gedächtnis. Der größte Teil der Höflinge dachte nur an die eigene Karriere. Sie hatten solche Angst vor der von Echnaton ausgelösten Revolution gehabt, daß sie zu allem bereit waren, um die Amunpriester zu unterstützen, die ihre Privilegien garantierten. Trotz ihrer übergeordneten Position mußte Anchesa vorsichtig sein. Zudem hatte sie beschlossen, nicht vor der Geburt ihres Kindes zu handeln, zumal die Schmerzen in ihrem Leib sich verstärkten. Sie kümmerte sich kaum darum und war nur zu glücklich, Tutanchamun die Frucht ihrer Liebe schenken zu können.

Der junge König wurde ungeduldig.

»Eje hat sich heute verspätet. Wie kommt das?«

»Mach dir keine Sorge«, tröstete sie ihn, »horch lieber auf deinen Sohn ... Er bewegt sich.«

Tutanchamun tat es mit größtem Vergnügen, als ein Mundschenk, der Schalen mit frischer Milch brachte, Eje ankündigte.

»Ich habe mich verspätet, Eure Majestät. Verzeiht einem alten Mann, der an seinen Gelenken leidet. Ich kann mich nur noch mit einem Stock vorwärts bewegen.«

»Setzt Euch, göttlicher Vater«, sagte Anchesa und rückte einen bequemen, mit Kissen gepolsterten Sitz herbei.

Eje ließ sich stöhnend darauf nieder, dem König gegenüber.

»Worüber werden wir heute reden?« fragte Tutanchamun, der Geschmack an den Palastintrigen gefunden hatte. »Von der Dame Mut, der Gattin von Haremhab und ihrem schwierigen Charakter?«

Der scherzende Ton des Königs amüsierte den »göttlichen Vater« nicht.

»Eher von Haremhab selbst, Eure Majestät.«

Anchesa spitzte die Ohren und vergaß den Papyrus, den sie gerade las.
Das Gesicht, das Tutanchamun machte, zeigte nur zu deutlich, daß dieses Thema ihn langweilte. Bislang hatte er die Schwierigkeiten ignoriert. Er hatte sich darauf beschränkt, Anchesa zu lieben und die Vorteile seines Ranges zu genießen, ohne die Nachteile auf sich nehmen zu müssen. Er hatte sogar die Existenz des mächtigen Generals vergessen und war dem »göttlichen Vater« dankbar, ihn nicht weiter behelligt zu haben.
»Wünscht der General mich zu sehen?«
»In der Tat, Eure Majestät! Seit Eurer Krönung hat er viel gearbeitet. Er hat persönlich die Rekrutierung neuer Soldaten überwacht, um die Armeekorps zu verstärken, die unter seiner Kontrolle stehen. Er verkündet überall seinen absoluten Gehorsam gegenüber Pharao und äußert kein einziges verletzendes Wort über Euch. Er predigt Ruhe und Frieden, doch er bereitet Krieg vor.«
Beunruhigt mischte Anchesa sich lebhaft ins Gespräch.
»Krieg gegen uns? Gegen die legitimen Herrscher?«
Eje zögerte mit der Antwort.
»Ich weiß es nicht ...«
»Ihr habt keine Unterredungen mehr mit dem General?«
»Nur belanglose, uninteressante Gespräche. Haremhab weicht mir aus. Ich nehme an, er verfolgt irgendeinen persönlichen Plan, den ich noch nicht zu durchschauen vermag.«
»Einen Plan, der Euch zu denken gibt?«
»Ja, Eure Majestät.«
»Warum denn? Ist Haremhab nicht in erster Linie ein Schreiber, der die Gesetze respektiert und außerstande ist, einen Akt der Gewalt gegen das göttliche Gesetz zu begehen?«
»Allerdings«, gab der »göttliche Vater« zu, »aber ich fürchte, daß er die Gesetze ausgerechnet dazu benutzt, seine Stellung zu

festigen. Haremhab reist viel, besucht die Provinzherren, konsultiert die hohen Würdenträger, gibt Bankette für die höheren Offiziere. Seine Popularität wächst ständig, während Ihr in diesen Palast eingeschlossen bleibt.«

Anchesa legte die Hände auf ihren schmerzenden Leib. Nach sechs Monaten Schwangerschaft hatte er sich noch kaum gerundet.

»Ihr sagtet, der General wünsche uns zu sehen?«

»Er hat eine große Zeremonie im Month-Tempel angesetzt und wünscht die Anwesenheit des Königspaares.«

»Besteht die Möglichkeit, sich dieser Verpflichtung zu entziehen?« fragte Tutanchamun, den das Protokoll gereizt stimmte.

»Ich fürchte nein, Majestät.«

Anchesa war unangenehm berührt. Der »göttliche Vater« machte keinen ehrlichen Eindruck. Diente er nicht als Abgesandter von Haremhab, um das Königspaar aus dem Palast zu locken? Wurde ein Attentat gegen Pharao vorbereitet? Sie versuchte, diese verrückte Idee aus ihren Gedanken zu verbannen. Weder Haremhab noch Eje waren Mörder. Doch verbarg die Attitüde des »göttlichen Vaters« nicht irgendeine uneingestandene Absicht?

Der Tempel von Month, dem Falkengott, der Pharao im Kampf beschützen und ihm die kriegerische Kraft, die zum Siege führt, verleihen soll, stand im Norden des großen Tempels von Amun-Re. Im Zentrum seiner eindrucksvollen Fassade öffnete sich ein großes Tor mit einer Schwelle aus rosa Granit. Zwei Obelisken flankierten den Eingang zum Heiligtum.

Haremhab persönlich empfing das Herrscherpaar, als es dem Wagen aus Gold und Silber entstieg. Angeführt von zwei Fächerträgern, geleitete er sie ins Innere des Tempels in einen weit-

läufigen, von Säulen in Papyrusform umgebenen Hof. Zwischen den Säulen standen Sphingen mit Löwenkörpern und dem Gesicht von Amenophis II., einem außergewöhnlichen und für seine Körperkräfte berühmten Bogenschützen.
Am Ende des Hofes vor der Treppe zum geschlossenen Tempel standen zwei Throne, der größere für Pharao, der kleinere für die Königin. Die jungen Leute ließen sich darauf nieder. Haremhab hielt sich auf der Seite des Königs im Hintergrund. Weder Tutanchamun noch Anchesa wagten es, dem freundlich lächelnden General auch nur die kleinste Frage zu stellen. Die Große Königliche Gemahlin hatte Atembeklemmungen. Die Ruhe des Tempels und die Pracht der Architektur genügten nicht, um sie zu beruhigen.
Ein Soldat mit einer Trompete trat bis in die Mitte des Hofes vor, kniete nieder und küßte den Boden vor Pharao. Dann erhob er sich, hob sein Instrument und blies eine martialisch klingende Fanfare.
Eine bunte Truppe von Infanteristen kam im Laufschritt herein, Ägypter und Söldner aus den verschiedenen Regionen, Libyer, Syrer, Asiaten, Nubier. Die einen trugen einen langen Faltenschurz, andere ein Hemd, andere ein farbenprächtiges Gewand. Die Ägypter trugen kurzhaarige Perücken, die Asiaten schätzten Bärte und langes, im Nacken von einem Band zusammengehaltenes Haar, die Libyer zogen eine große, oben auf dem Schädel befestigte Feder vor. Sie defilierten vor dem Königspaar und zeigten die Vielfalt der Waffen, mit denen sie ausgestattet waren, einfache Bögen aus einem einzigen Stück biegsamen Holzes, Doppelbögen, deren zwei mit Rindenlamellen bedeckte Teile in der Mitte zusammengefügt waren, Bögen aus mehreren zusammengeklebten Teilen, etwa zwanzig Zentimeter lange Pfeile aus gehärtetem Rohr mit einer hölzernen Basis, an der die Bronzespitze befestigt war, Pfeile mit hölzernen Spitzen, dazu

gedacht, den Feind zu betäuben, lange Dolche und Schwerter mit Bronzeklingen, einige davon in Sichelform, Wurfstöcke.
Die äußerst lebhafte Parade dauerte lange. Die Infanteristen wetteiferten an Pracht und sangen Kampflieder zum Ruhme des Falkengottes Month. Sie stürmten im Takt, in perfektem Gleichschritt. Der junge Tutanchamun war hingerissen. Diese kriegerischen Darbietungen ohne Kampf und Blutvergießen erschienen ihm wie ein wundervolles Fest, fast wie ein Spiel. Haremhab hatte nichts anderes im Sinn gehabt, als ihm eine außergewöhnliche Unterhaltung zu bieten.
Anchesa war ganz und gar nicht dieser Ansicht. Der General, der es sorgfältig vermied, sie anzusehen, fixierte seine Soldaten, die ein untadeliges Manöver vorführten. Die Große Königliche Gemahlin wurde zunehmend unruhiger. Dies hier war nur der Beginn von Haremhabs Strategie. Als erster versuchte er, den König zu beeindrucken, um sein Vertrauen zu gewinnen.
Die Militärs verließen den großen Hof. Eine neue Trompetenfanfare kündigte einen endlosen Aufmarsch von Asiaten an, die kamen, um Pharao Pferde und eine eindrucksvolle Menge von reichen und vielfältigen Tributen zu überbringen, goldene und silberne Becher, kostbares Geschirr, Stoffe, Stickereien, Schmuck …
»Ganz Asien anerkennt Eure Souveränität«, erklärte Haremhab. »Es ist gekommen, um sich Euch zu Füßen zu werfen und Euren Schutz zu erflehen.«
Trotz der Großartigkeit der Zeremonie war Anchesa zutiefst betroffen über die Magerkeit und Blässe der Asiaten, die daran teilnahmen. Der größte Teil von ihnen schien müde, fast erschöpft; Spuren von Verletzungen waren in den Gesichtern und an den Gliedmaßen von einigen von ihnen zu erkennen. Sie entdeckte einen Mann reiferen Alters mit einem sehr schmalen schwarzen Schnurrbart, dem die rechte Hand fehlte.

Nachdem die Tribute vor den Thronen abgelegt worden waren, trat ein syrisches Kind allein vor Tutanchamun. Es überreichte dem König einen länglichen Behälter aus Ebenholz, in dem sich mehrere Pfeile mit Elfenbeinspitzen sowie eine mit Gold und Edelsteinen besetzte Tasche befanden und auf der gefesselte fremdländische Gefangene dargestellt waren.
Tutanchamun sprang vor Freude vom Thron auf und nahm das bewundernswerte Geschenk entgegen, das Meisterwerk eines Juweliermeisters, der es in der Kunst des Ziselierens zur Perfektion gebracht hatte.
Als er sich zu Anchesa umwandte, war er über ihre Kälte überrascht.
Auf dem großen Hof des Month-Tempels kehrte wieder Ruhe ein. Nur noch der König, die Königin, Haremhab und ungefähr zwanzig bewaffnete, aufrecht vor den Sphingsen stehende Soldaten blieben zurück. Immer angespannter, ergriff Anchesa Tutanchamuns Hand, in dessen Augen eine plötzliche Bestürzung zu lesen war.
General Haremhab trat vor das Herrscherpaar.
»Sind Eure Majestäten zufrieden über diese Parade?«
»Ja, natürlich«, antwortete Tutanchamun mit unsicherer Stimme. »Ich bin müde, General. Ich wünsche in den Palast zurückzukehren.«
»Es soll Eurem Wunsch entsprochen werden, Majestät. Doch vorher möchte ich mich mit Euch über ernste Schwierigkeiten unterhalten, auf die unser Land gestoßen ist. Eure Regierung muß stärker gefestigt werden. Ich widme mich dieser Aufgabe mit allem mir möglichen Feuereifer. Doch meine Mittel sind zu begrenzt. Ich muß die Truppenstärke der Armee vergrößern, die Verwaltung reorganisieren, den Tempeln ihre Reichtümer zurückerstatten, deren sie beraubt worden sind. Möge Eure Majestät mich zu Pharaos Abgeordnetem in allen Fremdländern

ernennen, zum Regenten der Beiden Länder und Oberbefehlshaber der Verwalter.«
»Seid Ihr nicht schon ein Auserwählter des Königs«, protestierte Anchesa, »Pharaos hochgeschätzter Schreiber, bevorzugter Vertrauter, der Mächtigste unter den Mächtigen, der Größte unter den Großen?«
Haremhab wich nach wie vor dem Blick der Großen Königlichen Gemahlin aus und fixierte den jungen König.
»Wir dürfen nicht mehr länger zögern«, erklärte er ernst und entschlossen. »Ihr werdet mir nicht nur diese neuen Aufgaben überantworten, Majestät, sondern Ihr werdet zudem eine Stele in Auftrag geben, die in der Nordostecke der großen Säulenhalle von Karnak aufgestellt werden wird, um unser Wiederherstellungswerk bekanntzumachen. Ihr werdet darauf dargestellt werden, wie Ihr dem Gott Amun und seiner Gemahlin Mut ein Opfer darbringt. Ihr werdet berichten, wie Ihr das Böse bekämpft, die Häresie vernichtet und die Wahrheit wiederhergestellt habt, wie Ihr Balsam auf die den Tempeln zugefügten Wunden gestrichen und wie Ihr die durch Intoleranz verwüsteten Heiligtümer habt wiederaufblühen lassen von Elephantine bis ins Delta.«
»Aber das stimmt doch nicht!« protestierte Anchesa. »Mein Vater hat keine schlimmen Verwüstungen verursacht!«
»Das ist unwichtig«, gab Haremhab zurück. »Was zählt, ist nur, daß das ägyptische Volk davon überzeugt ist. Die Herrschaft von Tutanchamun hat Wohlstand und Harmonie wiederhergestellt. Auf dieser Stele werden wir erklären, daß die heiligen Stätten verwüstet waren, daß Unkraut darauf wuchs, daß Profane nach Belieben darin herumgelaufen sind. Wilde Pflanzen hatten die von ihren Göttern beraubten Naos überwuchert, und die verachteten Gottheiten hatten sich von unserer Erde entfernt. Ihre Statuen waren verstümmelt worden. Der neue König Tutanch-

amun hatte, als er in seinem Herzen meditierte, die Entscheidung gefällt, diesem Elend ein Ende zu setzen. Er ließ für seinen Vater Amun eine mit Edelsteinen und Lapislazuli besetzte Statue aus feinem Gold herstellen, noch größer und schöner als jene, die früher geschaffen worden waren.«
Der völlig verblüffte junge König hörte dem General aufmerksam zu. Er fühlte sich nicht stark genug, um ihm zu widersprechen.
»Diese Stele«, fuhr Haremhab fort, »wird durch eine Reihe von Ernennungen von Priestern vervollständigt werden, die von Echnaton zu profanen Aufgaben verurteilt worden waren und die wieder in den Tempeldienst aufgenommen werden. Die Notablen und ihre Kinder werden wieder zu Amt und Würden zurückkehren. Der Adel, der die Elite unserer Gesellschaft bildete, wird sich wieder glücklicher Zeiten erfreuen.«
Angewidert unterdrückte Anchesa ihre Wut. Die Militärparade hatte dazu gedient, ihnen zu beweisen, daß der General die Streitkräfte kontrollierte und nicht mehr zögern würde, sie einzusetzen, um seine Ziele zu erreichen. Das Königspaar mußte sich ihm beugen.
»Um das Inkrafttreten dieser Dekrete zu feiern, die die Götter auf die Erde zurückkommen lassen werden«, schloß Haremhab, »werden wir in Karnak die besten Sängerinnen und Tänzerinnen des ganzen Landes zusammenrufen und dem Volk mehrere Ruhetage gönnen. Die Freude wird wieder erblühen.«

Tutanchamun hatte mehrere Stunden völlig niedergeschmettert verbracht. Die Entscheidungen von General Haremhab hatten ihn unvorbereitet getroffen und ihm seine Schwächen demonstriert. Er war nichts als ein in eine fabelhafte Frau verliebtes Kind und einem in politischen Manövern erfahrenen und an das Labyrinth der Verwaltung gewöhnten Mann einfach

nicht gewachsen. Er, Tutanchamun, ein kleiner König ohne eigentliche Macht.
Warum half Anchesa ihm nicht? Warum versuchte sie nicht, ihn zu trösten? Warum hatte sie sich in ihre Gemächer gesperrt, statt an seiner Seite zu sein, mit ihm zu sprechen, ihm die Zärtlichkeit zu schenken, die er so dringend brauchte?
Tutanchamun fühlte sich überflüssig und im Stich gelassen. Er spielte mit seinem Feuerzeug und erzeugte eine Flamme, die sein Herz nicht zu wärmen vermochte.

Die Große Königliche Gemahlin wurde von grauenhaften Leibschmerzen gequält. Aber Anchesa hatte keine Zeit, den Arzt zu Rate zu ziehen. Sie gewährte Kommandant Nachtmin eine Audienz, der sofort zu ihr gekommen war, als er ihre von der nubischen Dienerin überbrachte Aufforderung erhalten hatte.
»Seltsame Dinge sind im Gange, Kommandant. Ich habe die Asiaten, die uns unter General Haremhabs Verantwortung ihre Tribute überbracht haben, genau beobachtet. Sie kamen mir erschöpft vor und sahen eher aus wie Gefangene als wie Diplomaten. Ich möchte, daß Ihr einen von ihnen zu mir bringt, damit wir ihn verhören, einen Mann mit einem sehr schmalen Schnurrbart. Ihm fehlt die rechte Hand.«
Nachtmin wappnete sich mit der ganzen Würde eines jungen hohen Offiziers.
»Was Ihr von mir erbittet, ist äußerst heikel, Majestät. Ich habe keinerlei Polizeigewalt.«
»Ich verlange doch nicht, daß Ihr den Mann verhaftet, Nachtmin, ich möchte, daß Ihr mir ein Gespräch mit ihm ermöglicht.«

Der Kommandant hatte keine Mühe, den Asiaten, der im Botschafterquartier wohnte, ausfindig zu machen. Letzterer war höchst überrascht, als Nachtmin ihn in den Park einer riesigen Villa fern vom Königspalast brachte. In einem Pavillon erwartete ihn die Große Königliche Gemahlin, vor der er sich verängstigt auf die Knie warf.

»Warum zittert Ihr so?« fragte sie.

Der Asiate preßte die Lippen zusammen.

»Aus welcher Provinz kommt Ihr?«

»Aus Syrien, Majestät.«

»Wann habt Ihr Eure Hand verloren?«

»Ich … ich war Handwerker und …«

Der Fremde stammelte ein paar unverständliche Worte.

»Sagt mir die Wahrheit«, forderte Anchesa.

Kommandant Nachtmin erblaßte. Die Entschlossenheit der jungen Frau beeindruckte ihn. Der Asiate schaute die Große Königliche Gemahlin an wie ein geprügelter Hund.

»Ich war in meinem Dorf, als die Hethiter es überfielen, die Häuser zerstörten und unsere Ernte verbrannten. Wir sind in die Berge geflohen und haben dort wie die Ziegen gelebt. Als die ägyptischen Soldaten gekommen sind, haben wir sie um Hilfe angefleht. Ich bin Soldat geworden, überzeugt, daß Pharao sein siegreiches Schwert senden würde, um uns zu schützen. Aber wir haben eine Niederlage erlitten, und ich habe im Kampf meine Hand verloren. Es waren nicht genügend ägyptische Soldaten. Sie sind tot. Ein paar andere und ich haben uns auf ägyptischen Boden geflüchtet, da wir nicht mehr wußten, wie wir überleben sollten. General Haremhab hat uns aufgetragen, Pharao unsere Treuepflicht zu bekunden, als wären wir fremdländische Gesandte.«

Anchesa zog sich zurück, ohne weitere Fragen zu stellen. Haremhab hatte seinen ersten Fehler begangen.

Nachdem er sich Hände und Füße gewaschen hatte, wurde Haremhab in den Audienzsaal des Königspalastes von Malkatta auf dem westlichen Ufer Thebens geführt. Der protokollarische Charakter dieser Vorladung überraschte ihn nicht. An diesem wunderbaren, heißen, aber nicht glühenden Sommertag würde ihm das Königspaar die volle Macht überantworten.

Der König und die Königin, gekrönt und in Amtstracht, saßen auf ihren Thronen. Tutanchamun hielt die Herrschaftsinsignien, Krummstab und Wedel, Anchesa eine Lotosblüte. Wie zerbrechlich sie wirkten! Haremhab erfüllte die rituellen Vorschriften. Er neigte den Kopf, beugte die Knie, näherte seine Nase dem Boden und wartete, daß Pharao ihn aufforderte, sich zu erheben.

»Amun möge Pharao beschützen«, erklärte er mit tiefer Stimme, »möge er ihm in Ewigkeit Leben, Gesundheit und Kraft schenken.«

Nun war die Reihe an Tutanchamun. Anchesa hatte ihn mehrmals die Worte wiederholen lassen, die er aussprechen würde und die damit die Kraft von Gesetzen erhielten. Der junge König hatte eine trockene Kehle. Haremhab schüchterte ihn vollständig ein. Mit Mühe schluckte Tutanchamun seinen Speichel herunter.

»General Haremhab, wir haben beschlossen, Euch neue Ehrentitel zuzuerkennen und per Dekret zu promulgieren, mit Ausnahme des Titels des Regenten des Königreiches. Trotz unserer Jugend haben wir fest vor, unsere Vorrechte voll zu erfüllen und die Regierung der Beiden Länder niemandem zu übertragen. Indessen werden wir unser aufmerksamstes Ohr den treuen Ratgebern leihen, die uns die Früchte ihrer Erfahrung anbieten.«

Haremhab brauchte die ganze Meisterschaft eines Schreibers, der gewöhnt war, seine Emotionen zu kontrollieren, um seinen

Zorn nicht explodieren zu lassen. Wie konnte dieses Kind es wagen, sich ihm zu widersetzen? Welcher Wahnsinn war bloß in ihn gefahren?
»Majestät«, sagte er und betonte dabei jedes Wort, »Ihr seid der Herr über Ägypten. Eure Worte werden lebendige Wirklichkeit. Niemand anderes als Ihr ist in der Tat würdig, dieses Land zu regieren und es in Maats Gesetz zu bewahren. Doch uns bedrohen so ernste Gefahren, daß mir meine Regentschaft unerläßlich erscheint. Ich bin bereit, diese Verantwortung so lange auf mich zu nehmen, als Eure Majestät für notwendig erachtet.«
Tutanchamun zögerte. Die Argumente waren überzeugend. War es nicht besser, die allzu erdrückenden Pflichten auf die Schultern eines Mannes von solcher Statur zu laden? Sollten ihn die Götter nicht seine Jugend voll auskosten lassen, statt sie ihm zu stehlen?
Anchesa fühlte, wie ihr Gemahl ins Schwanken geriet. Er war imstande, sie zu verraten und Haremhab nachzugeben.
»Ihr habt uns belogen, General«, sagte sie. »Ihr habt die Situation in Asien nicht unter Kontrolle. Ich habe den Beweis dafür. Ein solches Verhalten ist eines hohen Beamten des Königreichs nicht würdig. Infolgedessen vertraut Euch Pharao in seiner großen Milde die Aufgabe an, die Armee, für die Ihr verantwortlich seid, zu reorganisieren und die Sicherheit unserer Grenzen zu garantieren. Dies soll Eure einzige Sorge sein.«
Anchesa war sicher, die Pläne von Haremhab durchschaut zu haben: Er wollte die internationalen Beziehungen zerrütten lassen, dem neuen König diesen Fehler anhängen und bei einem unvermeidlichen Militärputsch die Macht ergreifen. Der General und die Große Königliche Gemahlin maßen sich mit Blicken. Aus Ehrerbietung war er gezwungen, die Augen zu senken.
Tutanchamun wünschte, er befände sich nicht in diesem Saal

und auf diesem Thron, trüge andere Kleider und nicht diese Krone auf dem Kopf. Doch Anchesas Anwesenheit gab ihm die notwendige Kraft, um mit dünner Stimme zu erklären:
»Unserem Wunsch ist Ausdruck verliehen worden, General. Die Audienz ist beendet.«
Haremhab hatte keine Möglichkeit mehr, auch nur den geringsten Protest zu äußern. Hastig eilte er hinaus.
Er sah nicht, daß die Große Königliche Gemahlin ohnmächtig zu Boden sank.

Der oberste Arzt brauchte nicht lange, um die Diagnose zu stellen: Frühgeburt im siebten Schwangerschaftsmonat. Sehr schnell brachten zwei erfahrene Hebammen Anchesa, die man wieder zu Bewußtsein gebracht hatte, indem man sie aus Lilien und Kornblumen gewonnene Essenzen hatte einatmen lassen, in einen Raum des Palastes, in dem andere Königinnen vor ihr die Königskinder zur Welt gebracht hatten.
Anchesa war in einem solchen Zustand der Erschöpfung, daß sie nicht den geringsten Widerstand leistete. Die Hebammen zogen sie aus, und eine von ihnen zwang sie, aufrecht zu stehen, und stützte sie unter den Achseln. Die andere führte einen Tampon aus mit Kiefernmehl bestrichenem Stoff in ihre Vagina ein, in der Hoffnung, dies würde den Uterus senken. Um die Schmerzen zu lindern, stellte sie einen Ibis aus Wachs auf die Kohlen. Sie installierte die junge Frau direkt über die davon aufsteigenden, anästhesierenden Dämpfe, so daß sie in ihren Bauch eindrängen. In den Zimmerecken waren Wandbilder von Gestalten nackter Frauen gemalt, die mit wohltätigem Zauber betraut waren.
Anchesa weinte nicht und schrie nicht. Sie bewahrte ihr Leiden in ihrem tiefsten Sein, sie wollte sich unter allen Umständen mit der Würde einer Königin verhalten, auch wenn diese Prüfung

plötzlich ihre Kräfte zu übersteigen schien. Das Kind, das sie voller Vertrauen erwartete, dieses kleine Geschöpf, das sie zur Welt kommen sehen wollte als das Bild des Glückes selbst, war es nicht gerade dabei, sie zu töten?
Während man sie aufrecht hielt, bandagierte man ihren Unterleib mit einem Brei aus Salz, Weizen und Binsen. Dann beschloß die ältere der Hebammen, die Geburt zu beschleunigen. Sie bestrich die Vagina mit einem heißen Balsam aus Palmwein, Salz und Öl und spritzte dann eine Flüssigkeit aus gemahlenen Tonscherben und Öl hinein.
Die Kontraktionen beschleunigten sich nach wenigen Minuten. Diesmal konnte die junge Frau einen Schmerzensschrei nicht unterdrücken. Die Hebammen führten sie zu einer Matte und ließen sie sich darauf niederhocken. Eine von ihnen faßte sie fest um den Leib und forderte sie auf, sich mit aller Kraft gegen sie zu stützen, um die Austreibung zu erleichtern.
Die andere wartete auf das Erscheinen des Kindes, das nach einer halben Stunde mit dem Kopf voran aus dem Bauch der jungen Mutter kam.

Die Große Königliche Gemahlin schlief zwei Tage und zwei Nächte. Als sie erwachte, brannte ein unerträgliches Feuer in ihrem Leib. Sie wand sich vor Schmerzen und rollte sich auf die linke Seite. Im Halbdunkel ihres Zimmers, dessen Fenster mit Vorhängen verdunkelt worden waren, entdeckte sie einen Mann, der am Fuß ihres Bettes saß.
»Tutanchamun … Komm zu mir, mein König …«
Als der Mann sich erhob, erkannte Anchesa ihren Irrtum. Es war Eje, der »göttliche Vater«, der respektvoll ihre Hand ergriff.
»Wo ist mein Gemahl? Wo ist mein Kind?«
»Der König ist ein wenig leidend, Majestät. Es ist das Ende der Nacht, und er schläft.«

»Mein Kind?« beharrte sie mit Tränen in den Augen.
Eje schaute sie mit väterlicher Zärtlichkeit an.
»Ich habe es aus mir herauskommen sehen … Warum ist es nicht hier bei mir?«
»Es war ein Sohn«, sagte Eje mit gebrochener Stimme. »Es ist tot zur Welt gekommen.«

21

Der bunte Schmetterling ließ sich auf Tutanchamuns Brust nieder. Der junge König lag auf einem Ebenholzbett und wagte sich nicht mehr zu rühren. Das wundervolle Geschöpf war ein Geschenk der Götter. Er hielt sogar die Luft an, um es nicht zu stören. Der Schmetterling schlug ganz langsam mit den Flügeln, als würde er Zutrauen fassen. Dann faltete er sie zusammen und blieb ganz still sitzen. Tutanchamun entspannte sich, legte seinen Kopf zurück, bis sein Nacken am Kopfende des Bettes ruhte, dem Symbol des Gottes Chnum und Raum der Schöpfung, durch den sich das Licht bewegte und wo sich die Seele des Schlafenden jede Nacht erneut regenerierte.

»Ich bin gekommen, Eure Majestät«, sagte die tiefe Stimme des Bildhauers Maja.

Der junge Pharao richtete sich abrupt auf. Verschreckt flatterte der Schmetterling davon. Tutanchamun strecke die Hand aus, um ihn zu fangen. Dann wandte er enttäuscht seine Aufmerksam dem Mann zu, den er hatte rufen lassen.

»Maja! Du bist es, mein Freund!«

Gleichermaßen gerührt umarmten sie sich.

»Maja, wenn du wüßtest, wie unglücklich ich bin.«

»Was ist denn los, Majestät?«

»Anchesa ist schwer krank, und unser Sohn kam tot zur Welt. Ich bin hier ganz allein in diesem Palast. Niemand kommt mich besuchen. Haremhab und Eje regieren das Land, wie es ihnen paßt. Ich bin Pharao, und ich habe überhaupt keine Macht.«

Die Verzweiflung dieses Kindes, das von gerissenen Politikern skrupellos für ihre eigenen Zwecke benutzt wurde, schmerzte Maja. Er hatte keine Mittel, ihm zu helfen, doch er würde an seiner Seite sein, auch im allerschlimmsten Kummer.

»Wenn Anchesa stirbt«, seufzte Tutanchamun, »will ich auch nicht mehr leben.«

»Ihr habt nicht das Recht, so zu reden, Majestät«, protestierte Maja grob. »Die Götter allein entscheiden über Leben und Tod. Welcher Schlag des Schicksals uns auch immer ereilen mag, wir müssen es hinnehmen.«

Der Jugendliche bewegte den Kopf hin und her.

»Man muß so alt sein wie du, um so zu denken. Ich, ich kann das nicht.«

Maja drückte Tutanchamun an sich, wie er es mit einem Sohn getan hätte.

»Heute hast du recht, morgen unrecht. Auch du wirst alt werden.«

In Tutanchamuns Augen leuchtete ein Hoffnungsschimmer auf.

»Und so stark wie du, Maja? Nein, das ist ausgeschlossen ...«

»Selbstverständlich doch. Und du wirst die Macht ausüben, die Diebe dir geraubt haben. Die Jahre werden zu deinen Gunsten entscheiden. Bald wirst du ihnen die Stirn bieten.«

Majas Voraussagen beunruhigten Tutanchamun. Er hatte nicht die geringste Lust zu altern. Ewig jung bleiben, in sich das unerschöpfliche Verlangen aufsteigen zu fühlen, Anchesa zu liebkosen, die Welt rundum zu vergessen und sich in ihr zu verlieren. Welches andere Glück könnte er sich erträumen?

Plötzlich veränderte sich der Gesichtsausdruck des jungen Königs. Seine Züge verhärteten sich. Er wurde ernst, beinahe sorgenvoll.

»Ich habe dich herkommen lassen, mein Freund«, erklärte er salbungsvoll, »denn ich habe Entscheidungen dich betreffend gefällt. Die erste Pflicht eines Pharao besteht darin, Tempel zu bauen und sein Grab vorzubereiten. Aus diesem Grunde ernenne ich dich zum obersten Baumeister aller meiner Baustellen und zum Verwalter der Nekropole. Du wirst dich um meine Grabstätte im Tal der Könige kümmern.«
»Eure Majestät, ich ...«
»Dies ist mein Wille«, bekräftigte der Jugendliche voller Stolz. »Du trittst deine neue Stellung sofort an. Und noch eine weitere Aufgabe wirst du erfüllen, die das Wohlergehen der Beiden Länder garantieren wird: Hiermit ernenne ich dich zum Finanzminister und obersten Verwalter des Schatzes.«

Maja wohnte ganz bescheiden in dem Dorf Deir el-Medineh, das den unter größter Geheimhaltung im Tal der Könige arbeitenden Handwerkern vorbehalten war. Sie lebten dort mit ihren Familien, hatten ihre eigene Verwaltung, ihre eigene Gerichtsbarkeit und unterstanden direkt dem Pharao.
Maja hatte außergewöhnlich begabte junge Leute das Bildhauerhandwerk gelehrt, die nun zu Meistern geworden waren, imstande, auf den Wänden der Grabkammern die geheimen Lehren der Tempel darzustellen. Er hatte gehofft, den Rest seines Lebens in diesem Dorf verbringen zu können, das er so liebte, fern von der Hektik Thebens und den Intrigen am Hofe. Der neue Baumeister der königlichen Baustellen betrachtete sein kleines Haus voller Wehmut. Er mußte es für immer verlassen. Er hatte es mit eigenen Händen auf steinernen Fundamenten erbaut und dem aus Baumstämmen und Palmblättern gebildeten Dach besondere Sorgfalt gewidmet. Auf dem Boden aus gestampftem Lehm stand ordentlich aufgereiht sein Geschirr aus Töpfen, Tellern und Krügen, das er zurücklassen mußte. In

der Dienstvilla, die man ihm zuteilen würde, brauchte er sich nicht mehr um den Haushalt zu kümmern.
Obgleich Maja den beneideten Rang des obersten Verantwortlichen der Gemeinschaft von Deir el-Medineh erlangt hatte, führte er nach wie vor ein einfaches, ja unscheinbares Leben und widmete sich ausschließlich seiner Arbeit. Handwerker und Arbeiter verehrten ihn als einen die Gerechtigkeit liebenden Weisen.
Instinktiv hatte Tutanchamun die richtige Entscheidung getroffen, als er den ehemaligen Bildhauer in eine Stellung erhob, die dieser sich nie angemaßt hätte.
Ein junger Lehrling klopfte an die Tür. Maja öffnete ihm.
»Ein Mann wünscht Euch zu sprechen, am Dorfeingang. Er gehört nicht zu uns. Die Wachen haben sich geweigert, ihn durchzulassen. Möchtet Ihr ihn empfangen?«
Maja war neugierig. Deir el-Medineh war ein geschlossenes Dorf, das über seine eigene, von den Handwerkern gebildete Miliz verfügte, die die Sicherheit der Familien sicherstellte. Niemand wagte sich hierher, wenn er nicht zu einer Körperschaft gehörte, die ihm die Losung gesagt hatte.
»Ich komme, mein Junge.«
Maja nahm die von den größeren Häusern gesäumte Hauptstraße. Sie endete bei dem Wachposten in der Nähe einer Grabstätte aus einer sehr schlanken Pyramide mit einem vorgelagerten Hof. Zwei Bildhauer flankierten mit dem Hammer in der Hand den unerwarteten, mit einem einfachen Schurz bekleideten Besucher.
Im Näherkommen erkannte ihn Maja.
General Haremhab.
»Laßt ihn herein«, ordnete er an. »Ich nehme ihn mit.«
Die Bildhauer gehorchten widerwillig. Es gefiel ihnen nicht, einem Fremden, und sei es auch nur vorübergehend, Gast-

freundschaft zu gewähren. Haremhab ging barfuß, die Sandalen über die Schulter gehängt. Man zog sie erst an, wenn man die Wohnung eines Gastgebers betrat, um den Fußboden nicht zu verschmutzen. Mit losem Haar und ohne Schmuck, konnte niemand ahnen, daß dieser Mann der wahre Herr Ägyptens war. Maja geleitete Haremhab in ein kleines Zimmer, das von zwei Säulen getragen wurde. Die Säulen bestanden aus mit Gips verputzten Palmenstäben. Eine etwas erhöhte steinerne Plattform diente tagsüber als Sitzgelegenheit und nachts als Bett. In einer Nische thronte eine Statuette des Gottes Ptah, des Schutzheiligen der Baumeister. Maja ging in die Küche, in der er sein eigenes Brot buk, und kam mit runden Honigkuchen und einem Krug süßen Bieres zurück.

»Es ist mir eine große Ehre, General. Was für ein seltsamer Besuch ... Ich habe Euch ein paarmal gesehen. In der Sonnenstadt. Ihr trugt fabelhafte Kleider und großartigen Schmuck. Ein Bildhauer vergißt ein Gesicht wie das Eure nicht. Warum seid Ihr gekommen?«

Haremhab saß auf der steinernen Bank und trank von dem köstlichen, verdauungsfördernden Getränk.

»Ihr seid eine weit einflußreichere Persönlichkeit, als Ihr glaubt, Maja. Ihr steht an der Spitze sämtlicher Handwerker. Sie hören ausschließlich auf Euch.«

»Ihr meßt meiner Aufgabe in diesem kleinen Dorf zu große Bedeutung bei.«

Gereizt stellte Haremhab seinen Bierkrug ab.

»Ich ertrage es nicht, wenn man sich über mich lustig macht, Maja. In diesem ›kleinen Dorf‹ sind die besten Handwerker Ägyptens versammelt, die größten Meister ihrer Kunst. Sie haben nur Pharao persönlich Rechenschaft abzulegen. Ihr heimlicher Einfluß ist beträchtlich. Ihre Ansichten werden gehört. Und diese Ansichten, die werden von Euch diktiert.«

Maja stritt es nicht ab.
»Unserem Land droht große Gefahr«, fuhr Haremhab fort. »Tutanchamun ist ein Kind ohne Willen und ohne Intelligenz. Auch wenn er auf dem Thron sitzt, ist er außerstande, eine Entscheidung zu treffen. Ich bin nicht der offizielle Regent, doch ich erfülle diese Aufgabe. Es ist meine Pflicht, die lebendigen Kräfte zu sammeln, die Ägypten vor der Katastrophe retten. Ich bin gekommen, um Euch um Eure Unterstützung zu bitten.«
»Zu spät, General.«
Trotz seiner Kaltblütigkeit konnte Haremhab seine Überraschung nicht verhehlen.
»Wie …«
»Ihr habt einen strategischen Irrtum begangen«, erklärte Maja. »Ägypten hat einen König. Er ist es, der regiert, und ihm sind wir Gehorsam schuldig.«
»Selbstverständlich, aber …«
»Tutanchamun ist sich seiner Verantwortung bewußt, General. Er wählt die Männer aus, die ihm helfen werden, den Beiden Ländern ihr Wohlergehen zu garantieren. Wir sind gezwungen, Freunde zu werden, um unserem Herrscher besser zu dienen: Ihr als Chef der Armee und ich als … oberster Baumeister und Finanzminister des Königreiches.«
Wie vor den Kopf gestoßen, glaubte sich Haremhab in einem grauenvollen Alptraum.

Tutanchamun weinte. Sein Hals brannte, sein Kopf war schwer, und seine Lungen waren wie in einen Schraubstock eingezwängt. Er hielt die Einsamkeit nicht mehr aus. Seine schwache Gesundheit erlaubte ihm nicht, seinen eigenen Palast zu verlassen, wo er aller Hoffnung beraubt dahinkümmerte.
Wo waren die süßen Stunden geblieben, die er mit Anchesa in den Gärten verbracht hatte, an Blumen schnuppernd, sich

zärtlich bei der Hand haltend und von Liebe sprechend? Warum waren diese Augenblicke des Glücks so abrupt vorbei, warum hatten die Götter die Dämonen der Nacht geschickt, ihr Kind zu töten?

Die Krone war zu schwer für ihn. Ohne Anchesa hatte Tutanchamun nicht mehr den Mut, diese übermenschliche Aufgabe zu erfüllen. Er fand nicht den geringsten Gefallen an der Macht. Mochten doch Eje und Haremhab und die anderen sich gegenseitig zerreißen, es war ihm ziemlich egal. Er wollte schlafen, nichts als schlafen, und nie mehr aufwachen.

Zwei ganz sanfte, duftende Hände legten sich auf seine Stirn. Er erkannte sie sofort.

»Anchesa ... du bist endlich gekommen!«

»Sag nichts, mein Geliebter. Laß mich dich gesund machen.«

Ihre magischen Hände breiteten eine wohltuende Frische über den ganzen Körper des jungen Mannes. Die Große Königliche Gemahlin magnetisierte ihn eine geraume Weile.

Die Zeit gab es nicht mehr, sie verfloß wie klares, heilendes Wasser.

»Ich habe keine Schmerzen mehr, Anchesa. Aber du ...«

»Laß uns das Unglück vergessen und nur noch von den Freuden des Augenblicks sprechen, den wir gerade erleben.«

Anchesa entfernte sich von ihrem Gemahl, nahm die Schleier herunter, die die Fenster des Zimmers verhüllten, und ließ das Licht hereinströmen. Tutanchamun bewunderte die Schönheit der Großen Königlichen Gemahlin. Sie war nackt. Nur eine Perlenschnur betonte ihre schlanke Taille. Die Prüfung, die sie gerade durchgemacht hatte, hatte auf ihrem bernsteinfarbenen, seidigen Körper keine Spuren hinterlassen.

Anchesa hatte von ihrem Vater die sonderbare Fähigkeit geerbt, der Sonne ins Gesicht schauen zu können, ohne sich die Augen zu verbrennen. Wenn sie in dieser Weise mit der in der Sonnen-

scheibe verborgenen Gottheit kommunizierte, schöpfte sie daraus neuen Lebenswillen. Sie hatte keinerlei Möglichkeit, die Bürde abzulegen, die ihr anvertraut war. Sie mußte ihr Schicksal hinnehmen und dazu beitragen, dasjenige ihres jungen Gemahls zu schmieden.
Ein heißer, bebender Körper drängte sich an den ihren. Tutanchamuns Hände liebkosten ihre Brüste, seine Lippen küßten ihren Hals. Von der Sommersonne beleuchtet, drehte sie sich um und gab sich ihm hin.

Seit mehreren Tagen herrschte aufgeregtes Treiben im Palast. Unzählige Diener kamen und gingen durch die Flure, trugen Möbel, Stoffe, Geschirr, Krüge mit Wasser und Bier, Truhen mit Brot und getrocknetem Fleisch, mit Früchten und Gemüsen. Karren transportierten das alles bis an die Kais, wo die verschiedensten Schiffe vor Anker lagen, von dem imponierenden Lastkahn bis hin zu dem eleganten Segelboot, dessen Bug mit zwei magischen Augen geschmückt war, die ihm einen gefahrlosen Weg öffnen sollten.
Anchesa gab Befehle, verteilte Arbeiten, gönnte sich keine Ruhepause. Sie klappte ein dreiteiliges Bett mit Scharnieren aus Bronze zusammen, dessen Schönheit sie ebensosehr schätzte wie seine Bequemlichkeit. Dann bat sie ihre nubische Dienerin, es einem ganz besonders sorgfältigen Träger anzuvertrauen. Danach überwachte sie das Demontieren eines Baldachins, überprüfte kleine Kisten aus mit Elfenbein eingelegtem Zedern- und Ebenholz, in denen sie Schönheitsmittel, Rauchwerk, Antimon und Harze sowie Gefäße aus Fayence und Silber und Döschen für Wimperntusche in Form goldener Heuschrecken verstaut hatte. Zwei Bronzegriffe erlaubten es, sie an hölzernen, auf den Rücken der Lasttiere angebrachten Gestellen festzuhaken.

Tutanchamun, verstört durch diese Hektik, deren Ursache er nicht kannte, gelang es schließlich, seine Frau zu befragen.
»Was ist denn bloß los, Anchesa? Warum läßt du den halben Palast leer räumen?«
»Später, ich hab jetzt keine Zeit ...«
Der junge König hatte nicht die Gewohnheit, Anchesa zu bedrängen. Doch diesmal wollte er es wissen, diesmal ahnte er, daß sich etwas Wichtiges anbahnte. Er verstellte ihr den Weg und zwang sie stehenzubleiben.
»Pharao verlangt eine Erklärung«, verkündete er mit solchem Pathos, daß die junge Frau in schallendes Gelächter ausbrach. Sie verneigte sich vor ihm und vollführte einen absichtlich tolpatschigen Knicks.
»Ich werde Eurer Majestät gehorchen ... Wir gehen auf Reisen.«
»Auf Reisen? Warum denn das ...?«
»Um unsere rituellen Pflichten zu erfüllen, Majestät. Ihr werdet eine jede unserer Provinzen besuchen und Euch in jedem Tempel als König anerkennen lassen. Der Augenblick, Theben für einige Monate zu verlassen und schmerzliche Erinnerungen hinter uns zu lassen, ist gekommen. Hier ist Euer Pilgerstab.«
Die nubische Dienerin brachte einen Hartholzstab, dessen dünnes Ende einen Handgriff bildete und dessen dickes Ende mit Metall beschlagen war. Tutanchamun packte ihn befriedigt.
»Er gefällt mir ... aber wird mir diese Reise auch gefallen? So lange Zeit fern von Theben zu weilen?«
»Keine Sorge, Majestät. Eure Provinzen kennenzulernen wird Euch bezaubern. Und zudem müßt Ihr Eure Pflicht als König erfüllen.«

Während mehr als acht Monaten erkundete das Königspaar sein Königreich von der Spitze des ersten *nomós**, der unter dem Schutz des Widdergottes Chnum stehenden Insel Elephantine, bis zu den Sümpfen des Deltas. Sie genossen die luxuriöse Bequemlichkeit sowohl auf dem Staatsschiff als auch in den Residenzen der Provinzen. Überall wurden sie in festlicher Atmosphäre von der vor Freude jubelnden Menge empfangen. Die Ankunft von Pharao und der Großen Königlichen Gemahlin in den kleinen Ortschaften löste ungeheure Begeisterung aus. Jedermann wollte sie sehen, wenn sie aufrecht in dem von zwei Pferden gezogenen Wagen mit ihren Kronen und ihren goldenen Gewändern vorbeikamen. Angeführt wurden sie von einer geräuschvollen Truppe von Musikanten und Tänzerinnen. In jedem der großen Tempel zelebrierte der junge König den Morgenkult, bevor er umfangreiche Schenkungen von Land und Vieh bekanntgab, die die Herzen der Priester erfreuten. Tutanchamun, der von den Provinzherren voller Ehrfurcht empfangen wurde, hörte ihnen auf Anchesas Rat hin aufmerksam zu und benahm sich wie ein respektvolles Kind gegenüber erfahrenen Männern, ohne je seine Allmacht zu demonstrieren. Anchesa hielt sich ganz besonders bescheiden im Hintergrund, wobei sie jene, die sich als Pharaos treue Untertanen gaben, nicht aus den Augen ließ und jeden Aspekt ihres Verhaltens analysierte. Abends, wenn ihr Mann eingeschlafen war, hielt sie ihre Beobachtungen auf Papyrus fest. Auf diese Weise entstand ein detaillierter Bericht über die Verantwortlichen der Verwaltung, gesehen mit den Augen einer jungen Frau, der menschliche Werte wichtiger waren als technische Kompetenzen.
Tutanchamun veränderte sich. Er war noch immer in gleicher

* Nach der griechischen Terminologie nennt man die ägyptischen Provinzen *nomós.*

Weise in Anchesa verliebt, und nach wie vor drängte es ihn, ihr seine Zärtlichkeit zu beweisen, doch stand er Staatsangelegenheiten, die er auf dem Umweg über die Begegnungen mit äußerst verschiedenen Menschen anging, nicht mehr ganz so gleichgültig gegenüber. Großbürger mit dicken Bäuchen, joviale Familienväter, hochintelligente Priester, ehrgeizige Schreiber … Eine endlose Galerie von Porträts war vor den Augen des jungen Königs vorbeigezogen, dem, ohne daß er es gemerkt hätte, nach und nach die Welt, die ihn umgab, bewußt wurde. Tutanchamun hatte die Blütenpracht auf der Insel Elephantine bestaunt, die lachende Architektur von Dendera, das mysteriöse Heiligtum von Abydos, wo Osiris wieder auferstanden war, die üppige Pracht der Gärten von El Faijum. Er war fasziniert gewesen von Memphis, der »Waage der zwei Länder«, der größten Stadt Ägyptens mit den belebten Straßen, wo man unzähligen Ausländern begegnete. Das Paar war nach Giseh gepilgert, um dort zu dem großen Sphinx zu beten, dem Symbol der aufgehenden Sonne und dem Hüter der riesigen Nekropole mit den drei berühmten Pyramiden der mächtigen Pharaonen des Alten Reiches.

Die Begegnung mit dem so rätselhaften Gesicht des Sphinx war für Tutanchamun und Anchesa der Höhepunkt ihrer langen Reise gewesen. Als sie vor der von Thutmosis IV. errichteten Stele knieten, auf der berichtet wird, wie der Gott ihm im Traum erschienen war und seine Zukunft als König vorausgesagt hatte, beteten sie zu den unsterblichen Seelen der Monarchen, die in das Licht zurückgekehrt waren, aus dem sie stammten. An dieser Stelle würde Tutanchamun zur Erinnerung an seinen Besuch eine Inschrift meißeln lassen.

Als die goldenen Strahlen der Abendsonne das Königspaar einhüllten, während sie über das Plateau der Pyramiden wanderten und nicht aufhörten, den riesigen steinernen Löwen mit

dem Menschenkopf zu betrachten, erlebte Anchesa einen Augenblick so intensiven Glücks, daß ihr Atem immer schneller ging und sie kaum mehr Luft bekam.
»Was hast du?« fragte Tutanchamun beunruhigt. »Ist dir nicht gut?«
»O doch ... ich bin glücklich, so unheimlich glücklich! Und das deinetwegen, mein Gebieter ...«
»Meinetwegen?«
Wie sollte sie ihm sagen, daß er zum Mann wurde, daß er sich in seinem ganzen Sein zum Pharao wandelte, daß er nach und nach das Königreich in Besitz nahm, das er nach dem Willen der Götter ererbt hatte? Anchesa war verrückt vor Glück, ihren Gemahl altern zu sehen. Zweifellos würde es noch einige Monate dauern, bis er das Ausmaß seiner Aufgabe erfassen würde. Aber die Zeit war ihr Verbündeter. Haremhab hatte auf Tutanchamuns Schwäche gesetzt. Anchesa glaubte an seine Fähigkeit zu regieren. Sie fühlte sich imstande, in ihm einen Ehrgeiz, eine Stärke und einen Willen keimen zu lassen, die er noch nicht besaß. Diese Strategie, zu der sie der »göttliche Vater« inspiriert hatte, indem er ihr die Pflicht auferlegt hatte, nur einen wahren Pharao zu heiraten, war ihr ganz persönliches Geheimnis.
»Was habe ich denn so Außergewöhnliches geleistet?« fragte er verwundert.
»Du wirst du selber ... den Göttern sei Dank.«

Das Königspaar wagte sich bis in die heiligen, in Sumpf und Schilfwäldern versteckten Städte des Deltas vor. Sie brachten Opfer in den Heiligtümern von Dep und Buto dar, wo der junge König die rote Krone mit der Spirale erhielt, die die harmonischen Wandlungen des Lebens symbolisierte.
Anchesa und Tutanchamun weilten in der Stadt Sais, wo eine berühmte Medizinschule und ein sehr alter Tempel der Göttin

Neith standen. Der den Herrschern vorbehaltene Palast war so weitläufig, die Gärten waren so perfekt angelegt und das Klima im Herzen des Sommers so angenehm, daß Pharao hier eine willkommene Ruhepause genoß. In diesem wunderbaren Glücksgefühl bei seiner Gemahlin, deren Intelligenz und Schönheit ihn jeden Tag noch mehr faszinierten, gefiel es ihm, sich von ihr leiten zu lassen. Es war ihr gelungen, seine Ängste zu vertreiben und ihm eine Heiterkeit zu schenken, die er nicht zu erhoffen gewagt hätte.

An einem Sommermorgen ersuchte die Oberpriesterin des Neith-Tempels um eine Audienz bei der Großen Königlichen Gemahlin. Sie wies darauf hin, daß die ägyptischen Königinnen im Anschluß an eine einwöchige Periode der Abgeschiedenheit eine spezifische Initiation an dieser heiligen Stätte durchzumachen hätten. Obwohl Tutanchamun heftig protestierte, willigte Anchesa ein, sich dieser Regel zu beugen. Die Abgeschiedenheit bedeutete kein Problem für sie. Sie meditierte in völliger Stille, die ungetrübt war von Geräuschen profaner Aktivitäten. Sie bewohnte eine Zelle mit kahlen Mauern und begnügte sich mit Brot und Bier. Dort holte sie am Ende dieser Phase der Zurückgezogenheit eine Priesterin ab, um sie in die Weberwerkstatt zu führen.

Seit den Ursprüngen der ägyptischen Zivilisation genossen die Weberinnen und Spinnerinnen von Sais den höchsten Ruf. Die schönsten Stoffe, bestimmt zum Einkleiden der Götterstatuen der Tempel, waren Meisterwerke aus ihrer Hand.

Jede Königin war eine neue Inkarnation der Göttin Neith, im Ursprung der Welt aus den Wassern erstanden, um das Leben auf die Erde zu bringen. Anchesa wurde nackt in einen geheimen Tempelsaal geführt, wo sieben Priesterinnen in langen weißen Gewändern sie erwarteten. Nur die Oberpriesterin trug ein rotes Gewand, das mit Goldfäden durchzogen war. Sie saß

auf einem steinernen Thron mit niedriger Rückenlehne, ihre Schwestern standen im Kreis um sie herum.
Die Saaltür wurde wieder geschlossen. Sechs Priesterinnen entzündeten Fackeln, die sie in der Hand hielten. Die spirituelle Kraft, die von diesen Frauen ausging, war so spürbar, daß Anchesa fühlte, wie sie von einem Geflecht unsichtbarer Energien erfaßt wurde, die ihr Herz umhüllten und in ihre Seele drangen.
»Große Königliche Gemahlin«, sagte die Oberpriesterin, »Ihr seid hier nichts als eine Neophytin. Verneigt Euch vor der Göttin, die das Wort offenbart, die uns lehrt, wie die Welt gesponnen und gewebt wurde.«
Zwei Priesterinnen legten Anchesa einen dünnen Leinengürtel um die Taille.
»Neith hat sieben Worte ausgesprochen«, fuhr die Oberpriesterin fort. »Sie schenken das Leben. Indem wir sie wiederholen, während wir ihren Kult zelebrieren, setzen wir ihr Werk fort.«
Die Priesterinnen schmückten Anchesa mit sieben Schmuckstücken – Halsketten, Ringen und Armreifen –, die den sieben Worten der Göttin entsprachen.
»Als Königin werdet Ihr zur Trägerin des Mantels von Neith, den die erste Initiierte gewebt hat.«
Anchesa wurde das kostbare rote Gewand mit goldenen Sternen angezogen.
Die drei Tage, die sie in Gesellschaft der Oberpriesterin von Sais verbrachte, waren eine ebenso reiche spirituelle Erfahrung wie die viel zu kurzen Stunden, während derer sie den Unterricht ihres Vaters Echnaton erhalten hatte. Diese Frau, deren strahlende Heiterkeit das Herz der jungen Königin bezauberte, öffnete ihr die geheimen Werkstätten von Neith, enthüllte ihr die Rituale und lud sie ein, die heiligen Schriften zu lesen, in denen die Vorgänge des Webens und ihre symbolischen Entsprechun-

gen beschrieben waren. Sie überreichte ihr eine Kopie der kostbaren Papyrusrollen und empfahl ihr, sie regelmäßig zu lesen.
Der rituelle Aufenthalt im Inneren des Neith-Tempels war wie ein Traum verstrichen. Als sie sich wieder zu dem von der Trennung schwer mitgenommenen Tutanchamun gesellte, nahm er sie in die Arme, drückte sie ganz fest und schwor, daß er sie nie wieder fortgehen lassen würde, nicht einmal für religiöse Pflichten. Anchesa versuchte nicht, ihm zu widersprechen. Sie gab sich seiner leidenschaftlichen Liebe hin.
Im Morgengrauen wurden sie beide von dem gleichen verrückten Wunsch beseelt: den Palast zu verlassen und anonym wie irgendein Liebespaar spazierenzugehen und herumzuwandern. Anchesa bat Tutanchamun, vorsichtshalber seinen Stock mit dem Metallende mitzunehmen.
Barfüßig im Morgentau, berauschten sie sich an den lebhaften Farben des Tagesanbruchs und badeten in einem Kanal mit klarem, süßem Wasser, auf dem Wildenten schwammen. Sie amüsierten sich damit, schnell zu schwimmen, hundertmal unterzutauchen, sich unter Wasser zu fangen und Arm in Arm aufzutauchen.
Berauscht vor Erschöpfung, legten sie sich nackt ans Ufer unter das Schilf, das sie vor der Sonnenglut schützte. Tutanchamun war Anchesas noch immer nicht müde. Zärtlich streichelte er ihre Brüste, als entdecke er zum ersten Mal die göttliche Süße ihrer Haut.
»Ich will für immer hier bleiben, Anchesa. An deiner Seite, dich anschauen, dich lieben ... Alles übrige interessiert mich nicht.«
»Alles übrige, Eure Majestät, das ist Ägypten.«
»Du bist mehr als Ägypten, du bist die, die ich liebe. Ich will ...«
Ein dumpfes Grollen unterbrach den jungen König. Er stützte sich auf die Ellenbogen und lauschte in die Richtung, aus der

das beunruhigende Geräusch kam. Etwas zertrampelte das Schilf, donnerte über den Boden.
Plötzlich begriff Anchesa, was es war.
»Laß uns schnell flüchten«, befahl sie, »sonst werden wir zermalmt!«
Mit offenem Maul brach das Nilpferd in die winzige Lichtung. Das Untier raste geradeaus und zerstörte alles, was ihm in den Weg kam. Tutanchamun hatte seinen Stock gepackt und wollte ihm den Durchgang versperren. Anchesa stieß ihn heftig zur Seite. Es gelang dem König dennoch, dem Dickhäuter auf den Rücken zu schlagen, doch der setzte ungestört seinen Weg fort.
»Warum hast du mich gehindert, es zu erlegen? Ich bin Pharao!«
Der Zorn des Königs war für Anchesa eine Freude. Sie war stolz auf ihn.
»Ich wollte ein Sakrileg verhindern. Hast du seine Farbe nicht gesehen?«
Hellgrau … Tutanchamun verstand. Dieses weibliche Nilpferd war das heilige Tier der Göttin Toeris, Beschützerin der Mütter. Nur das rote Nilpferd, das Tier des furchterregenden Gottes Seth, konnte getötet werden.
»Du hast recht«, gab er zu. »Es wäre eine barbarische Tat gewesen … und wir hätten niemals Kinder bekommen! Aber … hast du etwa Aton vergessen, den einzigen Gott?«
»Wir kehren nach Theben zurück«, sagte sie lächelnd.

22

Im Anschluß an das Fest anläßlich der Rückkehr des Königspaares nach Theben, beschlossen Anchesa und Tutanchamun, sich in dem im Inneren des Tempelbezirks des großen Amun-Tempels errichteten Palast niederzulassen. Sie hatten sich noch kaum von den Strapazen der Reise und der Festlichkeit erholt, als Haremhab um eine Audienz bei Pharao ersuchte.

Letzterer empfing ihn im Thronsaal mit Anchesa an seiner Seite. Haremhab war überrascht über die Veränderung des jungen Königs. Sein Gesicht, aus dem die Jugendlichkeit noch nicht gewichen war, hatte einen gewissen Ernst bekommen. Er trug die blaue Krone und hielt das Zepter, den Stab göttlicher Magie, mit neuer Würde, so, als sei ihm die Bedeutsamkeit seiner Geste bewußt geworden.

Haremhab verbeugte sich vor den Herrschern. Als er sich wieder aufrichtete, den Oberkörper sehr gerade, versuchte er, Anchesas Regungen zu erspüren. Er erlebte die unangenehme Überraschung, eine würdige, beinahe strenge Königin vor sich zu sehen. Bildeten Anchesa und Tutanchamun allmählich tatsächlich ein echtes Paar?

»Ich hoffe, Eure Majestät hatte eine gute Reise.«

»Ausgezeichnet, wirklich«, bestätigte der König. »Wir wurden von den Provinzherrschern und den Oberpriestern der Tempel empfangen. Wir haben ihre Gesuche zur Kenntnis genommen. Wir werden sie berücksichtigen.«

Ein wenig ungeschickt, doch nicht ohne eine gewisse Autorität hatte Tutanchamun versucht, den Tonfall und das Gehabe eines selbstsicheren Monarchen an den Tag zu legen. Haremhab bereute es, daß er diese Reise nicht hatte unterbrechen lassen, auf der sich das Verhalten des Königspaares so grundlegend verändert hatte.

»Wie gerne wäre ich vor Euch getreten, Majestät, um Eure Größe zu rühmen und Ägyptens Glanz zu feiern. Doch leider muß ich Euch besorgniserregende Nachrichten überbringen.«

Tutanchamuns Beunruhigung war sofort offensichtlich.

»Sprecht, General«, forderte er.

»Es ist nicht leicht, die Worte zu finden. Ich möchte Eure Majestät nicht erschrecken.«

»Eure Ausbildung als Schreiber sollte Euch verbieten zu zögern«, schaltete Anchesa sich ein. »Ihr braucht nur die Wahrheit zu sagen. Aus ihr nährt sich Pharao.«

Haremhab mußte feststellen, daß die junge Königin nichts von ihrer Stärke eingebüßt hatte.

»Ihr vergebt mir also, wenn ich brutal bin. Mehrere asiatische Provinzen haben angekündigt, daß in diesem Jahr keine Tribute an Pharao gezahlt werden würden. Während Eurer Abwesenheit habe ich ihre Erklärungen nur zur Kenntnis genommen. Darüber hinaus berichten meine Informanten, daß die Hethiter nicht aufhören, schwere Unruhen in unseren Protektoraten im Norden zu verursachen und eine wachsende Zahl von örtlichen Prinzen gegen uns aufzuhetzen. Die Lage verschlimmert sich. Wenn wir nicht eingreifen, nähert sich der Feind den Grenzen des Deltagebiets.«

Unverhofft in eine furchterregende Wirklichkeit geworfen, verlor Tutanchamun alle Größe und wurde wieder zu einem von Angst und Sorge geplagten Jugendlichen, der außerstande war, eine zu schwere Bürde zu tragen.

»Was gedenkt Ihr zu tun, General? Wir können doch nicht zulassen, daß Ägypten überfallen wird.«
»Ich erwarte Eure Befehle, Majestät. Die brauche ich, um eine mächtige Armee aufzubieten und unser Land erfolgreich zu verteidigen.«
Die Große Königliche Gemahlin erhob sich und stieg einige Stufen der Estrade, auf der die beiden Throne standen, hinunter. Sie überragte Haremhab noch immer, als sie mit hocherhobenem Haupt das Wort an ihn richtete.
»Ihr hattet lange genug Zeit, Ägyptens Verteidigung zu organisieren, General. Wenn der Feind heute eine Bedrohung darstellt, so liegt das an Eurem Mangel an Voraussicht.«
Haremhab lief dunkelrot an. Er brauchte alle seine Selbstkontrolle, um nicht gegen diese grotesken Vorwürfe zu protestieren. Die wahren Verantwortlichen für die dramatische Situation waren der verstorbene Echnaton, ein wahnsinniger König, und Tutanchamun, ein König ohne Format.
»Wir wünschen keinen Krieg«, fuhr die Große Königliche Gemahlin fort, »und wir werden keinen Krieg auslösen. Auch werden wir Eure Macht nicht ausweiten. Pharao hat eine andere Entscheidung getroffen. Morgen während der Ratsversammlung werdet Ihr darüber in Kenntnis gesetzt.«

Der große Rat bestand aus dem Herrscherpaar, dem Ersten Amun-Propheten, dem »göttlichen Vater« Eje, General Haremhab und den hohen Beamten, denen die verschiedenen Ministerien unterstanden. Der Rat war im großen Thronsaal einberufen worden. Tutanchamun hatte Anchesa vorgeschlagen, Haremhab handeln zu lassen. Sie hatte es abgelehnt und erklärt, daß der General ein für die Sicherheit Ägyptens gefährliches Spiel treibe. Der König hatte sich ihren Gründen gebeugt.
Obgleich Tutanchamun von der Höhe der Estrade, auf der er

thronte, die Mitglieder des Rats dominierte, zitterte er bei dem Gedanken, ihnen die Entscheidungen verkünden zu müssen, die zu treffen Anchesa ihn gebeten hatte. Dies würde sein erster Regierungsakt sein, das erste Dekret, das er offiziell bekanntgab, ohne Haremhab zuvor um Rat gefragt zu haben. Der Erste Amun-Prophet, hochmütig und distanziert, betrachtete die Versammlung als eine lästige Pflicht. Haremhab hatte ihm zuvor versichert, er halte die Zügel des Staates fest in der Hand und Tutanchamun sei nur eine Schattenfigur. Zweifellos würde er hin und wieder autoritäre Anfälle bekommen, die man geduldig zu überstehen habe. Der »göttliche Vater« Eje war ein wenig besorgt. Weder Anchesa noch ihr königlicher Gemahl hatten mit ihm über die Einberufung des großen Rates gesprochen. Und letzterer trat normalerweise nur dann zusammen, wenn wichtige Richtlinien der ägyptischen Politik zur Kenntnis zu nehmen waren. Was wollte Tutanchamun? Oder besser gesagt, was hatte Anchesa, deren Selbstsicherheit und Willenskraft seit ihrer Rückkehr noch ausgeprägter erkennbar waren, ausgeheckt?

Bleierne Stille breitete sich aus, als der junge Monarch die magischen Insignien auf seiner Brust kreuzte und ankündigte, daß er das Wort ergreifen würde. Sein Unbehagen war für jedermann erkennbar. Der »göttliche Vater« glaubte gar für einen Augenblick, daß er aufgeben würde. Doch ein zärtlicher Blick von Anchesa lieferte ihm die kleine Ermutigung, die er brauchte.

»Durch Pharaos Willen«, erklärte Tutanchamun, »wird Kommandant Nachtmin, Sohn des ›göttlichen Vaters‹ Eje und treuer Diener der Krone, zu den Würden eines Fächerträgers zur Rechten des Königs erhoben.«

Eje war verblüfft. Er hatte diese Auszeichnung, die Haremhab amüsierte, nicht erwartet. Der kleine König war gar nicht dumm.

Indem er hochtrabende Ehren und Titel verteilte, schmeichelte er den Eitelkeiten.
»Darüber hinaus«, fuhr Tutanchamun fort, »wird Nachtmin zum Oberbefehlshaber der Armee ernannt und dem direkten Befehl von General Haremhab unterstellt. Sie haben den Auftrag, die Sicherheit der Beiden Länder zu reorganisieren und zu gewährleisten. Sie werden mir wöchentlich Bericht erstatten. Diese Entscheidungen werden durch Dekret veröffentlicht werden.«
Pharao erhob sich. Gefolgt von Anchesa, die wunderschön anzusehen war in ihrem weißen, in der Taille mit einem roten Gürtel gehaltenen Gewand, verließ er den Thronsaal.
Völlig perplex, fragte sich Haremhab, aufgrund welcher subtiler Manöver der »göttliche Vater« Eje eine solche Gunst für seinen Sohn ergattert hatte, der zu einem ernsten Rivalen wurde, indem er in diesen hohen militärischen Rang erhoben wurde. Eje seinerseits wußte nicht, was er davon halten sollte. Hatte sein Sohn Nachtmin ihn hintergangen? Oder waren ihm Pharaos Absichten ebenso unbekannt? Und was den Ersten Amun-Propheten betraf, so fragte der sich, ob die schwere Herabsetzung Haremhabs nur eine vorübergehende Grille oder der Anfang von ernsthaften Verwandlungen war, die eines Tages die Dämonen wiederauftauchen lassen würden, die den Geist des verfluchten Königs Echnaton heimgesucht hatten. In dem Fall wäre seine Tochter, die Große Königliche Gemahlin Anchesa, allein verantwortlich.

Haremhab war noch nicht am Ende seiner Enttäuschungen. Er war gezwungen, mit Nachtmin, dem neuen Oberbefehlshaber der Armee, deren Kontrolle dem General allerdings nach wie vor oblag, eine schwierige Koexistenz zu führen. Nachtmins Aufgabe bestand darin, die Bataillone zu organisieren und ihre

Bewegungen zu koordinieren. Haremhab, der das Handeln seines Untergebenen überwachte, regierte weiterhin über eine Kohorte von Schreibern, die sich um die Ausrüstung, die Betreuung und die Verpflegung der Truppen kümmerten. Der General mußte Nachtmin Bericht erstatten und ihm die Gründe seiner Strategien erläutern, wohl wissend, daß sie dem Königspaar schnell hinterbracht würden. Im Augenblick fand Haremhab, der in seinem eigenen Bereich bespitzelt wurde, kein legales Mittel, sich des neuen Befehlshabers der Armee, der offensichtlichen Eifer an den Tag legte, zu entledigen.
Haremhab, verärgert über die unerwarteten Widrigkeiten, war überzeugt, daß eine Verschwörung gegen ihn im Gange war, als Tutanchamun im Laufe einer neuen Sitzung des großen Rates verkündete, daß der »göttliche Vater« Eje zum Premierminister und gleichzeitig *Sem*-Priester ernannt werde, damit betraut, die Auferstehungsriten an den Königsstatuen durchzuführen. Damit war erkennbar geworden, daß Eje und sein Sohn den König und die Königin beeinflußt hatten, um nach und nach die Macht an sich zu reißen. Der General fand sich isoliert in seiner luxuriösen thebanischen Villa in dem von hohen Mauern umgebenen, allerschönsten Garten der Hauptstadt. Er mußte nachdenken, um ein Mittel zu finden, das verlorene Gelände zurückzuerobern.
Er trank einen asiatischen Likör, der seine Gedanken allerdings nicht weniger düster machte, als sein Verwalter ihm den Besuch des »göttlichen Vaters« Eje meldete.
»Führt ihn zum Lotosbecken«, befahl er, »ich werde mich gleich zu ihm gesellen.«
Er ließ den göttlichen Vater mehr als eine Stunde warten. Dienerinnen hatten Eje süße blaue Weintrauben und frischen Wein, der aus einem eines Königs würdigen Weinkeller stammte, gereicht.

»Verzeiht mir, ›göttlicher Vater‹«, sagte Haremhab, als er Eje begrüßte. »Ich war ungeheuer beschäftigt, und ich hatte Euren Besuch nicht erwartet. Ich bereite meine Abreise nach Memphis vor, wo mein Grab gebaut wird.«

»Memphis ... Plant Ihr, Eure dortigen Garnisonen zu inspizieren?«

»Das gehört zu meinen Pflichten.«

»Fürchtet Ihr einen Angriff?«

Haremhab drehte seinem Besucher den Rücken zu und bewunderte die Blätter einer schattenspendenden Sykomore.

»Die Natur ist voller Wunder, ›göttlicher Vater‹. Wir sollten sie öfter betrachten. In ihr sind die Rhythmen der Ewigkeit zu lesen, die die Sorgen der Menschen auf ein Nichts reduzieren.«

»Weisheit liegt in Euren Worten«, gab Eje zu. »Doch warum weigert Ihr Euch, meine Frage zu beantworten?«

»Ich gehe davon aus, daß Ihr als Premierminister des Königreiches über Staatsgeheimnisse besser informiert seid als ich, ›göttlicher Vater‹. Und die die Armee betreffenden Informationen werden Euch von Eurem Sohn getreu überbracht. Was könnte ich Euch Neues sagen?«

Der »göttliche Vater« erhob sich mühsam. Die Sommerhitze machte ihm zu schaffen. Seine Beine trugen ihn mit wachsender Mühe. Er legte dem General die rechte Hand auf die Schulter.

»Ihr irrt Euch, Haremhab. Ich bin ein alter Mann, der keinerlei Ehrgeiz mehr hat, außer, meinem Land zu dienen und ein paar auf meiner Erfahrung basierende Ratschläge zu geben. Ich habe mich um den Posten als Premierminister nicht bemüht, ich habe ihn nicht einmal gewollt. Gerechterweise hätte er Euch gebührt. Wir waren immer verbündet, und wir werden es bleiben, zum Schutze Ägyptens.«

Haremhab war erschüttert über die Ehrlichkeit im Ton des »göttlichen Vaters«. Gewiß, er kannte seinen Sinn für Listen,

seine Überzeugungskraft. Aber es gehörte nicht zu den Gewohnheiten des alten Höflings, heikle Angelegenheiten in dieser direkten Weise anzugehen.
»Und ... wie steht es mit Eurem Sohn Nachtmin?«
»Ich habe für ihn nichts gefordert, und er war über diese Ernennung ebenso überrascht wie ich. Wir haben keinerlei Verschwörung gegen Euch ausgeheckt, General. Wir haben das Königspaar weder direkt noch indirekt beeinflußt. Es wäre absurd, wenn wir zu Gegnern würden.«
Haremhab riß einen Zweig ab und zerbrach ihn.
»Aber wer regiert denn heute das Land!«
»Ihr überrascht mich, General. Ich dachte, Ihr hättet es erkannt: eine junge Frau, die gerade siebzehn Jahre alt geworden ist, die Große Königliche Gemahlin Anchesa.«

Der Morgenwind kräuselte unmerklich die Oberfläche des heiligen Sees von Karnak. Langsam stiegen die Priester die Treppen hinunter, um das reine, die Urenergie enthaltene Wasser zu schöpfen, das bei den vielfältigen Reinigungsriten während des Gottesdienstes gebraucht wurde.
Um diese Stunde, wo die Sonne noch nicht so heiß brannte, wanderte Anchesa am Seeufer entlang. Sie liebte es, barfuß über die weißen Kalksteinfliesen zu gehen, die das Licht reflektierten. An diesem Tag war ihre Meditation von kurzer Dauer. An der Ecke des Teichs bei dem riesigen Skarabäus, dem Symbol der Wiedergeburt der Sonne, wurde sie von General Haremhab erwartet.
»Majestät ... Danke, daß Ihr bereit wart, mich hier zu treffen.«
Anchesa war kaum geschminkt. Ihr Gesicht strahlte vor Schönheit. Haremhab wußte im voraus, daß er Mühe haben würde, der Faszination, die sie auf ihn ausübte, zu entkommen.
»Was habt Ihr mir denn nun so furchtbar Wichtiges anzuver-

trauen, General? Dieser Ort ist den Göttern vorbehalten. Ruhe und Frieden herrschen hier. Laßt uns ihn nicht durch menschliche Kleinlichkeiten stören.«

»Von Frieden möchte ich gerade mit Euch sprechen, Hoheit. Von dem Frieden, den in den Beiden Ländern herrschen zu lassen Eure Pflicht ist.«

Schwalben flogen hoch im Himmel und stießen frohe Rufe aus. Die fröhlichsten von ihnen schossen zum blauen Wasser des Teichs hinab, flogen dicht über der Oberfläche, fingen Insekten und stiegen flügelschlagend wieder in weiten Kreisen in den blauen Himmel.

»Wollt Ihr damit unterstellen, daß ich meine Pflichten als Große Königliche Gemahlin vernachlässige und versuche, Ägypten in einen Krieg zu treiben, General?«

»Natürlich nicht, Majestät. Doch ich fürchte, daß Ihr Euer Vertrauen in die falsche Person gesetzt habt.«

»Wollt Ihr etwa Nachtmins Beförderung kritisieren?«

»Ein zu junger Mann ist ungestüm, unduldsam. Er denkt nur daran, seinen Wert zu beweisen, und läuft Gefahr, schwerwiegende Unvorsichtigkeiten zu begehen.«

»Ihr habt zweifellos recht, General. Aber an Eurer Seite und unter Eurer Verantwortung wird dergleichen nicht vorkommen. Ich mache Euch persönlich dafür verantwortlich. Es ist nicht zu wünschen, daß Pharao mit ansehen muß, wie sich Macht parallel zu der seinen entwickelt. Er ist es, der die Richtlinien gibt, niemand sonst. Eure Funktion ist wesentlich, General, Ihr seid einer der wichtigsten Männer des Königreiches, aber es gibt auch noch andere wie Eje, Nachtmin, Maja.«

Die Sonne stieg schnell über den Horizont, die Lichtregion, wo sie nach dem siegreichen Kampf gegen den Drachen der Finsternis neu geboren wurde. Bald würde sie die ganze Erde erhellen.

Anchesa hatte somit also beschlossen, Haremhab zu isolieren und die Macht auf mehrere hohe Würdenträger zu verteilen, die sich gegenseitig überwachten. Nach und nach würde sich um Tutanchamun eine Bruderschaft der Vertrauten bilden, unter denen Haremhab nur einer unter anderen wäre. Und das würde er nicht ertragen.
»Ihr seid ein tapferer Mann, der von schweren Pflichten erdrückt wird«, erklärte Anchesa mit einem Anflug von Ironie in der Stimme. »Aus diesem Grunde werden andere, ebenso zuverlässige Würdenträger wie Ihr die Aufgabe haben, Euch gewisse Pflichten abzunehmen. Der Verwalter Huja zum Beispiel, dieser gewissenhafte, zuverlässige Mann. Ich habe ihn gebeten, die Ablieferung der Tribute aus der Retenu-Provinz zu überwachen. Er hat Theben mit einer Abordnung von Elitesoldaten verlassen.«
»Aber ... Retenu ist doch eine asiatische Provinz! Sie untersteht meiner Rechtsprechung!«
»Pharao empfindet große Zuneigung zu Huja. Ihm liegt der Erfolg der Expedition besonders am Herzen. Jetzt, wo Ihr darüber unterrichtet seid, werdet Ihr ihm Eure volle Unterstützung gewähren, davon sind wir, der König und ich, fest überzeugt.«

Mit Wut im Herzen empfing Haremhab Huja bei seiner Rückkehr aus der Retenu-Provinz mit allen Ehren. Der bärbeißige Verwalter hatte seine Expeditionstruppe mit eiserner Hand geführt. Sie waren auf keinerlei Hinterhalt gestoßen. Die Garnisonen der Grenzposten, von den königlichen Kurieren ordnungsgemäß benachrichtigt, hatten ihm die Logistik geliefert, die nötig war.
Tutanchamun und Anchesa empfingen die fremdländischen Botschafter im Tributsaal des Palastes von Karnak. Hanis, der zum Chef der ägyptischen Diplomaten aufgestiegen war, stellte

die Botschafter vor. Huja nahm an der Zeremonie teil. Haremhab, der unter einer Unpäßlichkeit litt, hatte sich entschuldigen lassen.
Nach dem Austausch der üblichen Höflichkeitsfloskeln wurde der Ton sehr schnell schärfer. Die Botschafter der asiatischen Provinz Retenu erklärten dem König voller Bestimmtheit, daß sie weder als Sklaven oder Gefangene, ja nicht einmal als unterworfene Bewohner eines eroberten Landes hier seien, sondern als Verbündete, ja mehr noch, als Wirtschaftspartner. In wohlgewählten Worten, doch ganz und gar unmißverständlich forderten sie Gegenleistungen für die Waren, Gegenstände und Kostbarkeiten, die sie bis nach Theben gebracht hatten. Hanis mühte sich, die Tragweite dieser Äußerungen zu mildern, indem er die Treue der Asiaten zu Pharao betonte.
Huja war entrüstet über die beleidigende Haltung dieser Fremden, die er am liebsten mit einer anständigen Tracht Prügel, um ihnen den Sinn für Hierarchie wiederzugeben, nach Nubien ins Exil geschickt hätte. Doch ein merkwürdiger Kopfschmerz, den er noch nie zuvor gekannt hatte, suchte ihn seit dem Beginn der Audienz heim. Die Säulen begannen vor seinen Augen zu tanzen; dann wurden sie unscharf und verschwanden völlig. Ein dunkler Schleier hinderte ihn, die Personen, die in nächster Nähe standen, zu erkennen. Er rieb sich die Augen. Vergebens. Ungläubig versuchte er es erneut, überzeugt, dieses unerfreuliche Gefühl verjagen zu können. Er machte sogar einige Schritte und stieß gegen einen Asiaten, der ihn am Arm festhielt, als er zusammenbrach.
»Ich bin blind!« brüllte Huja und unterbrach einen heftigen Dialog zwischen Hanis und einem Botschafter aus Retenu.
Man versuchte ihn aufzuhalten, ihn zu hindern, weiterzugehen, doch der robuste Verwalter befreite sich und bewegte sich auf den Thron zu.

»Mein König, ich bin blind!«
Huja streckte die Arme vor sich und ging mit abgehackten Schritten durch die Nacht. Seine Verzweiflung war so herzzerreißend, daß alle den Atem anhielten. Von einem mysteriösen Sinn geleitet, gelangte der Unglückliche bis zu den Stufen zu der Estrade und fiel auf die Knie.
Tutanchamun, gepeinigt von dem Leiden seines Freundes, erhob sich und stieg die Stufen hinunter.
»Erinnere dich deiner Pflichten«, mahnte ihn Anchesa voller Sanftheit. »Handele, wie Pharaonen immer gehandelt haben.«
Der junge Herrscher zögerte einen Moment und wäre beinahe umgekehrt, doch dann legte er seinen magischen Krummstab auf Hujas Kopf.
»Dich, der du die Aufgabe erfüllt hast, die ich dir anvertraut habe«, sagte Tutanchamun mit bebender Stimme, »dich ernenne ich zum Fächerträger zur Rechten des Königs und zu seinem persönlichen Botschafter in allen Fremdländern. Dir, dessen Blick niemals von Gottes Weg abgewichen ist, dir sei dein Augenlicht wiedergegeben.«
Hanis traute seinen Ohren nicht. Tutanchamun durfte ein solches Risiko nicht eingehen. Falls sich seine Heilkraft als unwirksam erweisen sollte, würde das seinen Thron erschüttern. Warum hatte Anchesa ihm zu so unvorsichtigem Handeln geraten? Es hätte ausgereicht, die Erblindung des Verwalters zu bedauern und sich dem Willen der Götter zu unterwerfen. Niemand hätte es ihm übelgenommen. Und jetzt war es seine Fähigkeit zu regieren, die er selber in Frage stellte. Ägypter wie Asiaten warteten wie erstarrt auf das unmögliche Wunder.
Kaum hatte der Krummstab seinen Schädel berührt, da fühlte Huja eine angenehme Wärme, die von seinem Nacken ausging und seine ganze Wirbelsäule entlanglief. Dann verwandelte sie sich in eine fast unerträgliche brennende Hitze. Er stieß einen

Schrei aus. Ein Feuer brannte hinter seiner Stirn, verschlang seine toten Augen. Plötzlich erschien eine flammende Schlange, die sich vor ihm wand, riesig und drohend züngelte sie mit aggressiver Zunge. Sie beruhigte sich, wurde kleiner, verschmolz in einer blauen Masse. Nach und nach erkannte Huja Pharaos Krone, Tutanchamuns Gesicht, sein unvergleichlich glückliches Lächeln.

»Ich sehe, mein König. Ich kann wieder sehen!« rief Huja aus und fiel vor dem Herrn der Beiden Länder auf die Knie, dem heilkundigen Pharao, der diese Gabe von seinen Vorfahren ererbt hatte.

Hanis beobachtete Anchesas Triumph. Sie ging siegreich aus einem gefährlichen Spiel hervor, in das sie ihren Gemahl verwickelt hatte, dessen göttliche, mit seinen übernatürlichen Fähigkeiten bewiesene Legitimität von nun an niemand mehr anzweifeln würde.

Die Neuigkeit von Hujas Heilung verbreitete sich mit außergewöhnlicher Geschwindigkeit in Theben und kursierte dann im ganzen Lande, das nun die Gewißheit hatte, von einem neuen großen König regiert zu werden, der sich auch der berühmtesten seiner Vorgänger als würdig erweisen würde.

Tutanchamun war kein Kind mehr. Mit fünfzehn war er Pharao geworden.

Während Tutanchamun und Anchesa sich auf dem großen Tempelvorplatz von Karnak zeigten, um das Fest zu eröffnen, das zum Gedenken an die verstorbenen Pharaonen gefeiert wurde, drängte sich eine beachtliche, von gutmütigen Wachen in Schranken gehaltene Menge, die das Herrscherpaar sehen wollte.

Anchesa, gekleidet in das weiße Faltengewand, das sie von der Oberpriesterin in Sais geschenkt bekommen hatte, hielt zwei

Sistren aus vergoldetem Holz und Bronze, die heiligen Instrumente der Göttin Hathor, in den Händen. Im Gehen bewegte sie sie in einem langsamen, regelmäßigen Rhythmus und erzeugte damit Vibrationen, die die schädlichen Wellen vertreiben und die Liebe der Göttin anziehen sollten. Ihre bewundernswerte Brust wurde durch einen Halsschmuck aus zweihundertsechsundfünfzig durch Perlen miteinander verbundene Goldplättchen zur Geltung gebracht. Dieser Kragen stellte den Körper der Geiergöttin, die sichtbare Inkarnation der universellen Mutter, dar. Anchesas Hand- und Fußgelenke wurden von goldenen Reifen und Kettchen geschmückt.
Der Pharao, der mehrere Stunden den Händen seines Kammerdieners und der für seine Zeremonialkleidung verantwortlichen Priesterinnen ausgeliefert gewesen war, trug ein mit Fransen besetztes Leinengewand, geschmückt mit gestickten Palmblättern, farbigen Rosetten und Kartuschen mit seinem Namen. Den Kragen zierte ein Falke mit ausgebreiteten Flügeln, der den Gott Horus, den Beschützer Ägyptens, repräsentierte. Auf dem Kopf trug er ein Diadem aus einem mit goldenen Rosetten und inkrustierten Lapislazuli verzierten Band. Vorne reckten sich die Kobra, das Emblem Oberägyptens, und der Geier, dasjenige Unterägyptens, in die Höhe. Er trug einen die Flügel eines Falken darstellenden Kragen aus Goldplättchen, deren Vertiefungen mit farbigem Glasfluß gefüllt waren. An den Handgelenken hatte er Armreifen aus massivem Gold, die mit Kartuschen und Skarabäen verziert waren, Hinweise auf die unaufhörlichen Metamorphosen des Bewußtseins, und an den Fingern goldene Ringe, ebenfalls besetzt mit Skarabäen sowie mit Bildern der Barken, in denen die Sonne und die Seelen der Gerechten sich durch den Kosmos bewegten.
Ebenso wie die Große Königliche Gemahlin trug Tutanchamun Sandalen aus grünem Leder und Rindenstoff, der mit Blattgold

belegt war. In der linken Hand hielt er einen hölzernen, mit Gold überzogenen Krummstab mit blauer Fayencespitze; den gebogenen Griff bildeten die Leiber eines Asiaten und eines Afrikaners als Hinweis auf den Norden und den Süden, über die Pharao als der Sieger über die Feinde der universellen Harmonie in alle Ewigkeit regierte. In der rechten Hand hielt er den Wedel aus einem hölzernen, mit Blattgold verkleideten Kern mit dem Namen »Macht«, das zur Segnung der Opfergaben diente, um den Geist von der Materie zu befreien. Diesen Wedel, den Maja, der oberste Baumeister, mit eigener Hand herzustellen sich vorbehalten hatte, trug an seinen Enden Papyrusdolden und auf dem Stiel ein blaues Porzellanband mit Goldeinlagen.

Das Königspaar blieb vor dem großen Doppelportal zum Amun-Heiligtum stehen. Zwischen den beiden Pylonen, an der Stelle, wo sich die rötliche Sonnenscheibe manifestierte, erschien der Erste Prophet. Er hob die Arme zum Zeichen der Verehrung.

Das große Doppelportal wurde von innen geöffnet. Das Ereignis wurde von einem großen Beifallssturm begrüßt. Zur Rechten des Königs zeigten zwei Männer mit strahlenden Gesichtern berechtigten Stolz: Nachtmin und Huja trugen die großen rituellen Fächer, bestehend aus einer halbkreisförmigen Elfenbeinscheibe mit braunen und weißen Straußenfedern und einem papyrusförmigen Griff. Sie wurden rhythmisch bewegt und schützten den König vor der glühenden Sonne, vertrieben die Insekten und sorgten für einen erfrischenden Hauch. Die Stiele der Fächer bestanden aus sehr fein geschnitztem Elfenbein. Nachtmin bewegte den mit den Königsinsignien verzierten Fächer, die von einem Geier mit der Krone Unterägyptens überragt wurden; Huja trug jenen mit einem ebensolchen Geier, geschmückt mit der Krone Oberägyptens. Auf diese Weise bildeten die beiden Würdenträger das Bild des unter der Allmacht Pharaos vereinigten Königreiches.

Haremhab, zur Linken des Königs, machte ein undurchdringliches Gesicht. Jedermann bemerkte den Ernst des Generals, der sich sonst liebenswürdig und zuvorkommend zu geben pflegte. Diesmal hielt er sich ostentativ auf Distanz und beschränkte sich darauf, die durch die Etikette vorgeschriebene Rolle zu erfüllen. Der General nahm diese Zeremonie nicht auf die leichte Schulter. Sie machte die neuen Funktionen dieses grobschlächtigen Huja und dieses ehrgeizigen Nachtmin öffentlich bekannt und damit offiziell. Haremhab war von der Ehrlichkeit des »göttlichen Vaters« Eje überzeugt. Er war in keine gegen ihn angezettelte Verschwörung verwickelt. Und die Situation erwies sich als noch schlimmer. Anchesa begann, Tutanchamun davon zu überzeugen, daß er tatsächlich König von Ägypten war. Sie versammelte um ihn herum einflußreiche Männer, die in der Lage waren, eine brillante Karriere zu machen, einen starken Willen besaßen und die er nicht in sein eigenes Lager herüberziehen konnte. Auf diese Weise entstand eine wahre Pharao-Partei aus Würdenträgern, die dem König wegen der Ehren, die sie zu erlangen hofften, treu ergeben bleiben würden. Eine Partei, die sich zwischen ihn und die Macht stellen würde.
Die Feier ging ihrem Ende zu. Die Priester hatten die weitläufige Halle verlassen, wo Tutanchamun erschöpft auf dem Thron aus Ebenholz und edelsteinbesetztem Gold und Elfenbein als lebendiges Abbild des Gottes Amun, dessen Inkarnation auf Erden er darstellte, sitzen blieb. Die Rück- und Seitenlehnen des gebogenen Sitzes waren mit ziseliertem Goldblech beschlagen und geschmückt mit den violetten, gold- und silberbekrönten Fayenceköpfen schützender Kobras. Der junge König, der den Kopf leicht nach hinten geneigt hielt und sich mit dem Rücken an die hohe, steile Rückenlehne lehnte, konnte das Gewicht der Doppelkrone, die er seit dem Morgengrauen auf dem Kopf hatte, nicht mehr ertragen.

»Anchesa ... Ich kann nicht mehr, Anchesa ...«
Die Große Königliche Gemahlin, eine Lotosblüte in der rechten Hand, näherte sich dem Thron, kniete vor dem König nieder und legte ihren Kopf auf sein Knie.
»Die Zeremonie ist vorüber«, sagte sie beschwichtigend. »Denk nicht mehr daran.«
»Anchesa ... ich würde dir so gerne dein Diadem abnehmen und dein Haar lösen.«
»Warte, bis wir aus dem Tempel gegangen sind. Die Liebesspiele sind hier untersagt. Wenn du dem entgegen handeltest, würdest du die heilige Regel verletzen.«
Tutanchamun schloß die Augen und wollte sich die Krone vom Kopf nehmen. Anchesas Hand faßte sein Handgelenk und hinderte ihn daran, die Geste zu Ende zu führen.
»Niemand kann dir den königlichen Auftrag abnehmen, mit dem du betraut bist, nicht einmal du selbst.«
In den Schemel, auf dem Pharaos Füße ruhten, waren neun Figuren geschnitten, die die Gesamtheit der Feinde Ägyptens darstellten, flach mit dem Gesicht nach unten auf dem Boden ausgestreckt, die Hände auf dem Rücken gefesselt und zu ewiger Machtlosigkeit verdammt. Anchesa strich mit dem Finger über die Silhouetten aus Gold und Ebenholz.
»Wir haben einen langen Kampf begonnen«, sagte sie. »Wir dürfen ihn nicht mehr aufgeben.«
In den Augen der Königin leuchtete ein seltsamer Glanz: der Glanz des Gottes ihres Vaters, Aton.

23

Der Asiate, eine Feder im Haar und eine kurze Lanze in der Hand, näherte sich König Tutanchamun, der die blaue Krone und einen Schurz aus gebleichtem Leder trug, an dem ein Stierschwanz befestigt war. Hinter Pharao stand die Große Königliche Gemahlin Anchesa in einem sehr weiten Gewand, das ihr bis an die Knöchel reichte, eine hohe Krone auf dem Kopf, die sich aus zwei leierförmigen Kuhhörnern um zwei Straußenfedern auf einer Sonnenscheibe zusammensetzte. In gewisser Entfernung stand der »göttliche Vater« Eje mit einem silbernen Zepter, dessen Stiel auf seiner Schulter ruhte.

Die Sonne stand hoch am Himmel. Der Tempelhof war wie ein Backofen. Der »göttliche Vater« Eje konnte trotz der parfümierten Perücke die große Hitze schwer ertragen. Dicke Schweißtropfen perlten von seiner Stirn.

Anchesa rezitierte unbeirrbar die magischen Formeln, die dazu bestimmt waren, ihren Gemahl vor dem Angriff zu schützen, dem er ausgesetzt war.

»Das Leben ist hinter dir«, psalmodierte sie und hob dabei die rechte Hand, um Pharao ein erquickendes Fluidum zu spenden, »der du der Sonne gleichst.«

Diese Worte hielten den Feind, einen kräftigen jungen Mann, neben dem Tutanchamun wie ein schmächtiges Kind wirkte, nicht auf. Er hob seine Lanze, bereit, sie dem Herrn über die Beiden Länder in die Brust zu rammen.

Anchesa sprach mit lauter Stimme die den Königinnen von Isis, der Herrin der Magie, offenbarten Verse.
Pharao hob die linke Hand, in der er ein kurzes Krummschwert hielt. Der Asiate war wie versteinert. Er ließ seine Lanze fallen und versuchte zu flüchten. Doch Tutanchamun holte ihn nach wenigen Schritten ein. Der Feind ging mit dem linken Knie zu Boden und wandte sich verängstigt dem König zu, der mit der rechten Hand seine Haare packte.
Tutanchamun hob das Schwert.
Der Asiate sah zitternd seinem Tod entgegen.
»Somit ist Pharao, Sonne der Beiden Länder, für immer der Sieger über die Finsternis«, verkündete der »göttliche Vater« Eje.
Die erste Phase des Rituals für den Bau eines Tempels war beendet.

Den Darstellern des heiligen Dramas wurden einige Augenblicke der Ruhe gegönnt. Die beiden Fächerträger Huja und Nachtmin waren eifrig darauf bedacht, dem Königspaar Erfrischung zuzuwedeln.
Anchesa spürte keine Müdigkeit. Sie hatte sogar das Gewicht der Krone vergessen. Weder die Hitze noch die Sonne störten sie. Die glühende Luft erschien ihr mild, so glücklich war sie, einen weiteren Sieg nahen zu sehen, der Pharaos Glanz noch mehr vergrößern würde.
Nach erbitterten Verhandlungen mit dem Ersten Propheten, der die Waffen der Theologie und der Unehrlichkeit eingesetzt hatte, hatte Anchesa erreicht, daß Tutanchamun trotz seiner Jugend seinen eigenen Tempel begründete, wie es die Pflicht eines jeden Pharaos war. Sie hatte die Hindernisse aus dem Weg geräumt, mit denen der Oberpriester die Angelegenheit zu verzögern versucht hatte, und er war nun gezwungen, den

berechtigten Forderungen der Großen Königlichen Gemahlin nachzugeben. In einem bestimmten Punkt war er allerdings hart geblieben: Da Tutanchamuns Alter keine Rolle spielte, mußte er sich auch den körperlichen Prüfungen unterziehen, die das Ritual verlangte. Anchesa hatte diese Bedingung als gerechtfertigt akzeptieren müssen. Sie hatte lange Tage gebraucht, um Tutanchamun dazu zu überreden, zur Tat zu schreiten. Der junge König begann seine Entscheidung zu bereuen. Seine Kraft würde nicht ausreichen, bis zum Ende durchzuhalten, trotz der Anwesenheit seiner Gemahlin und trotz des wiederholten Einschreitens von Huja, der ihm eine stimulierende Arznei zu trinken gab. Der König war nach dem Ritual des Vormittags, das mit dem Kampf gegen den aus der Finsternis gekommenen Feind geendet hatte, kaum zu Atem gekommen, da kam ihn der Erste Prophet auch schon wieder abholen.
Auf der ausgewählten Stelle im Herzen des Westufers hatte Maja, der Oberbaumeister, mit der Schnur den Platz des zukünftigen Heiligtums abgesteckt. In seiner Gegenwart hatte Pharao mit der Hacke den Fundamentgraben ausgehoben und dort einen behauenen Stein und Miniaturen von Werkzeugen niedergelegt. Dann hatte Tutanchamun namentlich die zahlreichen Offizianten einzeln aufgerufen, die die Aufgabe haben würden, sich um seinen Tempel zu kümmern und dafür zu sorgen, daß der Kreislauf der Opfergaben sichergestellt war. Ein Priester mit der Maske des ibisköpfigen Gottes Thot und eine Priesterin mit derjenigen der Göttin Seschat, der Schutzpatronin der Baumeister, umarmten den jungen König an der Stelle des zukünftigen Naos', in dem die Kult-Statuen untergebracht werden würden. Lebendig in den Kreis der himmlischen Mächte eingeführt zu werden machte Tutanchamun in dem Moment, wo die Sonne ihren Höchststand erreichte, zu einem Gott auf Erden.

Oberbaumeister Maja war stolz auf seinen König. Er konnte jetzt mit der Zustimmung des Ersten Amun-Propheten mit einem umfangreichen Restaurierungs- und Konstruktionsprogramm beginnen und Tutanchamuns Namen für Jahrhunderte und Aberjahrhunderte erstrahlen lassen. Er würde das Geschenk des Lebens hundertfach zurückzahlen, das ihm jenes zum Herrn über Ägypten gewordene Kind gemacht hatte. Er würde die schönsten, die grandiosesten Tempel bauen, würde die vollkommensten Statuen schaffen.

Am Horizont tauchte in einer ockerfarbenen Staubwolke ein Wagen auf und blieb vor dem Königspaar stehen. Ihm entstieg General Haremhab, der Pharao, nachdem er ihn begrüßt hatte, ein Kettenhemd anlegte, den Panzer des Falkengottes Month, dem Kriegsgott, der es den Pharaonen möglich gemacht hatte, Ägypten von seinen Besatzern zu befreien. Das Hemd war mit Gold und Edelsteinen besetzt. Haremhab legte dem König einen Kragen aus Goldperlen um den Hals und reichte ihm ein Schwert, einen Dolch, einen Bogen und Pfeile.

Tutanchamun betrachtete beunruhigt den zweirädrigen Streitwagen, in dem er würde kämpfen müssen. Der an der Rückseite offene Aufbau bestand aus mit Blattgold belegtem Gipsmörtel. Das Dekor setzte sich aus Kartuschen mit dem Namen des Königs, Blumen, Spiralen und Rosetten zusammen. Die äußere Vorderwand wie auch die Deichsel schmückten Falkenköpfe; auf jeder Seite des dort angebrachten Jochs sah man die Gestalten gefesselter Feinde.

Mit Haremhabs Hilfe bestieg Tutanchamun den Wagen, dessen Boden aus einem Lederriemengeflecht und darübergelegten Schakalfellen bestand. Aufrecht stehend, spürte er die Elastizität des Aufbaus, der gleichzeitig auf der Deichsel und der Achse ruhte, die die zwei sechsspeichigen Räder, auf denen die Namen der Fremdländer geschrieben standen, miteinander verband.

Auf den Innenwänden waren ein gefangener Asiate und ein gefangener Afrikaner abgebildet, von Pharao in Gestalt eines Sphinx besiegt. Darüber ein weit geöffnetes Auge, das dem Wagen erlauben würde, dem richtigen Weg zu folgen und Unfällen zu entgehen. Die Pferde schnaubten ungeduldig und durch die Hitze nervös gemacht. Ihre Scheuklappen bestanden aus vergoldetem Rindenstoff.

Haremhab reichte dem jungen König die Zügel, die durch am Geschirr befestigte Ringe liefen und ihm um die Taille gelegt wurden, so daß er nicht umfallen konnte, selbst wenn er aus dem Gleichgewicht käme. Der General tat so, als bewundere er das prachtvolle lederne, mit Gold, Silber und farbigem Email bestückte Zaumzeug.

Ein sonderbares Lächeln umspielte seine Lippen. Tutanchamun bekam Angst, doch er konnte nicht mehr zurück. Er suchte Anchesas Blick, die ihn wenige Meter vom Wagen entfernt mit all ihrer Liebe ermutigte.

»Eure Majestät«, verkündete der General, »ist ein goldener Berg, der die Beiden Länder mit seinem Feuerblick erhellt, der auf seinem Wagen erscheint wie die aufgehende Sonne, der Sohn des Lichts, der seine Untertanen erleuchtet und sie mit seiner Tapferkeit blendet. Welches andere Schicksal als den Triumph könnte er kennen?«

Tutanchamun spürte eine gewisse Ironie in der Frage des Generals. Sollte er gar eine Falle vorbereitet haben?

Der König zog an den Zügeln. Sie erschienen ihm solide und gut befestigt. Der Wagen würde nicht schnell fahren müssen. Trotz seiner Erschöpfung stellte Pharao sich dieser letzten Prüfung, die dem Beweis dienen sollte, daß er die Qualitäten der großen Monarchen besaß. Haremhab trat zurück.

Der Wagen setzte sich in Richtung des äußersten Endes des Hofes in Bewegung, wo ein steinerner Durchlaß eingerichtet

worden war. Zwei nubische Löwen kamen heraus, fett und schwerfällig.
Der Brauch verlangte, daß Pharao in der Lage sein müsse, wilde Tiere zu besiegen, um seine Tapferkeit und die Fähigkeit, gegen jeglichen Drachen zu kämpfen, unter Beweis zu stellen. Der große Amenophis III. hatte die Prüfung in einen Scheinkampf verwandelt. Die Löwen waren überfüttert und mit einer Pflanzensubstanz ernährt, die sie schläfrig und damit ganz und gar friedlich machte. Die Pfeile, mit denen sie getroffen werden sollten, hatten abgerundete Enden, die ihnen keine Verletzungen zufügen würden. Tutanchamuns ärgster Feind war die mörderische Hitze. Sie verursachte Schwindelgefühle, so daß er Gefahr lief, seine Geschicklichkeitsprüfung nicht zu bestehen.
Der junge König spannte seinen Bogen und ließ den ersten Pfeil losschnellen. Er flog über den Kopf des ersten Löwen hinweg, eines alten Mähnenlöwen, der sichtlich unwillig war, sich bei dieser Hitze erheben zu müssen.
Anchesa ließ Tutanchamun nicht aus den Augen und versuchte, ihm ihr Lebensfluidum zu übermitteln, die unsichtbare Energie, aus der die menschlichen Taten resultierten. Er mußte es schaffen, er mußte sich dem Hof als ein seiner ruhmvollsten Ahnen würdiger Herrscher beweisen.
Tutanchamun fühlte sich nicht imstande, den Ritualbogen ein zweites Mal zu spannen. Er wollte sich ausstrecken, sich nicht mehr bewegen, nur noch schlafen. Er wandte sich nach links und suchte Anchesa mit dem Blick. Er sah sie aufrecht im Licht, ein Zepter in der Form einer Lotosblüte vor der Brust.
Ihr zuliebe würde er triumphieren.
Der Pfeil schoß kraftvoll und präzise los. Er traf den zweiten Löwen an der Flanke.
Jubel und Freudenschreie begrüßten die Leistung. Doch sie erstickten, als das wilde Tier, das sich gleichgültig hätte zeigen

müssen, ein drohendes Knurren ausstieß und auf den königlichen Wagen zusprang.
Entsetzt über diese unvorhergesehene Reaktion, ließ der junge König seinen Bogen fallen. Er wollte vom Wagen springen, hatte jedoch vergessen, daß er von den an Ringen befestigten Zügeln gehalten wurde. Er packte seinen Dolch und begann ungeschickt, sie durchzuschneiden.
Der Löwe sprang los, verschreckte die Pferde, die in Galopp fielen. Tutanchamun wurde von einer Seite zur anderen geschleudert. Schließlich gelang es ihm, sich loszumachen, und er fiel schwer in den Staub, nachdem er mit der Stirn gegen das Wagenende geschlagen war.
Der Löwe stürzte sich auf ihn.
General Haremhab, der einem der Schützen der königlichen Garde den Bogen entrissen hatte, schoß mit unglaublicher Geschwindigkeit zwei Pfeile ab. Sie trafen das Tier am Kopf. Tödlich getroffen, brach es zusammen. Tutanchamun lag auf dem Bauch und rührte sich nicht mehr.

Anchesa wachte über Tutanchamun.
Der schwerverletzte junge König wurde Tag und Nacht von den Ärzten und Magiern gepflegt; sie hatten seine Wunden desinfiziert und einen Bruch seines linken Beines wieder eingerichtet. Der Oberkörper mußte noch Verbände tragen. Nach drei angsterfüllten Tagen, während deren das Leben des Herrschers in den Händen der Göttin des Westens gelegen hatte, schien sich Tutanchamuns Geist erneut an die Erde zu binden.
Anchesa saß auf einem vergoldeten Sitz, dessen Stäbe mit Lotos und Papyrus geschmückt waren. Sie stützte sich auf die Armlehnen in der Form zweier geflügelter, gekrönter Schlangen, die in den Windungen ihrer Leiber und auf der Innenseite ihrer Flügel Kartuschen mit dem Namen des Königs trugen. So war

die unsterbliche Seele Pharaos für immer vor Übel bewahrt. Die Große Königliche Gemahlin stützte ihre Füße auf einen Schemel aus vergoldetem Holz mit Intarsien aus blauer Fayence, verziert mit neun Bögen, die die Gesamtheit der dem ägyptischen König unterworfenen Fremdländer symbolisierten.

Der Atem des Königs wurde unregelmäßig. Er drehte sich zur Seite, stöhnte und schlug die Augen auf.

»Anchesa ...«

»Ich bin da«, erwiderte sie augenblicklich und eilte zum Bett, um seine Hand in die ihre zu nehmen.

Ihre Wangen berührten sich. Sie atmeten im gleichen Rhythmus, als würden ihre Seelen miteinander verschmelzen.

»Mir geht es besser, Anchesa ... Ich glaube, ich kann aufstehen.«

»Bleib liegen. Ich hole eine Salbe.«

Die junge Frau schlug das Leintuch beiseite, mit dem Tutanchamun zugedeckt war, und massierte ihn ausgiebig mit einem wundheilenden und schmerzstillenden Balsam. Dann bestrich sie seine Haut mit einem Parfüm aus zehn der seltensten Essenzen, das im Laboratorium von Karnak hergestellt wurde, und gab ihm Alraune zu kosten.

Der Kopf des Königs ruhte auf einem Kissen, das von einer Nackenstütze aus Elfenbein getragen wurde. Diese Nackenstütze war an beiden Enden mit dem lachenden Gesicht des Zwergengottes Bes geschmückt, der Freude und Lebenskraft bedeutete.

»Anchesa ... komm, leg dich auf mich ... ich möchte dich lieben.«

Tutanchamun streckte die Arme nach ihr aus. Sie küßte seine Hände, wandte sich um und kam mit einem Schmuck aus Lotosblüten zurück, den sie ihm um den Hals legte.

Dann kleidete sie sich bis auf einen Anhänger in Form eines Herzens aus und legte sich unendlich zart auf den Körper des Königs.

Tutanchamun schlummerte zufrieden. Anchesa saß auf einer Fensterbank und betrachtete die Sterne am Sommerhimmel. Einer von ihnen leuchtete heller als die anderen. Die junge Frau rief sich ihre Astronomiestunden in Erinnerung, glaubte, ihn identifiziert zu haben, und wurde sich dann ihres Irrtums bewußt. Dieser Stern dort gehörte nicht zu denen, die von den Gelehrten registriert worden waren. Seine ungewöhnliche Helligkeit faszinierte sie.

Plötzlich verstand sie.

Es war die Seele von Echnaton, ihres geliebten Vaters, die ihr erschien, um sie daran zu erinnern, daß sie sein Werk fortsetzen und gegen die Amunpriester und ihren Ersten Propheten kämpfen mußte, gegen diese Schurken, die die göttliche Herrlichkeit vergaßen, um sich selber zu bereichern. Anchesa, Echnatons Tochter und Tutanchamuns Frau, Erbin einer untergegangenen Welt, die aus der Erinnerung der Menschen nicht gelöscht werden durfte, hin- und hergerissen zwischen dem Respekt vor der Botschaft, die ihr als einziger anvertraut worden war, und den Erfordernissen der Macht, brauchte dringend dieses Licht im Herzen der Nacht. Über den Tod hinaus übermittelte ihr Echnaton die vitale Kraft, die im Universum pulsierte und die keine menschliche Niedertracht je besudeln konnte. Der Stern, sagten die Weisen, war die Tür zum Kosmos, durch die der göttliche Unterricht kam. Echnatons Seele war nun Teil des himmlischen Hofstaates, wo die Sterne eine Bruderschaft des Lichts bildeten. Der verstorbene König gab seiner Tochter bekannt, daß er an den Ursprung zurückgekehrt war, an den zeitlosen Ort, wo er auf sie warten würde.

Anchesa, überwältigt von unaussprechlichem Glück, legte ihre Hand auf ihren nackten Bauch. In dieser Nacht, so sagte ihr eine Intuition, war ein Kind gezeugt worden. Auch diesen Kampf würde sie gewinnen, eine Schwangerschaft zu einem guten Ende

führen und Tutanchamun einen Sohn schenken, der fähig sein würde, sein Land zu regieren.
Wie sie diese heißen Nächte liebte, wenn die Düfte der von den Gärtnern bewässerten Erde aufstiegen! Sie lauschte auf den Flügelschlag der Käuze, die auf der Suche nach Beute durch die Dunkelheit flogen. Sie lauschte auf das heimliche Herzklopfen der Natur, das Spiegelbild der unzerstörbaren, von Gott gegebenen Ordnung.
Ihr Blick fiel auf zwei Gegenstände, die der König am Kopfende seines Bettes bewahrte, seine kostbarsten Schätze: eine kleine Statue von Amenophis III. aus massivem Gold und eine Silberdose mit dem Namen der Königin Teje, die eine Haarlocke der großen Königin enthielt. Anchesa betrachtete sie als ein Vorbild, dem sie zu gleichen, das sie zu übertreffen suchen würde.

Huja und Nachtmin hatten beschlossen, gemeinsam Nachforschungen über den Zwischenfall anzustellen, der den König Tutanchamun beinahe das Leben gekostet hätte. Die beiden waren sich über die eklatanteste Tatsache einig: Ein gefährliches Tier hatte den friedlichen Löwen ersetzt, der für das Ritual vorgesehen war. Dieser in verbrecherischer Absicht vollzogene Tausch hatte einige Organisation erfordert, und es mußte möglich sein, deren Spuren aufzudecken. Nachtmin würde sich um die für den reibungslosen Ablauf der Zeremonie Verantwortlichen kümmern, Huja um die dem königlichen Zoo vorstehenden Beamten. Sie mußten beide sehr behutsam vorgehen, wenn sie die eventuell Schuldigen entlarven wollten, ohne Risiken für ihr eigenes Wohlergehen einzugehen. Jeden Abend trafen sie sich im Mut-Tempel, dort, wo Ärzte und Chirurgen von Theben ihre Riten zelebrierten und ihre Forschungen durchführten.
Huja und Nachtmin, empört über das mörderische Komplott

gegen einen König, den sie verehrten, hatten sich geschworen, die Wahrheit herauszufinden, selbst wenn diese den Hof oder eine hochstehende Persönlichkeit diskreditieren würde.
Die Große Königliche Gemahlin, die auf allerdiskreteste Weise konsultiert wurde, hatte sie ermutigt. Sie baute eher auf sie als auf den »göttlichen Vater« Eje, der offiziell mit der Ermittlung beauftragt war.

»Wir verfügen über kein seriöses Indiz, Majestät!« gestand der »göttliche Vater« Eje bekümmert. »Niemand ist unvorsichtig gewesen. Dieser Löwe ist verrückt geworden ... Ein fast zahmes Tier! Es ist unfaßbar.«
»Ist er vielleicht ... ausgetauscht worden?« wollte die Große Königliche Gemahlin wissen.
Der »göttliche Vater« runzelte die Stirn.
»Völlig ausgeschlossen, Majestät! Wer hätte denn unserem geliebten Herrscher ans Leben wollen? Nein, das ist absurd. Diese schreckliche Idee müssen wir ausschließen. Allein als verhängnisvoller Unglücksfall läßt sich dieses Drama erklären. Wie ist heute das Befinden des Königs?«
»Er ist noch immer recht schwach. Er verbringt die meiste Zeit schlafend.«
»Gott sei gedankt, Ägypten hat seinen König nicht verloren ... Ist es nicht Zeit für Eure Audienz?«
»In der Tat, ›göttlicher Vater‹. Ich bin schon auf dem Weg.«
Tutanchamun war fast wiederhergestellt. Doch Anchesa wollte ihm vor seiner vollständigen Genesung jegliche Ermüdung ersparen und hatte ihm auferlegt, sein Zimmer zu hüten und keine Besuche zu empfangen. Die Last des Regierens ruhte auf den Schultern der Großen Königlichen Gemahlin und des Premierministers Eje, den sie gebeten hatte, sich um die laufenden Angelegenheiten zu kümmern.

»Wenn Ihr es wünscht, Majestät, bin ich bereit, Euch die erdrückendsten Aufgaben abzunehmen.«
Anchesa schaute den alten Würdenträger ernst an.
»Begnügt Euch damit, meine Befehle auszuführen, wie ich diejenigen Pharaos ausführe. Unseren Institutionen entsprechend regiere ich über die Beiden Länder, bis er auf seinen Thron zurückkehrt. Heute abend werdet Ihr mir die Berichte über die Instandhaltung der Kanäle und die Lagerung der kommenden Ernte in Silos vorlegen.«
»Gut, Majestät.«
Anchesa entfernte sich eiligen Schrittes und ließ den Premierminister einfach stehen.

Die Große Königliche Gemahlin hatte vergessen, ihren achtzehnten Geburtstag zu feiern. Seit fünf Monaten, seit dem, was sie als ein mißglücktes Attentat gegen ihren Gemahl betrachtete, hatte sie sich keinen einzigen Tag Ruhe gegönnt, trotz der neuen Schwangerschaft. Sie war gezwungen, die ermüdende und strenge Existenz eines Pharao mit zwölf Arbeitsstunden täglich über einer Unzahl von Akten zu führen.
Behindert durch ihren Mangel an technischer und administrativer Kompetenz, hatte Anchesa sich auf ihren Instinkt verlassen, um die wichtigen von den zweitrangigen Problemen zu unterscheiden. Sie hatte vor allem den »göttlichen Vater« Eje hinzugezogen, indem sie ihm tausend Fragen stellte und das Wesentliche seiner kostbaren langjährigen Erfahrung aus ihm herauslockte. Als Eje erkannte, daß er sich seines kostbarsten Schatzes hatte berauben lassen, war es zu spät. Anchesa brauchte ihn nicht mehr als Mentor. Er war zu ihrem Diener und Untergebenen geworden. Was, so hatte er Haremhab erklärt, könnte er anderes tun, als die Situation zu akzeptieren?
Anchesas Kehle war wie zugeschnürt. Die für diesen Morgen

vorgesehene Audienz hatte ihr den Schlaf geraubt. Der Mann, den sie vorgeladen hatte, war einer der wenigen Menschen, über die sie keinerlei Macht hatte. Geführt von zwei Bogenschützen betrat die Große Königliche Gemahlin einen kleinen, von zwei im Dach befindlichen, rechteckigen Fenstern beleuchteten Saal. Sie schickte die Wachen hinaus und ließ die Türen schließen, da sie keine Zeugen zu haben wünschte.
Baumeister Maja wartete an eine Säule gelehnt ohne Ungeduld. Eine einfache, von der nubischen Dienerin überbrachte Botschaft hatte nicht ausgereicht, um ihn in den Palast kommen zu lassen. Anchesa war gezwungen gewesen, ihm einen königlichen Siegelträger mit einer offiziellen Vorladung zu schicken, der der Finanzminister und oberste Aufseher über alle Baustellen des Königs sich nicht entziehen konnte.
Anchesa setzte sich nicht auf den für sie vorgesehenen Thron. Einen so groben Mann wie Maja beeindrucken zu wollen wäre ein strategischer Fehler gewesen. Es wäre ebenso überflüssig, sich mit Höflichkeiten zu belasten. Daher kam sie direkt zur Sache.
»Maja, ich begreife Eure Haltung nicht. Warum kommen die Arbeiten in Karnak nicht voran? Warum ist der Bestattungstempel des Königs noch nicht über das Planungsstadium hinausgelangt? Warum bleibt Ihr in Theben, statt Ägypten zu bereisen und überall Monumente zu seinem Ruhme zu errichten?«
»Auf alle diese Fragen ein und dieselbe Antwort, Majestät: Mir fehlen die Materialien. Der Granit aus Assuan trifft nicht ein. Man müßte neue Kähne bauen und die Transporte anders organisieren.«
Majas Tonfall war schneidend, beinahe beleidigend.
»Ihr verhöhnt mich, Baumeister. Diese Probleme unterliegen Eurer Kompetenz. Wenn Ihr sie nicht gelöst habt, so deswegen, weil Ihr sie als Vorwand zu nutzen wünscht.«

Maja hob den Blick zu den Fenstern, durch die grelle Lichtstrahlen einfielen. Einer beleuchtete das Gesicht der Großen Königlichen Gemahlin.
»Ihr habt recht, Majestät«, gab er zu.
»Aber … warum tut Ihr das?« fragte sie erneut.
Maja zögerte, ehe er antwortete. Dann hielt er es für besser, Farbe zu bekennen.
»Weil Ihr es seid und nicht der König, der mir seit fünf Monaten Befehle erteilt. Ich erkenne nur eine einzige Autorität an, die meines Gebieters Tutanchamun. Ich arbeite nur für ihn.«
Anchesa war zutiefst erstaunt. Daß der Baumeister dickköpfig war, wußte sie, doch ein solches Maß an Starrsinn hatte sie ihm nicht zugetraut.
Er war zu weit gegangen.
»Ich handle in meiner Funktion als Große Königliche Gemahlin, Baumeister, in Pharaos Namen. Meine Worte sind die seinen. Das unantastbare Gesetz Ägyptens will es so. Ihr seid verpflichtet, Euch nach meinen Anweisungen zu richten.«
»Tutanchamun war es, der mir das Leben gerettet hat, niemand anderer.«
»Es handelt sich hier weder um Eure Erinnerungen noch um Eure Gefühle, sondern um Euer Amt. Ein Paar regiert die Beiden Länder, vergeßt das nicht! Auch wenn Ihr mich haßt, seid Ihr endlich willig, mir zu gehorchen?«
»Solltet Ihr gar die Absicht haben, mich dazu zu zwingen, Majestät?«
»Wollt Ihr mich gar beleidigen, indem Ihr daran zweifelt?«
Maja senkte den Blick. Diese allzu schöne Frau trug das Unglück in sich. Sie würde den König zerstören, dessen war er sicher. Wenn Pharao ihn zu einem der höchsten Würdenträger des Reiches gemacht hatte, dann, damit er mit der neuen Macht, über die er verfügte, eingriff.

»Gestattet, daß ich mich zurückziehe, Majestät«, sagte er verbittert. »Ich habe keinen Augenblick zu verlieren.«

Huja und Nachtmin trafen sich wieder einmal in dem Mut-Tempel, wo die Ärzte von der eindrucksvollen, löwenköpfigen Göttin Sechmet in ihre Kunst und die Mysterien des Lebens und des Todes initiiert wurden. Mehrere Zellen waren den zukünftigen Ärzten vorbehalten. In einer von ihnen tauschten die beiden hohen Würdenträger fern von indiskreten Ohren die Ergebnisse ihrer Nachforschungen aus, die bislang höchst enttäuschend verlaufen waren.

An Hujas leuchtenden Augen erkannte Nachtmin, daß er Neuigkeiten hatte.

»Ich glaube, ein ernstzunehmendes Indiz gefunden zu haben«, sagte Huja nervös.

»Welches?«

»Es hat lange Zeit gebraucht, darauf zu stoßen und es zu überprüfen, zweifellos, weil die Idee so simpel war. Der Mann, der mit dem Füttern der Löwen betraut ist, war krank. Sein Stellvertreter hat einen ausgezeichneten Ruf. Niemand hat ihm mißtraut, vor allem, weil er ungeheuer viel Erfahrung mit Löwen hat und zu den Wächtern des königlichen Zoos gehört.«

»Hast du ihn verhört?«

»Er ist nicht mehr in Theben. Er wurde zur Jagd in unsere fernste asiatische Provinz gesandt.«

»Wann kommt er zurück?«

»Nie mehr. Er wurde von einem Löwen zerfetzt.«

»Man hat ihn umgebracht. Man hat ihn am Sprechen gehindert. Unsere vielversprechendste Fährte ist damit abgeschnitten.«

»Nicht ganz und gar.«

»Was gibt es, Huja? Hast du noch mehr?«

»Ich glaube ja, Nachtmin. Aber ich muß schweigen.«

»Warum? Hast du kein Vertrauen mehr zu mir?«
»Natürlich traue ich dir!«
»Dann sag schon!«
»Ich habe den Namen desjenigen herausgefunden, dessen Diener der Löwenjäger gewesen ist. Und diesen Namen kann ich nur der Großen Königlichen Gemahlin preisgeben.«

24

Ganz Theben war mit der Vorbereitung des schönen Tal-Festes beschäftigt, in dessen Verlauf die Lebenden und die Toten dank Pharaos Fürsprache während desselben Banketts miteinander kommunizieren würden. Anchesa hoffte, Tutanchamun würde sich seiner Stellung gewachsen erweisen und das Ritual leiten. Dies war die letzte Serie von Audienzen, die die Große Königliche Gemahlin gewährte, ehe sie sich zusammen mit ihrem Gemahl für eine gewisse Zeit in den Tempel zurückzog. In regelmäßigen Abständen mußte sich das Herrscherpaar im Inneren des Heiligtums reinigen und in direktem Kontakt mit der Götterwelt von den Sorgen des Alltags befreien.

Kurz nach Einbruch der Dämmerung hatte der »göttliche Vater« Eje der Königin einen äußerst vollständigen Bericht über die Wirtschaftslage der Provinzen vorgelegt. Dank der rigorosen Verwaltung der großen Tempel und der Kompetenz der lokalen Administratoren hatte Ägypten einen gewissen Wohlstand wiedergefunden, der während der letzten Regierungsjahre Echnatons in Gefahr geraten war. Anchesa hatte die Fehler ihres Vaters, der die Alltagsdinge zu sehr vernachlässigt hatte, erkannt. Indem sie Dekrete erließ, die den Notablen der wichtigsten Städte Vorteile brachten, indem sie ihnen Ländereien zukommen ließ und indem sie den Dialog mit den großen Priestern wiederaufnahm, die im ganzen Land den Umlauf der in den Tempeln geweihten und anschließend an die Bevölkerung verteilten Nahrungsmittel gewährleisteten, hatte sie das Gespenst eines Bürgerkriegs vertrieben und das Vertrauen in Pharaos Macht wiederhergestellt. Tutanchamuns Regentschaft versprach, friedlich und glücklich zu werden und an die strahlende Zivilisation Amenophis' III. anzuknüpfen.

Wer hätte Anchesas wahre Absichten vermuten können? Wer hätte ahnen können, daß sie sich der Tradition nur fügte, um ihre Gegner zu beruhigen, ihr Mißtrauen einzuschläfern und eine neue religiöse und soziale Revolution vorzubereiten, die jene ihres Vaters fortsetzen und die Ungerechtigkeiten, die er erfahren hatte, rächen würde? Indem Anchesa in das Amt der Großen Königlichen Gemahlin aufgestiegen war, hatte sie jeglichen persönlichen Ehrgeiz verloren. Die Botschaft der göttlichen Sonne war es, die sie jenseits der menschlichen Schwächen erstrahlen lassen mußte.

Nach einem ausgedehnten Bad in warmem, parfümiertem Wasser speiste Anchesa allein im Palast. Als sie ihr Schlafgemach, das an einem Garten lag, betrat, hatte sie es eilig, sich auf dem Bett auszustrecken, das ihr die nubische Dienerin bereitet hatte, und in erquickenden Schlaf zu sinken.

Als Anchesa den Docht einer Fackel anzündete, entdeckte sie in einer Ecke des Zimmers einen Mann, der einen langen Dolch am Gürtel trug.

Er trat aus dem Halbschatten.

Anchesa hatte keine Zeit gehabt, sich ihrer Angst bewußt zu werden. Kreischen oder weglaufen waren einer Großen Königlichen Gemahlin nicht würdig. Wenn sie dem Mörder gegenüberstand, der ihr den Tod brachte, so würde sie nicht zurückweichen.

Sie erkannte den General Haremhab, dessen edles, feines Gesicht von den tanzenden Flammen beleuchtet wurde.

»Wie konntet Ihr es wagen ...«, murmelte sie gebannt.

»Verzeiht mein Eindringen, Majestät, doch Ihr allein seid verantwortlich.«
Anchesa trug ein durchsichtiges weißes Hemd, das ihr bis mitten auf die Schenkel reichte. Sie war barfuß und hatte Armbänder, Halsschmuck und Ringe abgelegt und nur einen goldenen Skarabäus am rechten Ringfinger bewahrt. Er garantierte ihr eine glückliche Transformation des Herzens, während sie die gefährlichen Gefilde der Nacht durchquerte. General Haremhab, mit nacktem Oberkörper, hatte einen Lederschurz angelegt und sich sämtlicher Insignien, die seinen Rang anzeigen konnten, entledigt.
»Seit mehreren Monaten verweigert Ihr mir eine Privataudienz, Majestät, und zwar ohne irgendeinen vernünftigen Grund.«
»Eure Unverschämtheit müßte bestraft werden!« gab sie scharf zurück. »Keiner Eurer Anträge war den Regeln entsprechend formuliert. Sie waren somit nicht annehmbar.«
Haremhab packte den Griff seines Dolches.
»Majestät, Ihr seid zu intelligent, um Euch solcher Argumente zu bedienen. Einen königlichen Schreiber sperrt man nicht in die Netze einer Verwaltung, deren Ablauf er kontrolliert.«
»Warum habt Ihr absichtlich diese Fehler begangen?«
»Um zu wissen, wie lange Ihr es wagen würdet, mich öffentlich herauszufordern.«
Anchesa goß sich eine Schale Traubensaft ein.
»Euch herauszufordern?« spottete sie. »Ihr verliert Euren Sinn für Hierarchie, General. Nehmt Euch zusammen.«
Haremhab begann, den Dolch aus seinem Futteral zu ziehen. Die Reife der Großen Königlichen Gemahlin war verblüffend. Sie war keine Jugendliche mehr. Anchesa war Herrin über Ägypten geworden. Von nun an mußte man mit ihr rechnen. Dem General war dies klar gewesen, seit er sie zum allerersten

Mal erblickt hatte. Sein Einschüchterungsversuch endete in einer schmerzhaften Niederlage.
»Verlaßt mein Zimmer, General.«
»Nein, Majestät. Ihr müßt mich anhören. Wenn ich das Schweigen gebrochen habe, in das Ihr mich gesperrt habt, dann, weil es sich um Ägyptens Überleben handelt.«
Er hatte den Dolch fast vollständig aus dem Futteral gezogen. Haremhab handelte wie in einem Alptraum. Anchesas Leben hing von ihrer Reaktion ab. Wenn sie sich weigerte, ihn anzuhören, wenn sie das Königreich ihrem Machthunger opferte, verdiente sie es dann weiterzuleben, obgleich sie ihr Land auf die häßlichste Weise verriet?
Anchesa klappte eine Schmuckschatulle auf. Der Schmuck würde sie beschützen. Sie setzte sich ein edelsteinbesetztes Diadem ins Haar, schmückte ihre Handgelenke mit goldenen Reifen, legte Goldkettchen um ihre Knöchel und zog einen zierlichen Sessel heran, auf dem sie sich niederließ.
»Wenn es sein muß«, erklärte sie mit gesetzter Stimme, »verwandle ich diesen Ort in einen Audienzsaal. Ich höre Euch an, General.«
Erleichtert steckte Haremhab seine Waffe ins Futteral zurück.
»Wir leben in falschem Frieden, Majestät. Das Land schläft in einem ruhigen Glück und fährt fort, die gleichen Fehler zu begehen wie unter der beklagenswerten Regentschaft Eures Vaters.«
Anchesa reagierte nicht. Die Falle war allzu plump. Er provozierte sie.
»Die Hethiter«, fuhr Haremhab fort, »nutzen unsere Passivität schamlos aus. Sie rücken Schritt um Schritt vor, ersetzen die kleinen, uns treu ergebenen Potentaten durch Strohmänner. Unsere Grenzen sind bald nur noch ein künstlicher Wall, der von einer Invasionsarmee leicht niedergemacht werden kann.«

»Hanis, der Vorgesetzte unserer Diplomaten, hat mich von keinen besonderen Gefahren unterrichtet. Der König von Hatti hat mir mehrfach seine Freundschaft zugesichert und gleichzeitig die beklagenswerten Zwischenfälle bedauert, die vor nun schon mehr als drei Jahren vorgefallen sind. Die Verräter sind bestraft worden. Hatti wünscht keinen Krieg.«

»Natürlich nicht, Majestät. Er wünscht nichts als einen schnellen und totalen Sieg, den er so lange vorbereiten wird, wie es nötig ist. Die hethitische Armee wird keine Risiken eingehen. Sie wird in dem von ihr gewählten Augenblick den unfehlbaren Schlag tun. Und dieser Augenblick rückt näher. Nachdem Hanis viel herumgereist ist, genießt er heute die Freuden der Stadt Theben. Er ist nur noch das Sprachrohr seiner Gesandten, von denen der größte Teil inkompetent oder blind ist.«

»Was nicht Euer Fall ist, General.«

»So ist es, Majestät. Ich begebe mich häufig nach Memphis, wo sich unser größtes Arsenal und unsere wichtigsten Kasernen befinden. Unsere Ausrüstung ist noch ausreichend, aber sie verkommt. Man müßte die Manöver der Armeekorps vervielfachen, neue Waffen herstellen und neue Kriegsschiffe bauen.«

»Und auf diese Weise die Aufmerksamkeit der Hethiter wecken, die daraufhin mit einem Überfall von unserer Seite rechnen können! Das wäre ein katastrophaler Fehler.«

So viel Selbstsicherheit ärgerte den General.

»Traut Ihr Euch etwa zu, die Lage besser beurteilen zu können als ich? Ihr habt nicht die geringste Erfahrung in diesen Dingen. Ihr kennt die Hethiter nicht. Nur Stärke macht Eindruck auf sie. Man muß das Eisen in ihr eigenes Land tragen, bevor es zu spät ist.«

Wütend klammerte sich Anchesa an die Armlehnen ihres Sessels.

»Niemals wird Pharao einen solchen Wahnsinn dulden! Niemals!«
»Ihr wollt mich also auch daran hindern zu handeln! Sei es, Majestät, ich werde Euch gehorchen. Ich habe keine andere Wahl. Aber ich will mit der unvermeidlichen Katastrophe, die Ihr zu verantworten habt, nichts zu tun haben. Ihr habt Nachtmin zum Oberbefehlshaber der Armee ernannt. Möge er sein Amt voll ausfüllen.«
»Das ist ganz und gar seine Absicht, General. Ihr bleibt nichtsdestoweniger sein Vorgesetzter.«
»Ich bin über das Alter hinaus, wo mir Titel ohne Sinn schmeicheln, Majestät, und ich werde das Angebot des Ersten Amunpriesters annehmen.«
Haremhab strahlte eine ruhige Selbstsicherheit aus, die Anchesa beunruhigte.
»Und worin besteht es?«
»Meine administrativen und militärischen Aufgaben zu vergessen und mich vorrangig um den Tempel von Karnak und um seine Entwicklung zu kümmern. Ein königlicher Schreiber darf die Ausbildung der Priester nicht außer acht lassen. An ihrer Seite zu arbeiten wird mir guttun. Ich werde ihre Interessen gegenüber dem König besser vertreten können.«
Die Große Königliche Gemahlin glaubte, ihn nur zu gut zu verstehen.
»Soll das heißen, General, daß Ihr versucht, Pharaos Autorität zu mindern, indem Ihr Euch mit den Priestern gegen ihn verbündet?«
»Das heißt, daß Ihr, Majestät, die Tochter Echnatons, des Häretikers, seid und versucht sein könntet, seinen Wahnsinn erneut zu verbreiten. Um jegliche Schwäche dieser Art zu vermeiden, denkt daran, daß ich Memphis in der Hand habe und daß mir die Elitetruppen voll ergeben sind. Und vergeßt nicht, daß die

Amunpriester nicht die geringste religiöse Abweichung Eurerseits dulden werden.«
Haremhab hatte also beschlossen, Anchesa zwischen Gefängnismauern zu sperren, von wo aus sie eine begrenzte und immer illusorischere Macht ausüben würde. Der General überließ Theben den Priestern von Karnak, die die Rolle von Wachhunden spielen würden, und er würde in Memphis eine Politik zur Kontrolle des Landes und auf Waffengewalt beruhender Expansion vorbereiten.
»Ihr seid eine wunderbare Königin«, lobte er. »In wenigen Monaten ist es Euch gelungen, Euch durchzusetzen und über die Meute der Höflinge zu regieren. Der kleine König Tutanchamun ist Euch vollständig ergeben, und Ihr wißt ihn mit ungewöhnlichem Talent zu benutzen. Aber nun seid Ihr an die Grenzen des Bereichs gestoßen, den Ihr nicht mehr meistern könnt. Weder der Erste Prophet noch ich werden zulassen, daß Ihr noch weiter geht.«
Mit leicht nach vorne geneigtem Kopf wirkte Anchesa besiegt. Haremhab hatte Entrüstung erwartet. Doch die junge Frau gab zu, die Partie verloren zu haben. Indem sie sich der Vernunft beugte, bewies sie wieder einmal ihre Intelligenz.
Haremhab hörte auf, sie als Gegnerin zu betrachten. Indem sie den Kampf abbrach, trat sie beinahe in sein Lager über. Er entspannte sich und ließ sich von dem Zauber dieses Gesichts von göttlicher Feinheit fesseln. Das Schicksal, das sie getrennt hatte, würde sich vielleicht eines Tages als weniger grausam erweisen.
»Laßt uns die Staatsgeschäfte vergessen«, schlug er mit seiner tiefen, melodischen Stimme vor, deren verzaubernde Wirkung ihm durchaus bewußt war. »Je mehr wir uns gegenseitig angreifen, Majestät, desto mehr schätzen wir uns ... Desto mehr lieben wir uns.«

Anchesa bewahrte noch immer ihre Demutshaltung, die Haltung einer jungen, zarten Frau, die ihr Los hinnimmt.
»Das mögen Eure Gefühle sein«, sagte sie, »nicht die meinen ...«
»Das glaube ich Euch nicht, Majestät. Ich werde Eurem Herzen helfen, sich zu äußern.«
Lächelnd ging Haremhab auf die Große Königliche Gemahlin zu. Sie berauschte ihn.
»Ehe Ihr Euch diese Mühe macht, General, hört mir jetzt Eurerseits zu!«
Ihr Ton war so scharf und schneidend, daß Haremhab erstarrte.
»Eure Strategie erscheint mir bemerkenswert«, fuhr sie fort. »Dennoch werdet Ihr sie aufgeben und Euch damit begnügen müssen, Pharao zu gehorchen.«
Ein dumpfes Unbehagen nahm Haremhab in Besitz. Welche geheime Waffe besaß Anchesa? Handelte es sich nicht bloß um eine einfache Ablenkung?
»Kennt Ihr das Schicksal, das jenen bestimmt ist, die Pharao nach dem Leben trachten, General?«
»Was hat dieser abscheuliche Vorwurf zu bedeuten, Majestät?«
Haremhab hatte nicht mehr die geringste Lust, von Liebe zu reden.
»Man hat versucht, Tutanchamun zu ermorden«, erklärte sie mit eisiger Ruhe. »Der Mann, der den satten und betäubten Löwen durch ein gefährliches Raubtier ersetzt hat, ist identifiziert worden. Er ist bei einem Unfall umgekommen ... besser gesagt, er ist ermordet worden.«
»Diese Ereignisse sind äußerst bedauerlich«, gab Haremhab zu, »die Schuldigen müssen strengstens bestraft werden. Aber was habe ich damit zu tun?«
Anchesas Augen funkelten.
»Mehrere Wochen der Nachforschungen waren nötig, um die

Wahrheit herauszufinden … Um den Namen des Verbrechers festzustellen, der den Befehl zum Handeln gegeben hat! Es handelt sich um ein Staatsgeheimnis, das nur Huja und mir bekannt ist …«

Haremhab hing beunruhigt an den Lippen der Großen Königlichen Gemahlin.

»… und Euch, da Ihr der Anstifter dieses grauenvollen Komplotts gewesen seid!«

»Wer wagt es, mich eines solchen Verbrechens zu beschuldigen?« protestierte er empört.

»Der Mann war der Diener einer Person, die Ihr sehr gut kennt: Eurer Gattin, der Dame Mut.«

Haremhab hatte das Gefühl, ein Blitz, gesandt von dem Gott Seth, durchbohre sein Herz. Eine geraume Weile hörte er auf zu atmen, niedergeschmettert von der Offenbarung.

»Ich … ich wußte nichts davon, Majestät!«

»Seid Ihr bereit, es auf des Königs Namen zu schwören?«

Anchesa reichte dem General Tutanchamuns Siegel, das sich auf den offiziellen Dokumenten aus dem Palast befand.

Feierlich leistete Haremhab seinen Schwur.

»Ich wußte, daß Ihr nicht schuldig seid«, erklärte Anchesa ruhig. »Aber Mut ist Eure Frau. Wenn ich die Eröffnung eines Prozesses verlange, wird niemand glauben, daß Ihr nicht die Seele des Komplotts gewesen seid. Eure Gattin hatte geglaubt, daß Ihr, wenn Tutanchamun einmal aus dem Weg geräumt ist, zum Regenten über das Reich werden würdet.«

Haremhab fühlte sich zerschlagen wie nach einem Zweikampf.

»Was plant Ihr zu tun, Majestät?«

»Nichts, General.«

»Was verlangt Ihr dafür von mir?«

»Das habe ich Euch schon gesagt: ausschließlich Euren Gehorsam.«

Anchesa verbrachte die Nacht in den Armen ihres jungen Gemahls. Ihr Bauch einer werdenden Mutter begann sich zu runden. Sie fühlte sich ganz und gar glücklich und selbstsicher wie noch nie zuvor. Das schwere Vergehen der Dame Mut nützte ihr weit über alle Hoffnungen hinaus, denn es gestattete ihr, Haremhab wie einen besiegten Gefangenen zu fesseln. Obwohl sie vor Erregung kein Auge zugetan hatte, hatte sie bei Tagesanbruch einen ganz frischen Teint, so als könnten Zeit und Müdigkeit ihr nichts mehr anhaben.
Nackt bot sie sich der aufgehenden Sonne dar und nahm mit ihrem ganzen Körper die göttliche Energie in sich auf, die die Natur wiedererstehen ließ. Die sanften Strahlen glitten über ihre honigfarbene Haut, nährten sie, erfüllten sie mit unwandelbarer Freude. Die Hände vor der Brust gefaltet, richtete sie ein Morgengebet an die leuchtende Sonnenscheibe, jenes, das ihr Vater Echnaton geschaffen hatte: »Du erhebst dich frei jeglichen Makels, Scheibe des Lichts, die du seit Anbeginn lebst, du, deren Strahlen alle Länder entzündet, du, die du die Finsternis verjagst. Du füllst die Beiden Länder mit deiner Liebe; Menschen, Tiere und Bäume wachsen auf der Erde, denn du leuchtest für sie. Du bist einzig, doch in dir sind tausend Leben.«
Das Wunder geschah: Die neue Sonne wurde geboren.
Die Natur erwachte, die Vögel flatterten mit den Flügeln und zwitscherten, tausend Geräusche füllten den Himmel und die Erde. Als Anchesa sich zu einem Waschraum begeben wollte, trat ihr ihre nubische Dienerin in den Weg.
»Der ›göttliche Vater‹ Eje erbittet eine Audienz«, erklärte sie. »Er möchte Euch auf der Stelle sprechen. Er betont, es sei von äußerster Dringlichkeit. Er hat sich an mich gewandt, damit niemand anderer davon erfährt.«
Sie hatte so hastig gesprochen, daß Anchesa sie bitten mußte,

das Ganze noch einmal zu wiederholen. Dann streifte die Königin ein leichtes Gewand über und eilte mit großen Schritten in das Vorzimmer, wo der Premierminister sie erwartete.
»Was gibt es denn so Dringendes?« fragte sie neugierig.
»Einen Streik!« erklärte der »göttliche Vater« mit zitternden Lippen. »Der Baumeister Maja hat angeordnet, daß alle Handwerker die Arbeit niederlegen.«
»Ist ihnen Bier und Brot verspätet geliefert worden?«
»Nein, kein materieller Zwischenfall. Maja verlangt den König zu sehen. Der Baumeister ist in sein Dorf Deir el-Medineh zurückgekehrt.«
»Ich werde mich um die Angelegenheit kümmern, ›göttlicher Vater‹.«

Niemals hatten die Wächter des Dorfes Deir el-Medineh eine Große Königliche Gemahlin aus solcher Nähe gesehen. Nur von ihrer nubischen Dienerin begleitet, hatte sich Anchesa zur Mittagsstunde an den Toren der den Bauleuten vorbehaltenen Domäne eingefunden, ohne Tutanchamun von ihrem Unternehmen unterrichtet zu haben. Der König ruhte in einem Garten am Ufer des Sees. In Kürze würde er wieder aufwachen. Der Streik der Arbeiter, der das Schließen der Baustellen zur Folge hatte, war schlimm. Den Bau der ewigen Heimstätten, Tempel und Gräber zu unterbrechen brachte das Gleichgewicht des Staates in Gefahr. Nur Pharao oder sein Premierminister waren in der Lage, mit dem obersten Baumeister zu verhandeln.
Die Wächter verlangten bei dieser Besucherin nicht das Losungswort, doch sie hielten die Nubierin am Tor zurück, während bewaffnete Männer die Königin bis zu einem bescheidenen, an die Umfassungsmauer angebauten Haus aus luftgetrockneten Ziegeln begleiteten, nicht weit von dem Platz, wo die

Wasserreserven aufbewahrt wurden und wo die Meister ihren Unterricht in Schrift, Zeichnen, Bildhauerei und Malerei gaben.
Maja saß im Schneidersitz auf dem gestampften Lehmboden und ritzte eine Fabelszene in einen Kalksplitter, einen zum Musikanten gewordenen Esel, der ein Mäusepublikum entzückte. Maja schaute nicht auf, als Anchesa in seine Werkstatt geführt wurde.
»Den König habe ich zu sehen verlangt«, knurrte er barsch und setzte seine Arbeit fort.
»Ihr fordert eine ganze Menge mehr, Maja. Ihr wollt mir Eure Kraft beweisen und zerbrechen, was Ihr für meinen Stolz haltet, und meinen Willen zähmen. Mich wolltet Ihr herlocken. Es ist Euch gelungen.«
Der oberste Baumeister legte seinen feinen kupfernen Stechbeitel nieder.
»Vielleicht habt Ihr recht, Majestät. In diesem Fall müßten wir uns einigen.«
»Was genau erwartet Ihr denn von mir?«
»Daß Ihr jegliche politische Aktivität niederlegt und Euch damit begnügt, eine treue, diskrete Ehefrau zu sein.«
Anchesa mußte über die Naivität dieses Vorschlags lächeln.
»Warum hegt Ihr so viel Bitterkeit gegen mich?«
»Weil Ihr Tutanchamun nicht liebt. Ihr bringt ihm Unglück.«
»Ihr irrt Euch.«
»Der Streik der Arbeiter«, drohte Maja, »wird so lange dauern, bis Ihr geschworen habt, Euch ausschließlich um die Organisation und Durchführung gesellschaftlicher Empfänge sowie Eure religiösen Pflichten zu kümmern.«
Der Baumeister nahm sein Werkzeug wieder in die Hand.
»Ich habe Euch einen anderen Vorschlag zu machen«, sagte die Königin. »Es gibt nur einen Weg, Euch von meiner Ehrlichkeit

zu überzeugen und diesen Streik enden zu lassen: Mitglied in Eurer Berufsgilde zu werden.«
Maja schaute sie verblüfft an.
»Aber … das ist ausgeschlossen!«
»Ihr wißt recht gut, daß es möglich ist, allerdings unter der Bedingung, daß ich die Prüfung bestehe.«

Anchesa wurde für die Nacht in einer Baubude voller Werkzeuge eingesperrt. Man gab ihr weder Wasser noch Nahrung. Hitze und Einsamkeit ertrug sie mühelos, so sehr wünschte sie, sich dieser gefürchteten Prüfung zu unterziehen, durch die sie in die geschlossenste aller Bruderschaften Ägyptens aufgenommen und so das Vertrauen des obersten Baumeisters Maja gewinnen würde. Sie mußte allerdings erst noch siegreich daraus hervorgehen. Anchesa hatte lange überlegt, ehe sie den risikoreichen Weg eingeschlagen hatte. Sie war sich der Gefahren voll bewußt. In einer Nacht setzte sie das in über drei Jahren geduldig erarbeitete Werk aufs Spiel. Sie riskierte sogar ihr Leben. Aber es gab keine andere Lösung. Maja war ein ganzer Mann, nicht interessiert an Titeln und unbestechlich. Sie mußte seine Sprache sprechen, auf seinem Gebiet mit ihm kämpfen. Ihn mit Gewalt zu bezwingen war ausgeschlossen.
Als die Sonne im Westen verschwand, um sich auf die finstere Bahn zu begeben, wo sie sich dem sie zu zerstören entschlossenen Drachen in einem erbarmungslosen Duell stellen mußte, kamen zwei Bildhauer die Große Königliche Gemahlin holen. In Deir el-Medineh war sie nichts als eine Frau, die in die Mysterien der Bruderschaft initiiert zu werden wünschte. Titel und Rang galten nichts mehr. Man entledigte sie ihrer Kleider und steckte sie in ein rauhes Lammfellgewand, das ihre Haut reizte. Man gab ihr einen Schlauch mit Wasser und ein Stück Brot. Dann führte man sie aus dem Dorf.

Ein kühler Wind ließ sie schaudern. Sie mußte einen schmalen, geschlungenen Pfad entlanggehen. Der Berghang war steil. Ihre Führer gingen mit schnellen Schritten und hielten sie fest im Auge, aus Angst, sie könnte zu flüchten versuchen. Der Mond-Gott stand am Himmel und beleuchtete das Gebirge und das Tal mit silbernem, gleichzeitig sanftem und beängstigendem Licht.

Eine Stunde später erreichten sie den Fuß des pyramidenförmigen Gipfels, der mit seiner furchteinflößenden Masse die in ein Tal aus Sand und Stein gegrabenen Gräber der Monarchen überragte.

Die beiden Bildhauer gingen an drei Steinhäusern vorbei, in denen zu gewissen Zeiten Arbeiter wohnten, die sich dort ausruhten, ehe sie wieder an die Arbeit gingen. Die Erfordernisse der Baustelle erlaubten es manchmal nicht, daß sie zum Schlafen ins Dorf zurückgingen.

Schließlich gelangte das Trio zu der Kapelle der Prüfung, einem winzigen Bauwerk ohne Tür, in dem nur eine einzige Person Platz hatte.

»Geht dort hinein«, befahl einer der Bildhauer. »Dort werdet Ihr die Nacht verbringen. Wir gehen fort, doch wir überwachen Euch. Nur ein einziger Weg führt ins Dorf zurück. Versucht nicht zu flüchten. Wir wären verpflichtet, Euch zu töten. Bei Tagesanbruch kommen wir wieder. Dann werden wir sehen, ob Ihr die Dämonen und die wilden Bestien überlebt habt, die die Lügner und die Feiglinge überfallen.«

Anchesa hätte ihnen gerne ein paar Fragen gestellt, um genauere Einzelheiten über die Gefahren, die ihrer lauerten, zu erfahren, doch die Handwerker hatten ihr schon den Rücken zugewandt und stiegen behende den steilen Pfad hinunter.

Wenige Augenblicke lang bereute die Große Königliche Gemahlin ihre Initiative. Sie hatte weder eine so undurchdring-

liche Einsamkeit noch eine so feindselige Nacht erwartet, in der bald das hämische Lachen der Hyänen zu hören sein würde. Verwilderte Hunde ließen ihr erstes Knurren hören, bevor sie auf Jagd gingen. Diese Raubtiere der Dunkelheit fürchtete Anchesa nicht. Was sie fürchtete, waren die Geister, die Gespenster, die sich geräuschlos bewegten, die von hinten oder von links angriffen. Die Ritualmeister der Tempel wußten, wie man diese bösen Kräfte abwehrte, die das Knochenmark aussaugten und in Venen und Arterien drangen, um das Blut zu trinken.
Wer in die Bruderschaft von Deir el-Medineh aufgenommen werden wollte, mußte die Nacht auf dem Gipfel verbringen und sich den Leben vertilgenden Monstern stellen. Bei Tagesanbruch fand man die Leichen derer, die den Angriffen der unsichtbaren Feinde nicht standgehalten hatten, weil sie nicht würdig oder weil sie zu feige waren.
Anchesa trank einen Schluck Wasser. Essen konnte sie nichts. Ein Schmerz erinnerte sie an die Existenz des Kindes, das sie bald zur Welt bringen würde. Sie hob den Blick zum Himmel und suchte den Stern mit der Seele ihres Vaters Echnaton.
Sie fand ihn nicht.
Beunruhigt wollte sie aufstehen, doch eine Kraft von ungeheurer Gewalt hielt sie in der Kauerstellung fest. Ein eisiger Wind verschlug ihr den Atem. Sie war versucht, die Augen zu schließen, doch sie suchte weiter das Weltall ab. Eine weißliche Form entstieg einem riesigen Felsblock und bewegte sich auf die Kapelle zu.
Vor Entsetzen schrie Anchesa auf.
Eine Hand legte sich auf ihre linke Schulter.
Diesmal gelang es ihr, aufzustehen und die Gebetsstätte zu verlassen, doch ein unerträglicher Schmerz zerriß ihr den Leib.
Die weißliche Form hatte sich in mehrere Dämonen gespalten,

die die Gestalt von mit Messern bewaffneten Zwergen mit blutigen Zähnen annahmen.
Sie griffen sie an.
Ein Licht blitzte auf. Eine Sternschnuppe überquerte den Himmel. Ihr Licht erhellte den Pfad, über den Anchesa hatte flüchten wollen, und die junge Frau konnte den Abgrund erkennen, in dessen Tiefe Monster mit Löwen- und Schakalköpfen auf ihr zukünftiges Opfer lauerten.
Ihr Vater war es, der sie gerettet hatte, davon war sie überzeugt. Stöhnend schleppte sie sich auf allen vieren zurück in die Kapelle und vergrub ihren Kopf in den Armen.
Eine Stimme füllte den Raum: »Ich bin die Göttin der Stille«, sagte sie, »die Hüterin des Gipfels. Niemand kann meine Domäne besudeln, ohne sein Leben dafür zu lassen. Ich gehe in dich ein, ich prüfe dein Herz, um zu sehen, ob du ein Wesen der Wahrheit bist. Wenn du es bist, hast du nichts zu befürchten. Wenn du gelogen hast, wenn du gegen Maats Gesetz verstoßen hast, werde ich dich vernichten.«
»Nein!« schrie Anchesa fast bewußtlos.
Das Antlitz einer Frau von außergewöhnlicher Schönheit mit feinen Brauen und schmalen Lippen tanzte vor ihr und wuchs mit jedem Augenblick. Es beugte sich über sie. Sie wollte es wegstoßen, doch sie sackte kraftlos zu Boden. Das Antlitz war riesengroß geworden. Es küßte ihre Stirn. Das Gesicht ihrer Mutter Nofretete.
Feuer brannte in ihrem Kopf und ihrer Brust.
Anchesa wurde ohnmächtig.

Die Sonne war aufgegangen, als der oberste Baumeister und die beiden Bildhauer die Gipfelgebetsstätte erreichten, wo sie, wie alle Mitglieder der Bruderschaft, die von der Göttin der Stille auferlegte Prüfung durchgemacht hatten.

Die Große Königliche Gemahlin lag reglos am Boden der Kapelle.
Der Baumeister kniete sich neben sie und legte sein Ohr auf die Brust der jungen Frau.
»Sie lebt«, verkündete er. »Der Streik ist beendet, und wir zählen eine weitere Eingeweihte.«

25

Zwei Tage lang wurde Anchesa von dem Arzt des Dorfes gepflegt, nachdem Pharao von der Anwesenheit der Großen Königlichen Gemahlin in Deir el-Medineh benachrichtigt worden war. Schlaf und Arzneien heilten sie. Baumeister Maja, der nicht von ihrem Krankenlager gewichen war, wohnte ihrem Erwachen bei.

»Ihr seid nun eine der Unseren, Majestät.«

»Das macht mich glücklich, Maja. Ihr könnt mir nichts mehr abschlagen, auch wenn Ihr mich deswegen nicht besser leiden könnt.«

Heftiger Unwillen vertiefte die Runzeln in des Baumeisters Gesicht. Er war, ob er wollte oder nicht, gezwungen, sich seinen eigenen Regeln zu beugen.

»Euer Mut ist außergewöhnlich, Majestät, doch es würde mir schwerfallen, Euch zu lieben.«

»Dazu wird Euch niemand zwingen ... Wir sind Verbündete, das ist das Wesentliche.«

Maja, Wut im Herzen, kannte seine Pflicht.

»Befehlt, Majestät«, sagte er mit klangloser Stimme, »ich werde gehorchen.«

»Helft mir aufzustehen.«

Zögernd reichte der Baumeister der Großen Königlichen Gemahlin den Arm. Sie war noch immer schwach und stützte sich mit ihrem ganzen Gewicht auf Maja. Letzterer empfand ein

merkwürdiges Unbehagen und war erleichtert, als die junge Frau ihn losließ und sich auf einen dreibeinigen Hocker setzte.
»Ich möchte, daß Ihr einen Thron baut«, erklärte sie.
»Für den König oder für Euch?«
»Für den König.«
Maja wunderte sich über die Bescheidenheit dieses Wunsches.
»Aus vergoldetem Holz?«
»Ihr werdet eine Inschrift außen auf der Rückenlehne anbringen. Sie wird für die Höflinge unsichtbar und dennoch wirksam sein, sobald der Magier den Gegenstand beseelt hat.«
»Wie soll sie lauten?«
»Gebt mir etwas zu schreiben.«
Nachdem die Königin das Dorf Deir el-Medineh verlassen hatte, las Maja den Text, den sie geschrieben und ihm anvertraut hatte, wieder und wieder.
Seine schlimmsten Befürchtungen bestätigten sich.
In einer Hieroglyphenkolonne, die nur ihr und ihm bekannt sein würde, hatte sie die Namen von Amun und Aton assoziiert. Auf diese Weise würde letzterer auf dem Königsthron präsent sein und durch das Wort insgeheim einen magischen Einfluß auf die Regentschaft haben.
Maja wußte jetzt, welches Ziel die Große Königliche Gemahlin anstrebte. Doch er konnte den Schwur, der ihn an ein Mitglied seiner Bruderschaft band, nicht verraten. Er war Anchesa zu absolutem Stillschweigen verpflichtet. Mit geballten Fäusten richtete er ein stummes Gebet an Ptah, den Gott der Bauleute, daß sie in ihrem Unterfangen scheitern möge und Tutanchamun die Folgen ihres Wahns nicht würde erdulden müssen.

Anchesa schmückte persönlich Tutanchamuns Hals mit einem Pektorale aus einem rechteckigen Rahmen mit einem prächtigen Skarabäus aus Gold, Türkisen und Karneol in der Mitte. Ein

Gegengewicht, das in Pharaos Nacken hing, vervollständigte dieses Meisterwerk der Goldschmiedekunst. Die Kette, die es mit dem Pektorale verband, bestand aus einer Reihe von Amuletten aus Gold und Lapislazuli, deren schönstes den Geist der Ewigkeit mit himmelwärts gehobenen Armen darstellte.

»Ich hatte solche Angst, Anchesa … Warum hast du dich bloß der Gipfelprüfung unterzogen?«

»Um sie zu bestehen, Majestät. So, Ihr seid jetzt bereit, die Zeremonie unseres allergrößten Festes zu leiten. Euer Volk erwartet Euch.«

»Ich fühle mich noch immer schwach, Anchesa. Könnte man nicht den Ersten Propheten bitten, mich zu vertreten und …«

»Ihr müßt Eure Stellung wahren. Die Priester von Theben warten nur auf eine Gelegenheit wie diese hier, um Eure Macht einzuschränken.«

»Du malst ihre Absichten schwärzer, als sie sind, Anchesa. Sie sind weniger ruchlos, als du denkst. Gestatte ihnen doch, die Angelegenheiten unseres Landes zu leiten, wie sie es in der Vergangenheit so gut getan haben! Wir sind noch so jung. Wir sollten uns einfach nur lieben und die Freuden des Lebens genießen.«

Er wollte sie in die Arme nehmen, aber sie schob ihn sanft von sich.

»Wir sind noch immer in der vom Tempel auferlegten Zeit der Abstinenz«, wies ihn die Große Königliche Gemahlin zurecht. »Ihr müßt sie einhalten, um imstande zu sein, Euer heiliges Amt zu erfüllen.«

»Anchesa …«

»Wir sind die ersten Diener des Gesetzes von Maat, vergeßt das nicht.«

Noch nie waren die Festlichkeiten zu Ehren des Gottes Amun so prachtvoll. Der Erste Prophet wollte auf markanteste Weise die absolute Vorherrschaft des Gottes von Theben demonstrieren.
Pharao spielte die Rolle von Amun und Anchesa diejenige seiner göttlichen Gemahlin. Angeführt von einem großen Aufmarsch von Priestern, von denen etwa zwanzig die goldene Barke des Gottes auf ihren Schultern trugen, verließ das Königspaar unter rauschendem Beifall den Tempel von Karnak. Elf Tage lang würde Theben im allgemeinen Jubel leben. In allen Stadtteilen würde nächtelang getanzt, gesungen und getrunken. Tagsüber würde man schlafen, um nachts wieder weiterfeiern zu können. Überall waren Zelte aufgestellt worden, wo Freibier ausgeschenkt wurde.
Das Königspaar, zum Götterpaar geworden, betrat die Sphingenallee, die vom Tempel von Karnak zu dem von Luxor führte. Tutanchamun und Anchesa trugen goldene Masken, die die Gottheiten darstellten.
Gebannt sah das Volk, dem es erlaubt war, der Zeremonie beizuwohnen, die Gesichter des großen Gottes und der großen Göttin, die im geheimnisvollen Innersten des Tempels wohnten.
Auf der Schwelle von Luxor vergoß der König eine Wasser-Libation, und die Königin legte Blumen nieder. Soldaten in Prachtuniform setzten ihre Trompeten an und bliesen aus vollem Halse. Im Inneren der heiligen Stätte, wo Majas Bildhauer bewundernswerte Reliefs gestaltet hatten, auf denen die Etappen der Zeremonie dargestellt waren, weihte das Königspaar unzählige Opfergaben, die die Altäre schmückten.
Die Menge, die sich an den Kais drängte, erwartete ungeduldig die Abreise der großen Königsbarke, begleitet von einer kleinen Flotte aus Dutzenden von Nachen und Booten in Richtung des

Westufers. Auf mehreren von ihnen befanden sich transportable Kapellen von Gottheiten, die den Schöpferkräften in den Grabtempeln und den in ihren Grüften weiterlebenden Seelen der Toten Besuch abstatten würden. Musikantinnen und Tänzerinnen begrüßten voller Freude die Ankunft des Königspaares. Sie vollzogen eine Serie von akrobatischen Kunststücken, die die Menge begeistert jubeln ließen.
Tamburine, Flöten und Harfen begleiteten in gemäßigtem Rhythmus die Überquerung des Nils. Auf den Jubel des Ostufers folgte die andachtsvolle Stille des Westufers. Die Königin spielte das Sistrum, als sie an Land ging, und füllte die Luft mit seinen sanften Tönen.
Dann bewegte sich der lange Zug zum Tempel von Der-el-Bahri, erbaut von der Königin Hatschepsut, die auf dem Pharaonenthron eine glückliche, strahlende Regentschaft geführt hatte. Von Heiligtum zu Heiligtum erweckten der König und die Königin die schlafenden Gottheiten, damit sie das Wohlergehen der Beiden Länder begünstigten.
Während der ganzen Nacht speisten die Lebenden in den geöffneten Grabstätten mit den Toten, die durch ihre Statuen mit den Augen aus Smaragden oder Malachit zugegen waren. Stille Freude erfüllte die Herzen. Ägypten war im Frieden und hatte einen guten König.

Das Amun-Fest war ganz und gar perfekt und ohne den geringsten Zwischenfall abgelaufen. Der Erste Prophet hatte das Königspaar überschwenglich beglückwünscht, daß es während der elf Tage dauernden Festlichkeiten seine Aufgabe mit der dafür erforderlichen Würde erfüllt hatte. Vom allerkritischsten unter den Höflingen bis hin zum einfachsten Mann aus dem Volke war man sich einig, daß Tutanchamun sich verändert hatte und trotz seiner Jugend den Erfordernissen seines Amtes Genüge

tat. Haremhab verübelte sich seinen Mangel an Scharfblick. Er war nach wie vor überzeugt, daß Tutanchamun nicht über die erforderlichen Fähigkeiten verfügte, um ein großer Monarch zu werden, doch er hatte Anchesas Einfluß unterschätzt. Es gelang ihr, auf dem Umweg über die Person ihres Gemahls zu regieren. Für Haremhab war die Bilanz dieser vergangenen Monate eine Katastrophe. Aufgrund der törichten Initiative seiner Frau, der gegenüber er Schweigen gewahrt hatte, waren ihm die Hände gebunden, und er hatte keinen verläßlichen Freund mehr bei Hofe. Er mißtraute dem Opportunismus des »göttlichen Vaters« Eje und dem unersättlichen Bedürfnis nach Luxus von Botschafter Hanis. Sie spielten inzwischen ihr eigenes Spiel und nicht mehr seines. Und was die neuen Würdenträger Huja, Nachtmin und Maja betraf, deren Einfluß ständig größer wurde, so waren sie Tutanchamun in unerschütterlicher Freundschaft zugetan. Blieben nur noch der Erste Amun-Prophet mit seiner Priesterschaft und den unendlichen Reichtümern der Tempel ... höchst gefährliche Verbündete, die den General benutzen wollten, um ihre eigenen Interessen zu verfolgen. Haremhab hatte keine andere Wahl. Er wußte indessen nur zu gut, daß sich starke Persönlichkeiten gegen ihren Willen am Ende den Wünschen der Priester gebeugt hatten.
Allein im Pferdestall seiner Villa, hantierte der General mit einem Dolch mit eiserner Klinge. Die Hethiter waren es, die als erste dieses Metall zu bearbeiten begonnen hatten. In Ägypten war es seltener als Gold. Haremhab war überzeugt, daß das Eisen nach und nach die Bronze in der Herstellung von Waffen verdrängen und sie gleichzeitig wirksamer und haltbarer machen würde.
Der Griff war mit einem Kristall versehen und mit gekörnten Cloisonné-Bändern verziert. Wie hypnotisiert von dieser eisernen Klinge, fragte sich Haremhab, wie lange er sich selber würde

daran hindern können, Anchesa, diese unerreichbare Frau, zu töten, die seine Liebe abwies, diese Große Königliche Gemahlin, die eines Tages das Format eines Pharao besitzen und eventuell dessen Vorrechte genießen würde.
Anchesa töten, ihren Schicksalsfaden zerreißen, sich an den Platz der Todesgöttin setzen und damit die Seele zur totalen Zerstörung verdammen ... Der königliche Schreiber Haremhab, ausgebildet in der Kenntnis der heiligen Bücher und der Gesetzestexte, litt unter den entsetzlichen Gedanken, die ihn erschütterten. Er kannte sich selber nicht mehr wieder.
Er packte den Dolch und schleuderte ihn mit aller Kraft gegen die Mauer, wo er bis zum Heft eindrang.
Während er wieder zu Atem kam, brachte ihm ein Verwalter eine zwingende Vorladung in den Palast für den kommenden Morgen.
Anchesa hatte also ihr Versprechen nicht gehalten. Der General würde vor ein Gericht unter dem Vorsitz des »göttlichen Vaters« Eje gestellt werden. Seine Verurteilung schien sicher. Für Haremhab bedeutete dies das Ende seiner irdischen Laufbahn unter erniedrigendsten Umständen. Er würde sich ihnen nicht entziehen. Wenn er seinen Beschützer, den Gott Horus, anflehte, würde er den nötigen Mut finden, sich seiner Niederlage mit Würde zu stellen.
Am Eingang der königlichen Domäne wurde Haremhab vom Befehlshaber der Armee, Nachtmin, empfangen. Der eine wie der andere sprachen ein paar Begrüßungsformeln. Von vier Elitesoldaten begleitet, führte Nachtmin Haremhab zu dem großen Innenhof.
Der General war überrascht. Er hatte erwartet, vor der Verurteilung entweder zu einer Privatunterredung mit dem König oder direkt vor Gericht gebracht zu werden. Und er staunte noch mehr über die große Zahl von Höflingen, höheren Offizieren

mit prachtvoll aufgezäumten Pferden, Damen in ihren schönsten Gewändern und Dienern, die Wein und Bier in großen Schalen servierten.
Nachtmin las eine besorgte Frage in den Augen seines Vorgesetzten.
»Begebt Euch bitte in die Mitte des Hofes, General.«
Haremhab ließ sich sein Zögern nicht anmerken und ging gemessenen Schrittes in die Mitte des Hofes. Aller Augen waren auf ihn gerichtet, Dienerinnen verteilten Blumen auf kleinen tragbaren Altären, Musikantinnen stimmten ihre Instrumente.
Haremhab blieb in der Mitte eines großen Kreises stehen, zu dessen Mittelpunkt er geworden war.
Nachtmin und Huja bewegten sich mit ihren Wedeln aus Straußenfedern auf die Fassade des Königspalastes zu.
Plötzlich glaubte Haremhab zu verstehen, was vorging. Aber seine Hypothese erschien ihm derartig aberwitzig ... Wie könnte Anchesa so etwas aushecken ...
Ein gewaltiger Beifallssturm unterbrach seine Gedanken. Tutanchamun und Anchesa erschienen am Hauptfenster des Palastes, das ungefähr drei Meter über dem Boden lag. Der König und die Königin trugen die blaue Krone und leichte Gewänder, die ihre Schultern bloß ließen. Lächelnd und voller Wohlgefallen lauschten sie dem Beifallssturm. Sobald er verstummte, traten Nachtmin und Huja neben Haremhab und begleiteten ihn bis zum königlichen Erscheinungsfenster.
Der General verneigte sich vor dem König und der Königin.
Tutanchamun hielt einen wundervollen Halsschmuck aus goldenen Ringen in die Höhe, die in der Morgensonne glitzerten.
»Wir haben beschlossen, unserem treuen Diener Haremhab eine große und schöne Belohnung zu schenken«, verkündete Pharao. »Er ist der Hüter des Friedens. In seiner Funktion als königlicher Schreiber und General beschützt er die Beiden

Länder vor Unglück. Da wir über die Maßen zufrieden sind mit ihm und mit der Art und Weise, wie er sein Amt ausführt, überreichen wir ihm heute fünf goldene Kragen.«

Der König bückte sich, um den General zu schmücken. Vier Diener, die auf Tabletts die anderen vier Ketten brachten, verneigten sich vor ihm. Musik und Gesang begleiteten das Ereignis, dessen außergewöhnlicher Charakter niemandem entging. Die dem General gewährten Ehren machten manch einen neidisch.

Haremhab suchte den Blick der Großen Königlichen Gemahlin. Doch diese betrachtete den Horizont, distanziert und mysteriös. Sie hatte mit genialem Geschick, das man bei einer so jungen Frau nicht vermuten würde, eine weitere Schlacht gewonnen. Von nun an gehörte General Haremhab in den Augen des Hofes zum engsten Kreis des Königs Tutanchamun und mußte somit zu einem seiner eifrigsten Parteigänger werden.

Der Dame Mut war es einst gelungen, den General Haremhab durch ihre angeborene Vornehmheit und eine echte Schönheit zu verführen, die sich im Laufe der Jahre noch entfaltete. Er schätzte auch ihren Ehrgeiz als reiche Frau aus dem alten Adel, die wollte, daß ihr Mann die höchsten Ämter des Staates einnahm. Tief in seinem Inneren konnte er sogar verstehen, wenn auch nicht eingestehen, daß sie versucht hatte, einen kleinen, unbedeutenden König ohne Charakterstärke aus dem Weg zu räumen. Aber er litt unter diesem Zynismus. Wenn er eine so schändliche Tat akzeptierte, mußte er sich als einen ruchlosen Menschen betrachten.

Die Dame Mut hatte sich geweigert, an der Verleihung der Goldketten teilzunehmen. Eine heftige Migräne verbot ihr, in der prallen Sonne zu weilen. Haremhab hatte ihr geglaubt, weil er ihre Vorliebe für offizielle Zeremonien kannte, bei denen sie den größten Teil der anderen Frauen ausstach und in den Schatten stellte.

Als er sich in seinem Garten mit dem Blick auf den See niederließ, um ein Erfrischungsgetränk zu sich zu nehmen und seine fünf Halsketten zu bewundern, erwartete er nicht, sie wie eine Furie auftauchen zu sehen.

»Deine Migräne ist überstanden?«

»Ich war nicht krank. Ich habe soeben erfahren, was im Palast stattgefunden hat.«

»Hier sind meine neuen Auszeichnungen. Gefallen sie dir etwa nicht?«

Die Dame Mut riß ihrem Gatten die Ketten aus den Händen und schleuderte sie zu Boden.

»Bist du denn verrückt oder blind geworden, du, der große Haremhab? Begreifst du nicht, daß dich diese verfluchte Königin in eine Falle sperrt, aus der du nicht mehr entkommen kannst?«

Der General stand auf und nahm seine Frau zärtlich in die Arme.

»Zorn ist ein Vergehen gegen die Götter. Er läßt das Herz auflodern und vertrocknet die Seele. Du hast nicht das Recht, dich von ihm beherrschen zu lassen.«

»Du redest wie ein Besiegter ... und das werde ich niemals zulassen! Du mußt Pharao werden, Haremhab! Sonst verlasse ich dich.«

Der General nahm die Drohung nicht auf die leichte Schulter. Mut hatte das Ohr eines großen Teils des Adels, ohne den eine eventuelle Erwählung ausgeschlossen war. Wenn er auf den Thron steigen wollte, war er auf die uneingeschränkte Allianz mit seiner Ehefrau angewiesen.

»Wir müssen einen günstigeren Zeitpunkt abwarten, Mut.«

»Nein. Je mehr Zeit verstreicht, desto wirksamer wird die vom Königspaar ausgeübte Macht. Es ist Zeit zu handeln. Ich habe bereits versucht, diesem bedauerlichen Experiment ein Ende zu setzen.«

Ein Schwan schwamm auf dem See und zog ein silbriges Kielwasser hinter sich her. Affen spielten in den höchsten Ästen einer Palme.

Haremhabs Blick wurde eisig.

»Solltest du versucht haben, nach Pharaos Leben zu trachten?«

»Nein. Ich wollte ihn nur lächerlich machen und beweisen, daß er unfähig ist, sich einer Gefahr zu stellen.«

»Und wenn dieser Löwe ...«

»Ich war überzeugt, daß du intervenieren würdest, mein lieber Gatte, und daß du das Raubtier umbringen würdest.«

Mut war von beeindruckender Ruhe. Um in ihren Augen nicht an Achtung zu verlieren, konnte Haremhab ihr nicht gestehen, daß Anchesa die Wahrheit herausgefunden und ihn in die Rolle eines gehorsamen Dieners gezwungen hatte.

»Es ist meine Pflicht zu gehorchen«, sagte der General, »und nicht, Initiative zu ergreifen oder mich gegen Pharaos Willen aufzulehnen. Ich rate dir, es ebenso zu halten.«

Auf dem Schiff, das das Königspaar nach Nubien brachte, hörte Tutanchamun nicht auf, seine Freude zu zeigen. Die Reise zu den verbrannten Ländern tief im Süden, die ihm Huja vorgeschlagen hatte, begeisterte ihn. Anchesa, von der Schwangerschaft ziemlich angestrengt, hatte versucht, sie ihm auszureden. Aber er war so glücklich über die Idee, unter dem Schutz dieses strengen, groben Mannes ins Abenteuer zu ziehen! Die Große Königliche Gemahlin hatte nicht von sich selber und von den Schmerzen gesprochen, die ihr erneut den Leib zerrissen. Sie hatte eingewilligt, auf das königliche Boot mit den weißen Segeln zu steigen, dessen große Hauptkabine gut vor der Sonnenglut geschützt war. Mehrere Schiffe bildeten die Begleitung

des Herrscherpaares. Auf einem von ihnen befanden sich die Lieblingspferde Seiner Majestät.
Der junge König staunte über jede Etappe der Reise, Dörfer, Befestigungen, Märkte, Tempel ... Huja, der redselig geworden war, schwärmte ihm von der Schönheit dieser von Licht überfluteten Gegenden vor, wo es die Eingeborenen mit sehr schwarzer Haut verstanden, Goldminen zu finden, Elefanten zu jagen, Pantherfelle zu gerben und Gewürze zu mischen, die, nachdem sie im Mund gebrannt hatten, köstlichen Geschmack abgaben.
»Ich war dein Botschafter in Nubien«, sagte Huja zu Tutanchamun, »ich habe dort das Amt des Verwalters der Herden des Gottes Amun bekleidet, die Goldförderung beaufsichtigt, die Stämme bezwungen, die sich gegen Pharaos Autorität auflehnten. Ich habe unter der Hitze gelitten, ich habe Angst vor den Raubtieren gehabt, die die Lager angreifen, ich habe zehnmal beinahe das Leben verloren. Aber ich liebe dieses dem Luxus bei Hofe so ferne Land nach wie vor mit gleicher Inbrunst. Wenn mir Pharao, mein Gebieter, es gestattet, so möchte ich dort meinen Lebensabend verbringen.«
»Lebensabend? Warum denn an Sterben denken? Du wirst jahrhundertelang leben, Huja, und ich auch!«
Der bärbeißige Fächerträger und sein König fielen einander gleichermaßen gerührt in die Arme. Anchesa wußte diese heiße, starke Freundschaft zu schätzen, die Tutanchamun half, zu sich selber, zu seiner eigenen Wahrheit zu finden.
Anchesa lernte dieses Land zu lieben, wo Atons Strahlen mit unerträglicher Gewalt auf die Erde stießen. Stundenlang betrachtete sie die endlose Wüste, in der der Mensch nur ein kurzfristiger Gast war. Am hellen Mittag allein auf dem Deck der Staatsbarke, konzipierte die Große Königliche Gemahlin zwei Projekte. Das eine betraf Huja, das andere ihren Vater Echnaton. Sie informierte Tutanchamun, der sofort zustimmte, nur

über das erste. Das zweite war so gefahrvoll, daß sie es vorzog, allein die Verantwortung zu tragen. Wenn es mißlang, war Pharao unschuldig.

Nach langen Tagen des Reisens gelangten das Königspaar und sein Gefolge ins Herz des tiefen Südens, wo sie den schönsten der dortigen Tempel entdeckten: »Jenen, der in universeller Harmonie erscheint«*, erbaut von Amenophis III., der in der gleichen Gegend das weibliche Gegenstück für seine Große Königliche Gemahlin Teje hatte errichten lassen, um sich auf diese Weise mit ihr zu vereinen.

Nur wenige Priester hatten beschlossen, an diesem trostlosen, stillen Ort zu leben, wo sich eine Säulenhalle von der gleichen Reinheit wie in Luxor erhob. Das gesamte Bauwerk streckte sich mit solcher Kraft in den türkisblauen Himmel, daß es schon beim ersten Blick der Seele Frieden schenkte.

»Dies ist mein Lieblingstempel«, sagte Huja mit leiser Stimme, als er in Begleitung des Königspaares einen großen Hof betrat. »Sich hier zu sammeln ist ein Geschenk der Götter.«

Der König blieb lächelnd stehen und wandte sich zu Huja.

»Recht so, mein Freund. Ihr werdet hier eine lange Meditation durchmachen. Ich habe den Zeremonienmeister angewiesen, Euch in eine abseits gelegene Kapelle zu führen.«

Huja wunderte sich über den entschlossenen Tonfall des jungen Monarchen. Und der verschwörerische Blick, den er mit Anchesa tauschte, entging ihm nicht.

Pharaos Freund verscheuchte die Furcht, die ihn einen Augenblick lang gepackt hatte. Hatte der Herr über Ägypten nicht das Schicksal aller seiner Untertanen in der Hand? Doch er hatte von Tutanchamun nichts zu befürchten.

* das heutige Soleb im Sudan.

Als die Meditation, während derer Huja die Kühle und das Dämmerlicht der Kapelle genossen hatte, zu Ende ging, tauchte die untergehende Sonne die Steine in ein warmes, ockerfarbenes Licht.
Vor dem Heiligtum, das der magischen Regeneration von des Königs Seele geweiht war, hatte man unter einem Baldachin einen Thron errichtet. Von Licht überflutet, trug Tutanchamun, in ein weites Gewand gehüllt, die blaue Krone und hielt die Herrschaftsinsignien über der Brust gekreuzt. Anchesa stand ebenso feierlich gekleidet aufrecht an seiner Seite. Priester und Mitglieder des königlichen Gefolges hatten sich mit ernsten Gesichtern in der Säulenhalle aufgereiht.
Zwei Zeremonienmeister kleideten Huja in ein weißes Faltengewand und führten ihn vor den Thron.
»Amuns Sohn«, verkündete der eine, »der du Ägypten regierst und vor dem sich alle Länder verneigen müssen, hiermit stelle ich dir deinen Diener Huja vor.«
Die Atmosphäre war ernst und feierlich.
»Ich habe zu Amun gebetet«, sagte der König, »und er hat mich inspiriert. Huja ist es, der Nubien im Schoße Ägyptens hält. Ihm ist es zu verdanken, daß es uns seine Schätze schenkt. Darum ernennen wir ihn heute zum Vizekönig von Nubien. Huja hat die Aufgabe, hier unsere Macht zu repräsentieren und uns regelmäßig in unserem Palast in Theben Bericht zu erstatten.«
Ein Zeremonienmeister überreichte Huja einen goldenen Ring, das Symbol seiner Aufgabe, und das Siegel, mit welchem er seine Dekrete signieren würde. Frauen aus dem königlichen Gefolge bedeckten den neuen Vizekönig von Nubien, der zu keinerlei Reaktion fähig schien, mit Blumen. Verwunderung und Dankbarkeit hatten Besitz von ihm ergriffen. Seine geheimsten Träume waren Wirklichkeit geworden.

Anchesa trat auf Huja zu und überreichte ihm einen von aufgeblühten Lilien gekrönten, bunten Blumenstrauß.
»Möge Eure Provinz unter Euren Händen erblühen«, wünschte sie ihm.
Huja machte sich Vorwürfe, diese außergewöhnlich schöne Frau, die auf diese Weise an dem großartigsten Tag seines Lebens teilnahm, falsch beurteilt zu haben.
Er hatte ihr mißtraut, und er hatte sich getäuscht. Er nahm den Strauß entgegen und lächelte die Große Königliche Gemahlin an.
Seeleute und Beamte, nunmehr im Dienste des Vizekönigs von Nubien, jubelten ihm zu und schwenkten große Palmblätter.
Huja mußte vor Rührung weinen.

Warum waren die Götter manchmal so grausam? fragte sich Tutanchamun. Die Amtseinsetzung seines Freundes Huja war ein so wundervoller Erfolg gewesen! Man hatte einen fetten Ochsen geschlachtet, das fröhlichste aller Bankette gefeiert und eine neue Statue nach Amuns Bild lebendig gemacht. Der junge König war als »derjenige, der die göttlichen Mächte zufrieden macht« gefeiert worden, Anchesa hatte den Berichten der Erzähler gelauscht, die die Besuche der Königin Teje beschrieben, als sie dem Bau des Tempels beiwohnte.
Es war das reine Glück unter der heißen Sonne Nubiens. Doch dann waren sie nach Ägypten zurückgekehrt. Anchesas Krankheit, ihre unerträglichen Schmerzen, das Blut, das aus ihrem Leib floß.
Die Ärzte hatten sie gerettet.
Die Wahrheit hatte das Herz des jungen Königs zerrissen. Anchesa konnte keine Kinder haben. Es war ihr nicht mehr erlaubt, schwanger zu werden; sie würde sonst ihr Leben verlieren.

26

Das junge Königspaar brauchte mehrere Wochen, um sich von dem Drama, das ihnen widerfahren war, zu erholen. Anchesa war es, die ihren ratlosen Gemahl tröstete. Sie drängte ihn, den göttlichen Willen zu akzeptieren und sich nicht sinnlos gegen ein Schicksal aufzulehnen, das sie nicht ändern konnten. Sobald er es wünschte, würde Tutanchamun eine Nebenfrau nehmen, um mit ihr Kinder zu zeugen, unter denen Anchesa dann einen legitimen Thronfolger auswählen würde. Der junge König weigerte sich energisch. Niemals würde er mit einer anderen Frau das Lager teilen.

Dank ihres unbändigen Lebenswillens erholte sich Anchesa mit einer Geschwindigkeit, die die Ärzte erstaunte. Sie wollte sich vor allem ihrem so großzügigen Gemahl wieder hingeben, ihn in einen Wirbel der Wonnen reißen, die er jede Nacht mehr zu schätzen lernte. Je besser sie ihre Körper kannten, desto mehr genossen sie einander mit einer raffinierten Kunst, die sie zu immer neuer Ekstase führte.

Wenn sie sich in ihrem Schlafzimmer des Palastes, in einem Gartenpavillon oder auf dem schattigen Seeufer geliebt hatten, dann redeten sie miteinander.

Nach und nach begann Tutanchamun die Angelegenheiten des Staates zu verstehen, sich für seinen Beruf als König zu interessieren und sich zu fragen, wie er ihn in der Zukunft ausüben würde. In Gesellschaft seiner Frau studierte er die Dokumente und Berichte, die ihm täglich von seinem Premierminister, dem »göttlichen Vater« Eje, überreicht wurden. Er wagte es, hin und wieder etwas zu kritisieren, manchmal naiv, manchmal treffend. Und da erkannte Anchesa, warum es ihr die Götter untersagten, ein Kind zu haben. Sie mußte sich Tutanchamun widmen, Tutanchamun ganz allein. Ihre Schönheit, ihre Kraft und ihre Liebe waren ausschließlich für den König bestimmt. Sie würde ihm helfen zu regieren und den Pharao in ihm zu erwecken. Ein sonderbares Glücksgefühl ergriff sie. Die Bürde, die seit der Thronbesteigung auf ihren Schultern lastete, erschien ihr weniger schwer. Der König begann sie mit ihr zu teilen.

Tutanchamun arbeitete. Er entdeckte die unendlichen Ausmaße seiner Aufgabe. Von Anchesa ermutigt, hatte er den Willen, seine Unzulänglichkeiten zu beseitigen. Die Bootsfahrten und die Wanderungen nahmen immer weniger Zeit in Anspruch. Die Abende verlängerten sich im Schein der Lampen. Der König las, studierte und lernte an der Seite seiner Gemahlin. Anchesa wartete darauf, daß ein ernster Zwischenfall die neuen geistigen Fähigkeiten dessen, den gewisse Mitglieder des Hofes noch immer als einen unreifen Jüngling betrachteten, offenbarte.

Zu diesem Zwischenfall kam es während einer Morgenaudienz, zu der der König seinen Premierminister vorgeladen hatte, um mit ihm die Lage in Asien zu besprechen. Der »göttliche Vater« Eje war sichtlich in Verlegenheit und begann eine lange Rede über die langjährige Freundschaft zwischen Pharao und seinen Vasallen.

»Das genügt«, überraschte der junge König den alten Höfling mit ungewöhnlicher Schärfe.

»Habe ich mich nicht deutlich genug ausgedrückt, Majestät, wünscht Ihr, daß ich von vorne anfange ...?«

»Hört auf, mich für naiv zu halten, ›göttlicher Vater‹. Ich bin mit Eurer Arbeit nicht zufrieden.«
»Nicht zufrieden … Aber …«
»Eure Beschreibung unserer militärischen Präsenz in Asien ist nichts als eine Aneinanderreihung konventioneller Phrasen ohne das geringste Bemühen um die Wirklichkeit.«
»Ich habe Euch die von General Haremhab gelieferten Auskünfte vorgetragen, Majestät, und …«
»Genau das werfe ich Euch vor, ›göttlicher Vater‹. Unser oberster Diplomat Hanis hat mir alarmierende Nachrichten in bezug auf unseren besten Freund, den König von Babylon, überbracht. In Eurem Bericht finde ich darüber kein Sterbenswörtchen.«
Anchesa verfolgte den Ablauf der Unterredung voller Faszination. Sie war es gewesen, die Hanis auf Mission geschickt und damit seiner privilegierten Lethargie entrissen hatte. Er hatte nicht lange gebraucht, um ein unterschwelliges Komplott zu entdecken, in das der Babylonier verwickelt war und das drohte, zu einem Zusammenbruch der Allianzen zu führen.
»Sprecht, ›göttlicher Vater‹«, forderte Tutanchamun. »Ist es möglich, daß Ihr mir eine wichtige Tatsache verschwiegen und damit Ägyptens Sicherheit gefährdet habt?«
»Nichts so Folgenschweres, Majestät, nur ein Brief, den ich vorgezogen habe, Euch nicht zu zeigen.«
»Es ist nicht an Euch, mir mein Vorgehen zu diktieren! Ihr habt Eure Kompetenzen überschritten. Ich bin darüber äußerst unzufrieden. Man bringe mir auf der Stelle diesen Brief. Und verschweigt mir nie wieder Dokumente von solcher Wichtigkeit.«
Beeindruckt von der Schärfe des Tones, führte der »göttliche Vater« ohne Zögern die erhaltenen Befehle aus.

Tutanchamun strahlte.
Zum zehnten Mal las er Anchesa den Brief vor, den er an den König von Babylon geschrieben und an dem er kleine Verbesserungen angebracht hatte.
»Bist du stolz auf Pharao, Anchesa? Was hältst du von seinem diplomatischen Geschick?«
»Ich muß zugeben, Majestät, daß Ihr die Angelegenheit mit bemerkenswerter Intelligenz handhabt.«
»Mach dich nicht über mich lustig«, bat Tutanchamun. »Es war deine Idee, ich mußte sie nur in die richtige Form bringen.«
»Das war gar nicht so einfach. Ohne die strenge Ausbildung zum Schreiber hättest du es nie schaffen können.«
Sie mußten beide lachen, als sie sich an ihre erste literarische und wissenschaftliche Prüfung erinnerten, der sie sich unterziehen mußten, als Botschafter Hanis sie gezwungen hatte, sich einem Gremium erbarmungsloser alter Schreiber zu stellen.
»Bist du sicher, daß ich keine Fehler gemacht habe?« fragte der König.
Anchesa las den Brief noch einmal.
Die vom »göttlichen Vater« Eje überbrachte Mitteilung des Königs von Babylon war eine lange, kaum noch als höflich zu bezeichnende Litanei. Er beklagte sich darüber, daß seine assyrischen Vasallen immer unbändiger würden, und bat Pharao um militärische Unterstützung.
Tutanchamun antwortete ihm, daß eine solche Intervention gegen die seit vielen Jahren von Ägypten geführte Friedenspolitik verstoße. Er fügte hinzu, daß eine assyrische Delegation in Kürze in Theben eintreffen würde, um die wirtschaftlichen Beziehungen mit den beiden Ländern auszubauen. Diese Verhandlungen würden die dem babylonischen Herrscher versprochenen Geschenke verzögern.

»Perfekt«, urteilte sie. »Die Reaktion dürfte nicht auf sich warten lassen.«
»Meinst du nicht, daß das ein gefährliches Manöver ist?«
»Du mußt von den anderen Königen respektiert werden. Das ist es wert, ein paar Risiken einzugehen.«

Tutanchamun lebte zwei Wochen lang in Angst. Es war dies der erste diplomatische Akt, den das junge Königspaar beschlossen hatte, ohne vorher den Rat der Berufsdiplomaten einzuholen.
Anchesa tat alles, um die Nervosität ihres jungen Gemahls zu beruhigen, Bootsfahrten, Jagden im Schilf, wilde Wagenrennen in der Wüste, verbissene *senet*-Partien, Liebesspiele ... Tutanchamun wurde in einen Strudel der Freuden gerissen.
Bis zu dem Tag, an dem Botschafter Hanis persönlich eine Tontafel in den Palast brachte: die Antwort des babylonischen Königs. Er las sie dem jungen Paar vor, das Hand in Hand auf Kreuzstühlen saß.
»Die ganze Erde ist erfüllt von Eurem Sieg, Majestät«, sagte der Botschafter. »Der König von Babylon teilt Euch mit, daß seine Gesundheit ausgezeichnet ist. Er grüßt Eure Gemahlin, Euer Land und Euren adeligen Hof sowie Eure Pferde und Eure Wagen. Als seine und Eure Vorfahren das Band der Freundschaft miteinander geknüpft haben, haben sie zahlreiche schöne Geschenke ausgetauscht. Warum diesen Brauch unterbrechen? Der König von Babylon baut einen Tempel. Er braucht viel Gold. Eure Majestät möge einen Wunsch äußern, er werde sofort erfüllt. Was er erbittet, wird ihm sein babylonischer Freund sofort senden. Wer immer eine feindselige Handlung gegen Ägypten unternähme, den würde er sofort angreifen. Und was die Assyrer angehe, seine Vasallen, so möge der König nicht auf sie hören! Er möge dafür sorgen, daß sie in Ägypten

nichts einkaufen könnten, und sie mit leeren Händen wieder fortschicken. Um Euch seine Treue zu beweisen, läßt Euch der König von Babylon eine Ladung Lapislazuli und fünf Pferdegespanne bringen.«

Anchesa strahlte vor Freude. Tutanchamun wunderte sich.

»Ich gestehe, daß mir das Ausmaß dieses Sieges nicht klar ist.«

»Wenn ich den Unterricht von Botschafter Hanis gut im Gedächtnis behalten habe, so besagt dieser Brief, daß der König von Babylon sich Pharaos Willen beugt und demütig darum bittet, als Vasall angesehen zu werden. Die Assyrer werden es ihm gleichtun. Und das Ansehen des Königs von Ägypten wird über ganz Asien strahlen.«

»Eure Majestät ist die bemerkenswerteste unter allen meinen Schülern«, sagte Hanis anerkennend.

Amuns Erster Prophet hatte seine vier wichtigsten Kollegen in einem der kleinen, dunklen Räume des Tempels von Karnak zusammengerufen. Der Greis wirkte noch grimmiger als sonst. Eine Fackel erleuchtete den Raum mit den Wänden aus rohen Steinen. Die fünf Männer, von denen keiner unter sechzig war, hatten sich auf dreibeinigen Hockern niedergelassen. Mit ihren zerfurchten Gesichtern und den kahlrasierten Schädeln sahen sie einander sehr ähnlich.

»Das Königspaar verhält sich nicht so, wie wir vorhergesagt haben«, sagte der Zweite Prophet.

»Sie konnten ja nicht ewig Kinder bleiben«, bemerkte der Dritte Prophet. »Ich hatte Euch gewarnt. Heute beginnen sie, das Ausmaß ihrer Macht zu begreifen. Morgen werden sie sie voll ergreifen wollen. Und wir müssen weiterhin schweigen ...«

»Das kommt nicht in Frage!« protestierte der Erste Prophet. »Ich bin überzeugt, daß dieser Pharao und seine Gemahlin der Aton-Religion treu geblieben sind. Auch wenn sie ihre Namen

geändert haben, um uns glauben zu machen, daß sie Amun verehren, tun sie nur so.«
»Wir müssen abwarten«, empfahl der Zweite Prophet. »Das sind nichts als Vermutungen.«
»Warten, immer noch warten!« protestierte der Dritte Prophet. »Das ist die schlechteste Lösung. Nein, wir müssen eingreifen.«
Der Vierte und der Fünfte Prophet stimmten durch Kopfnicken zu.
»Wir müssen in der Tat handeln«, fand der Erste Prophet.
Ein langes Schweigen stellte sich ein. Jeder der fünf Priester wußte, daß ihre Entscheidung das Schicksal des Reiches bestimmen würde. Sie waren alle mit Ehren überhäuft worden und wünschten keine weiteren. Amuns Ruhm war es, den sie erhalten wollten, denn nur er garantierte das Wohlergehen Ägyptens.
»Wir müssen den König von der Macht fernhalten«, schlug der Zweite Prophet vor.
»Und mit welchen Mitteln?« fragte der Erste Prophet.
»Mit allen Mitteln«, antwortete sein Priesterbruder. »Ein unfähiger Herrscher muß beseitigt werden. Er bringt das Land in Gefahr.«
»Leben und Tod liegen in Gottes Hand!« fuhr der Erste Prophet düster dazwischen. »Nicht in unserer.«
Gewaltiges Unbehagen schwebte über dieser Versammlung von Männern, die für ihre Weisheit berühmt waren.
»Wenn das Herrscherpaar dem Gott von Theben tatsächlich ergeben wäre«, beharrte der Dritte Prophet, »dann würden wir irgendwann eine Einigung erzielen. Doch es ist Aton, der in ihren Herzen wohnt.«
»Dafür haben wir keinen Beweis«, widersprach der Erste Prophet.
»Nun, dann müssen wir uns einen beschaffen!« forderte sein

Gesprächspartner. »Es genügt, ihnen eine Falle zu stellen und ihre Reaktion zu sehen. Danach können wir eine endgültige Entscheidung treffen.«

»Ein Bote aus Nubien! Bringt ihn herein!«
Tutanchamun war außer sich vor Freude, Neuigkeiten von seinem Freund Huja zu hören. Er bat Anchesa, bei ihm zu bleiben, um den Abgesandten des Vizekönigs von Nubien zu empfangen. Der Mann war erschöpft von der Reise. Er stimmte umgehend ein Loblied auf Huja an, der sorgfältig die Goldgewinnung und das Wohlergehen der Rinderherden überwachte. Er arbeitete mit Hingabe und versprach, den Ruhm des Königs in den südlichen Provinzen gedeihen und größer werden zu lassen. Bald würden zahlreiche Geschenke zum ägyptischen Hof gesandt werden, namentlich Ebenholz und Mahagoni, die in großen Mengen auf Transportkähne geladen würden.
Der junge König konnte seine Aufregung nur schwer verhehlen. Huja hatte ihm so viel von den Schätzen Nubiens erzählt! Betrachtete er sie nicht schon? Anchesa dagegen war seltsam still. Die offenkundige Verlegenheit des Boten, eines Nubiers mit kräftigen Muskeln, beunruhigte sie.
»Kommt zur Sache«, forderte sie, »und nennt uns den wahren Grund Eurer Anwesenheit am Hofe.«
Der Mann senkte den Kopf.
»Huja, der Vizekönig von Nubien, betrachtet es als seine Pflicht, Seiner Majestät nichts zu verschweigen. Nur die Wahrheit kommt aus seinem Munde. Deswegen ... Deswegen habe ich den Auftrag erhalten, Euch mitzuteilen, daß mehrere nubische Dörfer sich aufgelehnt haben.«
Anchesa sprang wütend auf.
»Eine Revolte? Ist sie niedergeschlagen worden?«
Der Bote hielt den Kopf nach wie vor gesenkt.

»Noch nicht, Majestät. Säcke mit Goldstaub sind aus einem Lager gestohlen und zwei Beamte verletzt worden. Die Rebellen wurden identifiziert. Es genügt, sie festzunehmen, um die Ordnung wiederherzustellen.«

»Es genügt, sie festzunehmen? Ist es so einfach?« empörte sich die Große Königliche Gemahlin voller Sorge.

»Huja scheut keine Mühe, Majestät.«

»Daran zweifle ich nicht«, mischte Tutanchamun sich ein. »Ruht Euch aus, bevor Ihr wieder nach Nubien aufbrecht. Und kommt bald wieder, mit guten Nachrichten!«

Der Bote verneigte sich und zog sich zurück.

Anchesa hatte ihrem Mann den Rücken zugewandt und blickte aus dem Fenster. Sie betrachtete die Stadt Amuns, bewunderte die blühenden Terrassen, genoß das gesunde Gleichgewicht des hunderttorigen Theben, der Hauptstadt der Welt. Dieser herrliche Anblick besänftigte ihre Angst nicht. Wenn es Huja nicht gelang, die nubische Revolte niederzuschlagen, würde Tutanchamuns Autorität in Frage gestellt werden. Die Amunpriester würden diese Gelegenheit nutzen, um zu versuchen, den Herrscher ihrer Wahl auf den Thron zu bringen. Und dieser Herrscher wäre niemand anderer als General Haremhab.

Die Astrologen hatten einen sehr heißen Sommer vorausgesagt, und sie hatten sich nicht geirrt. Tutanchamun gefiel diese Hitze, vor allem, weil sie Gelegenheit für häufige Bootsfahrten bot, die Anchesa ebenso liebte wie er. An jenem Tag waren sie, nachdem sie die Morgenandacht zelebriert hatten, alle beide in einer Art Kanu unterwegs. Tutanchamun wollte seiner Frau zeigen, daß er das lange, mit einem magischen Auge geschmückte Paddel zu benutzen wußte.

Enten flogen auf, als sich der Kahn näherte. Die Morgensonne tauchte Anchesas feine Züge in silbriges Licht.

»Wenn du wüßtest, wie sehr ich dich liebe ...«, flüsterte der König.
Anchesa lächelte. Es war Tutanchamun gelungen, sie zu verführen, Tag für Tag. Die begeisterte Verliebtheit des jungen Prinzen hatte nicht nachgelassen. Während er nach und nach die für seinen Beruf als König unerläßliche Sicherheit erlangte, hatte sich der leidenschaftliche Blick, den er mit unveränderter Bewunderung auf dem Körper seiner Frau ruhen ließ, nicht verändert. Tutanchamun liebte wie ein Mann, eine tiefe Liebe, die sich tief ins Herz des anderen eingrub.
»Du bist der König«, sagte sie, »und ich deine Große Gemahlin. Gott hat uns mit Glück überschüttet. Was wollen wir mehr?«
»Daß die Tage den Stunden folgen, Anchesa, daß die Monate den Tagen folgen, die Jahre den Monaten, die Jahrhunderte den Jahren ... Und daß unsere Liebe bis in alle Ewigkeit lebt.«
Anchesa öffnete die Lippen, um etwas zu erwidern, als sie ein Boot in ihre Richtung steuern sah. An Bord waren mehrere Soldaten, die kraftvoll ruderten. Eine unbestimmte Furcht ergriff Besitz von ihr.
»Was wollen sie von uns?« fragte der König.
»Ich weiß es nicht.«
Anchesa hatte Nachtmin erkannt, der aufrecht im Heck des Bootes stand. Das Boot legte voller Wucht an. Nachtmin verbarg seine Erregung nicht.
»Ich habe sehr schlechte Nachrichten«, keuchte er.

Anchesa lehnte die Speisen ab, die ihre Dienerin ihr anbot, und schickte sie barsch hinaus. Was ihr der Oberbefehlshaber der Armee mitgeteilt hatte, hatte sie zutiefst getroffen. Tutanchamun hatte so tolpatschig versucht, sie zu trösten, daß sie ihn fortgeschickt hatte, weil sie lieber allein bleiben und über die Entscheidung, die sie zu treffen hatte, nachdenken wollte.

Nachtmin hatte Nachrichten aus der Sonnenstadt erhalten, die seit über zwei Jahren von den Würdenträgern des Hofes, den Handwerkern und den Händlern verlassen worden war. Monat um Monat hatte sich ein Viertel nach dem anderen von seinen Einwohnern geleert. Gegenwärtig blieben nur noch Polizeikräfte, die den Auftrag hatten, die Beduinen daran zu hindern, die Tempel zu zerstören und die Villen der Adligen zu plündern.

Polizeikräfte, die sich als reichlich unwirksam erwiesen hatten ... Plünderer hatten ihre Wachsamkeit hintergangen, waren in das Königsgrab eingedrungen und hatten die letzte Ruhestätte von Echnaton, Nofretete und ihrer zweitältesten Tochter geschändet. Einem von ihrer nubischen Dienerin überbrachten Gerücht zufolge sei die Mumie des Königs schwer beschädigt worden. Sie war von Bogenschützen gerettet worden und wurde nun im südlichen Grenzposten aufbewahrt. Haremhab hatte einen grauenhaften Befehl gegeben: sie zu vernichten!

Verstört hatte Tutanchamun Anchesa angefleht, nicht einzugreifen. Ein entsprechendes Dekret mit seinem Siegel würde ausreichen, Echnatons Leichnam nach Theben zu bringen und ein Grab zu finden, das ihm als ewige Ruhestätte dienen würde. Doch die Große Königliche Gemahlin kannte die Schwerfälligkeit der Verwaltung und den Haß der Amunpriester auf den ketzerischen König nur allzu gut. Archive würden sich füllen, und die sterbliche Hülle würde in Einsamkeit und Vergessen verfaulen.

Anchesa war neunzehn Jahre alt, Tutanchamun siebzehn. Andere Monarchen hatten im gleichen Alter Ägypten zu regieren verstanden, ohne sich von der einen oder anderen Fraktion beeinflussen zu lassen. Aber konnte eine Tochter ihren Vater im Stich lassen?

Nachtmin verbrachte in seiner Funktion als Oberbefehlshaber der Armee mehr Zeit in seinem Büro im Ministerium als auf dem Übungsgelände oder in den Kasernen. Die Verwaltungspflichten waren ihm eine Last. Wie sollte er ihnen entkommen? Er nahm einen Stapel Papyrusrollen auf, wog ihn in der Hand und legte ihn, schon im voraus entmutigt, wieder ab.

»Zu viel Arbeit schadet dem Bewußtsein«, drohte die tiefe Stimme von General Haremhab.

Nachtmin stand auf.

»Ihr? Aus welchem Grund ...«

Haremhab machte ein strenges, fast verschlossenes Gesicht.

»Wißt Ihr das wirklich nicht?«

»Sollte ich das?«

Verächtlich wühlte Haremhab in dem Papyrusstapel.

»Zu viele Akten, zu viel Arbeit. Ihr habt nicht mehr die Zeit, Euch um alles zu kümmern. Auf diese Weise geschieht es, daß man zu versagen und zu enttäuschen beginnt.«

Nachtmin preßte die Lippen zusammen. Haremhab versuchte, ihn aus der Fassung zu bringen.

»Wenn Ihr hergekommen seid, um mich zu beleidigen, dann ...«

»Seid Ihr über die Ereignisse informiert, die sich am südlichen Grenzposten der Sonnenstadt abspielen?« unterbrach Haremhab ihn barsch.

»Es ist eine tote Stadt. Dort geschieht gar nichts mehr.«

»Ihr irrt Euch, Nachtmin.«

Der junge Befehlshaber der Armee verlor die Ruhe.

»Ich erfülle meine Arbeit, wie es sich gehört, General, und ...«

»Dann erklärt mir bitte den Grund für dieses Dekret von Tutanchamun.«

Haremhab legte das Dokument auf den Arbeitstisch. Nachtmin überflog es schnell. Pharao forderte die Installation einer direkt

dem Kommando des Generals unterstellten Garnison am südlichen Grenzposten der Sonnenstadt.
Das Vorgehen war wirklich überraschend.
»Seid Ihr konsultiert worden?« fragte Haremhab.
»Absolut nicht. Und Ihr?«
Haremhab schüttelte verneinend den Kopf.
Die beiden Männer mißtrauten einander. Sie verdächtigten sich gegenseitig der Lüge.
»Wie gedenkt Ihr zu handeln?« fragte Nachtmin.
»Indem ich mich an das Dekret halte, natürlich. Ich interveniere nicht. Und ich rate Euch, es mir gleichzutun.«
»Und warum?«
»Weil ich glaube, daß es sich um eine Falle handelt.«
»Welcher Art?«
»Das weiß ich nicht. In jedem Fall bin nicht ich der Urheber. Laßt den König diese Angelegenheit auf seine Weise regeln. Kümmert Euch lieber um Eure Akten. Ich hatte nicht die Gewohnheit, damit in Verzug zu sein. Mögen die Götter des Schlafes Euch wohlgesinnt sein.«
Nachdem Haremhab gegangen war, brauchte Nachtmin nicht lange, um zu dem Ergebnis zu gelangen, daß dieser Besuch alles andere als freundschaftlich gewesen war. Trotz der späten Stunde eilte er in den Palast. Pharao weigerte sich, ihn zu empfangen, und begnügte sich damit, ihm einen strengen Befehl übermitteln zu lassen: in Theben zu bleiben und über die Sicherheit der Stadt zu wachen.
Nachtmin war hilflos. Seine Erziehung setzte den Gehorsam über jede andere Tugend. Er fühlte sich außerstande, die Fäden der Intrige zu entwirren, die sich vor seinen Augen abspielte, und blieb seiner Soldatenmoral treu.

Tutanchamun hatte nachgegeben. Der von Anchesa ausgearbeitete Plan hatte keine Lücke. Der König hatte ein überraschendes Dekret erlassen. Jeder erwartete, daß er an der Spitze eines Regiments Theben verlassen und sich in die Sonnenstadt begeben würde. Darin bestand die Falle, die die thebanischen Priester ausgeheckt hatten, zusammen mit Haremhab, der den jungen König unterwegs aufhalten und in die Hauptstadt des Gottes Amun zurückbringen würde. Anschließend würde er versuchen, ihm seine Regentschaft aufzuzwingen, um all sein Tun und Handeln zu kontrollieren.
Tutanchamun würde jedoch seinen Palast nicht verlassen. Seine Feinde würden vergeblich auf seinen Aufbruch warten, ohne zu wissen, daß Anchesa, ihre nubische Dienerin und ein paar weitere Diener in der Nacht auf einem Handelsschiff abgereist waren. Die Große Königliche Gemahlin würde in der gleichen Weise die sterbliche Hülle ihres Vaters Echnaton nach Theben schaffen. Sie würde ihm eine seiner würdige ewige Ruhestatt schenken und diese Tag und Nacht bewachen lassen.
Dank eines günstigen Windes ging die Reise der Königin schnell und ohne Zwischenfälle vonstatten. Das Handelsschiff begegnete Booten der Wasserpolizei, die ihm keinerlei Aufmerksamkeit schenkten. Als die Sonnenstadt in Sicht kam, schnürte sich Anchesas Herz zusammen. Sie hatte die sonnenüberfluteten Tempel, die blühenden Paläste, das Geschrei eines frohen Volkes, das dem König und der Königin zujubelte, ganz und gar nicht vergessen.
Sie wollte die Ruinen eines Traumes nicht wiedersehen. Zum Glück neigte sich die Sonne schon dem Horizont zu und ließ die verlassene Stadt, durch die nur noch Schatten huschten, in Finsternis versinken. Als sich die Große Königliche Gemahlin am südlichen Grenzposten präsentierte, war die Nacht hereingebrochen.

Die junge Frau baute allein auf ihre Autorität, um den Gehorsam der Bogenschützen zu erzwingen. Sie würde jegliche blutige Auseinandersetzung mit ihren Dienern meiden, die nicht auf einen Kampf vorbereitet waren; sie würde vielmehr ihren Willen durchsetzen, ganz gleich, was geschah. Sie hatte alle ihre Energie zusammengerafft und entdeckte zu ihrer Überraschung nur zwei schlafende Bogenschützen. Veteranen mit steifen Beinen, die nicht einmal nach ihren Waffen griffen.
»Ich bin die Große Königliche Gemahlin«, erklärte sie in einem Tonfall, der die beiden alten Soldaten sofort einen Bückling machen ließ.
Der wundervolle Kragen aus drei Reihen von Karneol- und Lapislazuliperlen, den Anchesa trug, ließ keinen Zweifel an ihrem Status aufkommen.
»Hier ist ein Sarkophag abgestellt worden, nicht wahr?«
»Nein«, antwortete einer der Veteranen schwerfällig. »Nur eine halbverfaulte Kiste.«
Anchesa betrat den Grenzposten. Das Gebäude war schon heruntergekommen. Zu schnell erbaut und schlecht unterhalten, würde es nicht lange standhalten. Die Königin durchquerte übel riechende Zimmer und entdeckte die Kiste in einer Kammer, in der zerbrochene Pfeile und Bogen herumlagen.
Die Mumie eines Pharaos war also aus seinem Grab geholt und an diesem schmutzigen Ort zurückgelassen worden! Nachdem die Schurken, ruchloser als Hyänen, Echnatons Werk zerstört hatten, versuchten sie, ihm seine Stütze der Ewigkeit zu entreißen, damit seine Seele für immer in der Finsternis der Unterwelt herumirre. Sie hatten seine Mumie zu Abfall deklariert.
Rasend vor Wut öffnete Anchesa den Deckel der Kiste.
Sie schloß die Augen in der Erwartung, ein grauenvolles Bild vor sich zu haben.
Langsam machte sie sie wieder auf.

Leer. Die Kiste war leer.

Schritte hallten hinter der Großen Königlichen Gemahlin. Die eines alten Mannes, der seinem zögernden Gang mit dem Gehstock den Rhythmus gab.

Amuns Erster Prophet und Oberpriester von Karnak.

»Ihr habt einen schweren Fehler begangen, Majestät«, urteilte er mit Grabesstimme.

27

Amuns Propheten hatten sich wieder in einem kleinen Raum des Tempels von Karnak versammelt. Ihre Gesichter waren finster.

»Ich war an Ort und Stelle«, berichtete der Erste Prophet. »Die Große Königliche Gemahlin Anchesa war recht überrascht, mich dort vorzufinden. Sie hat ihre Fassung zu wahren verstanden.«

»Das macht sie nur um so gefährlicher«, bemerkte der Zweite Prophet. »Habt Ihr ihr mitgeteilt, welches Schicksal wir der Leiche ihres Vaters zugedacht haben?«

»Sie hat mich dazu gezwungen. Als sie sah, daß sie in die Falle geraten war, hat sie mich beinahe angegriffen. Ohne großen Respekt vor meinem Alter und meiner Funktion als Oberster Priester, hat sie mich mit unglaublicher Impertinenz ausgefragt. Ich habe ihr geantwortet, daß wir Echnatons Mumie in ein Grab im Tal der Könige hätten bringen lassen, wo sie in Sicherheit wäre. Amun ist tolerant. Echnatons Wahnsinn ist mit ihm zusammen verloschen. Warum sollten wir eine Leiche verfolgen?«

»Habt Ihr sie überzeugt?« fragte der Dritte Prophet besorgt.

»Ich glaube ja ... Jedenfalls hat sie so getan.«

»Das ist unwichtig!« donnerte der Zweite Prophet. »Wir wissen jetzt, daß die Große Königliche Gemahlin dem Gedenken an ihren Vater und seiner Häresie treu geblieben ist. Habt Ihr sie gewarnt?«

»Ich habe geglaubt, ihr Angst einzujagen, als ich nachdrücklich auf den Fehler hinwies, den sie soeben begangen hatte, indem sie ihre wahre Natur entschleierte, die sie so gut unter dem Gewand der Königin verborgen zu haben geglaubt hatte. Sie hat nicht gezittert.«

»Das besiegelt ihr Schicksal«, urteilte der Zweite Prophet. »Und gleichzeitig das des jungen Königs, der ihr vollständig hörig ist. Aton ist noch nicht tot. Wir werden ihn endgültig vernichten.«

General Haremhab arbeitete Tag und Nacht. Zwar war er auf einen untergeordneten Posten zurückgestuft worden, wo er keinerlei Macht ausüben durfte, aber er fuhr dennoch fort, sich wie der Oberbefehlshaber der Streitkräfte und der Verwaltung zu gebärden. Der größte Teil der Schreiber, die Schlüsselpositionen innehatten, waren seine Freunde oder waren ihm verpflichtet. Nicht ein Offizier, nicht ein Soldat hatte ihm sein Vertrauen entzogen. Selbst wenn Tutanchamun ein paar einflußreiche Anhänger hatte, wog die Partei des Königs nicht viel im Vergleich zu der des Generals.

Warum zwang er sich nicht als Regent des Königreiches auf, indem er den farblosen Tutanchamun in die Tiefen der königlichen Gemächer verbannte, wo er in Luxus und Nichtstun ertrinken würde?

Er gehorchte Tutanchamun, wie er Echnaton gehorcht hatte. Dem König zu dienen erschien ihm wie eine unumgängliche Pflicht, der er sich nicht entziehen konnte. Und außerdem war da noch Anchesa ... Anchesa, die er verdrängen, bekämpfen, zerstören müßte und die er verschonte, indem er die Tatenlosigkeit wählte. Eine Tatenlosigkeit, die seine Parteigänger immer weniger verstanden.

Haremhab hatte sich in einen schattigen Pavillon inmitten des Gartens seiner riesigen thebanischen Villa zurückgezogen. Seine Sekretäre brachten ihm Mengen von Papyrusrollen, die die

Wirtschaft des Landes betrafen. Der General vereinte die Kompetenzen mehrerer Minister in einer Person.
Die feine, gepflegte Hand, die ihm eine neue, versiegelte Rolle reichte, gehörte nicht einem seiner Sekretäre. Haremhab hob den Kopf.
Anchesa, die Große Königliche Gemahlin, musterte ihn mit zornigem Blick. Haremhab erhob sich.
»Ihr seid nicht angemeldet worden«, wunderte er sich.
»Euer Garten ist nicht besonders gut bewacht.«
Anchesa trug einen einfachen Schurz und ein Leinenhemd. Kein Schmuck zierte ihren wundervollen Körper.
»Ich verstehe den Grund für diesen seltsamen Besuch nicht recht, Majestät.«
»Hört auf, Euch über mich lustig zu machen, General! Warum habt Ihr den Befehl gegeben, das Grab meines Vaters zu schänden und seinen Leib zu zerstören? Warum verfolgt Ihr ihn mit so unerbittlichem Haß?«
Haremhab erbleichte.
»Ich habe keinerlei Befehl dieser Art gegeben«, entrüstete er sich. »Ich habe Respekt vor Pharao, meinem Gebieter, gehabt und habe ihm treu gedient. Heute gehorche ich Eurem Gemahl, dem rechtmäßigen König. Es gibt keine Tat, über die ich erröten müßte. Solche Machenschaften sind gezwungenermaßen das Werk von Amuns Erstem Propheten. Er versucht, uns gegeneinander aufzuhetzen und den König glauben zu machen, daß ich eine Verschwörung gegen ihn anzettele! Das ist die Wahrheit. Ich schwöre Euch bei Imhotep, dem Weisesten der Weisen.«
Der Blick des Generals flatterte nicht. Die Große Königliche Gemahlin musterte ihn lange und mit einer Kälte, die sein Blut erstarren ließ. Dann ging sie ohne Hast durch den Garten davon.
Haremhab, den Nacken gegen einen alten Weinstock gelehnt,

hatte Schwierigkeiten, wieder zu Atem zu kommen. Es war durch und durch eine ägyptische Königin, die er vor sich hatte, eine von diesen passionierten Herrscherinnen, deren Charakter mit der Ausübung der Macht deutlich sichtbar wurde.
Dem General wurde bewußt, daß sein Handlungsspielraum viel enger war, als er geglaubt hatte. Die Amunpriester hatten sich seiner als Spielzeug bedient, während er geglaubt hatte, sie in der Hand zu haben. Er war eitel gewesen. Das Leben in der Sonnenstadt hatte ihn die heimtückische Bosheit mancher Geistlicher vergessen lassen, gegen die der verstorbene Echnaton zu Recht gekämpft hatte. Die Zukunft verdüsterte sich. Der thebanischen Partei war mehr daran gelegen, jegliche Erinnerung an den Häretiker zu zerstören und seine Tochter von der Macht zu vertreiben, als Haremhab auf den Thron zu bringen. Der General wirkte stabilisierend. Jeder wußte, daß er loyal war und entschlossen, Ägyptens Wohlergehen zu erhalten. Kam dies nicht sowohl dem Königspaar als auch den Priestern von Karnak entgegen? Oder hatten sich diese erbitterten Gegner gegen ihn verbündet?
Der Weg, der zum Thron führte, wurde immer gefahrvoller. Wäre es nicht weise, darauf zu verzichten und sich mit seiner beneidenswerten Position zu begnügen?
Doch da war Anchesa. Ihr Jasminduft erinnerte ihn an die Gegenwart dieses Geschöpfs des Feuers, eines Feuers, an dem Haremhab sich so gerne verbrannt hätte.

Die nubische Dienerin frisierte Anchesa mit äußerster Zartheit, nachdem sie ihr Honigmilch zu trinken gegeben hatte. Die Große Königliche Gemahlin betrachtete sich zerstreut im Spiegel. Sie war allzusehr mit der Frage beschäftigt, die sie nicht mehr losließ: Hatte Haremhab gelogen?
Es gelang ihr nicht, sich eine Meinung zu bilden.

»Geh«, befahl sie der Nubierin. »Es ist Zeit für meinen Unterricht.«
Botschafter Hanis, der geduldig im Vorzimmer wartete, wurde in das Arbeitszimmer der Großen Königlichen Gemahlin geführt. Wie jeden Morgen lehrte er sie während zwei Stunden Hethitisch, Syrisch und Phönizisch. Anchesa, die ein ungewöhnlich gutes Gedächtnis hatte, lernte schnell. Bald sprach und schrieb sie fast fließend mehrere Fremdsprachen.
Zwischen Lehrer und Schülerin war eine gewisse Komplizenschaft entstanden. Beide hatten gleichermaßen Freude an dieser Arbeit. Um so überraschter war Anchesa über die offensichtliche schlechte Laune des Diplomaten.
»Was ist los, Hanis?«
»Ich mache mir Sorgen um Euch, Majestät. Hat man Euch die Mumie Eures Vaters sehen lassen?«
»Sie ruht in einem kleinen, ununterbrochen bewachten Grab.«
»Hat der König Nachrichten aus Nubien empfangen?«
»Nein. Und er macht sich Sorgen um seinen Freund Huja, den Vizekönig.«
»Und Ihr, Ihr solltet Euch Sorgen um unser Land machen. Wenn der Süden sich auflehnt, wird kein Gold mehr gefördert. Den Priestern wird es dann an diesem kostbaren Material für ihre Tempel mangeln, und sie werden den König persönlich dafür verantwortlich machen.«
Der Botschafter war sehr scharfsinnig. Man konnte ihm die Wahrheit nicht verhehlen. Tutanchamun und Anchesa waren der Revolte der Neger ausgeliefert.

Es war ein heißer Tag. Die Sommerhitze beschränkte die Arbeit auf den Feldern auf das Minimum. Nackt ernteten die Bauern die reifen goldenen Ähren, die sie mit Hilfe einer Sichel hoch oben am Halm abschnitten. Sie tranken frisches Wasser aus

ihren Wasserschläuchen in kleinen Schlucken und gönnten sich lange Ruhepausen im Schatten einer Tamariske oder einer Akazie.
Tutanchamun, der die Sonnenglut nicht fürchtete, hatte Anchesa auf die Anhöhe über dem »Herrlichen der Herrlichen«, dem von der Königin Hatschepsut gebauten Tempel in Der-el-Bahri, geführt. Mit Hilfe eines langen Stockes verscheuchte der junge König die Vipern, die unter die von der unerbittlichen Sonnenglut verbrannten Felsen flüchteten.
»Warum müssen wir so hoch hinauf?« fragte Anchesa, deren Mund trocken war.
»Noch ein kleines Stückchen. Wir sind gleich da!«
Tutanchamun war voller Begeisterung und zeigte keinerlei Ermüdung. Anchesa hatte ihn selten so überschwenglich erlebt. Sie überquerten eine tiefe Schlucht und blieben auf einem Felsvorsprung stehen. Der Blick war so wundervoll, daß sie den Atem anhielten. Hinter einem Vorhang aus Weihrauch- und Lorbeerbäumen erstreckten sich die Terrassen des Tempels bis zu der Felswand, die als Hintergrund für den »Herrlichen der Herrlichen« diente. Der Architekt hatte ein Bündnis mit dem Gebirge geschlossen und es wie eine Hymne an die gottgewordene Königin, die in Ewigkeit hier ruhte, neu erschaffen.
»Ich werde für dich ein Heiligtum erschaffen, das noch schöner sein wird als dieses hier«, versprach Tutanchamun. »Maja, mein Baumeister, wird die Arbeiten persönlich leiten.«
Er hatte sie zärtlich um die Taille gefaßt. Der Tempel der Pharaonin, die Schönheit der Gärten, das Grün des schmalen Streifens der bearbeiteten Felder zwischen der Wüste und dem Nil ... Dies war das von den Göttern geliebte Ägypten, die heilige Erde im Zentrum des Universums. Anchesa wurde von einem ungeheuren Gefühl der Macht ergriffen. Noch nie hatte

sie das Land – ihr Land – von so hoch oben gesehen. Nichts konnte ihm an Pracht gleichkommen.

»Ich habe diesen Ort entdeckt, als ich noch ein Kind war«, erklärte Tutanchamun. »Hierher habe ich mich geflüchtet, wenn ich dem unerträglichen Protokoll-Unterricht entkommen wollte.«

»Und du hast die glühende Sonne stundenlang ausgehalten?«

»Nein ... Komm, wir überqueren diesen Felsvorsprung. Ich werde dir ein Paradies zeigen.«

An die Felswand gedrückt, bewegten sich die zwei jungen Leute vorsichtig, um nicht abzugleiten, ein paar Meter weiter bis zum Eingang zu einer Höhle. Tutanchamun nahm Anchesa bei der Hand und ging als erster hinein.

Im Inneren war es angenehm kühl. Den Boden bedeckte ein Moosteppich. Im Halbdunkel hörte man das köstliche Geräusch von Wasser, das gleichmäßig über den Stein rieselte.

»Eine Quelle der Göttin Hathor«, fuhr Tutanchamun fort. »Ich habe sie entdeckt. Nachtmin hatte mir versichert, daß nur ein König diese Gabe besitze. Ich habe ihm nicht geglaubt.«

Anchesa war wie verzaubert. Sie hatte das lichte Reich der Sonne verlassen und war in dieses geheime Universum eingedrungen, wo man es nicht wagte, die Stimme zu heben, wo der Leib sich entspannte und sich an tausend unsäglichen Genüssen freute, die ihm die Göttin schenkte, die sich in dem Wasser versteckte, das aus dem Ozean von Energie entsprang, der die Erde umgab.

Die beiden jungen Leute warfen ihre von Staub und Sand verschmutzten Schurze und Hemden ab. Nackt spritzten sie sich naß wie Kinder. Die Quelle war so süß, daß Anchesa sich rücklings auf die Stelle legte, wo sie entsprang. Das Wasser fiel auf ihre Brüste, rann über ihren Bauch, überschwemmte langsam ihre Schenkel. Tutanchamun betrachtete sie, vor Glück wie im Rausch. Er dankte den Göttern, ihm die schönste aller Frauen

gegeben zu haben. Um sie nicht zu verlieren, mußte er ein wahrer Pharao werden.
Seine Kindheit starb in dieser Grotte, wo er so viele Stunden verträumt hatte. Sie wich der Liebe. Einer wilden Liebe zu der Großen Königlichen Gemahlin, deren Augen vor Verlangen glänzten.
Er legte sich auf sie. Sie liebten sich leidenschaftlich, gebadet in den frischen Wassern der Göttin Hathor.

Mitten in der Nacht wurde Tutanchamun von einem unstillbaren Husten geschüttelt. Dabei war das Abendessen leicht gewesen: gebratenes Lamm, Feigenpüree und Trauben. Er hatte nur eine Schale Rotwein getrunken, den er ein bißchen bitter gefunden hatte, und ihm war übel geworden. Das Unwohlsein hatte sich verschlimmert, obwohl ihm Anchesa ein Brechmittel verabreicht hatte.
Die Königin erinnerte sich an die dramatischen Augenblicke, als ihr Gemahl Blut erbrochen hatte. Sie trocknete die Schweißperlen auf seiner Stirn. Die Palastärzte bereiteten einen Trank zu, der den Monarchen in Tiefschlaf versinken ließ.
Allein auf der oberen Terrasse des Palastes, ließ die Große Königliche Gemahlin mit vom Wind der heißen Sommernacht zerzausten Haaren ihren Blick über die Gipfel des thebanischen Gebirges wandern. Dort regierte die Göttin der Stille, die in ihrem Busen das Liebesstöhnen des Königspaares aufgenommen hatte. Wie glücklich Tutanchamun sie in der geheimen Grotte gemacht hatte! Warum schlug das Schicksal schon wieder zu? Sie mußte vor den Höflingen und dem Volk seine Krankheit verheimlichen. Ein Pharao durfte keinerlei Schwäche zeigen. Der Eid, den die Ärzte abgelegt hatten, verschloß ihnen die Lippen. Doch würden ihre Kenntnisse ausreichen, um den Herrscher Ägyptens zu heilen?

Auf dem Dach des großen Amun-Re-Tempels beobachtete der Erste Prophet auf seinen Stock gestützt den Himmel. Die Astrologen, in deren Gesellschaft er sich befand, lasen Pharaos Schicksal aus den Sternen. Seit dem Ursprung der Dynastien zeichneten sie die Bewegung der Planeten auf und teilten den Himmel in Dekaden, um die Gesetzmäßigkeiten besser zu verstehen.

Seit nun schon über zehn Jahren hatte der Erste Prophet, der wie jeder andere Priester eine Ausbildung als Astrologe genossen hatte, keine Nacht mehr in ihrer Gesellschaft verbracht. Die Anwesenheit der mächtigsten Persönlichkeit von Karnak machte den Jüngsten unter ihnen so nervös, daß es ihm nicht gelang, auf den »roten Horus«, den Planeten Mars, zu zielen. Der Greis verlangte, die Schlüsse der Gelehrten zu hören, und ordnete an, das, was sie in den Sternen gelesen hatten, geheimzuhalten. Dann bat er sie, das Tempeldach zu verlassen und sich in ihre bescheidenen Unterkünfte im Tempelbezirk zu begeben.

Der Erste Prophet wollte allein sein. Allein mit den Göttern. Die Entscheidungen, die er getroffen hatte, belasteten ihn. Er hatte noch nie das Gefühl gehabt, so direkt in die Angelegenheiten des Staates eingegriffen und den Lauf des Schicksals so absichtsvoll umgelenkt zu haben. Aber hatte ihm das Königspaar denn eine andere Wahl gelassen? Und war er nicht selber der Sklave einer Hierarchie, die ihm sein Verhalten diktierte? Echnaton hatte sich nicht geirrt … Die Priester konnten zu den ruchlosesten der Menschen werden. Er, ihr oberster Befehlshaber, erwies sich als unfähig, sie zu verändern. Bald würde er vor dem Gericht von Osiris erscheinen. Und er würde vor dem Richter des Jenseits Rechenschaft ablegen müssen.

Er hatte keine Angst vor diesem Augenblick. Er war zu alt, um dem göttlichen Willen zu widerstehen, der ihn dazu gebracht hatte, sich gegen die Große Königliche Gemahlin zu wenden. Und hatte Anchesa nicht den Wahnsinn begangen, der Erinnerung an ihren Vater treu zu bleiben? War es nicht seine Pflicht, Amuns Feinde zu vernichten, die Feinde des Gottes, der Ägyptens Größe bedeutete?

Im Mondenschein hoben sich die Fassaden der Tempel ab, die Kolonnaden und die Reliefs, die Pharao bei der Anbetung der Gottheiten darstellten. Hier herrschte wahre Ruhe. Zweifellos, weil die Menschen hier schwiegen und wie Schatten unter den Säulen entlanghuschten und allein die heiligen Zeichen, die in den ewigen Stein geschnitzten Hieroglyphen, ihre heimliche Stimme hören ließen.

»Zu spät«, urteilte der Erste Prophet. »Zu spät zur Umkehr.«

Anchesa hatte während der ganzen Nacht bei ihrem Mann gewacht. Tutanchamun war in eine Art Lethargie verfallen. Sie würde nicht zulassen, daß er starb. Sie hatte einen Skarabäus auf sein Herz gelegt, der Sätze aus dem »Buch, das zum Licht führt« trug. Der Text garantierte eine glückliche Entwicklung der Krankheit. Das Herz des Königs würde in seiner Brust bleiben. Es würde ihm nicht von dämonischen Mächten herausgerissen werden.

Anchesa fühlte sich von einer so wilden Energie beseelt, daß sie die Dämonen, die sich in Tutanchamuns Blut geschlichen hatten, bezwingen würde. Sie hatte sie während der gefährlichen Stunden bekämpft, als die Sonne die dunklen Regionen durchquerte, wo zwischen Dünen eine riesige Schlange lauerte, die das Licht zu verschlingen drohte. Zu jedem Stundenanfang hatte Anchesa ein Messer in ein Reptil aus Wachs gerammt, das sie in die Flamme einer Feuerstelle tauchte.

Als ein roter, noch ganz schwacher Schimmer den Schleier über dem thebanischen Gebirge zerriß, hatte Anchesa erkannt, daß

die neue Sonne aus dem Flammensee erstand, nachdem sie über den Drachen triumphiert hatte. Auch der König hatte das Nichts besiegt. Sein Atem war ganz ruhig geworden. Sein Gesicht hatte wieder Farbe bekommen. Erschöpft hatte sich Anchesa in den Schlaf gleiten lassen.
Doch ihre Ruhe war von kurzer Dauer gewesen. Mit zerzaustem Haar und irrem Blick hatte ihre nubische Dienerin sie mit lautem Geschrei geweckt.
»Herrin! Es ist entsetzlich, ganz entsetzlich! Ihr müßt sofort hingehen ... auf der Stelle!«
»Wohin denn? Sag schon!«
»Ins Tal der Gräber ... Sie haben gewagt ...«

Anchesa hatte Nachtmin rufen lassen, der sie an der Spitze einer Eskorte bis zum Eingang in das dürre Tal am Fuße der thebanischen Gipfel geleitete. Dort waren die mächtigen Herrscher bestattet, die Thebens Ruhm ausgemacht hatten. An dieser wüsten, von der unerbittlichen Sonne verbrannten Stätte herrschte normalerweise eine undurchdringliche Stille. Die Ansammlung bewaffneter, laut brüllender Männer, die am Eingang zum Tal der Könige hin und her liefen, war ganz und gar unpassend.
Nachtmin gab ein paar kurze, scharfe Befehle und stellte in wenigen Minuten die Ordnung wieder her. Die Wächter kehrten an ihre Posten zurück, die einen auf den Felsvorsprüngen, die anderen in den natürlichen Spalten im Felsen. Die Große Königliche Gemahlin folgte dem schmalen Pfad ins Herz der Nekropole. Sie kam an verschlossenen Grabstätten vorbei. Auf der Schwelle von einer von ihnen waren Handwerker dabei, Gips zuzubereiten, den sie mit Hilfe eines Stößels zerkleinerten. Er wurde gebraucht, um die Wände eines Raumes zu bedecken, die mit Hieroglyphen und Malereien versehen werden sollten.

Die Männer schauten kaum zur Königin auf und wiederholten ihre Bewegungen mit langsamer Präzision.
Anchesa eilte mit schnellen Schritten zu der Stelle, von der schwarzer Rauch aufstieg. Bis zu diesem Augenblick hatte sie sich geweigert, zu glauben, was ihre Dienerin ihr gemeldet hatte. Als sie sich der Gruft näherte, in der Echnatons Mumie untergebracht worden war, mußte sie die entsetzliche Wahrheit akzeptieren.
Das Grab war in Brand gesteckt worden.

Die Nachforschungen dauerten mehrere Tage. Anchesa las aufmerksam die detaillierten Berichte, die Nachtmin ihr über die von ihm koordinierten Zeugenverhöre lieferte. Das Drama hatte sich während der Nacht ereignet. Keiner der Handwerker der Bruderschaft von Deir el-Medineh wurde offiziell beschuldigt. Einer von ihnen mußte nachlässigerweise eine brennende Fackel vergessen haben. Die Flammen hatten das ganze Grab erfaßt und die Mumie des häretischen Pharao verbrannt.
Außer sich vor Wut schleuderte Anchesa die Dokumente auf den Boden. Man behandelte sie, als wäre sie geistig zurückgeblieben. Die Handwerker, deren Geheimnisse sie seit ihrer Initiation in die Bruderschaft zum größten Teil kannte, verwendeten spezielle Dochte, die keinen Rauch erzeugten. Sie wurden als kostbare Produkte am Ende eines Arbeitstages sorgfältig eingesammelt und inventarisiert.
Sie war sicher, daß es sich um Brandstiftung gehandelt hatte. Wer außer Amuns Erster Prophet war grausam genug, sich in dieser Weise an dem Leichnam eines toten Feindes auszulassen? Wer sonst hätte die Vernichtung Pharaos gewünscht, dessen Seele, der Mumie beraubt, nie wieder zur Erde zurückkehren konnte?
Anchesa hatte gehofft, daß Echnatons Leib dank der Magie des

Bestattungskultes lebendig bleiben und wie ein unvergänglicher Stern leuchten und noch lange Zeit die Verehrer der Sonne zur Wahrheit führen können würde.
Sie hatte aus Naivität gesündigt. Echnaton war in den Augen der Amunpriesterschaft nach wie vor gefährlich. Sie hatten die unerbittlichste Lösung gewählt, indem sie das allerletzte Band, das Anchesa zu ihrem Vater hatte, durchschnitten. Die Große Königliche Gemahlin, verurteilt, ihren Glauben zu verschweigen und in der Einsamkeit zu leben, fühlte sich ihres Kampfgeistes beraubt. Als sie ihren Vater zum zweiten Mal verlor, war jegliche Hoffnung, Ägypten von Verrätern und Feiglingen befreit wiedergeboren zu sehen, dahin. Ohne ihn, ohne die Gegenwart seines Lichtkörpers, der von jenseits der Finsternis des Grabes über sein Land wachte, würde sie nicht mehr die Kraft haben, gegen eine Priesterhierarchie mit tausend Augen und tausend Ohren zu kämpfen.
Die Große Königliche Gemahlin verließ den Palast, um ein paar Schritte durch die hängenden Gärten zu machen, ohne für die süßen Düfte und die bezaubernden Farben der Blumenrabatten empfänglich zu sein. Mit leerem Kopf und zerstörten Erinnerungen schleppte sie sich vorwärts.
Als sie den Blick zur Sonne hob, weinte sie.

König Tutanchamun belagerte, obwohl er noch sehr schwach war, vergebens die Gemächer seiner Gemahlin. Anchesa empfing niemanden, nicht einmal ihn. Tutanchamun konnte ihren Kummer verstehen, war indessen nicht weniger ungeduldig, sie wiederzusehen. Ihrer Nähe beraubt zu sein lähmte ihn völlig. Er schickte seine Ratgeber fort und schrieb einen langen Brief, in dem er versuchte, sie davon zu überzeugen, daß sie zusammen stärker wären, um den Widrigkeiten zu trotzen. Er erklärte ihr hymnisch seine Liebe, ihre Liebe, die einzige Kraft, die das

Schicksal zu ihren Gunsten zu lenken vermochte. Die nubische Dienerin brachte ihn ihrer Herrin. Doch Anchesa blieb stumm. Als die Nacht hereinbrach, schlummerte Tutanchamun ein. Mit schmerzenden Gliedern fiel er in einen von quälenden Träumen heimgesuchten Schlaf, in dem Dämonen mit Esels- und Hasenköpfen versuchten, ihm mit riesigen, bluttriefenden Messern die Kehle durchzuschneiden. Einer von ihnen, einäugig und einbeinig, packte ihn an der Schulter. Die Berührung seiner eiskalten Finger riß ihn mit einem heftigen Ruck aus dem Schlaf.

Tutanchamun schlug verstört die Augen auf. Vor ihm stand mit ernstem Gesicht sein Freund Huja, der endlich aus dem aufrührerischen Nubien zurückgekehrt war.

28

Thebens Höflinge hatten sich am frühen Morgen im Königspalast eingefunden. Die wildesten Gerüchte gingen um. Man sprach über die Abreise des Königs in den tiefen Süden, den plötzlichen Tod der Großen Königlichen Gemahlin, die Rückführung der gemarterten Leiche von Huja, des Vizekönigs von Nubien, und ein Dutzend weiterer tragischer Ereignisse, die die herrschende Dynastie ins Elend gestoßen hätten. Amuns Erster Prophet und seine Anhänger waren ebenfalls erschienen. Der Greis, der die Ankommenden einer strengen Kontrolle zu unterziehen hatte, hatte sich auf einem vergoldeten Sessel am Fuße der Empore, auf der die beiden Throne aufgebaut worden waren, niedergelassen.

Das Gemurmel verstummte, als der König und die Königin, geführt von einem Zeremonienmeister mit einem langen Stab, erschienen.

Der Monarch trug die blaue Krone und hielt als Behüter seines Landes in der rechten Hand das Hirtenzepter, den Krummstab. Schminke überdeckte seine Blässe.

Zur großen Verwunderung des Hofes hatte Anchesa auf jegliche Schminke verzichtet, die ihre Züge sonst so vorteilhaft hervorhob. Sie trug ein langes, in Falten gelegtes Leinengewand, und ihr streng nach hinten gekämmtes Haar wurde von einem Diadem zusammengehalten. Sie wirkte teilnahmslos, beinahe geistesabwesend. An die Stelle des blühenden jungen Mäd-

chens war eine gequälte Frau getreten, die eine viel zu schwere Last auf ihren Schultern zu tragen hatte.
Die Vermutungen bestätigten sich: Anchesa würde die Vernichtung der Mumie ihres Vaters nicht lange überleben. Bald würde eine neue Große Königliche Gemahlin an Tutanchamuns Seite sitzen. Der Saal war voll besetzt. Auf ein Zeichen von Pharao öffneten die Wachen das zweiflügelige Portal. Bewundernde Rufe wurden laut, als ein Nubier erschien, der eine kleine Giraffe an der Leine führte, und zwei weitere mit Zwergochsen, wieder andere, die mit Leoparden- oder Antilopenfell bezogene Holzschilde trugen, Sonnenschirme, mit Gold und Jaspis gefüllte Gefäße, Klappsitze, Elefantenzähne. Die Neger legten eine bemerkenswerte Eleganz an den Tag: Kurzhaarperücken, in denen eine Straußenfeder steckte, feine goldene Halsketten, kurzärmelige Gewänder mit einem dicken Knoten in der Taille. Die Prozession endete, als sämtliche Geschenke zu Füßen des Königspaares abgelegt worden waren. Nun betrat Nubiens Vizekönig Huja in martialischer Haltung und hocherhobenen Hauptes den Saal. Er bewegte sich ganz langsam, wobei er spürte, wie sich die angstvollen Blicke des Hofes auf ihn richteten. War dieses Vorzeigen von Tributen nicht organisiert worden, um den Ernst der Nachrichten, die Huja zu überbringen hatte, zu mildern?
Der Vizekönig verneigte sich vor dem Herrscherpaar.
»Pharao hat den Asiaten und den Neger unterworfen«, verkündete er mit lauter Stimme. »Der König ist ein unbesiegbarer Krieger, ein mächtiger Löwe, der keine Niederlage kennt. Pharao, meinem Gebieter, habe ich die große Freude zu verkünden, daß die Revolte der nubischen Stämme niedergeschlagen worden ist. Die Provinz ist befriedet. Die Stammeshäuptlinge mit ihren Frauen und Kindern sind gekommen, um Ägyptens Größe zu feiern. An Gold wird es nicht mangeln. Es wird auch in

Zukunft die Tempelmauern und die Statuen der Götter schmücken.«

Beifall folgte auf die Worte des Vizekönigs von Nubien. Tutanchamun erhob sich, stieg von der Empore und legte seinem treuen Freund drei schwere Goldketten um den Hals. Unter Beifallsklatschen tanzten schwarzhäutige Kinder und schwangen Palmenzweige. Der Jubel ergriff den ganzen Palast und dann die benachbarten Straßen, die Viertel der kleinen Leute und die Kais, an denen zahlreiche Schiffe vor Anker lagen, von denen man unter Gesang Käfige mit Panthern, Kisten mit Gewürzen und Säcke voller Gold entlud.

Es war nicht nur Huja, der triumphierte, sondern auch und vor allem Tutanchamun. Die Armee hatte einen ersten bedeutsamen Sieg davongetragen und bewiesen, daß der Gott Amun seinen Schutz sehr wohl auf den Monarchen ausdehnte. Der König schenkte dem Tempel von Karnak Berge von Gold, und die Priester waren hingerissen.

Tutanchamun bewies seine Fähigkeit zu regieren. Er wurde zum Pharao.

General Haremhab ließ sein großes Gefolge an Dienern zurück, um sich in den geheimen Teil des Tempels von Karnak zu begeben. Er war von einem jungen Priester mit kahlgeschorenem Schädel empfangen worden und durchquerte eine Säulenhalle, wo kleine Öffnungen in der Decke Lichtstrahlen einließen, die Opferszenen beleuchteten. Beruhigender Frieden herrschte an dieser Stätte der Stille und der Meditation. Wie jeder hochgestellte Ägypter zog sich Haremhab jedes Jahr eine Weile ins Innere der heiligen Stätte zurück. Er verließ die Welt, vergaß den Alltag, versenkte sich ins Geheiligte und reinigte auf diese Weise seinen Blick. Kein einflußreicher Mann durfte allzulange im Weltlichen verweilen. Ausschließlich der direkte

Kontakt mit dem Göttlichen gab ihm die gerechte Urteilsfähigkeit zurück.
Haremhab liebte diese Perioden der Isolierung. Sie gaben ihm ein heiteres Gleichgewicht und den nötigen Abstand, um seine Projekte durchzuführen. Doch diesmal war sein Geist zu sehr beschäftigt, um die heimliche Harmonie dieser gegenüber den Streitereien der Menschen gleichgültigen Steine zu genießen.
Der General blieb vor der Schatzkammer stehen, wo zwei Handwerker Hieroglyphen in goldene Vasen ziselierten. Ein dritter war mit der heiklen Operation beschäftigt, ein Lötmittel aus Gold, Silber und Kupfer herzustellen. Diese Spezialisten, damit betraut, Meisterwerke der Goldschmiedekunst für den Gott Amun zu schaffen, verließen nur selten den Tempelbezirk. Der General betrachtete sie ein wenig neidisch. Diese Männer kannten weder Angst noch Ehrgeiz. Zweifellos waren sie sich ihres Glückes nicht einmal bewußt. Tag für Tag, Monat um Monat, Jahr um Jahr wiederholten sie die gleichen Gesten und erreichten Perfektion. Was sie schufen, schuf sie. Haremhab hatte vor seiner Ausbildung zum Schreiber die transzendierenden Freuden der handwerklichen Arbeit kennengelernt. Damals ahnte er noch nicht, daß sie ihm eines Tages als ein unerreichbarer Luxus erscheinen würde.
Der General liebte das kleine Haus mit drei Zimmern am Ufer des heiligen Sees, in dem er sich in Gesellschaft der Priester bei Tagesanbruch reinigen würde. Haremhab duldete keinen Diener um sich und verbrachte den Tag damit, religiöse Texte zu lesen und wieder zu lesen oder in den Tempelhallen herumzuspazieren, um die auf die Wände geschriebenen Riten zu entziffern. Außerhalb seiner Epoche, außerhalb der Menschenzeit erlebte er den Ursprung der Welt aufs neue, in Gesellschaft der Götter und Göttinnen, deren Abbilder vor seinen Augen zu Leben erwachten. Er füllte seine Brust mit dem Atem des ritu-

ellen Ägypten, auf dem die mächtigste Zivilisation der Welt aufgebaut war.
Auf der Schwelle des für den General reservierten Häuschens saß ein alter Mann, den Blick in der Ferne verloren. Haremhab erkannte den Ersten Propheten und wußte, daß aus seinem erhofften friedlichen Meditationsaufenthalt nichts werden würde.
Die beiden Männer begrüßten sich und betraten dann das größte der spärlich möblierten Zimmer des Hauses. Der Greis blieb auf seinen Stock gestützt stehen. Haremhab setzte sich auf einen dreibeinigen Hocker, ohne seinen Gesprächspartner aus den Augen zu lassen. Der General empfand diese unvorbereitete Unterredung wie eine Falle. Er hatte für den Ersten Propheten nur eisigkalte Achtung, denn er kannte ihn als gerissen und unnachgiebig.
»Ihr braucht Euch nicht die geringsten Sorgen zu machen«, riet ihm der alte Mann. »Eine solche Begegnung ist nicht sehr protokollgerecht, das gebe ich zu ... Aber manchmal muß man die Starrheit der Etikette außer acht lassen, meint Ihr nicht?«
»Karnak ist Euer Reich«, antwortete Haremhab. »Hier tut Ihr, was Euch behagt.«
Der Erste Prophet stieß einen tiefen Seufzer aus.
»Ganz und gar nicht, General. Ich bin Diener des Gottes Amun, und ich habe die Pflicht, seinen Willen auf dieser Erde zu vertreten. Meine Vorlieben und mein Geschmack sind dabei unwichtig. Amun hat Ägypten wohlhabend und siegreich gemacht. Ich will nicht, daß dieser Wohlstand durch die Verrücktheiten eines unfähigen Monarchen zerstört wird. Wir befinden uns am Rande des Abgrunds. Ihr seid Euch dessen bewußt.«
»Das ist wahr«, gab Haremhab zu. »Aber ich bin Pharaos Diener. Was ich denke, hat keinerlei Gewicht. Meine Rolle besteht darin, den Befehlen zu gehorchen, die ich erhalte.«

»Und wenn Ihr keine mehr erhaltet? Wenn Ihr von jeder wichtigen Entscheidung ferngehalten werdet?«
Haremhab wußte keine überzeugende Antwort zu geben.
»Wenn das der Fall ist, lasse ich mich im Tempel nieder, lege das Priestergewand an und ziehe mich aus einer feindselig gewordenen Welt zurück.«
Ein verächtliches Lächeln breitete sich über das runzlige Gesicht des Ersten Propheten.
»Belügt Euch doch nicht selber, General! Ihr seid für die Macht geboren. Der Ehrgeiz wird Euch verfolgen, wo immer Ihr auch hingeht. Isoliert Euch in der tiefen Wüste des Ostens, er wird Euch dort finden. Ihr habt das Zeug für einen König. Warum wollt Ihr auf dieses großartige Amt verzichten?«
Haremhab war verwirrt. Der Greis las in seinen Gedanken.
»Ich habe nicht zu verzichten und auch nichts zu fordern. Ein junges Paar ist auf den Thron gestiegen. Warum sich Fragen über die Zukunft stellen?«
»Weil sie in unseren Händen liegt. Euren und meinen. Aber nicht in den einen ohne die anderen. Der Priesterrat ist zusammengetreten, General. Er hat beschlossen, Euch zu helfen, die Position zurückzuerlangen, die Ihr verloren habt. In Erwartung von Besserem, wesentlich Besserem ...«
»Woher kommt diese Fürsorglichkeit? Was erwartet Ihr als Gegenleistung?«
»Ich weiß Eure Fragen zu schätzen«, erklärte der Greis. »Sie beweisen, daß Ihr der Mann dieser Situation seid. Tutanchamun ist ein schwacher König mit anfälliger Intelligenz. Wir könnten ihn uns zum Verbündeten machen, wenn er nicht einen unheilbaren Fehler hätte: sich in eine Ketzerin verliebt zu haben.«
Haremhab zuckte zusammen.
»Die Große Königliche Gemahlin? Hat sie ihre Treue zu Amun nicht unter Beweis gestellt?«

»Diese Frau ist ebenso ehrgeizig wie Ihr, General. Sie besitzt eine Waffe, die Ihr nur schlecht beherrscht: die Doppelzüngigkeit. Es ist mir allerdings gelungen, sie in ihrem eigenen Spiel zu fangen. Nichts als ihr Mangel an Erfahrung ... Aber sie lernt schnell, sehr schnell. Bald wird sie eine Autorität erlangt haben, gegen die anzukämpfen mir nahezu unmöglich sein wird.«

»Warum diese Verbitterung?« wunderte sich Haremhab. »Was werft Ihr Anchesa denn vor?«

»Daß sie das schädliche Werk ihres Vaters weiterführen will«, erklärte der Erste Prophet ernst. »Wenn sie erst sämtliche Geheimnisse der ägyptischen Regierung gelüftet hat, wird sie ihre Anschläge gegen die Amunpriester führen und die Aton-Religion wieder aufleben lassen. Die Häresie wird unser Land erneut überfluten und endgültig zugrunde richten. Weder Ihr noch ich haben das Recht, das hinzunehmen. Wir würden uns in Amuns Augen als Feiglinge erweisen.«

Amuns Erster Prophet hatte recht. Haremhab war zu den gleichen Schlüssen gekommen. Aber mit Anchesa in offenen Konflikt zu treten bedeutete, sie für immer zu verlieren.

»Ihr habt keine andere Wahl«, fügte der Greis hinzu. »Wenn wir unsere Erfahrung zusammentun, können wir Ägypten auf den rechten Weg zurückführen. Der höchste Gott ist es, der Euch einlädt, ihm zur Hand zu gehen, General. Nehmt Ihr an?«

Der Blick des Ersten Propheten war noch eisiger geworden. Er versuchte nicht einmal, seinen Gesprächspartner zu überreden. Er verkündete ihm auf die direkteste Weise, daß der Kampf unerbittlich sein würde.

Sollte er auf Ägypten oder auf Anchesa verzichten? Mußte er die Liebe zu einer Frau zugunsten der zu einem Reich verleugnen? Heute auszuweichen, das hieß, sich morgen zu hassen und alles zu verlieren.

»Welche Strategie habt Ihr im Sinn?« fragte General Haremhab Amuns Ersten Propheten.

Nach langem Zögern hatte Tutanchamun sich entschlossen, die Tür zu dem Gemach seiner Frau gewaltsam zu öffnen. Er konnte ihre Abwesenheit nicht mehr ertragen.
Er fand sie wie tot auf ihrem Bett ausgestreckt, die Arme parallel zum Körper. Fast wahnsinnig vor Angst, nahm er ihre rechte Hand und küßte sie innig.
»Dein Vater ist fern«, sagte er. »Du mußt für ihn leben, du mußt für uns leben. So wird die Erinnerung an ihn lebendig bleiben. Wenn du dich weigerst zu kämpfen, werden die Amunpriester allmächtig.«
Tutanchamun hatte zu schnell gesprochen und sich verhaspelt. Er hatte darauf verzichtet, ihr seine Liebe zu erklären, um eine andere Leidenschaft zu erwähnen, die der Macht.
Anchesa wandte sich ihrem Gatten zu.
In ihren Augen lag Traurigkeit.
»Mein Vater hat die Priester bekämpft, und er ist gescheitert. Uns wird es auch nicht besser gelingen.«
Tutanchamun legte seinen Kopf auf Anchesas Bauch.
»Du wirst vorsichtiger und stärker sein! Und außerdem bin ich an deiner Seite ...«
Es war ihm gelungen, ihr ein gerührtes Lächeln zu entlocken.
»Wir werden Theben verlassen, Anchesa. Unser Volk erwartet die Überschwemmung. Wir werden sie ihm schenken.«
Anchesa stand auf und trat an das Fenster ihrer Kammer. Ein Sonnenstrahl ließ ihren Körper unter dem zarten Leinenhemd durchschimmern.
»Ich bin bereit, mein König.«

Anchesa und Tutanchamun, begleitet von einer kleinen Eskorte, verließen den Palast in einer Sänfte. Der Ausflug begann in den frühen Morgenstunden, um der heißen Sonnenglut zu entgehen. Der erste Würdenträger, von dem sie empfangen wurden, war ein Landwirt, der über eine große Anzahl von Feldern und Herden regierte. Er wollte gerade mit der Bestandsaufnahme beginnen, als das Königspaar vor seinem inmitten eines Palmenhains aufgestellten Schreibtisch aus leichtem Holz erschien.

Der Landherr verneigte sich vor Pharao und dankte dem Himmel, ihm die ganz besondere Gunst seines Besuches erwiesen zu haben. Schreiber und Landarbeiter brachen in Freudengeschrei aus, wissend, daß ihnen dieser Besuch einen weiteren Ruhetag einbringen würde.

Vor dem Schreibtisch lag ein Mann mit dem Gesicht nach unten auf der Erde. Zwei Schreiber mit Stöcken in der Hand schickten sich an, ihn zu schlagen.

»Welchen Verbrechens hat er sich schuldig gemacht?« fragte Anchesa.

»Er hat einen Grenzstein versetzt und den Kataster gefälscht, Majestät. Es ist ein schweres Vergehen, das eine strenge Bestrafung, eine Bastonade, verlangt.«

»Dieser Mann soll begnadigt und freigelassen werden«, forderte die Große Königliche Gemahlin. »Doch sollte er je wieder einen Fehler begehen, so soll seine Strafe schwerer sein und auf der Stelle ausgeführt werden.«

Verdutzt und voller Dankbarkeit, rannte der Bauer zu Anchesa, die soeben der Sänfte entstiegen war, und küßte ihre Füße.

»Führt uns«, bat die Große Königliche Gemahlin den Landherrn. »Ich möchte Eure Ländereien und Eure Leute besser kennenlernen.«

Geschmeichelt durch die unendliche Gunst, die ihm gewährt

wurde, widmete sich der Landbesitzer mit vielsagendem Eifer seiner Aufgabe. Er erwähnte die drei Jahreszeiten des ägyptischen Jahres, die des »Aufgehens«, wo die Natur aus den Wassern der Überschwemmung aufgeht, wenn sie abzufließen beginnen, die der Trockenheit, wo das Land, von Licht und Bewässerung befruchtet, üppige Ernten bringt, und schließlich die der Überschwemmung, der jedermann mit Ungeduld und einer gewissen Furcht entgegensieht. Würde die Überschwemmung zu heftig oder nicht ausreichend sein? Würde sie im richtigen Augenblick stattfinden? Würde Pharaos Einfluß auf den Gott des Nils groß genug sein, um ihn dazu zu bringen, sich den Menschen gegenüber großzügig zu erweisen?

In diesem Sommermonat, wenige Tage, vielleicht auch nur wenige Stunden vor dem Anschwellen des Flusses, wurde nur noch von der Überschwemmung gesprochen. Der Fluß hatte seinen tiefsten Stand erreicht. Die Erde war überall aufgesprungen, sie starb.

Anchesa faßte wieder Mut. Die ägyptische Landschaft ließ sie aufleben. Das fröhliche Geschrei der Kinder brachte ihr wieder einen Hauch von Glück.

Das Königspaar und der Landbesitzer blieben am Nilufer stehen. Auf einem grasbewachsenen Inselchen aalte sich ein Krokodil.

»König Tutanchamun wird eine reichliche Überschwemmung auslösen«, behauptete Anchesa. »Die Ufer werden wieder ergrünen, das Land wieder erblühen. Die Ernten werden die Scheunen füllen. Man wird tanzen, und Pharaos Name wird gepriesen werden.«

König und Königin hatten sich nach Assuan auf die Insel des Ursprungs der Welt begeben, wo die Grotte ausgehöhlt worden war, aus der der Nil entsprang. Der Widdergott dämmte die

Fluten unter seinen Sandalen. Wenn er den Fuß hob, gab er dem Wasser freien Lauf. Doch dazu waren die richtigen Gebete vonnöten, die an ihn zu richten waren, sowie eine ausreichende Menge an Opfergaben. Im gegenteiligen Falle würde die Überschwemmung nicht stattfinden, und Ägypten würde eine Hungersnot erleiden.

Ein guter König schenkte dem Land eine gute Überschwemmung. Er war Mensch und Gott zugleich und mußte in der Lage sein, das Land fruchtbar zu machen. Das lehrten die Weisen. Das wußte das Volk.

Tutanchamun zitterte. Er konnte seine Nervosität kaum unterdrücken. Anchesa neben ihm schien durch die Gegenwart der unzähligen Höflinge und der vollständig versammelten Geistlichkeit des Widdergottes keineswegs beeindruckt zu sein. Pharao setzte seinen Thron aufs Spiel, indem er das Ausmaß seiner magischen Kräfte unter Beweis stellen wollte. Wenn er versagte, blieb ihm nichts anderes übrig, als sich in seinen Palast zu verkriechen und auf die Macht zu verzichten.

Anchesa reichte ihrem Mann einen Papyrus, auf dem die Gebete an den Nil verzeichnet waren. Von der Erhöhung aus, auf der er sich befand, warf der König den heiligen Text in den Strom und hoffte, diese Nahrung würde den Nilgott zufriedenstellen. Von zögernder Hand geworfen, traf die Rolle gegen einen Felsvorsprung, federte von dem steilen Abhang zurück und tauchte schließlich in einen Strudel, der sich genau an der Stelle gebildet hatte, wo sich der Überlieferung zufolge die Nilquelle befand.

Anchesa betete stumm. Sie flehte Aton an, er möge Tutanchamun Erfolg bescheren.

Doch jetzt hieß es erst einmal abwarten. Vielleicht für Stunden, vielleicht bis zum Abend. Tutanchamun sah sich schon unter dem vorwurfsvollen Blick des Mondes gebeugt und besiegt auf die königliche Barke steigen. Der Mond ... Er war es, auch wenn er im Blau des Himmels unsichtbar war, der heute das Anschwellen des Wassers auslösen sollte. Doch die Astrologen hatten sich auch schon mal geirrt ...

Anchesa hatte Angst, daß Pharao erschöpft von der Hitze und der Ermüdung einen neuen Anfall erleiden könnte. Das Gewicht der Krone und der Insignien drohte unerträglich zu werden. Die an der Zeremonie teilnehmenden Offiziellen lauerten auf den Ausgang der Prüfung. Im Falle seines Versagens wären sie ebenso unerbittlich, wie sie im Falle des Gelingens voller Lob wären. Die Große Königliche Gemahlin erwartete keinerlei Mitgefühl von ihnen und erlaubte sich keinerlei Ausrede. Das Regierungsamt tolerierte keine Schwäche. Wenn Aton sie nicht erhörte, wenn er sich nicht mit ihr verbrüderte, wäre der großartige Plan nichts als Utopie.

Mit Ausnahme des kleinen Strudels, der immer schwächer wurde, blieb der zartblaue Nil hoffnungslos ruhig. Tutanchamuns Blick war starr. Er schwankte. Anchesa nahm seinen Arm und half ihm, das Gleichgewicht zu bewahren. Als der König die Berührung ihrer Haut spürte, schöpfte er aus der Tiefe seines Selbst eine letzte Kraft. Es lag ihm wenig daran, ein großer Monarch zu werden. Wenn er siegen und leben wollte, dann nur, weil er an der Seite der Frau sein wollte, die er liebte. Der Stiel des goldenen Krummstabes brannte in seiner Hand.

Plötzlich trübte sich das Wasser des Stromes. Das Blau färbte sich dunkelrot. Der aus dem fernen Afrika stammende Schlamm gelangte nach Ägypten. Und unter dem Jubel der Priester schwoll und schwoll der Strom an.

Der Nil, ein leidenschaftlicher junger Mann, von heftigem Verlangen nach der Erde Ägyptens gepackt, befruchtete sie in Hochzeitsnächten der Hitze und des Lichts und legte sich nach und nach über die Felder. Wieder einmal hatten die Astrologen im Himmel die Botschaft des Sterns Sothis entziffert, der die Hundstage und das Anschwellen des Wassers, das den Höchststand im Monat September erreichen würde, vorhersagte. Der schmale grüne Talstreifen, ein fruchtbares Band, das sich mühsam einen Weg zwischen zwei Wüsten bahnte, verwandelte sich in einen See, aus dem nur die Villen und Dörfer ragten, die auf Erhebungen errichtet worden waren.

Es war die Zeit der Ruhe. Während der göttliche Strom seinen fruchtbar machenden Schlamm auf den Boden breitete, begaben sich die Menschen in Booten von einer Siedlung zur anderen, besuchten entfernt wohnende Freunde und organisierten Feste und Wasserspiele.

Es war die Zeit, die Tutanchamun gewählt hatte, um Anchesa die Sorgen des Hofes und das Drama vergessen zu lassen, das ihr das Herz zerriß. Nach seinem Triumph in Assuan, wo er bewiesen hatte, daß er tatsächlich die fabelhafteste der magischen Kräfte besaß, nämlich die Fähigkeit, die Überschwemmung auszulösen, erfreute sich der junge König wachsender Popularität. Er spürte jenseits der konventionellen Höflichkeit der Höflinge eine gewisse Bewunderung. Der Erfolg des Monarchen, der den Provinzautoritäten durch Kuriere der königlichen Post ausführlich mitgeteilt worden war, brachte ihm echte Anerkennung ein. Viele Anzeichen deuteten darauf hin, daß diese Überschwemmung eine der wohltuendsten sein würde, die die Beiden Länder je gekannt hatten. Die Verfasser der Annalen sahen voraus, daß Tutanchamuns Regentschaft ruhmvoll sein würde. Der König war stolz auf sich.

Anchesa tauchte langsam aus einer langen Periode der Niedergeschlagenheit auf. Sie erlebte das wundervolle Gefühl, ihr Land zum ersten Mal zu sehen. Sie lebte von innen her die Kraft des Flusses, identifizierte sich mit dieser von einem verborge-

nen Leben genährten Landschaft, entflammte in einer leidenschaftlichen Liebe zu diesem Volk, das von Sonne und Wasser lebte.
Das königliche Schiff glitt, mal vom Wind getrieben, mal von ungefähr zwanzig Ruderern bewegt, die sangen, um den Takt zu geben, über die riesige Wasserfläche. Sie begegneten ohne Unterlaß Fischerbooten, Fähren, mit Steinen oder mit Nahrungsmitteln beladenen Kähnen, so dicht war der Verkehr. Begeisterter Jubel stimmte in den der Dorfleute mit ein, die sich auf den aus dem Wasser ragenden Hügeln versammelt hatten und das Regentenpaar begrüßten.
Den Bug schmückte ein Auge, das das geringste Hindernis wahrnahm und Pharaos Schiff eine friedliche Reise sicherte. Diese wirksame Magie wurde von einem erfahrenen Seemann unterstützt, der mit einem langen Stab regelmäßig die Untiefen auslotete.
Wie zur Antwort auf Anchesas Liebes- und Treuegelöbnis zu ihrem Land blähte der Nordwind das rechteckige, an einer Rahe befestigte und mit einem Fall gehißte Segel. Der Mann am Heck veränderte die Neigung des langen Steuerruders. Sofort nahm das Schiff Fahrt auf. In der im vorderen Teil untergebrachten Küche war man dabei, das Hammelfleisch zu braten und frisches Bier zu zapfen.
Anchesa und Tutanchamun gingen in ihre in der Mitte des Schiffs errichtete Kabine zurück. Das große weiße Leintuch, das als Dach diente, war zusammengefaltet worden. Die Sonne durchflutete den gemütlichen Raum, der mit Sitzgelegenheiten, hölzernen Truhen und bunten Kissen ausgestattet war. Die Große Königliche Gemahlin kniete sich mit aufgerecktem Oberkörper hin.
»Ich werde einen Diener bitten, uns Schatten zu spenden«, sagte der König.

»Nein«, protestierte Anchesa. »Setz dich auf deinen Thron und gib mir zu trinken.«
Mit höchster Eleganz wandte sie sich zu ihm und hielt ihm eine goldene Schale hin, die er mit frischem Wasser füllte. Mit den Augen genoß er Anchesas erblühten Körper. Ihr transparentes, unter den Brüsten geknotetes Gewand ließ ihren Bauch durchschimmern.
»Kennst du das Gedicht, das man die jungen Mädchen des Palastes lehrt?« fragte sie mit melodischer Stimme, die der von Nofretete so sonderbar ähnlich war. »Ich bin dein, mein Geliebter, wie ein grünender Garten, wo süß duftende Blumen wachsen. Wenn sich deine Hand auf mich legt, erschaudere ich vor Glück. Ich bin der Kanal deines Verlangens. Laß dein Herz zu mir springen.«
Anchesa stellte die Schale ab. Tutanchamun kniete sich ebenfalls hin und küßte den Hals der Königin. Sie umarmten einander in der Sommersonne.

Die Zeit der Überschwemmung war wie verzaubert. Der König und die Königin gönnten sich den Luxus zu flanieren, nach Lust und Laune anzuhalten, sich stundenlang zu lieben und auf den kleinsten Ruf ihres Verlangens zu antworten. Fern waren die politischen Akten, die Unterredungen mit den Ministern, die Ratschläge des »göttlichen Vaters« Eje. Sie genossen in vollen Zügen ihre Jugend, die ihnen das Königreich raubte.
Die Euphorie währte bis zu dem Morgen, als das Schiff am Steg von Khemenu*, der heiligen Stadt des Gottes Thot, anlegte.

* bekannt unter dem griechischen Namen Hermopolis oder dem arabischen Namen Ashmunein (Schmun), der Name der Nekropole ist El-Bersheh.

29

Interessiert besichtigten der König und die Königin die Papyrusfabrik, deren Gebäude sich am Ufer erstreckten, nicht weit von der Nekropole, wo die großen Priester von Thot bestattet waren. Die berühmte Stadt des Gottes der Schreiber lag ganz nahe bei der Stadt der Sonne, doch Anchesa weigerte sich trotz Tutanchamuns Aufforderung, dort einen Halt zu machen. Sie wollte sie niemals mehr wiedersehen. Der Platz für die Hauptstadt, die sie bauen würde, sollte, wie die ihres Vaters, ein Ort sein, den noch nie ein Menschenfuß betreten hatte.

Stengel der Doldengewächse, von denen manche über sechs Meter hoch wuchsen, waren sorgfältig in den Sümpfen geschnitten worden, wo wahre Papyruswälder wuchsen. Das reichlich vorhandene Rohmaterial wurde in Booten in die Werkstätten gebracht. Dort wurden mehrere Streifen von saftigem Papyrus kreuzweise auf Tücher gebreitet und, nachdem sie mit einem weiteren Tuch zugedeckt worden waren, mit einem Holzhammer geklopft. Die Schläge mußten regelmäßig und leicht ausgeführt werden. Auf diese Weise verbanden sich die Streifen miteinander, ohne daß eine andere Substanz hinzugefügt werden mußte. Es entstand ein großes Blatt, gleichzeitig solide und geschmeidig, das man nur noch glätten, polieren und zuschneiden mußte, um eine perfekte Schreibfläche zu erhalten. In der Sonne getrocknet, nahm der Papyrus eine schöne gelbliche Farbe an. Während das Pflanzenmark zur Herstellung von Pa-

pier diente, wurde der Stamm zum Bau von Booten verwendet. Die Fasern dagegen wurden zu Schnüren, Matten, Körben oder Sandalen verarbeitet.
»Schreiben«, hatte Hanis zu Anchesa gesagt, als er sie in der Dichtkunst unterrichtete, »das heißt, Dinge entstehen zu lassen. Das Wort ist Leben und Erkenntnis. Kein Wort soll verschwendet werden. Die Schriften begründen die Unsterblichkeit der Weisen.« Diese Sätze enthüllten jetzt ihre ganze Kraft durch die Anwesenheit dieser geduldigen und gewissenhaften Männer, die für Pharao arbeiteten. Die Papiermanufakturen waren königliches Monopol. Große Mengen von Papyrus wurden jede Woche an die Bruderschaften der Schreiber in jeder wichtigen Stadt geliefert. Religiöse und rituelle Texte, Dekrete, Abrechnungen ... Eine friedliche Armee hielt jede Einzelheit des ägyptischen Alltagslebens schriftlich fest.
Die Große Königliche Gemahlin trat aus der offiziellen Gruppe heraus und näherte sich einem alten, zahnlosen Schreiber mit spitzem Kinn. Er saß im Schatten, den Rücken an die Mauer der Fabrik gelehnt, und hielt auf den Knien eine während langer Jahre abgenutzte Palette. Mit einem sehr feinen Pinsel schrieb er mit schwarzer Tinte auf einen Papyrus von hoher Qualität eine Hymne an Thot, seinen Schutzgott.
Als Anchesa sich ihm näherte, hob er nicht einmal den Kopf und konzentrierte sich weiterhin auf seine Arbeit. Amüsiert und neugierig sprach sie ihn schließlich an.
»Wißt Ihr, wer ich bin?«
»Die Große Königliche Gemahlin«, antwortete er, ohne sich zu rühren. »Wenn ich Euch nicht besser begrüße, Majestät, dann, weil ich schwach und krank bin. Die Moskitos greifen mich ununterbrochen an. Meine Muskeln sind steif. Würmer fressen meine Zähne an. Ich muß stundenlang schwierige Texte kopieren, ohne den kleinsten Fehler machen zu dürfen. Und meine

Augen ... die sind geschwollen und rot. Ich möchte nicht, daß Ihr sie seht.«

Gerührt bat Anchesa den alten Schreiber um seine Palette und seinen Pinsel. Er reichte ihr beides unter Schmerzen. Sie half ihm auf die Füße und führte ihn gegen seinen Protest zu der Gruppe, die dem König bei seinem Besuch der Papyrusfabriken folgte. Sie vertraute den alten Schreiber Pharaos Verwalter an.

»Dieser Mann hat genug gearbeitet«, erklärte sie. »Er soll gepflegt und in einer bequemen Villa mit Dienerschaft untergebracht werden.«

Sie wandte sich sofort ab, um dem dankbaren Blick auszuweichen, den ihr der alte Mann schenkte, und nahm ihren Platz an Tutanchamuns Seite wieder ein, den die Abwesenheit seiner Gattin sofort unruhig gemacht hatte.

»Komm schnell, Anchesa. Eine wichtige Persönlichkeit erwartet uns hier schon seit mehreren Tagen. Er hat uns ein üppiges Bankett bereitet.«

Widerstrebend riß sich die Königin von dem Universum der Papyrushersteller los. Sie hatten ihr erlaubt, die Hingabe der kleinen Staatsbeamten festzustellen, die keine andere Sorge kannten, als eine tadellose Arbeit zu liefern, von der das reibungslose Funktionieren der Verwaltung und damit das Wohlergehen der Beiden Länder abhingen. Sie nahm sich vor, sobald sie wieder zu Hause war, den Status dieser spezialisierten Arbeiter zu verändern.

Großzügig sein ... Anchesa entdeckte einen neuen Rausch. Hatte ihr Vater das nicht gekannt? Hatte er gar vergessen, daß Atons Sonne überall eindringen mußte, in die ärmlichsten Behausungen wie in den herrlichsten aller Tempel? Die Armut kränkte das Auge Gottes. Sie würde diesen Mißstand ebenso rigoros angreifen wie ein Raubtierjäger seine Beute. Sie würde nicht zulassen, daß auch nur ein einziger ihrer Untertanen im

Elend dahinvegetierte. Von diesem neuen Ideal entflammt, hatte Anchesa nicht viel Sinn für den herzlichen Empfang des Königspaares im Palast der Stadt Thot.
Sie tauchte aus ihrem Traum auf, als sie einen Mann entdeckte, dessen Anwesenheit sie überraschte: Botschafter Hanis.
Allein sein Anblick löste Furcht bei ihr aus, deren Ursache sie sich nicht erklären konnte. Sie schätzte diesen treuen Verbündeten. Warum sollte sie ihm mißtrauen? Besorgt kostete sie kaum von den köstlichen Speisen, die ihr gereicht wurden. Voller Ungeduld erwartete sie das Ende des Banketts. Hanis lud das Königspaar zu einer kleinen Ruhepause in einem Raum ein, wo man ihnen die Füße massierte und die Fersen ölte. Tutanchamun schlummerte erschöpft ein.
»Ich habe Euch eine wichtige Nachricht zu überbringen«, sagte der Botschafter angespannt. »Ich kenne diese Fabrik sehr gut. Sie ist eine der aktivsten des Landes. Doch heute gehört sie nicht mehr Pharao. Ebensowenig wie die von Theben oder von Memphis.«
»Was wollt Ihr damit sagen?« wunderte sich die Große Königliche Gemahlin.
Gereizt ging Hanis auf und ab.
»Pharao kontrolliert seine eigenen Fabriken nicht mehr, Majestät. Sie werden von jenen gelenkt, die Haremhab ernannt hat. Im Laufe von zwei Jahren hat er sie einen nach dem anderen eingesetzt. Ihm gehorchen sie. Er überschüttet sie mit Vergünstigungen.«
»Was macht das schon!« folgerte Anchesa resolut. »Der König wird sie ersetzen, sobald wir wieder zurück sind.«
»Unmöglich, Majestät«, bedauerte Hanis.
»Und warum?«
»Weil sie kompetent sind und aus den größten Familien des Königreiches stammen. Sie abzusetzen würde heftigste Unzu-

friedenheit auslösen. Eure Untertanen hassen ungerechte Entscheidungen, Majestät. Willkür würde Eurer Beliebtheit schwer schaden. Der General hat ganz bewußt fähige und angesehene Persönlichkeiten ausgewählt.«

»Und inwiefern stellen sie für uns eine Bedrohung dar?« fragte Tutanchamun, der inzwischen wieder aufgewacht war.

»Bedrohung? Das ist nicht das passende Wort, Majestät! Es handelt sich hier um einen Übergriff ...«

»Ich bin müde, Hanis. Ob Haremhab über die Papyrusherstellung herrscht, ist mir egal. Laßt unser Gemach herrichten.«

Der Botschafter verneigte sich und zog sich zurück. Wütend und enttäuscht. Tutanchamun würde niemals ein großer König werden.

Das Königsschiff in Begleitung einer umfangreichen Flotte hatte die Richtung nach Memphis, der »Waage der Beiden Länder«, eingeschlagen, der ersten Hauptstadt des vereinigten Ägyptens. Der König war fröhlich und ungestüm. Anchesa gab sich gerne seinen Zärtlichkeiten hin, doch ihre Gedanken waren woanders. Sie hatte keine Zeit gehabt, Hanis noch einmal zu sehen, der nach Theben zurückgekehrt war. Seine Enthüllungen hatten das Glück der Königin getrübt. Papyrus ... seine Produktion und seine Herstellung zu kontrollieren, bedeutete das nicht gleichzeitig, die Verwaltung zu leiten?

War Haremhab dabei, neue Spielsteine auf das Schachbrett der Macht zu setzen? Seine endlose Geduld machte ihn nur um so gefährlicher.

Anchesa hätte es vorgezogen, die langen Ferien abzubrechen, doch Tutanchamun widersetzte sich dem Gedanken mit ungewöhnlicher Bestimmtheit. An den Hof mit seinen Würdenträgern und Erfordernissen seines Amtes zurückzukehren, diese Vorstellung gefiel ihm überhaupt nicht. Er zog bei weitem die Tage ohne Stundenplan vor, die Spazierfahrten über das som-

merliche Land, das Baden im Nil, die ständige Begleitung von Anchesa, deren goldener Leib noch immer so viele ungeahnte Wunder barg.
Der Anblick der drei Pyramiden von Giseh löschte alle Sorgen aus Anchesas Denken, so hingerissen war sie von den steinernen Riesen, die über dem Wasser aufragten. Sie verkörperten die aus dem Ozean erstiegenen Urberge und leuchteten mit tausend Feuern, da ihre Verkleidung aus weißem Kalkstein die Sonnenstrahlen mit außerordentlicher Intensität widerspiegelte. Wie versteinerte Lichter erhellten sie das ganze Land und verbreiteten eine himmlische Energie.
Auf dem Königsschiff waren alle verstummt. In der Erinnerung tönten die Worte der Harfenspieler, die die Perfektion der Zeit besangen, als man Pyramiden baute, als man Kanäle anlegte, um das Wasser des Lebens zirkulieren zu lassen, als man Bäume für die Götter pflanzte.
Anchesa wurde von einem Gefühl der Empörung ergriffen. Warum bauten die Baumeister keine so großartigen Bauwerke mehr wie diese hier? Warum hatte das Ägypten des Gottes Amun und der thebanischen Priester den Elan des Alten Reiches verloren, als sich der Gottkönig der Pyramide als Leiter zum Himmel bediente?
Sie war fasziniert und wollte lange an diesem von wohltuenden Kräften geprägten Orte weilen und alle noch zugänglichen Monumente besichtigen. Sie schleppte Tutanchamun in die Tempel, wo man die Könige mumifiziert hatte, wanderte mit ihm über die Wege zu den Pyramiden, über die mit Reliefs geschmückten Straßen, wo das Alltagsleben ihrer Ahnen dargestellt war, drang in das Innere der Heiligtümer, wo durch die Wirkung der Riten der Tod in Leben verwandelt wurde.
Jedem Grab waren Priester zugeteilt, die damit betraut waren, einen Kult zur Erinnerung an den Verstorbenen zu zelebrieren.

Jeden Tag sprachen sie die Worte der Wiederauferstehung und brachten der Seele Opfer, die in Gestalt eines Vogels auf die Erde zurückkam, ehe sie wieder ins Licht zurückkehrte. Anchesa war schockiert über die Gleichgültigkeit von einigen von ihnen und über den heruntergekommenen Zustand einer für Cheops errichteten heiligen Stätte. Tutanchamun erteilte Sanktionen und ließ sofort den obersten Baumeister von Memphis kommen, damit er augenblicklich mit den Renovierungsarbeiten beginne.

Bei Anbruch dieses Spätsommertages präsentierte sich das Königspaar im oberen Tempel der großen Cheopspyramide, dem gigantischsten Bauwerk, das je von einem Pharao errichtet worden war. Tutanchamun wollte es nicht besichtigen, so beeindruckt war er davon. Doch Anchesa hatte schon um die Anwesenheit des Oberpriesters der Pyramide gebeten, der sie bis an den Eingang zu dem Monument führen sollte, einer kleinen Öffnung in der Nordfassade ungefähr dreißig Meter über dem Boden. Das Königspaar wurde mit Seilen gezogen, um auf den glatten Kalkblöcken vorwärts zu kommen. Anchesa und Tutanchamun bückten sich und schlüpften durch ein kleines Loch, das in den Stein geschlagen worden war, um einen Granitklotz zu umgehen.

Der Oberpriester ging mit einer Fackel, die keinen Rauch abgab, vor ihnen den abwärts führenden Gang entlang, dessen Gefälle plötzlich steiler wurde. Er wurde so eng, daß die Besucher sich bücken und hintereinander gehen mußten. Nach einem langen, mühsamen Abstieg, bei dem ihnen die Luft knapp zu werden drohte, gelangten sie in einen großen Raum mit einem Boden aus festgetrampelter Erde.

»Ihr befindet Euch im Schoß der Erde«, erklärte der Oberpriester. »Hier schöpft Pharaos Seele die Energie des Königreichs der Finsternis.«

In dem Heiligtum herrschte eine angenehme Frische, die dem Königspaar erlaubte, wieder zu Atem zu kommen, ehe sie den gegenläufigen Gang aufwärts zu der Kreuzung mit einem weiteren Gang stiegen, der in eine große, leere Kammer führte, in deren Rückwand eine Nische in Gestalt einer Himmelsleiter geschlagen worden war.

Geblendet entdeckten die Besucher die große Galerie, einen fast fünfzig Meter langen Raum, den man durchqueren mußte, um die Grabkammer zu erreichen. Hand in Hand sammelten sich Anchesa und Tutanchamun vor dem Sarkophag des berühmten Cheops. Er war leer und hatte keinen Deckel. Der mumifizierte Leib war im Süden Ägyptens begraben worden, die Pyramide im Norden war für sein den Augen unsichtbares Lichtwesen bestimmt.

Die Große Königliche Gemahlin fühlte sich klein und schwach im Schoße dieser ewigen Ruhestätte, die sie mit ihrer unmenschlichen Masse erdrückte. Würde sie die Zeit haben, sich der alten Monarchen würdig zu erweisen, ihrem Land den schöpferischen Elan der Zeit der Pyramiden wiederzugeben? Tutanchamun, der den inneren Kampf spürte, den sie focht, schaute sie fragend an.

»Wir kehren nach Theben zurück.«

Die Überschwemmungen gingen zu Ende. Der Wasserstand sank und gab die vom nährenden Schlamm angereicherten Felder wieder frei. Für die Bauern war die Zeit gekommen, die aus einem einzigen Stück Holz gefertigten Hacken zu schwingen. Die Schar wendete den schweren, von der Überschwemmung getränkten Boden. Die Kinder zerkleinerten die großen Schollen mit den Händen, während die Säer die Saat in die nicht sehr tiefen Furchen streuten. Auf großen Ländereien setzte man von Kühen oder Ochsen gezogene Pflüge ein. Dieselben Tiere hatten anschließend die Aufgabe, die Saat in den Boden zu trampeln.

Eine Ansammlung von Höflingen erwartete das Königspaar an der Hauptanlegestelle von Theben. Das Gefolge des »göttlichen Vaters« Eje übernahm es, die Regenten in einer Sänfte zu einem der Wohnsitze des alten Würdenträgers im Zentrum der Hauptstadt zu bringen. Er hatte darauf bestanden, sie nach ihrer langen Abwesenheit als erster zu empfangen.

Die Straßen der Stadt Amuns waren voll von Karren, Händlern und Gaffern. Man strömte in alle Richtungen, und sämtliche Rassen der Erde mischten sich hier. Der offizielle Zug hatte trotz des energischen Eingreifens der Soldaten, die für die Sicherheit zu sorgen hatten, äußerste Mühe, sich einen Weg durch die Menge zu bahnen. Anchesa dachte wehmütig an die breiten Avenuen der Sonnenstadt zurück.

Im Erdgeschoß des Hauses des »göttlichen Vaters« wurden die Bäcker angetrieben, die das Getreide siebten und mahlten; sie mußten sich beeilen, um Kuchen und Brot zuzubereiten. Metzger transportierten Rinderviertel in die Küche, die auf dem Dach untergebracht worden war, damit der Wind die Gerüche forttrug. Der Verwalter führte das Königspaar in das Arbeitszimmer des Hausherrn im ersten Stock. Es wurde von drei Fenstern erhellt, die auf einen Innengarten mit einem rechteckigen, von Tamarisken umstandenen Wasserbecken hinausgingen.

Eje verneigte sich vor dem König und der Königin, dann entließ er die Schreiber, denen er Berichte diktiert hatte. Der alte Höfling wirkte müde und niedergeschlagen. Seine Falten und Runzeln waren noch tiefer geworden. Nachdem Höflichkeiten ausgetauscht und Erfrischungen eingenommen worden waren, nahmen die Gäste Platz auf den vergoldeten Holzstühlen.

»Ein großes Unglück hat mich heimgesucht«, offenbarte der »göttliche Vater«. »Die Seele meiner Gemahlin, der Nährmutter

Tiji, hat ihren Leib verlassen und sich in das Paradies des Westens begeben. Die Mumie ist vor zwei Wochen ins Grab getragen worden. Ich habe weitergearbeitet. Akten durchzuarbeiten ist zweifellos das beste Mittel gegen den Kummer. Und die Wirtschaftslage verlangte es.«

Tutanchamun wußte nichts zu sagen. Nach diesen berauschenden Tagen fern von Theben wurde er jäh in eine dramatische Wirklichkeit zurückgeworfen, in der er sich machtlos fühlte.

»Wir haben keinerlei Nachricht von Euch bekommen«, bemerkte Anchesa.

»Mein Schmerz geht nur mich etwas an, Majestät. Und was das Land betrifft, so ist nichts Beunruhigendes geschehen. Jedenfalls nichts, was sichtbar wäre.«

»Sprecht Euch aus«, forderte Anchesa.

Der »göttliche Vater« sprach mit Bedacht.

»Die reichsten Ländereien der thebanischen Provinz gehören den Priestern von Karnak und den Tempeln, die von ihnen abhängen. Die Bewirtschaftung des größten Teils davon ist neuen Teilpächtern mit der Auflage anvertraut worden, ihren Wert zu steigern.«

»War das notwendig?« fragte der König.

»Wahrscheinlich nicht«, meinte der »göttliche Vater«. »Aber der Vorgang ist keineswegs gesetzeswidrig. Die Verträge mit den Technikern, die schon in diesem Jahr ausgezeichnete Ergebnisse bringen werden, sind formgerecht abgeschlossen worden.«

»Inwiefern beunruhigt Euch ihre Ernennung?«

»Eine kurze Nachforschung hat ergeben, daß sie alle im Dienste von General Haremhab oder seiner Frau stehen. Das bedeutet, daß diese mit der Zustimmung des Klerus zu den größten Grundbesitzern des Landes werden.«

Das Frühjahr begann zu leuchten. Die von Tutanchamun ausgelöste Überschwemmung hatte das von den Göttern geliebte Land so gut bewässert, daß die Ernte den seit über tausend Jahren von den Schreibern aufgezeichneten Annalen zufolge eine der üppigsten in der ägyptischen Geschichte werden würde. Bald würden die Bauern auf den Feldern Gerste und Weizen mit der Sichel ernten. Lange Schlangen von Eseln mit schweren, in Netze gewickelten Garben würden zu den Plätzen ziehen, wo das Korn geworfelt, gesiebt und gereinigt wurde, ehe es die königlichen Kornspeicher füllte, die in diesem Jahr bis in den Himmel ragen würden.

Die schwarze Erde war so reich, daß sie alle ihre Kinder ernähren würde. Das große Frühlingsfest würde groß gefeiert werden können, da niemand Hunger zu leiden hätte. Tutanchamuns Ansehen hörte nicht auf zu wachsen. Bankette folgten auf Empfänge, Jagden auf Bootsfahrten. Der König erließ Dekrete zugunsten von Bauern, Soldaten und Priestern verschiedener großer Tempel und eroberte so die Gunst der kleinen Leute. Seine Regierung versprach glücklich und großartig zu werden. Er hatte Jahrzehnte vor sich, um Ägypten sein Gepräge zu verleihen.

Anchesa hatte den Palast vor Tagesanbruch verlassen, ohne ihre nubische Dienerin zu benachrichtigen. Diese Eskapade erinnerte sie daran, wie sie als junges Mädchen in der Stadt der Sonne ausgerissen war. Frei und unternehmungslustig hatte sie die Polizei ihres Vaters an der Nase herumgeführt und ihren ersten Sieg davongetragen. Sie hatte sich so gewünscht, Königin zu werden! Ihr Wunsch war in Erfüllung gegangen, geblieben war nichts als die Bürde der Macht.

Anchesa legte ihren Mantel ab. Die Strahlen der Sonne wärmten schon. Sie hatte zu Aton gebetet und mit leiser Stimme die

Hymne gesungen, die ihr Vater geschrieben hatte. Sie dachte an ihn, Tag und Nacht. Er lebte in ihr, abwartend, geduldig. Aber seine Stimme erneut hören zu lassen wäre unmöglich, wenn sich die von Haremhab gestellte Falle um das Herrscherpaar schließen würde. Und um eine Information von entscheidender Bedeutung einzuholen, hatte sich die Große Königliche Gemahlin, gekleidet wie eine einfache Bäuerin in einen kurzen Schurz und ein ärmelloses Hemd, unter diesem Sykomorenbaum mit Tutanchamuns bestem Freund, dem Schatzverwalter Maja, verabredet.

Letzterer traf zur vorgesehenen Zeit ein, als die Sonne den halben Weg zu ihrem Höchststand im Himmel zurückgelegt hatte. Wer hätte den berühmten Maja mit kurzgeschorenem Haar, verstaubtem Leib und barfuß wiedererkannt? Er sah aus wie irgendein Landarbeiter.

»Niemand ist mir gefolgt, Majestät. Darf ich Euch noch immer Schwester nennen?«

»Wir gehören der gleichen Bruderschaft an, mein Bruder, selbst wenn wir füreinander keine große Zuneigung empfinden. Hier können wir sprechen. Kein indiskretes Ohr wird uns hier verraten.«

»Was im Palast nicht der Fall gewesen wäre. Darum habe ich es vorgezogen, Euch hier zu treffen. Eine offizielle Audienz hätte Haremhabs Anhänger neugierig gemacht.«

Am Gürtel seines groben Schurzes aus Schafleder hatte Maja eine Wasserflasche mit frischem Wasser festgehakt. Er bot sie der Königin an, dann erfrischte er sich selber.

»Hat sich Euer Verdacht bewahrheitet?« fragte sie. »Hat Haremhab im Ausland gefertigte Münzen nach Ägypten eindringen lassen?«

»Er hat das abscheuliche Projekt aufgegeben. Ihm ist klargeworden, daß es unsere Wirtschaft ruinieren würde. An dem Tag,

an dem diese verfluchten Münzen unser Land beschmutzen werden, werden sie Neid, Streit und Bürgerkrieg auslösen wie überall dort, wo sie in Umlauf sind.«
Anchesa stieß einen Seufzer der Erleichterung aus.
»Freut Euch nicht zu früh, meine Schwester. Haremhab ist darum kein weniger genialer Stratege. Alle unsere Handelstransaktionen beruhen auf einem Warenaustausch entsprechend einem abstrakten Wertesystem ...«
»... das Ihr als oberster Schatzmeister festzulegen habt«, präzisierte die Königin.
»Das stimmt«, gab Maja zu, »aber ich habe keine Kontrolle über das Warenvolumen. Haremhab dagegen sehr wohl. Auf dem Umweg über hohe Beamte, einschließlich in meiner eigenen Verwaltung, hat er entscheidenden Einfluß auf unsere gesamte Wirtschaft. Mit ein paar präzisen Befehlen kann er sie, ohne schriftliche Spuren zu hinterlassen, vollständig lahmlegen.«
»Und warum sollte er das tun? Hat er denn Interesse daran, sein eigenes Land zu ruinieren?«
»Nur für ganz kurze Zeit ... Sobald er mit der Unterstützung des thebanischen Klerus die Macht an sich gerissen hätte, würde er Tutanchamun der Fahrlässigkeit bezichtigen und wie durch ein Wunder den Wohlstand zurückholen, indem er den Warenverkehr wiederherstellt. Ihr müßt Euch den Tatsachen beugen, Majestät: Ihr sitzt auf dem Thron, doch Haremhab ist es, der regiert.«

An diesem Aprilmorgen erwachte die Bevölkerung von Theben durch den Klang von Trompeten, den eine Hundertschaft von Soldaten anstimmte. Eine beachtliche Menschenmenge drängte sich, von zwei Kordons bewaffneter Soldaten zurückgehalten, um der Militärparade beizuwohnen, die General Haremhab auf dem Tempelvorplatz von Karnak veranstalten ließ. Die Befehlshaber der wichtigsten Armeekorps und die Elitetruppen waren zugegen. Sie defilierten vor Haremhab, der aufrecht auf einer im Schatten eines Pavillons errichteten Bühne stand. Der General trug einen Harnisch aus Gold und Silber, das Meisterwerk eines Goldschmieds aus dem Amun-Tempel.

Das Volk bewunderte voller Begeisterung die Darbietungen der Soldaten, die mit ihrem Schutz beauftragt waren. Und es war Haremhab dankbar, daß er hatte Zelte errichten lassen, in denen man im Anschluß an die Zeremonie Brot und Bier verteilen würde. Nur ein hoher Offizier teilte die allgemeine Fröhlichkeit nicht: Nachtmin, theoretisch der Chef der Armee, den zu benachrichtigen Haremhab unterlassen hatte. Rasend vor Wut stürmte er in den Königspalast und wurde auf der Stelle von der Großen Königlichen Gemahlin empfangen. Wenige Minuten später verließ er Pharaos Arbeitszimmer mit einer Vorladung, die er dem General sofort persönlich überbrachte.

Haremhab wurde im Thronsaal empfangen. Der König und die Königin mit ihren Kronen und in ihren Staatsgewändern waren allein. Pharao hielt seinen Krummstab vor der Brust. Ein Anflug von Lächeln umspielte Anchesas Lippen. Der Fehler, auf den sie gewartet hatte, war endlich begangen worden.

»General Haremhab«, fuhr Pharao ihn an und ließ dabei die protokollarischen Formeln außer acht, »was bedeutet diese Kraftdemonstration? Warum ist der Oberbefehlshaber der Armee nicht benachrichtigt worden, so daß ich in unerträglicher Unwissenheit gelassen worden bin?«

Haremhab antwortete sanft und in herablassendem Ton.

»Die Angelegenheit war zu dringend, Majestät. Ich habe sehr wohl versucht, Nachtmin zu benachrichtigen, aber er ist so selten in seinem Büro ... Böse Zungen behaupten gar, er ziehe die Jagd der Verwaltungsarbeit vor. Ich habe es auf mich

nehmen müssen, ohne Verzug die Elitetruppen zu mobilisieren.«
»Aus welchem Grunde?«
»Wir brechen augenblicklich nach Syrien auf. Eine hethitische Einheit hat einen unserer Grenzposten überfallen. Ausgeschlossen, auf eine solche Aggression nicht zu reagieren.«
Anchesa ließ General Haremhab keinen Moment aus den Augen und reichte gleichzeitig dem König einen auseinandergerollten Papyrus.
»Eure Version der Lage entspricht keineswegs dem Bericht, den mir Botschafter Hanis hat zukommen lassen, der seit mehreren Wochen mit einer Mission in dieser Region betraut ist. Er hat den Befehl, mir die geringsten Unruhen zu melden. Er berichtet nicht nur von keinerlei alarmierenden Zwischenfällen, ganz im Gegenteil, er hat zunehmenden Respekt der Hethiter gegenüber dem ägyptischen Thron festgestellt. Pharao regiert, General. Ihr scheint das vergessen zu haben.«
»Heißt das, daß Ihr meine Intervention in Syrien hinauszögert, Majestät?«
Der General baute auf diese Expedition, um seinem strategischen Ziel näher zu kommen und sich die Unterstützung der Offiziere im Hinblick auf eine friedliche Machtübernahme zu sichern, deren Zeitpunkt er dann nur noch festzulegen brauchte. Nur ein Feldzug fern von Ägypten hätte fruchtbare Unterredungen fern von Nachtmins Blicken und denen von Tutanchamuns Anhängern gewährleistet.
»Es bedeutet, daß sie abgesagt ist, General. Von nun an werdet Ihr Eure Befehle direkt von mir einholen. Ich werde mich diesmal wegen Eurer absoluten Treue zur Krone nachsichtig erweisen. Aber ich dulde keinen weiteren Fehler.«
»Haben Eure Majestät gut darüber nachgedacht? Ich glaube, daß …«

»Genug, General.«
»Ihr lauft Gefahr, diese Entscheidung sehr bald zu bereuen, Majestät, aber ich werde gehorchen.«
Bevor er sich umwandte, um den Saal zu verlassen, lenkte Haremhab seinen Blick vom König ab. Seine Augen richteten sich auf die Große Königliche Gemahlin, die nach wie vor lächelte.
Anchesa triumphierte.

30

Die ersten Schaulustigen überschwemmten den großen Marktplatz von Theben, kaum öffneten die am Rand in der Nähe des Tempels von Karnak installierten Stände mit Früchten und Gemüse ihre Türen. Fischhandlungen und Metzgereien folgten kurz darauf. Man kam nicht nur, um einzukaufen, sondern auch um zu schnuppern, zu lauschen und vor allem, um zu reden. Den Preis auszuhandeln und einen guten Tausch zu machen benötigte lange und subtile Palaver, aus denen die erfahrenen Frauen im allgemeinen siegreich hervorgingen. Nur ein paar Spitzenhändlern gelang es, ihnen die Stirn zu bieten.

Jeder lobte seine Ware als die schönste und preiswerteste von ganz Ägypten. Das wohlhabende Theben zögerte nicht, seine Nahrungsmittel auf weißen Tüchern direkt auf dem Boden auszubreiten: Weizen, Gerste, Datteln, Feigen, Gewürze, Gurken, Zwiebeln, Lauch, Bohnen und andere Nahrungsmittel im Überfluß.

Doch an jenem Morgen wurden nur die ersten Kunden bedient. Der erste Zwischenfall ereignete sich zwischen dem größten Feigenhändler und einer Hausfrau. Der Händler hatte ihren kleinen Sohn geohrfeigt, der eine Feige aß, ohne sie bezahlt zu haben. Eine unverzeihliche Brutalität, die der Mann mit der Seltenheit der Frucht zu rechtfertigen suchte. Dann wären beinahe ein Gemüsehändler und der Verwalter einer großen Villa handgreiflich geworden, als ersterer fünf Fächer und zehn

Schüsseln für einen Bund Lauch forderte. Und schließlich entstand mitten auf dem Marktplatz eine Schlägerei, als die Händler zugaben, daß sie nicht beliefert worden waren und daß die Warenkähne leer in Theben angekommen seien.
Die Polizei schritt ein und stellte mit Stockschlägen die Ordnung wieder her.
Der Zorn des Volkes gärte in den Vorstädten. Im Norden mußten schlimme Dinge geschehen sein. Wenn die Hethiter in das Delta eingefallen waren, war es ihnen vielleicht gelungen, den Verkehr auf dem Nil zu unterbrechen. Nicht weniger alarmierende Gerüchte besagten, daß die Nahrungsmittelreserven so schlecht verwaltet worden seien, daß eine Hungersnot drohe. Was auch immer die Wahrheit sein mochte, es gab nur einen einzigen Verantwortlichen: Pharao.

Anchesas Zorn verrauchte nicht. Haremhab hatte seine Drohungen wahr gemacht, indem er eine künstliche Not ausgelöst hatte. Er wollte Pharao zwingen, mit ihm zu verhandeln und seine versteckte Macht anzuerkennen. Tutanchamun war bereit, nachzugeben. Doch die Große Königliche Gemahlin riet ihm energisch davon ab. Ein solcher Schritt käme dem Abdanken gleich.
Der König, der keine Möglichkeit zum Handeln erkennen konnte, war verzweifelt. Seine Anhänger konnten ihm keine wirksame Hilfe bringen. Huja überwachte die Goldförderung in den nubischen Bergwerken. Hanis setzte seine wichtige Mission in Asien fort. Nachtmin hatte Haremhab die Armee überlassen und zog ein Luxusleben dem ungleichen Kampf vor.
»Und Maja?« grübelte die Königin. »Warum bleibt dein treuer Finanzminister stumm? Warum ist er außerstande, die Verwaltung zu kontrollieren?«
»Ich begreife es nicht«, gestand Tutanchamun. »Unsere letzten

Gespräche waren sehr kalt. Maja mag die Aufgabe nicht, die ich ihm anvertraut habe.«
Ein düsterer Gedanke quälte Anchesa. Sie mußte ihn dringend überprüfen. Das Schicksal des Reiches hing von ihren Nachforschungen ab. Sie hatte nur sehr wenig Zeit bis zum unvermeidlichen Ausbruch schwerer Unruhen in den Städten, wo die Nahrungsmittel schon rationiert werden mußten.

Maja, Freund und Vertrauter des Königs, oberster Baumeister aller Baustellen von Pharao, höchster Verwalter des Schatzes, war verschwunden. Seine Mitarbeiter wußten nicht, wo er sich aufhielt, hatten keinerlei besondere Anweisungen erhalten und erledigten die laufenden Angelegenheiten. Die Dienerschaft in der Maja zugewiesenen Dienstvilla wußten auch nicht mehr. Die Königin ließ Tutanchamun ausführlich von den Gewohnheiten seines Freundes Maja erzählen, von seiner Familie und von seinen Freunden. Eine Gestalt schien allgegenwärtig zu sein, ein Handwerksmeister, Kupferschmied von Beruf, dessen Werkstatt sich im Norden des Mut-Tempels befand.
Anchesa konnte die Dienste der Polizei nicht in Anspruch nehmen, bevor sie ihre Vermutung überprüft hatte. Zu der Stunde, als sie mit ihren beiden Windhunden Stier und Widder den Palast verließ, wurden Streiks bei den Webern in den Vierteln der kleinen Leute gemeldet, die seit drei Tagen ihre Rationen nicht mehr erhalten hatten.
General Haremhab hatte sich in seine Luxusvilla am Nilufer vergraben und spielte Schach mit seiner Gattin.

Die Göttin Mut, »die Mutter«, besetzte ein weitläufiges Heiligtum im Westen des großen Amun-Tempels von Karnak. Im Herzen ihres Bezirks symbolisierte ein heiliger Teich die Urmutter, aus der die vielfältigen Formen der Schöpfung geboren wurden. Jenseits der Mauer, die die rituellen Mysterien vor den Augen der Profanen verbarg, erstreckte sich eine Grünzone. Palmen, Gärten und bewirtschaftete Felder bildeten ein sehr dicht bewachsenes Gelände ohne sichtbare Wege. Aus der Ferne hörte man das charakteristische Geräusch von Hämmern auf Metall.

Anchesa vertraute sich ihren Windhunden an, die sie durch das Pflanzendickicht führten. Vorsichtig und mit wachsam gespitzten Ohren bewegten sie sich nur langsam vorwärts. Bald entdeckte die Königin hölzerne Baracken, die ungefähr hundert Kesselschmieden als Werkstätten dienten. Es gab junge und alte, doch sie hatten alle eines miteinander gemein: kräftige Muskeln, grobe Gesichter, schwielige Hände. Die einen stellten kupferne Gefäße her, die anderen reparierten sie oder beulten sie aus. Flammen stiegen aus einer Vielzahl von steinernen Feuerstellen, in denen Holzkohle brannte. Die Männer, die die Gebläse bedienten, indem sie mit Hilfe eines Blasebalgs aus Ziegenhaut die für die Schmiede nötige Hitze erzeugten, hatten die unangenehmste Tätigkeit.

Kaum hatte ein Lehrling die Anwesenheit einer von zwei knurrenden, zähnefletschenden Hunden flankierte Frau entdeckt, wurde die Arbeit eingestellt. Anchesa, gekleidet in ein kurzes, ärmelloses Gewand, trug Ringe an Hand- und Fußgelenken, die ihre adlige Abstammung erkennen ließen. Ihre Schönheit beeindruckte die Handwerker, die derartigen Besuch nicht gewöhnt waren.

Vor ihr Widder und Stier, ging Anchesa auf die Gruppe der Schmiede zu, die ihre Holz- oder Kupferhämmer oder hölzerne Pflöcke gepackt hatten. Sie bildeten eine geschlossene Front, bereit, sich gegen Angreifer zu wehren.

Anchesa blieb wenige Meter vor ihnen stehen.

»Habt Ihr etwa Angst vor einer Frau und zwei Hunden?«

Gemurmel wurde laut. Einige wichen zurück. Andere ließen ihre Werkzeuge sinken. Anchesa befahl ihren beiden Windhunden, sich niederzulegen. Den Blick fest auf ihre Herrin gerichtet, gehorchten sie. Ein Riese löste sich aus der Gruppe und herrschte die Königin an.

»Wer seid Ihr?«

»Das ist unwichtig. Ich will mit Pahor, dem Alten, sprechen.«

»Dem Chef? Der ist in der Werkstatt, dort hinten ...«

Ohne zu zögern, schritt Anchesa durch die Reihe der Schmiede und drang in die Hütte ein, wo ein betagter Mann mit faltiger Haut die metallene Tülle eines Blasebalgs erweiterte. Über ein Feuer gebeugt, warf er einen Seitenblick auf den Eindringling.

»Frauen haben keinen Zutritt«, erklärte er hochmütig. »Die Vorschriften verbieten es.«

»Die betreffen mich nicht.«

»Und warum nicht, meine Hübsche?«

»Weil ich die Große Königliche Gemahlin bin.«

Pahor, der Alte, ließ den Blasebalg los, der mit dumpfem Krach zu Boden fiel.

»Wollt Ihr Euch über mich lustig machen?«

»Hier ist mein Siegel.«

Anchesa zog einen Ring mit einem Skarabäus vom Finger, in dessen Leib ihr Name und ihre Titel geschnitten waren. Pahor, der Alte, konnte lesen und untersuchte sorgfältig den Gegenstand. Sprachlos verneigte er sich vor der Königin.

»Majestät, warum ...«

»Lassen wir das Protokoll beiseite. Ich habe es sehr eilig. Ich wünsche, daß Ihr mir sagt, wo sich Euer Freund und mein oberster Finanzverwalter Maja aufhält.«

Das Gesicht des Schmieds wurde hart.

»Maja ist nicht mehr mein Freund. Ich werde ihn nie wiedersehen. Als wäre Euch das nicht bekannt ...«

Diesmal war es an Anchesa, sich zu wundern.
»Es ist mir tatsächlich nicht bekannt.«
»Macht Euch nicht über mich lustig, Majestät«, murrte der Schmied, nahm seinen Blasebalg wieder auf und machte sich erneut an die Arbeit.
Anchesa packte Pahor, den Alten, am Handgelenk.
»Zweifelt nicht am Wort der Großen Königlichen Gemahlin. Ich will die Wahrheit.«
Die Autorität dieser zwanzigjährigen Königin faszinierte den alten Handwerksmeister. Er hatte noch nie mit den hochgestellten Persönlichkeiten des Hofes zu tun gehabt, er haßte ihr hochtrabendes Gehabe und ihre Vorliebe für komplizierte Moden. Die Königin gehörte einer anderen Rasse an. Der der wahren Herren, die keine Künstlichkeiten nötig hatten, um sich durchzusetzen.
»Maja hat seine Herkunft vergessen«, gestand Pahor, der Alte, mit gesenktem Kopf. »Er hat die Bruderschaft verleugnet, in der wir erzogen worden sind. Er zieht die Gesellschaft der Adligen der der kleinen Leute vor.«
Diese Enthüllung überraschte Anchesa, die den Baumeister besser zu kennen glaubte. Aber er wäre nicht der erste, der dem Zauber eines ungeheuren sozialen Aufstiegs erlag. War nicht auch Nachtmin genau wie Maja unfähig gewesen, sich selber treu zu bleiben?
»Aber warum ist er verschwunden?« beharrte Anchesa.
»Ich weiß nicht, wo er sich aufhält, Majestät. Ich schwöre es bei Pharaos Leben.«

Anchesa arbeitete mehrere Stunden mit dem »göttlichen Vater« Eje, den der Tod seiner Frau sehr mitgenommen hatte. Seine Intelligenz hatte sich verlangsamt. Er schien immer weniger Anteil an den Belangen des Reiches zu nehmen. Doch die

Königin war noch immer auf seine Erfahrung angewiesen, um sich nicht in dem Gewirr der Ministerien zu verlieren.
Er half ihr beim Aufsetzen eines Dekrets, das die für die thebanischen Scheunen Verantwortlichen aufforderte, sie zu leeren und die Vorräte in vorgeschriebener Tagesmenge unter die Bevölkerung zu verteilen. Es war eine gefährliche Entscheidung. Falls die nächste Überschwemmung zu klein oder zu groß ausfiele und eine schlechte Ernte zur Folge hätte, wären keine Reserven da. Anchesa geriet nicht ins Wanken.
Grausam war die Enttäuschung, als ihr Eje zwei Tage später die schlechte Nachricht brachte: Ungeziefer hatte den Inhalt der Kornspeicher befallen. Die Produktion der Gärten würde sich bald als unzureichend erweisen, um die Stadtbevölkerung zu ernähren.
Die Preise für Gemüse, Früchte und Fleisch waren so hoch gestiegen, daß die Erzeugnisse für die meisten Ägypter unerschwinglich geworden waren. Beschlagnahmungen anzuordnen wäre schlimmer als das Übel selbst. Die Korporationen wachten eifersüchtig über ihre Privilegien.
Abgesandte von Pharao reisten eilig in die wichtigsten ägyptischen Städte und überbrachten den Befehl, unverzüglich die Scheunen und Speicher des Staates zu leeren und Lebensmittel überall dorthin zu schaffen, wo die Bevölkerung Mangel litt. Die Beamten waren außerstande, dem Befehl Folge zu leisten: Die meisten Lastschiffe waren von der Armee für eine bevorstehende Expedition nach Norden stillgelegt worden. Ein riesiger Verkehrsstau hatte sich im Handelshafen von Memphis gebildet und zu mehreren Unfällen geführt.
Eine langwierige behördliche Ermittlung wäre nötig, um die Verantwortlichen für die Katastrophe ausfindig zu machen, angenommen, sie würde überhaupt Ergebnisse bringen. Anchesa und Tutanchamun erkannten immer mehr, daß ihre Anord-

nungen nicht befolgt wurden und in einem Getriebe steckenblieben, das sich ihrer Kontrolle entzog.
Die Stände der Händler waren fast leer. Jeden Morgen bildeten sich Warteschlangen an den Eingängen der Märkte. Sorgenvolle Gespräche hatten das fröhliche Geplauder ersetzt. Die Polizei schaltete sich ein, damit die allzu knappen Nahrungsmittel gerecht verteilt wurden. Klagen und Proteste wurden immer heftiger.
Die Ordnungskräfte fürchteten einen Aufstand. Gespenster der Vergangenheit tauchten wieder auf. Unglückspropheten erinnerten an die schlimmen Zeiten, als die armen Leute, Opfer der Hungersnot, die Wohnsitze der Reichen geplündert hatten, als die vornehmen Damen in Lumpen durch die Straßen geirrt waren, als Räuberbanden die Pharaonengräber verwüstet hatten.
»Wir müssen Haremhab um Hilfe bitten«, flehte Tutanchamun verzweifelt.
»Das wäre das Ende deiner Regentschaft«, widersprach Anchesa. »Laß uns noch weiterkämpfen. Die Blockade auf dem Fluß wird nicht mehr lange andauern. Und ich habe eine Idee, wie man die Bevölkerung von Theben beruhigen kann.«

Als die Sänfte der Großen Königlichen Gemahlin im Herzen des wichtigsten Marktes von Theben auftauchte, wurde es auf der Stelle still. Das Volk erkannte sie an ihrer hohen Krone, ihrem goldenen Halsschmuck und dem weißen Staatsgewand. An den Füßen trug sie vergoldete Sandalen. Anchesa trat auf eine Gruppe von alten Frauen mit leeren Körben zu.
»Die Wahrheit spricht mit meiner Stimme«, erklärte sie bestimmt. »Nahrung ist nicht knapp. Die Verwaltung der Schifffahrt hat ein paar Transportprobleme. Es herrscht keine Hungersnot. Pharao läßt nicht zu, daß das Unglück unser Land

besudelt. Habt Geduld. Mögen eure Herzen groß und eure Seelen friedlich sein.«

Anchesa stieg in die Sänfte. Als die Hausfrauen, außer sich vor Stolz, mit der Großen Königlichen Gemahlin gesprochen zu haben, anfingen, ihre Erklärungen um sich herum zu verbreiten, legte eine Myriade von Dienern Stoffe und Kleider auf den Boden.

Zunächst wagte niemand, sich zu nähern. Dann nahm eine der alten Frauen ein zusammengefaltetes Laken auf, drückte es an sich und ging davon, ohne von den Wächtern des Palastes behelligt zu werden.

Daraufhin brach der Sturm los. In wenigen Augenblicken wurden die prachtvollen, von den Webern und den Spinnerinnen der Schule von Sais hergestellten Geschenke der Königin das Eigentum der kleinen Leute von Theben.

»Die Amunpriester sind wütend«, sagte der »göttliche Vater« Eje zu Anchesa. »Sie beschuldigen Euch, die heiligen, für die Tempel bestimmten Stoffe vergeudet zu haben.«

»Das ist mir gleichgültig. Hat sich mein Verdacht bestätigt?«

Die Königin arbeitete seit gut zehn Stunden mit dem »göttlichen Vater« Eje. Obgleich der Greis am Ende seiner Kräfte war, bestand er darauf, der Großen Königlichen Gemahlin bei ihren Nachforschungen zu helfen. Seine Erfahrung mit den kompliziertesten Problemen erwies sich als äußerst wertvoll.

»Ja, Majestät. Maja war es, der sein Siegel auf die Dokumente gesetzt hat, die unsere Flotte durcheinandergebracht haben. Das bedeutet …«

»Daß er ein Verbündeter Haremhabs ist und Tutanchamun verraten hat.«

»Ich hätte wachsamer sein müssen«, gab der »göttliche Vater« zu. »Aber der Tod meiner Frau …«

Anchesa betrachtete den Greis mitleidig. Er wünschte sich von einer Bürde zu befreien, die auf seinem Gewissen lastete. Sie ermutigte ihn mit einem Lächeln.
»In meinem Amt«, erklärte er verlegen, »ist es nützlich, die Lebensweise der höchstgestellten Persönlichkeiten des Staates zu kennen. Aus diesem Grunde bin ich gezwungen, ihre Villen überwachen zu lassen. Ein für Maja niederschmetterndes Ereignis ist in den Berichten verzeichnet worden, die ich bis heute zu lesen unterlassen hatte ... Der Schatzmeister hat General Haremhab dreimal ohne Begleitung einen nächtlichen Besuch abgestattet.«
Maja ein abscheulicher Heuchler! Anchesa war erschüttert. Sie hätte ihn eines solchen Verrats nie für fähig gehalten. Wie sollte sie dem König beibringen, daß sein bester Freund an seiner Zerstörung mitarbeitete? Wie ihm sagen, daß sich Maja nach begangenem Verrat versteckte und abwartete, bis Haremhab die Macht ergriffen hätte?

Im Palast herrschte größte Verwirrung. Mundschenken, Verwalter und Ärzte rannten hin und her. Tutanchamun hatte einen Schwächeanfall erlitten. Auch die Minister waren zugegen. Anchesa stieß sie beiseite, um in Tutanchamuns Schlafgemach zu gelangen.
Er hatte die Augen geschlossen und war im Delirium. Ein Diener hielt ihm ein mit duftenden Essenzen parfümiertes Tuch auf die Stirn. Der Oberarzt bereitete einen Trank zu.
»Wie ist das passiert?« fragte Anchesa.
»Der König hat einen heftigen Wutanfall wegen einer schlechten Nachricht erlitten. Er ist ohnmächtig geworden. Ich habe das Mittel, um ihn zu behandeln, doch zunächst muß er sich ausruhen.«
»Was war das für eine Nachricht?«

»Der Tod des Vizekönigs von Nubien, Huja. Er ist in einen Hinterhalt geraten, als er eine Goldmine besichtigte, wo Unruhen ausgebrochen waren. Sein Leichnam wird bald eintreffen. Er wird in Assuan mumifiziert.«

Die königlichen Gemächer waren verlassen. Anchesa hatte das Palastpersonal fortgeschickt. Tutanchamun schlief. Sie wollte allein sein.

Erschöpft und seit zwei Nächten nicht imstande einzuschlafen, hatte die Große Königliche Gemahlin nicht einmal mehr Lust, sich zu ernähren. Um sie herum brach die Welt zusammen. Ägypten, ihr Ägypten, war General Haremhab in die Hände gefallen. Sie war unfähig gewesen, sein Handeln vorherzusehen und die Machtposition ihres Mannes durchzusetzen. Noch weiter zu kämpfen wäre ein Wahnsinn. Die Leiden der Bevölkerung würden unerträglich.

Sie mußte also Haremhab vorladen und ihm seine offizielle Ernennung zum Regenten des Königreiches mitteilen. Der Brief würde ihm bei Sonnenaufgang überreicht werden. In diesem Moment wäre Tutanchamuns Regierungszeit zu Ende, auch wenn er noch für eine gewisse Zeit der rechtmäßige Pharao blieb. Er würde gezwungen sein, den General dem Thron anzugliedern und ihm die Entscheidungsgewalt zu überlassen. Und sobald Haremhab es für angebracht hielt, würde er sich mit der Unterstützung der Amunpriester krönen lassen.

Anchesa weinte vor Wut. Sie hatte versagt. Das Schmerzhafteste war, Tutanchamuns Sturz damit einzuleiten. Er hätte es verdient gehabt, glücklich zu sein, eine friedvolle Regentschaft zu erleben, einen Nachfolger für seinen Thron zu haben. Doch die Götter hatten ein anderes Schicksal für ihn gewählt.

Das Schicksal ... Hatte sie nicht als Inkarnation von Isis, der großen Magierin, die Macht, es zu verändern? Zu spät. Sie hatte

Haremhab unterschätzt. Ihr Amt als Königin hatte sie in einem Maße berauscht, daß sie ihren Scharfblick verloren hatte. Sie hatte in falscher Seelenruhe gelebt. Um sie herum war kein fähiger Ratgeber gewesen, der sie gewarnt hätte, der ihr eine Strategie vorgeschlagen hätte, die Machenschaften des Generals zu durchkreuzen.

Es war ihrer nicht würdig, die Verantwortung auf andere abzuwälzen. Die Königin von Ägypten hatte nicht das Recht, schwach zu sein. Diese letzte Nacht der Herrschaft hätte sie gerne mit Tutanchamun geteilt. Doch die Seele des Königs wandelte in den Untergründen des Schlafes. Allein ... Allein würde sie sich der Prüfung stellen, die ihren Traum zerbrach. Sie hätte Haremhab hassen, tausend Flüche gegen ihn ausstoßen müssen. Doch es war ein anderes Gefühl, das ihr schlimmster Feind in ihr auslöste, ein Gefühl, das sie zu dieser Stunde, wo die Strahlen der untergehenden Sonne das Ende ihres Abenteuers ankündigten, nicht mehr beim Namen zu nennen wagte.

Sie besaß noch so viel Kraft und einen so tiefen Glauben an Aton! Warum sich diesem intelligenten, ehrgeizigen General beugen, warum auf die königliche Natur verzichten, die das Zentrum ihres Seins bildete und ihrem Leben den Sinn gab? Sie hätte gerne die Sterne angerufen, die nährende Erde angefleht, den Wind um Hilfe gebeten. Wer anderes als der Kosmos konnte ihr noch helfen?

Diese letzte Nacht ihrer Regentschaft würde sie nicht in einem leeren, schon feindseligen Palast verbringen. Seit ihrer frühesten Kindheit hatte Anchesa ihre Sorgen beschwichtigt, indem sie die Augen zum Himmel hob. Es gab nur noch einen einzigen Ort, wo sie das Lebensglück erleben konnte: den in Nacht und Einsamkeit getauchten Berg über Theben.

Der Mond beleuchtete den schmalen Pfad, der zum Gipfel führte. Die Große Königliche Gemahlin ging langsam und genoß jeden Schritt. Bald würde sie sich dem Leuchten des Universums gegenüberfinden, vor den Sternentoren, durch die das göttliche Leben kam, um die irdische Existenz zu erschaffen. Sie würde die Zeit vergessen, die Vergangenheit abschaffen, würde zu der Göttin mit den Lapislazuli-Augen beten, die sich in einem Duft von Ewigkeit über Ägypten breitete und sie mit ihrer Liebe überschüttete.
Auf dem Berggipfel wären Ehrgeiz und Macht verschwunden. Allein mit sich selbst und bedroht von der finsteren Leere ihrer Zukunft, würde sie da den Mut aufbringen weiterzuleben, Tutanchamuns Sturz mit anzusehen und den neuen Pharao Haremhab zu heiraten?
Anchesa zog ihre Sandalen aus. Die Berührung mit dem Sand löste eine Welle von Lust in ihr aus, das Gefühl einer unzerstörbaren Jugend. Sie lief mühelos die Steigung hinauf. Die milde Nachtluft ließ silbrige Schweißtropfen über ihre goldene Haut perlen. Sie entledigte sich ihres Leinengewandes. Nackt legte sie die letzten Meter zurück, die sie von der kleinen Gebetsstätte auf dem Gipfel des Gebirges trennten, in das die Täler der Königsgräber geschnitten waren.
Zu Eis erstarrt, blieb Anchesa plötzlich am Rande des Abgrunds stehen.
Auf der steinernen Bank saß ein Mann. Maja, der Verräter.

31

Anchesa versuchte nicht, irgendeine Blöße ihres Körpers zu bedecken, so überrascht war sie. Der Mann, der seinen König verraten hatte und tausend Strafen verdient hätte, hatte Theben also gar nicht verlassen!

»Keine Angst«, sagte er. »Ihr solltet Euer Gewand anlegen, Majestät. Hier oben weht ein kalter Wind.«

»Wie könnt Ihr es wagen, das Wort an mich zu richten?«

Sie hätte Angst haben und flüchten müssen, ihm zu entkommen suchen. Aber ihr Zorn riß sie mit. Da die Macht nun verloren war, würde sie ihn seinen Verrat bezahlen lassen. Wie wahnsinnig vor Wut stürzte sie sich auf ihn.

Maja packte ihre Handgelenke und hielt sie fest.

»Ihr irrt Euch, Majestät. Wir gehören der gleichen Bruderschaft an. Ihr solltet wissen, daß die Lüge dort nicht toleriert wird!«

Die Königin versuchte vergeblich, sich zu wehren. Der Griff des Meisters nagelte sie an Ort und Stelle fest.

»Verzeiht mir mein Tun und versprecht, mich anzuhören. Ihr verfügt nicht über ausreichende Informationen, um meine Handlungsweise verstehen zu können.«

»Dann sprecht!« willigte sie ein.

Maja ließ sie los. Sie nahm ihr verstaubtes Gewand auf und streifte es sich hastig über. Ihr war kalt. Er setzte sich wieder hin. Sie blieb aufrecht vor ihm stehen.

»Ich habe von Euren Schritten erfahren«, berichtete Maja.

»Mein Freund Pahor, der Alte, hat euch die Fabel übermittelt, die ich selber überall verbreitet habe. Es gab keinen anderen Weg, um General Haremhab von meinem Abtrünnigwerden zu überzeugen. Jetzt ist er überzeugt, daß ich mich versteckt halte und seine Machtübernahme abwarte. Der König und Ihr ebenfalls. Auf diese Weise habe ich handeln können, ohne fürchten zu müssen, daß Eure Zungen sich zu früh lockern würden.«
»Das soll heißen, daß Ihr uns seit mehreren Monaten absichtlich hinters Licht geführt habt?«
»Nicht Euch, Majestät, sondern Haremhab. Er ist vorsichtig. Eine einfache Treueerklärung hätte ihm nicht genügt, um mir sein Vertrauen zu schenken. Ich mußte ihm Beweise bringen, mußte Dokumente unterzeichnen, die er erstellte, um die Wirtschaft lahmzulegen und dem König die Kehle zuzuschnüren.«
Anchesa blieb mißtrauisch. Es war nicht Majas Art, lange Reden zu führen. Verbargen so viele Worte nicht eine andere Wahrheit? Versuchte er nicht, sie zu täuschen?
»Es fällt Euch schwer, mir zu glauben«, stellte er fest. »In aller Heimlichkeit habe ich die wichtigsten Handwerker des Reiches alarmiert und sie mit dem Bau einer großen Zahl von Schiffen beauftragt. Unsere Handelsflotte ist stillgelegt oder beschlagnahmt. Es gibt nun eine Ersatzflotte, deren Existenz Haremhab und den Amunpriestern unbekannt ist. Erteilt dieser Flotte die Erlaubnis, auf dem Nil zu kreuzen und Waren zu transportieren, dann werden innerhalb von acht Tagen die wichtigsten Städte Ägyptens beliefert worden sein. Eine zweite Blockade kann der General nicht organisieren.«
Die Nacht war klar und ruhig. Bläulich erhob der Berg seine beunruhigenden Massen im Herzen des Schweigens. Die Geister der Finsternis ließen sich im Winde gleiten, stöhnten und verloren sich tief in den in die Flanken des schlafenden Riesen gebohrten Grotten.

»Unser Land ist das Meisterwerk Gottes, Majestät. Selbst während der Abwesenheit der Sonne erstrahlt er. Ich spüre die Gegenwart der Tempel, der ewigen Steine, die zukünftige Generationen auf den Weg der Weisheit führen werden. Pharao, mein Meister, hat dieses von den Göttern geliebte Land geerbt. Niemand wird es ihm rauben. Haremhab wird mich und sämtliche Handwerker des Reiches auf seinem Weg finden.«

Maja sprach mit ruhiger Stimme. Er trug die unerschütterliche Kraft der Gewißheit in sich. Er hatte soeben das Herrscherpaar vor dem Untergang gerettet, doch Anchesa machte sich keine Illusionen. Er blieb der Freund und Diener von Tutanchamun, nicht der ihre.

»Ich wußte, daß Ihr herkommen würdet«, gestand Maja. »Ich habe Euch erwartet. Allein der Berg konnte Euch der Verzweiflung entreißen.«

»Warum habt Ihr mir nicht getraut?«

»Weil Ihr von der gleichen Natur seid wie General Haremhab, Majestät. Das gleiche Feuer lodert in jedem von Euch. Ägypten ist es, das ich vor dem Unglück bewahren wollte, nicht Euch.«

»Ihr kennt mich schlecht, Maja. Niemals würde ich mein Volk dem Kampf um die Macht opfern.«

»Das hat auch Haremhab mir versichert. Dennoch hat er nicht gezögert, das Gespenst einer Hungersnot zu wecken, um sein Ziel zu erreichen. Euer Kampf gegen ihn ist weder Tutanchamuns noch meiner. Ich habe meinem König geholfen, seinen Thron zu behalten. An Euch ist es, ihn noch weiter zu festigen. Wenn Ihr es tut, bin ich auf Eurer Seite. Doch wenn Ihr von diesem Wege abweicht, meine Schwester Anchesa, werde ich zu dem erbittertsten Eurer Feinde werden.«

Die Königin und der Handwerksmeister verbrachten den Rest der Nacht in Schweigen und genossen die großartige Landschaft, die sich ihnen darbot. Als der Osten sich rötete, stand

Maja auf. Anchesa folgte ihm. Sie stiegen hinunter bis zu dem bescheidenen Häuschen des Handwerksmeisters, das von einem Lehrling bewacht wurde, der auf einer Matte auf der Schwelle schlief.

»Geh uns Teig und Milch holen«, trug Maja ihm auf.

Der Junge, überglücklich, dem Mann zu dienen, den alle Handwerker verehrten, rannte davon.

Maja bot der Königin einen Hocker an. Sie fühlte die Last der Müdigkeit nach dieser schlaflosen Nacht. Die Morgenstunden waren frisch. Der Handwerksmeister entfachte das Feuer im Herd.

Er klappte eine Bahn des Tuches hoch, das als Dach diente, so daß der Rauch entweichen konnte. In einer Ecke des Raumes war der Backofen bereit zur Benutzung. Maja buk den Teig, den der Lehrling gebracht hatte. Die Mahlzeit war bald serviert.

»Ich habe dieses Haus seit meinem ... meinem Verschwinden nicht verlassen«, berichtete der Handwerksmeister der Königin, die ein rundes Brot mit goldener Kruste aß. »Meine Anordnungen sind von hier ausgegangen.«

Anchesa entdeckte die untergründige Wirklichkeit eines Landes, das sie zu regieren geglaubt hatte. Der Palast war eine künstliche, mit sich selbst beschäftigte Welt, die sich der Kräfte nicht bewußt war, die daran arbeiteten, ihr Schicksal zu formen. Sie hatte die Ereignisse interpretiert und sich in der Qualität der Menschen geirrt.

Anchesa biß sich – wütend über sich selbst – auf die Lippen. Majas Sieg war nicht der ihre. Die Niederlage von General Haremhab machte sie nicht größer. Der Handwerksmeister bewies ihr ihre Unfähigkeit zu regieren.

Ihr gegenüber befand sich in einer Nische eine Statuette des Gottes Ptah, des Patrons der Baumeister. Er sollte die Behausung vor schädlichen Insekten schützen und erinnerte außer-

dem daran, daß jede alltägliche Handlung einen geheiligten Wert besaß.
»Wann werden Eure Schiffe in Theben anlegen?« fragte sie. »In drei Tagen findet der große Markt statt. Wenn er wieder leer ist, muß man das Schlimmste befürchten.«
»Die Dekrete bezüglich des Verkehrs und der Ladung sind bereit. Es fehlt nur noch das königliche Siegel. Sobald es aufgedrückt worden ist, werden die Kuriere aufbrechen.«
»Und wenn sie zu spät kommen?«
Maja schob ein weiteres Brot in den Backofen.
»Ich habe nach der Regel unserer Bruderschaft gehandelt. Euer Schicksal wie das meine liegen in den Händen der Götter.«
»Wann werdet Ihr Euch wieder an Euren Verwaltungsposten begeben?«
»Sobald Eure Majestät es beschließt. Ich bin Euer Diener.«

Die Dekrete wurden am selben Morgen unterzeichnet. Die Kuriere brachen augenblicklich zu den großen Verwaltungszentren des Landes auf. Die von Majas Schreinern gebauten Schiffe verließen, so schnell sie konnten, die Werften, um mit Nahrungsmitteln beladen zu werden. Theben war vordringlich zu beliefern. Dann wäre Haremhab gezwungen, die Blockade aufzuheben und die beschlagnahmten Handelsschiffe freizugeben. Der Wohlstand würde in seinem ganzen Glanze wiederkehren. Der General würde eine gewaltige Niederlage erleiden, Tutanchamun den Würdenträgern wie ein wahrer Monarch erscheinen, dessen Autorität nicht mehr bestritten werden könnte.
Dies war der perfekte Plan, den Anchesa sich ausmalte. Doch es gab noch so viel Unvorhersehbares ... Würde die Zahl der neuen Schiffe ausreichen? Würden die Docker den Anordnungen Folge leisten, ohne zu murren? Waren die Verwalter der

königlichen Kornspeicher vielleicht alle in Haremhabs Lager übergewechselt? Würden die ersten Waren pünktlich zum großen Markt nach Theben gelangen?
Maja hatte keinerlei Versprechungen gemacht. Er hatte auf seine Weise gehandelt und zog sich aus dem unerbittlichen Zweikampf zwischen Haremhab und Anchesa zurück. Die Große Königliche Gemahlin wäre in den Augen des Handwerksmeisters, für den nur das Wohlergehen seines Freundes Tutanchamun zählte, allein verantwortlich, falls die Dinge schlecht ausgehen sollten.
Anchesa hatte Lust, laut zu schreien, ihre Verzweiflung herauszubrüllen. Sie vergaßen allesamt, daß sie erst zwanzig Jahre alt war. Das Gesicht ihres Vaters, wie er aufrecht in die göttliche Sonne schaute, deren Strahlen er in seinem Herzen aufnahm, flammte in ihrer Erinnerung auf. Sie fühlte seine Gegenwart an ihrer Seite, unempfindlich gegen jegliche Kritik. Diese Vision beruhigte sie. Sie mußte sein Werk fortsetzen, mußte die Wirren nutzen, um Aton erneut als den höchsten heiligen Wert des Landes durchzusetzen.
Und wenn Majas Schiffe doch zu spät anlegten?

Morgens um sechs Uhr wurde General Haremhab von dem Verwalter seiner thebanischen Villa geweckt, der ihm eine Botschaft mit dem königlichen Siegel überreichte. Augenblicklich war der Schlaf aus seinen Augen gewichen. Er vergaß, die Sonne und die Hausgötter zu grüßen, sprang auf und las begierig die Vorladung. Er las sie mehrmals und wurde immer glücklicher. Der Augenblick seines absoluten Triumphes näherte sich.
Der General ließ Friseur, Maniküren und Masseur kommen. Letzterer entspannte ihm die Muskeln und verschaffte seinem Körper Wohlgefühl. Haremhab verzehrte Früchte und warmes Brot und trank frische Honigmilch. Dann nahm er ein Bad und

kleidete sich prachtvoll, um im Glanze seines Reichtums und seiner Kraft aufzutreten.
Ein selbstsicherer Mann von raffinierter Eleganz betrat kurz nach zehn Uhr den Palast. Er hatte sich nicht übermäßig beeilt und hatte jede Einzelheit seines Einsatzes sorgfältig ausgearbeitet. Er warf einen herablassenden Blick auf den Protokollchef, der ihn zum Thronsaal führte, als wäre er schon sein neuer Herr. Doch zu seiner großen Überraschung bog der Beamte nach rechts.
»Wohin gehen wir?« fragte Haremhab.
»In das Arbeitszimmer der Großen Königlichen Gemahlin.«
Der verdutzte General ließ sich in ein großes, sehr helles Zimmer voller Papyrusrollen und Amtssiegel führen. Anchesa saß im Sitz der Schreiber auf einer Matte und schrieb mit sicherer Hand mit einer Rohrfeder einen Verwaltungstext aus senkrechten Spalten.
Die Tür schloß sich hinter Haremhab. Die Königin setzte ihre Arbeit fort, als wäre sie allein. In ihrer schlichten Kleidung ließ sie die komplizierte, bombastische Aufmachung des Generals lächerlich wirken. Letzterer wartete geduldig lächelnd ein paar Minuten. Dann gewann sein Ärger die Oberhand. Die Höflichkeit verlangte, daß er schwieg, was er unter größten Schwierigkeiten befolgte. Als er es nicht mehr aushielt, wagte er eine große Unhöflichkeit, indem er als erster das Wort ergriff.
»Ihr habt mich vorgeladen, Majestät, und ich bin gekommen. Warum dieses Schweigen?«
Die Königin hob den Kopf nicht.
»Ihr habt ein für unser Land gefährliches Spiel getrieben, General.«
Haremhab warf sich in die Brust.
»Ich verbitte mir eine solche Beschuldigung. Ich habe ...«
»Ihr habt keine Spuren hinterlassen, ich weiß. Eure Geschick-

lichkeit ist außergewöhnlich. Ich werde dennoch Beweise für Eure schändliche Handlungsweise finden.«
Der General wurde unsicher. Doch er sagte sich schnell, daß Anchesa auf verlorenem Posten kämpfte. Sie wollte ihn ein letztes Mal demütigen, ehe sie ihm die Macht überließ.
»Warum werde ich nicht von Pharao im Thronsaal empfangen?«
»Der König ruht sich aus. Was ich Euch zu sagen habe, braucht keinen so prachtvollen Rahmen. Erscheint Euch mein Arbeitszimmer unter Eurer Würde?«
»Natürlich nicht«, protestierte Haremhab voller Unbehagen. »Ich nehme an, Ihr kennt den Ernst unserer Wirtschaftslage.«
»Ich glaube auch den dafür Verantwortlichen zu kennen.«
Der Tonfall der Königin war schneidend scharf. Haremhab brauste empört auf.
»Hören wir auf, Katz und Maus zu spielen, Majestät! Ihr seid gezwungen, mir die Regentschaft zu überlassen. Ich allein kann dem Land den Wohlstand wiederbringen und Aufruhr verhindern. Diesen Augenblick hinauszuzögern wäre ein Verbrechen. Tutanchamun und Ihr werdet weiter regieren ... zumindest offiziell und für eine Weile. Dann wird der König mich allein handeln lassen. Ihr als Große Königliche Gemahlin werdet mich zu Eurem legitimen Nachfolger ernennen. Ihr habt keine andere Wahl mehr.«
»Ihr habt recht. Ich werde Sanktionen gegen die verräterischen Beamten erlassen, die dem König schlecht gedient haben. Ihr werdet niemals Regent des Reiches werden, General. Ihr werdet Pharaos Zorn erleiden.«
Mit unerschütterlicher Ruhe fuhr Anchesa mit dem Schreiben fort.
»Diese Herausforderung ist sinnlos«, wetterte der General. »Unser Krieg ist vorbei. Ihr müßt Eure Niederlage hinnehmen. Heute sind wir Gegner, doch morgen ...«

»Ihr werdet niemals der Regent des Königreiches werden«, wiederholte die Königin eisig. »Tutanchamun ist der einzig legitime Inhaber der Macht. Ich liebe ihn, und ich werde immer an seiner Seite sein. Kehrt in Euren Palast zurück, General, und wartet auf Pharaos Befehle. Ergreift keinerlei Initiative. Ich lasse Nachforschungen über Euer Tun anstellen.«

Fassungslos näherte sich Haremhab der jungen Frau, die er mit seiner Körpergröße weit überragte.

»Ihr verliert den Kopf, Majestät! Was erhofft Ihr denn noch? Jedermann weiß, daß ich der eigentliche Herrscher über dieses Land bin.«

»Das wart Ihr zweifellos, General. Zahlreiche Beamte werden in den nächsten Tagen versetzt und neue Minister ernannt werden.«

Haremhab wurde bleich. Anchesa hatte den richtigen Weg gewählt. Bevor sie den General direkt angriff, beraubte sie ihn seiner wichtigsten Verbündeten und verminderte somit Schritt um Schritt seinen Einfluß.

»Die Zeit ist gegen Euch, Majestät.«

»Gott möge mich schützen«, erklärte die Königin und hob endlich den Blick zu ihrem Gesprächspartner. »Ich werde siegen.«

Zwei Tage vergingen. Tutanchamun, mit Dampfbädern und Pflanzenessenzen behandelt, wurde wieder gesund. Maja versteckte sich nach wie vor im Handwerkerdorf. Haremhab hatte sich in seiner diskret von Polizisten überwachten Villa verkrochen.

Anchesa, unterstützt vom »göttlichen Vater« Eje, arbeitete wie besessen. Die von Haremhab in Gang gesetzte Verwaltung zu verändern erwies sich als schwierig, beinahe unmöglich. Einfach nur ein paar Spielsteine zu versetzen reichte nicht aus. Es galt, ein Gewirk aus subtilen Beziehungen zwischen Würdenträgern zu verändern und diejenigen zu identifizieren, die tatsächlich Macht ausübten. Der »göttliche Vater« stellte der Königin seine unersetzliche Erfahrung zur Verfügung.

Eje war überzeugt, daß sie scheitern würde. Sie nahm es mit einem Ungeheuer mit unzählbaren Fangarmen auf, versuchte, in ein Gebäude mit tausend Gängen einzudringen, von dem einzig Haremhab den Plan besaß. Vielleicht würde es ihr gelingen, sein Vertrauen zu erschüttern, ein paar Bereiche der Wirtschaft in die Hand zu nehmen, aber im ganzen erschien ihm ihr Unterfangen hoffnungslos. Dennoch würde er ihr bis zum Schluß beistehen. Seit dem Tod seiner Frau hatte der »göttliche Vater« keinerlei Ehrgeiz mehr. Die Welt der Lebenden interessierte ihn nicht mehr. Schritt für Schritt näherte er sich dem Reich des Westens, wo sein Geist einen abgenutzten Körper zurücklassen würde, um die endlose Reise in die himmlischen Gefilde anzutreten.

Eje liebte diese junge, so zarte und so starke Königin. Sie gehörte in die Reihe jener Eroberer, die sich selbst aufgeben, um ihre Leidenschaft bis ans Ende zu verfolgen. Ihr als Vater und als Ratgeber zu dienen gefiel dem Greis, selbst wenn der Kampf gegen Haremhab von Anfang an als verloren anzusehen war.

»Morgen beginnt der große Markt von Theben ...«, erinnerte er sie. »Habt Ihr Nachrichten von Euren Transportschiffen?«

»Gar keine«, antwortete Anchesa düster. »Sie werden rechtzeitig eintreffen.«

»Möge Amun Euch hören, Majestät.«

Für das Abendessen gesellte sich Tutanchamun zu seiner Frau und zu dem »göttlichen Vater«. Sie sprachen wenig und beschränkten sich darauf, die Qualität der von Pharaos Koch bereiteten Fleisch- und Fischgerichte zu loben. Anchesa richtete sich darauf ein, eine dritte Nacht ohne Schlaf zu verbringen, als

ihre nubische Dienerin sie informierte, daß ein Besucher, der seinen Namen nicht nennen wolle, eine sofortige Audienz erbitte.
»Beschreib ihn mir«, verlangte die Königin.
»Ein Priester ist es. Er hat den Kopf kahl rasiert, und er ist alt.«
Gegen den Rat des »göttlichen Vaters« empfing Anchesa den Geistlichen in ihrem Arbeitszimmer. Nachdem sich der Bote vor der Großen Königlichen Gemahlin verneigt hatte, flehte er sie an, sich unverzüglich in den Tempel von Karnak zu begeben. Der oberste Amunpriester, Hoherpriester des Gottes, wünschte ihre Anwesenheit wegen einer Angelegenheit von höchster Wichtigkeit. Er hoffte, die Königin könne seiner Einladung unverzüglich Folge leisten.
Neugierig nahm Anchesa an. Gewiß, der Hohepriester war Haremhabs treuester Verbündeter. Doch was riskierte sie im Inneren des Tempels? Niemals hatte man dort nach dem Leben eines Menschen getrachtet. War ihr auf dem Weg vom Palast in den Tempel ein Hinterhalt gelegt worden? Sie verlangte eine zahlenstarke, gut bewaffnete Eskorte.
Die Sonne war untergegangen, als die Große Königliche Gemahlin die Wohnung des höchsten geistlichen Würdenträgers von Ägypten betrat, die nahe bei dem See lag, dessen Wasser vom Nordwind gekräuselt wurde.

Der Greis mit dem ernsten, abgehärmten Gesicht lag auf seinem Lager, die Arme seitlich neben dem Körper, die Augen halb geschlossen. Eine Fackel beleuchtete schwach den kleinen Raum, in dem er ruhte.
Anchesa wußte auf der Stelle, daß der Tod um ihn herumstrich.
»Kommt näher, Majestät«, forderte er mit tiefer Stimme. »Nehmt einen Stuhl und kommt ganz nah. Ihr habt nichts mehr zu befürchten. Morgen werde ich nicht mehr existieren. Bevor

ich auf den Nachen des Fährmanns steige, wollte ich Euch ein letztes Mal sehen … Euch sagen, daß ich mich zweifellos geirrt habe.«
Anchesa kniete sich an das Lager des Sterbenden.
»Aton und Amun … Der Krieg der Götter … Warum dieser Wahnsinn? Kennt Ihr die Hymne, Majestät, die ich jeden Morgen zu Ehren meines Gottes anstimme? … ›Du bist es, der alles geschaffen hat, der Einzige, der schafft und ist. Aus deinen Augen sind die Menschen entsprungen, aus deinem Munde die Gottheiten. Du schaffst das Heu, das das Vieh ernährt, die Obstbäume für die Menschen, du läßt die Fische im Wasser und die Vögel im Himmel leben, du bist einzig mit zahlreichen Händen …‹«
Anchesa unterdrückte ihre Tränen. War das nicht die getreue Wiedergabe der Hymne an Aton, die ihr Vater entworfen hatte? Somit hatte seine Botschaft Zuflucht in dem Heiligtum jenes Gottes gefunden, den er bekämpft und der ihn besiegt hatte. Amun erstickte Aton, indem er ihn seiner Substanz beraubte.
»Ich habe mich geirrt«, wiederholte der Hohepriester. »Ich habe versucht, Euch zu zerstören, weil ich Euch für eine machtgierige Intrigantin gehalten habe. Ihr habt standgehalten. Ihr seid eine Königin.«
Die tiefe Stimme wurde schwächer.
»Es ist zu spät … Viel zu spät, für Euch wie für mich. Ich bereue mein Tun, doch niemand kann mehr die Folgen verhindern. Ihr werdet versuchen zu regieren … Wenn es Euch gelingt, schafft dauerhafte Tempel durch die Liebe, die man für Euch hegt, macht Städter und Bauern glücklich, denkt an nichts anderes als an das Wohlergehen des Volkes. Sichert die Grenzen. Seid unparteiisch, verleiht weder unverdiente Privilegien noch ungerechte Strafen. Tröstet die, die leiden, stärkt Euer Land mit Sanftheit und Kraft.«

Anchesa lauschte voller Verehrung den Worten des Sterbenden.
»Warum ist es zu spät?« fragte sie.
Der Hohepriester schaute sie verzweifelt an.
»Ich habe gegen Pharao gehandelt ... Ich hielt ihn für unfähig, die Beiden Länder zu regieren ... Aber Ihr seid an seiner Seite, Ihr ...«
Seine Augen wurden starr. Sein Kopf neigte sich sanft zur linken Schulter. General Haremhab hatte seinen wichtigsten Verbündeten verloren.

Sobald die ersten Sonnenstrahlen die Erde wärmten und den Dunst über dem Nil auflösten, bauten die Händler ihre Stände auf und breiteten große Tücher auf den Boden, auf denen ihre Waren ausgelegt werden würden. Lachen und Singen fehlte der Arbeit, die eher nervös als begeistert ausgeführt wurde. Der große Markt lief Gefahr, fast leer zu bleiben. Diesmal würde sich die Bevölkerung nicht mehr gedulden. Sie würde zunächst die Händler und dann die Polizei angreifen. Falls die Armee gezwungen wäre, einzuschreiten, würde es ein Blutbad geben.
Im Tempel von Karnak hatten soeben die Priester aus dem Munde des Zweiten Propheten vom Tod ihres Obersten erfahren. Tutanchamun schlief im Palast.
Anchesa war auf die obere Terrasse gestiegen, von der aus sie die Stadt überblicken konnte. Der große Tempel des Amun-Re bildete, geschützt von einer Umfassungsmauer, eine riesige heilige Zitadelle im Herzen der Stadt. Rote Fahnen zierten die an den Strebepfeilern befestigten hohen Masten und tanzten im Morgenwind. Theben, das sonst lebendig und laut zu sein pflegte, war in beunruhigende Stille getaucht.
Die Königin entdeckte ein weißes Segel auf der silbrigen Wasseroberfläche. Ihr Herz schlug schneller.
Es handelte sich nur um eine Fähre, die Bauern zum Westufer

brachte, wo das Gebirge, das aus der Finsternis ragte, weiterhin über Tempel und Schiffe wachte. Dieser Tag würde keinem anderen gleichen. Anchesa weigerte sich, das Blut ihres Volkes fließen zu sehen. Sobald der Zorn auf dem Marktplatz zu grollen beginnen würde, würde sie verkünden lassen, daß General Haremhab von Pharao zum Regenten ernannt worden sei, um den Unruhen und der Knappheit ein Ende zu setzen. Diese Nachricht würde genügen, um die Gemüter zu beruhigen. Tutanchamun und sie hatten dann nichts weiter zu tun, als die Ernennung eines neuen Hohenpriesters abzuwarten und Haremhab die Zügel des Staates zu überlassen.

Anchesa gewöhnte sich an Theben. Niemals würde sie es so lieben wie die Stadt der Sonne, doch es gelang ihr, seine Eigenart zu erfassen, seine Freuden und Leiden anzunehmen und sich im Labyrinth seiner Gäßchen zurechtzufinden. Die Pharaonen hatten Theben gestaltet, Theben gestaltete sie. Wenn es der Königin gelänge, eine neue Sonnenstadt zu gründen, würde sie die alte Hauptstadt nicht vernachlässigen. Sie würde nicht versuchen, Amun und seine Tempel zu zerstören, sondern sie auf ihren Zuständigkeitsbereich zu beschränken.

Eine neue Sonnenstadt ... Der Traum zerbrach an General Haremhabs Willen, seiner List, seinem Ehrgeiz. Wie würde sie weiterleben, wenn sie einmal abgedankt hätte? Würde Tutanchamuns Liebe groß genug sein, sie glücklich zu machen, sie vergessen zu lassen, daß sie einmal Königin von Ägypten gewesen war? Niemals würde sie Haremhab gehören. Niemals würde sie den Mann verlassen, der sie zu seiner Frau und zur Herrscherin über die Beiden Länder gemacht hatte. Nur noch eines lag in ihrer Macht: die Thronfolge eines neuen Monarchen zu legitimieren. Haremhab würde es nicht sein, selbst wenn er sich seines Triumphes sicher war. Sie würde nicht nachgeben. Wie lange würde er diese Situation aushalten, wie viele Weigerungen

würde er ertragen, bevor er die Entscheidung traf, sie umzubringen?
Wie schnell die Minuten verstrichen … Die Sonne stieg in den Himmel. Schon waren die ersten Schaulustigen auf dem Marktplatz erschienen. Anchesa betrachtete Theben voller Leidenschaft, als wäre Ägyptens Hauptstadt noch immer die ihre. Sie warf einen letzten Blick auf den Nil, dessen Wasser eine tiefblaue Farbe angenommen hatten, von denen sich in der Ferne drei weiße Segel abhoben.
Drei quadratische weiße Segel, die langsam vorankamen, so beladen waren die Boote.
Drei Schiffe, denen eine Flotte folgte, eine friedliche Armee, um Theben zu ernähren.
Anchesa legte den Kopf in den Nacken. Ihr Haar streichelte ihr den Rücken. Sie breitete die Arme aus, die Handflächen zum Himmel geöffnet, und dankte der göttlichen Sonne. Tränen mischten sich in ihren Freudengesang.

32

»Ich sterbe vor Durst«, sagte Tutanchamun. »Gib mir noch etwas kühles Bier.«
Der König hielt der Königin seine Trinkschale hin. Anchesa hielt ein Sieb in der rechten Hand und goß die Flüssigkeit hindurch, die gefiltert sanfter für den entzündeten Hals des Königs war. Das Getränk diente auch als Mittel gegen Infektionen.
»Der Tag wird lang und anstrengend. Könnten wir nicht einige der Zeremonien ein bißchen abkürzen?«
»Unmöglich«, antwortete Anchesa und küßte den König zärtlich auf die Stirn. »Die Feste zum Jahreswechsel sind die Gelegenheit für üppige Festlichkeiten, bei denen Pharao der Mittelpunkt ist. Der Augenblick Eures Triumphes ist gekommen, Majestät.«
Die Augen des Königs glänzten vor Erregung.
»Und wenn wir uns jetzt lieben würden, statt uns mit diesem ganzen Protokoll zu belasten?«
Die Königin senkte die Augen mit vorgetäuschter Schamhaftigkeit.
»Das eine verhindert das andere nicht«, sagte sie amüsiert. »Ist es nicht die Liebe, die Eure Herrschaft kennzeichnet?«
Anchesa ließ die Träger ihres Gewandes über ihre Schultern gleiten, das zu Boden fiel. Sie stand vor dem König, bekleidet nur mit ihrem Halsschmuck aus Karneolperlen. Überwältigt von dem Anblick, nahm Tutanchamun seine Frau in die Arme.

»Wie soll ich dir sagen, daß ich dich täglich inniger liebe, Anchesa? Du bist so schön, du ...«
Sie legte Pharao den Zeigefinger auf die Lippen.
»Ein junger Gott muß schweigen, Majestät. Er redet nicht, er handelt.«
Tutanchamun küßte den duftenden Hals der Großen Königlichen Gemahlin und legte sie mit unendlicher Sanftheit auf das Bett aus vergoldetem Holz mit Löwenfüßen.

Mehrere Wochen waren seit dem Ende der Knappheit vergangen. Sobald Maja, der oberste Baumeister der königlichen Baustellen und Oberverwalter des Schatzes, in sein Arbeitszimmer im Ministerium zurückgekehrt war, hatte er sofort damit begonnen, die ihm vom »göttlichen Vater« Eje anvertrauten Akten zu überprüfen. Ihm oblag es, die Liste der hohen Beamten aufzustellen, die wegen schwerer Vergehen vor Gericht gestellt werden mußten. Seine ersten Nachforschungen enthüllten ihm die ungeheuren Ausmaße des von Haremhab gewobenen Einflußbereichs.
Letzterer legte zur Verwunderung des Königspaares heiterste Ruhe an den Tag. Der General gab Empfang auf Empfang, veranstaltete Löwenjagden, reiste demonstrativ auf Schiffen, auf denen gefeiert wurde. Er vergaß nicht, sich in den Palast zu begeben und dem König und der Königin Geschenke zu bringen und ihre Anweisungen entgegenzunehmen, die sich auf gesellschaftliche Aktivitäten beschränkten, womit Haremhab sich zufriedenzugeben schien. Wer es hören wollte, dem erklärte er, daß er endgültig auf den höchsten Machtposten verzichtet habe, um ohne Einschränkungen das Leben eines Höflings in Luxus und Freuden genießen zu können. Seine Gattin Mut trug jeden Tag ein anderes Kleid und verbrachte viele Stunden in Gesellschaft ihrer Friseusen und Kosmetikerinnen. Sie zeigte

sich als die Erste Dame von Theben nach der Königin und als die beste Organisatorin von Empfängen in der Hauptstadt.

Anchesa blieb wachsam, glaubte aber, ihren gefährlichen Gegner in entscheidender Weise geschwächt zu haben, indem sie einen sehr alten, sehr frommen Priester, einen Freund des »göttlichen Vaters« Eje, der persönlicher Ratgeber des Königspaares geworden war und nun im Palast wohnte, zum Hohenpriester von Amun ernannt hatte.

Botschafter Hanis, dessen Berichte über die Lage in Asien eher beruhigend klangen, war nach Theben gekommen, um das neue Jahr zu feiern. Gewiß hatten die Hethiter ihre militärischen Bestrebungen nicht aufgegeben, doch sie legten eine extreme Vorsicht an den Tag und hatten ihre Expansionspolitik eingestellt.

Hanis hatte das Königspaar als besonders unnachgiebig beschrieben und beschlossen, den Glanz Pharaos im Ausland mit der bedingungslosen Unterstützung von General Haremhab, dessen Prestige nach wie vor groß war, erstrahlen zu lassen. Somit warteten die Hethiter erst einmal ab, weil sie zögerten, direkte Zusammenstöße mit der ägyptischen Armee zu provozieren.

Anchesa hatte eine lange, heftige Auseinandersetzung mit Nachtmin, dem von Tutanchamun ernannten Oberbefehlshaber der Armee, gehabt. Sie hatte ihm seine Willensschwäche und seine Verweichlichung vorgeworfen und damit eine leidenschaftliche Reaktion eines jungen Mannes ausgelöst, der seine Pflichten vergessen hatte, um ausschließlich seine Rechte zu genießen. Indem sie ihn an seinen Treueeid gegenüber Pharao erinnerte und an den Respekt, den er seinem Vater Eje schuldig war, dessen Namen er durch sein Verhalten entehrte, hatte sie in ihm den Wunsch wieder geweckt, sich des ihm anvertrauten Amtes würdig zu erweisen.

Die Königin handelte nicht aus Selbstlosigkeit gegenüber einem Mann, den sie verachtete. Sie benutzte ihn gegen Haremhab. Sollte Nachtmin sich ein zweites Mal als unfähig erweisen, würde sie ihn absetzen. Im Augenblick behinderte er das Tun des Generals, selbst wenn dieser nach wie vor starke Unterstützung von verschiedenen Teilen der Armee genoß. Bald würde sie gewisse Kommandos umverteilen, eventuell sogar Haremhabs beste Freunde nach Asien oder Nubien senden können.

Das beginnende Jahr markierte den ersten Höhepunkt der Regentschaft von Tutanchamun. Anchesa würde sich hinter dem König ganz klein machen und den Wert seines Handelns vor der Gesamtheit des Hofes verkünden. Allerdings mußte der junge Pharao in der Lage sein, das Gewicht des Zeremonialgewandes und der doppelten Krone während der Dauer der gesamten Zeremonie, die bis in die Nacht währen würde, zu tragen.

Im Laufe des Vormittags verließen Pharao und die Große Königliche Gemahlin den Palast. Sie folgten einem Zeremonienmeister, der einen langen Stab trug und vor einem Zug von andächtigen Höflingen mit gesenkten Köpfen einherschritt. Gemessenen Schrittes bewegten sie sich auf den Tempel von Karnak zu. Am Eingang des heiligen Bezirks wurden sie von zahlreichen Priestern erwartet. Der Erste Prophet löste sich in gebückter Haltung aus ihren Rängen.

»Das Jahr stirbt, das Jahr wird wiedergeboren. Möge Pharao das Leben seines Volkes beschützen und Krankheit, Haß und Zerstörung von seinen Grenzen fernhalten.«

»Damit dem so sei«, forderte der Zeremonienmeister, »soll Pharao gereinigt werden.«

Tutanchamun wurde in einen engen Raum mit niedriger Decke, das »Haus des Morgens«, geführt. Zwei Priester reinigten ihn, indem sie ihm Wasser auf den Kopf und die Hände gossen. Dann folgte der König einem Korridor, der ihn bis zum Pavillon des Schatzes führte, wo er sich, nachdem er die alchimistischen Formeln gelesen hatte, die die Urmaterie in Gold verwandeln, auf einem Tragesessel neben der Königin niederließ. Eine Prozession brachte sie zur Kapelle des hohen Sitzes, wo der König neun Salbungen erhielt. Dank der heiligen Öle würde die gefährliche Löwin, die Epidemien sandte, ihm kein Übel antun.

Das Königspaar weilte über eine Stunde im Heiligtum des Hauses des Lebens, wo der König den Gottheiten Nahrungsmittel weihte, damit sie das Jahr über wohlgesinnt blieben. Tutanchamun und Anchesa meditierten im Zentrum eines von Mauern aus rohen Ziegelsteinen eingefaßten, mit Steinplatten gepflasterten Hofes. Die Königin entzündete sieben vor dem König aufgestellte Statuetten. Damit vermittelte sie ihm unerschöpfliche Energie. Dann legte sie Pharao ein Amulett um den Hals, auf dem Falke und Biene, die magischen Beschützer seiner Macht, dargestellt waren.

Nachdem der König ein monumentales Portal aus weißem Kalkstein durchschritten hatte, gelangte er zwischen zwei Säulenreihen in einen in Dunkelheit getauchten Saal. Er streckte sich mit sieben Siegeln auf seinem Kopf auf einem Bett aus, um das Reich des Todes zu durchqueren, das das zu Ende gegangene von dem neuen Jahr trennte.

Als er wieder aufstand, köpfte die Königin sieben Sumpfpflanzen, die die Feinde Ägyptens symbolisierten. Kaum war Tutanchamun aufgestanden, geriet er ins Schwanken. Er streckte den Arm nach Anchesa aus, um sich an ihr festzuhalten, doch er brach zusammen, ehe er sie hatte fassen können. Die Königin rief um Hilfe.

Der König erbrach eine Mischung aus Blut und Galle.

Zwei Priester trugen ihn in ein mit Latrinen ausgestattetes Badezimmer. Zwei hölzerne Sitze waren in der entsprechenden Höhe auf Ziegelmäuerchen angebracht worden. Darunter standen tönerne Gefäße zum Auffangen der Exkremente. Man entkleidete den König und stützte ihn, so daß er aufrecht auf einer von unten geheizten Kalkplatte stand. Man wusch ihn, wobei das Wasser gegen die mit Kalksteinplatten getäfelten Wände gespritzt wurde.
Tutanchamun hatte nicht das Bewußtsein verloren, aber er war sehr schwach. Anchesa flehte ihn an, seine letzten Reserven einzusetzen, um die Riten vollständig zu zelebrieren. Es war unerläßlich, daß das Volk seinem König zujubelte.
Eine Schale mit Palmsaft, dem Moringaöl zugesetzt war, gab dem König wieder Kraft. Trotz des unangenehmen Geschmacks zwang Anchesa ihn, alles bis zum allerletzten Tropfen auszutrinken. Auf den Arm seiner Gemahlin gestützt, empfing Tutanchamun die Doppelkrone und ergriff seine Herrschaftsinsignien. Es gelang ihm, bis auf den Tempelvorplatz zu gehen, wo Priester Vögel in alle Himmelsrichtungen fliegen ließen. Falke, Geier, Milan und Nilgans würden in allen Winkeln des Universums die gute Nachricht verkünden: Der König von Ägypten hatte das Übel besiegt.
Eine Lerche kreiste fröhlich im winterlichen Licht und löste befriedigtes Lächeln aus. Keine Voraussage hätte günstiger sein können. In dieser Gestalt stieg Pharaos Seele gen Himmel, um mit den Mächten dort oben in Verbindung zu treten und zur Erde zurückzukehren, um die Menschen zu leiten.
Die Sonne stand im Zenit, als der König aus dem Tempel von Karnak trat und sich seinem Volk zeigte. Tutanchamun saß auf einem Thron, der auf zwei langen Stangen ruhte und von zwei Trägern auf den Schultern transportiert wurde. Aller Blicke waren auf die doppelte Krone gerichtet, die weiße in der roten,

Abbild der Spirale, die Pharaos Gedanken mit der kosmischen Energie verband.

Eine dichtgedrängte Menge wartete darauf, daß der Gott-König sich zeigte. Gewaltiger Jubel brach los, als Tutanchamun den Fuß auf den Boden setzte, seine Embleme hob und Männer, Frauen und Kinder segnete, deren Leben an sein Leben gebunden waren. Ein intensives Gefühl von Gemeinsamkeit vereinte den Herrscher mit seinen Untertanen.

Nun erschienen Überbringer von Opfergaben, die Neujahrsgeschenke auf tragbaren Altären ablegten. Die königlichen Werkstätten hatten Meisterwerke geschaffen: Halsschmuck, Armbänder, goldene Sandalen, luxuriöse Stoffe häuften sich vor den Augen der staunenden Menge. Aufmerksam prüfte der König jeden Gegenstand, beglückwünschte die Oberhäupter der Bruderschaften und dekorierte seinen obersten Baumeister Maja, den Chef aller Handwerker, mit drei Halsketten.

Kein einziger Würdenträger fehlte. Der vollständig versammelte Hof beobachtete mit kritischem Blick die Leistung des jungen Königs, dessen Beliebtheit nicht aufhörte zu wachsen. Auch die Anspruchsvollsten mußten zugeben, daß der junge Mann seine Aufgabe mit Perfektion erfüllte. Er verstand es, sich warmherzig zu geben, und das Volk liebte ihn. Mit dem Älterwerden erlangte er immer deutlichere Autorität. Mit einer Großen Königlichen Gemahlin an seiner Seite, deren Qualitäten als Staatsfrau allen bekannt waren, hatte er eine Verbündete, die sich schon jetzt als außergewöhnliche Königin erwies.

Der »göttliche Vater« Eje, der wegen seines Gesundheitszustandes auf einem Klapphocker sitzen durfte, empfand tiefe Befriedigung. Bis zu diesem Augenblick hatte er gefürchtet, daß der König unfähig wäre, die körperlichen Strapazen eines so langen Tages durchzustehen. Doch mit jeder verstreichenden Minute wuchs Tutanchamuns Kraft.

Mit undurchschaubarer Miene staunte auch Haremhab über die Widerstandskraft des jungen Monarchen. Er war überzeugt, daß Tutanchamun das Gewicht der Doppelkrone, des Zeremonialgewandes und der Herrschaftsinsignien nicht lange aushalten würde. Wie hätte der General es genossen, ihn zusammenbrechen und in den Staub beißen zu sehen! Diese letzte Hoffnung wurde zunichte. Haremhab verlor das Vertrauen zu sich selbst. Es machte ihn wütend, wegen einer Frau, deren politischer Verstand sich als schärfer erwiesen hatte als sein eigener, auf ein großartiges Schicksal verzichten zu müssen. Er hatte einen unverzeihlichen Fehler begangen, indem er Anchesas Fähigkeit, gegen Widrigkeiten zu kämpfen, unterschätzt hatte. Als er sie besiegt geglaubt hatte, hatte sie eine der seltenen Phasen der Passivität genutzt, um eine siegreiche Strategie zu entwickeln.

Die besten Freunde des Generals, hohe Beamte, die ihn immer unterstützt hatten, begannen, sich von ihm zurückzuziehen, aus Angst, aufgrund der vom König angeordneten Nachforschungen zur Rechenschaft gezogen zu werden. An Händen und Füßen gebunden, vergrub sich Haremhab in seinem mondänen Dasein. Niemals würde das Königspaar es wagen, ihn direkt anzugreifen. Sie würden ihn im lässigen Luxus von Theben alt werden lassen und jedes Jahr seinen Handlungsspielraum weiter verkleinern. Wäre dieses langsame Ersticken nicht schlimmer als der Tod?

Anchesa, die sich ein wenig hinter ihrem Gemahl befand, war es nicht gelungen, einen Blick von General Haremhab aufzufangen. Sie bedauerte, nicht in ihm lesen und nicht seine Verzweiflung angesichts der Ereignisse spüren zu können, die ihn in die Finsternis abdrängten. Wie würde der General angesichts seiner unvermeidlichen Niederlage reagieren? Wie würde er versuchen, seinem goldenen Gefängnis zu entkommen? Sein

Sturz war um so schmerzlicher, als er geglaubt hatte, den Gipfel erreicht zu haben.
Anchesa hatte das Gefühl, die fröhliche Menge zu regieren, die dem König zujubelte. Das schönste Geschenk dieses neuen Jahres war die Reife des jungen Monarchen. Er hatte seine körperliche Schwäche besiegt, eine Unpäßlichkeit überwunden, seine letzten Gegner unterworfen.
Anchesa erlebte ein neues Gefühl für ihren Mann: Sie bewunderte ihn. Während sie ihn ungezwungen unter den Höflingen, wohlwollend gegenüber seinem Volk und selbstsicher in seinen Taten sah, wurde der Königin bewußt, daß Tutanchamun seinen Beruf als König gekonnt auszuüben und sogar Freude daran zu finden begann.
An diesem Abend würde sie ihn lieben wie beim ersten Mal, als ihre Körper sich vereinigt hatten.

Als die Sonne im Westen versank, entzündete jede Hausfrau des Landes, von der bescheidensten bis zur reichsten, eine Lampe, die sie sichtbar an den Rand einer Terrasse oder auf eine Türschwelle stellte. Im gleichen Augenblick erhellte sich das ganze Land mit tausend Lichtern, Städte und Dörfer bildeten ein einziges leuchtendes Gewebe. Der Himmel war auf der Erde, glitzerte mit tausend Sternen. Überall wurde getanzt und gesungen. Das Fest würde bis zum Morgen dauern.
Im Palast waren die Tutanchamun nahestehenden Persönlichkeiten vereint: Maja, der Baumeister und oberste Finanzverwalter, der »göttliche Vater« Eje, Botschafter Hanis. Alle drei hatten dem Souverän wärmstens gratuliert. Er war nur zu empfänglich für dieses Lob und tief bewegt von Anchesas liebevollen Blicken gewesen, in denen er die aufkeimende Bewunderung gelesen hatte.
Er genoß diesen Sieg mehr als alle anderen. Seine Gemahlin zu

erobern, sie geistig wie körperlich verliebt zu machen war sein innigster Wunsch. Da ihm dies nur gelang, wenn er sein Amt als Pharao auf vollendetste Weise ausfüllte, fügte er sich nunmehr dieser Notwendigkeit. Ihr zuliebe würde er regieren.
Anchesa hatte sich erschöpft zu des Königs Füßen gesetzt und die Wange an sein Bein gelegt. Die Zeremonie hatte Tutanchamun regeneriert. Jegliche Spur von Ermüdung war aus seinem Gesicht gewichen. Er war zungenfertig und redete voller Begeisterung über seine zahlreichen Projekte, die dazu bestimmt waren, Ägypten glücklicher zu machen. Hanis entdeckte einen König, dessen Überzeugungskraft er niemals geahnt hätte, Maja freute sich, endlich die wahre Natur seines Freundes sich Bahn brechen zu sehen. Der »göttliche Vater« Eje wußte Anchesas magische Ausstrahlung richtig einzuschätzen, mit der sie ihren Mann befähigt hatte, sich von der Last der Jugend zu befreien.
Die Herren Ägyptens hatten ein Abendmahl aus frischen Feigen, gerösteten Lammspießchen und Honigkuchen zu sich genommen. Der Mundschenk hatte ihnen einen wundervoll fruchtigen Rotwein aus den Oasen serviert.
»Ägypten ist reich«, verkündete Maja, »und es wird noch reicher werden dank der Arbeit von kompetenten Geschäftsführern. Wir beginnen neue Baustellen und nehmen zahlreiche Renovierungen vor. König Tutanchamun wird im ganzen Lande Spuren seines Namens hinterlassen.«
»Es ist möglich, dem noch immer von der Amunpriesterschaft gehaltenen Wirtschaftsmonopol ein Ende zu setzen«, fügte der »göttliche Vater« hinzu.
»Pharao sollte die Außenpolitik nicht vernachlässigen«, empfahl Hanis. »Die Hethiter sind nach wie vor eine echte Gefahr. Ich würde eine militärische Einschüchterungskampagne befürworten.«

Entspannt genoß Anchesa diese Worte wie ein grenzenloses Glück. Tutanchamun regierte. Seine höchsten Würdenträger dienten ihm ohne Hintergedanken. Endlich konnte er seine Regentschaft nach dem Bild eines Tempels gestalten. Die Worte aus seinem Munde würden Wirklichkeit werden.

»Ich stimme Euch zu, meine Freunde«, erklärte der König, »doch es bleibt ein großes Hindernis bestehen.«

»Welches, Majestät?« fragte Hanis.

»General Haremhab.«

»Er hat den heimlichen Krieg, den er gegen Euch geführt hat, verloren«, erklärte Maja.

Die nubische Dienerin brachte Trauben. Die Gäste lehnten ab. Doch Tutanchamun war an diesem Tag des Triumphes unersättlich und kostete ein paar Beeren, deren süße Frische seinen Gaumen ergötzte.

»Ich bin anderer Meinung. Das Ansehen des Generals ist nach wie vor unversehrt. Er wird nicht tatenlos bleiben. Morgen wird er ein neues Komplott gegen mich anzetteln. Er wird neue Verbündete finden. Er wird unsere kleinste Schwäche ausnutzen. Haremhab wird eine ständige Gefahr sein.«

Die Treffsicherheit der Analyse beunruhigte die Gemüter. Sogar Anchesa mußte sich den von ihrem Gatten ausgesprochenen Argumenten beugen.

»Was also schlagt Ihr vor, Majestät?« erkundigte sich der »göttliche Vater«.

»Die einzig mögliche Lösung.«

Botschafter Hanis hatte plötzlich Atembeschwerden.

»Ihr wollt doch nicht etwa sagen ...«

»Doch«, erklärte Tutanchamun gelassen. »Das Exil. Ich ernenne General Haremhab zum Gouverneur der Oasen. Fern von Theben, verloren mitten in der Wüste, seines Beziehungsnetzes beraubt, kann er uns nicht mehr schaden. Maja wird den Erlaß

gleich morgen abfassen. Ich werde mein Siegel darauf setzen. Der General wird vor dem Ende dieser Woche die Hauptstadt endgültig verlassen haben.«
Tutanchamun und Anchesa tauschten ein Lächeln. Die Königin hatte das Gefühl, in einem See der Glückseligkeit zu schwimmen, einem der versprochenen Paradiese. Pharao handelte wie ein großer Monarch und ließ ihren geheimsten Traum Wirklichkeit werden: Haremhab verschwinden zu lassen.
»Fürchtet Ihr nicht ...«, setzte der »göttliche Vater« an.
»Ich fürchte nichts und niemanden mehr«, sagte Tutanchamun. »Ich bin Pharao.« Eje, Hanis und Maja neigten respektvoll die Köpfe. In Anchesa keimte eine ungeheure Hoffnung. An der Seite eines Königs, der sich der Macht, die ihm die Götter verliehen hatten, bewußt war, würde sie an der Wiedereinführung der Aton-Religion arbeiten. Sie würde ihn überzeugen, Theben zu verlassen und eine neue Hauptstadt zu errichten, die imstande wäre, die Völker Ägyptens und Asiens zu vereinen.
Voller Zärtlichkeit drückte sie das Bein ihres Gemahls.
Dieser erstarrte. Er sprang abrupt auf und griff sich an die Kehle.
»Ich ersticke ...«, keuchte er. »Ein Feuer verbrennt mich ...«
Tutanchamun machte ein paar Schritte, versuchte, zu einem Fenster zu gelangen. Von der Qual besiegt, fiel er auf die Knie.
Anchesa stürzte zu ihm und nahm ihn in die Arme.
»Anchesa, meine Geliebte ...«, murmelte er unter unmenschlicher Anstrengung, die ihm die Brust zerriß.
Der Kopf des jungen Königs fiel nach hinten. Er blickte die Frau, die er mit aller Leidenschaft liebte, starr an.
Seine Augen waren schon tot.

33

An diesem nebligen, kalten Morgen blieben die Tempeltüren verschlossen. Stumm blieben die Götter in ihre Naos eingesperrt. Die Priester reinigten sich nicht in den heiligen Seen, brachten keinerlei Opfer in den überdachten Tempel und zelebrierten kein einziges Ritual. Karnak war in Stille und Reglosigkeit getaucht, als wäre es jeglichen Lebens beraubt worden.

Pharaos Seele hatte den Körper verlassen, um in das Licht zurückzukehren, aus dem sie gekommen war. Der zwanzigjährige König hatte die Welt der Menschen verlassen, um sich in den Kreis der himmlischen Mächte zu begeben, Stern zu werden und auf den Kanälen des Jenseits zu schwimmen.

Das ganze Land war durch die entsetzliche Nachricht völlig verstört. Ohne Pharao wurde Ägypten zur leichten Beute für die Kohorten von Dämonen und schädlichen Kräften, die ohne Unterlaß an der Zerstörung des Lebens arbeiteten. Das Volk hatte keine Verbindung mehr zum Himmel. Der Weg zur Unendlichkeit war versperrt. Siebzig Tage lang, die Zeit, die gebraucht wurde, um Tutanchamun zu mumifizieren und seine Auferstehung vorzubereiten, würde der Thron leer bleiben. Die Große Königliche Gemahlin hatte nur siebzig Tage, um den Nachfolger des verstorbenen Königs zu ernennen, den neuen Herrn der Beiden Länder, dessen Gemahlin sie werden würde, um so seine Macht zu legitimieren. Wenig mehr als zwei Monate, um General Haremhab Befriedigung zu geben,

dem Besiegten von gestern, über den Tutanchamun triumphiert hatte.
Anchesa litt. Ihre Seele wurde von einem Schmerz heimgesucht, der ihr keine Ruhe mehr ließ. Ihr Leben hatte keinen Sinn mehr, keinen Reiz. Dieser räuberische Tod, ein Tod ohne Gesicht ... Er hatte ihr Glück getötet. Sie wäre so gerne mit der Abendsonne unter die Erde gedrungen, um das Licht der Lebenden nie wiederzusehen, das ihre Verzweiflung immer größer machte.
Echnaton hatte recht. Die Priester waren die schändlichsten und die verachtenswürdigsten der Menschen. Sie hatten Pharao vergiftet. Die vom König verzehrten Weintrauben waren vergiftet gewesen.
Sie stammten aus den Weinbergen von Karnak. Die Königin hatte Nachforschungen angeordnet. Man hatte den Diener wiedergefunden, der die Früchte in den Palast gebracht hatte. Der Mann wußte von nichts. Die Trauben waren ihm von einem Verwalter übergeben worden, der seine Anweisungen von der Zentralverwaltung erhalten hatte. Man konnte die Spur bis zu einem subalternen Priester zurückverfolgen, der ein Dokument vorzeigte, das das Siegel eines anderen Verwalters trug. Niemand gestand etwas. Niemand konnte etwas gestehen, da der wahre Schuldige verschwunden war.
Einer der letzten Sätze des verstorbenen Hohenpriesters von Amun war Anchesa wieder in den Sinn gekommen: »Ich habe gegen Pharao gehandelt ... Ich hielt ihn für unfähig zu regieren.« Der Erste Prophet entging der Gerechtigkeit der Menschen, aber er würde vor dem göttlichen Gericht erscheinen müssen.
Diese Aussicht tröstete Anchesa keineswegs. Sie fühlte sich zu allein angesichts einer Prüfung, der sich zu stellen sie nicht den Mut hatte. Sie nahm ein wenig Schminke aus einer zylindrischen

Alabastervase. Vorsichtig legte sie den Deckel in Form eines liegenden Löwen mit einer rotgefärbten elfenbeinernen Zunge auf ihren Toilettentisch. Er erinnerte sie an die Jagden, an denen sie in Gesellschaft ihres Mannes teilgenommen hatte, als die Sonne ihre Herzen mit Lebensfreude erfüllte.

Anchesa hatte ihre nubische Dienerin fortgeschickt. Sie wollte sich selber zur Eröffnung der Trauerperiode zurechtmachen. Vor der Tür ihres Schlafgemachs lagen die beiden Windhunde, Stier und Widder, die sie niemals verraten würden. Sie würden sie beschützen.

Sie nahm ein Parfümgefäß zur Hand, das mit Alabasterblumen und der Gestalt des Nilgottes mit hängenden Zitzen geschmückt war, die die unerschöpfliche, vom Strom gespendete Fruchtbarkeit symbolisierten. Lotos und Papyrus, Symbole für die Vereinigung von Ober- und Unterägypten, waren miteinander verflochten, die für das Glück des Volkes unerläßliche Allianz, die Pharao die Pflicht hatte, zum Licht zu führen.

Auf dem Fuß der Vase war Tutanchamuns Name in feinem Gold graviert. Ein Name, der von nun an auf den Königslisten erscheinen und in der ruhmreichen Vergangenheit der Beiden Länder verzeichnet sein würde. Ein Name, der nur mehr durch die Monumente, die Stelen und die heiligen Steine leben würde.

Die Königin spürte die unerträgliche Abwesenheit ihres Mannes und erkannte, in welchem Maße sie ihn geliebt hatte. Er hatte sie angebetet, sie hatte ihn beinahe ignoriert. Er hatte ihr die intensivste aller Leidenschaften geschenkt, sie hatte ihm nur mit leiblicher Befriedigung geantwortet. Sie hatte geglaubt, die wahre Macht zu besitzen, und hatte vergessen, daß Tutanchamun durch die Magie der Riten ein Gott-König geworden war. Er war es, der regiert hatte, nicht sie.

Der Tod würde sie nicht trennen. Das hatte sie beschlossen. Die

ungeheure Liebe, die ihr Herz erfüllte, würde sie ihm geben. Ihm und niemand anderem.
Die Königin parfümierte sich und tränkte jede Parzelle ihrer Haut mit Jasminessenz. Sie steckte sich eine Lotosblüte ins Haar, streifte ein strenges Gewand aus bläulichem Leinen über und schmückte ihren Hals mit einer Kette aus Gold- und Karneolperlen, an der ein Anhänger in Form einer Schlange aus massivem Gold befestigt war.
Als sie auf die Terrasse des Königspalastes trat, hörte sie die traurigen Gesänge der Klageweiber; sie banden Blumensträuße, die auf dem königlichen Sarkophag verteilt werden würden. Überall war die Arbeit eingestellt worden. Feste und Bankette waren abgesagt. Der Palast, in dem es sonst wimmelte vor Geschäftigkeit, war in einen schmerzvollen Schlaf gesunken. Die Schreiber hatten ihre Büros geschlossen. Keine offizielle Akte würde unterschrieben werden, solange das Land nicht von einem neuen Pharao regiert wurde.
Die Stille wurde zur Regel. Während der einfachen Mahlzeiten wurde kein Wein serviert, und die Gäste waren verstummt. Das Wort war mit der Seele des Königs geflüchtet, die Menschen hatten die Pflicht zu schweigen. Die Nahrung war kein Fest mehr, sondern diente dem Überleben. Zum Zeichen der Trauer ließen sich die Würdenträger die Bärte wachsen und trugen die einfachsten Kleider, so daß sie sich nicht mehr von den kleinen Leuten unterschieden. Die heilige Hierarchie verwischte sich. Die Welt wurde Chaos. Nur eine von allen anerkannte Autorität bestand fort: die Große Königliche Gemahlin. Das Schicksal des Landes lag in ihren Händen.

Der »göttliche Vater« Eje und der Baumeister Maja wurden bei Einbruch der Nacht in den Audienzsaal geführt. Durch die schmalen Fenster drangen die letzten Strahlen der sterbenden

Sonne und vergoldeten die Wandmalereien, auf denen sich Enten im Sumpfland tummelten.
Anchesa trug die weiße Mitra, die schon ihre Mutter Nofretete getragen hatte. Sie saß auf ihrem Thron, Pharaos Thron neben ihr war leer.
Die beiden Würdenträger waren betroffen von der Schönheit der Königin, und mehr noch von ihrem Ernst. Eje sah die Veränderung, die in ihr vorgegangen war. Tutanchamuns Tod hatte sie nicht etwa gebrochen, sondern ihr im Gegenteil neue Kraft verliehen. Durch die Härte der Prüfung war der Willen der jungen Frau noch entschiedener und fester geworden, so wie das Holz der Akazie durch Wind und Wasser. Der »göttliche Vater« hatte schlimmste Befürchtungen: Wie sollte man sie beugen? Wie sie dazu bringen einzusehen, daß ihre Träume niemals Wirklichkeit würden und daß sie sich in ihr Schicksal fügen mußte?
»Warum wünscht ihr diese Unterredung?« fragte die Königin scharf.
»Der Baumeister hat große Sorgen«, erklärte der »göttliche Vater«. »Weder der Tempel des Königs noch sein Grab sind fertig. Wo werden wir seine Bestattung zelebrieren?«
Majas Ausdruck blieb undurchdringlich. Streng musterte er die Königin.
»Warum sprecht Ihr nicht selber, Maja?« erkundigte sich Anchesa. »Braucht Ihr etwa einen Fürsprecher?«
»Das Unglück liegt auf Euch, Majestät, und Ihr verbreitet es. Ich betrachte Euch als schuldig am Tode des Königs.«
Der »göttliche Vater« schloß die Augen. Majas Unverschämtheit war ungeschickt und töricht.
»Ihr seid ungerecht«, bemerkte Anchesa, ohne die Ruhe zu verlieren. »Die Amunpriester haben Pharao ermordet. Sie haben ihn vergiftet.«

»Das glaube ich nicht«, gab der Baumeister zurück. »Tutanchamun wünschte eine friedliche Existenz. Ihr habt ihn gezwungen, eine Rolle zu spielen, die ihn erdrückte. Ihr habt ihm seine Jugend gestohlen. Euretwegen ist sein Licht zu früh erloschen.«

»Ihr irrt Euch«, betonte die Königin, deren Blick trotz der schrecklichen Hiebe, die ihr ihr Bruder Maja versetzte, nicht seine unerschütterliche Ruhe verlor. »Der Mann, den ich geliebt habe, ist ein König geworden. Er wünschte keine andere Existenz mehr, als Pharao zu sein. Aus diesem Grunde haben Haremhab und seine Verbündeten ihn als Gefahr betrachtet.«

»Das ist nichts als eine von einer enttäuschten Frau erfundene Fabel!«

Der »göttliche Vater« packte den Baumeister am Handgelenk.

»Laßt«, mischte Anchesa sich ein. »Maja hat immer unverblümt gesprochen. Ich werde nicht versuchen, ihn zu überzeugen. Das Wesentliche ist, daß Tutanchamuns ewige Bleibe vorbereitet wird.«

»Für diese Aufgabe bin ich verantwortlich«, sagte Maja, »und ich werde sie erfüllen, bevor die Mumifizierung beendet ist.«

»Ihr könnt doch in weniger als siebzig Tagen kein Grab ausheben«, widersprach der »göttliche Vater«.

»Ich verlange, daß Tutanchamun in dem Tal ruht, in dem sich die Mumien der Könige unserer Dynastie befinden«, forderte die Königin den Baumeister heraus.

Maja verhehlte seine Verlegenheit nicht.

»In diesem Falle gibt es nur eine Lösung ... Die Werkstatt zu verwenden, in der die Meister der Zeichnung arbeiten. Aber sie besteht aus lauter kleinen Räumen, die eines großen Monarchen nicht würdig sind.«

Majas Ironie schmerzte die Königin in grausamer Weise, doch sie ließ sich nichts anmerken.

»Werden sie ausreichen, um die Schätze und das Mobiliar aufzunehmen, die den König ins Jenseits begleiten sollen?«
»Ich glaube ja, Majestät«, erwiderte Maja. »Meine Handwerker werden ihren ganzen Erfindungsreichtum einsetzen. Pharao wird nichts fehlen, um ins Paradies zu gelangen.«
»Eure Meinung ist ausschlaggebend«, mußte die Königin anerkennen. »Macht Euch unverzüglich ans Werk und informiert mich täglich über das Fortschreiten der Arbeiten.«
Maja verneigte sich und verließ eiligen Schrittes den Audienzsaal. Der »göttliche Vater« setzte sich auf die Stufen der Empore, auf der die Throne standen.
»Darf ich Euch mein Herz eröffnen, Majestät?«
»Bin ich derartig unerreichbar geworden, Eje? Oder meint Ihr, der Wahnsinn habe Besitz von meinem Geiste ergriffen?«
Der alte Höfling war durch die Veränderung in ihrem Tonfall ein wenig beruhigt und bewegte sich vorsichtig auf dem Pfad, den einzuschlagen er gezwungen war.
»Ich verstehe Eure Verbitterung gegenüber den Amunpriestern, Majestät. Aber vergeßt nicht, daß sie die bedingungslose Unterstützung von General Haremhab genießen. Karnak erwartet von ihm neue Privilegien. Der Erste Prophet und seine Hierarchie bereiten schon ein großes Fest zu Ehren des Gottes Amun vor. Ihr solltet jegliche Attacken gegen sie unterlassen. Die Nachforschungen über die Umstände des Todes des Königs, die Ihr angeordnet habt, haben keinerlei Chance, zu einem Ergebnis zu führen. Sie verschlimmern nur ihre Wut. Meiner Ansicht nach wäre es von Vorteil, sie abzubrechen.«
Nur unter unmenschlicher Anstrengung gelang es Anchesa, nicht vom Thron zu springen und den Greis zu ohrfeigen und ihren Haß gegen diese scheinheiligen Priester herauszuschreien. Wozu wäre eine solche Auflehnung gut? Sie erstickte das zerstörerische Feuer, das in ihr brannte.

»Habt Ihr mir noch anderen Rat zu geben, ›göttlicher Vater‹?«
Eje konnte nur mit Mühe sprechen, so trocken war sein Mund.
»Erkennt Haremhab so bald wie möglich als Pharao an und verkündet Eure Heirat mit ihm. Es ist nicht gut, daß Ägypten keinen Regenten hat. Die schlimmsten Katastrophen können es heimsuchen. Vertreibt diese Angst so schnell wie möglich.«
»Ich habe siebzig Tage, um Tutanchamuns Nachfolger zu ernennen«, rief ihm Anchesa in Erinnerung.

Anchesa gab keine Audienzen mehr. Am Ende eines jeden Tages der ersten Mumifizierungswoche las sie aufmerksam die Berichte des Baumeisters Maja. Die Vorbereitungen von Tutanchamuns Grab gingen schnell voran.
Die Königin verbrachte Stunden mit Meditieren und begnügte sich damit, den Lauf der Sonne zu verfolgen. Sie fand keinen Geschmack mehr an ihrem Dasein. Nicht um ihrer selbst willen, sondern wegen eines verstorbenen Königs, der groß hätte sein sollen, für ein Ägypten, das seines hätte sein sollen.
Auf das Drängen ihrer nubischen Dienerin gab Anchesa schließlich nach und ließ sich kämmen. Die Nubierin widmete sich der Aufgabe voller Nervosität.
»Was hast du mir zu sagen? Nun rede schon.«
»Herrin ... Botschafter Hanis fleht Euch an, seine Einladung anzunehmen. Er möchte Euch heute abend in der Villa eines seiner Freunde sehen.«
»Hanis hatte schon immer Gefallen an Geheimnissen. Ich werde den Palast nicht verlassen.«
Die Nubierin kniete sich vor die Füße der Königin.
»Er schwört, daß es ungeheuer wichtig sei.«
»Welche Belohnung hat er dir versprochen? Gold? Schmuck?«
Die Nubierin senkte den Kopf. Tränen rannen über ihr Gesicht.

»Gib mir einen Mantel und eine Perücke und führ mich zu ihm«, befahl Anchesa.

Das trauernde Theben atmete kaum. Die Hauptstadt des größten Imperiums der Welt gewöhnte sich nur schwer an den Tod und an die Stille. Die Händler warteten ungeduldig auf das Ende dieser unangenehmen Periode, während der es ihnen untersagt war, die Märkte zu eröffnen und Geschäfte abzuschließen. Kaum war es dunkel geworden, waren die Straßen, die sonst von den unendlichen Gesprächen der Hausfrauen und den von den Arbeitern organisierten Würfelspielen belebt waren, völlig ausgestorben. Bewaffnete Männer standen an allen Kreuzungen und auf allen Plätzen und verboten jegliche Gruppenbildung. Keine einzige Fackel leuchtete außerhalb der Häuser.

Die Dunkelheit war günstig für das schnelle Vorankommen der beiden Frauen in dem komplizierten Netz von Gassen, in denen sie niemandem begegneten. Die Nubierin hatte sehr schnell gelernt, sich in Thebens Labyrinth zurechtzufinden.

Die von Hanis gewählte Behausung lag am Ende einer Sackgasse. Es war ein zweistöckiges, weiß gekalktes Haus mit einem kleinen Vorgarten, das sich in nichts von den anderen Häusern von Notablen im selben Stadtviertel unterschied.

Das von Stein eingefaßte Hauptportal öffnete sich, ohne daß die Dienerin ihre Anwesenheit hätte anmelden müssen. Ein schmerbäuchiger Haushofmeister mit rotem Gesicht verneigte sich vor der Königin und führte sie dann in ein Vestibül, dessen Wände mit Liliensträußen geschmückt waren. Der große Empfangssaal wurde von zartgrünen Säulen getragen; über die Wände verlief ein Fries aus blauen Lotosblüten. Der Fußboden war wie ein Schachbrett gelb und rot gekachelt. Die Nubierin wurde gebeten zu warten.

Der Haushofmeister führte Anchesa in den ersten Stock in die Gemächer des Eigentümers, der zur Erholung aufs Land gefahren war. Botschafter Hanis hatte das Büro in Besitz genommen, das von vier hohen Fenstern mit gelb bestrichenen Rahmen erhellt wurde. Gitter aus Ton filterten das Licht.
Kaum trat die Königin ein, erhob sich der Botschafter und begrüßte sie.
»Ich danke Euch, Majestät, daß Ihr noch einmal meiner Einladung gefolgt seid ... Ich habe vertrauliche Informationen für Euch. Wir werden uns beim Abendessen unterhalten.«
Allein der Haushofmeister, der seit langem dem hohen Würdenträger persönlich diente, durfte das Essen servieren. Er brachte Fleischspießchen, gegrillten Fisch, Brot, ein Gericht aus Linsen und Zwiebeln, Salat, Honig und eine Karaffe Wasser. Er stellte die gekochten Gerichte auf Warmhalteplatten, verließ das Büro und schloß die Türen hinter sich.
»Ein treuer Mann«, erklärte Hanis. »Doch jedermann kann korrumpiert und zum Verräter werden.«
»Ihr ebenso wie die anderen«, bestätigte die Königin ironisch.
»Ich ebenso wie die anderen«, gab der Botschafter zu. »Um ehrlich zu sein, habe ich oft Verrat geübt. Manchmal, um mein Vermögen zu vermehren, manchmal, um meine Existenz zu retten oder um einem Feind eine Falle zu stellen. Es ist eine schwierige, ermüdende Kunst. Heute nehme ich Abstand davon. Ich möchte meine Güter in einem glücklichen, starken Ägypten genießen.«
»Das wünsche ich Euch, Hanis.«
Der Botschafter verzehrte ein gegrilltes Hammelfleischspießchen und tauchte seine Hände in ein Fingerbecken aus Silber. An seinem linken Handgelenk trug er noch immer das mit einem Fuchs geschmückte Armband. Der schmale schwarze, sorgfältig gezeichnete Schnurrbart, das halblange, perfekt ge-

kämmte Haar und das für einen Mann beinahe zu feine Gesicht verliehen ihm einen beunruhigenden Charme.
Anchesa wechselte ständig ihre Meinung über ihn. Zweifellos veränderte er selber immer wieder seine Haltung ihr gegenüber.
»Mein Glück hängt allein von Euch ab, Majestät.«
Anchesa knabberte an einem Salatblatt und einer Zwiebel.
»In welcher Hinsicht bin ich so mächtig?«
»Es ist nicht der Moment für Spott, Majestät. Ägypten ist es, das Ihr in Händen haltet. Die Tage vergehen. Ihr solltet nicht das Ende der Trauerzeit abwarten, um Haremhab als den neuen Pharao zu wählen. Die Zeit drängt.«
»Ist das nur Eure persönliche Meinung?«
»Natürlich nicht, Majestät. Laßt uns also dieses Abendessen vergessen, das Ihr nicht zu schätzen zu wissen scheint …«
»Ihr habt es selbst gesagt, Hanis: Die Zeit drängt.«
Der Botschafter, fasziniert von dieser zwanzigjährigen Königin, die immer schöner wurde, mußte sich eingestehen, daß er sie niemals verstehen würde.
Er konnte ihre Reaktionen nicht voraussagen, ihre Gedanken nicht durchdringen. Wenn er sich sonst anschickte, ein Geheimnis preiszugeben, kannte er die Konsequenzen seines Tuns, die glücklichen oder dramatischen Ereignisse, die er auslösen würde. Diesmal stürzte er sich ins Ungewisse.
»Meine Informanten in Asien haben mir meine schlimmsten Befürchtungen bestätigt, Majestät. Die Hethiter werden nicht zögern, diese Zeit der Ungewißheit zu nutzen, um Ägypten anzugreifen. Diese Leute haben keinerlei Respekt vor unseren Sitten. Tutanchamun hatte genügend Bedeutung erlangt, um sie davor zurückzuhalten, einen Krieg anzufangen. Sein Tod ist ein unverhoffter Glücksfall. Der hethitische König würde seinem Sohn gerne Ägypten schenken. Wenn Ihr nicht sehr

schnell die Ernennung Haremhabs zum neuen Herrn der Beiden Länder bekanntgebt, werden wir angegriffen werden.«

»Warum denn? Hat Haremhab nicht längst die Zügel der Militärgewalt wieder in die Hand genommen?«

»Während der Trauerzeit wird die Generalmobilmachung nur langsam verwirklicht werden. Wir alle sind darauf angewiesen, einem von göttlicher Kraft beseelten König zu gehorchen. In ihm inkarniert sich der Sinn für den Sieg! Das müßt Ihr berücksichtigen.«

»Niemandem ist das mehr bewußt als mir.«

Anchesas Blick war scharf wie eine Dolchklinge geworden. Der Botschafter bereute es, sich wie ein anmaßender Novize benommen zu haben.

»Seid ehrlich, Hanis. Wenn ein neuer Pharao ernannt wird, werden die Hethiter dann auf einen Angriff auf Ägypten verzichten?«

»Ich glaube nicht. Ihre Kriegsvorbereitungen sind zu weit fortgeschritten.«

»Seid weiterhin ehrlich. Wären unsere Truppen selbst unter dem Kommando von König Haremhab in der Lage, den Gegner zu besiegen?«

Der Botschafter senkte verlegen den Kopf.

»Mut ist die Ursache für die außergewöhnlichsten Leistungen, Majestät.«

»Anders ausgedrückt, werden wir uns gegen vierfache Übermacht schlagen.«

»Vielleicht sogar gegen fünffache«, gab Hanis zu, »aber mit einem Pharao an der Spitze. Das allein kann den Ausgang des Konflikts bestimmen. Ihr, Majestät, seid allein Herr des Spiels. Wenn Ihr nicht handelt, ist Ägypten zum Tode verurteilt.«

34

Seit zwanzig Tagen arbeitete der Mumifiziermeister nun schon an Tutanchamuns Leiche. Die Türen zu seiner Werkstatt, dem »Sitz der Regenerierung«, wurden von Lehrlingen bewacht, die jedermann den Zutritt untersagten. Seit dem Tod des ersten Pharao waren die Geheimnisse der Mumifizierung niemals preisgegeben worden.

Im selben Moment, als die Leiche auf einer vollständig glatten Granitplatte abgelegt wurde, hatte der Meister eine Schakalmaske angelegt. Er wurde zu dem Gott Anubis, der die Aufgabe hatte, den verstorbenen König bei der Hand zu nehmen und ihn über die gefährlichen Pfade zur gloriosen Auferstehung im Jenseits zu führen.

Die Natur zerstörte das Werk aus Fleisch, das sie erschaffen hatte. Anubis verwandelte den sterblichen Leib in einen unsterblichen, den Träger für das Lichtwesen, das sich in der korrekt vorbereiteten Mumie festsetzte. Im Augenblick des ersten Todes, dem für jede Lebensform unvermeidlichen Übergang, wurden die beiden konstitutiven Elemente des Seins getrennt. Blieben sie es wie eine Myriade von Wassertropfen, die vom Wind verweht werden, kam es zu dem zweiten Tod, dem Nichts.

Die Rolle von Anubis, des Mumifizierers, bestand darin, dies dank der Riten zu verhindern. Von der Leiche ausgehend, erschuf er einen Osiris, einen wiedererstellten Gott, ein schein-

bar regloses, aber kohärentes Wesen, aus dem ein neues Leben hervorgehen würde.
Der Mumifiziermeister hatte gleich an den ersten Tagen den Verfallsprozeß des Leibes unterbrochen. Er hatte zunächst mit Hilfe eines eisernen Hakens einen großen Teil des Gehirns durch die Nasenlöcher entfernt. Drogen würden den Rest direkt in der Hirnschale auflösen. Dann hatte er die Seite geöffnet und die Eingeweide, Leber, Lunge, Magen und Gedärme, herausgeholt, die nach dem Trocknen in vier Gefäßen im Grab aufgestellt würden. Im gereinigten Körper wurden Palmwein und Aromastoffe verteilt und der Schnitt in der Seite wieder zugenäht. Dann begann die langwierige Behandlung mit Trockennatron, um die Haut, die Knochen und Knorpel zu dehydratisieren. Auf diese Weise blieb keinerlei Feuchtigkeit in der Mumie. Anschließend würde der Mumifiziermeister, unterstützt von zwei Assistenten, Tutanchamun aufheben und ihn zu einer letzten Wäsche auf ein Bett in Löwengestalt legen.

Die Diskussion zwischen den Amunpropheten und den Mitgliedern der hohen Geistlichkeit wurde lebhaft. Der neue Hohepriester war über diese Versammlung, die nichts Rituelles hatte, nicht auf dem laufenden gehalten worden. Eine einzige Frage wurde aufgeworfen: Wer würde ausgewählt, um Tutanchamuns Bestattung zu leiten? Man mußte der Königin einen Amun-Gläubigen aufzwingen. Aber Anchesa war die Tochter eines Häretikers und eventuell sogar selber Häretikerin ... Und wie konnte man sicher sein, daß die Mumifizierung korrekt durchgeführt worden war, ohne ein religiöses Element einzuführen, das von Aton kam? Würde sein Bild nicht auf dem einen oder anderen Stück des Bestattungsmobiliars vorhanden sein? Durfte unter diesen Umständen auch nur ein einziger Amunpriester am Tag der Bestattung zugegen sein, unter der Gefahr, unfromme Riten zu unterstützen? Es wurde eine Entscheidung gefällt: Eine Priesterdelegation sollte eine Audienz bei der Großen Königlichen Gemahlin fordern.

Amüsiert erklärte Anchesa sich bereit, drei Amunpropheten zu empfangen, die behaupteten, ihr Anliegen sei sehr dringend. Sie erwartete sie. Wieviel Galle mochten sie produziert haben, bevor sie herkamen, um ihre Bedingungen zu stellen?
Kaum geschminkt und in einem engen Gewand, das von zwei langen Trägern unter der Brust gehalten wurde, barfuß und mit offen auf die Schultern fallendem Haar, empfing Anchesa die Priester in einem kleinen Saal des Palastes mit blauen Wänden, die nur ganz oben von einem Pflanzenfries geschmückt waren. Diese Frau, die zu hassen sie fest entschlossen waren, verzauberte sie auf der Stelle. Mit graziöser Geste lud sie sie ein, sich auf Schreibermatten niederzulassen, während sie selber ein wenig lässig auf einem niedrigen Sitz aus vergoldetem Holz Platz nahm. Erfolglos versuchten sie, ihrem Blick auszuweichen, den klaren Wassern ihrer Augen, in denen so viele Entschlossenheiten ertrunken sein mußten.
»Was wünscht Ihr?« fragte die Königin ganz sanft.
»Majestät«, erklärte der Zweite Amunprophet mit unsicherer Stimme, »es wäre an der Zeit, denjenigen zu benennen, der die Bestattung des Königs leiten und die Auferstehungsriten vollführen soll. Es ist eine verantwortungsvolle Aufgabe, auf die man sich vorbereiten muß.«
»Ganz ohne Zweifel«, stimmte die Königin zu.
»Wir sind überzeugt, daß dieser Priester unter den Anhängern des Gottes Amun ausgewählt werden wird und ...«
»Sollte es gar noch Häretiker geben?«
Keiner der drei Geistlichen wagte es, auf diese Frage der Königin zu antworten.

»Seid beruhigt«, sagte sie lächelnd. »Der König wird traditionsgemäß vergöttlicht werden. Amuns Priesterschaft kann unbesorgt an der Bestattung teilnehmen.«

Der Greis und die junge Frau hielten sich am Arm und wandelten langsam über die Tamariskenalleen des königlichen Gartens. Mit der Zärtlichkeit einer Tochter gegenüber ihrem Vater führte Anchesa den »göttlichen Vater« Eje.

»Diese Frische belebt mich«, erklärte Eje. »Meine Beine funktionieren immer weniger gut, aber ich kann noch immer den Duft der Blumen atmen. Das war meiner Gattin liebste Zerstreuung.«

»Ist das Alter nicht das Privileg der Weisen?«

»Man verliert die Haare, die Augen schließen sich, die Ohren hören nicht mehr, das Herz wird langsamer, und man vergißt die teuersten Erinnerungen. Abgesehen von diesen kleinen Unannehmlichkeiten, Majestät, erlaubt es das Alter, die Worte der Götter besser zu verstehen.«

Ein klares Licht zeichnete ohne Schärfe die Konturen eines jeden Palmzweigs, einer jeden Blume deutlich ab und färbte das Wasser der Becken leuchtend blau. Wie gerne hätte Anchesa diesen Spaziergang am Arm ihres jungen, verliebten Ehemannes und Herrn über Ägypten gemacht!

»›Göttlicher Vater‹, ich habe Euch eine wichtige Entscheidung bekanntzugeben.«

»Den Namen des zukünftigen Pharao nehme ich an?«

»Nein, noch nicht ... Aber denjenigen des Mannes, der Tutanchamuns Bestattung leiten wird. Ihr selbst.«

Der Greis blieb stehen.

»Ich? Warum denn das?«

»Ihr habt meinen Vater und meinen Gemahl gekannt, Ihr habt beide geliebt und respektiert und ihnen gedient. Ihr seid der einzige, von dem man das heute sagen kann. Ich will nicht, daß ein scheinheiliger Priester leere, sinnlose Formeln ausspricht. Aus Eurem Munde werden die Worte der Auferstehung volle Wirksamkeit haben.«

Eje willigte nur zögernd ein.

»Das wird eine lange, ermüdende Zeremonie werden. Ich weiß nicht, ob ich die physischen Kräfte dazu haben werde …«

»Gott wird Euch helfen«, beruhigte ihn die Königin. »Seid gesegnet für die Hilfe, die Ihr mir bringt.«

Der Greis wagte nicht zu widersprechen. Anchesa unterdrückte ein Lächeln. Der Plan, den sie ausgeheckt hatte, lief reibungslos.

Nachtmin, der Oberbefehlshaber der Armee, verließ seit dem Tod des Königs kaum noch sein Arbeitszimmer. Er litt unter dem fürchterlichen Gefühl, Tutanchamun verraten zu haben. Er hatte seine Aufgabe vernachlässigt, hatte sich Festen und Luxus hingegeben und war nichts als ein Deserteur gewesen, unfähig, dem Souverän eine reorganisierte und seiner Sache verschriebene Armee zu bieten.

Nachtmin war entschlossen, die verlorene Zeit aufzuholen. Er würde Tutanchamuns Seele beweisen, daß er seine Mission nicht vergessen hatte und daß er Haremhab daran hindern würde, das Erbe des verstorbenen Königs zu zerstören.

Zunächst galt es, sämtliche Befehlshaber der Armeekorps auszuwechseln. Dann die der Bataillone. Und dann waren die Verwaltungsbehörden zu durchforsten, die Befugnisse neu zu verteilen und ein Übergewicht einzelner wie Haremhab zu verhindern, der seinen Einfluß in einer Weise ausspielte, daß er zum Gegenpol der königlichen Macht wurde.

Zwei Offiziere des Fuhrparks betraten Nachtmins Büro. Der erste reichte ihm eine versiegelte Papyrusrolle.

»Bitte lest dieses Dokument augenblicklich.«

Nachtmin entfernte Haremhabs Siegel und überflog den Text. Sein Inhalt ließ ihm das Blut in den Adern erstarren. Mühsam und zitternd stand er auf.
»Was soll das heißen?«
»Ihr seid wegen schwerer Verfehlung abgesetzt. Wir haben den Befehl, Euch zu General Haremhab zu bringen. Folgt uns.«

Die Königin erfuhr von Nachtmins Entlassung noch am selben Abend durch dessen Vater Eje. Der Greis hatte einen Schock erlitten und war außerstande zu reagieren, um seinen Sohn zu verteidigen, der sich eindeutig der administrativen Fahrlässigkeit schuldig gemacht hatte. Er hatte abwegige Dokumente unterschrieben, ohne sie gelesen zu haben, hatte andere, die gefälschte Unterschriften trugen, bestätigt, hatte zugelassen, daß die Moral der Truppen verkam.
Der ehemalige Kommandant der Armee war zum Arrest in seiner Villa verdammt. Er würde nie mehr eine Rolle in der Militärhierarchie spielen und nach seiner Verurteilung einem anderen Staatsdienst zugewiesen; seine Karriere würde auf niederer Ebene enden.
Anchesa hatte einen Verbündeten weniger. Haremhab eroberte eine Bastion nach der anderen zurück, die er hatte aufgeben müssen. Er handelte mit um so größerer Verbissenheit, als er geglaubt hatte, alles verloren zu haben. Als der Königin sein Besuch gemeldet wurde, vermutete sie Ungeduld bei ihm. Er hatte sich sicher dazu zwingen müssen, diese Begegnung so lange hinauszuzögern.
Anchesa empfing ihn im Thronsaal, in dem sich kein Höfling befand.
Haremhab war elegant wie ein nach der neuesten thebanischen Mode gekleideter Schreiber und konnte seine Erregung nur

schwer verbergen. Er musterte die Königin mit den Augen eines Eroberers.
»Ich teile Euren Kummer, Majestät.«
»Tut Euch diese Qualen nicht an«, empfahl ihm die Königin. »Große Triumphe erwarten Euch. Das Unglück und die Vergangenheit gehören nur mir.«
»Nur für ein Weilchen, Majestät. Diese schmerzhafte Periode wird ein Ende haben. Es liegt in Eurer Hand, die Finsternis zu vertreiben, indem Ihr meine Nachfolge auf den Thron legitimiert.«
Haremhab stand mehrere Meter vor der Königin, die mit den Insignien ihres Amtes versehen sitzen blieb.
»Ich habe schwerwiegende Sorgen, General ... Beunruhigende Nachrichten aus Asien. Ihr habt als Oberbefehlshaber das Kommando über die Armee übernommen. Wäre diese in der Lage, einem hethitischen Angriff standzuhalten?«
»Wenn ich Pharao bin, wird ein solcher niemals stattfinden.«
»Gebt Ihr also Eure zahlenmäßige Unterlegenheit zu?«
»Das ist völlig unbedeutend! Unser Kampfesmut ist weit größer als der der Hethiter. Es wird keinen Krieg geben ... Und wenn es einen gäbe, so würde ich ihn gewinnen.«
Haremhab war voll des jugendlichen Stolzes.
»Diese Behauptungen entsprechen keineswegs der Wirklichkeit, General.«
»Das sind keine Angelegenheiten für eine Königin, Majestät. Überlaßt mir die Außenpolitik und begnügt Euch damit, mich schnellstens zum Pharao zu ernennen. Gebt dem Wohlergehen des Landes den Vorrang.«
»Das ist meine einzige Sorge, General.«
Haremhab zog seine Schlußfolgerung. Anchesa war zu einsam, zu verwundbar, zu schön. Sie würde sich ihm endlich ergeben. Sie würde mit dieser wilden Entschlossenheit, die er so bewun-

derte, bis zum letzten Moment kämpfen, doch sie wußte, daß sie besiegt war. Sie versuchte mit der für sie so typischen Vorliebe für die Herausforderung, ihn auf dem Gebiet der Diplomatie zu provozieren, auf dem sie keinerlei Erfahrung besaß.
Er liebte sie dafür um so mehr.
»Wartet nicht länger, Majestät«, empfahl er, »um Euret- wie um meinetwillen.«
»Spart Euch Eure Ratschläge, General. Kümmert Euch lieber um unsere Truppen. Ich wünsche einen detaillierten Bericht über den genauen Zustand unserer Streitkräfte sowie über das Material, über das wir verfügen.«
»Sehr wohl, Majestät. Doch aufgrund der Fahrlässigkeit des ehemaligen Armeechefs Nachtmin werde ich mindestens zwei Monate brauchen, um diese Arbeit durchzuführen.«
»Dann fangt sofort damit an.«
Haremhab verneigte sich. Er fand sie rührend, wie sie sich da ohne jegliche Hoffnung abmühte wie eine Biene, die in einem Spinnennetz gefangen ist.
Der General hielt seinen Kopf leicht geneigt.
»Habt Ihr mir ... sonst nichts mehr zu sagen, Majestät?«
Eine kurze Stille ließ ihn hoffen, daß sie endlich nachgeben würde, weil ihr die Sinnlosigkeit ihres Kampfes bewußt geworden war.
»Sonst nichts, General.«

Die Nilpferdkuh hatte eben gekalbt. Erschöpft von der Anstrengung war sie außerstande zu reagieren, als ein Krokodil, das mit diabolischer Geschwindigkeit durchs Wasser schoß, sein Maul aufriß und das Neugeborene, das noch kaum aus dem Bauch seiner Mutter geschlüpft war, verschlang. Das Muttertier stieß einen Schmerzensschrei aus, der Fischern und Bauern mehrere Kilometer rundum das Trommelfell platzen ließ. Und die Nilpferde rächten sich in ebenso brutaler Weise, indem sie die Krokodile zu Tode trampelten. Die beiden Tierarten hielten sich im Gleichgewicht, indem sie sich gegenseitig töteten und die jeweiligen Territorien respektierten.

Vom Bug des Bootes mit dem großen weißen, rechteckigen Segel aus hatte Anchesa das Blutbad mit angesehen. Das Boot wurde von einem kräftigen Wind in hoher Geschwindigkeit über das blaue Wasser getrieben. Es hatte die Anlegestelle des Palastes am frühen Morgen verlassen und dann in der Nähe einer Stadt haltgemacht, um einen Passagier an Bord zu nehmen. Jetzt glitt es nach Norden.

Die Königin hatte nur wenig Zeit zur Verfügung. Es war ihr nicht erlaubt, während der Trauerzeit den Palast zu verlassen. Sie betrat die geräumige, bequeme Kabine, in der sich der Gast soeben erfrischt hatte.

Botschafter Hanis erhob sich.

»Majestät, wenn Ihr mir meine Anwesenheit hier erklären könntet ...«

»Ihr brecht ins Königreich der Hethiter auf, Hanis. General Haremhab ist sich der Gefahr, die uns bedroht, absolut nicht bewußt. Unsere Armee ist desorganisiert. Er ist nicht imstande, sie in wenigen Tagen zu mobilisieren. Seine Freude, endlich die Macht zu erobern, hat ihm jeglichen Sinn für die Realität geraubt.«

»Es geht ihm nicht nur um die Macht, Majestät. Er spricht vor allem von Euch, seiner zukünftigen Gattin. Ihr werdet an seiner Seite regieren.«

»Ich bin die Frau eines einzigen Mannes, Hanis.«

»Tutanchamun ist tot, Majestät. Haremhab lebt. Ihr auch. Warum verweigert Ihr das Offensichtliche?«

»Laßt dies, Hanis. Ihr werdet dem König der Hethiter den Frieden anbieten.«

Der Botschafter war der Ohnmacht nahe, er bekam keine Luft mehr.
»Frieden«, murmelte er, »Frieden ... Aber das bedeutet ja eine Unterwerfung Ägyptens! Das ist ausgeschlossen!«
»Es handelt sich zunächst nur um einen simplen Vorschlag. Der hethitische König müßte ihn annehmen. Anschließend werden wir die Artikel eines Vertrages ausarbeiten.«
»Aber, Majestät ... Wir haben keinen Kampf gefochten, wir haben ...«
»Ich will kein Blutvergießen, Hanis«, erklärte sie mit einer Autorität, die keinen Widerspruch duldete. »Ich will keinen Krieg. Ich will nicht, daß Ägypten überfallen, seine Tempel zerstört, seine Städte verbrannt werden. Ich will keine Frauen und Kinder vor Entsetzen schreien hören. Die Hethiter sind Barbaren. Wir sind nicht kampfbereit. Wir haben vergessen, daß wir nicht allein auf der Welt sind und daß unsere Reichtümer Habgier auslösen könnten. Wenn wir Friedensverhandlungen einleiten, gewinnen wir die nötige Zeit, um unsere Militärmacht wiederherzustellen. Könnt Ihr das verstehen?«
Hanis war beschämt. In Gegenwart dieser Frau verlor er seine Argumentierfähigkeit. Sie verpaßte ihm eine Lektion, die ihn auf die Stufe eines diplomatischen Anfängers reduzierte.
»Ihr werdet mehrere schnelle Reisen zwischen Hatti und Ägypten unternehmen«, ordnete sie an. »Sorgt dafür zu unterstreichen, daß die Königin von Ägypten bis zur Ernennung eines neuen Pharaos allein für das Königreich verantwortlich ist und diesem Schritt zustimmt. Seid vorsichtig. Euer Leben hängt davon ab.«
»Natürlich, falls es irgendwelche Unannehmlichkeiten gibt, so habt Ihr mir keinerlei Anweisungen gegeben ...«
»... und diese Begegnung hat niemals stattgefunden. Viel Glück, Hanis.«

Die Königin verließ die Kabine. Sie brauchte nicht lange zu warten, bis ein Kahn auf dem Weg nach Theben wenige Augenblicke auf der Höhe ihres Schiffes anhielt. Sie nutzte die Gelegenheit, um schnell mit Hilfe eines Taus das Boot zu wechseln. Die beiden Segel, die einen Augenblick lang wie ein einziges gewirkt hatten, trennten sich wieder. Hanis reiste nach Norden, und die Königin kehrte in ihren Palast zurück.
Anchesa hatte vergessen, daß General Haremhab wieder allmächtig geworden war und die Würdenträger scharf überwachen ließ, die Tutanchamun zu gut gedient hatten, aus Angst, sie würden seiner Sache schaden können.
Und Hanis gehörte zu jenen. Also folgte ein Boot, dessen Besatzung zum größten Teil aus Soldaten bestand, dem Schiff des Botschafters.

Die für die Militärabgaben verantwortlichen Befehlshaber der Militärkorps und hohen Offiziere machten sich unter dem Donner ganz klein. Der Zorn von General Haremhab war fürchterlich. Er hatte sie in sein Büro in der Zentralkaserne von Theben bestellt und beschimpfte sie nun schon seit über einer Stunde mit ungewöhnlicher Heftigkeit.
Keiner seiner Vorwürfe war unberechtigt.
Bei der Durchsicht der von Nachtmin zurückgelassenen Akten war der General brutal aus seinen Ruhmesträumen gerissen worden und hatte eine weit düsterere Wirklichkeit entdecken müssen. Während seiner Abwesenheit war es zu entsetzlicher Verschwendung gekommen. Korrupte Beamte, Schiffe der Armee, die zu privaten Zwecken genutzt wurden, Diebstahl von militärischem Material, Erschlaffung der Disziplin, Fehlen von Training, Soldaten, die von höheren Offizieren als Landarbeiter benutzt wurden, Raub der Güter von mißhandelten Bauern durch berauschte Instrukteure … Wie viele Wochen oder gar

Monate würde es brauchen, um diesen Mißbrauch zu bestrafen und eine Armee, die einen solchen Namen verdiente, wiederherzustellen? Anchesa hatte – klug und wohlinformiert – recht behalten: Ägypten, seines Pharao beraubt und militärisch geschwächt, hatte noch nie eine so leichte Beute für die Hethiter dargestellt. Sollte es ihnen in den Sinn kommen, eine Offensive zu starten – Haremhab hätte keinerlei Vorstellung, wie er ihnen die Stirn bieten sollte.*

Das Land befand sich in höchster Gefahr. Niemand durfte dies erfahren.

»Ich werde Ober- und Unterägypten bereisen«, kündigte er seinen Männern an, »und den Fahrlässigkeiten und Ungerechtigkeiten ein Ende setzen. Die Schuldigen werden schwer bestraft werden. Sie erhalten hundert Stockschläge, oder es wird ihnen die Nase abgeschnitten. Ich will integre Beamte mit unbeugsamem Charakter, die fähig sind, die Gedanken zu ergründen, und die, ohne zu zögern, meinen Befehlen gehorchen. So daß dort, wo ich sie einsetze, jedermann dank ihrer in Ruhe leben kann. Die weder Zugeständnisse machen noch Belohnungen akzeptieren, denen das göttliche Gesetz allein als Arbeitsinstrument dient. Wer dem recht gibt, der im Unrecht ist, begeht ein Kapitalverbrechen. Und was die Armee betrifft, für die ihr alle verantwortlich seid, so verlange ich, daß sie auf der Stelle Würde und Kompetenz wiederfindet. Ab morgen werden Übungen und Training der Rekruten in allen Kasernen des Landes wiederaufgenommen. Rapport täglich hier zur gleichen Stunde.«

Alle gingen schweigend hinaus, insgeheim froh darüber, daß

* Alle diese Einzelheiten sowie die vom General getroffenen Entscheidungen fußen auf einem ägyptischen Text, der vor kurzem unter dem Titel *Le décret de Horemheb* veröffentlicht wurde; bearbeitet und übersetzt von J. M. Kruchten (Brüssel).

ein Mann von der Statur Haremhabs die Zügel der Macht wieder in die Hand genommen hatte.
Wieder allein, erlebte der General einen Augenblick der Niedergeschlagenheit. Würde Ägypten vom Blitz getroffen werden?

Ein runder Mond erhellte die tiefe Nacht, als Anchesa vor dem Tor der Mumienwerkstatt erschien. Die beiden Lehrlinge, die davor kauerten und eingeschlummert waren, sprangen sofort auf und versperrten ihr den Zugang.
»Niemand darf hinein.«
»Ich bin die Königin von Ägypten«, sagte sie und schlug ihren Leinenmantel auf, »und die Inkarnation von Isis. Ich bin es, die über diesen Ort der Regeneration herrscht.«
Die jungen Männer waren geblendet von dem Ritualgewand der Königin: ein anliegendes goldenes Kleid, das bis zu den Knöcheln reichte. Darauf waren die Flügel der Göttin abgebildet, die Anchesa, zur Vogelfrau geworden, um den Körper lagen.
Die Lehrlinge wichen zur Seite, schoben den bronzenen Riegel zurück und ließen die Göttin eintreten. Dann schlossen sie das schwere Portal, stellten sich wieder auf ihren Posten und ließen das Mysterium sich vollenden.
Das Licht einer einzigen Fackel erhellte die Balsamierwerkstatt ausreichend, so daß Anchesa Tutanchamuns Mumie mit erschlafftem, geschrumpftem Leib, auf dem schon das Gewicht der Ewigkeit lastete, erkennen konnte. Doch sein Gesicht hatte noch einen Schatten von lächelnder Jugend bewahrt, als würde er gleich erwachen.
Anchesa kniete nieder und nahm Tutanchamuns Kopf zwischen ihre Hände.
»Möge Aton, der einzige Gott, für immer dein Beschützer sein. Möge er dein Lebenshauch bleiben, dein wahres Licht, dein heimlicher Gott, wie er es für meinen Vater gewesen war, wie er

der meine ist. Möge Atons Name deine Auferstehungssonne sein.«

Mit dem Fingernagel gravierte Anchesa symbolisch die Hieroglyphen von Atons Namen auf den Schädel der Mumie. Dann erhob sie sich und blieb vor dem riesigen Tisch stehen, auf dem Schmuck, Juwelen und Bänder ausgebreitet waren, mit denen die Mumie ausgestattet und eingewickelt werden würde. An die Stelle der Kartuschen mit den traditionellen Titulaturen legte sie die von Maja hergestellten, auf denen der heilige Name von Aton geschrieben stand, der auf diese Weise auf dem Auferstehungsleib zugegen sein würde, den nur die Gottheiten zu sehen bekamen.

Niemals würden die Menschen wissen, daß Tutanchamun Aton treu geblieben war. Aber waren die Menschen nicht dazu verdammt, in Unwissenheit zu leben?

Anchesa hatte ihre Liebe zu dem toten König geläutert, indem sie ihn in Atons Sonne unsterblich gemacht hatte.

35

Weder das Vogelgezwitscher noch der Duft der Morgenluft vermochten nun den »göttlichen Vater« Eje mehr aufzumuntern. Seine täglichen Spaziergänge in den Palastgärten in Anchesas Gesellschaft waren ihm zum Alptraum geworden.

»Das ist absolut ausgeschlossen, Majestät! Es kann keinen Frieden mit den Hethitern geben. Ägypten hat nicht das Recht, in dieser Weise vor den Barbaren den Kopf zu neigen … Sie sind es, die sich unterwerfen müssen, nicht wir!«

Wilder Aufruhr beseelte das Herz des alten Höflings. Dieses Mal würde er Anchesas Entgleisungen nicht hinnehmen.

»Die Verhandlung macht Fortschritte ›göttlicher Vater‹«, erläuterte die Königin und zwang sich, ruhig zu bleiben. »Hanis geht geschickt vor. Es ist ihm gelungen, seine Gesprächspartner zu interessieren.«

»Pure Einbildung, Majestät. Die Hethiter denken nur an Krieg. Ihr habt einen schweren Fehler gemacht, indem Ihr unsere schlimmsten Feinde unsere Schwäche habt erkennen lassen. Sie werden sie auszunutzen wissen. Bringt mich jetzt zum Blumenpavillon am Nilufer. Ich muß schlafen.«

Die Königin erfüllte seinen Wunsch.

Der Greis streckte sich auf einem mit weichen Kissen ausgestatteten Lager aus, schloß die Augen und schlief sofort ein.

Anchesa entfernte sich sorgenvoll. War die Analyse des »göttlichen Vaters« nicht die richtige? Verbarg sich hinter ihrem

Friedensideal nicht eine entsetzliche Unkenntnis der internationalen Wirklichkeit? Führte sie Ägypten gar in die Zerstörung?
Sie hob wieder den Kopf und sog gierig die sanften Sonnenstrahlen in sich auf. Nein, Aton wollte keinen Krieg. Aus vergossenem Blut würde kein Glück erstehen können.
Wie eine Wahnsinnige kam die nubische Dienerin herbeigerannt und warf sich der Königin zu Füßen.
»General Haremhab … Mit bewaffneten Männern … Sie sind bei Euch …«
Schon zeigte sich Haremhab allein am Eingang des Gartens. Mit bloßem Haupt und nacktem Oberkörper, Armbändern und einem plissierten Leinenrock über einem weißen Schurz und barfuß hatte er eine diskrete Eleganz gewählt. In diffuses Licht getaucht, ging der General selbstsicher auf die Königin zu.
»Ich hoffe, Eure Meditation nicht zu stören, Majestät, aber eine schwerwiegende Angelegenheit führt mich her.«
Die Dienerin zog sich zurück. Sie wollte unter gar keinen Umständen irgendwelche Staatsgeheimnisse erfahren.
»Botschafter Hanis ist soeben an der Grenze festgenommen worden. Er kam aus Asien. Es ist seine dritte Reise in sehr kurzer Zeit. Er behauptet, von niemandem beauftragt worden zu sein und aus persönlichen Gründen zu reisen. Meine Männer hatten seine Spur in den Ostprovinzen verloren, und ich weiß noch nicht, wohin er gegangen ist. Ist Euch das ebenfalls unbekannt?«
»Warum sollte ich diese Einzelheiten kennen, General?«
»Hanis war einer derjenigen, die Euch nahestanden. Habt Ihr ihm eine bestimmte Mission anvertraut?«
»Meine Rolle besteht darin, die Legitimität der Macht und das Glück Ägyptens zu garantieren. Keine andere Aufgabe fordert meine Aufmerksamkeit.«
In Haremhabs Blick mischten sich Leidenschaft und Vorwurf.
»Warum habt Ihr kein Vertrauen zu mir, Anchesa? Warum

schmiedet Ihr unmögliche Verschwörungen gegen mich? Vergeßt die Vergangenheit ... Denkt nur an den Augenblick, in dem wir endlich auf dem Thron Ägyptens vereint sein werden.«
»Geht hinaus, General. Betretet diesen Palast nur auf meinen Befehl hin. Die Trauerzeit ist noch nicht zu Ende.«
Haremhab verneigte sich.
»Ihr habt soeben die Karriere eines Botschafters zerstört, Majestät.«

Hanis sagte nichts. Er hielt seine Version aufrecht und gab vor, private Reisen nach Asien unternommen zu haben, um dort Freunde zu besuchen und Geschäfte zu machen. Aber die Anklage, er habe sich keinen Passierschein von der Militärverwaltung ausstellen lassen, blieb bestehen. Während des Interregnums, das Ägypten ohne König ließ, durfte niemand ohne triftigen Grund das Land verlassen.
Hanis brauchte nicht mit administrativen Sanktionen zu rechnen, die er zudem keineswegs fürchtete. Aber er war außerstande, seine Mission zu erfüllen, die doch so gut begonnen hatte. Der hethitische König und sein ältester Sohn Zannanza hatten den Friedensvorschlag nicht abgelehnt. Aber es galt noch, einen Vertragstext zu verfassen, in dem die Beiden Länder gleichwertig wären, oder anders gesagt, in dem Ägypten seine Position als erste Weltmacht abgesprochen wurde.
Der Frieden ... Wäre der Frieden diesen Preis wert? Hanis war nicht unglücklich darüber, in Theben festgehalten zu werden. Vielleicht hatte er sogar bewußt unvorsichtig gehandelt, um sich identifizieren zu lassen, als er den frequentiertesten Grenzposten wählte. Hanis hatte nicht den Mut, Anchesa einzugestehen, daß er ihre Projekte nicht guthieß.
Er hatte die Flucht gewählt. Die Flucht ins Schweigen. Wenn der Sturm sich legte, wenn Haremhab Pharao wäre, würde der

Botschafter voraussichtlich verurteilt werden und seine Habe verlieren. Man würde ihn vergessen. Ihm blieben genügend Freunde in Asien und Besitztümer im Ausland, um sich einen angenehmen Lebensabend zu gönnen.
Anchesa noch weiterhin zu helfen wäre reiner Wahnsinn.

In der Mumifizierwerkstatt ging die Arbeit ihrem Ende zu. Ein Spezialist machte sich daran, die rituellen, Hunderte von Metern langen Leinenbänder anzulegen, indem er bei Fingern und Zehen begann. Der Mumifiziermeister mit der Anubismaske verteilte zahlreiche schützende Amulette auf der Mumie des Königs, die sie vor dem Verfall bewahrten, wobei er die Formeln rezitierte, die dazu dienten, die Kenntnis der Wege in der anderen Welt zu enthüllen. Auf Tutanchamuns Hals legte er ein goldenes Amulett mit dem Wort »Stabilität«, das im Jenseits das Aufrichten der Wirbelsäule und die Standhaftigkeit des Lichtwesens gewährleistete. Seine Büste wurde mit goldenen Ketten und Pektoralien geschmückt, auf denen farbiger Glasfluß, Karneol und Lapislazuli glänzten.
Der Mumifiziermeister und der Bandagenspezialist wichen einem Zeremonienmeister, der die Aufgabe hatte, der Mumie ihren königlichen Charakter zu verleihen. Mehrere Armbänder wurden um die Hand- und Fußgelenke gelegt, von denen eines ein »vollständiges« Auge darstellte, der auferstandene Blick glich dem der Gottheiten. Jeder Finger bekam eine goldene Hülle. Dann wurde eine Schürze mit mehreren Schnüren aus Glas- und Fayenceperlen angebracht. Am Gürtel wurde ein Stierschwanz befestigt, der Pharaos schöpferische Kraft im ganzen Universum enthielt. Unter dem Gürtel ein Dolch mit goldener Klinge. Er würde dazu dienen, die sichtbaren und unsichtbaren Feinde zu besiegen, die sich ihm auf den Wegen der Ewigkeit entgegenstellten. Den Nacken stützte ein kleiner Me-

tallschemel. Als Symbol des Horizonts ließ er Tutanchamuns Kopf einer Sonne gleichen, die jeden Morgen in der göttlichen Sonne wiedergeboren wurde.
Dann verdeckte der Zeremonienmeister das Gesicht mit einer goldenen, mit Geier und Kobra geschmückten Maske, die Ober- und Unterägypten darstellten. Der Kinnbart endete in einer Spirale. Pharaos auf der Brust gekreuzte Hände hielten die Insignien, die ihm die Souveränität Osiris' über die Reiche der Unterwelt übertrugen.
Der Leichnam wurde in einen Sarg aus massivem Gold gelegt.
Die Bestattungszeremonie konnte beginnen.

Die Gilde der Klageweiber gruppierte sich um den Königssarg. In langsamem Takt sangen sie die monotonen Lamentationen, die seit Urzeiten die Reise der Mumie bis ins Grab begleiteten. »Weint, weint ohne Unterlaß«, deklamierten sie im Chor, »der Reisende zieht in das Land des Jenseits! Er, der er von zahllosen Dienern und einem fröhlichen Hofstaat umgeben war, ist nun der Gefangene von Einsamkeit und Stille. Er, der durch die Gärten zu lustwandeln liebte, seinen Füßen Wanderschaft schenkte, er ist nun reglos, gefesselt von Bandagen, unfähig, sich zu befreien!«
Anchesa lauschte mit halbem Ohr den Liedern der Klageweiber, die bei jeder Bestattung die Mumie mit ihren magischen Gesängen umgaben, bevor das Wiederauferstehungsritual begann. Sechzig Tage waren seit Beginn der Trauerzeit vergangen. Der Königin blieben nur noch zehn Tage, um den neuen Pharao zu ernennen.
In Theben wie im Rest des Landes wuchs die Spannung. Niemand verstand die Gründe für Anchesas Schweigen. Ein einziger Kandidat bot sich an, General Haremhab. In Wahrheit

hatte seine Regentschaft schon begonnen. Sie mußte nur noch legitimiert werden.
Anchesa wurde von der Erinnerung an Tutanchamun heimgesucht. Jede seiner Gesten, jedes seiner Worte waren ihr gegenwärtig, als hätte der junge König die Welt der Menschen gar nicht verlassen. Mit jeder Sekunde, die verstrich, liebte sie ihn inniger und haßte Haremhab um so heftiger.
Haremhab hatte Tutanchamun ermorden lassen, um den Thron zu bekommen und sich ihrer zu bemächtigen, sie zu seiner Großen Königlichen Gemahlin zu machen. Dies war die entsetzliche Wahrheit, die keine Nachforschungen je würden beweisen können.
Sie würde das Los, das Haremhab ihr bestimmt hatte, niemals hinnehmen.
Ihr blieben noch zehn Tage, um eine Lösung zu finden.

Dem Ritual gehorchend, versuchten die Klageweiber zu verhindern, daß ihnen die Mumie entrissen wurde. Sie verdoppelten die Intensität ihrer Klagen, sie klammerten sich an den Sarkophag und flehten den Verstorbenen an, bei ihnen zu bleiben. Sanft wurden sie von der Mannschaft der Priester zur Seite geschoben, die mit dem Transport betraut waren und den Sarkophag auf einen von Ochsen gezogenen Schlitten hoben. Vor der Prozession ging ein Zeremonienmeister mit einem langen Stab. Ihm folgten neun Gestalten, die »Brüder des Königs«, die gleichzeitig die Neunheit der Leben schaffenden Götter und den Rat der Weisen verkörperten und beauftragt waren, den Monarchen in dieser und der jenseitigen Welt zu leiten.
Direkt hinter dem Sarkophag trug Anchesa als »Gemahlin des Gottes« ein langes weißes Trägergewand, dessen Schnitt auf älteste Zeiten zurückging. Ihr langes schwarzes Haar wurde von

einem weißen Band gehalten. Frei von jeglicher Schminke, zog Anchesas schönes Gesicht aller Blicke auf sich. Man suchte darin den Ausdruck von Furcht, Spuren von Verzweiflung. Doch ihre ungewöhnlich feinen Züge blieben stumm, beinahe unbeteiligt. Und alle bemerkten die außerordentliche Ähnlichkeit mit Nofretete.

Eine lange Schlange von Dienern, die die Bewunderung der Menge auslöste, beobachteten die Träger des Bestattungsmobiliars, das den König auf seiner Reise ins Jenseits begleiten würde. Betten, Throne, Truhen, Sitze, Krüge, Vasen, Geschirr, Bögen, Keulen, zerlegte Wagen, Statuen, Boote, Spiele und Schmuck würden um den König herum den ihm vertrauten, rituellen Rahmen bilden.

Die Prozession bewegte sich mit extremer Langsamkeit auf die Anlegestelle zu, wo eine zahlenstarke Flotte wartete. Unter einer fahlen Sonne wurde der Nil überquert. Seine Ufer, sonst so belebt von Fischern, Badenden und spielenden Kindern, waren völlig still. Bald würden die Gesänge der auf den Kabinendächern der Boote sitzenden Klageweiber erschallen. Die Boote steuerten zum westlichen Ufer, wo sie von einer jungen, lächelnden Priesterin empfangen wurden, die den glücklichen, wohlmeinenden Tod verkörperte.

Der Trauerzug bildete sich erneut und machte sich auf den Weg zum Tal der Könige. Anchesa hob den Blick zu dem Gipfel, auf dem sie eine der entscheidenden Prüfungen ihrer Existenz erlebt hatte. Die Gesänge verstummten, als der Sarkophag für immer das grünende Land verließ, um in die wüstenartige trockene Ebene einzudringen. Der Weg verengte sich zwischen den Felsen und endete vor dem Eingang zum Heiligtum der Pharaonen, bewacht von Haremhabs Soldaten.

Die Sonne wurde heißer. In dem Kessel des Tals der Könige, umgeben von hohen, steilen Mauern, war keine Luftzirkulation

möglich. Anchesa erlitt einen leichten Schwächeanfall, ließ sich aber nichts anmerken. Diener wedelten den Würdenträgern mit Fächern Luft zu, so daß sie wieder zu Atem kommen konnten. Die Pause währte nur ein paar Minuten. Die »Brüder« des Königs zogen den Schlitten in Richtung des kleinen Grabes, das vorgesehen war, Tutanchamuns Mumie aufzunehmen.
Baumeister Maja stand auf der Schwelle.
»Ist die Grabstätte bereit?« fragte die Königin.
»Die Malereien sind beinahe trocken«, antwortete Maja. »Ich habe einen schönen Trog aus Sandstein gefunden, doch der Deckel ist aus Granit. Man wird die Kapellen auseinandernehmen, die Teile einzeln in die Schatzkammer bringen und dort wieder zusammensetzen müssen. Ich habe meinen Handwerkern genaue Anweisungen gegeben. Sie sind es, die sich um alles kümmern.«
Die Mumie wurde mit dem Kopf nach Westen aufgestellt. Auf diese Weise würde der König, wenn der Seelenvogel die Mumie bei Tagesanbruch reanimieren würde, nach Osten schauen, von wo das Licht erschien. Die Handwerker brachten auf engem Raum zweiundzwanzig Boote verschiedener Größen unter, die der König benutzen würde, um auf den Seen und Kanälen der anderen Welt zu segeln, sowie eine Unmenge von Gegenständen, die die Träger herbeibrachten. Dazu kamen Krüge mit Wein aus Atons Domäne, eine letzte Erinnerung an die Feste im Hofe der Sonnenstadt.
Der Meistermagier des Hofes brachte mehr als vierhundert Statuetten in der Höhle unter, aus Granit, Fayence, Alabaster, Quarz und Holz, alle sorgfältig in Kästen aufgereiht. Man nannte sie »Bürgen«, und sie hatten die Aufgabe, an Stelle des toten Königs auf den Feldern des Jenseits zu arbeiten. Daher waren sie mit mehr als zweitausend Landwirtschaftsgeräten ausgestattet, die unerläßlich waren, um die Erde zu kultivieren, die Ufer

zu bewässern und Material von Osten nach Westen zu transportieren. Auf manche von ihnen gravierte der Magier die hieroglyphische Formel, die sie dem Ruf des wiedererstandenen Pharao folgen lassen würde.

Die Mumie des Königs war jetzt durch drei ineinandergestellte Sarkophage geschützt. Anchesa hatte ihrem Gemahl eine Kette aus Blumen und Blättern um den Hals gelegt, die die Landschaften Ägyptens symbolisierten, die er auf die andere Seite, jenseits des scheinbaren Todes, mit sich nehmen würde.

Am Kopfende des Sarkophags rezitierte die Königin, die den Sandsteintrog mit beiden Armen in einer letzten Umarmung umfaßte, die Gebete der Isis zur Auferstehung ihres verstorbenen Gemahls. Aus ihrem Munde klangen die rituellen Formeln wie ein Liebeslied. Sie schenkte all ihren Glauben, all ihre Hoffnung dem jungen, in den Netzen des Todes gefangenen Pharao. Sie wußte, daß ihre Energie in den leblosen Körper übergehen und daß ihm die Magie der Worte die Pforten eines neuen Lebens öffnen würden.

Anchesa trat zurück, um den »göttlichen Vater« Eje handeln zu lassen. Der Greis hatte ein mit Sternen übersätes Pantherfell angelegt. Mit einem Zimmermannswerkzeug, einem Drechsel, öffnete er Mund und Augen des Sarkophags, der auf diese Weise zum Auferstehungsleib wurde. Die Seele des Grabes war soeben erschaffen worden. Nun war es keine Grabstätte mehr, sondern ein Ort der Regeneration, an dem für das menschliche Verständnis unerreichbare Wanderungen zwischen Himmel und Erde stattfinden würden. Nachdem der »göttliche Vater« seine Handlung vollzogen hatte, verließ er rückwärts den Raum. Nun trat Baumeister Maja mit fünf Statuetten von »Bürgen« hinein. Es war ihm wichtig, seinem verstorbenen Freund diese hölzernen Handwerker zu schenken, die in den himmlischen Paradiesen Pharaos beste Diener sein würden.

Maja rief vier Männer herbei, um den Deckel auf den Sarkophag zu heben. Die Königin blieb in einer Ecke des Bestattungszimmers. Der Raum war so eng, daß die Zimmerleute Mühe hatten. Einer von ihnen hatte Majas Befehl falsch verstanden und entfernte den Keil, für den er verantwortlich war, zu früh, so daß der Granitdeckel zu hart auf den Sandsteintrog krachte und einen Riß bekam.

Wütend setzte Maja allein die Siegel auf die Türen der Räume mit dem Bestattungsmobiliar. Morgen würden die letzten Öffnungen zugemauert werden, so daß ein vollständig geschlossener Raum entstand, in dem sich die Spiele eines übernatürlichen Lichts entfalten würden.

»Es ist Zeit, diesen Ort zu verlassen«, sagte Maja zu der Königin.

»Ich habe keine Lust dazu«, sagte sie mit sehr sanfter, fast tonloser Stimme. »Ich möchte an seiner Seite bleiben. Wir brauchen einander.«

»Tutanchamun betritt ein anderes Königreich. Ihr, Majestät, müßt unter uns bleiben. Eure Seele wird weiterhin mit der seinen kommunizieren.«

Maja hatte recht. Anchesas verrückter Traum zerrann. Man würde sie nicht einen letzten Schlaf an der Seite ihres Gemahls schlafen lassen. Sie erlitt das Unglück, Königin zu sein.

»Ihr werdet mit ihm sein«, fuhr Maja fort. »Meine Bildhauer haben Euer Gesicht auf die Türen und auf das goldene Naos graviert.«

Anchesa lächelte. Ja, so würden sie überleben, Tutanchamun und sie, einander verliebt anschauend, sich den Freuden der Jagd in den Sümpfen hingebend.

Die Königin schenkte ihrem Gemahl Blumen und Ketten, parfümierte ihn, liebkoste ihn. Dank des Genies der Kunsthandwerker, ihrer Brüder, würden Tutanchamun und Anchesa einander in alle Ewigkeit lieben.

Die Königin stellte eine Alabasterschale in der Form einer Lotosblütenkrone auf die Schwelle der Vorkammer. Rundum hatte Anchesa selber einen Text graviert: »Mögest du leben, Tutanchamun, möge deine Schöpferkraft leben; mögest du Tausende von Jahren in der Liebe von Theben leben, das Gesicht in den sanften Nordwind gewandt das Glück betrachten.«

Die Sonne sank tiefer.

Warum war es nötig, sich von dem geliebten Wesen zu trennen? Warum sich für immer von der Freude zwischen ihnen entfernen, von der Lust, sich am Morgen anzuschauen?

»Ich begleite dich«, murmelte Anchesa. »Du bleibst schweigsam, du sprichst nicht mehr zu mir, aber ich, ich werde weiterhin mit dir reden. Nicht einen Augenblick wirst du allein in diesem Grab sein, nicht einen Augenblick ...«

Tutanchamuns Grab war verschlossen, die Bestattungszeremonie beendet.

Auf dem Westufer war ein riesiges Bankett vorbereitet worden. Im Schein von Fackeln schickten sich die Gäste an, in der Frische einer Frühlingsnacht das Ende der Trauerzeit zu feiern. Die Männer hatten sich die Bärte rasiert, die Frauen ihre schlichten Kleider gegen die Gewänder nach der neuesten Mode eingetauscht. Jeder geladene Gast hatte einen Blütenkranz erhalten. Die Sterne glänzten, filterten das Licht der verborgenen Sonne. Die Freude wurde wiedergeboren. Am Morgen würde Anchesa den Namen des neuen Pharao bekanntgeben. Sie würde damit bis zur letzten Sekunde der rituellen Periode gewartet haben, die ihr gewährt war, um die pharaonische Macht weiterzugeben. Sämtlichen einflußreichen Mitgliedern des Hofes war es wichtig gewesen, dieses außergewöhnliche Ereignis mit ihrer Anwesenheit zu unterstreichen. Nicht einer, der sich nicht für General

Haremhab ausgesprochen hätte, nicht einer, der es unterlassen hätte, ihn demonstrativ zu ehren. Der zukünftige Herrscher Ägyptens war offensichtlich nervös und trug seinen Sieg nicht deutlich zur Schau. Seine Frau Mut dagegen zögerte nicht, sich als königliche Gemahlin zu präsentieren, entschlossen, Tutanchamuns unglückliche Witwe in die Vergessenheit zu verbannen. Anchesa blieb in der Haltung des Schreibers bis in die Mitte der Nacht in Meditation vor dem Eingang zu Tutanchamuns Grab. Baumeister Maja, immer weniger interessiert an den Angelegenheiten der Menschen, war in das Handwerkerdorf zurückgekehrt. Haremhabs Ernennung würde er früh genug erfahren.

Das Tal der Könige war still und verlassen. Der Geist der Königin schwebte zwischen Tod und Leben, zwischen der Finsternis der Erde und den Lichtern des Himmels. Wie sie es bereute, ihre Union mit Tutanchamun nicht besser gelebt zu haben, ihre Gefühle vagabundieren lassen zu haben ... Sie war die Frau eines Pharao gewesen, sie hatte die Existenz des Meisters des Universums geteilt, sie hatte noch immer für ein paar Stunden das höchste Amt des Staates inne. Diese Jahre waren wie im Traum vergangen.

Eine Zukunft gab es nicht mehr. Warum zu den Lebenden zurückkehren? Würde ihr der räuberische Tod nicht die Gunst gewähren, ihr hier und jetzt ihre Seele zu nehmen?

Anchesa fühlte, daß sie, wenn sie sich der Verzweiflung überließ, Tutanchamun verriet und das Spiel seines Mörders, des Generals Haremhab, spielte. Die Königin hatte zweifellos keinerlei Zukunft mehr, doch das galt nicht für Ägypten. Tutanchamun war tot, weil er zum König wurde, weil er dem Schicksal der Beiden Länder den Stempel seines Genies aufdrückte. Jenseits des jungen Königs gab es Aton, die göttliche Sonne, die sich eines Tages bei allen Völkern durchsetzen würde.

Eine Eule faltete ihre gewaltigen Flügel auseinander und flog ins Mondlicht hinauf. Sie stieß einen seltsamen, beinahe menschlichen Schrei aus, als überbringe sie dem einzigen Wesen, das es zu hören vermochte, eine Nachricht aus dem Jenseits.
Anchesa schloß die Augen. Eine Vision stieg in ihr auf. Die Vision von Ägypten, den Flammen und den Plünderern ausgeliefert. Die hethitischen Streitwagen strömten in die Provinzen, Bogenschützen durchbohrten mit ihren Pfeilen die Brustkörbe ägyptischer Soldaten, Blut floß in Städten und Dörfern, der Nil färbte sich rot.
Anchesa hatte sich geirrt. Ihr Vater hatte sich verirrt. Und auch Haremhab hatte den falschen Weg eingeschlagen. Der Frieden mit den Hethitern durfte nicht geschlossen werden. Ihre Zunge war lügnerisch. Sie würden keinen Vertrag respektieren.
Die Königin erhob sich, sie wußte, was sie zu tun hatte. Sie hatte alle Hoffnung und alle Zukunft verloren. Doch sie würde Ägypten retten.

Nicht ein Höfling spürte die Wirkung fehlenden Schlafes. Der Tag war ermüdend gewesen. Das gute Essen hatte die Gemüter schwerfällig gemacht. Manch einer hatte zu viel Wein getrunken. Einige Männer und auch Frauen hatten sich sogar abgesondert, um sich zu erbrechen, ehe sie sich dem Kreis der Gäste wieder zugesellten. Doch keiner würde das Westufer vor dem Morgengrauen verlassen, vor dem Augenblick, da die Königin Anchesa gezwungen wäre, den Namen des neuen Pharao bekanntzugeben.
Ihre Abwesenheit von diesem großartigen Bankett war von der Gesamtheit des Hofes nachhaltig kritisiert worden. Die Stimme von General Haremhab hatte nicht in die Reden der Lästerer und der Spötter eingestimmt. Der zukünftige Herr über Ägypten, normalerweise so charmant, blieb kalt und distanziert.

Selbst seiner Gattin Mut war es nicht gelungen, ihm auch nur das kleinste Lächeln abzuringen.
Vor den Toren zur Macht erlebte Haremhab die Angst. Er wußte Ägypten zu regieren, meisterte die Verwaltung, genoß das Vertrauen der Armee. Ihm fehlte es nicht an Unterstützung. Seine Regentschaft würde eine großartige Regentschaft werden. Unter der Bedingung, daß die Intriganten ausgeschaltet wurden, die einen mittelmäßigen Hof bevölkerten, daß die Amunpriesterschaft gezwungen wurde, im Tempel zu bleiben ... und daß er Anchesa an seiner Seite hatte.
Warum präsidierte sie dieses Fest nicht? Welcher Dämon hatte sie dazu gebracht, allein in diesem finsteren, von toten Schatten bevölkerten Tal zu bleiben? Haremhab hatte lange geglaubt, Anchesa habe eine neue Strategie ausgeheckt, um zu versuchen, die Macht für sich allein zu behalten. Aber es blieb ihr kein einflußreicher Verbündeter mehr. Anchesa war außerstande, die geringste Initiative zu ergreifen. Für eine Frau ihres Schlages gab es nur eine Zukunft, ihn, Haremhab.
Gemurmel wurde laut.
Anchesa war soeben in Erscheinung getreten, getaucht in den ersten Schimmer des anbrechenden Tages. Sie hatte ihr verstaubtes Trauergewand anbehalten. Barfuß und mit ausgeruhtem, strahlendem Gesicht stieg sie auf eine Erhebung, von der aus sie die Versammlung der Höflinge überblickte.
Eine Morgenbrise kam auf. Der Osten färbte sich rosa.
»Die Zeit der Trauer ist zu Ende«, erklärte sie mit einer Stimme, deren Kraft und Klarheit die Anwesenden überraschte. »Der König Tutanchamun ist in seiner Wohnung der Auferstehung. Er befindet sich nun unter den Göttern und glänzt am Himmel inmitten der Sterne. Sein Name wird auf der Liste der ägyptischen Herrscher prangen.«
Die Königin hob die Augen zum Firmament. Bald würde die

Sonne, Siegerin über die Finsternis, aus dem Feuersee tauchen, den sie unversehrt durchquert hatte.
»Pharao ist auferstanden«, fuhr Anchesa fort. »Der Thron der Lebenden ist nicht mehr leer. Das Licht erhellt Ägypten aufs neue. Ich ernenne zum Herrn über die Beiden Länder, dem jedermann Gehorsam schuldet … den ›göttlichen Vater‹ Eje.«

36

Auf dem großen Markt von Theben gab es nur ein Gesprächsthema: die offizielle Ankündigung der Hochzeit einer zwanzigjährigen Königin mit einem Greis, der Pharao geworden war, dem »göttlichen Vater« Eje. Befürworter und Gegner der unglaublichen Wahl der Großen Königlichen Gemahlin lieferten sich die gewaltigsten Wortgefechte.

Der Hof verharrte in sprachlosem Staunen. Niemand glaubte, daß Anchesa aus freiem Willen gehandelt hatte. Eje mußte okkulte Einflüsse benutzt und sich geheimer Akten bedient haben, um die junge Königin zu zwingen, ihn zum Herrn über die Beiden Länder zu ernennen. Niemand hatte dem alten Höfling mißtraut, dessen schwächliches Aussehen seinen großen Ehrgeiz aufs allerbeste kaschierte.

Wie viele Jahre würde seine Regentschaft dauern? Würde er lange Zeit die Kraft zum Regieren haben? Würde Haremhab diese neue Niederlage ertragen, ohne mit Gewalt zu reagieren? Theben, die Glanzvolle, hatte Angst. Sie rief die Erinnerung an Echnaton wach, der auch der verhaßten Hauptstadt alle Freude und alle Heiterkeit vertrieben hatte.

Ägypten hatte einen neuen Pharao.

Aber dem doppelten Reich gelang es nicht, sein Vertrauen wiederzufinden.

Von der Terrasse des Palastes aus schaute Anchesa zu, wie die Metzger fette Ochsen zum Schlachthof führten. Die Männer sangen. Die Tiere bewegten sich ruhig mit gleichmäßigen Schritten vorwärts. Ein Stück weiter drang eine Gruppe von Schreibern in die Büros. Arbeiter reparierten eine Ziegelmauer. Lachende junge Mädchen spielten Fangen.

Anchesa lächelte.

Sie versuchte das Unmögliche. Sie würde es schaffen.

Früh am Morgen hatte sie sich der fachkundigen Pflege ihrer nubischen Dienerin hingegeben, die sie mit Inbrunst gekämmt und geschminkt hatte. Nahm das Leben nicht wieder seinen Lauf? Hatten die glücklichen Tage nicht wieder begonnen? Anchesa sollte die schönste aller Königinnen sein. Sie würde die Gunst der Götter anziehen.

Anchesa verließ die Terrasse und ging hinunter zum Blumenpavillon, wo Eje, der neue Pharao, sich ausruhte. Er litt unter Migräneschüben, die ihm jegliche Aktivität untersagten. Die Ärzte hatten ihm beruhigende Mittel und Dampfbäder verschrieben.

»Wie fühlt Ihr Euch?« fragte Anchesa. »Dieser Frühling ist wundervoll. Er wird Euch gesund machen.«

»Ich bin alt und krank«, entgegnete Eje, ohne die Augen aufzumachen. »Wie soll ich die Pflichten eines Königs von Ägypten erfüllen?«

»Eure Gefühle sind ziemlich unwichtig«, meinte die Königin. »Ihr habt keine Wahl. Jedermann respektiert Euch als den legitimen Pharao. Ihr müßt Euch auf Eure erste Ratssitzung vorbereiten.«

»Dazu bin ich außerstande. Ich finde keinerlei Geschmack mehr an der Macht, Anchesa. Laßt mich in Frieden sterben.«

Pharao Eje, gekrönt mit der blauen Krone, die Herrschaftsinsignien in der Hand, hielt eine Woche später seine erste Ratsversammlung ab. An seiner Seite, ein kleines Stück hinter ihm auf einem etwas niedrigeren Thron, die Große Königliche Gemahlin Anchesa. Sie hatte den Greis gezwungen aufzustehen, durch den Garten zu spazieren, die wichtigsten Akten zu konsultieren. Sie hatte ihn überredet, ein einziges Thema zu behandeln. Eje hatte nachgegeben.

Der Ratssaal, in lebhaften Farben gestrichen, war nur zehn hohen Würdenträgern, unter ihnen Haremhab, geöffnet worden. Die Königin bemerkte Majas Abwesenheit.

Pharao verkündete die Ernennung der Minister, unter denen weder Hanis noch Nachtmin, noch Maja, der den Status des Baumeisters beibehielt, fungierten. Haremhab übernahm wieder die Spitze der Armee. Zu seiner großen Überraschung setzte sich die neue Regierung aus seinen nächsten Mitarbeitern zusammen. Er selber hätte keine andere Wahl getroffen. Die ebenso verwunderten Ratsmitglieder stimmten Pharaos weisen Entscheidungen begeistert zu.

»Heute bietet nur ein einziges Thema Grund zur Besorgnis«, fuhr Eje fort, »der Kriegswille der Hethiter. Höchst alarmierende Berichte sind mir zugekommen. Wir müssen sie angreifen, ehe sie uns überfallen.«

»Es gibt Dringenderes, Majestät«, warf Haremhab ein. »Meine eigenen Informationen sind nicht so pessimistisch. Beschäftigen wir uns zunächst mit Ägyptens Wohlergehen. Es hängt ab von der guten Gesundheit und der Kraft des Königs. Aufgrund des hohen Alters Seiner Majestät und seiner Erschöpfung ist es unerläßlich, daß wir schnellstens ein Fest der Regeneration veranstalten. Es wird dem ganzen Land beweisen, daß die magische Gunst der Götter im Herzen des Herrschers der Beiden Länder wohnt.«

Eje wußte nichts zu entgegnen. Er wagte es nicht, Anchesa um Rat zu fragen, und beendete die Ratssitzung.

Eje war erneut bettlägerig und verbrachte die meiste Zeit schlafend. Anchesa blieb auf der oberen Terrasse, wieder einmal wütend auf Haremhab, der über seiner Machtgier Ägyptens Wohlergehen vergaß. Sie wußte, daß der General in seiner Gesetzestreue keine Gewaltaktion gegen den legitimen Pharao unternehmen würde. Doch wie hätte sie vorhersehen sollen, daß er sich weigerte, gegen die Hethiter in den Krieg zu ziehen, und Eje zwang, sich zurückzuziehen, indem er einen rituellen Vorwand benutzte? Eje war außerstande, die Erfordernisse einer wahren Krönung körperlich durchzustehen, weniger noch diejenigen eines Regenerationsfestes, das sich über mehrere Tage erstreckte.

Haremhabs Niederträchtigkeit empörte Anchesa. Sie war sicher gewesen, seinen Ehrgeiz zu befriedigen, indem sie seine Freunde zu Ministern ernannte, ihm die eigentliche Regierung Ägyptens in die Hände legte und ihm die Möglichkeit eines großen militärischen Sieges bot. Er allein war fähig, die Truppen der Berufssoldaten mitzureißen und Soldaten zu rekrutieren, um einen Feldzug in Asien erfolgreich durchzuführen.

Doch er wollte nur regieren … Und er würde ein schwacher Pharao sein, unfähig, die wahren Gefahren vorherzusehen.

»Trinkt«, empfahl Haremhab dem obersten Baumeister. »Es ist ein exzellentes Bier.«

Maja lehnte das Angebot ab. Die Soldaten, die ihn zu der Villa des Generals geführt hatten, hatten ihm nicht die Wahl gelassen, die Einladung abzulehnen.

»Es ist gefährlich, einen Baumeister in dieser Weise zu provozieren«, bemerkte er. »Ihr riskiert einen Streik sämtlicher Handwerker Ägyptens und die Auflehnung eines Teils der Bevölkerung.«

»Nichts als sinnlose Drohungen, Maja! Ich habe keinerlei böswillige Absichten Euch gegenüber. Ihr seid nicht mehr der oberste Schatzmeister, doch Ihr kennt die Akten ganz genau. Ich brauche Eure Fähigkeiten. Ihr seid es, dem ich die großen Baustellen anvertrauen möchte … Und vor allem die Instandhaltung der thebanischen Tempel.«

»Tutanchamun war mein Herr.«

»Ich kenne Eure Treue«, sagte Haremhab. »Und ich weiß auch, daß Ihr keinerlei Zuneigung zu Königin Anchesa und ihrem neuen Gemahl hegt.«

Der Baumeister nahm die Schale an, die ihm der General reichte.

»Was genau erwartet Ihr von mir?«

»Daß Ihr genauso weitermacht wie bisher. Tutanchamun liebte die Stadt Theben. Ich auch. Ich will, daß sie die schönste Stadt der Welt bleibt. Eure Mitarbeit und Eure Mannschaften sind für mich unentbehrlich. Ihr habt meine uneingeschränkte Unterstützung und könnt in Frieden arbeiten. Sind Euch diese Bedingungen genehm?«

»Ich bin Baumeister und Handwerker«, antwortete Maja.

Anchesa behütete Eje mit der Zärtlichkeit einer Tochter. Der alte Pharao bat sie, ihm seine Schwäche zu verzeihen. Er wäre ihr gerne nützlich gewesen, hätte ihr gern geholfen, die Macht zu bewahren, deren er sie würdig fand. Anchesa machte ihm keine Vorwürfe. Sie flehte ihn an, sich an sein Dasein zu klammern und sich nicht zu bald an Gott zurückzugeben. Solange Eje am Leben war, wäre Haremhab gezwungen, das Herrscherpaar zu respektieren. Der alte König versprach der Königin, so lange zu kämpfen, wie sein *ka* es ihm erlaubte.

Es war schon Nacht, als die nubische Dienerin die Ankunft eines sonderbaren Besuchers meldete, eines Werkmeisters, der der Bruderschaft von Deir el-Medineh angehörte. Grimmig bat der Mann Anchesa, ihm zu folgen. Ein schwerwiegender Zwischenfall hatte sich im Tal der Könige ereignet. Die Anwesenheit der Königin erwies sich als unumgänglich. Mit Fragen bedrängt, gab der Mann keine weiteren Einzelheiten preis.
Sie überquerten den Nil auf einem kleinen Boot, das der Werkmeister zum Westufer steuerte, wo zwei Pferde sie erwarteten. Sie galoppierten zum Eingang des Tals der Könige, wo ungewöhnliche Lichter schimmerten. Vor dem Eingang zu Tutanchamuns Grab verhandelten Steinmetze mit Baumeister Maja.
»Was ist los?« fragte die Königin.
»Tutanchamuns Grab ist von Räubern ausgeplündert worden«, berichtete Maja. »Sie haben die Salben und Schmuck gestohlen. Sie haben die Truhen geleert, die Möbel umgestoßen und zahlreiche Gegenstände verstellt.«
»Aber … warum?«
»Um den Ort der Auferstehung des Königs zu profanieren und den Seelenvogel zu hindern, seinen Lichtleib zu beseelen. Es ist das übelste aller Verbrechen.«
Der Zorn des Baumeisters war nicht zu übersehen. Anchesa zitterte vor Erregung und Empörung.
»Wer … wer ist der Schuldige?«
»Das weiß ich noch nicht.«
»Was werdet Ihr tun?«
»Das Bestattungsmobiliar so schnell wie möglich aufräumen und das Grab wieder verschließen. Ich werde den Eingang mit Steinen kaschieren, so daß man seine Existenz vergißt. Ich werde die Pläne vernichten. Die Handwerker, die die Arbeit ausführen, werden Geheimhaltung schwören. Niemals wird das Grab meines Königs mehr geplündert werden. Nie mehr.«

General Haremhab gewährte unverzüglich die Audienz, die Baumeister Maja erbat. Der General war höchst zufrieden, die Zusammenarbeit in Gang kommen zu sehen, die, so hoffte er, fruchtbar werden würde.
Haremhab war über die Haltung seines Besuchers erstaunt. Majas Gesicht war kalt und verschlossen.
»Auf mich und meine Handwerker braucht Ihr nicht mehr zu zählen«, erklärte der Baumeister.
»Was ist los?«
»Das wißt Ihr ganz genau.«
»Ich versichere Euch, ich habe keine Ahnung. Werdet deutlicher.«
Maja stieß seine Antwort in einem Atemzug heraus.
»Tutanchamuns Grab ist geplündert worden.«
»Wagt Ihr es etwa, mich eines solchen Frevels zu beschuldigen?«
Der Baumeister antwortete nicht, aber sein wütender Blick sagte alles.
»Ihr irrt Euch«, protestierte Haremhab. »Ich werde die Urheber dieses Verbrechens aufspüren. Das göttliche Recht darf nicht mit Füßen getreten werden. Ich beauftrage Euch mit dem Schutz des Grabes.«
»Das Tal der Könige wird von meinen Leuten drei Tage lang bewacht werden, und der Zugang ist jedem Unbefugten untersagt. Die Grabstätte wird vor den Blicken der Menschen verschwinden. Ihr Standort wird aus ihrer Erinnerung gelöscht.«
Haremhab überlegte einen Moment.
»Und wie sollen wir den Kult für Tutanchamuns Seele zelebrieren?«
»Zunächst, indem wir Statuen von ihm im Tempel von Karnak aufstellen. Und später, indem wir einen Bestattungstempel für ihn errichten.«

»Eure Werkstätten sollen sich sofort an die Arbeit machen.«
Ohne einen Gruß wandte Maja sich um. Auf der Schwelle blieb er noch einmal stehen.
»Tutanchamun hat von Plünderern nichts mehr zu fürchten. Aber vergeßt nicht, die Schuldigen zu finden und zu bestrafen. Wenn nicht, wird Euch kein ägyptischer Arbeiter mehr gehorchen.«
Haremhab hatte beschlossen, niemals einen Tempel für Tutanchamun bauen zu lassen. Weder dieser kleine König noch Echnaton der Häretiker, noch dieser alte Höfling Eje würden auf den Königslisten erscheinen. Haremhabs Regentschaft würde direkt an die des großen Amenophis III. anschließen, so daß Ägyptens Glanz nicht durch ein paar Jahre des Irrtums befleckt würde. Daß Tutanchamuns Grab unter einem Haufen von Sand und Steinen verschwinden würde, war eine ausgezeichnete Nachricht.
Das Schicksal diente den Absichten des Generals. Doch die Plünderung war ihm ein Greuel. Und er fürchtete, die Schuldigen zu kennen.

Haremhab brauchte keine langwierigen Nachforschungen anzustellen. Er entdeckte die Salben und die gestohlenen Schmuckstücke in den Zedernholztruhen seiner Gattin Mut.
Als letztere von ihrem Morgenspaziergang am Nilufer zurückkam, fand sie ihren Gatten in ihrem Gemach. Er hatte die Dienerinnen aus den Privatgemächern der Hausherrin geschickt. Er saß in der Schreiberposition und schaute sie verachtungsvoll an.
»Dann hast du es also durchschaut ...«, sagte sie.
»Warum hast du das getan? Wer sind die Männer, die dir geholfen haben?«
»Mein Koch, mein Kammerdiener und zwei Handlanger. Sie

haben einen Arbeiter bestochen, um den Plan für dieses verfluchte Grab zu bekommen.«

Mut zeigte keinerlei Gewissensbisse. Selbstsicher ging sie um ihren reglos sitzenden Mann herum.

»Ist dir klar, daß du eine Verbrecherin bist?«

»Ich will Anchesa vernichten!« ereiferte sie sich. »Und das beste Mittel dazu, war das nicht, die Ruhe dieses unfähigen Königs zu stören, den sie so sehr zu lieben vorgibt? Ich hätte gewünscht, daß sein Grab verwüstet, seine Mumie zerhackt würde! Anchesa wäre vor Verdruß gestorben ... Leider sind meine Männer gestört worden.«

Mut stützte sich auf einen Stuhl mit Sprossenlehne. Sie wußte, daß ihr Mann ein Auge auf diese verfluchte Königin geworfen hatte. Sie wollte ihm klarmachen, daß sie sich nicht verstoßen lassen und daß sie kämpfen würde wie eine verletzte Löwin.

Haremhab sagte lange Zeit gar nichts. Mut bekam es mit der Angst zu tun. Im Laufe der Minuten verlor sie ihre Selbstsicherheit.

Schließlich sprach der General das Urteil aus.

»Du wirst die Salben und den Schmuck verschwinden lassen. Sie müssen beseitigt werden, ohne daß die geringste Spur davon bleibt. Die Männer, die du benutzt hast, werden noch heute in die Oasen deportiert und werden nie wieder nach Theben zurückkommen. Und was dich betrifft: Wenn du noch ein einziges Mal das Gesetz übertrittst, werde ich nicht zögern, dich verurteilen zu lassen.«

Haremhab stand auf. Auf dem Weg zu den Oasen würde die Karawane von Räubern überfallen werden, und es würde vier Opfer geben. Der General konnte nicht riskieren, die Grabplünderer am Leben zu lassen. Mut triumphierte. Haremhab liebte sie noch immer. Er wagte es nicht, streng gegen sie vorzugehen. Sie war froh, ihm ihren Plan nicht vollständig offenbart zu

haben. Es war ihr nicht gelungen, Tutanchamuns Grabstätte vollständig zerstören zu lassen, aber sie hatte noch nicht aufgegeben, gegen Anchesa zu kämpfen.
Ein Krieg ohne Erbarmen, der sehr bald mit einem Sieg enden würde. Ganz schnell würde Mut die Große Königliche Gemahlin von Pharao Haremhab sein.

Anchesa hatte Eje voller Aufopferung gepflegt. Der Greis saß im Garten, gleichgültig gegenüber der Sonne und der milden Luft. Die Angelegenheiten der Menschen gingen ihn nichts mehr an. Die Königin hatte ihm berichtet, daß die Grabschänder von Tutanchamuns Grab gefaßt und in die Oasen deportiert worden waren. Unterwegs hatten sie bei einem Handgemenge mit einer Beduinenbande den Tod gefunden. Baumeister Maja hatte keinen Streik angeordnet. Die Arbeiter seiner Gemeinschaft restaurierten die ältesten Gräber des Tals der Könige und pflegten den Tempel von Karnak.
Die junge Frau hatte mehrfach versucht, den alten Pharao an der Führung der Staatsgeschäfte zu interessieren. Verlorene Mühe. Eje verschloß sich in Schweigen. Er lebte in seinen Erinnerungen. Erneut eine Ratsversammlung zu leiten schien seine Kräfte zu übersteigen.
Anchesa gestand sich ihre Niederlage ein. Sie war allein und ohne Verbündete. Sie hatte keine Wahl mehr.
Am frühen Abend verließ sie den Palast, begleitet von ihren Hunden Stier und Widder. Sie wollte durchs Land streifen, dem Blick der kleinen Leute begegnen, lachenden Kindern zulächeln, die hinter fetten Ochsen auf dem Heimweg von den Feldern herrannten.
Anchesa wanderte ohne Ziel.
Sie verließ Theben, durchquerte die Vororte und gelangte in ein Dorf, das ins Feuer der untergehenden Sonne getaucht war.

Vor einer alten Frau, die auf der Schwelle einer bescheidenen Hütte aus getrocknetem Lehm saß, blieb sie stehen. Sie betrachtete sie geraume Zeit, als wolle sie ihre Erinnerung mit diesem Anblick ausfüllen.
Anchesa würde niemals alt sein. Sie würde die unerträglichen Schmerzen in den Knochen und die Mühe beim Laufen nicht kennen, sie würde keine Runzeln bekommen, und ihr Augenlicht würde nicht schwächer werden.
»Was wollt Ihr?« fragte die alte Frau, ohne den Kopf zu heben.
»Ich würde gern die Nacht bei Euch verbringen«, antwortete die Königin.
»Hast du kein Haus mehr?«
»Doch ...«
»Dann hast du also keinen Mann mehr. Ich bin blind und Witwe. Hier im Dorf sorgt man für mich. Man ernährt mich, man gibt mir Kleider für den Winter, die Alten kommen und reden mit mir. Das Leben ist gar nicht so traurig. Tritt ein. Hinten im Zimmer liegt eine zusammengerollte Matte. Ich werde auf der Schwelle schlafen, ich bin es gewöhnt.«
Anchesa zögerte. Ihre beiden Windhunde gingen voran in die Hütte. Sie verließ sich auf ihr Urteil und folgte ihnen. In dem Raum mit dem Boden aus gestampftem Lehm stand als einziges Möbelstück eine Truhe mit einem knarrenden Deckel. Grob in die Rückwand gehauen war eine kleine Nische mit einer Statuette der Göttin Isis.
Die Königin entrollte die Matte. Draußen breitete sich die Nacht über das Land, die Sonne drang in die Finsternis, bereit, den schwierigen Kampf gegen den Drachen der Unterwelt zu fechten. Diesmal würde sie vielleicht eine Niederlage erleiden. Vielleicht würde sie niemals mehr hell werden.
Anchesa streckte sich auf der Matte aus. Stier und Widder legten sich zu beiden Seiten neben ihre Herrin, die fast sofort ein-

schlief und von einem glücklichen Kind träumte, das neben ihr spielte und ihr um den Hals fiel und sie küßte.

Die drei Männer, die der Königin überallhin folgten, hatten eine solche Gelegenheit nicht zu erhoffen gewagt.
Sie verließ allein vor der Morgendämmerung eine Hütte, wo sie die Nacht verbracht hatte. Sie hatten sie aus guter Entfernung beobachtet, als sie den Palast verließ, um, begleitet von den beiden Windhunden, in die Felder zu gehen.
Die drei Männer im Dienste der Dame Mut, der Gemahlin von General Haremhab, hatten einen präzisen Auftrag: Anchesa umzubringen. Die Dame Mut hatte ihnen ein wahres Vermögen sowie Landbesitz versprochen, wenn es ihnen gelänge, es wie einen Unfall aussehen zu lassen. Falls sie verhaftet würden, würde sie niemals zugeben, ihnen einen Befehl erteilt zu haben. Den Mördern waren die Schwierigkeiten ihres Unterfangens und die Gefahren, die damit verbunden waren, durchaus bewußt. Doch Reichtum wäre ihre Belohnung. Sie hatten beschlossen, mit äußerster Vorsicht zu handeln. In die Privatgemächer der Königin einzudringen war viel zu riskant. Sie warteten auf einen Ausflug im Boot oder in einer Sänfte mit zahlenmäßig geringer Eskorte oder auch auf eine Zeremonie, die Anchesa zelebrierte.
Die Königin erwies sich als wesentlich großzügiger. In diesem verlassenen Dorf schenkte sie ihre graziöse Gestalt dem Tod, dessen Überbringer sie waren. Der eine hatte eine Sichel, mit der er die junge Frau bedrohen würde. Die beiden anderen würden sie erwürgen. Sie würden ihre Leiche in den Nil werfen, an einer Stelle, wo das Ufer glitschig war. Man würde glauben, daß sie ertrunken sei. Niemand hatte die drei Männer gesehen, niemand hatte das Wort an sie gerichtet.
Das Schicksal war ihnen hold.

Als sie Anchesa umzingelten, stromerten die beiden Windhunde weit weg von ihrer Herrin herum. Der erstickte Schrei, den sie ausstieß, genügte, um sie zu alarmieren. Widder, der schnellere, stürzte sich auf den Mann mit der Sichel. Er rammte einen Zahn in die Schulter des Mannes, dem es gelang, dem Hund die Kehle durchzuschneiden. Dennoch ließ Widder nicht los. Im Tode machte er seine letzte Beute unschädlich. Stier verpaßte den beiden anderen Verbrechern schwere Bißwunden. Mit gemeinsamer Kraft gelang es ihnen, dem Windhund das Genick zu brechen, bevor sie in ihrem eigenen Blut zusammenbrachen.
Das Drama hatte nur wenige Sekunden gedauert. Dorfleute, die vom Bellen der Hunde und den Schreien der Männer aufgewacht waren, näherten sich.
Anchesa beugte sich über die Leichen ihrer treuen Gefährten. Sie umarmte sie und wußte, daß sie sie im Jenseits wiederfinden würde, wo sie sie auf den Wegen der Ewigkeit begleiten würden. Sie hatten ihr Leben hergegeben, um ihres zu retten.
Jetzt war die Königin von Ägypten wirklich allein.

37

Trotz der Proteste einiger hoher Beamter, die die traditionelle Einsetzung Pharaos gewährleistet sehen wollten, gab General Haremhab seinen Plan nicht auf. Er wollte Eje vor ein außerordentliches Gericht stellen, das seine Regierungsunfähigkeit feststellen sollte.
Haremhab, der die Gesetze ganz genau kannte und sie für die kostbarsten Errungenschaften Ägyptens hielt, ließ die Kritik von Ratgebern und Ministern auch nicht gleichgültig. Kein Gericht würde Pharaos Verurteilung aussprechen, der ja selber der Garant der Rechtsprechung war.
Gott allein konnte ihn vernichten, wenn er sich als Verräter an seinem Amte erwies. Aus diesem Grunde verließ der General den Weg der Gesetze, um den der Anhänger des Ritus einzuschlagen. Auf diesem Gelände, auf dem er sich dank seiner Ausbildung als Schreiber perfekt auskannte, würde er einen strahlenden Sieg erringen, der ihm endlich die Macht verlieh.
Haremhab machte keinerlei Hehl mehr aus seinem Ziel, das auch niemand in Frage stellte. Er präsentierte sich als oberster Herr des Landes, traf Dekrete und Entscheidungen, ohne das Regentenpaar einzuschalten, gab Anweisungen, die von den Beamten mit Eifer ausgeführt wurden.
Doch das Wesentliche fehlte ihm. Er war noch nicht zum Pharao gekrönt worden. Er hatte die Riten nicht durchlebt, die ihn zu

dem einzigen Mittler zwischen der Welt der Götter und der der Menschen machten.
Er mußte Anchesa zwingen, ihn endlich als solchen anzuerkennen. Zwischen ihr und ihm gab es nur noch ein Hindernis: einen Greis, der zu lange zum Sterben brauchte. Die Farce seiner Regentschaft hatte lange genug gedauert.

Der Frühling ging in den Sommer über. Mit der zunehmenden Hitze wurden die Bewegungen langsamer. Jeder wartete auf die Überschwemmung. Die Bauern paßten ihren Tageslauf der Sonne an und hielten immer länger währende Schläfchen. Die einen dachten schon an die Ruhepause, die anderen an die Arbeiten, die sie auf den Tempelbaustellen auszuführen hatten, wenn das Tal von den Wassern des Nils überschwemmt sein würde.
Anchesa erinnerte sich an Tutanchamuns Liebeserklärungen an dem in Morgenlicht getauchten Flußufer, als sie kurz nach Tagesanbruch, eskortiert von einem Dutzend Soldaten, das Tor des Amun-Bezirks durchschritt. Karnak erwachte. Die Astrologen stiegen vom Dach, wo sie die Nacht mit dem Beobachten der Sterne verbracht hatten. Priester reinigten sich im heiligen See. Metzger und Bäcker bereiteten die Nahrung, die bald den Gottheiten dargebracht würde.
Der Hohepriester begrüßte die Königin voller Ehrfurcht und führte sie zu einem Tempelsaal, wo ungefähr dreißig Männer sehr unterschiedlichen Alters versammelt waren. Nur ein Gesicht war Anchesa bekannt: General Haremhab, der den Vorsitz führte.
»Willkommen sei Ihre Majestät«, sagte er mit ruhiger Stimme. »Möge Sie Platz nehmen. Versammelt sind hier die besten Ritualisten des Königreiches.«
Der General war betroffen von der Mattigkeit der Königin.

Gewiß, ihre Schönheit hatte nicht gelitten, doch warum blieb ihr sonst so lebhafter Blick abwesend, warum schien sie alles Selbstvertrauen eingebüßt zu haben? Es waren nur flüchtige Eindrücke. Dennoch irrte Haremhab sich nicht. Er spürte jede kleinste von Anchesas Emotionen. Sie durchlief unter Qualen die Prüfung einer Isolierung, die ihrem Ende zuging. Morgen würde sie die erlauchteste der Großen Königlichen Gemahlinnen sein.

Anchesa schaute keinen ihrer Richter an. Ihrem Geist zwang sich die Vision ihrer beiden Windhunde auf, die ihr Leben eingesetzt hatten, um sie zu verteidigen. Ihre Vergangenheit, die Stadt der Sonne, das tägliche Glück waren mit ihnen verlorengegangen. Sie waren das letzte gewesen, das sie noch mit ihren Kindheitsträumen verband.

Ein junger Priester entrollte einen Papyrus und verlas ihn langsam und indem er jeden Teil seiner Sätze betonte. Die gegen Eje vorgebrachten Anschuldigungen folgten einander wie Hammerschläge auf einen Meißel, der sich immer tiefer in den Stein bohrte.

Anchesa blieb unbewegt, als gingen die Worte, die der Ritualist aussprach, sie nichts an. Dieser Saal, in dem ein Gericht tagte, das ihren Namen nicht auszusprechen wagte, gehörte einer unwirklichen Welt an, deren Sprache sie nicht beherrschte.

Ein anderer Priester, ein Mann reiferen Alters mit tiefer, klangvoller Stimme, verlas ein Traktat über Pharaos Pflichten und legte das Kapitel mit den Ritualen dar, an denen er teilnehmen mußte.

Anchesa hörte nur eine ferne Musik. Sie wanderte durch Weizenfelder, verfolgt von einem unersättlichen jungen Liebhaber, mit glühendem Begehren wie die Flutwelle des Nils am ersten Tag der Überschwemmung. Sie wollte ihn als König, er sie als Frau.

Dann wurde es still.
Die Ritualisten lauerten auf ein Zeichen der Befriedigung von Haremhab. Doch dieser ließ die Königin nicht aus den Augen, als wären sie allein im Saal.
»Wir stellen fest, daß König Eje abwesend ist«, erklärte der Priester mit der klangvollen Stimme. »Kann die Königin statt seiner antworten?«
Anchesa neigte den Kopf.
»Eje ist nicht den Riten gemäß gekrönt worden«, bemerkte Haremhab. »Er ist von der Großen Königlichen Gemahlin nur zum König ernannt worden. Erkennt Ihr diese Tatsache an, Majestät?«
Anchesas Zustimmung blieb stumm.
»Unsere Tradition fordert, daß der Herr über die Beiden Länder ein Rennen ausführe, um die Grenzen des Universums zu erreichen und Himmel und Erde zu vereinen. Das Alter des Königs und seine Schwäche lassen dies nicht zu. Gesteht Ihr das ein?«
Anchesa protestierte nicht.
»Wie ich es schon vorgeschlagen habe«, fuhr Haremhab fort, »müßte auf der Stelle ein Regenerationsritual begonnen werden. Die göttliche Magie könnte unseren Herrscher regierungsfähig machen. Doch wird er eine ganze Woche das Gewicht der Kronen und Insignien tragen können? Wird er in der Lage sein, von Kapelle zu Kapelle zu den Göttern zu gehen?«
Alle anwesenden Ritualisten erwarteten eine scharfe Entgegnung von Anchesa. Sie konnte auf Fälle illustrer Pharaonen hinweisen, die sich noch betagt damit begnügt hatten, die Zeremonien zu leiten, statt selber körperlich daran teilzuhaben. Die Argumente des Generals waren viel schwächer, als es den Anschein hatte.
Doch Anchesa, mit halbgeschlossenen Augen, schwieg nach wie vor.

Haremhab lächelte. Endlich gab die Königin nach. Ihr Schweigen bedeutete, daß sie ihn als König und Gemahl akzeptierte und Eje seinem Greisentum überließ. Er mußte nur noch die Schlußfolgerung ziehen.
»Wenn dem nun so ist«, verkündete er mit unverhohlener Genugtuung, »müssen wir die Absetzung des regierenden Souveräns festlegen. Er muß auf den Thron verzichten.«
»Das wird nicht nötig sein«, sagte Anchesa. »König Eje ist in dieser Nacht entschlafen.«

Aufgrund der Entscheidung von General Haremhab und der Ritualisten des Tempels von Karnak wurde die Trauerperiode im Anschluß an Ejes Hinscheiden auf einen Monat reduziert. Die Bestattung würde äußerst diskret vonstatten gehen und der Name des alten Höflings nicht in die Königslisten aufgenommen. Die Königin, die von einer Delegation von Schreibern in Kenntnis gesetzt wurde, begnügte sich damit, zuzuhören. Kein Wort kam über ihre Lippen.
Eje war nicht rituell gekrönt worden, das Volk kannte ihn kaum. Sein Ruf hatte die Türen des Palastes und der Verwaltungsbüros nicht verlassen. Man munkelte sogar, er sei der Religion von Echnaton, dessen Vertrauter er gewesen war, treu geblieben. Wenn Anchesa ihn als Pharao gewählt hatte, so doch nur, um Haremhab ein weiteres Mal zu provozieren. Niemand zweifelte daran, daß der brillante General alle seine Träume verwirklichen würde.
Die nubische Dienerin redete ohne Unterlaß, überbrachte all diese Gerüchte und Klatschgeschichten und begeisterte sich bei dem Gedanken, daß die junge Königin die Frau eines schönen, starken Mannes werden würde.
Anchesa schenkte dem Geplapper keinerlei Aufmerksamkeit.
»Geh mir Botschafter Hanis suchen und bring ihn her.«

Die Nubierin verstummte.
»Majestät ... Er ist nicht mehr Botschafter ... Er ist nicht mehr ...«
»Er ist gar nichts mehr, ich weiß. Du wirst ihn heute nacht durch die Küche hereinbringen. Er soll sich einfach kleiden. Wenn die Wachen euch anhalten, dann antworte, daß ich ihn soeben als Hausknecht eingestellt habe und daß er unverzüglich mit dem Reinigen der Innenhöfe beginnen müsse.«
»Aber wenn ...«
»Gehorch einfach und geh jetzt. Und komm nicht ohne Hanis wieder.«
Anchesa setzte sich im Schreibersitz nieder und entrollte einen Papyrus auf ihren Knien. Sie nahm eine Rohrfeder zur Hand und begann mit schwarzer Tinte den Brief zu schreiben, den sie schon seit mehreren Wochen im Sinn hatte. Nie hatte eine ägyptische Königin es gewagt, so zu handeln. Doch es gab keinen anderen Weg, ihr Land zu retten.
Anchesas Hand zitterte nicht. Die Zeichen waren fein und sicher gemalt.
Als sie den Text noch einmal las, schnürte ihr eine schmerzhafte Furcht die Kehle zu. Die Angst ... eine Angst, die in ihrer Brust brannte, die sie in die Wüste rennen, die Tür, die sie vom Schattenreich trennte, durchstoßen lassen wollte. Doch da war Ägypten, ihr Land, das sie vor der Zerstörung retten mußte.
Sie zwang sich, ruhig zu atmen, nicht mehr zu denken, sich selber zu vergessen.
Die Nacht kam, die Sterne funkelten.

»Ihr habt Glück gehabt«, sagte Hanis zu Anchesa. »Ich war gerade im Begriff, nach Asien zu ziehen. Theben wird mir zu ungastlich.«
»Ich habe nicht die Absicht, Eure Pläne zu durchkreuzen. Im

Gegenteil, mir wäre es lieb, Ihr würdet auf der Stelle aufbrechen.«
»Warum denn, Majestät?« wunderte sich der ehemalige Diplomat.
»Weil ich Euch bitte, so schnell wie möglich und unter absoluter Geheimhaltung dem hethitischen König einen Brief zu überbringen.«
»Verzeiht mir meine Dreistigkeit … Darf ich nach dem Autor und dem Inhalt des Briefes fragen?«
»Ich habe ihn selber geschrieben. Hier ist er.«
Anchesa hatte den Papyrus nicht versiegelt. Hanis registrierte erfreut dieses Zeichen von Wertschätzung. Jede Freude war aber verschwunden, sobald er den Brief gelesen hatte. Der ehemalige Botschafter hatte im Laufe seiner Karriere so manches Drama und manche heftige Gefühlsregung erlebt. Diesmal wuchs ihm das Geschehen über den Kopf. Was Anchesa wünschte, war ihm absolut unverständlich.
»Majestät, ist Euch klar …«
»Ich habe jedes Wort abgewogen, Hanis.«
»Die Folgen …«
»Gehen nur mich etwas an.«
»Ägypten …«
»Ägypten wird unter meiner Entscheidung nicht zu leiden haben. Ganz im Gegenteil.«
»Wie könnt Ihr das behaupten, nachdem Ihr diesen Brief verfaßt habt?«
»Vertraut Ihr mir, Hanis?«
Er wagte es, sie anzustarren. Die Verwirrung, die er in der Gegenwart der Königin immer empfunden hatte, nahm wieder Besitz von ihm. Sein kritisches Bewußtsein ließ ihn im Stich. Er begnügte sich damit, sie zu bewundern.
»Ich … ich glaube ja.«

»Brecht unverzüglich auf. Schwört dem hethitischen König, daß ich es ernst meine. Sagt ihm, er solle keine Zeit verlieren. Nehmt dieses Siegel. Es wird Euch glaubwürdig machen. Bleibt in der Nähe des Souveräns, und sendet mir einen Boten mit seiner Antwort. Behaltet nur dieses eine Ziel im Auge, Hanis: die Zusage des Hethiters zu erlangen.«
Hanis war völlig gebannt und gehorchte. Wieder einmal hatte sie ihn verzaubert, obwohl er mit den erschreckenden Einzelheiten der Nachricht, die er zu überbringen hatte, ganz und gar nicht einverstanden war.
Als sein Schiff in dem Augenblick, als der Osten sich rot färbte, nach Norden startete, rezitierte der ehemalige Botschafter mit leiser Stimme Anchesas Text, der sich in sein Gedächtnis gegraben hatte:

An den großen König von Hatti, meinen Bruder, von der Königin von Ägypten. Unsere beiden Länder leben in Frieden und kennen die Freude dank der Geschenke, die wir miteinander austauschen.
Heute trifft mich ein großes Unglück. Ich bin Witwe. Mein Gemahl ist tot. Ich habe keinen Sohn. Jedermann weiß, daß du zahlreiche Söhne hast. Sende mir einen, der im Regierungsalter ist. Er soll mein Gemahl und Pharao werden. Es widerstrebt mir, einen meiner Untertanen zum Mann zu nehmen. Hätte ich einen Sohn, würde ich nicht an einen fremdländischen König schreiben und mich erniedrigen und mein Land erniedrigen. Aber mir bleibt keine andere Wahl. Du kannst meine Ernsthaftigkeit glauben. Ich versuche nicht, dich zu hintergehen. Ich habe keinen Gemahl mehr. Gib mir einen deiner Söhne. Ich werde ihn zum Herrn über Ägypten machen. Das Land der Ägypter und das Land der Hethiter werden dank dieser Heirat ein einziges Land werden.

Niemals, sagten die Alten, hatte der Sommer so kräftige Farben gezeigt. Das Himmelsblau verblich unter dem brennenden Licht, das die Tage glühend heiß machte. Die Überschwemmung, so sagten die Astrologen, würde sich verspäten. Auf den Feldern hatten die Bauern Unterschlüpfe aus Rohr gebaut, in denen sie sich zusammen mit Hunden und Eseln vor der Sonne schützten. Man arbeitete vom Tagesanbruch bis in den halben Morgen, dann gönnte man sich eine sehr lange Ruhepause, um sich danach erneut den Alltagspflichten zu widmen.
Anchesa spürte keine Müdigkeit. Tag und Nacht blieb sie auf der Terrasse des Palastes und bot ihren Körper der Sonne dar. Die Sonnenstrahlen liebkosten sie. Sie verstand jetzt, warum ihr Vater den Bildhauern befohlen hatte, sie mit Händen, die das Leben schenken, darzustellen. Zögerlich am Morgen, leidenschaftlich am Mittag und zärtlich in der Abenddämmerung, beseelte die göttliche Strahlenscheibe jede Parzelle ihrer kupferfarbenen Haut. Die Königin feierte ihre Hochzeit mit dem Licht, indem sie darin untertauchte, um in ihm ihres Vaters Seele und Tutanchamuns Liebe wiederzufinden.
Noch nie hatte eine Königin von Ägypten einen fremden Souverän geheiratet. Das göttliche Gesetz verbot dies. Die Hethiter würden diesem unglaublichen Angebot mißtrauen, das sie zu Herren über Ägypten machen würde, ohne Krieg führen zu müssen. Doch Anchesa war überzeugt, daß der ehemalige Botschafter, der in Asien hohes Ansehen genoß, sie zu überzeugen wissen würde.

Der Chef von Haremhabs Privatgarde verneigte sich vor seinem Herrn.
»Botschafter Hanis hat seine Residenz verlassen«, berichtete er.
»Na endlich!« rief Haremhab aus. »Jetzt werden wir ihm auf die Schliche kommen. Wo ist er hingegangen?«

»Er war gekleidet wie ein Mann aus dem Volke und wurde von der nubischen Dienerin der Königin in den Palast geführt. Sie sind durch die Küche hineingegangen.«
Ein geheimes Treffen mit Anchesa ... Was für einen Plan hatte sie ausgeheckt? Wozu benutzte sie die Dienste des allergerissensten der Diplomaten?
»Hanis hat zwei Stunden vor Tagesanbruch den Palast wieder verlassen«, fuhr der Offizier fort. »Er hat ein Boot gemietet, das nach Norden aufgebrochen ist.«
»Memphis?«
»Dort hat er nur einen Vormittag verbracht, um eine Eskorte zusammenzustellen. Er hat die Grenze nach Asien überschritten. Meine Leute folgen ihm.«
»Sie sollen sich nicht entdecken lassen und ihm seine Bewegungsfreiheit lassen. Ich möchte täglich einen Bericht vorgelegt bekommen.«
Der General sagte ein Mittagessen ab, zu dem er hohe Würdenträger geladen hatte. Er fühlte sich außerstande, auch nur den geringsten Happen zu schlucken. Sein Instinkt warnte ihn, daß eine Tragödie sich vorbereitete.

Hanis wurde von dem großen König der Hethiter, einem Koloß mit zu feinen Zöpfen geflochtenem schwarzem Bart, unverzüglich empfangen. Die beiden Männer waren sich schon mehrfach begegnet. Sie schätzten einander. Nach den üblichen Begrüßungen vermied Hanis die blumenreichen Reden, die jeglicher Verhandlung vorausgingen. Der Souverän begriff sofort, daß es sich um eine ernste Angelegenheit handelte.
Der Brief, den die Königin von Ägypten geschrieben hatte, versetzte ihn in höchstes Erstaunen.
»Ich garantiere die Echtheit des Dokuments«, sagte Hanis. »Hier ist das Siegel der Großen Königlichen Gemahlin.«

»Wie soll man an die Ehrlichkeit dieser Frau glauben?« entgegnete der Hethiter. »Die Pharaonen geben uns nicht einmal ihre Töchter zur Heirat! Niemals würde eine Königin von Ägypten einem Feind erlauben, der absolute Herrscher ihres Landes zu werden! Das ist völlig absurd … oder eine Falle.«
Hanis hatte diese Reaktion erwartet.
»Die gegenwärtige Situation meines Landes ist außergewöhnlich«, erklärte er. »Die Königin ist isoliert. Sie hat sonst nur die Wahl, General Haremhab zu heiraten, den sie für einen unwürdigen Diener hält. Sie verweigert die Versklavung und zieht es vor, eine Allianz mit Hatti einzugehen, damit der Frieden in dieser Welt herrsche.«
Der Hethiterkönig war von der ruhigen Sicherheit des Botschafters beeindruckt. Doch er hatte nicht die Absicht, ein Risiko einzugehen.
»Einer meiner Söhne soll über Ägypten herrschen … Nein, das ist ausgeschlossen. Die Königin will mich betrügen.«
»Wie soll ich dich von ihren guten Absichten überzeugen?« insistierte Hanis. »Vielleicht …«
»Hast du einen Beweis?«
»Vielleicht solltest du einen erfahrenen Mann, in den du Vertrauen setzt, nach Ägypten schicken. Er soll sich mit der Königin unterhalten und sein Urteil abgeben. Aber man muß schnell und im geheimen handeln.«
Der Monarch überlegte. Er drehte sich zu seinem Kämmerer um, dem treuesten der Treuen, in schmerzvollen und glücklichen Augenblicken. Dieser war einverstanden.
»Ich nehme das Angebot an«, erklärte der Hethiterkönig.

Der Kämmerer, als Ägypter verkleidet und beschützt von den Söldnern, die Hanis rekrutiert hatte, war Tag und Nacht unterwegs und gelangte auf dem Horuswege an die mit Befestigungen

markierte Grenze. Ausgestattet mit einem falschen Passierschein präsentierte er sich am Grenzposten. Der Offizier untersuchte das Dokument mit großer Sorgfalt. Der Hethiter zeigte kein bißchen Ungeduld. Er wartete ab, bis die administrativen Formalitäten erfüllt waren, beantwortete die Fragen über das Ziel seiner Reise und die Dauer seines Aufenthaltes. Dann verließ er die Festung, ohne weiter behelligt zu werden.
Die Männer von General Haremhab, die Hanis und seine Söldner nach wie vor überwachten, folgten letzteren unauffällig bis nach Theben. Dort stiegen sie in einer bescheidenen Herberge in einem Vorort ab.
Der hethitische Kämmerer erbat gleich am Tag nach seiner Ankunft in der großen Stadt des Gottes Amun offiziell eine Audienz bei der Königin. Er präsentierte sich als ein Gärtnermeister, der vom Tempel von Karnak geschickt sei, und gab damit die Losung, die Hanis ihm übermittelt hatte.
Der Hethiter hatte von Anchesas strahlender Schönheit gehört, doch die Wirklichkeit überstieg bei weitem auch die schmeichelhaftesten Beschreibungen. In ihren grünen Augen glänzte eine strahlende Intelligenz. Gekleidet in eine Tunika, empfing sie ihn auf der oberen Terrasse des Palastes unter der unerbittlichen Sonne. Nirgendwo ein Unterschlupf, um sich zu schützen.
»Was erwartet Ihr von mir?« fragte sie. »Ich habe Eurem König geschrieben. Ich halte meine Entscheidung aufrecht und erwarte eine positive Antwort. Die Zeit drängt. Wann wird mein zukünftiger Gemahl eintreffen?«
Der Hethiter war zwar an die Intrigen und die Einflußnahmen an einem Königshof gewöhnt, doch angesichts des Willens dieser Frau fühlte er sich ziemlich entwaffnet. Gab es irgendwen, der imstande war, ihr zu widerstehen? Er versuchte, sich dem Zauber zu entziehen, der seinen Geist trübte, und kämpfte verbissen, um seinen Auftrag zu erfüllen.

»Majestät, Euer Anliegen ist so unerwartet ... Niemals hat ein ägyptischer König ein solches Angebot gemacht. Ihr werdet unsere Verwunderung und unseren Argwohn verstehen.«
Anchesa, die ihren Gesprächspartner so plaziert hatte, daß er von der Sonne geblendet wurde, hatte ihn schnell eingeschätzt. Ein treuer Höfling, eifrig und durchtrieben. Um die Vierzig, aufgeweckt, die Fähigkeit, Unannehmlichkeiten zu vermeiden.
»Nein, ich habe kein Verständnis dafür, und ich akzeptiere es nicht. Was wollt Ihr außer dem Wort einer Königin von Ägypten?«
»Wir ziehen dieses selbstverständlich nicht in Zweifel, aber wir würden gerne die Gründe besser verstehen, die Euch bewegen, Hatti und Ägypten zu vereinen.«
Anchesa hob das Gesicht zum Himmel, als suche sie die Antwort in der Sonne.
»Mein Vater, Pharao Echnaton, hat den Krieg immer abgelehnt. Das gleiche Licht erhellt das Schicksal der Hethiter und der Ägypter. Ich habe seine Botschaft nicht vergessen. Ich will, daß sie Wirklichkeit wird. Mein Gemahl ist tot. Ich werde nie einen Sohn haben. Möge mir der Hethiterkönig den seinen schicken. Ich werde ihn zum mächtigsten Mann der Erde machen.«
»Majestät ...«
Anchesa wandte sich ab. Die Audienz war beendet.

Der Chef von Haremhabs Privatgarde beendete seinen Bericht.
»Die Söldner sind also ohne Hanis zurückgekehrt ... Er wollte ja schon lange in Asien leben. Und sie, was tun sie?«
»Sie schlafen, saufen und lassen Mädchen in ihren Schlupfwinkel kommen, den sie nie verlassen. Ein einziger, ein bißchen älter, hat diese Regel gebrochen. Er hat sich zum Königspalast

begeben und sich dort als ein Gärtner aus dem Tempel von Karnak ausgegeben.«

»Von wem wurde er empfangen?«

»Von der Königin.«

»Und dann?«

»Ist er zu den Söldnern zurückgekehrt. Ihre Abreisevorbereitungen sind beendet. Wir haben das Schiff ausfindig gemacht, das sie gemietet haben. Soll ich sie verhaften?«

»Nein … noch nicht. Man soll ihnen weiter folgen und mir all ihr Tun und Handeln genau berichten.«

Haremhab fragte sich, wie er sich verhalten sollte. Wenn er brutal intervenierte, fürchtete er, die Fäden der Intrige zu früh zu zerschneiden. Anchesa verfolgte eine neue Strategie, nahm Kontakt mit den Hethitern auf, ließ Nachrichten zwischen Hatti und Ägypten zirkulieren. Mit welcher Absicht? Die Gefahr erwies sich als minimal. Ein abgesetzter Botschafter, ein paar Söldner, eine nubische Dienerin … Haremhab hatte von Anchesas armseliger Armee nichts zu befürchten. Die Sorgen, die ihm fast den Schlaf geraubt hatten, lösten sich auf. Wenn er wachsam blieb, würde er am Ende die Wahrheit herausfinden.

Zannanza, der älteste Sohn des großen Hethiterkönigs, hatte gerade seinen fünfundzwanzigsten Geburtstag gefeiert. Sein Dasein war nichts als eine lange Folge von Festen, Jagden und Vergnügungen. Sein Vater, der allein regierte, zog ihn zu keiner Entscheidung hinzu und gewährte ihm nicht die geringste Macht. So war er denn überrascht, den Monarchen am frühen Morgen in seine Privatgemächer kommen zu sehen. Normalerweise gab er ihm den Befehl, im Palast zu erscheinen.

Zweifellos hatte ein Unheil das Land getroffen.

Der Monarch legte seinem Sohn die langgliedrigen Hände auf die Schultern.

»Zannanza, ich bin stolz auf dich.«

»Warum denn, Vater?«

»Weil du Pharao von Ägypten werden wirst.«

38

General Haremhab studierte gerade die Baupläne für ein neues Außenministerium, als der Chef seiner Privatgarde ihm die Bitte um eine Audienz überbrachte. Botschafter Hanis wollte ihn sehen. Haremhab bat seine Mitarbeiter, ohne ihn weiterzumachen. Er empfing Hanis in einem bescheidenen Büro am Ende eines Gebäudes, fern von indiskreten Ohren. Der ehemalige Diplomat sah müde aus. Sein schwarzer Schnurrbart war von weißen Haaren durchsetzt.

Der General schaute ihn neugierig an.

»Ich bin es wirklich«, sagte Hanis. »Ich komme gerade aus dem Königreich Hatti zurück. Ich habe die Grenze bei Nacht überschritten ... und allein. Eure Männer sind außergewöhnlich wachsam und sorgfältig, wenn auch ein wenig jung. Ihnen fehlt die Erfahrung auf den asiatischen Straßen.«

»Warum seid Ihr nach Theben zurückgekommen?«

»Um hier meinen Lebensabend zu verbringen, unter der Bedingung, daß Ihr mich in Frieden laßt. Das Klima hier bekommt mir besser als das in Asien. Ich würde mir gern ein schönes Grab bauen lassen und die Bestattungspriester engagieren, die meinen Namen nach meinem Tode feiern.«

Haremhab lächelte. Die Verhandlung begann.

»Ihr verlangt viel. Was bietet Ihr als Gegenleistung?«

»Die Kopie eines Briefes der Königin, den ich persönlich dem König der Hethiter überbracht habe.«

Hanis hoffte, Haremhab würde keine Gewalt anwenden, um ihn zum Sprechen zu bringen. Die Idee kam dem General in den Sinn, doch er verwarf sie. Er würde seinem Ruf nicht durch derartiges Tun schaden.
»Ich gewähre Euch Eure Bitte. Sprecht.«
»Ich würde außerdem gerne wieder in das diplomatische Korps eingegliedert werden und die damit verbundenen materiellen Vorteile genießen. Selbstverständlich würde ich in Theben bleiben und keinerlei Missionen mehr übernehmen. Darauf gebe ich Euch mein Wort.«
»Behelligt mich nicht mit Einzelheiten. Sprecht.«
Hanis fühlte, daß er seine Enthüllungen nicht mehr länger hinauszögern durfte. Aus dem Gedächtnis gab er Haremhab den genauen Inhalt des Briefs wieder, den Anchesa geschrieben hatte.
Ein langes Schweigen folgte. Haremhabs Hände zitterten ein wenig. Seine Lippen waren blutleer.
»Wer ist über die Schritte der Königin unterrichtet?«
»Der Herrscher der Hethiter, sein Sohn Zannanza, die wichtigsten Würdenträger seines Hofes und ...«
Nervös unterbrach ihn Haremhab. »Und wer in Ägypten?«
»Die Königin, Ihr und ich.«
»Niemand sonst?«
»Niemand sonst. Ich wünsche mir ein glückliches Alter.«
»Ich werde Euch meiner Garde anvertrauen. Solange diese Angelegenheit nicht abgeschlossen ist, müßt Ihr untertauchen.«
Der Botschafter protestierte nicht. Der General konnte nichts anderes tun.
»Ich möchte, daß diese provisorische Haft angenehm verläuft und daß mir nicht ein übereifriger Soldat nach dem Leben zu trachten versucht.«
Haremhab brauste auf.

»Ihr beleidigt mich, Hanis.«
Der Diplomat drehte sein silbernes Armband, das er am linken Handgelenk trug. Er bot dem Herrn Ägyptens die Stirn.
»Ich verlange Euer Wort darauf. Zumal ich noch über weitere wesentliche Informationen verfüge ...«
Hanis log nicht, Haremhab brauchte ihn.
»Nun gut. Ihr habt es. Ich verpflichte mich auf mein eigenes Leben, Eure Sicherheit zu garantieren.«
Hanis stieß einen erleichterten Seufzer aus und machte keinen Hehl aus seiner Befriedigung. Er hatte die Partie gewonnen.
»Zannanza und ungefähr fünfzig Elitesoldaten werden übermorgen das Königreich Hatti verlassen. Sie werden den Horusweg nehmen und den Brief der Königin mit ihrem Siegel am Hauptgrenzposten vorzeigen. Der Kommandant der Befestigung wird ihnen den Zugang zu unserem Territorium nicht verweigern können. Er wird sie von seinen Leuten beschützen lassen, damit sie heil und gesund nach Theben gelangen. Die Königin wird sie mit einem Fest zu empfangen wissen, und Ihr werdet ihre Entscheidung hinnehmen müssen.«
»Macht Euch um Ägyptens Zukunft keine Sorgen, Hanis. Genießt Eure Privilegien und kommt mir nie wieder unter die Augen.«
Eiligen Schrittes verließ Haremhab das Büro. Niedergeschlagen erwartete Hanis die Polizisten, die ihn in seine Residenz bringen würden. Er dachte an Anchesas Blick, an diese Augen, deren Botschaft er nicht zu entschlüsseln imstande gewesen war. Warum hatte er sie verraten? Warum zerstörte er ihren letzten Traum, den verrücktesten und den gefährlichsten? Warum verdammte er diese Frau, in die er so hoffnungslos verliebt war, zu auswegloser Verzweiflung? Mit einem bitteren Geschmack im Mund weinte Hanis über sich selbst.

»Ist sie wirklich so schön?« fragte Prinz Zannanza zum zehnten Mal den Kämmerer.

»Fein, langgliedrig, ein perfektes Gesicht, schwarzes Haar, kupferfarbene Haut, runde hohe Brüste, schmale Hüften, lange, schlanke Beine, unendlich zarte Füße ... Keine unserer Frauen könnte sich mit ihr messen. Ihr habt großes Glück.«

»Und ihr Palast?«

»Laßt mich ein wenig trinken. Bei dieser Hitze trocknet mir die Kehle aus.«

Die beiden Männer saßen in einem bequemen Wagen mit vielen Kissen. Sie hatten das Glück, vor der Sonne geschützt zu sein, und benutzten häufig die Fächer. Die hethitischen Soldaten, die an Gewaltmärsche bei Kälte und bei Hitze gewöhnt waren, kamen schnell und ohne zu murren voran.

Zannanza war unersättlich. Der Kämmerer, der den Hethiterkönig von der Ernsthaftigkeit der Königin überzeugt hatte, war gezwungen, seine zahllosen Fragen zu beantworten und ihm seine zukünftige Existenz als Pharao auszumalen. Der Prinz kam immer wieder auf Anchesas Persönlichkeit zurück und konnte es immer weniger erwarten, sie zu sehen.

»In etwa zehn Stunden erreichen wir die Grenze«, sagte der Kämmerer.

»Können wir das Tempo nicht beschleunigen?«

»Ausgeschlossen, Majestät. Die Pferde würden es nicht durchstehen.«

»Die Pferde sind mir egal! Die Königin von Ägypten erwartet mich.«

Um den Prinzen zu besänftigen, machte sich der Kämmerer ein weiteres Mal an die Beschreibung von Anchesas begehrenswertem Körper. Zannanza konnte sich nicht satt hören. Dieses Unternehmen begeisterte ihn. Das Land der Hethiter zu verlassen, nicht mehr von seinem Vater abhängig zu sein, ihm

gleichgestellt zu werden, über das schönste und reichste Land zu herrschen ... War das nicht das allerfabelhafteste Schicksal?
An der Spitze der hethitischen Vorhut rannte ein Pistenläufer, der sämtliche Strecken, die ins Land der Pharaonen führten, aufs beste kannte. Er hatte eine breite, gut gekennzeichnete Route gewählt. Die einzige nennenswerte Schwierigkeit bildete eine Furt, die aber um diese Jahreszeit kaum Wasser führte.
Ein Dutzend Soldaten saßen von ihren Pferden ab, um den Wagen zu schieben.
Der Pistenläufer, der das Manöver überwachte, brach als erster auf den Kieselsteinen des Flußufers zusammen, die Brust von einem Pfeil durchbohrt. Die Hethiter fielen einer nach dem anderen um. Von der Sonne geblendet, konnten sie ihre Angreifer, die sich hinter Felsen verborgen hielten, nicht ausmachen.
Als sie schließlich zum Gegenangriff übergingen, waren sie nur noch acht Überlebende, die sich wild zur Wehr setzten, doch bald der Übermacht erlagen.
Die Plane des Wagens wurde zerfetzt.
Voller Angst drückte sich der Prinz an den Kämmerer, fassungslos, einen ägyptischen Offizier mit einem blutigen Schwert in der Hand auftauchen zu sehen.
»Aussteigen!« befahl er.
»Warum dieser Hinterhalt?« fragte der Kämmerer. »Dies ist der Sohn des Königs von Hatti. Ihr seid ihm Respekt und Ehrerbietung schuldig. Sich an seiner Person zu vergreifen würde einen Krieg auslösen und ...«
»Aussteigen«, wiederholte der Chef der Privatgarde von General Haremhab.
Die beiden Hethiter gehorchten.
Ihnen wurden auf der Stelle die Kehlen durchgeschnitten. Dann steckten die Ägypter den Wagen in Brand. Die Pferde, die

überlebt hatten, nahmen sie mit und sammelten die Leichen der fünf ägyptischen Bogenschützen ein, die beim Nahkampf ums Leben gekommen waren. Der Chef der Garde nahm der Leiche des Prinzen den Brief der Königin und ihr Siegel ab. Dann vergewisserte er sich, daß kein Hethiter überlebt hatte. Prinz Zannanza würde niemals auf den ägyptischen Thron steigen.

»Der Krieg ist ausgebrochen, Majestät, Krieg! Überall in der Stadt sind bewaffnete Männer!«
Die nubische Dienerin schrie und gestikulierte.
»Beruhige dich«, befahl Anchesa. »Ich kann es doch sehen.«
Von oben von der Terrasse hatte sie ein Regiment die Hauptstraße nach Norden marschieren sehen. Die Soldaten waren mit Lanzen, Dolchen, Bögen, Schleudern und Schwertern bewaffnet. Sie schützten sich mit Schilden aus Holz und Leder, deren oberer Rand gekrümmt war. Die Offiziere trugen einen mit Metallplättchen besetzten Lederharnisch.
»Es heißt, sie seien auf dem Weg nach Syrien«, fuhr die Nubierin fort. »Die Hethiter haben es nach dem Mord an Prinz Zannanza überfallen. Sein Vater hat Ägypten den Krieg erklärt.«
Anchesa lächelte. Tiefe Freude beflügelte sie.
»Bring mir zu essen. Ich habe Hunger.«
Die Nubierin war überzeugt, daß die Königin den Verstand verlor. Sie beeilte sich zu gehorchen. Sie zu verärgern würde das Übel, unter dem sie litt, nur noch verschlimmern.
Anchesa hatte sich am Rand der oberen Terrasse des Palastes ausgestreckt, labte sich an frischen Datteln und schaute zu, wie die Armeekorps im Laufschritt Theben verließen.
Als die silbernen Trompeten erschallten, erhob sie sich, eine zarte Silhouette am Rand des Abgrunds. Das Signal kündigte den Führungsstab an.

General Haremhab in seinem prachtvollen goldenen Harnisch hob seinen Blick zu ihr hinauf. Unbeweglich stand sie im Licht und sah aus wie eine Statue der Ewigkeit, die der Zeit und den Menschen trotzte.

Die beiden Heere standen einander dies- und jenseits einer weiten, flachen, wüstenartigen Ebene gegenüber. Die Hethiter hatten einen großen Teil des ägyptischen Protektorats Syrien besetzt. Bauernhöfe waren geplündert und Bauern getötet worden.
Der Krieg war unvermeidlich.
Der hethitische Souverän war überrascht gewesen über die schnelle Reaktion der Ägypter. Den Informationen seiner Spione zufolge würde die Mobilmachung langsam erfolgen und die Ausrüstung unzureichend sein. Die Militärexperten sagten einen leichten hethitischen Sieg voraus.
Der Anblick der auf den Hügeln aufgestellten ägyptischen Armeekorps ließ den Monarchen seine Meinung rasch ändern. Ehe er den Befehl zum Angriff gab, rief er einen Rat zusammen. Die Diskussion war lebhaft. Die Einschätzungen der höheren Offiziere gingen auseinander. Es wurde beschlossen, eine Reihe von Beobachtungen durchzuführen, um die tatsächliche Stärke des Feindes besser einschätzen zu können.
Haremhab handelte in gleicher Weise. Viele Jahre wartete er nun schon darauf, mit der hethitischen Armee konfrontiert zu werden und den wahren Wert der gegnerischen Kräfte kennenzulernen. Der General würde nicht zurückweichen. Nachdem er die Ermordung von Prinz Zannanza angeordnet hatte, war er entschlossen, die hethitische Invasion zu verhindern.
Das Heer der Beiden Länder war zahlenmäßig unterlegen, doch es verfügte über Regimenter von gut ausgebildeten Berufssoldaten, die, wenn sie in den Ruhestand entlassen wurden, vom

Staat Land, Haus und Versorgung bis ans Lebensende garantiert bekamen. Sie waren entschlossen zu siegen. Ägypten war nicht besonders kriegerisch, aber es entfaltete seine ganze Stärke in Augenblicken, wenn seine Existenz wirklich in Gefahr geriet.
Aufgrund der von Echnaton betriebenen Politik der Schwäche und der Inkompetenz seines Nachfolgers hatte Pharaos Armee viel von ihrem Prestige eingebüßt. Doch Haremhab hatte über die Instandhaltung des Materials gewacht, ohne die militärische Verwaltung zu schwächen. Er hatte keine Mühe, die wichtigsten Regimenter in Kampfbereitschaft zu versetzen. Ihm fehlte dagegen die Unterstützung der jungen Rekruten aus den Provinzen. Nur wenn er schnell die Entscheidung suchte, hatte er Aussicht auf Erfolg.
Drei Tage und drei Nächte verharrten Hethiter und Ägypter in ihren Stellungen. Die Nerven der Soldaten wurden auf eine harte Probe gestellt.
Die Hitze schwächte die Körper. Die meisten Soldaten konnten nicht mehr schlafen.
Am Morgen des vierten Tages machten die vordersten Reihen der Hethiter eine Bewegung rückwärts. Die auf den Hügeln postierten Bogenschützen und dann die Masse der Infanteristen taten es ihnen gleich. Und schließlich drehte die Truppe der Streitwagen dem ägyptischen Heer den Rücken zu und stürmte ins Land der Hethiter zurück. Ihr König wollte keine Schlacht riskieren, deren Ausgang so ungewiß war.
Haremhab triumphierte. Ägypten hatte zwar einen Teil seines syrischen Protektorats verloren, doch es hatte seine Stärke demonstriert, wie zu den Zeiten von Thutmosis III. Ohne Blutvergießen hatte der General dem hethitischen Gegner bewiesen, daß er die Beiden Länder nicht einfach überfallen konnte.
Freudengeschrei erhob sich aus den Rängen des ägyptischen Heeres.

Bei seiner Rückkehr nach Theben, dessen Bevölkerung den Sieger über die Hethiter jubelnd empfing, eilte General Haremhab sofort in den Palast. Eine Woche lang würde die Stadt des Gottes Amun ein unerwartetes Fest feiern, an dem die gesamte Bevölkerung beteiligt wäre.
Der Held, dessen militärisches Genie jedermann feierte, hatte es seinen mit zahlreichen goldenen Ketten für ihre Tapferkeit belohnten hohen Offizieren überlassen, die Ereignisse zu schildern. Haremhab stand nicht der Sinn nach Vergnügungen.
Die Königin war bereit, ihn zu empfangen. Er stieg zu der Terrasse hinauf, wo Anchesa auf den Kalksteinplatten ausgestreckt noch immer mit der Sonne kommunizierte. Die Königin war strahlend schön. Haremhab war verwirrt, doch er weigerte sich, in die Falle zu tappen, die sie ihm stellte. Er hatte sich darauf vorbereitet, ihr zu widerstehen.
»Ihr irrt Euch«, sagte sie, als lese sie in seinen Gedanken. »Ich habe nicht die Absicht, Euch zu verführen.«
Ohne Hast erhob sie sich. Haremhab fühlte, wie seine Entschlossenheit wankte. Anchesa setzte sich auf den mit Palmen bepflanzten Rand der Terrasse. Die Sonne erreichte ihren Höchststand.
»Majestät, stammt dieser Brief von Eurer Hand?«
Anchesa erkannte das Schriftstück.
»Ja, General.«
»Habt Ihr den Rat von ...«
»Von niemandem. Diese Entscheidung ist allein die meine.«
Haremhab näherte sich der Königin.
»Anchesa, hört mich an ... Wenn ich dieses Dokument der Verwaltung aushändige ...«
»Hört auf Euer Gewissen.«
»Ich möchte das nicht«, gab Haremhab zu. »Ihr werdet meine Große Königliche Gemahlin sein. Gebt meine Ernennung zum

Pharao während dieser Festtage bekannt, und ich vernichte diesen Brief. Wenn die Hethiter eine Kopie anbringen, werden wir sagen, daß es sich um eine Fälschung handelt. Unter meinem Schutz lauft Ihr keinerlei Gefahr.«
Er trat noch ein Stück näher, bereit, sie in die Arme zu nehmen, doch sie stieß ihn fort.
»Ich habe Euer Angebot erwartet, General. Und es war genau das, was ich nicht hören wollte.«
»Tut nichts Unwiderrufliches, Anchesa. Vergeßt die Differenzen, die uns zu Gegnern gemacht haben. Wählt nicht das Unglück.«
»Ich liebe Euch nicht, General. Ich werde mich nicht selber verraten.«
»Ihr seid zum Regieren geboren. Ich auch. Wir sind füreinander geschaffen.«
Die Königin streifte ihre Tunika ab. Nackt streckte sie sich wieder auf den glühenden Steinplatten aus und schloß die Augen.
Haremhab hielt einen Moment lang den Atem an. Das Glück war so nah, in solch vollendeter Perfektion …
»Ich werde Ägypten regieren«, sagte er mit vor Erregung bebender Stimme. »Ihr wißt es, Anchesa. Zwingt mich nicht, Euch wegen Hochverrats vor Gericht stellen zu müssen.«
Nicht ein Schweißtropfen perlte auf dem göttlichen Körper der Königin. Ihre schwellenden Brüste hoben und senkten sich mit dem Atem. Ihre dunkle Scham schmückte sich mit einer unvergleichlichen Blüte, die der General zu küssen begehrte, und sollte er den Verstand darüber verlieren.
»Anchesa, ich flehe dich an … Warum weist du mich ab?«
»Ich bin Tutanchamuns Gemahlin für die Ewigkeit«, antwortete sie ungerührt.

39

Der Prozeß der Königin Anchesa begann am Ende des Sommers in Theben im Gerichtssaal des Palastes in Anwesenheit des Regenten des Reiches, General Haremhab, des großen Amunpriesters von Karnak, des Zweiten, Dritten und Vierten Propheten des Gottes, der wichtigsten Minister der Regierung und Pharaos Ratgeber. Sie bildeten das von dem Wesir des Südens präsidierte Gericht, vor dem vierzig Papyrusrollen ausgebreitet waren, die die Gesamtheit der Gesetze symbolisierten. Der oberste Magistrat trug um den Hals ein Amulett der Göttin Maat, der göttlichen Richterin.

Der Wesir betete lange zu Maat und bat sie, sein Urteil zu beseelen und ihm zu gestatten, die Wahrheit zu sprechen, ohne irgendwen zu begünstigen.

Dann erteilte er Haremhab das Wort, der die Anklageschrift zu verlesen hatte. Die Stimme des Generals war nicht wiederzuerkennen.

Der Sieger über die Hethiter wirkte müde, gealtert. Er sprach mit Mühe, wie gegen seinen Willen.

»Im Namen von Maat beschuldige ich die Königin und Große Königliche Gemahlin Anchesa des Hochverrats, da sie versucht hat, einen Hethiter auf den ägyptischen Thron steigen zu lassen und unser Land dadurch dem Feind auszuliefern. Ich beschuldige die Königin, ihr Amt und die Tradition der Beiden Länder mißachtet zu haben. Ich beschuldige sie, versucht zu haben,

Ägypten zu zerstören, indem sie die Bevölkerung dem fremdländischen Joch auslieferte.«
»Verfügt Ihr über einen Beweis und über Zeugen, die Eure Anschuldigungen rechtfertigen?«
Haremhab erbat etwas zu trinken. Er war gezwungen gewesen, der Justizverwaltung den von der Königin geschriebenen Brief auszuhändigen, wobei er hoffte, daß die Schwerfälligkeit der Hierarchie das Verschwinden des Dokuments in der Masse der Akten begünstigen und daß die Königin ihre unglaubliche Entscheidung rückgängig machen würde. Doch ein Beamter hatte auf der Stelle die Dame Mut über die Existenz des niederschmetternden Schriftstücks informiert. Haremhabs Gattin hatte überglücklich die Nachricht am Hofe verbreitet und damit ihren Mann gezwungen, das Hohe Gericht einzuberufen.
Haremhab verlas den Brief, der Anchesas Vergehen offensichtlich machte. Dann führte er den Chef seiner Privatgarde und Botschafter Hanis als Zeugen vor. Der erste berichtete von dem Kampf mit den hethitischen Angreifern, bei dem Prinz Zannanza unglücklicherweise ums Leben gekommen war, und der Entdeckung des Briefs unter den offiziellen Dokumenten, die er bei sich gehabt hatte. Der zweite hielt während seiner Aussage den Kopf gesenkt, enthüllte die private Unterredung, die er mit der Königin gehabt hatte, und beschrieb die Mission in allen Einzelheiten, mit der sie ihn betraut hatte. Er erklärte, im Auftrag von General Haremhab gehandelt zu haben, was dieser bestätigte.
Die Gesichter waren ernst. Jedermann erwartete, daß die Königin sich energisch gegen die gegen sie vorgebrachten, unglaublichen Beschuldigungen wehren würde.
»Majestät«, fragte der Präsident des Gerichts, »bestätigt Ihr diese Worte und Taten?«
Anchesa, gekrönt und mit einem breiten goldenen Hals-

schmuck angetan, saß auf einem Thron gegenüber dem Sitz des Wesirs. Keinerlei Furcht zeigte sich auf ihrem Gesicht.
Die Mitglieder des Gerichts hielten den Atem an.
»Ich bestätige sie«, sagte Anchesa ruhig.
»Warum habt Ihr so gehandelt?« fragte der Wesir. »Wolltet Ihr den Traum Eures Vaters verwirklichen, wie Botschafter Hanis behauptet, und dank dieser Heirat Frieden mit den Hethitern schließen?«
Ein ironisches Lächeln spielte um Anchesas Mund.
»Haltet Ihr mich für naiv und dumm genug, einen solchen Plan erdacht zu haben? Niemals wird eine ägyptische Königin die Gemahlin eines Fremden sein.«
»Erläutert das genauer, Majestät!«
»Hattet Ihr nicht begriffen, daß Ägypten in tödlicher Passivität eingeschlafen war? General Haremhab gehorchte nur noch seinem Ehrgeiz. Er hatte vergessen, daß sich der hethitische Feind bereit machte, uns zu überfallen. Ich habe versucht, ihn dazu zu bringen, daß er intervenierte. Als mir deutlich geworden war, daß mein Land den Nacken beugte und seine Würde verlor, habe ich beschlossen, auf meine Weise zu handeln. Alles ist genau so abgelaufen, wie ich es vorhergesehen habe. Der General hat Hanis beschatten lassen, Hanis hat mich verraten. Daß jedes Wort meines Briefes sehr bald allen meinen Feinden bekannt sein würde, daran bestand nicht der geringste Zweifel; statt dessen fürchtete ich, daß es mir nicht gelingen würde, den Hethiterkönig von meiner Ernsthaftigkeit überzeugen zu können. Gott hat mir geholfen, es ist gelungen. Diesmal war Haremhab gezwungen zu handeln. Er mußte verhindern, daß Zannanza in unser Land gelangte, das heißt, dieser mußte umgebracht werden, während er eines unserer Protektorate durchquerte, weit genug entfernt sowohl von Hatti als auch von Ägypten. Die brutale Intervention des Generals mußte die Hethiter zwingen,

den Krieg zu erklären, und die Ägypter, ihre Zivilisation zu verteidigen. Ich hatte Vertrauen in unsere Armee. Ich hatte recht. Der Hethiter weiß jetzt, daß er nicht die militärische Kapazität hat, uns zu überfallen. Der Frieden ist für lange Zeit gesichert, unter der Bedingung allerdings, im Ausland regelmäßig große Manöver abzuhalten, wie unsere ruhmreichen Vorfahren. Vor Euch, die Ihr mich richtet, habe ich nur eine Wahrheit zu verkünden: Ich, die Königin von Ägypten, habe mein Land gerettet!«

Haremhab sprang wütend auf.

»Das sind nichts als leere Behauptungen. Man möge die Berichte über meine militärischen Aktionen konsultieren! Nicht einen Augenblick lang habe ich die hethitische Bedrohung aus den Augen verloren. Schwache und unwürdige Könige, Echnaton und Tutanchamun, waren es, die mich daran gehindert haben, direkt einzugreifen. Und dabei habe ich ihnen treu gedient. Denn niemand darf Pharaos Befehlen ungehorsam sein.«

Die Richter stimmten zu.

»Das ist unrichtig«, widersprach die Königin. »Haremhab hat seine Pflichten vergessen. Ihm Vertrauen zu schenken heißt, Ägypten zum Niedergang zu verurteilen.«

Der General durchquerte den Gerichtssaal und blieb vor der Frau stehen, die sich noch immer zwischen ihn und die Macht stellte.

»Ich schwöre beim Gesetz von Maat«, erklärte er laut, »daß mein ganzes Leben meinem Land gehört. Ruhm und Macht bedeuten mir nicht viel. Wenn die Hethiter unsere Sicherheit bedroht hätten, hätte ich Pharao überredet, in den Krieg zu ziehen. Ich klage die Königin an, Ägyptens Ruf geschwächt zu haben.«

Anchesa spürte, daß sich Angst in ihren Venen ausbreitete. Haremhab hatte beschlossen, sie zu zerstören, indem er ihre Argumentation zunichte machte, die sie für unangreifbar gehalten hatte. Sie hatte gehofft, der General würde einen Rückzieher machen. Aber er bot ihr schonungslos die Stirn, er wagte es sogar, zur Lüge zu greifen.

»Wir haben es hier mit dem schlimmsten Vergehen zu tun«, meinte der Zweite Prophet, »mit Hochverrat. Der Rest ist überflüssiges Geschwätz.«

Die Königin ließ ihrem ganzen Zorn gegen Haremhab freien Lauf.

Jedes Wort, das sie aussprach, verursachte dem Gericht Unbehagen. Wessen Herz zu heiß lodert, der verläßt den Weg der Wahrheit.

Ein Richter versuchte, Anchesa zu Hilfe zu kommen.

»Ich vermute, Ihr seid schlecht beraten worden.«

»Nein«, erklärte sie, plötzlich wieder ganz ruhig. »Ich habe meinen eigenen Aktionsplan in Gang gesetzt. Niemand hat ihn beeinflußt.«

»Bereut Ihr heute Eure bedauerlichen Schritte bezüglich der Hethiter?«

»Natürlich nicht. Es gab kein anderes Mittel mehr, unseren Stolz aufzuwecken und unsere Zivilisation zu retten.«

»Grotesk!« rief ein hoher Würdenträger und Getreuer des Generals. »Die Königin hatte kein anderes Ziel, als Ägypten dem Feind auszuliefern. Sie hat den wahnsinnigen Traum ihres Vaters weiterverfolgt, ein Reich der Sonne zu schaffen und die Nationen auf Kosten der anderen miteinander zu vermischen. Die Königin ist eine Häretikerin. Sie ist es immer gewesen.«

Haremhab schaute die Königin ernst an.

»Verleugnet Ihr Euren Vater, Majestät? Habt Ihr seinem wahnwitzigen Ideal abgeschworen?«

Seltsamer Frieden machte sich in Anchesa breit. Sie hatte keine Lust mehr zu kämpfen.

»Nein«, erklärte sie. »Er ist der Größte und Edelste von euch allen. Ihr haßt ihn aufgrund eurer Mittelmäßigkeit. Er hatte den Weg eröffnet. Seine Botschaft wird weiterleben.«

Eine andere Stimme, aus dem Jenseits, sprach aus ihr, eine Stimme aus ihrem Blut und ihrem Fleisch. Darein mischten sich die zärtlichen Töne eines Vaters und die verliebte Melodie eines Gemahls.

»Die Königin nehme diese Worte sofort zurück«, verlangte der Hohepriester von Amun. »Sie sind eine Beleidigung Gottes. Sie soll der Ketzerei abschwören. Sonst wird sie von Amun selber verstoßen und verliert ihren Status der Großen Königlichen Gemahlin.«

Anchesa beschränkte sich auf ein Lächeln. Haremhab war verwundert über den Ausdruck von Glück, der das Gesicht der jungen Frau aufleuchten ließ.

Es war jetzt ein anderer Prozeß geworden. Der General würde niemals diejenige heiraten, die seine Nächte heimsuchte.

Die Dame Mut wirbelte umher und verteilte Befehle an die Scharen von Dienern, die dabei waren, die Möbel aus ihrer prächtigen Villa in den Königspalast zu transportieren. Eine Kohorte von Dienerinnen kümmerte sich um die zerbrechlichen Gegenstände. Mut maßregelte und drohte; sie hatte es eilig, endlich eine ihrer würdige Behausung zu beziehen.

Ihr Triumph war vollständig.

Der Wesir hatte mit der Zustimmung aller Anwesenden die Absetzung der Königin Anchesa verkündet. Sie verlor ihren Titel und ihre Vorrechte. Sie würde bis zum Ende ihres Daseins in einer Priesterinnenwohnung des Tempels von Sais im Delta leben, sehr weit weg von Theben.

Mut, durch die Entscheidung des Regenten Haremhab zur Großen Königlichen Gemahlin ernannt, hatte auf der Stelle ihren Mann zum Pharao proklamiert. Während sich die Krö-

nungsvorbereitungen intensivierten, organisierte die neue Königin von Ägypten ein gigantisches Bankett, das ein mehrere Tage währendes Fest einleitete.
Der Hof zeigte Befriedigung. Es war besser, daß Haremhab und Mut, ein untadeliges Paar, gemeinsam regierten. Manch einer hätte die Vereinigung des Generals mit Tutanchamuns Witwe ungern gesehen, da dies den Ruf einer großen thebanischen Dame ruiniert hätte, die ein solches Unglück nicht verdient hatte.
Die Dame Mut war klug genug gewesen, sich im Erfolg bescheiden zu zeigen. Als sie vor den hohen Würdenträgern erschien, hatte sie die erdrückenden Pflichten einer Königin von Ägypten betont. Sie fühle sich ihrer illustren Vorgängerinnen, die die Beiden Länder von der Unterdrückung befreit und Theben zur Hauptstadt der zivilisierten Welt erhoben hatten, unwürdig und würde alle ihre Kräfte einsetzen, um in dieser Reihe genialer Frauen, wie sie kein anderes Land vorweisen konnte, einen Platz zu verdienen.
Jedermann hatte die Würde und die Angemessenheit dieser Rede zu schätzen gewußt.
König Haremhab hatte die Qualitäten der Großen Königlichen Gemahlin gefeiert.
Ägypten kannte wieder das Glück, regiert zu werden. Sämtliche Spuren der Häresie waren beseitigt worden. Sämtliche Spuren … Das war ganz und gar nicht die Meinung von Mut, Pharaos Ehefrau.

»Eure Gegenwart ehrt mich, Majestät«, erklärte der Wesir. »Dieses bescheidene Büro …«
»Schluß mit den Höflichkeiten«, sagte Mut scharf. »Wir haben gemeinsam eine außerordentlich ernste Angelegenheit zu untersuchen.«

Der oberste Gesetzeshüter räumte nervös einen Papyrus beiseite, über dem er gerade gearbeitet hatte. Der Besuch der Großen Königlichen Gemahlin zur Stunde des Arbeitsbeginns verhieß nichts Gutes.

»Ich stehe Euch zur Verfügung, Majestät. Um was handelt es sich?«

»Anchesa.«

»Morgen verläßt sie Theben und zieht endgültig nach Sais.«

»Diese Verurteilung ist gegen eine Häretikerin ausgesprochen worden. Warum wird der Hochverrat so einfach vergessen?« Mut sprach mit beängstigender Ruhe.

»Hat Anchesa nicht schon genug gelitten?« fragte der Wesir. »Sie ist sehr jung. Lebenslänglich eingesperrt zu sein ist eine schreckliche Strafe.«

»Recht ist nicht gesprochen worden«, meinte Mut. »Anchesa hat den Titel entehrt, den sie trug. Ihr müßt das Hohe Gericht erneut versammeln und über die wahre Anklage verhandeln: Hochverrat.«

»Majestät ...«

»Ich bin die Königin. Ihr seid der Chef der Justiz. Anchesa ist des allererbärmlichsten Verbrechens schuldig. Das ist die Wahrheit. Ihr habt den Eid abgelegt, die Wahrheit strahlen zu lassen, selbst wenn es Eurer eigenen Überzeugung widerspricht. Respektiert Euren Eid.«

»Majestät, wenn wir es vermieden haben, daß ...«

»Möge Amun Euch schützen«, sagte die Große Königliche Gemahlin und verließ des Büro des Wesirs.

Einen ganzen Tag lang rang der hohe Magistrat mit seinem Gewissen. In der rechten Hand drückte er das Amulett, das die Göttin Maat darstellte, die Inkarnation der himmlischen Gerechtigkeit und ewige Zeugin seiner Aufgabe.

Der Wesir haßte Übertreibung ebensosehr wie Ungerechtigkeit. Anchesa hatte ihn beeindruckt, beinahe erschüttert. Sie hatte sich ungeschickt verteidigt, hatte über die listenreichen Machenschaften des Hofes gespottet und vergessen, daß General Haremhab und seine Berater gelernt hatten, die Wahrheit zu verkleiden, ohne sich zu entwürdigen. Sie hatte sich nur auf ihre Intelligenz verlassen, ihren Glauben und ihre Gewißheiten. Was hatten die für ein Gewicht angesichts der kalten Entschlossenheit eines Mannes, dessen Berufung es war, Pharao zu werden? Wie konnte man den von Anchesa verfaßten Brief aus der Welt schaffen? Wie dieses Beweisstück vernichten, das in die Archive gegeben worden war? Mut würde an seine Existenz erinnern und fragen, was das Gericht mit einem niederschmetternden Beweis mache. Der Wesir las wieder die Gesetzesrolle, die er auswendig kannte, in der Hoffnung, einen vergessenen Artikel zu finden, der es ihm erlaubte, einen neuen Prozeß zu verweigern oder ihn unendlich zu vertagen.
Es gelang ihm nicht. Anchesas Leiden waren noch nicht zu Ende. Die Überschwemmung kam mit zehn Tagen Verspätung und war wenig ergiebig, als zögere der Nilgott, den fruchtbaren Schlamm auf die von der Hitze erschlagenen Ufer zu tragen. Haremhab begab sich im Anschluß an die Krönungsfeierlichkeiten in die Städte des Landes, um sich zujubeln zu lassen und seinen Einfluß auf die dortigen Machtinhaber zu sichern. Diese Reise würde ihn daran hindern, bei Anchesas zweitem Prozeß zugegen zu sein.

Die Richter erwarteten, eine junge Frau vorzufinden, die von der Last der erfolgten Verurteilung und der Angst vor einer weiteren am Boden zerstört war.
Der Tonfall der Ankläger war härter und heftiger. Es war nicht mehr eine Große Königliche Gemahlin, die vor ihnen stand,

sondern eine abgesetzte Königin, die Tochter von Echnaton, dem Verfluchten. Sie trug weder Insignien noch Schmuck, die an ihre vergangene Rolle erinnert hätten.

»Hochverrat« – das Wort kam aus dem Mund eines jeden der Redner, deren Argumentation nicht selten von Haß geprägt war. Der Wesir unterbrach mehrere von ihnen und forderte mehr Würde von seiten reifer, verantwortungsbewußter Männer. Anchesa erkannte sehr bald, daß sie in einer Falle gefangen saß. Der Hof führte die Wünsche der Dame Mut aus und würde dem Widerspruch einer schon wegen Häresie verurteilten Frau keinerlei Aufmerksamkeit schenken.

Der Wesir war gezwungen, die Anklagepunkte zusammenzufassen. Der Brief an den König des Hethiterreiches und die Zeugenaussage von Botschafter Hanis bewiesen, daß Anchesa beschlossen hatte, dem Feind Ägyptens Grenzen zu öffnen.

»Nehmt Euch Zeit, Euch zu verteidigen«, riet der hohe Magistrat. »Viele Schatten liegen über alldem. Ich wünsche weitere Erklärungen. Wir nehmen den Fall Punkt für Punkt von vorne auf.«

»Das wird nicht nötig sein«, meinte Anchesa. »Das Urteil ist längst gefällt.«

»Majestät!« empörte sich der Wesir. »Ihr wagt es, mich der Amtspflichtverletzung zu beschuldigen?«

»Nicht Euch«, gab sie zurück, »sondern jene, die mich anklagen. Es sind Lügner. Sie wissen, daß ich die Wahrheit gesprochen habe. Ich brauche nichts mehr zu erklären. Eine Königin rechtfertigt sich nicht gegenüber Feiglingen.«

»Ihr seid nicht mehr Königin!« protestierte der Zweite Prophet. »Ihr ...«

Anchesa schaute ihn so verachtungsvoll an, daß der Priester nicht mehr weiterzusprechen wagte.

»Majestät«, fuhr der Wesir fort, wissend, daß er einen Tadel

riskierte, indem er diese Bezeichnung anwandte, »laßt Euch nicht zum Schweigen verleiten. Wenn es Euch gelingt, Eure Haltung zu rechtfertigen, werdet Ihr freigesprochen.«
Anchesa lächelte den Wesir an.
»Ihr seid Eures Amtes würdig«, erklärte sie. »Doch allein könnt Ihr nicht gegen sie alle kämpfen. Damit Ihr Wesir bleibt, muß ich verurteilt werden. Erlaubt mir, Euch diesen letzten Dienst zu erweisen. Ägypten braucht Euch.«
Anchesa sagte kein einziges Wort mehr und nahm keinen Anteil an dem Prozeß. Der Wesir flehte sie an, sich nicht in diese Haltung zu verschließen. Doch die junge Frau hatte die Augen geschlossen und das Gericht schon verlassen.
Die Beratungen waren von kurzer Dauer. Kein Richter übernahm Anchesas Verteidigung.
Dem Wesir blieb nur noch, das Urteil über diejenige zu verkünden, die als des Hochverrats schuldig erkannt worden war: den Tod.

40

Haremhab erfuhr von Anchesas Verurteilung zum Tode, als er sich in Memphis aufhielt und das größte Arsenal des Landes reorganisierte. Er unterbrach auf der Stelle seine Tätigkeiten, um nach Theben zurückzukehren. Sein Zorn brach aus, als er erfuhr, daß Anchesa seit dem Ende des Prozesses in eine Zelle des Tempels von Karnak gesperrt worden war.

Pharao reichte der jungen Frau, die auf dem Steinboden ausgestreckt lag, die Hand und half ihr aufzustehen.

»Diese Behandlung ist Eurer nicht würdig. Ich werde die Schuldigen bestrafen.«

Abgemagert und müde, hatte Anchesa dennoch nichts von ihrem Stolz eingebüßt.

»Ich allein bin schuld.«

»Ich werde anordnen, daß Ihr in den Palast zurückgebracht werdet.«

»Unter einer Bedingung …«

»Welcher?«

»Ich will in der Sonnenstadt sterben«, forderte sie, »dort, wo mein Vater das Glück gekannt hat.«

»Ausgeschlossen. Das darf ich nicht.«

»Ihr seid nicht mehr Pharaos Diener, Haremhab. Ihr seid Pharao. Ich glaube nicht, daß ich Euch je um einen Gefallen gebeten habe. Ich flehe den König von Ägypten an, mir diesen zu gewähren.«

Mut, die neue Große Königliche Gemahlin, hatte die Anchesa gehörenden Kostbarkeiten in einer Werkstatt des Palastes zusammentragen lassen. Die junge Frau liebkoste die Schalen und Vasen aus Gold, die mit Granat geschmückten Behälter, die silbernen Tabletts, die Kosmetikdosen, die Ebenholzlöffel, den kleinen elfenbeinernen Steinbock, der parfümiertes Öl enthielt, die goldene Weintraube, mit der sie als Kind gespielt hatte. Diese stummen Gefährten hatte sie allzusehr vernachlässigt, in der Gewißheit, daß sie ihr ewig gehören würden.

Haremhabs Soldaten würden sie nicht weinen sehen. Sie machte ihnen Zeichen, daß das Zusammentreffen mit ihrer Vergangenheit lange genug gewährt hatte. Ihrem Wunsche entsprechend brachten sie sie zu einem in Licht getauchten Badesaal, dessen Türen sie bewachten. Die Fenster lagen über dem Nichts, Anchesa hatte keine Möglichkeit zu fliehen.

Lange betrachtete sie die Sonne, labte sich an der Quelle des Lebens. Die gleißende Helligkeit verbrannte ihr nicht die Augen. Dann legte sie ihr Trägerkleid ab und tauchte in das lauwarme Wasser der in den Boden eingelassenen Wanne.

Das letzte Bad vor dem Aufbruch in die andere Welt sollte unendlich und genußvoll sein. Sie strich sich mit Lilienblüten parfümiertes Öl auf die Haut, massierte sich sanft die Hände und die Schenkel, betrachtete sich hundertmal in verschiedenen Spiegeln. Es war nicht sie selbst, die die Königin betrachtete, es war nicht ihre eigene Schönheit, die sie bewunderte, sondern die Jugend eines Lichts, das verlöschen würde, damit eine neue Helligkeit geboren würde, deren Namen und deren Form ihr unbekannt waren. Anchesas Seele würde die göttliche Sonne nähren, die einer neuen Seele das Leben schenken würde.

Die Tür des Badezimmers ging auf.

Triefend naß richtete Anchesa sich auf. Ihre nubische Dienerin kam zögernd auf sie zu.

»Ich … ich möchte Euch helfen, Majestät.«
Anchesa lachte auf.
»Komm her. Du weißt, was du tun mußt. Du hast mir gefehlt. Ich fühle mich schmutzig und häßlich.«
Die Nubierin nahm eine Schüssel und besprühte Anchesas Nacken. Dann wusch sie ihr die Haare, pflegte ihre Finger- und Fußnägel, benutzte die Schminklöffel in Form von nackten Schwimmerinnen, um ihr perfekte Augen zu malen. Anchesa stieg aus dem Wasser. Die Dienerin trocknete sie mit leinenen Handtüchern. Die Königin streckte sich auf dem Bauch aus und genoß die Wärme der von der Sonne aufgeheizten Steinfliesen. Sie genoß die kundigen Finger der Masseuse, die ihr Hals und Rücken entspannte, als bereite sie sie für die Liebe vor.
»Wir müssen uns trennen«, sagte Anchesa mit rauher Stimme.
Die Nubierin brach in Tränen aus.
»Ich … ich muß Euch noch ankleiden!«
»Geh«, befahl die Königin, »und sei glücklich.«
Die Königin blieb lange reglos liegen, als wollte sie eins werden mit dem Stein. Als es ihr ein wenig kühl wurde, erhob sie sich. Die Sonne ging unter. In wenigen Minuten würde Haremhab kommen, um sie zu holen.
Mit auf der Brust gekreuzten Armen ehrte sie das Ende des Tages.

Das königliche Schiff legte am Hauptkai der Ketzerstadt in dem Augenblick an, als die Morgenröte ihre ganze Pracht zu entfalten begann. Anchesa ließ ihre Augen sich satt sehen an diesem ihrem letzten Morgen. Der schwarze Streifen, der über dem Gebirge lag, färbte sich in grellem Tieforange, hervorgegangen aus dem Flammenmeer, aus dem bald die neue Sonne auftauchen würde. Das Orange breitete sich aus, wurde blasser, verlor sich in einem Gelb, das sehr bald von Weiß und Blau dominiert wurde. Mit dem Schwinden der Dunkelheit wurde der Nil sichtbar.

Das glitzernde Wasser ließ die entthronte Königin die wahre Natur des Niltales erkennen: ein schmaler fruchtbarer Streifen zwischen zwei Wüsten, eine glorreiche Bestätigung des Lebens im Herzen der Trockenheit.

Ägypten war ein Wunder.

Sie hatte das Privileg genossen, daran teilzuhaben, seine Existenz zu fördern, den Thron der Lebenden kennengelernt zu haben. Was konnte man sich mehr wünschen? Sie spürte kein Bedauern. Wenn ihr Leben an diesem Herbsttag endete, dann hatte es seine Fülle erreicht, das Ufer, von dem die Fähre nicht zurückkehrte. Ihre Taten hatten sich von ihr abgelöst, ihre eigene Vergangenheit war ihr fremd.

Der Tod stand heute vor ihr wie eine Heimkehr aus dem Exil nach einer langen Reise. Als Tochter und als Frau von Pharao hatte sie das Mysterium der Himmels- und Erdenwesen geteilt. Selbst wenn das Schicksal ihr nur wenig mehr als zwanzig Jahre gewährt hatte, es gab keines, das sie vorgezogen hätte.

Anchesa verließ von Haremhab begleitet das Schiff. Pharao schickte seine Privatgarde fort. Er hatte beschlossen, mit der Verurteilten allein zu bleiben.

Nebeneinander wanderten sie bis zu den verlassenen Vororten der Sonnenstadt. Die weißen, in aller Eile errichteten Häuser begannen schon zu verfallen. Die meisten waren unbewohnt und dienten hin und wieder Beduinenfamilien, die von der Polizei aus der Wüste vertrieben worden waren, als Unterschlupf.

Die Morgenhitze war sanft und wohltuend. Als Anchesa den Palast erblickte, der Einsamkeit, dem Wind und dem Sand überlassen, hörte sie wieder die betörende Stimme ihres Vaters, wie er die Perfektion seiner Hauptstadt besang. »Meine schöne, meine starke, von großartigen Festen beseelte ... Überall strahlt hier die Sonne ... Mein Herz ist voller Freude, wenn es sie bewundert, sie, die einem Licht des Himmels gleicht.« Doch was war aus den grünenden Gärten geworden, den fischreichen Teichen, den Zierbecken, den Scheuern voller Getreide? Hier und da waren Mauerstücke eingestürzt, Terrassenränder abgesplittert, Reliefs geborsten, Treppen zerbröckelt ... Die vergessene Hauptstadt lag im Sterben.

»Ich würde gern allein durch die Säle des Palastes gehen.«

Haremhab zögerte.

»Wartet im Thronsaal auf mich«, beharrte sie. »Habt keine Angst, ich werde nicht fliehen.«

Die Stätten wieder aufzusuchen, wo Echnaton regiert hatte, verursachte dem neuen Pharao Unbehagen. Hier war Haremhab nichts als ein General, der die Befehle seines Herrn befolgte. Der Thron des Häretikers war zerstört worden. Haremhab setzte sich auf eine steinerne Bank.

Warum hatte Anchesa den Tod gewählt? Pharao persönlich war es nicht möglich, das Gesetz zu ändern oder das verkündete Urteil aufzuheben.

Er und sie hatten den Fehler begangen, sich eine neue Schlacht in Gegenwart eines Gerichts zu liefern, das zugunsten des Herrn der Beiden Länder entschieden hatte. Er und sie hatten sich aufgeführt wie Kinder, die sich der Gefahr, in die sie sich begaben, nicht bewußt waren.

Die Zeit der Träume war abgelaufen. Anchesa und Haremhab würden nicht das Königspaar bilden, dessen Stärke Ägypten in Staunen versetzt hätte.

Anchesa durchwanderte barfuß die Korridore, die Säulenhallen, die Schlafzimmer, die Bäder und verharrte ein Weilchen im Arbeitszimmer ihres Vaters. Tausende süße und bittere Erinne-

rungen verblaßten im Rhythmus ihrer Schritte, doch es blieben die zärtlichen Gesten von Nofretete, die Gebete im Kreis der unter den Strahlen der göttlichen Sonne versammelten Familie, die Spiele mit ihrem Vater, die Spazierfahrten im Wagen ... In diesen dem Verfall überantworteten Räumen gab es weder Schatten noch Erinnerung. Anchesa würde die Vision ihrer irdischen Wohnung ins Jenseits mitnehmen, um sie im Lande der Glückseligkeit wiederaufzubauen.
Die Sonne näherte sich dem Zenit, als sie sich zu dem niedergeschlagenen Haremhab gesellte.
»Die Stunde ist gekommen«, sagte sie.
Pharao betrachtete sie mit einer tiefen Furche in der Stirn.
»Wen hast du wahrhaftig geliebt, Anchesa?«
Tränen füllten die Augen der jungen Frau, doch ihr Blick blieb fest.
»Tutanchamun. Er und ich sind vereint für die Ewigkeit. Das ungerechte Urteil, das Ihr gegen mich habt verhängen lassen, erlaubt es mir, mich bald zu ihm zu gesellen. Seid gepriesen, Majestät.«
»Und wenn wir für einen Augenblick dieses grausame Spiel seinließen, nur für einen einzigen Augenblick ...«
Zart nahm er ihre Hände. Sie wehrte sich nicht, doch sie blieb distanziert. Er sehnte sich danach, die Liebe hinauszuschreien, die ihn zerriß, die simplen und wirren Worte von Liebenden auszusprechen, sich ihr zu Füßen zu werfen ... Aber er war Pharao und Anchesa zum Tode verurteilt.
»Der hängende Garten, oben, auf der obersten Terrasse ... Von dort oben möchte ich in die andere Welt aufbrechen.«
Ohne Hast befreite sie sich von ihm. Als die Zartheit ihrer Hände ihn verlassen hatte, wußte Haremhab, daß er ohne Anchesa auf das Glück verzichten mußte. Keine Frau würde ihn die Leidenschaft vergessen lassen, die er nicht zu leben verstan-

den hatte. Er schwor sich, der gerechteste der Könige zu sein und mehr als irgendein anderer über das Wohlergehen des Landes zu wachen, dem sich Anchesa bis zum letzten Atemzug geschenkt hatte. Er würde sich unerbittlich gegen Feiglinge, Lügner und Pflichtvergessene zeigen. Über seine Regentschaft würden die Annalen sagen, daß es eine Zeit des Gleichgewichts und der heiteren Ruhe gewesen sei.

Der hängende Garten, der nun schon seit mehreren Jahren im Stich gelassen worden war, war nur noch eine sandige Fläche. Einzig ein Busch mit kleinen roten Blüten hatte überlebt. Die junge Frau bückte sich, pflückte eine und steckte sie sich ins Haar.

»Gebt mir das Gift«, forderte sie.

Haremhab zog einen Ring von seinem linken Zeigefinger. Er hatte die Form einer winzigen Phiole. Die Regel von Maat erlaubte nicht, daß ein menschliches Wesen im Namen des Gesetzes ein anderes tötete. Eine Verurteilung zum Tode bedeutete Selbstmord.

Anchesa wußte, daß sie nicht leiden würde. Sobald sie die Flüssigkeit zu sich genommen hätte, würde sie sehr schnell ohnmächtig werden und in den Schlaf des Todes versinken, wo sie der schakalköpfigen Anubis abholen und auf dem Weg in die andere Welt führen würde.

»Versprecht mir, Haremhab …«

Anchesa hielt die Phiole in der linken Hand und zögerte noch.

»Versprecht mir, mein Grab in die Berge der Sonnenstadt höhlen und die von meinem Vater komponierte Hymne dort eingravieren zu lassen.«

»Anchesa, Ihr wißt genau, daß …«

»Sobald der Zeichner, der Gravierer und der Architekt ihre Arbeit beendet haben, macht mein Grab unter einem Haufen

von Felsbrocken unkenntlich, wie das von Tutanchamun. Seine Lage soll nicht in den Archiven vermerkt werden.«
Haremhab antwortete nicht.
»Ich habe eine letzte Bitte an Euch«, fuhr sie fort. »Zerstört die Reste dieser Stadt nicht. Laßt sie in der Sonne sterben. Ihr Leichnam wird Euch nicht stören.«
Haremhab nickte nur. Die Sandstürme und die Beduinen würden den Zerfall der ketzerischen Hauptstadt noch beschleunigen.
Anchesa hob die Phiole an ihre Lippen.
Pharao spürte einen stechenden Schmerz in seiner Brust.
»Nein, Anchesa, nicht …«
Die junge Frau trank das süß schmeckende Gift. Dann legte sie den Kopf in den Nacken und öffnete den Mund, um sich von der Mittagssonne erfüllen zu lassen.
Wie berauscht kreiselte sie um sich selber und sank dann langsam auf ihre linke Seite, die, von der der Tod kommt.
Weit in der Ferne galoppierten zwei Windhunde in wilder Jagd zum Horizont, sprangen von Gipfel zu Gipfel, um ihrer Herrin den Weg ins Jenseits vorzuzeichnen. Als die Schatten von Stier und Widder im gleißenden Licht des göttlichen Himmelskörpers verschwanden, wußte Haremhab, daß Anchesas Seele Licht geworden war.

Anhang

Die Epoche der Sonnenkönigin

Anchesa ist eine der Königinnen des Neuen Reiches, genauer gesagt der achtzehnten Dynastie (um 1552–1306), die von vielen Historikern als die brillanteste Periode der ägyptischen Geschichte angesehen wird. In der Tat ist diese Epoche geprägt von großen Pharaonen wie Thutmosis III., dem ägyptischen Napoleon, Amenophis II., dem sportlichen König, und Amenophis III., dem Weisen. Nicht zu vergessen die Königin Hatschepsut, die der Nachwelt ihren großartigen Tempel von Der-el-Bahri auf dem Westufer von Theben hinterließ.

Das Ägypten des Neuen Reiches ist reich und mächtig. Es ist das erste Reich der Welt, und seine Kultur setzt sich durch. Das Zentrum des Königreichs liegt im Süden des Landes, in Theben. Und die Thebaner sind es, die den siegreichen Befreiungskrieg gegen die Hyksos-Herrschaft geführt haben. So gilt die Stadt des Gottes Amun als Garantin des Glücks und der Unabhängigkeit der Beiden Länder. Jeder Pharao machte es sich zur Aufgabe, sie zu verschönern und den Tempel von Karnak zu vergrößern, wo Amun-Re thront, der König der Götter.

Der Konflikt zwischen Pharao und den thebanischen Priestern

Karnak wurde zum Tempel der Tempel. Seine Priesterschaft kam in den Genuß beachtlicher Reichtümer. Ihr unterstand die

Verwaltung großer Ländereien und Rinderherden. Der Hohepriester, Amuns Erster Prophet, regierte über einen Staat im Staate.
Echnatons Vater, Amenophis III., schien sich der Gefahr bewußt zu sein. Zweifellos von seiner Frau, der klugen Teje, beeinflußt, führte er gewaltsam andere Göttergestalten, namentlich Aton, in die thebanische Religion ein und demonstrierte Pharaos Allmacht.
Doch Echnaton geriet schon sehr jung mit den thebanischen Priestern aneinander. Er hatte unter ihrem wachsenden Materialismus zu leiden. Er betrachtete einige von ihnen als die Ruchlosesten unter den Menschen. Da er Atons Botschaft verbreiten wollte, hielt er es für besser, dies nicht in Theben zu tun, sondern auf einem Gelände, das noch für keinen Gott proklamiert worden war, eine neue Hauptstadt zu gründen. Auf diese Weise wurde die Stadt der Sonne geboren.
Haremhab und seine Nachfolger lernten aus Echnatons Erfahrung. Sie überwachten die thebanische Geistlichkeit aus nächster Nähe, ohne aufzuhören, Karnak zu verschönern. Dennoch verlosch der latent weiterbestehende Konflikt nicht. Nach Ramses III. begann die königliche Macht schwächer zu werden. Die von Amuns Hohempriester, dem Hüter der religiösen Tradition, dagegen wuchs. Und Herihor, ein Mitglied der gehobenen thebanischen Geistlichkeit, sollte sich später sogar zum Pharao proklamieren. Echnaton hatte das alles viele Jahre zuvor vorausgesehen.

Die von Echnaton aufgeworfene Frage

Echnaton regierte etwas mehr als fünfzehn Jahre über Ägypten (1364–1347). Als er den Thron bestieg, trug er den Namen

Amenophis IV., »Amun ist zufrieden«. Als er Amun und dessen Tempel in Karnak aufgab, wandelte er sein Wesen, indem er zu Echnaton, »der für Aton strahlt«, wurde. Ein neuer Staatsgott, eine neue Hauptstadt: Achetaton, »Atons Horizont«, die Stadt der Sonne, bekannt unter dem arabischen Namen Amarna oder Tell el-Amarna, in Mittelägypten.

Die Stätte ist heute fast vollständig abgeschliffen, und die Gräber zeigen nur einen schlecht erhaltenen Dekor. Aufgrund spärlicher, schwer interpretierbarer Dokumente versuchen die Ägyptologen die Persönlichkeit und die Taten dieses häufig als »Häretiker« bezeichneten Königs zu begreifen. Die seltsamen Darstellungen, die ihm einen extrem verlängerten Schädel, verformte Gesichtszüge und einen aufgeblähten Bauch verleihen, haben ihn berühmt gemacht. Seine Gemahlin Nofretete wurde es ihrerseits ebenfalls durch die zwei Büsten, die uns ihre außerordentliche Schönheit wiedergeben.

Während man ihm zu Beginn seiner Regierungszeit einigermaßen zu folgen vermag, so ist das Ende sehr dunkel. Eine Vielzahl von Hypothesen sind aufgestellt worden. Wir haben eine von ihnen übernommen, die einen Bürgerkrieg mit Gewißheit ausschließt und die Übergabe der Macht an den jungen Tutanchamun und seine Gemahlin annimmt.*

Das Mysterium Tutanchamun

Die Öffnung des Grabes von Tutanchamun im Jahre 1922 war eine der großen archäologischen Entdeckungen, über die es noch immer viel zu sagen gäbe. Jedenfalls wurde damit ein

* Eine Studie dieser Epoche hat der Autor 1988 unter dem Titel *Néfertiti et Alchénaton, le couple solitaire* in der Librairie Académique Perrin veröffentlicht.

»unbedeutender«, fast völlig unbekannter König in den Vordergrund gerückt, dessen Regierung nur kurze Zeit gedauert hatte. Doch was für wundervolle Dinge waren in dem kleinen Grab ans Tageslicht gekommen, das zweifellos nicht für ihn gedacht gewesen war.

Wegen seines frühzeitigen Todes hat Tutanchamun historisch gesehen nur schwache Spuren hinterlassen. Sogar seine Herkunft ist noch immer problematisch: Königssohn oder Sohn eines Adligen? In der Sonnenstadt weilte er unter dem Namen Tutanchaton, »Lebendiges Symbol Atons«. König geworden, verließ er die Stadt Echnatons und kehrte nach Theben zurück, wo er seinen Namen in Tutanchamun, »Lebendiges Symbol Amuns«, änderte und damit bewies, daß die Rückkehr zur Orthodoxie vollzogen worden war.

Die in seinem Grab im Tal der Könige gefundenen Gegenstände sind noch nicht alle untersucht worden. Gewisse Texte warten noch auf eine Übersetzung und tiefergehende Kommentare. Eine Gesamtsicht dieses symbolischen »Materials« für die andere Welt steht noch aus.

Die Darstellungen der Sonnenkönigin

Anchesa ist keine Unbekannte. Die Entdeckung von Tutanchamuns Schätzen hat uns ihr Bild enthüllt. Die Königin ist in unterschiedlichem Alter dargestellt. Auf einer Elfenbeinplatte, die eine Truhe schmückt, erscheint sie sehr jung. Ihre Grazie und ihre Schönheit sind außerordentlich. Sie ist in ein langes Faltengewand gekleidet, das ihre zarten Formen unterstreicht, und trägt eine komplizierte Krone. Auf der Stirn symbolisieren zwei aufgerichtete Kobras ihre Herrschaft über ganz Ägypten. Sie reicht ihrem Mann Lotos- und Papyrussträuße. Als Bild der

Jugend und der strahlenden Frau, in der sich das Göttliche und das Menschliche untrennbar vermischen, bietet Anchesa hier die gelungenste Darstellung der Liebe zwischen Pharao und der Großen Königlichen Gemahlin.
Auf der Rückseite eines vergoldeten Throns ist Anchesa älter. Das Gesicht ist noch immer genauso fein, aber ernster. Sie trägt eine Krone aus Kuhhörnern, einer Sonne und zwei langen Federn. Letzere deuten auf den göttlichen Atem hin. Die Kuhhörner sind das Symbol der Göttin Hathor, der Herrin des Himmels, in dem das Licht der Sonne geboren wird. Mit der rechten Hand vollführt die Königin eine Pharao geltende magische Geste des Beschützens. Das Paar empfängt die wohlmeinenden Strahlen der Sonne. Diese harmonische Szene ruhigen Glücks ist eine wundervolle Vision der lichten Union zweier Wesen, die die Verantwortung für die glänzendste aller Zivilisationen zu tragen hatten.
Andere Darstellungen auf den Wänden von Tutanchamuns Kapellen zeigen sie in Augenblicken ihres von rituellen Verpflichtungen geprägten Daseins. Als »Liebling der großen Magierin« begleitet die Königin Pharao auf der Jagd, um ihm zu helfen, die Kräfte des Chaos zu unterwerfen. Wenn der König einen Feind, den er am Schopfe hält, trifft, läßt ihm die Königin, die sich hinter ihm befindet, ein wohltuendes Fluidum zukommen. Wenn Tutanchamun mit dem Bogen schießt, sitzt die Königin vor ihm und weist auf das Papyrusdickicht, aus dem die Vögel auffliegen. Sie reicht ihm einen Pfeil, der so leicht ist, daß sie ihn mit den Fingerspitzen halten kann.
Anchesa schenkt ihrem Gemahl den »Stengel der Millionen Jahre«, Leben, Wohlstand, Ewigkeit; sie legt ihm einen Kragen um, der den Skarabäus der Metamorphosen und der Wiederauferstehungen trägt. Sie spielt vor ihm zwei Sistren, um ihn mit magischer Harmonie zu umgeben. Sie handelt entsprechend

den seit den Anfängen von den Königinnen Ägyptens praktizierten Ritualen.
Eine der ergreifendsten Szenen ist zweifellos jene, wo man den König sieht, wie er der auf den Kissen vor ihm sitzenden Königin eine parfümierte Flüssigkeit in die rechte Hand gießt. Mit einer Geste höchster Eleganz dreht sie sich zu Pharao und stützt ihren linken Ellenbogen auf die Knie ihres Gemahls. Neben ihr eine Inschrift, die der Szene ihren ganzen Sinn verleiht: »Für die Ewigkeit«.
In Gestalt von Anchesa haben wir den Charakter dieser thebanischen Königinnen schildern wollen, schön und autoritär, intelligent und kultiviert, fähig, einen Staat zu lenken und wesentliche Entscheidungen zu treffen. Als drittälteste Tochter des Häretikers Echnaton, als Gattin von Tutanchamun und als sehr junge Witwe hat Anchesa die Wirren einer zu Ende gehenden Epoche erlebt.
Der Brief, den sie an den hethitischen Souverän geschrieben hat, ist ein authentisches Dokument*, das ihr Schicksal besiegelte. Die Romaninterpretation, die wir geben, erscheint uns, auch wenn sie wissenschaftlich nicht nachweisbar ist, die wahrscheinlichste.

Echnatons Verfolgung

Echnatons Mumie ist nicht gefunden worden. Wurde sie sorgfältig in einem noch unentdeckten Grab in Amarna versteckt, oder wurde sie, wie wir annehmen, nach Theben gebracht?

* Siehe insbesondere E. Edel: *Ein neugefundenes Brieffragment der Witwe des Tutanchamun aus Boghazköy, Orientalistika* 2, 1978, S. 33–35; und *les Lettres d'el-Amarna,* Paris 1987.

Wurde sie versehentlich zerstört, oder wurde sie in einem Versteck am Westufer vergraben?
Die Stadt der Sonne wurde nicht von Haremhab zerstört, wie oft behauptet worden ist. Es ist wahrscheinlich, daß Tutanchamun, sogar trotz seiner Rückkehr nach Theben, die »Aton-Häresie« nicht aufgegeben hat.* Auch wenn Haremhab seine Anbindung an den Gott Amun proklamierte, zeigte er ein eindeutiges Interesse für die Sonnenkulte. Erst unter der neunzehnten Dynastie, insbesondere unter der Regentschaft von Ramses II., d. h. etwa sechzig Jahre nach Echnatons Tod, wurde dessen Name sowie diejenigen von Semenchkare, Tutanchamun und Eje, allesamt als Häretiker betrachtet, aus den Königslisten entfernt.** Diese in den Augen der Ägypter wesentliche symbolische Beseitigung wurde vom Niederreißen von Echnatons Hauptstadt begleitet. Ramses II., »der aus der Sonne Geborene«, zog den Re-Kult vor und konnte die »Konkurrenz« einer anderen Sonnengottheit wie Aton nicht dulden.

Was ist aus Haremhab und seiner Gemahlin geworden?

Haremhab bestieg den ägyptischen Thron und regierte die Beiden Länder etwas länger als ein Vierteljahrhundert (um 1333–1306). Seine Regentschaft war glücklich und blühend. In einem langen Dekret entsprechend der monarchischen Tradition rühmt sich Haremhab, nach einer Periode der Wirren und der Dekadenz im ganzen Land die Ordnung wiederhergestellt zu haben. Er präsentiert sich als ein gerechter König, dem die

* Siehe A. Kadry, *Annales du Service des Antiquités égyptiennes 68,* S. 191–194.

** Siehe R. Hari, *Mélanges Gutbub,* S. 95–102.

Rechtschaffenheit am Herzen liegt und der dafür sorgt, daß Maat, das kosmische Gesetz, in allen Bereichen respektiert wird. Die Historiker haben das als Überlieferung eingestuft. In Wahrheit ließ jeder Pharao zu seiner Krönung diese Art von Text gravieren und verbreiten. Beim Tod des Vorgängers geriet das Land in Chaos. Bei der Thronbesteigung des neuen Monarchen wurden Licht und Ordnung wiederhergestellt.
Echnaton, Tutanchamun und Eje hatten die ägyptische Wirtschaft nicht ruiniert und auch die Tempel nicht zerstört. Dennoch behauptet Haremhab, zahlreiche Wiederherstellungsarbeiten durchgeführt zu haben. Wie jeder große Pharao des Neuen Reiches trägt er zur Verschönerung von Karnak bei. Doch sein bedeutendstes Werk besteht darin, eine Reihe von juristischen und administrativen Reformen durchgesetzt zu haben. Alte Bräuche waren Ungerechtigkeiten geworden, die abgeschafft werden mußten.
Der Historienfilm hat Haremhab als einen brutalen, trinkfreudigen Haudegen dargestellt. In Wahrheit gehörte er zur hohen Verwaltung, in die er nach seiner Karriere als Gelehrter eingetreten war. Sein Titel eines »Generals« darf nicht täuschen. Er ist vor allem königlicher Schreiber und ein Mann von Kultur, tief verbunden mit dem Gesetz. Es gibt keine Hinweise auf bedeutende, von Haremhab durchgeführte militärische Operationen. Ihm war vor allem daran gelegen, den Einfluß der thebanischen Priester zu begrenzen, so daß Pharaos tatsächliche Macht nicht durch die weltlichen Reichtümer der thebanischen Geistlichkeit eingeschränkt wurde. Als ausgezeichnetem Strategen gelang es Haremhab, das Gleichgewicht zwischen Norden und Süden, zwischen Memphis und Theben, zwischen der Geistlichkeit von Re und derjenigen von Amun aufrechtzuerhalten. Er hatte übrigens sein erstes Grab – in seiner Funktion als »General« – in der Nekropole von Memphis, in Sakkara, vorbe-

reiten lassen. Die wundervollen Reliefs sind die schönsten Beispiele jener verfeinerten Kunst des Neuen Reiches. Als Pharao wurde Haremhab jedoch im Tal der Könige bestattet.
Während seiner Regentschaft hat er keine ernsthaften Schwierigkeiten gehabt. Er hielt die Hethiter auf Distanz, die keinen gewaltsamen Übergriff auf ein Ägypten wagten, das sich seiner Stärke sicher war. In der Spätzeit wurde sogar ein Gott Haremhab* verehrt, vielleicht eine ferne Erinnerung an ein glückliches Zeitalter.
Dem englischen Ägyptologen G. Martin zufolge soll Haremhabs erste Frau von nicht königlicher Herkunft gewesen und im zweiten Regierungsjahr Ejes gestorben sein. Mutnedjemet [abgekürzt Mut], die als ägyptische Königin bekannt blieb, soll erst seine zweite Frau gewesen sein. Sie starb im dreizehnten Regierungsjahr und wurde in dem Grab in der Nekropole von Memphis bestattet. Manche Ägyptologen nehmen an, sie sei eine Schwester von Nofretete gewesen.

Weitere in Aussicht stehende Entdeckungen

Mehrere Jahre der Forschung werden noch nötig sein, um Echnatons Abenteuer besser zu verstehen, um die Verwandtschaftsbeziehungen der beteiligten Personen genau zu bestimmen und neue Indizien zu finden. Die Erde Ägyptens hat noch nicht alle ihre Schätze preisgegeben. In der Nekropole Sakkara wurde kürzlich das Grab einer der Gestalten dieses Romans entdeckt, Majas, einer der Tutanchamun nahestehenden Persönlichkeiten. Wird uns seine Erforschung neue Tatsachen liefern?

* *Revue d'Egyptologie 34,* S. 148–149.

Viele andere Probleme sind noch ungelöst. Die genauere Untersuchung von Echnatons Grab hat, obwohl es zerstört worden war, gewisse etablierte Meinungen wieder in Frage gestellt.
In diesem historischen Roman, in dem sich das Imaginäre aus der Wirklichkeit nährt, haben wir beschlossen, eine Epoche aus der Sicht einer Frau zu beschreiben; einer Frau, die etwas Besseres verdient als die Historie der Gelehrten, einer Frau, die Tutanchamuns Schicksal geteilt hat und die die Sonnenkönigin gewesen ist.